모든 것은 꿈만 같다

전환의 연대 1947

진충지(金冲及) 지음 | 김승일(金勝一)옮김

전환의 연대 1947

초판 1쇄 인쇄 2018년 11월 16일
초판 1쇄 발행 2018년 11월 17일
지 은 이 진총지(金冲及)
옮 긴 이 김승일(金勝一)
발 행 인 김승일
디 자 인 조경미
펴 낸 곳 경지출판사
출판등록 제2015-000026호

판매 및 공급처 도서출판 징검다리
주소 경기도 파주시 산남로 85-8
Tel : 031-957-3890~1 **Fax** : 031-957-3889 **e-mail** : zinggumdari@hanmail.net

ISBN 979-11-88783-69-4 03820

모든 것은 꿈만 같다

전환의 연대 1947

경지출판사

CONTENTS

머리말

『전환의 연대—중국 1947』이라는 책 제목을 접한 독자들은 우선 왜 하필 1947년인가 하는 의문이 들 수 있다. 1940년대 후반기의 중국에는 거의 매년마다 중대한 사건이 발생했다. 이를테면 1945년의 항일전쟁 승리, 1946년의 전면적인 내전 발발, 1948년 국민당통치구 재정경제의 전면적 붕괴와 인민해방군의 3대 전략적 결전, 1949년 중화인민공화국의 성립 등은 모두 근대중국의 역사에 거대한 영향을 미친 사건들이었다. 그렇다면 왜 하필 1947년을 단독으로 끄집어내서 언급하려는 것일까?

물론 위에서 언급한 연대와 사건을 단독 테마로 연구하여 저서로 출판하기에 충분하다. 그러나 1947년은 역사적 행적에서 특수한 위치를 차지하고 있다. 바로 이 해에 중국의 대지에서는 역사적인 전환이 일어났기 때문이다.

중국에서 20년 동안 통치적 지위에 있었던 국민당은 우세에서 열세로 전환되었다. 중국 국내의 내전에서 공격을 하던 국민당은 패전을 되풀이하면서 피동적으로 후퇴하는 상황으로 변하여 강자에서 약자로 몰락했다. 반대로 중국공산당은 방어로부터 공격으로 전환되어 강자의 위치를 차지했고, 열세적 상황은 우위로 변했다. 1년 사이에 일어난 국공(국민당, 공산당) 양당 역량의 큰 변화는 중국의 앞날에 직접적인 영향을 미쳤을 뿐만 아니라 중국의 앞날을 좌지우지했다. 이 책의 제목에 "전환의 연대"라는 단어가 들어 간 원인은 바로 이런 의미에서이다. 이런 전환이 발생할 수 있었기에 1949년 중화인민공화국의 성립이라는 역사적 필연이 나타날 수 있었다.

1947년 역사의 첫 페이지와 마지막 페이지를 대조하면 이런 전환의 큰 차이를 느낄 수 있다. 우선 1947년을 전후하여 국공 양측의 주요 영도자인 장제스(蔣介石)와 마오쩌둥(毛澤東) 관련 언론보도를 통해 그들의 심리상태를 비교하고자 한다. 이는 우리들에게 명확한 인상을 남겨 줄 것이다. 그들의 언론을 비교하는 것은 여러 가지 구체적인 사실보다 더욱 쉽게 그들의 문제를 설명해준다.

1947년이 다가올 무렵, 장제스는 화북(華北)[01]과 화동(華東)[02] 두 개의 중요한 정치 중심지역인 장자커우(張家口)와 화이인(淮陰)을 공격하여 점령했다. 그 후 그는 일방적으로 국민대회를 개최하여 평화교섭의 문을 굳게 닫아 버렸다. 득의양양한 장제스는 당시에 석 달 혹은 반 년이면 중국공산당을 궤멸시킬 수 있다고 장담했다. 그해 2월 『최근 사회·경제·군사정세 분석』이라는 제목으로 한 강연에서 자신감에 넘쳐 이렇게 말했다.

> "근 1년 동안 정부는 수복하고자 하는 지방은 모두 수복했다. 창춘(長春), 장자커우 등이 모두 그러하다. 그중에서 제일 중요한 것은 수뻬이(蘇北)[03]와 루난(魯南)[04]을 수복한 것이다. 수뻬이는 호수가 많고 루난에는 구릉이 많아 교통노선이 파괴되면 회복하기가

---

01) 화북: 중국 북부 지역. 베이징(北京), 톈진(天津), 허베이(河北), 산시(山西), 네이멍구(內蒙古) 지역을 포함.

02) 화동: 중국 동부 지역. 상하이(上海), 산동(山東)성, 안훼이(安徽)성, 장쑤(江蘇)성, 저장(浙江)성, 장시(江西)성, 푸젠(福建)성, 타이완(台湾)지역을 포함.

03) 수뻬이: 장쑤성 북부 지역.

04) 루난: 산동성 남부지역.

힘들다. 뿐만 아니라 비적들이 숨어 있기에 적합하고 도망치기도 쉬운 지역이다. 이런 특수지역을 우리 군이 수복할 수 있었던 것은 전방에서 용맹스럽게 분투하고 있는 전 장병들의 공로이다. 정부에서는 작년에 5개월 내에 수뻬이를 수복하려고 계획했었다. 금년 1월 말에 우리가 공산당을 몰아내고 이상의 지역들을 수복하는데 걸린 시간은 예정시간보다 한 달이 더 걸렸을 뿐이다. 만약 루난에서 공산당이 완전히 실패한다면 황하(黄河)의 남쪽지역에는 그들이 몸을 숨길 곳이 없게 된다. 이런 교통상황과 군사형세에서 공산당은 절대로 살아날 수가 없다. 지금 공산당은 우리 국민정부를 전복시키려고 하고 있다. 하지만 이는 환상에 불과하다. 아직도 백일몽을 꾸는 이들을 위해 대대적인 홍보를 하고 있는 언론이 있다는 것은 참으로 가소로운 일이 아닐 수 없다!"[05]

그해 설날의 일기에서 그는 "금년 사업 주요항목"을 써넣었다. 첫 10개 항목 중 8개는 군사적 계획이었다. "1)……2)……3) 1월에는 수뻬이의 공산당 비적들을 궤멸시키고 롱하이(隴海)[06]선 동쪽구간을 관통시킨다. 4) 2월에는 진난(晋南)[07]의 공산당 비적들을 소탕하고, 위뻬이(豫北)[08]의 각 현을 수복한다. 5) 3월에는 진난의 공산당 비적들을 제거하고 타이안(泰安), 린이(臨沂)을 수복하며, 자오동(膠東), 옌타이(烟台), 웨이하이웨이(威海衛)를 수복한다. 6) 4월

---

05) 이는 장중정(蔣中正, 장제스의 본명)이 1947년 2월 17일 중앙 당정기관 및 국민정부 연합 기념주에서 한 강연이다.

06) 롱하이: 롄윈강(連云港)으로부터 간쑤(甘肅) 란저우(蘭州)까지 선로.

07) 진난: 산시성 서남부.

08) 위뻬이: 허난성(河南省) 황하 북쪽 지역.

에는 핑한(平漢)[09]로 북부를 수복한다. 7) 5월에는 진푸(津浦)[10]선 북쪽을 수복한다. 8) 6월에는 지진(冀晋)[11] 변구(邊區)[12]를 수복한다. 9) 6월에 중동선(中東)[13]을 공격한다. 9월에는 북만주(北滿)[14]전 지역을 수복한다. 10) 7월에는 산뻬이(陝北)[15]를 수복하고 옌안(延安)을 탈환한다."[16] 이 일기에 적힌 시간표와 그려진 '노선도'는 국민당의 미래에 믿음을 가지고 있는 장제스의 마음을 대변했다.

장제스의 총애를 받았던 참모총장인 천청(陳誠)은 1946년 10월 17일 장자커우를 함락한 후 열린 기자회견에서 "군사적으로 3~5개월이면 전투가 일단락이 될 수 있다. 모든 철도노선을 두 주일이면 연결할 수 있다"고 했다.[17] 1947년 3월 국민당 6기 3차 전체회의 군사보고에서 그는 "공산당 비적들을 섬멸할 자신이 있다"[18]고 했다. 이에 장제스는 다시 한 번 승리를 확신했던 것이다.

하지만 그해 12월에 이르러 장제스에게서 연 초의 득의양양함과 자신감을 찾아볼 수가 없었다. 그는 1년간 진행된 전투를 이렇게 평가했다.

---

09) 핑한: 베이핑(베이징의 별칭)으로부터 한커우(漢口)까지 선로.

10) 진푸: 북쪽 톈진(天津) 북역으로부터 남쪽 쟝수 푸커우(푸커우)까지의 선로.

11) 지진: 허베이성, 산시성을 이르는 말.

12) 변구: 중국의 해방 항일전쟁 시기에 중국공산당이 몇 개 성(省)의 변경 지역에 세웠던 혁명 근거지.

13) 중동선: 만저우리(滿洲里)로부터 하얼빈(哈爾濱)을 경유하여 쒜이펀하(綏芬河)까지의 철도노선.

14) 베이만: 랴오닝(遼宁), 지린(吉林)과 헤이룽장(黑龍江) 3개성과 네이멍구(内蒙古) 동북부 지역과 스타노보이 산맥(Становой хребет, 外興安嶺) 남부지역을 가리킨다.

15) 산뻬이: 산뻬이지구는 오래된 혁명근거지이며 산시성 북부에 위치하고 있다.

16) 장제스 일기(친필 원고), 1947년 1월 1일 『本年工作要目』, 미국 스탠퍼드대학교(Stanford University) 후버연구소(Hoover Institution) 소장.

17) 본사특약기자,『張垣之戰』,『觀察』, 第1卷 第10期, 1946년 11월 2일.

18) 秦孝儀 편,『中華民國重要史料初編一對日抗戰時期』, 第七編(2), 台北, 中國國民党中央委員會党史委員會, 1981년 9월, 854쪽.

그들은(여기서 그들은 해방군을 말한다.) 우리처럼 좋은 장비를 가지고 있지 않았다. 또한 우리 장병들처럼 엄격한 훈련을 받은 군인들도 얼마 없었다.

더욱이 군수물자 공급에 필요한 경제적 기초가 있는 것도 아니었다. 우리는 그들보다 훨씬 우월한 조건을 가지고 있었다. 우리는 왜 그들을 궤멸시키지 못했는가? 처음에 공산 비적들의 점령구역은 확대되어 그들의 기염이 하늘에 닿았다. 전투에서 많은 우리 군 병사들이 포로가 되고 여러 부대들이 궤멸되었다. 우리 국민혁명군은 역사상 제일 큰 치욕을 당했다! 예전에 우리가 동쪽을 정벌하고 북벌(北伐)[19]을 할 때부터 항일전쟁까지의 모든 전쟁은 영광스러운 승리로 끝났다. 지금 공산 비적들은 궤멸시키려고 하면 할수록 더욱 그들의 병력은 많아지고 우리는 전투를 하면 할수록 병사들의 사기는 하락했다. 이는 우리가 겪어 본 적이 없는 치욕이다![20]

심지어 그는 자신이나 국민당의 통치 모두가 "생사결단의 전환점"에 이르렀다고 느꼈다.[21] 11월 21일 그는 일기에 이렇게 썼다. "장징궈(蔣經國)[22]의 진정서에는 당국(党國)[23]과 간부들의 부패는 이미 극에 달하여 구제할 방법이 없다

---

19) 북벌: 국민 혁명군이 베이징의 군벌(軍閥) 타도를 목적으로 행한 출병(出兵). 쑨원(孫文)의 뜻을 받들어 1926년 장제스를 총사령관으로 했다. 한때 국공 분리 등 원인으로 중단되기도 하였으나 1928년 베이징을 점령함으로써 끝났다.

20) 장제스가 중앙 훈련단에서의 연설. 1947년 12월 22일.

21) 장제스가 국방부 작전회의에서의 연설, 1947년 11월 3일.

22) 장징궈: 장제스의 장자. 1910년 3월 18일—1988년 1월 13일, 중국 국민당의 정치지도자이자 대만의 군인, 정치인.

23) 당국: 국민당 통치시기에 사용하던 말로 당과 국가를 가리킨다.

고 하였으니 혁명의 앞날이 미지수로다." 그 해의 제일 마지막 날의 일기에는 이렇게 썼다. "이번 달의 우환이 제일 심하다. 특히 마지막 열흘 동안 위급한 상황을 보고하는 전보와 실패를 알리는 전보들이 겨울 하늘에서 내리는 눈꽃처럼 많았으니 한시도 한가한 시각이 없었다. 소의한식에 전전긍긍하고 스스로 한 치의 부끄러움이 없다고 여기고 있으나 흥망성쇠는 하늘에 맡길 뿐이다."[24]

하오바이춘(郝柏村)이 장제스의 일기를 분석할 때에도 1947년을 "전면 내전의 비상시국"이라고 했다. 하오바이춘은 "군사상 1947년에 얻은 성과는 그 해연 초에 제정한 계획과 큰 차이가 있다"고 했으며, "1년 동안 공산군 주력을 섬멸하기에 성급했다. 연 초의 목표를 실현하기는커녕 큰 손실을 입었다. 이는 짧은 시간 내에 공산군을 궤멸시킨다는 것은 불가능하다는 것을 증명한다"고 했다.[25]

마오쩌동의 태도는 시종 냉정하고 침착했다. 1946년 11월 21일 국민당 군대가 기세등등하게 공격할 때 그는 중국공산당 중앙의 회의에서 이런 내용의 연설을 했다. "얼마 전까지만 해도 중국 인민과 우리 당내에서는 내전이 일어날까봐 크게 우려했다. 사람들은 모두 국공 양당이 내전을 일으키지 않을 것을 희망했다. 하지만 내전의 발생 여부는 더 이상 추측할 일이 아닌 사실이 되었다. 지금 우리가 어떻게 이 전쟁에서 승리하는가 하는 문제만 남았다.

이번 전쟁에서 승리하려면 통일전선을 제대로 진행해야 한다. 이렇게 해야만 우리는 더욱 많은 사람들을 단결시켜 적들을 고립시킬 수 있다. 군사

---

24) 장제스 일기(친필 원고) : 1947년 11월 21일, 12월 31일『上月反省𣑱』, 미국 스탠퍼드대학교 후버연구소 소장.

25) 郝柏村,『郝柏村解讀蔣公日記(1945—1949)』, 台北, 天下遠見出版公司, 2011년 6월, 218, 220쪽.

상 우리는 여전히 우세한 병력을 모아서 적들을 기습하는 방법으로 적을 궤멸시켜야 한다." 토지문제를 해결하는 것은 모든 사업의 근본이다. 그는 토지문제에 대해 이렇게 강조했다. "우리가 다가오는 내년을 잘 견딘다면 그 다음해에는 형세가 호전될 것이다."[26] 1947년 2월 1일 중국공산당 중앙 정치국 확대회의에서는 『중국 혁명의 새로운 고조를 맞이하자』는 당내 지시를 통과시켰다. 마오쩌동은 이 문서에 대하여 설명을 할 때 이렇게 지적했다. "최근 형세에서 혁명의 고조는 빨리 나타나게 된다. 혁명의 고조가 형성되는 날이 바로 적들의 약점을 이용할 수 있는 절호의 기회이다. 혁명적 고조가 형성되지 않으면 힘든 일이다." "이번 혁명에는 두 가지 전선이 있는데 해방구와 장관구(蔣管區)[27]에서의 인민운동이다. 이 두 가지 전선 중 해방구가 주요 전선이다."

혁명승리의 시간에 대해 그는 이렇게 말했다. "짧으면 3년, 5년이 걸리고, 길면 10년, 15년이 걸린다. 가장 빠른 기한인 3년으로 본다면 일본이 무조건 투항을 한 시각으로부터 이미 절반이라는 시간이 지났다. 하지만 우리는 최후의 곤란도 예견해야 한다."[28]

마오쩌동은 1946년 연말에 "우리가 다가오는 내년을 잘 견디면 후년이면 형세가 호전 될 것이다"고 했다. 그는 적절라게 '견디다'라는 단어를 사용했다.

당시의 중국공산당에게 있어서 1947년은 확실히 견디기 어려운 한 해였다. 이렇게 어려운 한 해에 모든 국면을 바꾸어 놓는다는 것은 쉬운 일이 아니었다. 그 뒤로 19년이 지난 후 마오쩌동은 국외 우호인사들에게 이렇게 말했다.

"장제스가 우리를 공격하던 전체 과정에서 1947년 상반기가 제일 어려웠다.

---

26) 中共中央文獻研究室 편,『毛澤東文集』, 第4卷, 北京, 人民出版社, 1996년, 197쪽.
27) 장관구: 장제스 관할 구역
28) 中共中央文獻研究室 편,『毛澤東文集』, 第4卷, 北京, 人民出版社, 1996년, 219, 220, 223쪽.

우리는 옌안을 비롯한 많은 중요한 근거지를 잃었고 그들은 산뻬이 대부분 지역을 점령했다." 하지만 국면은 마오쩌동의 예상보다 더 빨리 호전되었다.

그 해 연말 상황은 근본적인 변화를 가져왔다. 마오쩌동은 승리를 확신할 수 있다고 여겼다. 12월 25일 산뻬이 미즈현(米脂縣) 양자꺼우(楊家溝)에서 열린 중국공산당 중앙회의에서 그는 『목전의 형세와 우리의 임무』라는 제목으로 된 보고를 했다. 보고의 시작에 이렇게 말했다.

> 지금 중국인민의 혁명전쟁은 전환점에 이르렀다. 중국인민해방군이 미국의 앞잡이인 장제스의 수백만 반동군의 공격을 물리쳤으며 우리는 공격상태로 전환되었다.
> 중국인민해방군은 이미 중국이라는 땅덩어리에서 미제국주의의 앞잡이인 장제스 무리의 반혁명 수레바퀴를 거꾸로 돌게 만들었으며, 장제스 반혁명 집단을 멸망의 길로 안내했다. 이는 역사의 전환점이다. 이는 20년간 지속된 장제스의 반혁명 통치가 궤멸의 길로 들어선 전환점이기도 하다. 이는 위대한 변화이다.[29]

그렇다면 어찌하여 짧은 1년 사이에 이와 같이 거대한 변화가 일어 날 수 있는가? 이는 기적이 아닐 수 없었다. 근본적인 조건은 누가 중국 인민 대다수의 지지를 얻는가 하는 것에 있었다. 민심의 방향이 이런 변화의 결정적 원인이었다. 물론 주관적인 지도방침의 정확여부도 매우 중요했다. 만약 지도방침이 정확하지 않으면 아무리 좋은 기회가 와도 그 기회는 허무하게 낭비하게 된다. 구체적으로 말하면 이런 변화는 해방구과 국민당 통치구의 두 갈래

---

29) 中共中央文獻編輯委員會 편, 『毛澤東選集』, 第4卷, 北京, 人民出版社, 1991년, 1243, 1244쪽.

인민운동 전선의 발전이 가져다 준 것이다. 이 두 가지 전선 중 해방구 인민운동 전선은 주요 전선이었다. 해방구 전선과 국민당 통치구 전선 두 개의 전선 중 어느 전선도 결코 쉬운 과정이 아니었다. 이는 예사롭지 않은 발전과정이었다. 이런 역사의 전환 연대에 각종 모순과 충돌은 예전보다 더욱 뒤얽혀 있었으며 더욱 복잡했고 예리했으며 격렬했다. 때문에 이 역사적 시기는 여느 때보다 풍부한 내용을 가지고 있었다.

이 책에서 고찰하고 토론하려는 것은 이런 전환의 발생원인, 그 원인의 형성과 발전과정이다. 이 책을 통해 파란만장한 역사 장면을 독자들에게 보여주고자 한다. 어떤 정도까지 보여 줄 수 있는지는 독자들의 의견과 비평에서 알 수 있을 것이다.

제1장
중국은 어떤 상황에서 1947년에 들어섰는가?

제1장
중국은 어떤 상황에서 1947년에 들어섰는가?

1947년의 중국을 이야기하기 위해서는 항일전쟁으로부터 1946년까지의 중국 국내상황을 간략하게 서술할 필요가 있다. 비록 1년 반도 되지 않는 시간이지만 그 사이에 발생한 변화는 그 어느 때보다 심각했으며 큰 영향을 미쳤다. 1947년의 중국은 이런 변화의 계속이었고 발전이었다.

짧은 1년 반 사이에 어떤 변화가 일어났었는가? 아래와 같은 세 가지 중요한 사건들이 있었다. 1) 전국적으로 특히 이미 점령한 지역에서 국민당 정부는 신속하게 민심을 잃고 있었다. 2) 중국 민중들이 평화적으로 나라를 세우려는 희망이 파멸되었다. 3) 전면적으로 내전이 발발했다.

> 항일전쟁의 승리는 전국 인민들에게 흥분과 기쁨을 가져다주었다. 이러한 기쁨은 어떤 언어와 단어로도 정확하게 형용하기가 어려웠다. 100여 년간 외국 열강들의 능욕과 압박을 받아야 했던 수치스러운 세월을 이겨낸 중화민족 해방전쟁의 전면적인 승리였다. 8년간 중화민족은 전례 없이 힘든 항일전쟁을 거쳐 갈망하던 승리를 거두었다. 일본에 강점당했던 지역의 광대한 인민들은 일본 침략군의 압박과 착취와 고난에서 벗어났다. 이런 기쁨을 어찌 말로 표현할 수 있겠는가 말이다.

대후방(大后方)[30] 인 총칭(重慶)은 비교적 일찍 승리의 소식을 접한 지역이었다. 사람들은 자신들의 흥분과 희열을 온몸으로 표현했고 마음껏 환호했다. 하지만 실제 생활에서 얻은 교훈, 특히 항일전쟁 후기에 국민당 정부의 민심을 분노케 하는 사건들 때문에 사람들의 마음은 상당히 복잡해졌다. 즐거우면서도 마음 한편에는 걱정으로 가득했다. 당시 총칭에 있던 미국 기자 Theodore Harold White와 Anna Jacob은 그 시기의 상황을 다음과 같이 썼다.

항일전쟁 승리의 소식이 총칭에 전해졌다. 총칭은 1년 중 제일 견디기 힘든 뜨거운 여름이었다. 승리의 소식은 저녁 무렵에 총칭에 전해졌다. 남자, 여자, 어린이…… 모든 사람들은 집에서 뛰쳐나와 거리로, 광장으로 모여들었다. 사람들은 2층 버스에 빼곡히 앉았다. 버스는 거리에서 천천히 이동하고 있었다. 일부 사람들은 버스 위에서 환호하며 깃발을 휘둘렀다. 자동차의 앞 판넬과 엔진의 보닛 위에도 십여 명의 사람들이 서로 부둥켜안고 있었다. 군용 차량들도 행진대오에 가담했다. 손에든 횃불에는 불이 밝혀져 있었다. 중앙출판사에서는 미처 호외(号外)를 인쇄할 틈도 없어 통신사 본부 외벽에 큰 손 글씨로 쓴 표어를 붙였다.

승리와 함께 전쟁도 끝났다. 하지만 고난에 시달릴 대로 시달린 사람들은 이미 썩을 대로 썩은 정부 때문에 마음속의 두려움은 여전했다. 이런 상황에서 중국은 아무런 개혁도 진행하지 못했고 중국은 평화와 점점 멀어져만 갔다.[31]

---

30) 대후방: 항일전쟁시기 국민당 통치하의 서남, 서북지구.

31) 〔美〕西奧多 怀特 저, 安娜 雅各布, 王健康, 康元非 역, 『風暴遍中國』, 北京, 解放軍出版社, 1985년,

항일전쟁의 승리를 바라보는 상하이, 난징(南京), 베이핑(北平, 베이징의 옛 이름), 톈진, 우한(武漢), 광쩌우(广州) 등 큰 도시를 포함한 이전 피점령지역 민중들의 심정은 대후방의 민중들과는 달랐다. 이전 피점령지역 사람들은 항일전쟁의 승리에 환호했다. 당시 이런 승리를 "하늘이 밝아 왔다"고 했다.

일제시기 이전 피점령지역 사람들은 국민당 정부가 여전히 나라를 대표하는 정부라고 여겼으며, 국민당 정부에 대한 불만은 국민당 통치의 고통을 겪은 대후방 민중들처럼 그리 크지 않았다. 때문에 항일전쟁 초기에 그들은 대후방 민중들처럼 미래에 대해 크게 우려하지 않았고, 중국의 앞날에 큰 희망을 품고 있었다.

부득이하게 이전 피점령지역인 상하이에 칩거하고 있던 문화계 일부 진보인사들은 항일전쟁 승리 후 두 개의 영향력 있는 간행물을 발행했다. 탕타오(唐弢), 커링(柯灵)이 편집장을 맡은『저우바오(周報)』는 1945년 9월 8일에 창간되었고, 정전둬(鄭振鐸)가 편집장을 맡은『민주(民主)』는 1945년 10월 13일에 창간되었다. 저명한 작가 예성타오(叶圣陶)는 충칭에서 상하이에 도착한 셋째 날의 일기에 이렇게 썼다. "탕타오가 편집한『저우바오』는 요즘 제일 유행하는 간행물이다."[32] 이 두 간행물의 창간호에서 모두 아래와 같은 흥분에 넘치는 내용을 접할 수 있었다.

> 모든 것이 꿈만 같다. 흥분한 환호소리는 캄캄한 어둠을 뚫고 울러 퍼졌다. "중국은 자유로워졌다!" 이 외침에 두 어깨를 누르던 무거운 짐을 내려놓은 듯, 전에 없던 가뿐함을 느낀다. 기쁨은 혈

311, 312쪽.

32) 叶圣陶, 『東歸日記』, 叶圣陶, 叶至善, 叶至美, 叶至誠 편, 『叶圣陶集』, 第21卷, 南京, 江蘇教育出版社, 1994년, 36쪽.

> 관을 따라 온 몸으로 퍼져나가 감출 수 없는 흥분으로 승화했다. 피로 맺힌 8년간의 원한, 아니 백 년 동안의 피 값을 오늘에야 청산하게 되었다. 전선에서 강인하게 피 흘리며 싸운 동포들은 오랜 세월의 악전고투 속에 지친 몸과 마음을 제대로 위로해 줄 수 있는 승리를 맞이했다. 타민족의 채찍 하에 신음하던 사람들은 자유로이 숨을 쉴 수 있게 되었다. 드디어 대대손손 쌓인 민족의 치욕을 영광스럽게 씻어낼 수 있었다. 틀림없이 이는 우리의 승리이다! 이는 새로운 획을 그은 승리이다! 잔인한 학대로 인해 치욕을 당하던 세월은 역사의 한 페이지로 남겨졌다. 승리와 함께 밝은 앞날이 펼쳐질 것이고 새로운 길과 새로운 활력이 찾아올 것이다.[33]

근 백 년 동안 중국 사람들은 국가 멸망의 두려움 속에서 생활했다. 제국주의 및 매판계급으로 능욕과 착취 하에 백성들은 아무런 보장도 없는 반망국노 신세였다. 그들은 하루도 투쟁을 멈춘 적이 없었다. 가엾은 중국인들은 끝내 선혈로 나라를 지키고 값진 승리를 얻었다. 중국은 세계의 주목을 받았고, 이제 중국은 자유를 얻었다.[34]

> 오랫동안 모진 고통 속에서 살아온 인민들이 '국군(國軍)'[35]을 바라보는 마음은 오랜 가뭄에 먹장구름을 바라보는 마음이랄까? 수많은 사람들이 군대에 환호를 보냈다. 이 정경을 보는 나의 두 눈

---

33) 胡曲園, 「狂歡与急進」, 『周報』 創刊号, 1945년 9월 8일.
34) 師陀, 『胜利到來』, 『民主』 創刊号, 1945년 10월 13일.
35) 국군: 국민당 정부가 자신의 군대를 자칭하던 말.

에는 어느새 뜨거운 눈물이 고였다. 14~15년간 착취를 당한 동북의 여러 성들과 8년간 침략자들의 그늘에서 살아야 했던 대부분의 수복구역(收复區, 일본 침략자들에게 점령당했던 지역으로 이전 피점령지역을 말함. 이하 동일)의 백성들은 "한관위의(漢官威儀)[36]"를 다시 보게 되었다. 이런 백성들의 하늘을 찌르는 열정을 무엇으로 위로하고 무엇으로 어루만져 주면 되겠는가?[37]

이렇게 열정적인 이전 피점령지역 인민들을 맞이한 것은 무엇인가? 이들은 어떤 '위로'를 받았고, 누가 이들을 '어루만져' 주었는가? 상황은 그들의 희망과 완전히 다른 방향으로 흘렀다. 승리 후 가엾은 인민들에게 준 첫 선물은 밀물처럼 들어오는 정부 관리와 군사기관, 특무기관들이었다. 밀려들어온 관리들은 탐욕스럽게 '오자'라고 불리는 금(金子), 차(車子), 집(房子), 여자(女子), 돈(票子)을 약탈했다. 이를 소위 '오자등과(五子登科)'[38]라고 했다. 모든 사람들은 이런 행위를 질타했으며, 이런 '인수'[39]를 '갈취'라고 불렀다. 당시 상하이의 저명한 기자인 타오주인(陶菊隱)은 괴로운 마음으로 이렇게 썼다.

군통(軍統)[40] 소속인 충의구국군(忠義救國軍)은 국민당 정규군보다 먼저 상하이에 입성했다. …… 충칭에서 비행기를 타고 상하이

---

36) 한관위의(漢官威儀): 중국 한조(漢朝)시기 관리들의 복식제도를 뜻하는 말로 중국의 한족 통치제도를 의미한다.

37) 鄭振鐸, 『走上民主的第一步』, 『民主』 創刊号, 1945년 10월 13일.

38) 오자등과(五子登科): 아들 다섯이 모두 과거(科擧)에 합격하면 특별히 그 부모에게 벼슬을 내리거나 벼슬을 올려 주고, 해마다 쌀을 내리며, 이미 죽었으면 벼슬을 추증(追贈)하고 그 무덤에 제사를 지내 주었다.

39) 인수: 여기서 인수는 일본군 손에서 공장 혹은 건물, 사무를 넘겨받는 일을 말한다.

40) 군통: 1938년에 성립된 중화민국 정보기관의 하나인 국민정부 군사위원회 조사통계국(BIS)을 군통국이라고 하며 군통이라 약칭했다.

로 전근되어 온 관리들과 상하이에 잠복해있던 신분을 회복한 '지하 공작원'들이 굶주린 하이에나처럼 먹이를 찾아 눈에 불을 켜고 끊임없이 달려들었다. "이것이 우리가 바라던 밝은 세상이란 말인가?" 이는 쓰라린 아픔을 견뎌온 상하이 시민들의 절망에 찬 외침소리였다.[41]

약탈과정에 군, 정, 특의 여러 기관들은 서로 더 많은 것을 얻으려고 물고 뜯기에 여념이 없었다. 장제스가 임명한 상하이시 시장 겸 경비 총사령관인 첸다준(錢大鈞)이나 베이징에서 내려온 장관이며 제3방면군 사령관인 탕언보(湯恩伯) 등 모두는 그 나물에 그 밥이었다. 첸다준은 9월 9일 상하이에 도착했다. 그는 18일 일기에 이렇게 썼다. "탕언보는 상하이에 도착한 허잉친(何應欽)을 접대하는 자리에서 이렇게 말했다.

'구위슈(顧毓琇)는 어제 총장(허잉친을 이르는 말)께서 거처를 안배할 때 군사를 우선적으로 고려해야 하며 마땅히 탕 사령관의 뜻을 따라야 한다고 했다. 그러자 총장은 군에서 사용하는 집 외의 기타 부동산은 시정부에서 처리할 수 있다고 했다.' 하지만 평화를 맞이한 지금 군사는 이미 지난 이야기인데 어찌 군사를 우선적으로 고려해야 한다는 것인가?" 10월 6일에는 이렇게 썼다. "우리가 이미 봉인을 했으나 제3방면군 혹은 해군은 봉인 위에 그들의 봉인을 더 붙이거나 아예 우리의 봉인을 뜯어 버리기도 했다. 당과 정부 물자가 있는 창고는 군부에서 봉인을 했기에 우리는 물자를 확인할 수도 사용할 수도 없었다. 이런 모순은 점차 심각해졌고 보편화되었다."[42]

---

41) 陶菊隱, 『孤島見聞』, 上海, 上海人民出版社, 1979년, 323쪽.
42) 錢世澤 편, 『千鈞重負, 錢大鈞將軍民國日記摘要』(二), 台北, 中華出版公司, 2015년 7월, 1072, 1087쪽.

이는 권력과 이익 다툼은 고위층에서도 백열화되고 있음을 말해 준다.

사람들은 고위층에서도 권력과 이익을 위해 싸우리라고는 생각지 못했다. 권력과 이익에 대한 다툼은 예고 없이 시작되었고, 그 다툼은 여느 때보다도 격렬했다. 사람들은 이런 현상에 놀라워했고 안타까워했다. 이 모든 것은 너무 잔혹하게 펴져갔다.

'인수' 과정에서 괴이한 현상들이 수없이 나타났다. 일본 침략자는 점령지역에서 "전쟁으로 전쟁을 복구"하는 정책을 실시했다. 일본 점령시기에 수많은 일본 기업이 중국에 들어와 중국 정부 기업과 민간 기업들을 몰수 혹은 징용했다. 또한 태평양 전쟁 이후 영국·미국 등 나라에 남겨진 재산을 군사적으로 관리했다. 화북에서는 화북개발회사를 '모회사(母公司)'로 하고 아래에 화북교통(華北交通), 북지면화(北支棉花), 화북전업(華北電業), 맹강전업(蒙疆電業), 화북전신전화(華北電信電話), 용연철광(龍烟鐵礦), 흥중공사(興中公司)등 18개의 '자회사'를 두었다. 화중(華中)[43]에서는 화중진흥회사를 '모회사'로 하고 산하에 화중광업(華中礦業), 화중교통(華中交通), 화중수산(華中水産), 화중전신통신(華中電气通信), 화중철도(華中鐵道), 상하이형산(上海恒産) 등 '자회사'를 두었다. 또한 소위 '위탁경영' 방식으로 여러 사업과 공장을 운영했다.

이런 사업은 완전한 체계를 형성하고 있기에 계획적으로 인수하면 생산을 신속하게 회복하고 발전시킬 수 있었다. 하지만 현실은 이와 다른 방향으로 발전했다. 공장을 인수하러 온 관리들은 자신의 호주머니를 채우느라 여념이 없었다. 그들은 수단과 방법을 가리지 않고 돈을 긁어모았기에 본래의 경제 운행구조를 와해시켰다. 그들은 정문에 봉인을 붙여놓고 뒷문을 열고 공장의 물자들을 빼돌려 투기매매를 했으며 심지어 기계의 작은 부속품 하나도

---

43) 화중: 중국의 중부지역. 허난성 후베이(湖北)성 후난(湖南)성 지역을 포함함.

남기지 않고 가져갔다. 그러자 수많은 노동자들이 실업 상태에 빠졌다. 『저우바오』 제5기에는 이런 글이 실렸다. "생산은 중단되었다. 이는 보편적 현실이다."[44]

생산의 회복과 발전을 바랄 형편도 아니었다. 생산사업은 크게 파괴되어 사회에 큰 혼란을 가져왔다. 텐진의 『대공보(大公報)』에는 「인수한 성적! 가련한 탕산강철공장(唐山鋼鐵厂)」이라는 제목의 통신이 실렸다. "쓸모없는 쇠붙이가 사처에 널려 있고 기계는 이미 녹이 슬었다. 비바람에 노출된 설비는 전원이 부족하여 제대로 작동이 되지 않았다. 간혹 출하되는 제품이 있지만 출하 판매되어 봤자 밑지는 장사일 뿐이었다." "참관보다는 문상에 가까웠다."[45] 『저우바오』에는 아래와 같은 베이핑 통신이 실렸다.

> 당국에서 한 대형 강철공장을 인수 할 때 공장에서는 쇠를 녹이는 작업이 한창이었다. 우리 측 인수 담당자는 도착하자마자 공장에 있는 모든 노동자들을 몰아냈다. 노동자들이 나가기 바쁘게 그들은 봉인을 붙였다. 결과 쇳물은 기계와 붙어 기계들을 사용할 수가 없게 되었다. 그들은 적들이 경영하던 공장의 생산여부를 떠나 모두 봉인을 붙였다. 이로 인한 기계와 물자의 손실은 이루 말할 수 없이 많았으니 마음 아픈 일이 아닐 수 없었다.
>
> 베이핑 사람들은 행영 주임인 리쭝런(李宗仁)장군에게 별다른 인상이 없었고, 그 외 다른 사람들 이름에는 모두 고개를 절레절레 저었다. 여자를 사고 집과 황금을 빼앗는 사건을 이야기 하라면 며칠 밤낮을 이야기해도 모자랐다.

---

44) 韜, 『釋「接收」』, 『周報』, 第5期, 1945년 10월 6일.

45) 『大公報』, 1947년 3월 27일.

> 베이핑은 절망에 빠졌고 나라는 민심을 잃었다. 대공보의 논평처럼 이후의 정부는 잃어버린 민심을 되찾는 것이 우선이었다.[46]

이처럼 진행된 인수사업은 민족 공상업에 큰 타격을 주었다. 사람들은 일본 침략자들 수중에서 방대한 산업을 회수하여 중국의 민족공업을 부흥시키기를 희망했다. "후방에 있는 첸촨(遷川)공장연합회 등 단체에서는 정부에 전보를 보내 우선 적들의 공장을 구매하여 전쟁으로 인한 손해를 보완하려 했다. 특히 일제 침략시기에 일본 방직공장의 억압을 받던 면방직업계는 기타 업계보다 더욱 큰 희망을 가지고 있었다. 방직공장연합회에서는 민영공장에서 일본 공장을 대리 경영할 수 있게 해달라고 요구했다. 당시 민영공장들은 대리 경영할 수 있는 능력이 충분했다. 행정원장인 송쯔원(宋子文)은 처음에는 승낙을 하더니 얼마 지나지 않아 번복했다." "자원위원회에서는 중공업을 경영하였었는데 사탕공장과 제지업 두 가지 경공업을 인수했다. 산염기업과 시멘트 생산기업, 고무 생산기업 등은 민간경영에서 큰 성과를 얻었는데 관련 공장들은 모두 국가소유가 되었다."[47] 이에 국가 독점자본은 전례 없이 팽창했으며 민족 상공업은 더욱 깊은 곤경에 빠졌다.

국민당 정부의 무차별한 약탈 때문에 그들은 짧은 시간에 민심을 모두 잃었다. 장제스의 신변에서 일을 하던 사람들도 이를 인정했다. 군통국 보좌관이며 장제스 시종실(侍從室) 제6소조 소장인 탕종(唐縱)은 일기에 이렇게 썼다. "일본에 강점되었던 주택, 물품과 가구들을 인수하면 되는 우리 정부 인원들은 공장의 생산을 중단시키고 공장을 폐쇄하였기에 공업을 거의 파괴시

---

46) 松平, 『古都春寒彔』, 『周報』, 第30期, 1946년 3월 30일.
47) 许涤新, 吳承明 편, 『中國資本主義發展史』, 第3卷, 北京, 人民出版社, 1993년, 609, 611쪽.

켰다.'[48] 장제스의 파견을 받고 이전 피점령지역에 가서 고찰을 한 시종실 소장 비서인 사오위린(邵毓麟)은 자신의 회고록에 상하이·난징에서 고찰을 마치고 총칭에 돌아온 다음날 장제스가 그를 불러 상황을 물었다고 썼다. "나는 수복지구의 상황과 형세를 사실대로 보고했다. 당시 나는 '이렇게 내버려둔다면 우리가 나라를 되찾았어도 민심을 잃게 됩니다!'고 인수문제의 엄중성을 강조했다. 옆에 앉아 있던 시종실의 동료는 내가 방을 나올 때 Albert Coady Wedemeyer(중국 이름 魏德邁)장군께서 내가 보고하기 불과 몇 분 전에 미군 고문의 정보에 근거하여 위원장님(장제스를 말함)에게 비슷한 내용의 보고를 했다고 알려주었다." 그는 회고록에 "오자등과(五子登科)로 인해 정부의 기초가 흔들렸다. 이는 승리의 함성 속에 가려진 시한폭탄이 아닐 수 없다.'[49]고 썼다.

"승리의 함성 속에 가려진 시한폭탄"은 장제스 시종실 요원들이 얻은 결론이다. 하지만 장제스는 "승리의 함성 속"에서 동요하는 민심이 가져올 후 폭풍을 인지하지 못했다. 그는 자신이 우세에 처해 있다고 여겨 어떻게 하든 상관이 없다고 생각했다. 그들은 당시 정세를 잘못 판단했다.

항일전쟁이 승리한 후 국민당 정부는 이전 피점령지역에 두 번째 선물을 가져다주었다. 법폐(法幣)[50]와 왕징웨이 정권의 중앙저축은행에서 발행한 지폐의 환율을 1:200으로 정했다. 이렇게 높은 환율은 물가의 폭등을 초래했다.

왕징웨이 정권의 중앙저축은행에서 발행한 지폐는 화중(華中)과 화남(華

---

48) 唐縱, 公安部檔案館 편, 『在蔣介石身邊八年』, 北京, 群衆出版社, 1991년, 554쪽.

49) 邵毓麟, 『胜利前后』, 台北, 傳記文學出版社, 1967년 9월, 76, 81쪽.

50) 법폐: 국민당 정부가 1935년 11월 4일에 발행한 법정 지폐.

南)[51]지구에서 유통하는 화폐이며 일본 엔과 연관되어 있었다. 승리 후 법폐로 왕징웨이 정권의 중앙저축은행에서 발행한 지폐를 전부 회수할 필요가 있었다. 하지만 이전 피점령지역은 연해지역과 장강 연안의 지역으로 경제적으로 부유하고 물자가 풍부하였으나 대후방은 편벽한 서부에 위치하여 물자가 부족했다. 이전 피점령지역의 물가지수, 왕징웨이 정권의 중앙저축은행에서 발행한 지폐의 발행총액, 왕징웨이 정권의 중앙저축은행의 현금 재고 및 외화 총액은 대후방의 물가지수, 법폐 발행총액 및 미국 달러 환율과 비교하였을 때 왕징웨이 정권의 중앙저축은행에서 발행한 지폐와 법폐의 비율은 100:1을 넘지 않았다. 하지만 이전 피점령지역의 백성들에게 200:1의 환율로 수중의 왕징웨이 정권의 중앙저축은행에서 발행한 지폐를 바꾸라고 하는 것은 그들의 재산 절반을 버리라는 것과 마찬가지였다.

이런 정책은 이전 피점령지역 백성들의 재산을 대놓고 앗아가는 것과 같았으니 사람들의 피와 살을 도려내는 것과 다름없었다. 리종런은 회고록에서 "승리 초기에 이전 피점령지역에서는 200:1의 환율로 왕징웨이 정권시기의 화폐를 자유구역에서 사용하는 법폐로 바꾸어야 했다. 이러한 령이 내려지자 수복구의 인민들은 하루 사이에 빈털터리가 되었다. 반대로 대량의 법폐를 가지고 공장들을 인수하러 온 사람들은 하루아침에 부자가 되었다. 이렇게 수복지구의 민심은 기울어졌고 이는 심각한 일이었다."[52]

터무니없는 환율에 물가는 하늘로 치솟았다. 항일전쟁 승리의 소식이 전해지자 이전 피점령지역의 물가는 비교적 크게 하락했다. 한 달 사이에 물가는 20%넘게 내려갔다. 물가의 하락은 장기간 높은 물가로 인해 고난에 허덕이던 백성들을 어느 정도 위로해주었다. "왕징웨이 정권의 중앙은행에서 발행

51) 화남: 중국 남부 지역. 광둥(广東)성 광시(广西)성 하이난(海南) 홍콩 마카오 지역을 포함함.

52) 李宗仁 구술, 唐德剛 글, 『李宗仁回憶彔』, 香港, 南粵出版社, 1987년, 557쪽.

한 지폐와 법폐의 200:1의 환율은 수복구에 느닷없는 인플레이션을 가져주었다."[53] "상하이의 물가는 끊임없이 치솟았다. 간상배들은 이 틈을 타서 판매가격을 법폐로 표기하면서 가격을 터무니없이 높였다. 원래 왕징웨이 정권의 중앙은행에서 발행한 지폐로 1만씩 하던 가격을 100 법폐로 하고 위폐(왕징웨이 정권의 중앙은행에서 발행한 지폐)로 5만씩 하던 가격을 법폐 3,250으로 가격을 높여 판매했다. 이 시기 상하이의 인민들은 승리의 희열과 함께 물가 하락의 기쁨에 잠겨 있었다. 그러나 별안간 내려진 정책으로 인한 물가 폭등은 백성들의 분노를 샀다. 백성들은 간상배들을 엄격히 처벌하라고 강력하게 요구했다." 상인들은 정부의 불합리한 규정으로 인한 자신의 금전적 손실을 줄이기 위해 판매가격을 법폐로 표기하면서 가격을 높여 팔았다.

이렇게 상인들은 자신의 손실을 일반 백성들에게 돌렸다. 하지만 충칭에서 기업들을 인수하러 온 큰 관리들은 이 가격이 비싼 가격이라고 생각하지 않았다. 그들은 법폐의 발행금액이 이미 천문학적인 숫자에 달한 것을 알기에 법폐의 앞날에 큰 희망을 품지 않았다. 때문에 그들은 모든 기회를 이용하여 이전 피점령지역에서 더 많은 물자들을 모으려고 했다. 우정(郵政)관리 부문에서는 보통 우편의 가격을 2위안으로부터 20위안으로 올렸고, 징후(京滬, 상하이와 난징), 후항(滬杭, 상하이와 항저우) 두 노선의 기차표도 갑자기 수십 배나 올렸다. 이와 같이 정부에서 먼저 가격을 올렸다. "아무리 간상배라고 해도 이처럼 한 번에 가격을 열 배 혹은 수십 배 인상하지 않는다. 하지만 정부 부처에서 이렇게 가격을 인상하자 상인들도 관리들만 불을 피우고 백성들이 불을 피우지 말라는 법이 있느냐며 분분히 가격을 올리기 시작했다.

가격을 몇 십 퍼센트, 혹은 몇 배씩 인상하는 것이 아니라 다섯 배, 여섯

---

53) 본사특약기자, 『宋子文的政績, 政策, 作風, 資本』, 『觀察』, 第1卷 第3期, 1946년 9월 14일.

배 심지어 열 배 넘게 인상했다.'[54]

『민주』 주간 제5기의 "물가 문제에 관한 특집"에는 수광핑(許广平)등 일곱 유명 인사들의 글이 실렸다.

> 적들이 무릎을 꿇어 항복을 한 후, 우리 군정 당국이 아직 상하이에 도착하기 전에 상하이 물가는 급락하지 않았는가? 중국은 전패국이 아닌 전승국이니 이론상 물가는 점차 하락하고 생활이 점차 안정적이 되어야 하는 것이 아닌가? 물가가 내려가지 않고 안정적이지 않더라도 물가가 급등하고 생활이 더 어려워지고 있으니 이 어찌된 일인가? 하지만 사실은 이상하게 이와 반대였다.
> 위폐와 법폐의 환율이 이미 200:1이 되어 물가는 급등했다. 모든 불똥은 백성들에게 튀기 마련이다. 궁지에 몰린 백성들이 온 힘을 다해 소리쳐도 들어주는 사람 하나 없으니 먹고 살기도 어렵다.
> 8월 1일 모든 사람들은 희열의 눈물로 태평성세를 맞이했다. 불과 3개월도 지나지 않은 지금은 희열로 맞이한 세상과 완연히 다른 세상으로 바뀌었다. 백성은 궁지에 빠졌다.[55]

백성들은 짧은 3개월 사이에 천당과 지옥을 경험한 듯 했다. 정부에 대한 큰 희망은 실망을 넘어 절망으로 변했다. 그 시기를 겪지 못한 사람은 이런 변화를 믿기 어렵다. 하지만 이는 명확한 사실이었다. 승리의 희열과 희망은 차가운 절망으로 돌아왔다. 백성들의 희망은 순식간에 허물어졌다. 충격에

---

54) 編者, 「制止物价高翔的方案」, 『民主』, 第4期, 1945년 11월 3일.
55) 張鳳擧, 「民瘼」, 『民主』, 第5期, 1945년 11월 10일.

휩싸인 백성들은 더욱 큰 고통에 빠졌다. 이는 당시 백성들의 보편적인 상황이었다.

얼마 후 상하이 시장으로 임명된 우궈전(吴国桢)은 이렇게 말했다. "일본이 투항한 후 시민들은 국민당 정부에 큰 환호를 보냈다. …… 그렇게 얼마 지나지 않아 지지율도 하락하였다. 이는 적들의 자산을 인수하면서 수많은 부패현상들이 나타났기 때문이다." "국민당 정부의 위망(威望)은 급 하락했다. 상하이에서만 이런 현상이 나타난 것이 아니라 거의 모든 지역에서 나타났다."[56] 국민당정부 군령부 부장 수용창(徐永昌)은 1945년 12월 8일의 일기에 아래와 같이 썼다. "요즘 핑진(平津, 베이핑과 톈진)에는 '매일 중앙에서 오기를 기다렸는데 더욱 참담한 현실을 가져왔다'는 말이 돌았다."[57] "매일 중앙에서 오기를 기다렸는데 더욱 참담한 현실을 가져왔다"는 말을 당시의 간행물에서도 찾아볼 수가 있다. 항일전쟁시기 장기간 상하이에서 생활한 저명한 문학가이며 교육가인 샤멘쥔(夏丏尊)은 임종 전에 병문안을 온 옛 친구 예성타오에게 "승리, 대체 누구의 승리인지 알 수가 없네."[58]라고 했다. 이는 얼마나 큰 상심에서야 나올 수 있는 말인가? 친청도 일기에 이렇게 썼다. "내가 불안한 것은 노동자들의 대우가 너무 적다는 점이다. 노동자들이 기본 생활을 할 수 있을 지가 문제다."[59]

상하이나 베이핑은 세상이 주목하는 큰 도시다. 이와 같은 대도시가 기타 지역의 상황을 대표하지 못한다면, 원래부터 가난에 쪼들리던 농촌은 더욱

---

56) 〔美〕 裴斐, 韦慕庭 방문 정리, 吴修垣 역, 『从上海市长到「台湾省主席」—吴国桢口述回 忆』, 上海, 上海人民出版社, 1999년, 1, 2, 3쪽.

57) 徐永昌, 『徐永昌日記』, 第8冊, 台北, "中央研究院"近代史研究所, 1990년 6월 영인본, 197쪽.

58) 叶圣陶, 『東歸日記』, 叶圣陶, 叶至善, 叶至美, 叶至誠 편, 『叶圣陶集』, 第21卷, 南京, 江蘇教育出版社, 1994년, 제43쪽.

59) 陳誠, 『陳誠先生日記』(二), 台北, 國史館, 2015년 7월, 708쪽.

빨리 파산의 변두리에 몰려 상황은 여느 때보다 더 심각했고 비참했다. 『저우바오』는 예리한 관찰력으로 날카로운 평론을 했다.

"전국의 경제 중심인 상하이 상황이 이러하니 기타 지역 일반 백성들의 생활상황을 가히 상상할 수 있다. 후난(湖南) 재해지구의 백성들은 풀뿌리와 나무껍질을 먹었고, 후베이(湖北)에서는 흙을 먹으며 연명했다. 풀뿌리, 나무껍질 심지어 흙을 먹는 재해지구와 상하이의 상황은 하늘과 땅의 차이가 아닐 수 없었다."[60] 1946년 10월의 『관찰』에는 후난(湖南) 통신이 실렸다. "작년 가을부터 농민들은 밥을 먹어보지 못했다." "날이 갈수록 먹을거리가 줄어들면서 사람들은 소와 돼지도 먹지 않는 쑥 잎, 파초 잎, 토란, 올방개 줄기, 물달개비 등을 주식으로 어떠한 조미료도 첨가하지 않고 그대로 먹었다.

그 후 야생에서 자라는 풀도 자기가 주인이라는 사람들이 나타나서 자기 밭에서 자라는 풀만 먹을 수 있다." "영양실조, 영양부족, 과도한 노동 등은 질병의 근원이다. 긴장, 공포, 우려, 슬픔 등도 건강에 영향을 미친다. 이런 지역에서 생활하는 난민들이 어찌 질병에서 안전하고 생명에 영향이 없겠는가?" 이 글의 저자는 이 보고에 부제목을 달았다. "정책으로 살인을 한 자가 어찌 뒷수습을 하는가 보자!"[61] 이런 사회의 변화를 알지 못하면 그 뒤 중국 정세의 급속한 변화의 사회적 원인을 이해하기 힘들다.

이런 상황에 국민당 당국은 속수무책이었다. 3월에 열린 국민당 제6기 2차 전체회의는 항일전쟁 승리 후 처음으로 열린 전체회의였다. 행정원장인 송쯔원은 총 행정 보고를 했다. 회의에 참석한 중앙 감찰 위원회 위원인 왕쯔좡(王子壯)은 "고공 행진하는 물가에 속수무책이고, 인수한 공장은 폐업되고, 관리들은 직무의 편리를 이용하여 이익을 챙기느라 업무효율이 저하되는 등

---

60) 芜, 「安定民生第一」, 『周報』, 第30期, 1946년 3월 30일.
61) 본사특약기자, 「谷倉邊緣的飢饉」, 『觀察』, 第1卷 第9期, 1946년 10월 26일.

의 내용으로 회의에 참석한 대표들의 질책을 받았다. 회의는 오후에도 계속 되었다. 송쯔원은 자신이 여러 대표들의 바라는 원장이 되지 못했다고 하면서 모든 책임을 짊어지겠다고 했다. 혹시 다른 사람들이 좋은 방법이 있으면 자신의 자리를 양보하겠다는 말을 했다고 자신의 일기에 썼다." 4월 27일의 일기에는 "정부가 직면한 위기"를 적으면서 "우리 정부는 지금의 위기에 대하여 속수무책이다. 많은 사람들은 정부를 불신하고 있다. 점점 멀어져가는 민심을 방치했으니 떠나는 민심은 막을 방법이 없다"고 썼다. "송즈원의 약속은 약속으로만 남고 관리들은 좋은 관리라는 뜻을 사전적 의미로만 남겨 놓고 현실은 이와 다른 상황이니 나라의 정무가 정상일 수 있었겠는가!"[62]

항일전쟁 승리 후, 일반 백성들의 가장 강렬한 소망은 무엇이었나? 바로 평화 건설이었다. 100년간의 치욕은 8년 전쟁과 수많은 희생을 대가로 얻은 승리이다. 어렵게 얻은 승리에 모두 환호를 했다. 고난의 세월을 견뎌온 사람들은 사회의 안정과 경제 회복을 희망했으며 부강한 나라를 희망했다. 이는 많은 백성들이 갈망하는 아름다운 중국의 모습이었다. 중국 민주동맹 주석인 장란(張瀾)은 1945년 8월 11일에 이렇게 말했다.

> 이는 수천만 중국인민들의 피와 땀으로 바꾸어 온 승리이다. 여, 야를 물론이고 어렵사리 얻은 전생 승리 소식은 그간 겪은 전쟁의 고통을 뒤돌아보면서 이 승리가 얼마나 값진 것인 가를 다시 한 번 생각하는 계기가 되기 바란다. 이 얼마나 힘들게 얻은 승리란 말인가! 전쟁 승리의 성과를 보존하는 것은 모두의 희망이며 책임이다.

---

62) 王子壯, 『王子壯日記』, 第10冊, 台北, 中央研究院近代史研究所, 2001년 8월 영인본, 540, 600, 601쪽.

지금 중국은 통일, 민주, 단결을 갈망하고 있다. 통일, 민주, 단결된 중국만이 전 국민을 하나로 만들 수 있으며, 하나로 뭉친 중국만이 난관을 이겨내고 최대의 노력으로 나라를 건설할 수 있다.[63]

이는 당시 대다수 중국인의 생각을 말해준다. 이런 상황에서 세상 사람들의 규탄을 받으면서까지 내전을 일으킨다면 민심을 잃기 마련이다. 하지만 많은 사람들이 선한 희망을 가지고 있지만 평화적인 나라를 건설하는 것은 어디 그리 쉬운 일인가? 금방 승리를 맞이한 중국 대륙에는 내전의 그림자가 드리웠다. 8월 13일 마오쩌동은 옌안 간부회의에서 아래와 같은 내용의 강연을 했다.

우리 당은 내전을 일으키려는 장제스의 음모를 강력하게 반대한다. 내전을 막는 것은 우리 당의 명확한 방침이다. 우리는 인민들을 영도하여 내전을 막기 위해 모든 노력을 해야 한다. 장제스가 제정한 방침에 내포한 내전의 위험성을 정확하게 알아야 한다.[64]

장제스는 이미 자신의 방침을 확정했다. 그는 중국공산당을 자신의 제일 큰 적으로 여겼기에 중국공산당을 궤멸시키려고 결심했다. 항일전쟁 초기 국민 참정회의에 참석하러 온 중국공산당 참정원인 왕밍(王明), 보구(博古), 린보추(林伯渠), 동비우, 우위장(吳玉章) 등을 접견할 때 중국공산당을 취소할 것을 제기했다. 당시 장제스는 중국공산당 당원들이 국민당에 가입하는 것을 환영한다면서 양 당에 당적을 두면 안 된다는 우회적인 방식을 취했다.

---

63) 龍顯昭 편, 『張瀾文集』, 成都, 四川教育出版社, 1991년, 223, 224쪽.
64) 中共中央文獻編輯委員會 편, 『毛澤東選集』, 第4卷, 北京, 人民出版社, 1991년, 1125쪽.

그는 "이는 나의 생사와 관련된 문제이다. 이 목적을 달성하지 못하면 죽어서도 마음이 편하지 못하다. 항일전쟁의 승리는 별 의미가 없다. 나는 나의 이 의견을 절대 굽히지 않는다."[65] 중국공산당은 당연히 이 요구를 거절했다. 일본군의 공격이 약해지자 중국공산당이 영도하는 항일 근거지와 유격 전쟁은 적진의 후방에서 신속하게 발전했다. 장제스는 점차 불안에 휩싸였다.

그는 1938년 12월 31일에 1938년을 회상하면서 일기에 이렇게 썼다. "공산당은 틈을 타서 세력을 키우고 있는데 큰 우환이 아닐 수 없다." 며칠 후, 1939년 1월 6일의 일기에는 더욱 명확하게 "목전 긴박한 우환은 외국 침략자가 아닌" "도처에서 세력을 발전시키고 있는 공산당"과 "무질서한 이전 피점령지역 유격대"며 "확실한 대책을 정하여 우환을 없애야 한다"고 썼다.[66] 장제스의 일기는 그의 심경 변화를 보여주며 그의 주의력은 대 일본전쟁으로부터 반공산당 전쟁으로 옮겨졌다는 것을 말해준다. 국민당은 전국 각지에서 자주 마찰을 일으켰고 여러 차례의 공산당 반대운동을 진행했다. 하지만 그 시기는 항일전쟁이 아직 끝나지 않은 상황이었고 국제, 국내의 조건도 전면 내전을 일으키기에 적합하지 않았다.

항일전쟁의 승리와 함께 일본 침략자들이 투항을 하게 되면서 상황은 크게 변했다. 장제스의 주요 업무는 공산당을 궤멸시키는 방법을 찾는 것이었다. 미국의 지원과 함께 여러 방면에서 제일 좋은 상태이기에 짧은 시간에 무력으로 중국공산당을 궤멸시킬 능력을 가지고 있었기에 공산당이 역량을 키워 큰 우환으로 변하기 전에 공산당을 궤멸시키는 것이 좋다고 여겼다.

항일전쟁이 승리한 후에 세상 민심을 등지더라도 전면 내전을 일으키려는 것은 장제스가 미리 확정한 방침이었다.

---

65) 中央檔案館 편, 『中共中央文件選集』, 第11冊, 北京, 中共中央党校出版社, 1991년, 6쪽.

66) 秦孝儀 총편찬, 『蔣介石大事長編初稿』 卷四(上冊), 台北, 1978년 10월, 285, 291쪽.

더욱 놀라운 것은 그들이 일본군 사령관에게 공산당을 대처하는 방법을 물어 봤다는 점이다. 당시 허잉친의 시종 참모인 왕징수(汪敬煦)는 "항일전쟁에 승리한 후 장 위원장께서는 공산당이 군사행동을 취할 것이라고 하면서 허 선생에게 공산당을 숙청하는 계획 초안을 작성하라고 했다. 허 선생은 주중 일본 파견군 사령관인 오카무라 야스지(岡村宁次)[67]를 찾아 갔는데 오카무라는 공산당을 얕잡아보고 그들의 능력을 무시하지 말라고 했다"고 했다.

"2년 동안 3단계로 나누어 공산당을 궤멸시키는데 오카무라 야스지의 충고에 따라 침착하게 대응해야 하며 절대적으로 조급해하지 말아야 한다." 이는 허잉친이 작성한 공산당 숙청 2년 계획의 초안이었다. "계획초안을 작성한 후 샤오이쑤(蕭毅肅)를 총칭에 보내 장위원장에게 전했으나 오랜 시간이 지나도 진전이 없었다." "이때 친정은 6개월 내에 공산당을 궤멸시킬 수 있는 계획을 제기했다. 친정은 20년대에 장시(江西)에서 공산당과 싸우던 경험을 바탕으로 공산당 군대가 기계화의 국민당 군대의 공격을 막을 능력이 없다고 여겼다."

"위원장은 하루 빨리 공산당을 숙청하기를 갈망했다."[68] 이는 매우 중요한 역사 자료이다. 국민당 당국이 오카무라 야스지에게 "초공(剿共, 중공을 궤멸시키는 일)"하는 계획에 대하여 문의를 했다는 것은 생각할 수도 없는 일이였으니, 민중의 희망과 정반대인 행보가 아닐 수 없었다.

그렇다면 그들은 왜 즉각 공격을 하지 않고 국공 평화회담을 제의했는가? 장제스의 아들인 장웨이궈(蔣緯國)가 쓴 부친의 전기(傳記)에 "그 당시 부친은 분명히 압박에 의하여 어쩔 수 없이 평화회담을 받아들인 것으로 반대하려

---

67) 岡村宁次(1884 - 1966) : 일본의 악질 중국파견군 총사령관, 일본의 위안부를 최초로 일본군에 도입하게 한 장본인.

68) 劉鳳翰, 何智霖, 陳亦榮 방문, 何智霖, 陳亦榮 기록정리, 『汪敬煦先生訪談彔』, 台北, 國史館, 1993년 3월, 20, 21, 22쪽.

고 해도 할 수가 없었다"고 솔직하게 썼다.[69]

어떤 '압박'이 있었으며 왜 "반대하려고 해도 반대 할 수가 없다"고 했는가? 장웨이궈는 명확하게 여러 가지 원인이 있다고 했다. 사실은 이러했다. 하지만 전면내전을 일으키려는 장제스에게도 적지 않은 곤란과 생각이 있었다.

8년 동안의 항일전쟁을 끝낸 대부분 전국인민은 내전을 반대하고 국내의 평화를 갈망하고 있었다. 국제적으로 미국, 영국, 소련 등 국가들은 자국의 이익에 입각해 그 시기 중국에서 대규모의 내전을 일으키는 것을 찬성하지 않았다. 그 중 제일 큰 문제는 항일전쟁시기에 먼 서남지구로 내려간 주력군을 내전의 최전선으로 이동시키는 것이었다. 만약 미국의 대규모적인 항공운수와 수상운수가 없으면 짧은 시간에 부대를 이동시키는 것은 불가능했다. 미국 대통령 트루먼(Harry Truman)은 자신의 회고록에 이렇게 썼다.

> 일본전쟁에 승리할 때 중국의 상황은 이러했다. 장제스의 권력은 중국의 서남부 지역에만 국한 되어 있었고, 화남과 화동은 여전히 일본이 점령하고 있었다. 창장(長江) 이북에서는 중앙정부의 그림자도 찾아 볼 수가 없었다.
>
> 사실 장제스가 화남지역을 재점령하기도 쉽지 않았다. 화북지역을 손에 넣으려면 공산당과 합의를 해야 했다. 만약 그가 공산당 및 러시아 사람들과 협의를 하지 않으면 동북에 발을 들여 놓을 가능성이 없기에 장제스가 동북지역과 중남(中南)지역[70]을 점령하는 것은 불가능한 일이다. 만약 우리가 일본에게 그들의 무기

69) 蔣緯國, 『歷史見証人的實彔ㅡ蔣中正先生傳』, 第3冊, 台北, 靑年日報社, 1997년, 13쪽.

70) 중남: 중국의 중남 지역. 중국 허난 후베이 후난 광둥 하이난 등 성과 광시좡족자치구(廣西壯族自治區)가 이에 속함.

> 를 내려놓고 바다로 나가게 길을 내준다면 중국은 공산당의 지역이 될 것이 뻔하다. 때문에 우리는 보통 때와 다른 순서로 적들을 이용하여 그들을 방패로 우리가 국민당 군대를 항공으로 화남지역까지 이송시키고, 항구를 지킬 해군을 이송시킬 시간을 벌어야 한다. 우리는 일본인들에게 그들의 위치에서 질서를 유지하고 장제스의 군대가 도착한 후 일본군에게 국민당에 투항하라고 하면 된다. 일본 군대를 이용하여 공산당을 저지하는 방법은 국방부와 국무원에서 함께 결정하고 내가 비준했다.[71]

이외에도 장제스는 국민당도 군대를 재편성한하여 전투력을 증가할 필요가 있다고 여겼다. 후쭝난(胡宗南)의 일기에는 아래와 같은 장제스의 말이 적혀 있다. "항일전쟁을 거쳐 군인들은 지치고 엉성해졌지만 군을 강화하고 재정비할 기회가 없었다. 만약 지금 상황에서 공산당과 전투를 하면 우리 군은 전투가 시작하기 바쁘게 패하게 된다."

"일본이 투항한 후 우리 병사들의 소극적이고 산만한 정서는 극에 달했다. 때문에 재정비와 훈련이 없이 공산당을 토벌한다면 승리가 확실하지 못할 뿐만 아니라 실패를 가져올 수도 있다."[72]

이런 상황에서 장제스는 연속 세 번이나 마오쩌동에게 전보를 보내 총칭에 와서 논의할 것을 요청했다. 그는 마오쩌동이 위험을 무릅쓰고 총칭에 오지 않을 것이라고 생각했다. 만약 마오쩌동이 총칭에 오지 않는다면 전국 인민들에게 평화적으로 나라를 건설할 성의가 없다고 말하는 것과 같게 되어 내전의 책임을 중국공산당에게 떠밀 수 있고, 총칭에 온다면 그는 국민당의 군

---

71) 〔美〕 哈里 杜魯門 저, 李石 역, 『杜魯門回憶彔』, 第2卷, 北京, 世界知識出版社, 1965년, 70, 71쪽.
72) 胡宗南, 『胡宗南先生日記』(上), 台北, 國史館, 2015년 7월, 547쪽.

주력을 화중, 화북과 동북으로 이동시킬 수 있는 시간을 벌 수 있게 된다.

중국공산당은 항일전쟁이 끝나면 내전도 끝나기를 희망했다. 1942년 7월 9일 마오쩌동은 류사오치(劉少奇)에게 보내는 전보에다 항일전쟁 이후의 국세에 관한 중국공산당 중앙 서기처의 생각을 이렇게 썼다.

"전쟁 후 국민당은 우리 당과 합작할 가능성이 있다. 비록 내전의 가능성도 있지만 우리는 합작을 우선 고려해야 하며 이를 실현하기 위하여 노력해야 한다." 장제스의 전보를 받은 중국공산당 중앙정치국에서는 1945년 8월 23일과 26일에 두 차례의 회의를 열었다. 마오쩌동은 처음 회의에서 "전쟁 후 평화적인 건설을 시작해야 할 단계이다", "지금 우리의 새로운 구호는 '평화, 민주, 단결'이다"고 했다. 또한 그는 이렇게 말했다.

"국민당에 대해 지적을 하지 않으려 했는데 일본이 투항한 후 장제스가 명을 내려 우리에게 '현지에서 주둔하고 명령을 기다리라'고 하니 가만히 있을 수가 없다. '장제스가 전쟁을 일으키면 우리는 그에 맞서고 장이 멈추면 우리도 멈춘다.' 이는 우리의 방침이며 도리에 맞는 절제된 투쟁을 통해 단결을 도모하기 위함이다." 이 시기 소련에서도 마오쩌동이 총칭 평화회담에 참가하여 국내의 평화를 실현시킬 것을 희망했다. 두 번째 회의에서 마오쩌동은 "갈 수 있으며__ 마땅히 가야 한다"는 태도를 명확하게 표시했다. 그는 "우리가 힘이 있고 전국 인민들의 민심이 있다. 또한 장제스에게 실질적 곤란이 있고__ 외국에서 간섭을 하고 있다. 이런 네 가지 조건이 있기에 이번 총칭 행에 일부 문제들을 해결할 수 있을 것이다"고 했다.[73]

당내의 사상을 통일하기 위하여 마오쩌동은 중국공산당 중앙의 당내 지시 초안을 작성했다.

---

73) 中共中央文獻研究室 편, 『毛澤東文集』, 第4卷, 北京, 人民出版社, 1996년, 4, 5, 7, 16쪽.

회담을 통해 (국민당은) 내부와 외부의 압박 하에 우리 당의 지위를 인정하고 우리당도 국민당의 지위를 조건적으로 인정하게 된다. 이렇게 양당 합작(민주동맹 등을 포함)의 국면을 형성하여 평화발전의 새로운 단계에 진입할 수 있다. 만약 이런 상황이 되면 우리당은 합법적으로 투쟁하는 방법으로 국민당 구역의 도시, 농촌, 군대(모두 우리의 약점) 사업을 강화하여야 한다. 국민당은 담판에서 우리에게 해방구의 토지와 해방군의 수를 줄여달라고 요구할 것이다. 또한 지폐의 발행을 금할 수도 있는데, 우리는 인민들의 근본적인 이익에 손해를 주지 않는 선에서 필요한 양보를 해야 한다. 이런 양보를 하지 않으면 국민당의 내전을 일으키려는 음모를 밝히지 못하며 정치에서 주도권을 가질 수 없으며 국제여론과 중립파의 지지를 받기 어렵다. 양보가 없다면 우리당의 합법적 지위와 전국의 평화를 가져오기 어렵다. 하지만 이런 양보는 인민들의 근본 이익에 손해를 주지 않는 원칙을 지키며 일정 한도에서의 양보여야 한다.

우리 당이 상술한 양보를 하였음에도 국민당 측에서 내전을 일으키려 한다면, 국민당이 전국, 전 세계 인민들 앞에서 도리에 어긋나는 일을 하는 것이다. 그러면 우리 당은 방위전쟁을 일으켜 국민당의 공격을 막아야 한다.[74]

이로부터 중국공산당은 평화적 해결과 전쟁 두 가지 준비를 했다는 것을 알 수 있으며 무엇보다 양당의 합작을 실현하는 것을 중요하게 생각하고 평

74) 中共中央文獻編輯委員會 편, 『毛澤東選集』, 第4卷, 北京, 人民出版社, 1991년, 1153, 1154쪽.

화 발전을 도모하려 했다는 것을 알 수 있다.

1945년 8월 27일부터 10월 11일까지 마오쩌동, 저우언라이(周恩來), 왕뤄페이(王若飛)는 충칭에 가서 장제스와 담판을 진행했다. 10월 10일 국공 양당은 『국민정부와 중국공산당 대표 회담 요록』인 '쌍십협정(双十協定)'에 서명했다. 『회담 요록』에는 비록 군대와 해방구 정권의 문제에서 합의를 보지 못했지만 국민당은 평화단결의 방침과 인민의 민주권리를 도모하는 것을 인정했으며, 내전을 피하고 양당의 평화 합작을 통해 새로운 중국을 건설하기로 했다. 이 『회담 요록』의 체결은 평화를 갈망하는 사람들의 마음을 얼마라도 달래주었다. 그렇다고 안심을 할 상황은 아니었다. 저명한 문학가인 정전둬는 『국공 회의기록을 읽고』라는 글에서 그의 복잡한 심정을 아래와 같이 썼다.

> 국민들은 피로 얼룩진 15년의 전쟁 속에서 유리걸식하며 구사일생으로 살아남았다. 이들 가정은 파괴되었고 그들에게 제일 필요한 것은 휴식과 양생이다. 우리는 피로 얼룩진 전쟁을 되풀이 하고 싶지 않으며, 끊임없는 총소리를 듣고 싶지 않다! 만약 어느 누가 내전을 일으킨다면 온 세상 사람들이 비난할 짓을 하는 것이다.
>
> 마오쩌동 선생이 총칭에 가서 회담에 참가한 후 우리는 매일 회담의 내용과 회담의 진행 상황을 탐문했다. 우리는 회담의 순리로운 진행 여부에 관심을 갖었다. 회담에서 자그마한 논쟁이 일어나고 있다는 유언비어가 돌아도 모두 안절부절못했다. 우리는 모든 이간질을 증오한다. 우리는 그렇게 간절한 마음으로 두 손 모아 회담의 성공을 기원했다. 회담 기록이 발표되자 그나마 한숨을 돌릴 수 있었다. 하지만 우려는 완전히 가시지 않았다. 국공관

> 계의 원만한 해결만 우리의 근심을 해소할 수 있다.[75]

그들의 '우려'와 '해소할 수 없는 근심'에는 이유가 있었다. 총칭담판이 한창 진행되고 있는 과정에 장제스는 각 작전구역 사령관들에게 비밀지령을 내렸다.

> 우리는 간당(奸党)과 담판을 하고 있다. 이는 그들의 요구와 목적을 알아내기 위함이며 시간을 끌어 국제 분위기를 완화시키려는 것이다. 우리는 기회를 엿보아 일제시기 이전 피점령지역의 중심도시를 수복하고 우리 군이 모든 전략적 거점, 수송로 등을 통제한다. 일본군이 완전히 투항한 후 군사적 우세를 이용하여 간당과 상세한 담판을 할 것이다. 만약 군사 명령, 정치 명령의 통일 원칙을 인정하지 않으면 우리는 토비 숙청을 시작한다.[76]

'쌍십협정'이 체결된 후 장제스는 각 작전 구역에 밀령을 내려 10년 내전시기에 손수 제정한 『토비숙청 수첩』의 내용에 따라 "부하들을 독려하고 토비숙청에 전력해야 한다"고 했다. 그들은 "수항(受降)"의 명목으로 핑한, 진푸, 핑쒀이(平綏)[77] 퉁푸(同蒲)[78] 정타이(正太)[79]등 철도노선을 중점으로 인민해방

---

75) 鄭振鐸, 『讀國共會議記彔』, 『民主』, 第2期, 1945년 10월 20일.

76) 장쯔종(張治中)이 胡宗南에게 장제스의 비밀지령을 전달한 사안에 대한 중국공산당 주총칭(駐重慶) 대표단에 보낸 중국 공산당 중앙의 전보문, 1945년 9월 20일.

77) 핑쒀이: 베이징부터 바오터우(包頭)까지 구간을 이르는 말.

78) 퉁푸: 산시(山西) 다퉁(大同)부터 타이위안(太原)시 남쪽을 거쳐 윈청(運城)시 푸저우(蒲州)진까지의 구간.

79) 정타이: 스자좡(石家庄)부터 타이위안(太原)까지의 구간.

군이 통제하고 있는 각 해방구를 대거 공격했다. 그들은 화북의 주요 전략적 요지와 주요 교통도로를 점령하여 해방구를 갈라놓았고 화북을 통제하여 동북으로 진입할 수 있는 통로를 개척하려 했다. 진지루위(晋冀鲁豫)[80] 군관구 참모장 리다(李達)는 이렇게 분석했다. "그들은 철도노선을 통제하고 미국 현대화 장비의 우세를 이용하여 각 해방구 간의 연락을 끊어 놓고 우리 군이 농촌 혹은 산지로 후퇴하게 한 후 우리를 궤멸시키려 했다."[81]

국만당이 공격을 한 후 중국공산당 중앙은 10월 20일에 각 중앙국에 전보를 보내 전보 내용을 각 구(區) 당 위원회와 각 병단(兵團) 지휘관에게 전달하게 했다. 이 전보문에는 이렇게 썼다. "국민당은 근일에 더욱 많은 지방을 통제하여 화북, 동북에서 우세를 차지하여 우리 당, 우리 군의 역량을 약화시키려 한다. 그들은 그들에게 유리한 조건에서 우리가 평화협정을 받아들이게 하려한다. 때문에 지금 과도단계에 대규모의 맹렬한 군사투쟁(이 시기의 대규모 군사투쟁을 내전단계에 들어섰다고 여기지 말아야 한다.)이 일어났다."

전보문에서는 지금의 형세를 정확하게 인식하고 투쟁을 견지하며 우리에게 유리한 조건에서 평화발전의 새로운 단계에 들어서야 한다고 썼다. "우리의 승리가 클수록 평화의 시일이 앞당겨질 것이며 전 중국인민에게 더욱 유리하다."[82]

국민당 군대는 여러 갈래로 공격을 개시했다. 제11작전 구역 부사령관인 마파우(馬法五), 까오수쉰(高樹勛)은 3개 군, 4만여 명을 거느리고 10월에 위뻬이의 신샹(新鄉)에서 출발하여 핑한철도를 따라 북쪽으로 공격하여 퉁푸,

80) 진지루위: 산시, 허베이, 산동, 허난을 가리킴.

81) 李達, 「高樹勛起義促成平漢戰役迅速胜利」, 公孫訇 편, 『高樹勛紀念文集』, 北京, 中國文史出版社, 1998년, 201쪽.

82) 中央檔案館 편, 『中共中央文件選集』, 第15冊, 北京, 中共中央党校出版社, 1991년, 371, 372쪽.

정타이철도 동쪽 스자좡에서 출발한 후쫑난부대와 합류하여 전체 핑한철도를 관통시키려 했다. 이 전투는 주요 전투이며 핑한철도는 화중과 화북을 이어 놓는 주요 통로를 점령하여 화북 해방구를 분할하려는 중요한 작전이었다. 공격준비를 마친 제11작전구 사령관인 쑨롄중(孫連仲)은 비행기를 타고 베이징에 도착하여 비행기 혹은 배를 이용하여 베이징·톈진으로 이동한 국민당 군대와 합류하여 화북에서의 일본군 투항사업을 지휘했다.

중국공산당 중앙 군위에서는 진지루위 군관구에 핑한철도를 통해 북상하려는 국민당 선두부대를 궤멸시키라고 명령하였다. 중앙에서는 이 전투는 전체 국면에 영향을 미치는 중대한 전투라고 지적했다. 진지루위 군관구는 사령관 류보청(劉伯承), 정치위원 덩샤오핑(鄧小平)의 지휘 하에 세 개 종대(縱隊)[83]와 지방 무장부대 총 10만여 명의 병력으로 강력하게 저항하며 반격했다. 10월 24일 한단(邯鄲) 이남 지역에서 북쪽을 향해 공격하는 국민당 3개 군단을 포위했다. 국민당 세 개 군단은 전 서북 군벌 풍옥상의 옛 부대로 장제스의 직계부대가 아니기에 그들을 화북 내전의 선두부대로 배치했다. 그러나 장제스의 직계부대가 아니기에 병사들의 전투 의지가 높지 않았다.

격렬한 전투가 진행되던 도중에 까오수쉰은 신8군 만여 명 병사들을 거느리고 전지에서 기의를 일으켰다. 까오수쉰은 본부의 과장급 이상 군관들이 참석한 회의에서 "장제스는 항일전쟁이 끝나자마자 내전을 일으키려 하는데 우리는 이를 굳건히 반대한다. 10년 전쟁기간 공산당의 역량은 제일 적은 세력이지만 장개석의 백만 대군을 동원한 수차례 '포위토벌'을 견뎌냈다.

지금 공산당의 규모는 그때의 수십 배가 넘는다. 지금 무력으로 해결한다는 것은 절대적으로 불가능한 일이다. 때문에 우리는 내전에 참가하지 않고

83) 종대: 중국 국공 내전 시기의 인민 해방군 편제의 하나로 '軍(군단)'에 해당함.

평화를 주장한다"고 했다. 또한 그는 "우리 신8군은 예전부터 장제스 중앙 직계세력들의 시기를 받았었다. 우리는 그 치욕을 잊지 않고 있다. 장제스 직계부대에 공급된 물자는 우리의 열배가 넘었다. 또한 우리는 그들의 감시를 받아왔으며 그들은 우리를 분화시키고 병탄했다. 내가 시안(西安)에 있을 때 후쫑난의 문전박대를 받았는데 그때의 일을 생각하면 아직도 울분이 가라앉지 않는다"고 했다.[84] 대부분 군관들은 까오수쉰을 지지하고 나섰다. 기의(起義)는 순조롭게 진행되었다. 가오의 부대가 기의를 일으킨 이튿날 이른 아침, 마파우는 포위를 뚫고 도망쳤다. 11월 2일 마의 부대는 섬멸되고 마파우도 생포되었다. 한단 전역에서 중국공산당은 국민당 군 3만여 명을 궤멸시켰다.

이 전투는 국민당에 큰 충격을 주었을 뿐만 아니라 국민당 군이 핑한철도를 이용하여 북상하려는 계획을 파괴했으며 해방군이 전략적으로 배치를 할 수 있도록 엄호했다.

한단전역 이후 국민당 중앙선전부 부장 우궈전은 "이번 전투에서 정부는 방어 전략을 취했다"고 변명했다. 마오쩌둥은 중국공산당 대변인의 명의로 예리하게 지적했다. "이번 전투에 참가한 부장관, 군단장, 부 군단장들을 포함한 대다수 국민당 군관들이 우리 해방구에 있다. 이들은 저들이 누구의 명을 받들고 어떻게 공격했으며, 어디서 왔는지를 증명해준다. 이런 증인들이 있는데도 뻔뻔스레 방어전략을 취했다고 고집한단 말인가?"[85]

국가정세는 내전으로 향하고 있었다. 평화와 민주를 갈망하는 민중들은 깊은 우려와 불안에 휩싸였다. 11월 23일 쿤밍(昆明)의 각 학교 학생들과 선생들 그리고 사회인사 6천여 명은 베이징대학, 칭화대학, 난카이대학(南開大

---

84) 王定南, 『邯鄲起義与高樹勛同志』, 公孫訇 편, 『高樹勛紀念文集』, 北京, 中國文史出版社, 1998년, 221, 222쪽.

85) 中共中央文獻編輯委員會編 편, 『毛澤東選集』, 第4卷, 北京, 人民出版社, 1991년, 1167쪽.

學) 등에서 연합으로 내륙에 건립한 서남연합대학교 잔디밭에서 시사 집회를 진행했다. 첸돤성(錢端升), 페이샤오통(費孝通) 등 교수들은 집회에 참가하여 신속히 내전을 중단하고 민주연합정부를 수립할 것을 주장하는 연설을 발표했다. 국민당 제5군 치우칭취안(邱淸泉) 부대는 서남연합대학교 본사를 포위했다. “교수들이 연설을 하는 과정에 집회장소 주위에는 집회에 참가한 군중들을 위협하고 집회질서를 어지럽히려는 기관총, 소총, 소형 박격포 등이 배치되었다. 이어 총소리가 울렸고 집회는 해산되고 교통도 차단되어 수천 명의 사람들은 칠흑 같은 어둠과 추운 바람 속에서 떨고 있었다. 쿤밍은 분노에 휩싸였다!” 셋째 날, 전 도시의 학생들은 수업을 거부했다. 12월 1일 대량의 국민당 특무들과 군번이 있는 제복을 입은 군인들이 무기를 들고 서남연합대학, 윈난대학(云南大學)에 난입하여 수류탄을 뿌렸다. 이번 사건에서 4명이 사망하고 11명이 중상을 입었으며 14명이 경상을 입었다. “네 명의 열사들 빈소는 연합대학교 도서관에 마련되었다. 이날부터 한 달 동안 매일 수천, 수만의 시민들이 남녀노소 불문하고 조문을 왔다. 심지어 수십 리 밖에서 열사들에게 경의를 표하러 빈소에 들른 사람들도 있었다.”[86]

항일전쟁 승리 후 석 달도 안 되는 시점에서 최고학부인 서남연합대학에서 발생한 참사는 민주를 주장하며 내전을 중단하고 평화적인 건설을 요구하는 학생들과 교사들을 살해한 심각한 사건이었다. 이 사건은 전국에 큰 충격을 주었다. 궈모뤄(郭沫若), 선쥔루(沈鈞儒), 스량(史良) 등의 주최 하에 총칭에서 추도대회가 거행되었다. 송칭링(宋慶齡), 류야쯔(柳亞子), 마수뤈(馬叙倫), 수광핑 등은 상하이에서 만여 명이 참가한 추도대회를 개최했다. 쿤밍의 학생들은 휴교를 하고 “우리는 이번 학살이 당국의 지휘 하에서 일어난 계획적으로

---

86) 聞一多, 『一二 一運動始末記』, 中共云南省委党史資料征集委員會, 中共云南師范大學委員會 편, 『一二 一運動』, 北京, 中共党史資料出版社, 1988년, 48, 49, 50쪽.

진행한 대학살이라는 것을 밝히는 바이다"라고 명확히 선포했다.[87] 『저우바오』의 독자들은 이런 내용의 편지를 편집부에 보냈다. "우리의 정부는 아마도 건전한 정부와 민주적인 국가를 건설하려는 생각이 없는 듯하다. 그렇지 않으면 군정당국에서 정당한 요구(내전을 반대하는 것은 모든 중국 인민들의 간절한 희망이며, 절대적으로 찬성하는 일이라고 나는 믿는다)를 표명하는 학생들을 무차별적으로 저격하지 않았을 것이다."[88]

총칭의 『신민보(新民報)』에는 『칼을 들어야 하는가? 민주를 지향해야 하는가?』라는 제목의 사설을 실었다. 사설에는 이렇게 썼다. "쿤밍 학생 참사 피해자들은 맨주먹으로 아무런 무기도 들고 있지 않은 학생들이었다. 그들은 무기를 소지하지 않았으며 군인은 더더욱 아니었다. 이런 학생들을 무력으로 공격하였으니 무력이 아니면 안전을 보장할 수 없다는 것을 알려주는 것인가? 만약 무력이 없으면 발언권도 없다는 뜻이라면, 우리는 군대를 집결하여 자위방어를 하려는 중국공산당을 질책할 자격이 있다는 것인가?"[89] 사회의 여론에 국민당 정부는 부득불 윈난(云南) 경비 사령관 관린정(關麟征)에게 '정직처분'을 내렸고 국민당정부는 정치적 피동에 처하게 되었다.

당시의 국제 형세도 장제스가 전면적 내전을 발동하기에 불리했다. 미국 대통령인 트루먼은 오성장군인 조지 마셜(George Catlett Marshall)을 특사로 중국에 보냈다. 조지 마셜은 12월 15일에 미국을 떠나 중국에 도착한 후 '내전 화합'에 힘썼다. 트루먼은 조지 마셜에게 쓴 편지에서 "나는 당신이 중국의 통일을 위해 중국정부가 주요 정당대표들이 참가하는 국민회의를 개최하라고 설득하기를 바란다. 그들이 적대적 행동, 특히 화북에서의 전투를 중단

---

87) 昆明學生罷課委員會, 『一二 一慘案實彔』, 『民主』, 第11期, 1945년 12월 22일.

88) 陳兆珂, 「昆明血案反響」, 『周報』, 第16期, 1945년 12월 22일.

89) 汪朝光, 『中華民國史』, 第3編 第5卷, 北京, 中華書局, 2000년, 125쪽에서 재인용.

하도록 노력해 주기를 바란다."[90] 27일 소련, 미국, 영국 3개국 외교부 장관들은 모스크바에서 회의를 가졌다. 회의 후 발표한 성명에는 중국은 마땅히 내전을 중단해야 한다는 내용이 포함되어 있었다. 더욱 중요한 점은 한단전역 등 전투에서 실패한 장제스가 자신이 아직 전면 내전을 진행하기에 준비가 부족하다고 여겼다는 것이었다. 그리하여 국세는 잠깐이나마 완화되게 되었다.

조지 마셜의 조정까지 더해져 국공양당은 국내 군사충돌 중지에 관한 협정을 체결했다. 1946년 1월 10일 양측 모두 휴전명령을 하달했다. 그리하여 일정 기간 동안 동북지역을 제외한 전국 범위에서의 전쟁은 잠시였지만 멈추게 되었다. 중국인민들은 내전이 멈추고 평화가 찾아 올 것이라는 새로운 희망을 가졌다.

같은 날 '쌍십협정'의 규정에 따라 전국이 주목하는 정치협상회의가 총칭에서 개막되었다. 22일간 진행된 회의에는 국민당, 공산당, 민주동맹, 청년당과 무당파인사 38명이 참석했다. 회의에서 헌법초안, 정부조직안, 국민대회안, 평화건국강령, 군사문제안 등 다섯 가지 협의가 이루어졌다. 이런 의안에는 "국민정부위원회는 정부 최고 국무기관"이며 "국민정부 의석의 절반은 국민당이 차지하고 나머지 절반은 기타 당파와 사회 인사들이 차지한다"고 했으며, "지방자치를 적극적으로 시행하며, 아래로부터 위로 총선을 진행하며" "국민이 성장(省長)을 선출하고" "매개 성에서 성 헌법을 제정하는데, 국가 헌법과 저촉되지 말아야 한다"고 했다. 또한 "입법원은 국가 최고의 입법기관이며, 선거 유권자들이 직접 선거하는 것으로 그 권리는 민주국가 의회와 같다"고 했으며, "행정원은 국가의 최고 행정기관이며, 행정원 원장은 대통령이 추천

90) 〔美〕 哈里 杜魯門 저, 李石 역, 『杜魯門回憶錄』, 第2卷, 北京, 世界知識出版社, 1965년, 73, 74쪽.

한 후 입법원의 동의를 거쳐 임명하며, 입법원은 행정원에서 책임을 진다'[91] 고 했다.

정치협상협의의 규정은 신민주주의가 아니었다. "입법원은 행정원에서 책임을 진다"는 규정은 형식상에서 서방의 의회민주제도와 비슷했지만 여전히 국민당이 주도적 위치에 있었다.

마오쩌동은 담판을 하러 총칭에 가기 전에 이렇게 말했다. "중국에서 연합정부를 성립하려면 몇 가지 형식이 있는데, 그중 하나는 지금의 독재에 약간의 민주를 더하는 것으로 이는 아마 일정 기간 동안 장기적으로 존재하게 될 것이다. 이런 형식의 연합정부에 우리는 동의해야 한다. 이는 장제스에 '허울을 입혀 주는 일'일 뿐 우리의 '머리를 베어내는 것'은 아니다.'[92]

이런 규정은 국민당의 독재 정치를 타파하고 민주정치를 추진하는 것이며 해방구 지방정부의 합법적 지위를 보장하는 것으로 평화 건설을 이루는데 이롭기 때문에, 만약 규정대로 실행한다면 큰 진보를 이룰 수 있다는 것을 의미했다. 때문에 다섯 가지 협의는 많은 사람들의 환영을 받았으며 모두 큰 기대를 했다. 정전둬는 이렇게 썼다. "중국의 정치형세는 호전되고 밝은 미래가 보이는 듯하다. 어쩌면 중국은 순조로운 발전의 길에 들어설지도 모른다. 현실은 적어도 더 악화되지 않았다." "이번 정치협상회의의 결과보다 중요한 것은 협의가 규정대로 실행될 수 있는가 하는 것이며, 국민들이 적극적으로 정부를 독촉하여 더욱 민주적이고 더욱 진보적인 나라를 건설 할 수 있는가 하는 것이다." "정치를 한다는 자들은 말보다 행동이 중요한데 '좋은 말'만 하고 '좋은 일'을 하려하지 않는다면 아무리 '듣기 좋은 말'일지라도 '공론'에 불과

---

91) 歷史文獻社 절록, 『政協文獻』, 歷史文獻社, 1946년 7월, 61, 84, 134, 135쪽.
92) 中共中央文獻研究室 편, 『毛澤東文集』, 第4卷, 北京, 人民出版社, 1996년, 7쪽.

하다."[93] 이는 오랜 기간 정치협상회의는 국민당 통치구역 백성들이 옳고 그름을 판단하는 중요한 표준이 되었다. 정치협상회의에서 제정한 규정대로 행동하면 민심을 얻을 것이고, 이 협정에 어긋나는 행동을 하면 민심을 잃고 많은 백성들의 적이 될 것이다.

중국공산당은 성심성의껏 협정의 규정을 따랐으며 중국의 미래를 너무 낙관적으로 생각했다. 마오쩌둥은 휴전명령을 반포하면서 "중국은 곧 평화민주의의 새로운 단계에 들어서게 된다"고 말했다. 정치협상회의가 폐막된 이튿날 중국공산당 중앙에서는 각 중앙국, 각 구 당위원회, 각 종대 책임자들에게 내부지시를 전달했다. 지시에는 이런 내용이 적혀져 있었다.

> 이제 중국은 평화와 민주 건설의 새로운 단계에 들어서게 된다.
> 비록 결의가 아직 실행되지 않았고 실행되고 있다고 해도 완전한 민주화는 아직 멀었다. 하지만 각 당파들이 전국에서 합법적 지위를 얻게 되면 인민들은 초보적인 민주와 자유를 얻게 되며 민주운동도 점차 발전하여 무시할 수 없는 세력이 된다. 이렇게 되면 봉건 독재를 파괴하고 전국의 민주화를 촉진시키게 된다.
> 중국 혁명의 주요 형식은 무장투쟁으로부터 비무장투쟁인 군중과 의회 투쟁으로 변화된다. 국내문제는 정치방식으로 해결 가능하다. 당의 모든 사업은 새로운 형세에 적응되어야 한다.[94]

사실상 중국공산당은 정치협상회의 협의가 체결된 직후 정책 실현을 위한 조치를 제정하기 시작했다.

---

93) 鄭振鐸, 『政治協商會議以后』, 『民主』, 第17期, 1946년 2월 9일.
94) 中央檔案館 편, 『中共中央文件選集』, 第16冊, 北京, 中共中央党校出版社, 1992년, 62, 63쪽.

① 국민정부 위원회와 개편 후의 행정원 구성원 명단에 관한 내부토론을 거쳐 초보 명단을 작성했다. 중국공산당 중앙에서는 총칭 대표단에 전보를 보냈다. "국민정부 위원은 여전히 저우언라이가 언급했던 마오쩌둥, 린보추, 동비우(董必武), 저우언라이, 류샤오치, 판밍수(范明樞), 장원톈(張聞天)등이 적합하다. 이런 결정은 이후 우리의 영도 중심의 이전(轉移)에 유리하다. 제1차 회의에 류샤오치는 참가하지 않아도 된다. 판밍수의 외출 여부를 문의 했는데 아직 회답을 받지 못했다. 만약 판밍수가 안 되면 평전(彭眞)이 맡으면 된다." "저우언라이, 린보추, 동비우, 왕뤄페이가 행정원 부원장, 부장직을 맡는 데에 동의한다."[95]

② 여기서 말하는 영도 중심의 이전은 난징 부근의 수뻬이 화이인으로의 이전을 말한다. 당시 해방구에서 쑤완(蘇皖)[96]변구 임시 행정위원회 주석을 맡았던 리이망(李一氓)은 이렇게 회상했다.

> 중국공산당은 진심으로 국민당과 합작하여 나라를 건설하려 했다. 장제스가 정전협정을 뒤로하고 해방구를 공격한 것은 우리가 예상했던 일이기도 하고 예상하지 못했던 일이기도 하다. 화이인(淮陰)에 있을 때 나는 중앙 본부를 옌안으로부터 화이인으로 옮기려한다는 화중국(華中局)의 통지를 받았다. 난징 사업에 참가한 동지들은 자주 난징에 회의하러 가고 난징의 회의가 없을 때에는 화이인 본부로 돌아왔다. 때문에 중국공산당 중앙 본부를 화이인에 건설하려했다. 나는 적당한 장소를 물색하여 본부를 건설하라는 임무를 맡게 되었다. 당시 나는 토목구조물로 된 단층집

95) 총칭에 보낸 중국공산당 중앙의 전보문, 1946년 2월 6일.

96) 쑤완: 장쑤성과 안훼이성.

을 지세가 높은 곳에 지어 홍수 피해에 대비 하려 했다. 화이인 외곽을 수차례 고찰하여 지세가 비교적 높은 곳을 정했다. 미처 시작하기 전에 해방전쟁이 시작되었다. 그래서 이 계획도 무산되었다.[97]

③ 군인 제대사업과 군 재정비 사업이 해방구에서 시작되었다. 중국공산당 중앙의 의견에 따라 첫 3개월 동안 3분의 1의 병력을 줄이고 난 다음에 다시 3분의 1의 병력을 줄이기로 했다. 전역 군인 수가 제일 많은 진차지(晋察冀)[98]에서 군인 제대사업이 제일 먼저 진행되었다. 진차지에는 9개 종대와 26개 여단이 있고 지방 부대까지 계산하면 총 32만여 명의 군인이 있는데, 이번 재정비과정에서 우선적으로 10만여 명의 군인을 제대시켰다.[99]

하지만 국민당 당국에서 정치협상회의의 협의를 실행하려는 성의가 없었다. 국민당은 정치협상을 통해 미래에 대해 낙관적인 인민들에게 생각지 못한 의외의 타격을 가했다.

정치협상회의가 진행되는 과정에 이미 이런 조짐을 보여주었다. 정치협상회의 기간 총칭의 여러 단체는 총칭 창바이당(滄白堂)에서 정치협상회의에 참석한 대표들을 청하여 그들의 강연을 들었으며 사회 각계의 의견들도 청취했다. 국민당 특무들은 강단 아래에서 소란을 피웠다. 그들은 소리를 지르며 욕하고 돌을 뿌리기도 했고 심지어 폭죽을 터뜨리며 싸움을 일으켜 사람들을 다치게 하였다. 강연회는 더 이상 진행되지 못했다.

2월 10일 총칭 자오창커우(較場口) 광장에서 더욱 심각한 사건이 일어났

---

97) 李一氓, 『模糊的熒屏』, 北京, 人民出版社, 1992년, 354쪽.
98) 진차지: 산시성, 내몽고자치구의 대부분 지역과 허베이성을 지역을 이르는 말.
99) 鄭維山, 『從華北到西北』, 北京, 解放軍出版社, 1985년, 20, 21, 22쪽.

다. 당시 만여 명에 달하는 사람들이 자오창커우 광장에 모여 정치협상회의의 성공적인 개최를 축하하려고 했다. 대회가 시작되기도 전에 수십 명의 폭도들이 단상을 점령하고 마이크를 빼앗았으며 주석단 임원들인 궈모뤄, 리공푸(李公朴), 스푸량(施复亮) 등을 구타했다. 또한 이들은 집회에 참석하러 온 군중들에게 돌멩이와 나무 걸상을 던졌다. 때문에 대회는 시작 하지도 못했다. 이 사건은 국민당 총칭시 당 기관 주임위원인 팡즈(方治)가 직접 계획한 사건이었다.

이 역시 전 중국을 흔들어 놓은 큰 사건이었다. 정치협상회에서 협의가 달성된 소식에 나라의 안정적인 미래를 갈망하던 백성들은 갑자기 발생한 피비린내 나는 사건의 발생에 더없이 놀랐고 분노했다. "정치협상회의가 끝나고 평화 건설의 강령이 공포 된 직후 지금의 정부소재지 총칭에서 끔찍하고 조직적이고 계획적인 참극이 발생했다. 이 사건에 중국의 안정적인 미래를 바라는 사람들은 모두 절망에 빠졌고 분노했다. 우리의 민권은 보장을 받을 수 있는가? 우리는 부상을 당한 각계 인사들에게 경의와 안부를 전함과 동시에 정부에 그 책임을 추궁하지 않을 수가 없다." "정치협상회의의 성공을 반대하는 이들도 있으니 그들은 여러 가지 비열하고 악랄한 수단으로 정치협상회의의 성공을 파괴하고 있다."[100] 전쟁 후 사회의 안정과 평화 건설을 갈망하던 민족 공상업계에서도 깊은 절망을 표시했다. 첸촨 공장 연합회 이사장인 후줴원(胡厥文)은 이렇게 회상했다. "그 시기 빈번히 발생한 정치활동에서 나는 장제스가 언행이 불일치하고 민심을 얻지 못하는 믿음직스럽지 못한 사람이라고 느꼈다."[101]

3월 1일부터 17일까지 국민당 제6기 2차 전체회의가 열렸다. 모든 사람들

---

100) 鄭振鐸, 「民權到底有保障沒有」, 『民主』, 第18期, 1946년 2월 16일.
101) 胡世華, 呂慧敏, 宗朋 整理, 『胡厥文回憶彔』, 北京, 中國文史出版社, 1994년, 85쪽.

은 정치협상회의 결의를 대하는 국민당의 태도를 주시하고 있었다. 일부 사람들은 정치협상회의에서 공산당에게 '양보'와 정치협상회의에서 통과한 헌법 초안에 불만을 표시하며 야단법석을 떨었다. 회의 분위기는 긴장된 국면이 역력했다. 구정강(谷正綱) 등 사람들은 눈물을 흘리기도 했다. 울고불고 하는 중앙위원들은 장제스의 속을 알 리가 없었다. 친정은 일기에 위다웨이(兪大維) 저우즈러우(周至柔)가 자신에게 장제스는 "이미 모든 계획을 세웠으며 무언가를 내주는 것은 아마 더 큰 무언가를 얻기 위해서일 것이다"라고 말했다고 썼다.[102] 국민당 제6기 2차 전체회의에서의 난투극은 장제스에게 제정된 지 한 달 남짓이 지난 정치협상회의의 강령들을 백지장으로 만들 수 있는 핑계를 만들어준 셈이었다. 회의에서는 오권헌법(五權憲法)[103]은 절대 불가침이며 5 5헌법초안(五五憲草)[104]을 수정할 때 국민대회에서 토론하고 결정해야 한다고 강조했다. 이는 정치협상회의의 모든 성과를 부정하는 것이며, 정치협상회의의 결정을 공개적으로 뒤엎어 놓은 것이었다. 『저우바오』가 논평에서 지적한 바와 같이 "2차 전체회의의 임무는 정치협상회의의 결의를 뒤엎는 것이며, 이는 많은 인민들에게 국민당의 통치 하에 그들의 노예가 되라고 하는 것이다."[105] 『저우바오』의 다른 한 글은 이런 결론을 내렸다. "그들에게 있어서 회의(정치협상회의)는 외국인과 자기 나라의 백성들을 속이려는 수단일 뿐이다."[106] 국민당에서는 중앙 전체회의의 방식으로 정치협상회의 결의를 뒤엎었다. 이 사실은 그전에 발생한 일련의 폭행들이 우연히 일어난 사건이 아니라

---

102) 陳誠, 『陳誠先生日記』(二), 台北, 國史館, 2015년 7월, 698쪽.

103) 오권헌법: 손문(孫文, 손중산)이 주장한 행정권, 입법권, 사법권, 고시권, 감찰권의 5권 분립을 중심으로 한 헌법 제도.

104) 5 5헌법초안: 1936년에 통과한 『중화민국 헌법초안』은 5월 5일에 공포한 것이라고 5 5헌법초안이라고도 한다.

105) 韜, 『二中全會』, 『周報』, 第27, 28期合刊, 1946년 3월 16일.

106) 丕强, 「從政治協商會議到國民党二中全會」, 『周報』, 第27, 28期合刊, 1946년 3월 16일.

국민당 최고층의 '작품'이라는 것을 증명해 주었다.

1949년에 발표한 미국 국무부의 『미중 관계(백서)』에는 이렇게 적혀있다.

> 중국의 여론은 충돌 중단과 정치협상회의 결의를 인정했으며 이를 열렬히 환영했다. 동시에 결의의 정확한 실행여부를 통해 양당의 합작에 대한 성의를 검증할 수가 있다. 국민당 내부의 일부 세력집단은 정치협상회의 결의에 강력하게 거부했다. 국민정부의 군인장교들은 결의 집행이 자신들의 지위에 위험을 준다고 여겨 군대의 재편을 반대했다. 이는 국민당이 결의를 순조롭게 집행하지 못하게 방해하는 요인이 됐다. 국민당은 사복경찰들이 총칭에서 진행한 정치협상회의의 성공적인 개최를 축하하는 군중대회를 습격하는 행동을 방임했고, 정치협상회의에 참석하는 소수당의 대표들의 정상적인 활동을 방해하는 경찰들의 행위도 눈감아 주었다. 또한 총칭에 있는 중국공산당 신문사를 습격한 사건들을 무마시켰다. 이런 사건들은 국민당 완고분자들이 정치협상회의 결의를 반대할 이유가 되지 않을까 걱정된다.[107]

사람들의 희망은 물거품처럼 사라졌다. 독재정치에 집착을 보이는 장제스는 중국 백성들을 다시 한 번 피비린내 나는 전지로 내몰았다. 3월 15일 마오쩌동은 중국공산당 중앙정치국 회의에서 "혁명을 주장하는 모든 당을 궤멸"시키고 "짧은 시간에 궤멸시키지 못한다면 잠시 멈추었다가 이후에 궤멸"시키려는 것은 장제스가 주장하는 규칙이라고 했다. 장제스의 두 가지 규칙 중

---

107) 『中美關系資料匯編』, 第1輯,, 北京, 世界知識出版社, 1957년, 201쪽.

"첫 번째는 명백한 규정으로 잊히지 않겠지만 두 번째 규정은 조금이라도 조용하면 금방 잊혀지게 된다. 2월 1일부터 9일까지 잊고 있다가 자오창커우 사건이 터지니 다시 떠올렸다."[108] 이는 전면 내전의 시작 3개월 전에 일어난 일이었다. 이때부터 중국공산당 중앙에서는 장제스 집단에 대한 비판과 폭로를 강화했으며, 전면 내전을 맞이할 준비를 시작했다. 전면 내전이 일어난 5개월 후에 진행된 중국공산당 중앙의 회의에서 류사오치는 상반기의 상황을 회상하면서 이렇게 말했다. "1, 2월에 우리는 잠깐 어리석었다. 현실이 증명하는 것처럼 평화는 불가능한 일이다. 하지만 인민들이 평화를 갈망하기에 우리는 불가능해도 담판은 계속해야 했다."[109]

국민당이 정치협상회의 성과를 부정할 즈음 그들의 군 주력은 이미 미군용 비행기와 운송 군함의 긴급한 운송을 통해 베이핑, 톈진, 칭다오(靑島), 상하이, 난징 등 대도시를 점령했다. 그들은 항복한 일본에게서 1백여만 일본군의 무기와 수십만 정부군의 무기들을 얻었으며, 많은 정부군들을 재정비하여 국민당 군으로 만들었다. 2월에 들어서 미국 제7함대는 미국 장비를 사용하고 미국식 훈련을 받던 인도·미얀마에서 작전을 수행하던 국민당 신1군, 신6군 등 정예부대를 친황다오(秦皇島)로 이송하여 동북지방으로 보냈다. 3월 초 일본과 전쟁선포를 한 후 동북지방으로 들어온 소련 홍군(소비에트 연방의 군대)은 동북지역의 주요도시와 철도연선 도시에서 철수하기 시작했다. 국민당 군은 즉시 선양(沈陽)에 들어섰다.

선양에 들어선 국민당 군대는 일본 정부군의 수중으로부터 인수하여 관할하는 중국공산당 군대를 향하여 대대적인 공격을 개시했다. 4월 18일부터 신1군, 신6군 등 국민당 부대는 쓰핑가(四平街)를 맹렬히 공격했다. 동북 민주

---

108) 마오쩌둥이 중국공산당 중앙 정치국 회의에서 한 발언 기록, 1946년 3월 15일.
109) 류사오치가 중국공산당 중앙 정치국 회의에서 한 발언 기록, 1946년 11월 21일.

연합군 주력부대는 한 달 남짓하게 완고히 저항한 후 퇴각했다. 국민당은 바로 창춘(長春)을 점령하여 쑹화강(松花江) 이남의 대부분 지역을 통제하여 "관내(關內)[110]에서는 작은 전투를, 관외(關外)[111]에서는 큰 전투"를 하는 상황이 나타났다.

5월 초 국민당은 정부를 충칭에서 난징으로 옮겼다. 저우언라이는 중국공산당 대표단을 거느리고 난징에 도착하여 메이위안신촌(梅園新村)에 숙박하면서 전면 내전의 발생을 막아보려고 지속적으로 담판을 했다. 하지만 정상적인 담판을 진행하기가 점점 어려워졌다. 5월 28일 저우언라이는 중국공산당 중앙에 "지금 여러 정황으로 미루어 볼 때 장제스가 창춘에 진입하게 되면서 전면 내전은 눈앞에 다달았다"고 전했다.[112] 6월 3일 그는 조지 마셜을 만나 6시간 회담했다. 그는 회담에서 정중하게 미국은 중국의 평화와 민주를 지지한다고 하면서 다른 한 편으로 국민당의 내전을 도와주고 있다고 했다. 그는 "만약 장제스가 전면 내전을 일으키면 우리도 모든 힘을 다하여 저항할 것이다"라고 조지 마셜에게 알렸다.[113]

전면 내전이 일어나기 직전인 6월 19일에 중국공산당 중앙은 각 야전군 책임자들에게 이런 내용의 전보를 보냈다.

> 근일 형세로 보아 장제스는 큰 전투를 준비하는 것 같다. 전쟁을 막기는 어렵다. 이후 만약 반년 내에 아군이 승리하거나 양측의 실력이 비슷하게 되면 평화 담판 가능성이 있을 것이고, 반대로

110) 관내: 산하이관(山海關) 서쪽과 자위관(嘉峪關) 동쪽 일대.

111) 관외: 산하이관 동쪽 혹은 자위관 서쪽 일대.

112) 저우언라이가 중국공산당 중앙에 보낸 전보문, 1946년 5월 28일.

113) 저우언라이가 중국공산당 중앙과 예젠잉(叶劍英), 뤄뤠이칭(羅瑞卿)에게 보낸 전보문, 1946년 6월 3일.

장제스가 큰 승리를 거두면 평화 담판은 물거품이 될 것이다. 때문에 아군은 반드시 장제스의 공격을 막아 승리를 거두어야만 나라의 평화를 쟁취할 수 있다.[114]

국민당 군대가 해방구(해방군이 일본 정권으로부터 인수 받은 해방지구를 포함)를 거듭 공격하자 중국공산당은 어쩔 수 없이 전투에 맞서 자위적인 반격을 하게 되었다. 하지만 여전히 평화를 실현하려고 노력을 하고 있었다.

여러 사실에서 항일전쟁 승리 후에 발생한 중국 내전발생의 원인을 알 수가 있다. 장제스는 오래 전부터 내전을 일으켜 무력으로 중국공산당을 궤멸시키려고 했으며, 적당한 기회를 기다리고 있었던 것이다. 5월 23일 국민당 군대가 창춘을 점령하자 장제스는 그날 비행기를 타고 선양에 도착했다. 25일 그는 흥분하여 송쯔원에게 "여기 실제상황은 내가 난징에서 상상했던 것과 전혀 다르다", "동북에 있는 공산당 군대의 주력을 궤멸시킨다면 관내와 관외의 일도 순조롭게 진행 될 것이다. 이미 치밀한 조치를 했으니 염려하지 않아도 된다"[115]는 내용의 편지를 썼다. 그는 승리를 확신했기에 더욱 의기양양했다.

그는 형세 변화와 양측의 역량을 완전히 잘못 예측했다. 그는 3개월 혹은 5개월이면 무력으로 공산당을 완전히 궤멸시킬 수 있을 것이라고 믿었다. 미국 역시 국민당 정부의 내전을 위한 지원을 다그쳤다. 3월에 이르러 미국 육군 고문단과 해군 고문단을 파견했으며 6월 17일에는 태평양 전장(the Pacific theater of war)에서 사용하고 남은 물자를 헐값에 국민당 정부에 넘겼다. 때

---

114) 中央檔案館 편, 『中共中央文件選集』, 第16冊, 北京, 中共中央党校出版社, 1992년, 196쪽.

115) 秦孝儀 편, 『中華民國重要史料初編ー對日抗戰時期』, 第七編(3), 台北, 中國國民党中央委員會党史委員會, 1981년 9월, 129, 130쪽.

문에 장제스는 자신의 승리를 더욱 확신했다. 전면 내전의 화약 냄새는 이미 전국으로 확산되었다. "동북에서 일어난 전쟁의 화약 냄새는 점차 중원(中原)[116]과 수뻬이로 퍼져 대규모적인 내전은 피할 수 없는 듯하다."[117] 상하이의 간행물에는 공개적으로 이런 내용의 사평을 썼다. 시국의 발전에 사람들은 극도로 불안해 했다.

중국 동맹회와 중국 국민당에 가입했으며 세 번이나 교육부 차장직을 맡았고 다년간 베이징 대학 교수직을 담당한 저명한 민주인사 마수룬은 『내전은 끝날 수 없는가?』라는 제목의 글을 발표하여 국민당에게 경고했다.

> 국민당은 그들의 무기를 믿고 승리를 확신하고 있다. 그들은 항일 전쟁에서 미국으로부터 얻은 신식 무기와 비행기, 함대 등을 믿고 있는데 지하 중공업 제조공장을 가지고 있던 독일도 결국 실패의 운명을 막지 못했다.
>
> 공산당은 전쟁에서 아무런 이득도 얻을 수 없기에 전쟁을 꺼려한다. 하지만 그들은 전쟁을 피할 수가 없다. 전쟁에 응하지 않으면 궤멸당하게 되니 가만히 앉아서 죽음을 기다릴 이유는 없는 법이다.
>
> 국민당이 공산당을 궤멸시키려는 심보는 전 세계가 아는 일이다. "동북 이외"로부터 제2차 전체회의, 참정회의, 그간의 모든 것은 그들의 쇼에 불과했다. 국민당의 궤변에 넘어간 사람들과 국내외 형세를 잘 알지 못한 사람들은 국민당도 전쟁을 싫어한다고 여기고 있다. 바로 국민당의 이런 악렬한 행동들 때문에 그들은 사람

---

116) 중원: 중국 문화의 발원지인 황하(黃河) 중류의 남북 양안의 지역.

117) 子午: 『內戰与民生』, 『周報』, 第36期, 1946년 5월 11일.

들의 지지를 얻을 수가 없다.

기아에 허덕이는 사람들이 가득하고 전쟁을 싫어하는 정서는 극에 도달했으며 부패한 정부를 향한 민중들의 지지율 역시 최저치를 기록했다. 경제적 출로는 이미 정부에 의해 봉쇄되어 앞길이 보이지 않고 사회는 붕괴의 변두리에서 허덕이고 있다. 노동 쟁의, 교수 쟁의, 학생 쟁의 이젠 민중들의 투쟁도 따라 일어나고 있다. 저장성 서쪽 지역의 사회 불안정은 끝내 폭발했다. 무력 대오는 법원을 점령했다. 이렇게 자신들의 안전을 보장하기도 어려운 민중들을 전지로 내몰고 있으니 전쟁에 "올인"하는 사람들을 이해할 수밖에 없다.[118]

전면 내전이 일촉즉발 상황에 이른 시국에 국민당 통치구역의 각계인사들은 최대의 노력으로 내전을 제지하려 했다. 6월 23일 상하이 각계 인사 10만여 명은 당당하게 시위행진을 진행했다. 그들은 난징으로 떠나는 마수룬, 성피화, 옌바오항(閻宝航), 레이제츙(雷洁琼), 우야오쭝(吳耀宗) 등 평화청원대표단 성원들을 환송하며 내전을 중단하고 평화를 호소했다. 이 대표단에는 대학교 교수도 있었고, 공상계 인사들도 있었으며, 대학생들도 있었고, 종교계 인사들도 있었다. 저명한 작가인 예성타오도 기차역에 나가 그들을 배웅했다. 예성타오는 그날의 일기에 이렇게 썼다. "각계 사람들이 역에 나와 배웅했다. 깃발을 흔들며 노래를 부르며 여러 단체의 대오를 이루어 배웅을 나왔다. 9시가 되자 광장은 사람들로 가득 찼다. 정확하지는 않지만 적어도 5만은 넘었다." "오늘의 구호는 '내전을 반대하고 평화를 쟁취하자'였다." "사실대

118) 馬叙倫, 『內戰還不停止嗎?』, 『周報』, 第37期, 1946년 5월 18일.

로 말하면 오늘 대회는 민심을 그대로 보여준 것이다."[119]

당일 오후 기차가 난징 샤관(下關)역에 도착하자 '난민'이라고 자칭하는 폭도들이 역에서 기다리고 있다가 기차에서 내리는 대표단을 포위하고 혹독하게 때렸다. 다섯 시간 지속된 폭행에 마수룬 등 네 명의 대표는 중상을 입었다. 폭도들은 레이제총 교수의 머리카락을 잡아 뜯어 놓아 얼굴이 피투성이가 되었다. 그녀는 이렇게 썼다. "우리가 폭도들에게 포위되어 있었을 때 헌병과 경찰들은 간섭을 하지 않았고 그들이 우리들을 구타할 때 그들은 멀리에서 지켜보기만 했다. 이렇게 폭도들이 도로를 막고 우리들을 기차역에서 나가지 못하게 했다. 기차역에서 나가지 못한 다섯 시간 동안 국민정부의 수도라는 난징은 무정부상태인 듯 질서를 유지하는 사람의 그림자조차 보이지 않았다. 이번 구타 행동은 조직적으로 진행된 것이 틀림없다."[120]

현장에 있던 기자들과 환영하러 나온 사람들 20여 명도 부상을 입었다. 소식을 들은 저우언라이는 즉각 국민당 당국과 교섭을 진행하여 부상자들을 병원으로 이송하게 했으며 직접 병원에 가서 문안을 했다. 구타를 당한 일부 대표들은 몸이 성한 곳이 하나 없었다. "예전에 우리가 당신들에게 병력을 줄이고 무력을 줄이라고 했는데 이번 일들을 겪으면서 이젠 병력도 무력도 줄일 필요가 없다는 것을 알았다." 그들은 저우언라이에게 말했다. 부상을 입은 마룬수는 저우언라이의 손을 잡고 이렇게 말했다. "중국의 미래는 당신들에게 있습니다."[121] 옆에 있던 리웨이한(李維漢)은 후일에 이렇게 썼다. "이번 상하이의 청원활동과 '샤관 학살사건'은 대 혁명이후 상하이 나아가서 전국에

---

119) 叶圣陶, 『東歸日記』, 叶圣陶, 叶至善, 叶至美, 叶至誠 편, 『叶圣陶集』, 第21卷, 南京, 江蘇教育出版社, 1994년, 86쪽.

120) 雷洁琼, 「下關被毆」, 『周報』, 第44期, 1946년 7월 6일.

121) 劉昂, 「肝胆相照的光輝篇章」, 李先念 等, 『不盡的思念』, 北京, 中央文獻出版社, 1987년, 144쪽.

서 처음으로 일어난 기세 높은 군중운동이며 사회에 큰 영향을 준 사건이다. 이 사건은 많은 인민들에게 깊이 있는 교육을 했다."[122]

저명한 경제학가인 마인추(馬寅初)는 『인민대표들을 격려하며』라는 제목으로 샤관사건에 관한 글을 썼다. "지금 시국에 이런 사건을 만들고 있는 자들은 자신들의 무덤을 파는 것과 마찬가지이다. 당사자보다 옆 사람이 더 잘 알고 있는 것과 마찬가지이다. 이처럼 시퍼런 대낮에 일을 벌이고도 한 손으로 하늘을 가리려고 했으니 여간 지력이 떨어지는 바보가 아닐 수 없다. 지금 국내 각 계층 인민들의 발등에 불이 떨어졌다. 백성들이 어찌 이런 치욕을 참을 수 있겠는가?"[123]

샤관 학살 사건은 장제스가 전면 내전을 시작하려는 결심을 보여주는 신호였다. 전면 내전을 막을 수가 없는 상황이 되었고 내전은 이미 눈앞에 닥쳤다.

마수룬의 말은 정확했다. "국민당은 그들의 무력으로 무조건 승리할 수 있다고 여겼다."

그 시기 양측의 군사 역량은 확실히 현저한 차이가 났다. 재편성한 이후 국민당은 육군 정규군 86개 사단(즉 원래의 군사단)의 약 200만 명의 병력을 가지고 있었으며 기타 병력, 비정규군, 사관학교, 후방 기관 등을 더하면 총 430명에 달했다. 반면 인민해방군의 병력은 총 127만 명뿐이었는데 이는 야전군 16만 명, 지방 부대와 후방근무 인원 66만 명이 포함된 수량이었다.

양측 총 병력의 비례는 3.5:1이었으며 양측 군인들이 사용하는 무기의 차이는 더욱 컸다. 국민당 병력 중 약 4분의 1의 군인들은 최신 미국식 무기를 가지고 있었으며 일본이 투항하면서 일본 군 100만여 명이 사용하던 무기도

122) 李維漢, 『回憶与研究』(下), 北京, 中共党史資料出版社, 1986년, 643쪽.

123) 馬寅初, 「勉人民代表」, 『周報』, 第44期, 1946년 7월 6일.

있었다. 또한 국민당 군은 인민해방군에게 없는 탱크, 중포, 전투기와 해군 군함 등 중장비도 가지고 있었다. 인민해방군의 대부분 군인들은 적진의 후방에서 유격전을 하던 지방 부대를 개편한 것이기에 국민당 당국은 이런 해방군을 "아무런 군사훈련도 받지 못한 백성"[124]이라고 했다. 또한 국민당은 전국 토지 면적의 76%와 전국의 71% 인구를 통제하고 거의 모든 대도시와 주요 교통선로를 통제하고 있었으며 대부분의 현대 공업을 가지고 있었다. 중국공산당에게는 농촌과 일부 중소도시들뿐이었다. 국민당은 모든 우세한 듯 보였다. 장제스는 이런 수치가 승리를 결정한다고 여겼다. 그는 이번 내전의 승리를 믿어 의심치 않았다.

당시 국민당 제32집단군 총사령인 리모안(李默庵)는 1982년에 미국의 신문에 국민당 제6기 2차 전체회의의 상황에 관한 글을 발표했다.

> 그는(장제스) 정부 주요 책임자들에게 만약 이미 체결된 협의를 뒤엎으면 전쟁이 일어날 것인데 우리의 큰 승산이 얼마나 되는가 물었다. 친청은 병력에 관한 보고서를 제출했다. A, 정부군: 정규군 약 500만 명인데 36개 군사단 약 120만 명의 병사들은 반미식 장비를 갖추고 있다. 미얀마에서 철회한 신1, 신6 두 개 군단의 약 10만 명 병력은 완전한 미식 장비를 갖추고 있다. 각 성의 지방 부대 및 괴뢰 정권의 부대를 받아들여 재편성한한 부대 200만 명, 일본군이 사용했던 100만 명이 사용할 수 있는 무기 장비들이 있다. B, 공산당군대, 지방의 유격부대를 포함하여도 150만 명을 넘지 않을 것으로 보이며 그중 20여만 명만 비교적 높은 전투

---

124) 국민당 중앙 선전부 부장 펑쉐페이(彭學沛)의 말, 『大公報』 1946년 8월 24일.

력을 보유하고 있다. 총적으로 양측의 실력을 비교할 바가 못 된다. 싸워볼 만하다.(그 후 친청은 난징에서 여러 번 공개적으로 반년 내에 공산당군대를 궤멸시킨다고 했다. 이는 그냥 예측으로만 남았다.)

장제스는 공산당 병력이 국민당 병력과 큰 차이가 나고 큰 승산이 있다는 보고를 들은 후 즉시 중국공산당과 전쟁을 하기로 결정을 했다.[125]

6월 하순에 이르러 장제스는 전면 내전을 시작할 시기가 되었다고 확신했다.

6월 17일, 그는 국민정부 기념주(紀念周)기간에 "중국공산당이 순종하지 않는다 하더라도 1년이면 그들을 평정할 수 있다"고 말했다. 28일, 바이충시(白崇禧)는 중국 국민당 중앙 위원회 상무위원회의 보고에서 "반드시 즉각 진군하여 토벌을 시작해야 한다"고 했다.[126]

전면공격, 속전속결은 당시 그들의 작전방안이었다. 국민당은 관내 각 해방구를 동시에 공격하여 3~6개월 내에 우선 산하이관(山海關) 내에 있는 해방군 주력을 궤멸시켜 진푸철도와 핑한철도를 통제함으로써 화북을 점령하고 창장 남쪽 지역을 안정시킨 다음 역량을 집중시켜 동북문제를 해결하려 했다. 그들은 국내의 전적인반 형세를 분석하지 않고 작전방안을 결정하였다. 그들은 일방적으로 주관적인 상상만으로 행동을 시작했다.

그렇다면 첫 공격은 어디서 시작되었는가? 어베이(鄂北)[127] 솬화뎬(宣化店)이

---

125) 李默庵, 『世紀之履』, 北京, 中國文史出版社, 1995년, 250, 251쪽.
126) 徐永昌, 『徐永昌日記』, 第8冊, 台北, "中央研究院"近代史研究所, 1990년 6월 영인본, 289, 293쪽.
127) 어베이: 후베이성 북부.

중심인 중원해방구는 각 해방구를 보호하는 보호막 같은 위치에 있고 상대적으로 고립된 곳이었다. 그들은 중원해방구를 먼저 공격하기로 했다.

중원해방구는 항일전쟁 승리 후 원 어위(鄂豫)[128]변구의 리셴녠, 정웨이싼(鄭位三) 등이 인솔하는 신4군 제5사단, 광둥 북부에서 올라온 왕전(王震), 왕서우다오(王首道) 등이 인솔한 제8로군 제259여단 남하 지대, 허난 중부에서 남하한 왕수성(王樹聲) 등이 인솔한 쑹위에(嵩岳)군관구 부대 등 세 갈래의 병력이 모여 형성된 해방구였다. 1945년 10월 24일, 이 세 갈래 부대는 허난성 서쪽의 통바이(桐柏) 산간 지역에서 합류하여 중원군관구가 편성되었으며 리셴녠이 사령관, 정웨이싼이 정위를 맡았다.

국민당 부대와의 충돌을 피하기 위해 중원군관구 기관과 주력부대는 주동적으로 통바이 산간 지역, 핑한철도 서쪽에서 동쪽으로 이동하여 완베이(皖北)지역에서 신4군 주력부대와 가까이 하려 했다. 1946년 1월 상순 후베이 리산(礼山)[129]과 허난 광산(光山) 일대에 도착했을 때, 마침 정전명령이 반포되었다. 중원군관구에서는 정전협정에 따라 즉시 행군을 중단하고 쏸화뎬을 중심으로 한 지역에서 명령을 기다리게 되었다.

이 지역은 후베이성과 허난성 접경지대에 위치한 동서로 약 200리, 남북으로 약 50리가 되는 협소한 지역이었다. 9개 여단 6만여 명이 집결되어 있는 이 지역은 기타 해방구와 분리되어 있었기에 형세상, 지형상 모두 전쟁에 불리한 곳이었다.

장제스는 중원해방구의 존재가 우한을 위협한다고 여겼다. 중원해방구가 계속 존재하면 대규모적으로 진지루위, 쑤완해방구를 공격할 때 후방을 걱정하지 않을 수 없기에 북상에 집중하기 어렵다. 때문에 먼저 '장애물'을 치워

128) 어위: 후베이성 허난성 접경지역.

129) 리산: 지금의 다우현(大悟縣).

야 했다. 이런 곤란과 약점을 보았던 그는 중원해방구를 공격할 기회가 왔다고 여겨 먼저 이 지역을 공격하려 했다.

그는 휴전기간에 11개 정규군, 26개 사단 약 30만여 명을 이동 집결 시켜 정저우(鄭州) 쒜이징(綏靖)[130] 주임인 류즈(劉峙)가 총지휘를 맡았다. 이들은 쏸화뎬 주위에 보루 6천여 개를 지어 중원 군관구 및 산하 3개 군관구를 '품(品)'자 모양으로 갈라놓고 겹겹이 포위했다. 또한 이 지역의 식량운송 통로를 봉쇄하고 의약품 공급을 차단하였다. 중원의 해방군은 양식이 바닥을 보였다. 여러 가지 지원이 끊긴 위험한 상황에 처하게 되었다. 중원 군관구 지도자들은 심각한 상황을 누구보다 잘 알고 있었다. 리셴녠은 훗날에 이렇게 회상했다. "중원은 자고로 군략가들이 탐내는 전략 요충지였다.

우리가 국민당 통치의 심장지대에 자리하고 있으니 그들이 우리를 가만히 놔두지 않을 것이다. 평화담판을 하는 척하면서 내전을 준비하는 음모를 우리는 알고 있었으며 내전을 위한 준비를 하고 있었다. 특히 왕전 동지가 옌안에서 마오주석(마오쩌둥)의 지시를 받고 돌아온 후 우리는 더욱 명확해졌다.

기타 해방구는 일정 기간의 평화시기가 있을지 모르지만 중원해방구는 반드시 전투태세를 갖추고 대기해야 했다."[131] 1946년 5월 8일 쏸화뎬에 도착한 저우언라이와 3명의 군사소조 팀원들에게 이렇게 당부했다. "당신들은 담판의 결의를 절대적으로 믿을 필요가 없다. 국민당의 선심을 기대하는 것은 환상이다. 그들은 절대 선심을 쓰지 않을 것이다. 당신들이 믿을 수 있는 건 당신들 자신이다." "당신들은 방법을 강구하여 포위를 뚫고 나가야 한다."[132] 그

---

130) 쒜이징: 쒜이징공서(綏靖公署)의 약칭, 중국 국공내전 시기 국민당 군대가 작전 구역에서 관할 성, 현의 행정기관을 지휘하는 기구, 쒜이서(綏署)라고도 한다.

131) 李先念, 「關于正确評价中原突圍」, 鄂豫邊區革命史編輯部 편, 『中原突圍』, 第3輯, 武漢, 湖北人民出版社, 1986년, 8, 9쪽.

132) 鄒作盛, 「中原突圍前夕ー憶周恩來副主席在宣化店」, 人民出版社 편, 『周恩來總理八十誕辰紀念

렇기 때문에 그들은 국민당에 포위될 가능성을 열어두고 포위를 돌파에 필요한 준비를 했으며 사전에 대응 방안을 제정했다.

6월 중순 전면 내전을 위한 장제스의 사전 준비는 기본적으로 완성되었다. 그는 중원 해방군을 궤멸시킬 시기가 되었다고 여겼다. 18일 그는 류즈에게 전보로 "두 개의 쒜이서(綏署)[133] 5~6개의 부대를 통일 지휘하여 리셴녠의 부대를 궤멸시켜라"는 명령을 했다. 20일 류즈는 중원 해방군을 "포위하여 철저히 궤멸시키라는 작전계획"을 각 부서에 내려 보냈다. 주요 내용은 아래와 같다.

> 주력부대의 작전에 유리하도록 쒜이서에서는 위어변구 공산당 부대를 궤멸시키라는 명령을 내렸다. 두 개의 쒜이서 구역의 제5, 제6 부대는 허난성 남부와 동부에서 출발하여 신양(信陽), 징푸(經扶), 황촨(潢川) 사이의 공산당 부대를 공격하며 특히 쇤화뎬, 포포하(潑陂河)에 있는 공산당 주력을 향해 우세병력을 집결하여 포위 공격한다.[134]

"난징에 있는 저우언라이는 전보에서 장제스가 전투를 준비하고 있으니 당신들은 수시로 적의 상황을 주의하고 포위를 돌파할 준비를 하라."[135] 6월 19

詩文集』, 北京, 人民出版社, 1978년, 245, 246쪽.

133) 쒜이서: 쒜이징공서(綏靖公署)의 약칭, 중국 국공내전 시기 국민당 군대가 작전 구역에서 관할 성, 현의 행정기관을 지휘하는 기구.

134) 중원 포위돌파 전역 적군 정보 자료. 中國人民解放軍軍事科學院軍事歷史研究部 편저, 『中國人民解放軍全國解放戰爭史』, 第2卷, 北京, 軍事科學出版社, 1996년, 34쪽에서 재인용.

135) 中共中央文獻研究室, 中國人民解放軍軍事科學院 편, 『毛澤東軍事文集』, 第3卷, 北京, 軍事科學出版社, 中央文獻出版社, 1993년, 274쪽.

일 중국공산당 중앙에서는 정웨이싼, 리셴녠, 왕전에게 통보를 보냈다. 상황은 몹시 위급했다. 더 이상 시간을 끌면 앉아서 죽기를 기다리는 격이 되었다. 21일 중원국에서는 중앙에 전보를 보냈다. "국민당 부내는 우리 변구에 대해 군사적으로 포위 봉쇄를 했는데 요즘 들어 더욱 심해졌다." "이런 상황에서 우리는 포위를 뚫을 수밖에 없다. 지금 우리 구국(區局)이 신속하게 주도적으로 포위를 뚫지 않으면 안 되는 상황에 이르렀다." "때문에 우리는 중앙에서 이번 달 말부터 주요병력으로 포위를 돌파하려는 계획을 실행하도록 허락하기를 제의하는 바이다.

즉 후베이성의 두 개 종대가 산시성 남쪽과 우당산(武当山)에서 포위를 뚫은 후 산간닝(陕甘宁)변구[136]로 이전하는 것이다."[137]

23일 중앙에서 답전을 보냈다. "될수록 빠른 시일에 포위를 뚫는 것을 동의한다. 생존을 먼저 고려해야 하며 승리를 우선 생각해야 한다." "이후에는 중앙에 연락하지 말고 기회를 놓치기 전에 당신들이 직접 결정하되 비밀로 해야 한다."[138]

이때 국민당 부대는 지정된 지점을 향해 움직였다. 6월 26일 동틀 무렵 국민당 군대는 네 갈래로 나뉘어 중원 군관구의 공산당 부대를 향해 군사행동을 개시했다. 그날 밤 중원 부대는 제정한 계획대로 세 갈래로 나뉘어 포위를 뚫기로 했다. 격렬한 전투를 거쳐 주력부대는 7월 1일 국민당의 포위를 돌파하였다. 포위를 뚫고나온 공산당 부대는 서쪽으로 핑한철도를 넘어 위어산

---

136) 산간닝: 산시 북부, 간수 동부와 닝샤(宁夏)의 부분 지역.

137) 중원국에서 중앙에 보낸 이번 달 말 포위를 뚫을 전투를 시작할 것에 관한 청구 전보문, 劉武生 편, 『從延安到北京』, 北京, 中央文獻出版社, 1993년, 96, 97쪽.

138) 中共中央文獻研究室, 中國人民解放軍軍事科學院 편, 『毛澤東軍事文集』, 第3卷, 北京, 軍事科學出版社, 中央文獻出版社, 1993년, 288쪽.

(豫鄂陝)변구[139]에 들어섰다. 국민당 우한(武漢) 야전사령부의 『전투 상보(戰斗詳報)』는 이렇게 보도했다. "각 부대는 6월 26일부터 소탕을 시작했으며 7월 2일에 공격을 멈추었다."[140] 국민당의 이 전투 상황보고는 전투를 발동한 자가 누군지 정확하게 설명해준다. 하지만 전투를 그만 둘 기미가 보이지 않았다.

후쫑난은 7월 30일의 일기에 이렇게 썼다. "장 위원장는 리센넨 부대가 포위를 돌파한 문제의 책임을 엄격하게 추궁했고 3일내에 숙청하라고 명령을 내렸다."[141] 하지만 이 계획도 무산되었다. 포위를 뚫고 옌안으로 온 왕전은 10월 3일 산뻬이 신화라디오방송국에서 아래와 같이 말했다.

> 생존을 위한 방어 포위 돌파전투에서 우리 군은 15명의 적 군관을 생포했으며, 장제스가 류즈에게 보내는 친필 명령서를 노획했다. 이 친필 명령서에서 장제스가 중원의 공산당부대를 포위공력하려는 악독한 계획을 알게 되었다. 이는 전면 내전의 시작이다. 장제스는 48시간 내에 중원의 리센넨 장군이 지휘하는 6만여 명의 부대를 궤멸시켜 소위 "세상이 놀랄만한 승리와 기적"을 만들려 했다. 장제스의 이 환상은 우리 군의 승리적 돌파와 함께 산산이 부서졌다.[142]

중원해방구는 국민당의 포위공격에 반년 넘게 버텼다. 이는 전략적으로 큰

---

139) 위어산: 충칭, 허베이, 산시의 접경지대.

140) 中國第二歷史檔案館 편, 『中華民國史檔案資料匯編』, 第5輯 第3編, 軍事(2), 南京, 江蘇古籍出版社, 2000년, 6쪽.

141) 胡宗南, 『胡宗南先生日記』(上), 台北, 國史館, 2015년 7월, 580쪽.

142) 王震, 「人民軍隊是不可戰胜的」, 鄂豫邊區革命史編輯部 편, 『中原突圍』, 第3輯, 武漢, 湖北人民出版社, 1986년, 15쪽.

의미가 있었다. 중원해방구는 보호벽처럼 진지루위와 쑤완해방구를 공격하는 국민당 30만 대군을 막았다. 화중, 화북의 주력부대가 장제스의 공격에서 어렵게 버티던 시기, 화북, 화동(華東)[143], 동북지역에서는 전면내전에 맞설 준비를 할 수 있는 소중한 시간을 얻을 수 있었다. 중원부대가 연안으로 이전할 때 국민당 군과의 현저한 차이 때문에 적지 않은 대가를 치렀고 손해도 막심했다. 이런 대가로 공산당은 국민당의 내전 계획을 헝클어 놓았다.

장제스는 7월 6일의 일기에 이렇게 썼다. "리셴녠 비적부대는 솬화뎬을 지나 핑한철도 서쪽으로 달아났다. 우리 부대는 지휘가 서툴렀다. 우리 군은 포위를 뚫고 있는 적들을 제대로 막지도 못하였다. 그들은 자유자재로 이동하고 있으니 그 후환을 감당하기 어렵다!"[144]

중국공산당이 전력으로 피하려던 일이 끝내 발생했다. 전면 내전이 시작되었던 것이다.

처음 중국공산당 중앙에서는 사태의 발전을 지켜보고자 했다. 7월 5일 저우언라이 등은 전보에서 이렇게 말했다. "우리 군의 주력은 대기하고 있다가 형세가 나빠지면 큰 전쟁을 하고 만약 형세가 좋아지면 전투를 하지 않는다.

만약 시간이 길어지면 소규모의 전투를 한다."[145] 사실은 명백해졌다. 장제스는 전투를 멈추려는 생각이 전혀 없었을 뿐만 아니라 더 큰 전투를 벌이려 했다. 새로 부임한 주 중국대사인 John Leighton Stuart는 미국 국무장관에게 상황을 보고하였다. 7월 19일 John Leighton Stuart는 루산(廬山)에서 처음으로 장제스와 회담을 가졌다. "그는 역대 왕조와 통치자들이 정치 반역 혹은

---

143) 화동: 중국 동부 지역. 상하이, 산동성, 안훼이성, 장쑤성, 저장성, 장시성, 푸젠성, 타이완 지역을 포함.

144) 장제스 일기(친필본), 1946년 7월 6일 『上星期反省彔』, 미국 스탠퍼드대학교 후버연구소 소장.

145) 中共中央文獻硏究室, 中國人民解放軍軍事科學院 편, 『毛澤東軍事文集』, 第3卷, 北京, 軍事科學出版社, 中央文獻出版社, 1993년, 322쪽.

기타 조직 폭력사태를 수습할 때 상과 벌을 병용했다고 했다. 그러면서 그는 내가 중국역사를 잘 알고 있기에 그 이치를 알고 있지 않는가?"라고 했다.

장위원장은 이에 적합한 성구를 인용하여 자신은 이 두 가지 방법을 이용하여 성공적으로 적들을 격파시켰다고 했다. 장제스는 무력을 가진 반대파의 존재를 절대 용납하지 않았다.[146]

> 7월부터 9월까지, 국민당군대는 쑤완, 산동, 진지루위, 진차지, 진쒜이(晋綏)[147] 등 해방구를 대거 공격했다. 중국공산당 중앙은 최초에는 북부전선과 남부전선 포위선 밖에서 전투를 진행하여 전쟁을 국민당 통치구역으로 이전시켜 혁명근거지가 파괴되지 않도록 노력하려고 했다. 하지만 각 전투 구역 지휘관들의 의견을 들은 후 양측 역량의 실제상황과 근거지에서 전투를 하는 것이 더 많은 민중들의 지지를 얻을 수 있다는 점에 근거하여 작전 계획을 조정했다. 중국공산당 중앙에서는 먼저 내선에 몇 차례의 승리를 거둔 후 다시 전선을 포위망 밖으로 옮기는 것이 합당하다고 결정했다.
>
> 장제스는 7월 6일의 일기에 해방구를 궤멸시킬 전면 공격계획을 썼다. "이번 주 예정 사업목록"에는 상세한 '노선도'와 '시간표'가 적혀 있었다. "3, 리셴녠 토비 부대 포위 토벌 방침. 4, 25일부터 8월 15일까지. 5, 루난, 8월 15일부터 30일 까지. 6, 자오지(膠濟)[148] 노

146) 〔美〕 肯尼斯 雷, 約翰 布魯爾 編, 尤存, 牛軍 역, 『被遺忘的大使司徒雷登駐華報告』, 南京, 江蘇人民出版社, 1990년, 4쪽.

147) 진쒜이: 산시성 서북부와 쒜이왠성(쑤이위안省) 동남부 지역.

148) 자오지: 산동성 칭다오부터 지난(濟南)까지의 노선.

선, 8월 30일. 7, 진푸 노선, 8월 30일. 8, 핑청(平承)[149] 노선, 9월 5일부터 15일까지. 9, 핑쒜이 노선, 9월 16일부터 30일까지. 10, 퉁푸 남쪽 구간, 8월 15일. 11, 창즈(長治) 구, 8월 10일부터 30일까지. 12, 핑한 노선, 8월 10일부터 30일까지."[150]

국민당 군대의 대규모적인 공격은 수뻬이(장수성 중부와 수뻬이의 두 개 해방구를 포함)에서 시작되었다. 6월 16일 저우언라이이는 중앙에 전보를 보냈다. "그들은 수뻬이에서 먼저 행동을 취할 것이다."[151] 7월 5일 "전강(鎮江), 양저우(揚州)에 주둔하고 있는 국민당군은 전쟁 심리 군사훈련을 하였다. 총소리, 포화소리가 귀청이 터질 듯 울렸다."[152] 13일 중국공산당 중앙군사위원회에서는 천이(陳毅) 등에게 통지했다.

점심에 저우언라이이가 난닝에서 보낸 전보문을 받았다. 전보문에는 수뻬이 전투가 곧 시작될 듯하다고 했다. 장제스 군은 쉬저우(徐州)에서 남쪽으로 진푸는 동쪽으로 강북에서는 북쪽으로 동시에 수뻬이를 공격하여 진푸, 핑한을 관통시키려 한다.

이런 상황에서 적들이 쑤중(蘇中)[153], 수뻬이를 공격할 때 쑤중, 수뻬이의 우리부대는 먼저 내선에서 몇 차례의 승전을 거두어 적들의 약점을 찾아내기로 한다. 다음 루난과 위뻬이에 있는 우리 군 주력부대가 전투에 참가하는 것이 제일 유리할 것이다.

---

149) 핑청: 베이징부터 청더(承德)까지의 노선.

150) 장제스 일기(친필본), 1946년 7월 6일 『本星期預定工作課目』, 미국 스탠퍼드대학교 후버연구소 소장.

151) 中共中央文獻研究室, 中國人民解放軍軍事科學院 편, 『周恩來軍事文選』, 第3卷, 北京, 人民出版社, 1997년, 313쪽.

152) 『大公報』 1946년 7월 7일.

153) 쑤중: 장쑤성 중부 해방구.

이후를 생각해서 계획을 함으로써 최후의 승리를 쟁취해야 한다.[154]

여기서 말하는 "루난과 위뻬이 주력"은 천이가 영도하는 산동군관구와 류보청, 덩샤오핑이 영도하는 진지루위군관구 주력 부대를 말한다. 바로 이 두 주력부대가 늦게 전투에 참가하게 한 것이다.

수뻬이는 장쑤성 창장(長江) 북쪽의 지역을 말하는데, 중국공산당이 항일전쟁시기에 창건한 견고한 근거지였다. 이 근거지는 동쪽으로 황해(黃海), 남쪽으로 창장, 북쪽은 산동성, 서쪽에는 운하(運河)[155]가 흐르고 있었다. 남부는 하천과 호수들이 많고 북쪽은 한전 평원이 있었다. 이 지역에 수뻬이 해방구 두 개 있었으며 인구는 2천만 명에 달했다. 행정정부 소재지인 화이인도 여기에 위치해 있었다. 쑤완해방구는 난징, 상하이와 강을 사이에 두고 서로 마주하고 있었으며, 서쪽으로 나아가면 진푸철도를 끊어 놓을 수 있었다. 5월 난징으로 정부를 옮긴 후 국민당 정부는 이 해방구를 눈에 든 가시로 여겼다. "자신의 침대 옆에서 다른 사람의 코고는 소리가 울리게 하겠는가?(臥榻之側, 豈容他人鼾睡)" 국민당은 이 가시를 뽑아 우환을 없애려고 했다.

5월 말 국민당 군 당국에서는 쉐웨(薛岳)를 원 쉬저우쒜이징 관공서 주임 꾸주통(顧祝同)의 후임으로 임명했다. 공격은 남쪽으로부터 시작되었다. 남쪽으로부터 쑤중해방구를 공격하는 재편성한 사단 5개, 15개 여단, 총 20만 명

---

154) 中共中央文獻研究室, 中國人民解放軍軍事科學院 편, 『毛澤東軍事文集』, 第3卷, 北京, 軍事科學出版社, 中央文獻出版社, 1993년, 340쪽.

155) 운하: 여기서 운하는 세계에서 가장 긴 고대 운하인 베이징과 저장의 항저우 구간을 연결해 놓은 경항대운하(京杭大運河)를 말한다.

의 국민당 군대는 제3방면군 사령관인 탕언보(6월 하순에 리모안이 사령관 직을 인계받은 후 곧 제1쒜이징구 사령관으로 명칭을 바꾼다)의 지휘 하에 창장 북안의 난통(南通), 타이싱(泰興), 징장(靖江), 타이저우(泰州) 일대에 집결하여 북쪽으로 동타이(東台), 싱화(興化), 가오유(高郵) 등 지역을 공격한 후 완베이에서 동쪽으로 진군하여 국민당 군과 합류한 다음 쑤완해방구의 정부소재지인 화이인을 향해 연합공격하려 했다. 리모안은 이렇게 회상했다.

"국민당은 서쪽, 남쪽, 북쪽 세 방향에서 쑤완해방구를 공격하여 점차 포위망을 줄여가면서 화중 야전군의 수뻬이 근거지를 포위 섬멸하려 했다. 이 전투를 통해 난징, 상하이 중심 지역과 징후철도, 진푸철도 남쪽, 룽하이철도 동쪽을 위협하고 있는 화중 야전군을 제거하려 했다. 이런 전략 계획을 근거로 하여 나는 명령에 따라 쑤중인민해방군 화중야전군 쑤위(粟裕) 부대와의 전투를 지휘했다."[156]

수뻬이 지구 해방군의 병력은 얼마 되지 않는다. 항일전쟁이 승리한 후 "(전 수뻬이)신4군 제3사단은 명령에 따라 동북으로 갔고 신4군 제2사단, 제4사단, 제7사단 주력부대와 강남에서 북쪽으로 철수하여 온 쑤저(蘇浙)[157]군관구 예페이(叶飛) 종대는 산동으로 들어가서 산동에서 동북으로 들어간 여러 부대들을 대체했다."[158] 화중야전군 사령관 쑤위의 지휘 하에 쑤중해방구를 보위 임무를 맡고 있는 부대는 두개 사단과 두개 종대를 포함한 19개 연대의 약 3만여 명의 병력뿐이어서 국민당의 병력과 큰 차이가 있었다. 공산당군대는 국민당군대와 1:3.5의 병력 차이가 있었다. 군대는 변화 중에 있었다.

"항일전쟁 승리 후 짧은 평화의 시기에서 전쟁 준비단계로 변화하고, 유격

---

156) 李默庵, 『世紀之履』, 北京, 中國文史出版社, 1995년, 253쪽.
157) 쑤저: 장쑤성과 저장성.
158) 粟裕, 『粟裕戰爭回憶录』, 北京, 解放軍出版社, 1988년, 355쪽.

전을 위주로 하던 전투에서 운동전을 위주로 하는 전투로 변화하는 문제는 해방전쟁 초기의 해결해야 할 중대한 문제였다."[159]

하지만 화중야전군에게도 일부 유리한 조건이 있었다. 쑤중의 자제병(子弟兵)으로 이루어진, 항일전쟁의 매서운 훈련을 거친 이 부대는 강한 전투력을 가지고 있었다. 근거지에서 야전군은 좋은 군중기초를 가지고 있었으며 특히 6~7월 사이에 진행된 토지개혁을 거친 농민들은 해방구 보호와 토지개혁 성과 보호에 높은 적극성을 가지고 있었다. 또한 지휘관과 병사들은 현지 지형과 백성들의 형편을 잘 이해하고 있었다. 뿐만 아니라 근거지 북쪽에는 이미 통제하고 있는 룽하이철도 동쪽 구간[160]을 통해 산동해방구와 이어져 있기에 든든한 후방이 있었다.

쑤위는 쑤중해방군을 대거 공격하려는 국민당의 계획을 눈치 챘다. 6월 24일, 그는 『신화일보(新華日報)』(화중판) 기자의 취재에 이렇게 말했다. "강 연안 반동파들은 6~7개의 군단을 집결시켰다. 이들 대부분은 이미 강을 건너 북으로 올라오고 있다. 쑤중 지구에만 10개 사단 8~9만 명 병력이 집결해 있었는데 이는 후속부대를 포함하지 않은 병력이다. 이들은 쑤중을 전면 공격할 심산이다. 전투는 일촉즉발의 시기에 있다."[161] 7월 9일 리모안은 13일에 공군의 협력 하에 네 갈래로 쑤중해방구를 공격하기로 했다. 하지만 이 계획이 누설되자 공격을 미룰 수밖에 없었다. 이 작전계획이 하달된 이튿날 쑤위는 정확한 정보를 얻었다. 그는 반복적으로 이해득실을 따진 후 제1사단, 제6사단, 제7종대를 집결시켜 먼저 국민당이 원래 공격하려던 쉔자바오(宣家堡)

---

159) 張愛萍: 「序言」, 『蘇中七戰七捷』 編寫組 편, 『蘇中七戰七捷』, 南京: 江蘇人民出版社, 1986년, 2쪽.

160) 쉬저우(徐州)와 하이저우(海州) 구간

161) 『粟裕軍事文集』編輯組 편: 『粟裕軍事文集』, 北京: 解放軍出版社, 1989년, 241쪽.

와 타이싱을 공격하려했다. 휴전 명령이 발표된 후 국민당이 계약을 위반하고 이 두 지역을 침범했다. 당시 이 두 지역에 주둔하고 있는 부대는 장제스 직계부대인 재편성한한 제83사단(원래의 편호는 100군사단) 선두부대의 두 개 연대였다. 이 사단은 미국식 무기를 사용하고 미국 교관의 훈련을 거쳤으며 미얀마로 가서 전투를 했던 경력이 있는 전투력이 비교적 강했다. 그 때문에 이 부대 병사들은 극도로 교만했다. 사단장인 리톈샤(李天霞)는 늘 이렇게 말했다. "나의 한 개 여대 병력이면 해방군과 충분히 싸울 수 있다."[162] 하지만 그들은 해방군이 자신들의 출발점을 공격하리라고는 꿈에도 생각지 못했다.

이것이 바로 상대방이 생각지 못한 곳을 공격하여 방심한 틈에 허를 찌르는 수법이었다. 쑤위는 절대적 우세의 병력을 집중했다. 훗날 그는 이렇게 말했다. "솬자바오, 타이싱 두 곳에는 각 한 개의 연대가 주둔하여 있었다. 우리는 각각 한 개의 사단(두 개의 여단, 여섯 개의 연대)의 병력으로 공격하였다. 우리는 국민당 군의 여섯 배에 달하는 병력으로 적들을 공격한 셈이다."[163] 상대방은 해방군이 이렇게 나오리라고는 꿈에도 생각하지 못했다.

쑤위가 쓴 『쑤중전투 총결』의 글에는 이런 내용이 있다. "적들이 며칠 내에 우리 군을 공격하려 했다. 따라서 우리는 먼저 적을 공격하여 제압해야 했다. 우리는 과감하게 뭐라도 해야 했다." "우선 우리는 적들에게 큰 타격을 주어 적들의 계획을 파탄시키기로 했다." "우리는 후난에서 강철군대라고 불리는 미국식 무기들로 무장한 19여단, 산포대대 및 16연대, 57연대(남은 병력은 한 개 대대도 안 된다.)를 16시간도 채 되지 않아 전부 궤멸시켰다.

이 전투는 화중전쟁에서의 첫 승리였다. 비록 생포한 포로는 3천 명뿐이었

162) 羅覺元: 『國民党進犯蘇北的回憶』, 『蘇中七戰七捷』編輯組 편: 『蘇中七戰七捷』, 南京: 江蘇人民出版社, 1986년, 472쪽.

163) 粟裕: 『粟裕戰爭回憶彔』, 北京: 解放軍出版社, 1988년, 369쪽.

지만, 이 전투를 통해 적들의 사기를 꺾어 놓고 우리 군과 민중들에게 방어 전쟁이 승리할 수 있다는 마음의 안정을 주었다. 뿐만 아니라 우리 군은 미국식 무기들로 무장된 적들과의 전투 경험을 쌓았고 승리를 확신했다."[164]

7월 17일 저우언라이는 난징에서 기자회견을 열어 정정당당하게 성명을 발표했다. "목전 중국 내전은 국부로부터 전국구로 번지고 있다. 대규모 내전은 주로 네 개의 전지에서 시작되었다. 그 첫 번째가 중원전지이다." "수뻬이전지에서 국민당은 12개의 군단과 지방군 50여 만 명을 동원하여 이번 달 15일에 세 지역으로부터 우리를 공격했으며 해군과 공군도 전투에 참가했다." "이런 상황을 내버려 둔다면 핑한, 진푸와 러허(熱河), 동북도 내전에 휘말리게 된다. 우리는 국민당 당국에서 사실과 어긋난 선전을 하지 말고 전면 내전 중단 명령을 내릴 것을 요구한다. 그렇지 않으면 국민당은 내전 발생의 모든 책임을 져야한다."[165]

공산당 군대가 쏸자바오와 타이싱 전투에서 승리하자 국민당 군은 여간 놀라지 않았고, 다시는 화중 해방구를 경시하지 못했다. 하지만 그렇다고 멈출 국민당이 아니었다. 그들은 밀집된 병력으로 분산 혹은 협동작전으로 침착하게 여러 갈래로 루까오(如皐), 하이안(海安) 방향으로 천천히 접근했다. 그들은 해방군이 전략적 요충지와 교통의 중추인 쑤완해방구를 쉽게 포기하지 않을 것이라고 여겨 이 지역에서 화중 야전군 주력부대와 결전을 하려했다. 화중야전군은 겨우 3~4만 명의 병력을 가지고 있었기에 정상적인 작전으로 공격에 맞선다면 겨우 한 갈래의 공격을 물리칠 수 있는 상황이어서 전체 공격을 막기가 어려웠다. 쑤위는 전투의 주도권을 놓치지 않으면서 신속하게 병력을 이전시켰다. 조금 멀리 있는 적군의 약점을 찾아 전투를 하였다.

---

164) 『粟裕軍事文集』編輯組 편: 『粟裕軍事文集』, 北京: 解放軍出版社, 1989년, 258쪽.
165) 『大公報』, 1946년 7월 18일.

쑤위는 이동과정에서 우세한 병력으로 습격을 진행하였다. 그는 이렇게 적군을 하나하나씩 섬멸했다. 쏸자바오와 타이싱 전투 이후에 진행된 루가오남(如皐南)전투, 하이안전투, 리바오전투(李堡), 딩옌(丁堰)·린쯔(林梓)전투, 사오보(邵伯)전투, 루가오·황차오(黃橋)전투 등 여섯 차례 전투에서 승리를 거두었다. 쑤위는 전투의 승리에 대해 이렇게 말했다. "이 일곱 차례의 전투는 미리 계획한 것이 아니다. 하지만 매 전투는 모두 같은 지도사상으로 연결되어 있다. 이 사상이 바로 중앙군사위원회의 '먼저 해방구 내에서 몇 차례의 승리를 거두자'라는 지시였다. 이 지시에 따라 전쟁 초기 작전요구에 알맞게 실제 상황을 고려하여 빠르게 병력을 배치하였다. 궤멸시키기 쉬운 곳을 공격하고 궤멸시키기 쉬운 시간에 공격하며 궤멸시키기 쉬운 적을 궤멸시키는 것이었다."[166] 이런 방법은 지휘관의 용감함과 지혜로움을 말해주었다. 또한 전투의 승리는 병사들의 드높은 사기와 백성들의 전력적 지지를 갈라놓을 수 없었다. 이렇게 여러 방면의 협조로 진행된 전투방법에 국민당 군대는 미처 대응하지 못했다.

7월 13일부터 시작하여 8월 27일까지 승리로 끝난 이 일곱 차례의 전투는 "쑤중에서의 7전7승"이라고 불리기도 했다. 화중야전군은 19개 연대(8월에 이르러 22개 연대로 증가했다.)의 병력으로 절대적 우세에 처한 국민당 군대와 연속 45일간 전투를 했다. 비록 국민당 군대가 루가오화 하이안을 점령했지만 그들은 6개 여단과 5개 교통경찰대대 5만 여 병력을 잃었다. 이는 쑤중해방구를 공격한 국민당 총병력의 5분의 2나 되는 숫자였다. 장제스는 8월 28일(바로 쑤중전투가 끝난 이튿날)의 일기에 이렇게 썼다. "우리의 제99여단이 황차오의 동쪽지역에서 실패한 후 병사들은 동요하기 시작했으며 고급 장병

---

166) 粟裕: 『粟裕戰爭回憶录』, 北京: 解放軍出版社, 1988년, 354쪽.

들도 풀이 죽었으니 참으로 한탄스럽도다!"[167] 화중야전군은 1만 5천 명의 사상자가 발생하였으나 신속하게 숫자를 보충했다. 동시에 대량의 무기를 노획하여 장비를 개선하였기에 전투력은 향상되었다.

쑤중전역은 인민해방군이 전면 내전이 폭발한 후에 진행한 비교적 큰 규모의 전투였다. 이 전투는 전군 병사들과 군관들의 사기를 높여 주었다. 또한 실제 전투에서 선진적인 장비를 갖춘 국민당 군대와의 전투경험의 축적에 중대한 작용을 했다. 쑤중전역은 후진 장비들과 적은 수량의 인민해방군이 정확한 작전지휘와 당지 백성들의 지지에 의거하여 미국 장비를 가진 수량적으로도 우세인 국민당 군대를 궤멸시킬 수 있다는 것을 증명했다.

쑤중전역이 끝난 뒤 열흘이 지나 류보청, 덩샤오핑이 지휘하는 진지루위 야전군은 산동 서쪽 지역의 딩타오(定陶)전역에서 승리했다.

진지루위 야전군의 작전 특징은 적군의 주력을 피하고 약한 곳을 공격하며, 멀리 가서 공격하고 멀리 후퇴한 것이다. 딩타오전역이 일어나기 전 8월 10일에 롱하이전역이 먼저 일어났다. 공산당은 롱하이철도 카이펑(開封)부터 쉬저우 구간의 넓은 지역에서 정면으로 기습을 하여 적군 2개 여단과 지방부대 총 1만 6천 명을 섬멸했다. 국민당은 부득이하게 중원으로 돌파하려는 병력 중 3개 사단을 되돌려 지원하도록 했다. 이번 전역을 통해 공산당은 국민당의 원래 계획을 파탄시켰다. 류보청은 이번 전역의 주요 경험을 이렇게 말했다. "적들이 방심한 지역이나 막으려 해도 막을 수 없는 곳을 공격하고 적의 병력을 분산시켜 넓은 범위에서 정면으로 전투를 진행하며 중점 지역을 돌연 습격을 하는 것이 가장 좋은 방법이다."[168] 전역이 끝난 후, 진지루위 야전군 주력은 신속히 산동성 서부지역으로 철거했다.

---

167) 秦孝儀 총편찬: 『蔣介石大事長編初稿』 卷六(上冊), 台北: 1978년 10월, 242쪽.
168) 中國人民解放軍軍事學院 편: 『劉伯承軍事文選』, 北京: 解放軍出版社, 1992년, 343쪽.

롱하이 전역에서 진지루위 야전군은 국민당 군대와 비교할 때 상대적으로 적은 3분의 1의 사상자가 발생하였지만 그 수량은 5천여 명에 달했다.

그들이 산동성 서부지역으로 철거할 때 장제스는 진지루위 야전군이 사상자가 너무 많아 달아나는 것이라고 여겼다. 장제스는 즉각 쉬저우에 있는 쒜이징 주임인 쉐웨와 정저우 쒜이징 주임인 류즈게게 14개의 재편성한 사단과 32개의 여단의 30만 명사를 거느리고 대 공격을 하라고 명령했다. 국민당은 진지루위 야전군 주력이 계속된 전투로 지친 틈을 타 산동성 서남쪽의 당타오, 차오현(曹縣) 일대에서 궤멸시키려 했다. 진지루위 야전군 주력은 겨우 5만여 명이며, 롱하이 전역에서 적지 않은 병력을 잃었고 부대는 상당히 피로한 상태였다. 더욱이 전투 후 병력과 탄약도 제대로 보충되지 못했다.

상황은 매우 심각했다. 어떻게할 것인가? 야전군 참모장 리다는 『당타오전역을 회고하면서』라는 글에다 이렇게 썼다.

> 강대한 적군을 마주하고 있어도 지휘관인 류보청, 덩샤오핑은 여전히 침착했다. 그들은 나에게 여러 번 전쟁의 형세와 적의 상황을 분석하고 그들의 견해를 말해주었다. 그들은 지금 우리 야전군이 우리보다 우세의 적들을 상대하기는 여전히 힘든 일이라고 하면서 만약 적들의 오만방자한 기염을 꺾지 못하고 적들의 공격계획을 파괴하지 못하면, 우리 야전군은 부득이하게 빠른 시일에 전략 요지인 산동성 서남지역을 포기하고 황허의 북쪽으로 후퇴하는 수밖에 없다고 했다. 후퇴하게 되면 이후의 전쟁의 형세에 극히 불리할 뿐만 아니라 전반적으로도 불리한 영향을 주게 된다. 따라서 어또한 상황에서라도 계속 전투를 견지해야 하며 강

력한 적들의 공격을 막아내야 한다.[169]

이번 전투를 어떻게 치러야 하는가? 어떻게 해야 전투에서 이길 수 있는가? 물론 변함없는 결심이 있다고 해결되는 일은 아니다. 마땅히 적의 공격을 주도면밀하게 분석해야 했다. 언뜻 보면 상대는 천지를 뒤덮을 기세로 공격을 하고 있지만, 자세히 보면 여기저기 이용할 만한 기회가 있었다.

첫째, 이번에 공격해 오는 국민당의 32개 여단 30만 명의 병력 중 산둥성 서남쪽을 공격하는 여단은 25개 여단이며, 최전선에 투입된 병력은 15개 여단 10만여 명의 병력이었다. 이 부분 적군들은 또 정저우와 쉬저우 두 개 부분으로 나뉘며 다시 6개 갈래로 나뉘어 공격을 하게 되었다. 매 갈래의 병력은 한 개 혹은 두 개의 재편성한된 사단이었다. 이렇게 되면 우리는 병력을 집중시켜 우세한 병력으로 적들을 격파할 수 있을 것이다. 둘째, 정저우, 쉬저우 두 지역 국민당 군의 지휘가 통일되지 않았다. 쉬저우 쒜이징관공서의 부대는 대부분 장제스의 직계부대였다. 이 부대 제5군단과 재편성한 제11사단은 장제스의 다섯 주력 부대 중 두 주력부대였다. 이들은 모두 미국식 장비들로 무장되어 있기에 우선 이들을 피해야 했다. 정저우 쒜이징 관공서의 부대는 전투력이 상대적으로 약하지만 주요 공격부대였다. 만약 병력을 집중시켜 이 부대를 공격한다면 정저우와 쉬저우 두 갈래로 포위공격하려는 목적은 이루지 못하게 될 것이다. 셋째, 국민당 부대에는 직계부대와 기타 파벌의 군대가 있는데 서로 모순이 적지 않았다. 때문에 전투가 일어나면 서로 적극 지원을 하려 하지 않았다. 정저우 쒜이징관공서에서 공격에 참가하는 부대에는 직계부대와 기타 세력 부대가 있었다. 그중 중앙으로 공격해 오는

169) 『李達軍事文選』編輯組 편: 『李達軍事文選』, 北京: 解放軍出版社, 1993년, 249쪽.

딩타오의 재편성한 제3사단은 유일한 직계부대였다. 때문에 만약 이 부대가 공격을 당하면 기타 부대는 자신의 실력을 보전하려고 적극적으로 지원하지 않을 것이다.

또한 이 직계부대는 중원해방구를 공격하는 전투에서 비교적 큰 사상자들이 발생하였다. 또한 이 부대는 먼 길을 달려 왔기에 새로운 전투를 위한 준비가 제대로 되지 못했다. 류보청은 딩타오전역의 주요 경험에 대해 이렇게 말했다. “적들을 유인하여 해방구로 들어오게 한 후 전투를 하는 것이 우리에게 유리하다. 조직적으로 적당히 방어를 하면서 적의 탄약을 소모시키고 그들의 병력을 감퇴시켜 우리 주력군의 결전에 유리한 조건을 마련해야 한다.” “전역에서 우리는 우세한 병력으로 적군의 주요부대를 공격해야 하는데 적들의 직계부대를 공격하는 것이 가장 유리하다. 우리가 재편성한한 제3사단을 공격할 때 기타 부대들이 지원을 제대로 해주지 않는다면 그들은 전투에서 패하여 후퇴하게 될 것이다.”[170]

적군에 대해 상세한 분석을 한 후 류보청, 덩샤오핑은 재편성한 제3사단(원 부대번호는 제10군)을 먼저 공격하기로 했다. 쉬저우, 정저우 두 갈래의 국민당 군대가 양쪽으로 공격하려는 준비를 하기 전에 적군은 정저우에서 시간을 두고 출발하였다. 따라서 시간적 간격이 클 때 결단성이 있게 공격을 시작해야 했다.

9월 3일 깊은 밤, 진지루위 야전군은 9개 여단의 병력으로 딩타오 지역에서 홀로 무모하게 공격하는 제3사단을 포위 공격했다. 6일 점심에 이르러 적군을 섬멸하고 중장 사단장인 자오시톈(趙錫田)을 생포했다. 연이어 야전군 주력은 신속하게 이동하여 퇴각하는 지원군을 궤멸시켰다. 닷새 동안 진행

---

170) 中國人民解放軍軍事學院 편: 『劉伯承軍事文選』, 北京: 解放軍出版社, 1992년, 346, 347쪽.

된 전역은 9월 8일에 끝났으며, 총 4개 여단 1만 7천 명의 국민당 군을 섬멸하였다. 그 중 1만 2천 명을 생포했다. 이번 전투에서 탱크 6대, 크고 작은 대포 200여 문, 경중기관총 710여 정, 총 4,300여 자루를 포획했다. 진지루위야전군은 3,500여 명의 사상자가 발생했다. 국민당 정저우쒜이징 주임 류즈는 이 전투에 실패한 책임을 묻게 되어 직위에서 물러났으며, 육군 총사령관인 꾸주통이 정저우 쒜이징 주임을 겸임하게 되었다.

중원 돌파, 쑤중에서의 7전7승, 딩타오전역은 전면 내전이 시작된 후 진행된 중요한 전역이었다. 옌안 『해방일보(解放日報)』에서 발표한 딩타오전역에 관한 사설은 이렇게 썼다. "이는 중원에서 포위를 뚫고 쑤중에서 승리를 거둔 후에 거둔 또 한 번의 승리이다. 이 세 전역의 승리는 전체 해방구 남부전선의 유리한 국면 형성에 중요한 작용을 한다. 장제스 군대는 기필코 패배하게 될 것이며 최후의 승자는 우리다."[171]

장제스는 인민해방군과의 세 차례 전투에서 큰 코를 다쳤으나 자신의 실패 원인을 찾지 못했을 뿐만 아니라 기울어지고 있는 국면을 알지 못했다. 그들은 해방구를 점령하려는 목표를 달성했다고 여겼으며 병력의 우세를 믿고 한 부대가 섬멸되면 다른 부대를 보내 계속 해방구를 향해 전면 공격을 해댔다. 중원의 해방군이 포위망을 뚫은 후, 장제스는 일기에 이렇게 썼다. "우리는 리셴녠의 부대에 끌려 다녔다. 다행히 전반적인 계획에 큰 영향을 미치지는 않았다. 시간을 보름정도 늦추면 된다!"[172] 국민당 정부 국방부 보도국(新聞局) 국장 덩원이(鄧文儀)는 8월 24일에 열린 기자회견에서 이렇게 말했다. "전쟁은 오래 걸리지 않을 것이다. 중국공산당은 80만 병력으로 우리 정부군 300만 병력과 맞서기 때문이다. 고금중외 (古今中外) 전쟁사에는 요행으로 이

---

171) 『蔣軍必敗』, 延安 『解放日報』 1946년 9월 12일.

172) 秦孝儀 총편찬: 『蔣介石大事長編初稿』 卷六(上冊), 台北: 1978년 10월, 225쪽.

기는 법은 없었다. 공산당군은 계란으로 바위를 치는 격이니 전쟁에서 절대 이기지 못한다."[173] 국민당 군대를 지휘하여 쑤중을 공격한 지휘관 리모안은 회고록에 이런 말을 적었는데, 그의 말에서 우리는 당시 국민당 고급 장교들의 심리를 엿볼 수가 있다.

> 쑤중에서의 7차례 전투를 쑤위는 "7전7승"이라고 했다. 그는 장제스의 여단 6개 반을 궤멸시켰다. 당시 우리 부대는 5개 여단 약 4만여 명의 병력을 잃었다. 많은 관병들은 생포된 후 해방군의 부대에 참가했으며 우리는 적지 않은 무기들을 잃어버렸다. 하지만 양측의 작전목표가 서로 달랐기에 전투에 대한 평가도 서로 달랐다. 당시 내가 받은 명령은 주로 해방구를 수복하고 도시를 점령한 후 해방군을 몰아내고 점령구역의 안전을 유지하는 것이었다. 때문에 비록 부대가 손실을 입었지만 옌청(鹽城) 남쪽의 대부분 지역을 수복하여 푸커우(浦口)로부터 난징으로 통하는 철도와 창장 하류지역의 교통을 확보하여 해방군의 난징정부를 향한 위협을 제거했다. 이런 방면에서 우리 부대도 작전의 목적을 달성했다고 할 수 있다. 내가 지휘하는 부대가 비교적 많은 관계로 비록 일부 손실을 입었지만 이 역시 정상적인 현상으로 난징정부에서는 나의 책임을 종래 묻지 않았다.[174]

그 후 국민당 군대는 해방구에 대하여 더욱 강력한 공격을 했다. 그들은 병력상의 우세함을 바탕으로 남부전선과 북부전선에서 큰 진척을 보였다. 그

---

173) 『大公報』, 1946년 8월 25일.

174) 李默庵: 『世紀之履』, 北京: 中國文史出版社, 1995년, 274, 275쪽.

들은 해방구의 대부분 지역을 수복했다.

남부전선에서 그들은 주로 완베이와 수뻬이를 공격한 후 북상했다. 7월 하순, 완베이지역에서 막강한 군대를 집결시켰다. 화이난(淮南)에 주둔하고 있던 해방군은 부득불 동쪽 수뻬이의 화이안(淮安)일대로 이동했다. 8월 초 화이허(淮河) 북부전선에서 해방군은 전투에서 실패하여 운하 동쪽으로 후퇴했다. 국민당 군 쉬저우 쒜이징관공서에서는 기세를 몰아 "신속히 화이인, 화이안을 공격해서 점령하며 수뻬이 공산당군대를 섬멸하기로 했다.

그들은 수뻬이 쒜이징 부대를 쓰양(泗陽), 화이인, 화이안으로 이동하게 하여 제2기 쒜이징 계획을 집행"[175]하기로 했다. 원래 난징에서 경비임무를 맡고 있던 국민당 군의 정예부대인 재편성한 제74사단은 주요 공격임무를 맡고 광서군벌[176]의 주력인 제7군단 등이 공격을 돕기로 했다. 8월 29일 제7군단은 수뻬이의 요지인 쑤첸(宿遷)을 점령했다. 재편성한 제74사단은 제7군단의 뒤를 이어 쓰양을 지나 남쪽으로 내려가 원래의 계획대로 북쪽으로 올라오는 화중야전군 주력이 도착하기 전에 틈을 타서 화력의 우세로 9월 19일에 쑤완해방구의 정부 소재지인 화이인을 점령했다. 또한 22일에는 화이안을 점령함으로써 기본적으로 운하 서쪽지역을 전부 통제했다. 화이인과 화이안은 운하와 화이허가 합류하는 곳이며 수뻬이의 중요한 물자 집산지였다. 또한 해방군이 통제하고 있는 수뻬이의 중심 도시였다. 때문에 이 곳은 중요한 전략적 의미가 있는 곳이기에 이 두 도시의 함락은 적지 않은 영향을 일으켰다. 그 후 북상한 국민당 군은 가우유, 동타이 싱화 등 지역을 점령했다. 장

---

175) 徐州綏署紀要, 中國人民解放軍軍事科學院 軍事歷史硏究部 편저: 『中國人民解放軍全國解放戰爭史』, 第2卷, 北京: 解放軍出版社, 1996년, 74쪽에서 재인용.

176) 광서 군벌: 중국어로 계계(桂系)라고 하는데 중화민국 시기 광시를 근거지로 광시적(广西籍) 군정 인물들을 핵심으로 하는 군벌.

제스는 일기에 이렇게 썼다. "가우유, 바오잉(宝應) 등 도시를 연속해서 점령하면서 장쑤 남부의 운하 연선을 완전히 관통시켰다."[177] 국민당 양대 주력인 제5군단과 재편성한 제11사단은 9월 20일을 전후하여 산동성 서남부의 요지인 허쩌(菏澤) 등 지역을 점령하고 재편성한 제26사단과 쾌속 종대는 18월 8일에 산동 남쪽의 이현(峄县), 짜오좡(棗庄)을 점령했다. 국민당 군대는 비교적 빠른 시간에 전선을 북쪽으로 밀고 나아가 수뻬이와 루난해방구를 점령했으며, 이 두 해방구 간의 연락을 차단하려했다.

북쪽 전선의 동쪽에서 국민당 제13군은 8월 28일에 러허의 정부소재지인 청더(承德)를 점령한 다음 남하하여 장성의 요새인 꾸뻬이커우(古北口), 시펑커우(喜峰口)를 점령했다. 이는 그들이 오래전부터 계획했던 작전목표를 실현한 것으로 베이닝(北宁)철도의 북쪽을 보호하고 화북과 동북을 연결하는 주요 수송로의 원활함을 보장하기 위해서였다. 더욱 엄중한 것은 서쪽의 제12작전 구역 사령관 푸쭤이(傅作義)는 비교적 강한 전투력을 가지고 있는 5개 사단과 4개의 기병종대(사단) 총 3만 명의 주력을 거느리고 핑쒜이철도를 따라 동쪽으로 진군했다는 사실이었다. 해방군은 병력이 부족했다.

처음에는 적을 얕잡아 보았기에 적들의 공격을 막을 수가 없었다. 9월 13일 푸쭤이의 군대는 쒜이둥(綏東) 요지인 지닝(集宁)을 점령했다. 16일 다통을 한 달 반 동안 포위공격을 하던 해방군은 부득불 포위공격을 중단했다.

훗날 녜룽전(聶榮臻)은 이렇게 말했다. "실전의 결과로부터 볼 때 다통전투 이전에 정확한 상황을 파악하지 못했기 때문이다. 다통의 적군은 병력이 충족하지는 않았지만 성벽의 방어시설이 비교적 튼튼했다. 당시 우리 군은 중장비가 없었으며 견고한 방어시설을 무너뜨리는 경험이 부족했다.

177) 장제스 일기(친필본), 1946년 10월 12일, 미국 스탠퍼드대학교 후버연구소 소장.

그러니 어찌 다통을 점령할 가능성이 있었겠는가?"[178] 다통에서 철수한 후 화북해방구의 정치와 군사적 중심지인 장자커우는 국민당 군 제11, 제12 작전 구역 두개 주력 부대의 협공 하에 위험한 상황에 처했다. 장자커우를 지키기 어려운 형편이 되었다.

국민당은 해방구를 향해 전면 공격을 시작했다. 제일 강한 공격은 1946년 10월에 시작되었다. 전쟁 시작에 투입되었던 72개의 여단은 이 시기에 이르러 117개 여단으로 증가되어 증가율이 63%에 달했다. 10월에 국민당이 점령한 해방구는 총 63개에 달하여 해방구의 도시를 제일 많이 점령한 달이었다.

이때 만민이 주목하는 전투는 장자커우 전투였다. 9월 30일 저우언라이는 조지 마셜에게 보낸 비망록에 아래와 같은 엄숙하고 정중한 성명을 썼다.

"나는 특별이 명령을 받고 각하에게 성명을 보냅니다. 각하께서 정부 측에 전달해주기를 바랍니다. 만약 국민당이 당장 장자커우와 그 주위에 대한 공격을 멈추지 않는다면 중국공산당에서는 정부가 공식적으로 파열되었다고 여길 수밖에 없으며, 정치적으로 문제를 해결하는 방법을 최종적으로 포기했다고 여길 수밖에 없습니다. 따라서 이로 인해 발생하는 모든 엄중한 후과는 정부 측에서 책임져야 할 것입니다." 10월 9일 그는 조지 마셜에게 다시 한 번 비망록을 보냈다. "지금 즉각 그리고 무기한으로 장자커우에 대한 공격을 멈추고 부대를 원래의 지역으로 돌려보내는 것이 정부가 담판을 다시 시작하려는 뜻의 표현이며, 평화 담판의 파열을 막을 수 있는 방법입니다."[179]

하지만 장제스는 큰 전투를 벌일 계획을 오래 전부터 하고 있었다. 그는 군사적 우세, 최근 전투의 승리 등 표면적인 현상에 도취되어 있었고, 해방구

---

178) 聶榮臻: 『聶榮臻回憶录』(下), 北京: 解放軍出版社, 1984년, 628쪽.

179) 中共中央文獻研究室, 中共南京市委員會 편: 『周恩來一九四六年談判文選』, 北京: 中央文獻出版社, 1996년, 654, 674쪽.

여러 도시를 점령한 성과에 취해있었기 때문에, 공산당의 거듭되는 경고와 전국 각계 인민들의 강렬한 반대도 개의치 않고 독단적으로 행동했다. 10월 2일 장제스는 일기에 이렇게 썼다. "John Leighton Stuart와 이야기 할 때 중앙에서는 장자커우를 수복할 것이라고 했다."[180] 11일 푸쭤이는 장자커우 서북쪽 수비 병력이 부족한 틈을 타서 철도연선이 아닌 장성 북쪽의 황량한 지대를 통과하여 순식간에 장자커우를 탈취했다.

장제스는 11일 당일의 일기에 이렇게 썼다. "국방(북쪽)의 기본 기반이 완성되었으니 하늘에 감사드린다. 1년 동안 한시도 걱정을 내려놓을 수 없었던 중대한 사항에 대한 우려를 이제야 가실 수 있게 되었다." 이튿날 일기에는 아래와 같이 썼다. "장자커우 수복은 관내 북쪽에서 제일 중요하며 제일 큰 난관을 해결한 셈이다. 1년 동안 침식불안에 시달렸다. 이번 전투가 제일 걱정이었다. 사람의 힘으로 계획대로 목적을 이루기 어렵다. 만약 하늘이 중화의 부흥을 도와주지 않았다면 어찌 오늘의 성과가 있었겠는가?"[181]

비록 9월 중순에 결정한 필요시 장자커우를 포기한다는 방침은 정확한 결정이었지만 화북부대 내부에서는 혼란을 겪었다. "당시 일부 동지들 특히 당정기관의 일부 동지들은 장자커우를 포기하는 것은 큰일이며 모든 것이 끝났다고 여겼다. 그들은 이를 감정적으로 이해하기 힘들었다."[182]

작전 지도의 구체적 사항에서 일부 교훈을 얻었다. 당시 장자커우 경비 사령관인 정웨이산은 그 당시를 이렇게 회상했다. "서쪽 전선에서 푸쭤이의 습격을 받은 원인은 쑤이완 전역 이후에 생긴 적들을 얕잡아 보는 습관이 변하

---

180) 장제스 일기(친필본), 1946년 10월 2일, 미국 스탠퍼드대학교 후버연구소 소장.

181) 장제스 일기(친필본), 1946년 10월 11일, 10월 12일 『上星期反省录』, 미국 스탠퍼드대학교 후버연구소 소장.

182) 聶榮臻: 『聶榮臻回憶录』(下), 北京: 解放軍出版社, 1984년, 639쪽.

지 않았기 때문이다. 우선 푸줘이의 군대가 동쪽[183]에서 공격할 수 있다는 잘못된 판단을 내렸다. 이는 장자커우가 쉽게 함락된 직접적인 원인이다."[184]

장자커우를 점령하자 장제스는 더욱 득의양양했다. 그의 심복인 국민당 외교부장 왕스제(王世杰)는 그날의 일기에 이렇게 썼다. "국군이 장자커우를 점령할 수 있은 것은 중국공산당이 자신의 방어능력을 지나치게 믿었기 때문이다." "장자커우를 점령하게 되면서 관외의 공산당 군대가 육로로 관내의 공산당 군대에게 탄약을 보낼 수 있는 통로를 차단했다."[185] 그날 오후 장제스는 의기양양하여 다음 달에 국민대회를 개최한다고 일방적으로 결정하고 선포했다. "공산당과 기타 당파가 정치를 파괴하고 방해하지 않게 하기 위해 국민대회의 개최를 더 이상 늦출 필요가 없다."[186] 이는 며칠 전에 장제스가 일기에 적은 내용이었다. 내전을 막기 위해 여러 방면으로 노력하던 중국 민주동맹 비서장 량수밍(梁漱溟)은 아침에 국민당 군이 장자커우를 점령했다는 소식을 듣고 기자들에게 "잠에서 깨어나 보니 평화는 죽어 있었다"[187]라고 말했다. 이 말은 명언이 되어 한동안 유행하였다.

작가 예성타오가 10월 14일에 쓴 일기. "국민당이 장자커우를 함락한 후 국민대회를 개최한다고 선포했다. 공산당은 아무런 태도도 표하지 않았다. 대부분 분열을 피하기 어렵고 전쟁이 장기화 될 것이라 여겼다. 평화를 실현하기 어려우니 건국(建國)은 공론에 불과하다. 국가의 위상은 하락되고 인민들

---

183) 징싱(經興)과 차이거우바오(柴溝堡)

184) 鄭維山: 『從華北到西北』, 北京: 解放軍出版社, 1985년, 29쪽.

185) 王世杰: 『王世杰日記』, 第5冊, 台北: "中央研究院"近代史研究所, 1990년 3월 영인본, 405쪽.

186) 장제스 일기(친필본), 1946년 11월 1일, 미국 스탠퍼드대학교 후버연구소 소장.

187) 羅隆基: 「參加旧政協到參加南京和談的一些回憶」, 全國政協文史資料研究委員會 편: 『文史資料選輯』, 第20輯, 北京: 中華書局, 1961년, 259쪽.

의 생활은 더욱 어려워졌으니 앞날은 캄캄하기만 하구나."[188]

다음날 John Leighton Stuart는 미국 국무장관에게 이렇게 보고했다. "장자커우의 함락과 국민대회를 열게 된다는 소식의 발표는 때마침 같은 날에 일어났다. 장자커우의 함락은 강렬한 반향을 가져왔고 국민대회 개최 소식은 대통령의 독단적 결정이었다. 기타 당파 대표들과의 협상이 없이 국민대회의 개최 여부와 개최 날짜를 대통령이 단독으로 결정할 수 있는지 논쟁은 끊이지를 않았다. 장제스의 일방적 행위는 그의 독재적 통치성향을 보여준다. 공산당은 바로 이러한 장제스를 향한 민중들의 반감정서를 이용하여 기타 당파들을 자신의 주위에 모이게 했다."[189]

국공은 평화담판을 계속할 필요가 없는 상황에 이르렀다. 11월 5일 국민당이 일방적으로 개최한 '국민대회'에는 중국청년당, 민주사회당과 일부 '사회 유명인사'들이 참가했다. 국공 담판은 더 이상 아무런 의미가 없게 되었다.

19일 저우언라이는 리웨이한, 덩잉차오(鄧穎超)등 중국공산당 대표단의 대부분 구성원(동비우 등 소수의 인원들을 제외한 대부분 대표단 구성원)들을 인솔하여 1년 넘게 진행된 담판을 마치고 미군 전용기를 타고 옌안으로 돌아왔다. 비록 평화회담은 무산되었지만 국민당 통치구역 민중들에게는 큰 영향을 미쳤다. 리웨이한은 옌안에 도착한 날에 쓴 일기에 이런 말은 남겼다. "국공담판이 무산되었지만 우리 당은 많은 민심을 얻었다."[190]

11월 22일 장제스의 일기: "쫑난(후쫑난), 츠슈(辭修)[191]와 군사계획을 논했

---

188) 叶圣陶: 『東歸日記』, 叶圣陶, 叶至善, 叶至美, 叶至誠 편: 『叶圣陶集』, 第21卷, 南京: 江蘇教育出版社, 1994년, 122쪽.

189)〔美〕 肯尼斯 雷, 約翰 布魯爾 編, 尤存, 牛軍 역: 『被遺忘的大使司徒雷登駐華報告』, 南京: 江蘇人民出版社, 1990년, 24쪽.

190) 李維漢: 『回憶与研究』(下), 北京: 中共党史資料出版社, 1986년, 652쪽.

191) 츠슈: 천청의 자(字).

다. 우선 타이항산(太行山) 류보청 무리를 궤멸시킨 후 집중시켜 산뻬이를 공격하는 것이 금후 우리의 작전계획의 중점이라는 결론을 내렸다." 25일: "어제 밤 우리 군은 북만주, 자오동과 옌안 공격을 잠시 중단하기로 하고, 먼저 수뻬이와 류보청의 주력군을 숙청하기로 결정했다. 다음 진난을 소탕하고, 창즈, 상당(上党)구를 점령하여 공산당 타이항산 근거지의 소굴을 없애는 것이 우리 군 겨울 전투의 목표이다."[192] 장제스는 해방구 공격의 구체 방안까지 제정하였었다. 물론 이 계획은 실현되지 못했다. 국공담판이 무산되자 시국은 중요한 전환점에 놓여졌다. 11월 21일 중국공산당 중앙은 옌안에서 마오쩌동, 주더(朱德), 류사오치, 저우언라이, 런비스(任弼時) 등 20여 명이 참가한 회의를 열었다. 저우언라이는 1년간 지속된 국공담판 과정을 보고했다.

마오쩌동은 내전이 일어난다는 것은 명확해 졌으니 이제 우리가 전쟁에서 승리할 것인가 하는 여부만 남았다고 했다. 류사오치는 평화는 멀어져갔고 전투에 응해야 하며, 국내외 형세에서 우리는 승리할 수 있지만 이 승리는 비교적 긴 시간의 힘든 시간을 거쳐야 한다고 했다. 이번 회의에서 '싸우자'라는 방침을 확정하였다. 이는 국가형세의 발전에 따른 결정이었다. 하지만 "장제스를 타도하자"는 구호를 공개하기에는 아직 일렀다. 12월 9일 한 외국기자가 마오쩌동에게 "중국 국내형세 상 전쟁을 해야 하는가?"라고 물었다. 마오쩌동은 명쾌하게 "해야지! 저쪽에서 싸우려 하니 싸워야지!"[193]라고 했다.

내전을 일으킨 국민당 군의 기본 약점은 점차 명확하게 드러났다. "이번 토비숙청을 통해 우리 부대 관병들의 심리를 아래와 같이 종합할 수 있다. 1. 죽음을 두려워한다. 적들과 가까이 하기를 두려워하니 떠도는 소문으로 공산당의 상황만 알 뿐 적군에 대한 실질적인 정확한 보고가 없다. 2. 군대의

---

192) 장제스 일기(친필본), 1946년 11월 22일, 25일, 미국 스탠퍼드대학교 후버연구소 소장.
193) 中共中央文獻硏究室 편: 『毛澤東文集』, 第4卷, 北京: 人民出版社, 1996년, 203쪽.

규율. 군대의 병사들은 부패하고 군기는 문란하다. 가축들을 마구 잡아먹고 양식들을 마구 약탈하고 사람의 탈을 쓰고 부녀자를 겁탈하고 재물을 약탈하면서 온갖 나쁜 짓을 다 했다. 심지어 산간에 널린 땔감도 마다하고 백성들의 문짝을 뜯어 불을 지폈다. 3. 통신. 통신 방면에서 무선전은 기능을 잃었고 통신기술은 부족하고 전문인원도 부족했다. …… 4. 전술. 부대에서는 많은 병력을 산꼭대기에 배치하여 지킬 뿐 적들이 도망칠 때 무조건 경유해야 하는 길목에는 병사 한 명도 배치하지 않았다. 적들이 도망 칠 때 총 한 발 쏘지도 않고 적들을 보내주었다. 이렇게 적들을 궤멸시킬 수 있는 전략적 요지는 적들이 우리를 공격할 수 있는 허점이 되었다. 5. 훈련. 전투나 훈련에서 규율을 제대로 지키는 경우가 적다. 마땅히 규율을 엄격하게 지키게 해야 한다."[194] 이는 장제스의 직계부대인 재편성한 제90사단의 사단장인 옌밍(嚴明)이 후쭝난에게 올린 보고였다. 이런 상황은 항일전쟁시기와 완전히 달랐다. 주로 병사들의 사기와 민중들과의 관계가 변했다. 이런 상황은 그들과 점점 멀어지는 민심을 말해 주었다.

하지만 장제스는 이미 기울어진 군사적 형세를 완전히 잘못 판단했다. 연말에 John Leighton Stuart는 또 한 번 미국 국무장관에게 여전히 낙관적인 장제스와의 회담내용을 보고했다. "공산당 문제는 모종의 방법으로 반년 내에 반드시 해결해야 한다." "아울러 우리는 반년 내에 공산당의 군사 역량을 모두 궤멸시킬 수 있는 믿음을 가지고 있다."[195]

평화발전은 이미 물 건너갔다. 이런 복잡한 상황에서 중국은 1947년의 새해를 맞이했다.

---

194) 胡宗南: 『胡宗南先生日記』(上), 台北: 國史館, 2015년 7월, 587쪽.

195) 〔美〕 肯尼斯 雷, 約翰 布魯爾 編, 尤存, 牛軍 역: 『被遺忘的大使司徒雷登駐華報告』, 南京: 江蘇人民出版社, 1990년, 46쪽.

제2장
설날 전후에 거세게 휘몰아친 미군폭행 항의운동

제2장
설날 전후에 거세게 휘몰아친 미군폭행 항의운동

1947년 1월 1일 국민당은 신문에 '국민대회'에서 통과한 『중화민국헌법』과 『헌법 실시를 위한 준비 절차』를 공포했다. 이렇게 중국은 시끌벅적하게 1947년의 첫날을 맞이했다. 같은 날 장제스는 중산릉에서 성대한 알현 의식을 주최하고 대 군민 동포 담화를 가졌다. "오늘 정부에서 중화민국헌법을 반포하였다. 이는 국가가 민주적 입헌정치의 탄탄대로에 들어선 것을 의미한다. 이로부터 전국 동포들은 착실하게 민권을 행사하고 민권의 의무를 다해야 한다. 이는 민국이 성립한 이래 제일 획기적인 대사이다."[196]

장제스의 흥분된 말투와 선명한 대조를 이루는 것은 국민당 통치구 백성들의 반응이었다. 국민당 통치구의 백성들은 『헌법』의 발표, '입헌정치'의 시대에 들어섰다는 말에 극히 냉담한 반응을 보였으며, 이런 일들이 '큰 대사'라고 생각지 않았을 뿐만 아니라 '획기적인 일'이라고 여기지도 않았다. 예성타오는 1946년 12월 26일의 일기에 진솔한 심정을 썼다. "국민대회는 폐막되었고 헌법초안도 이미 제정되었다. 사실상 이것은 나라의 대사이다. 국민들은 아직 기초가 불안정한 상황에서 급히 이를 발표한 것은 위에서 다른 꿍꿍이가 있어서라고 여겼다. 모두 이를 구경거리로 여긴다." 1947년 1월 1일에는 이

196) 秦孝儀 편: 『蔣介石大事長編初稿』 卷六(下冊), 台北: 1978년 10월, 351쪽.

렇게 썼다. "오늘부터 헌법의 제정을 축하하는 의미로 3일간 휴식을 한다는 공문이 내렸다. 하지만 이번 헌법의 발표에 대해 일반 민중들은 염두에 두지 않았으며 견식이 있는 사람들 대부분은 이를 인정하지 않았다."[197] 사람들은 이 시기에 발생한 중국 주둔 미군이 베이핑에서 베이징 대학 선수반(先修班) 학생을 강제적으로 간음한 사건에 더 큰 관심이 있었다. 이 사건을 시작으로 미군 폭행에 항의하는 운동이 전국에서 진행되었다.

『관찰』 잡지의 난징 특약통신은 다른 두 가지 현상을 이렇게 보도했다. "36년(1947년)의 수도는 서로 다른 시위행진으로 시작되었다. 날씨가 쾌청한 설날, 거리에는 국기가 나부끼고 '함께 경축'하는 의미로 채색 장식들로 울긋불긋했다. 하지만 각 대학교는 이런 경축과 3일간의 휴식시간을 별로 반기지 않았다. 미군의 폭행에 항의하고 미군을 철수하라고 제의하는 내용의 통지, 선전, 표어, 만화, 브리핑 전단지들이 거의 5분에 한 번씩 붙여지고 1시간에 한 번씩 집회를 가졌다."[198] 이렇게 간단명료한 사실로 당시 민중들의 정서를 정확하게 알려주었으며, 중국이 어떤 상황에서 1947년에 들어섰는가를 알려주고 있다.

항일전쟁이 승리한지 얼마 지나지 않아 미군의 폭행에 항의하는 운동이 전국에서 일어난 것은 우연이 아니었다. 이 사건은 수천만 중국인민들의 마음 속 제일 민감한 부분을 건드렸다. 중화민족은 백여 년간 외래 침략자와 열강들의 억압과 능욕을 받았다. 이는 중국 사람들의 마음에 큰 상처로 남겨졌다. 특히 8년 동안 중국을 억누르던 일본침략자를 물리친 중국인민들은 어깨를 펴고 사람답게 살 수 있게 되었다. 이런 중화민족은 외국 열강들이 정

---

197) 叶圣陶: 『東歸日記』, 叶圣陶, 叶至善, 叶至美, 叶至誠 편: 『叶圣陶集』, 第21卷, 南京: 江蘇教育出版社, 1994년, 148, 150쪽.

198) 본사특약기자: 『南京的新歲』, 『觀察』, 第1卷 第22期, 1947년 1월 25일.

복자의 자태로 중국의 주권, 중화민족의 존엄과 이익을 무시하고 중국 국토에서 제멋대로 행동하며 심지어 중국 동포를 살해하는 행위에 대해 더는 용납할 수 없었다. 애국심을 가진 모든 중국 사람들을 이 사건에서 백여 년간의 민족적 모욕과 고난을 떠올렸다. 사람들은 울분과 격정을 가슴에 지니고 헌신적으로 투쟁에 참가했다.

항일전쟁시기 적지 않은 미군인들 특히 공군병사들이 중국의 대후방에 들어왔다. 비록 이런 군인들이 많지는 않았지만 중국 사람들은 동맹군의 신분으로 중국의 항일을 도와주러 온 그들에게 호감을 가지고 친근하게 대했다. 매번 군용차에 앉은 군인들이 거리를 지나가면 사람들은 항상 엄지손가락을 보이며 "딩하오(頂好, 좋아요)!"라고 외치기도 했다.

하지만 항일전쟁이 끝난 후 이런 상황은 너무 빨리 변화했다. 저명한 자유주의 지식인인 추안핑(儲安平)은 비애에 잠겨 이렇게 썼다. "항일전쟁시기 중국 사람들은 미국에 보편적으로 호감을 가지고 있었다. 이런 감정에는 감격과 감사의 마음이 담겨져 있었다." "하지만 이런 감정은 몇 달 사이에 큰 변화를 가져왔다." "이는 불행한 변화이며 부인할 수 없는 변화였다."[199] 중국 사람들이 미국에 대한 호감은 몇 달도 안 되는 사이에 큰 변화를 가져왔다.

누구도 이 변화를 부인할 수 없었다. 이 변화가 있게 된 데에는 이유가 있었다. 항일전쟁 승리 후 미군은 그들의 공군과 해군을 동원하여 멀리 중국 서남쪽 지역에 있던 국민당 군대를 신속하게 일본이 점령하고 있던 화북, 화동과 동북으로 이송시켜 주었다. 그들은 대략 40~50만 명의 국민당 부대를 이송시켰다. 당시 동맹군 중국 작전구역 참모장인 Albert Coady Wedemeyer는 "이는 세계 역사상 비행기를 이용하여 최대 규모의 군대를 이동시킨 경우

---

199) 儲安平: 『我們對于美國的感覺』, 『觀察』, 第1卷 第11期, 1946년 11월 9일.

가 틀림없다"고 말했다. 아이젠하워(Eisenhower)에게 보내는 보고에서 그는 이렇게 썼다.

> 먼저 잃어버린 땅을 수복하기 위한 사업에 필요한 군사단, 군단은 미국의 비행기를 타고 상하이, 난징과 베이핑에 도착했다. 태평양 전지에서 이동해 온 미국 제7함대의 일부 군함은 중국 부대를 화북으로 이송시켰으며 5만 3천여 명의 미국 해병대는 핑진지구를 점령했다. 군사적 점령 임무가 있는 중국부대는 제10, 제14항공대가 책임지고 비행기로 이송했다. 이는 세계 역사상 비행기를 이용하여 최대 규모의 군대를 이송시킨 경우가 틀림없다.[200]

일본이 투항하기 전 미국 해병대는 중국에 상륙하지 않았다. 그런데 1945년 9월~10월 기간 텐진, 탕꾸(塘沽), 칭다오로부터 대거 상륙했다. 중국에 상륙한 미국 해병대는 5만 명에 달했다. 미국 해군 항공대 3개 대대는 칭다오, 베이핑에 주둔했다. 또한 대량의 미군함이 상하이 항구, 황푸강(黄浦江)에 정박해 있었다. 그들은 중국 군대를 지원하여 일본군의 무장을 해제하고 일본군을 송환한다는 명의로 중국에 상륙했다. 하지만 이 두 가지 임무의 진도는 이상할 만큼 늦게 진행되었다. 주중미군은 장기간 머물러 있으며 마무리를 지을 생각조차 하지 않는 듯했다.

주요 전승국의 하나('4대강국'이라 불렸다.)인 중국이지만, 전쟁이 승리한 후에 자신의 국토에 외국군대가 장기간 주둔을 허용했다. "Jeep girl"[201]들의

---

200) 『中國戰區史料』, 第2卷, 資中筠: 『美國對華政策的緣起和發展(1945—1950)』, 重慶: 重慶出版社, 1987년, 43, 44쪽에서 재인용.

201) Jeep girl: 2차 세계대전 시기 군용 관병들과 함께 지프차에 앉아 있는 몸 파는 것으로 생계를 유지하는

허리를 껴안고 차를 마구 몰고 다니는 미국 병사들을 보는 사람들은 이해할 수도 받아들일 수도 없었다. 중국 사람들의 민족 자존심을 마구 짓밟혔다. 많은 미군들은 중국 땅에서 동맹국에 대한 존중을 전혀 찾아 볼 수가 없었다. 그들은 이 땅에서 주인이라 자처하며 중국 사람들을 사람으로도 여기지 않고 식민지를 점령한 정복자들 마냥 거리낌 없이 행패를 부렸다. 심지어 이들은 계속해서 사건 사고와 인명피해 사건들을 저질렀다. 이렇게 행패를 부리는 미군들을 향한 중국 사람들의 분노는 점점 더 강렬해졌다.

예성타오는 총칭에서 배를 타고 상하이로 왔다. 우쏭커우(吳淞口)에 정착하자 그의 눈앞의 상하이는 오래전 그의 기억속의 상하이가 아니었다.

"미군함 20여 척이 가까이 정박해 있었다. 반짝이는 등불은 마치 높은 건물 같았는데 위협적인 느낌이 들었다."[202] 몇 글자가 아니지만 그의 느낌을 가히 짐작할 수 있다. 금방 미국에서 돌아온 저명한 기자 샤오첸(蕭乾)은 외국 친구에게 보내는 편지에서 더욱 적나라하게 묘사했다. "선박이 우쏭커우에 도착하자 형세가 심상치 않음을 눈치 챘다. 나는 이집트와 같은 여러 약소국들을 다녀왔었다. 작은 나라라도 뱃길을 안내하는 배들이 달고 있는 국기는 본국의 국기이며 자국의 사람들인데, 우리나라에서 선박을 안내하는 배는 미국 깃발을 단 작은 기선이고, 항구에 정박해 있는 군함도 크고 검은 미군함들이었다. 도심 쪽으로 한참 가서야 육중한 나무배 위에서 처량하게 나부끼는 우리나라 깃발을 볼 수 있었다. 항구가 이러하니 공항의 상황도 상상할 수가 있지 않겠는가? 상하이의 롱화(龍華)든 베이핑의 시위안(西苑)이든 도시의 대문을 지키는 자들은 미국 헌병들이었다. 일부 표지판에는 중국 글자도

여성들을 가리킨다.

202) 叶圣陶: 『東歸日記』, 叶圣陶, 叶至善, 叶至美, 叶至誠 편: 『叶圣陶集』, 第21卷, 南京: 江蘇教育出版社, 1994년, 32쪽.

찾아 볼 수 없었다. 모든 미국 헌병들은 잘 먹어서 피둥피둥 살쪄 있었고 질근질근 껌을 씹으면서 오고가는 손님들을 아래위로 훑어보고 있었다. 대전 초기 독일의 미군 군용비행장에서 이런 광경들을 보았었다. 푸념을 할 수도 없었다. 불만을 표하면 미국을 반대하는 것이고 미국을 반대하는 것은 정부를 반대하는 것으로 간주되었고, 정부를 반대하는 것이 곧 나라를 배반하는 것이라 했기 때문이다!"[203]

항일전쟁시기 상하이에 칩거하고 있던 루쉰(魯迅)의 부인인 수광핑이 항일전쟁 승리 후 2달이 지난 시기에 쓴 편지에는 이런 내용이 있었다. "고난의 세월을 지나온 상하이에서 처음으로 만난 우군(友軍)은 미군이었다. 그들은 많은 비행기를 몰고 왔다. 하늘에서 날아다니는 비행기의 윙윙 거리는 소리와 함께 거리 아이들의 환호성도 함께 울러 퍼졌다. 우리와는 별 상관이 없었다. 비행기와 함께 지프차도 가져왔다. 이런 지프차를 보고 상하이사람들은 눈을 번쩍 떴다. 지프차들은 대부분 국제호텔 앞에 집중해 있었다. 요즘 들어 지프차들이 거리에서 마구 돌진하고 있다. 몹시 가난했던 중국이라 이런 새로운 물건에 적응할 환경이 마련되지 않았다. 지프차가 옆을 지나갈 때마다 새로운 인상을 남겼다. 지프차는 아슬아슬하게 전차를 스쳐 돌진했다. 마치 큰 유성이 지구를 스치는 듯 여간 위험하지 않았다." "교차로를 지날 때 지프차의 엔진소리도 경적 소리도 미처 듣기 전에 자동차, 지프차가 눈앞에 나타났다. 인력거와 지프차가 부딪쳐도 지프차는 그냥 몰고 가버렸다. 넘어진 인력거꾼은 한숨을 쉬며 자신의 사나운 운수를 탓하며 천천히 일어났다."

"지프차를 몰고 나오지 않는 우군들도 적지 않았다. 이들은 술집이나 커피숍에서 소란을 피우기도 했다." "그들이 처음 왔을 때에 많은 사람들이 존

---

203) 蕭乾: 『給英國老約翰』, 『觀察』, 第1卷 第9期, 1946년 10월 26일.

경스러운 마음으로 맞이했다면 지금은 무엇 때문인지 이들을 개의치 않거나 멀리했다."[204]

아직 사태가 심각하지 않은 터라 자극적인 언어는 없었다. 하지만 이로부터 두 달이 지난 후에 발표된 평론에는 이런 내용이 있었다. "최근의 상하이는 거의 미군의 천하가 되었다. 지프차는 거리에서 마구 날뛰며 사람을 상하게 하고 물건을 훼손했지만 경찰들도 이를 저지하지 못했다.

거리에서 미군을 만나면 엄지를 내밀던 정경을 이제 다신 볼 수가 없다."[205] "상하이에서 발행한 간행물에는 미군의 행위를 비방하는 글들이 하루도 끊이지 않고 실렸다."[206] 상하이에서 출판하는 『신화일보』는 1946년 미군이 중국 부녀를 모욕한 실제사건들을 보도했다. 아래는 일부를 발췌한 것이다.

> 1월 12일 상하이 왕전유(王振犹) 선생은 『원훼이보(文匯報)』에 이런 내용의 글을 보내왔다. "집으로 가려면 샤페이로(霞飛路) 진선푸로(金神父路) 부근을 지나야 했다. 매일 술에 취한 미군들을 볼 수 있다. 하루는 한 미국 해군이 상점에서 여 주인의 어깨에 팔을 얹고 값을 물어 보는 것을 보았다. 하루 저녁에는 미국 해군이 한 여자를 억지로 골목으로 끌고 가는 것을 보았는데 그 여자는 살려달라고 소리를 쳤다. 다행히 지나가는 사람들이 도와줬기에 미군의 만행을 제지할 수 있었다.
>
> 3월 15일 밤 상하이 신창로(新昌路)에서 일어난 사건인데 집으로 돌아오는 덩(鄧)여사의 뒤를 따라 들어온 4명의 미국 병사들이 덩

---

204) 景宋: 『上海人』, 『民主』, 第3期, 1945년 10월 27일.
205) 黃裳: 『關于美國兵』, 『周報』, 第20期, 1946년 1월 19일.
206) 冷紅: 『論美國軍人所說的話』, 『民主』, 第12期, 1945년 12월 29일.

여사를 윤간했다.

4월 10일, 상하이 『신바오(辛報)』에는 한 여 중학생이 "미군인 구락부"가 있는 셰차오눙(斜橋弄)을 지날 때 두 명의 미국 해군이 삼륜차에서 뛰어 내려 "독수리가 병아리를 잡아 가듯이 여학생을 끌고 차안에 들어가서 끌어안고 난동을 부렸다"고 보도했다.

6월 28일, 총칭에는 미군인 4명이 공공연히 훼이셴다사(會仙大厦) 여관의 여자 욕실에 뛰어 들어 목욕을 하고 있는 부녀들을 마구 겁탈했으며, 이들은 또 미군 20여 명을 불러 들여 여관을 마구 두드려 부순 사건이 발생했다.

8월 26일, 『원훼이보』의 독자 장한민(蔣漢民)은 자신이 목격한 미군인이 중국 부녀를 능욕하는 사실에 대해 이렇게 서술했다. "어제 저녁 친구와 함께 난징시루(南京西路)를 지나가다가 국제호텔(國際飯店) 동쪽으로 6~7개 상가 떨어진 곳에서 3명의 미국 해군들이 술에 취해서 비틀거리며 동쪽으로 걸어가고 있는 것을 보았다. 이들은 자빠지고 엎어지면서 겨우 몸을 가누며 걸었기에 자꾸 눈길이 갔다. 이때 약 25세 쯤 되어 보이는 여성이 손에 물건을 들고 단정한 모습으로 걸어오고 있었다. 그녀가 미군 병사들의 옆을 지날 때 한 미군이 손을 뻗어 여자의 가슴을 마구 만지는 것이었다. 얼굴이 사색이 된 여성은 몸부림치며 겨우 미군의 손아귀를 벗어났다. 파렴치한 미군들은 득의양양해서 미친 듯이 웃어댔다. 8월 25일."

9월 1일 난징의 중산루(中山路)에 살고 있는 기관 공무원 장모(張某)의 아내와 여동생은 저녁에 극을 보고 집에 돌아가고 있었다. 지프차를 몰고 지나가던 두 명의 동맹 군인들이 그녀들의 뒤를 따랐다. 동생은 다행히 도망을 쳤지만 장모의 아내는 그들에게 끌려 잔디밭에서 강간을 당했다. 한 시간 넘은 폭행에 장모의 아내의 옷은 모두 찢어지고 온 몸은 상처투성이가 되었다. 폭행을 목격한 이장먼(挹江門) 헌병대장은 이를 보고도 아무런 간섭도 하지 않고 사후에 장모의 아내를 집으로 호송해주었을 뿐이다. 두 '우호국'의 군인은 거들먹거리며 자리를 떴다.

9월 17일 상하이 『신원바오(新聞報)』에는 이런 글이 실렸다. 전일 저녁 12시 쯤 순찰하던 미군 보초병은 파오마청(跑馬廳)의 잔디밭에서 옷이 찢어지고 얼굴에 피범벅이 된 소녀가 쓰러져 있는 것을 발견했다. 응급 처치를 해서 겨우 정신을 차린 소녀는 난징루 셴러쓰(仙樂斯) 무도장에서 백댄서로 일하는 20살의 저우건디(周根弟)였다. 그날 밤 필리핀 국적의 미국병사가 저우를 끌고 어둑한 곳으로 가서 겁탈하려 했다. 저우가 악을 쓰고 반항하자 병사는 그녀의 얼굴을 가격했다. 주먹에 맞은 저우는 얼굴에서 피를 흘리며 정신을 잃고 쓰러졌다. 그녀의 가방에 있던 2만 법폐와 5달러, 새로 만든 무용복은 이미 사라지고 없었다. 미군은 저우건디를 병원으로 호송하고 미국 헌병들에게 일을 저지른 필리핀 국적의 군인을 잡아 법에 따라 처벌하라고 통지했다.

9월 30일 상하이 『원훼이보』에는 이런 내용이 실렸다. 어젯밤 10시 경 미 해군 선원 한 명은 위안밍위안루(圓明園路) 169호의 대형 돌기둥 옆에서 가슴이 커다란 여성과 차마 눈을 뜨고 볼 수 없는 행동을 하고 있었다. 비록 오고가는 사람들이 많았지만 이들은 아무런 수치심도 없이 행동을 계속했다. 구경하는 사람들이 많아지기 시작했고 미국 헌병을 부른다고 했지만 이 미군은 뻔뻔하게 하던 일을 다 마치고는 옆에 있던 사람들을 때리기 시작했다. 사람들 옷이 찢겨졌고 안경도 부서졌으며 여러 사람이 다쳤다.[207]

양심이 있는 모든 중국사람들은 이런 글들을 읽고 분개하지 않을 수 없었다. 소위 '4대 강국'의 하나인 전승국에서 어찌 이런 일이 일어날 수 있단 말인가? 이런 사건이 발생한 것을 알면서도 어찌 가만히 앉아 있을 수 있는가? 위에서 열거한 사건들은 미군들 악행의 일부분일 뿐이었다. 이외에도 좁은 길에서 마구 날뛰는 지프차에 치여 상하거나 죽은 사람이 적지 않았다.

국민당정부의 통계에 의하면 1945년 9월 12일부터 1946년 1월 10일까지 120일간에 지프차로 인한 교통사고가 상하이에서만 495건 발생하였으며 244명이 다치거나 죽었다. 톈진의 『이스보(益世報)』의 기재에 의하면 톈진에 있는 미국 자동차로 인한 교통사고가 백여 차례 발생했다고 한다. 심지어 미군들은 제멋대로 중국사람을 구타하고 총으로 사살하기까지 했다. 톈진 농민 허완순(何万顺)은 밭에서 농사일을 하다가 미군의 인체 과녁이 되어 총에 맞아 죽었다. 톈진에 있는 미군은 거리에서 떠도는 11세의 여자아이를 강에 버려 물에 빠져 죽게 했다. 미군들이 인력거꾼들을 구타하는 일이 자주 발생했는데 일부 인력거꾼은 미군의 구타에 생명을 잃었다. 1946년 7월 30일 한 미군이 상하이에서 인력거를 불렀는데 인력거꾼이 영어를 알아듣지 못하고 동작이 굼뜨다는 이유로 칼을 꺼내 인력거꾼의 다섯 손가락을 잘라 버렸다.

상하이의 한 인력거꾼은 인력거를 탄 미군에게 받아야 할 비용을 달라고 했다가 미군의 주먹에 맞아 죽었다. 8월 4일 톈진의 미군은 탈영을 한 병사를 잡는 과정에서 보초를 서고 있는 병사가 과실로 인해 총에 맞아 죽은 일

---

207) 『一年來美軍侮辱我國女同胞的事實舉隅』, 上海 『新華日報』, 1947년 1월 5일.

도 일어났다.[208] 9월 7일 미국 헌병은 이유 없이 푸런(輔仁)대학 부속중학교에 다니는 고3학생 청궤이밍(曾桂明)에게 총을 쏘았다.[209] 이런 내용의 보도는 여러 간행물에서 쉽게 찾아 볼 수 있었다. 각종 소름끼치는 폭행과 유혈 사건이 꼬리에 꼬리를 물고 일어났다.

이처럼 냉혹한 사실은 민족 자존심을 가지고 있는 모든 중국사람들의 마음을 아프게 했다. 비록 항일전쟁에서 승리를 했다고 하지만 외국사람들은 여전히 중국의 영토에서 제멋대로 행동하고 있었다. 사람들의 마음을 억누르고 있던 울분과 분노는 점점 강렬해졌다. 미군의 폭행을 반대하는 운동은 전국에서 일어났다.

미군이 대량으로 중국에 들어오면서 미국 상품도 홍수처럼 중국의 시장에서 범람했다. 미국 상품이 이렇게 범람할 수 있었던 것은 미국이 경제적으로 발달한 원인도 있었지만, 미국 정치의 군사세력이 중국에 깊이 연관된 것과도 관련이 있었다. 1945년 9월 25일 항일전쟁이 끝난 지 얼마 지나지 않아 국민당 군통 특무 우두머리인 다이리(戴笠)는 연회를 베풀어 방문차 총칭에 들른 미국 제7함대 사령관인 토마스 캐신 킨케이트(Thomas Cassin Kinkaid) 해군 상장을 초청했다. 토마스 캐신 킨케이트는 회의석에서 공개적으로 "미국 함대가 중국 상하이에 들어오게 되면 중국에서 장사를 하게 될 것이다"[210]고 말했다. 이 말은 모든 것을 말해주고 있다. 총칭에서 상하이로 돌아온 예성타오는 시장에서 범람하는 미국 상품을 보고 마음이 아팠다. 그의 일기에 이렇게 썼다.

---

208) 『大公報』, 1946년 8월 5일.
209) 『大公報』, 1946년 9월 8일.
210) 唐縱, 公安部檔案館 편: 『在蔣介石身邊八年』, 北京: 群衆出版社, 1991년, 543쪽.

> 우리나라의 의식주행은 앞으로 더욱더 미국에 의존하게 된다. 이렇게 되면 장래의 중국은 아마 미국화 되어 가고 있는 필리핀과 다를 바 없게 된다. 이는 얼마나 마음 아픈 일인가.(1946년 5월 27일) 롱원(龍文)이 저녁을 먹고 가라고 해서 저녁 9시까지 대화를 나누었다. 그가 일하고 있는 우시(无錫) 시멘트 공장은 이미 생산을 멈추었으며 문을 닫을 것 같다고 했다. 미국의 시멘트가 이미 상하이로부터 중국에 들왔는데 한 포대에 3천 위안씩 판매되고 있다. 헌데 우시에서 시멘트 한 포대를 생산하려면 3천 위안을 훌쩍 넘는 석탄이 필요하기에 시멘트를 생산해도 시장에서 팔리지 않는다고 한다. 기타 공업도 거의 비슷한 상황이다. 이렇게 되면 전체 공업은 붕괴되어 우리나라 공업이 사라질 수도 있다. 우리나라는 경제적으로 미국의 노예로 전략하게 된다. 그런데도 지금의 정부는 기꺼이 미국의 노예가 되려한다.(5월 31일)
>
> 성냥이며 비누며 값이 싼 물건들도 미국에서 들여왔다. 시장에 넘쳐나는 미국 물건들 때문에 작은 공장들은 점차 자신들의 입지를 잃어갔다.(8월 2일)[211]

"상하이에 사는 사람들은 문을 나서면 무수한 미국 상품들을 볼 수 있다. 공산품뿐만 아니라 농산품인 목화, 밀가루, 쌀 심지어 과일과 우유도 미국 제품이었다. 농업국가인 중국 국산품은 값이 비쌀 뿐만 아니라 질도 낮아 구매하기를 꺼려한다. 이 나라의 모든 상품들은 '미국에서 공급'받게 될 판이다." "오호라! 우리는 8년간의 항일전쟁을 거쳐서도 두 번째 필리핀이 되는구

---

211) 叶圣陶: 『東歸日記』, 叶圣陶, 叶至善, 叶至美, 叶至誠 편: 『叶圣陶集』, 第21卷, 南京: 江蘇教育出版社, 1994년, 76, 78, 100쪽.

나."[212] 이는 당시 간행물의 논평이었다.

이런 상황에서 지극히 어려운 민족공업은 무너지고 파산의 변두리에 몰리게 되었다. 후줴원는 회고록에 이렇게 썼다. "미국의 잉여물자 덤핑판매와 관료자본의 압박 하에 1946년 1년 동안 78%에 달하는 상하이의 민영공장이 파산했다."[213] "민영 공산품은 미국의 상품과 비교했을 때 아무런 경쟁력이 없었다. 심지어 영국과 캐나다의 상품도 들어오기 시작했다. '만약 지금의 상황에서 경제 정책에 개선이 없으면 항일전쟁 전의 군벌의 압박과 항일전쟁의 포화 속에서도 견뎌온 세계적으로 유명한 우리의 대공업은 항일전쟁의 승리를 거둔 오늘 문을 닫게 된다.' 이는 주다(久大), 용리(永利) 두 개의 큰 화학공업 공장 대변인의 예측이다."[214] 이는 참으로 가슴 아픈 말이 아닐 수 없었다!

이런 상황에도 미국은 만족하지 않았다. 그들이 국민당 정부를 지지하는 중요한 목적의 하나가 바로 미국 자본이 중국에서의 특수 권익을 보장하기 위해서였다. 그들은 중국의 경제를 완전히 통제하려고 했으며 조약의 형식으로 이런 특수 권익을 확고하게 규정하려 했다. 중국으로 온 조지 마셜은 미국 정부의 중미 상업조약 담판 임무도 가지고 왔다.

1946년 11월 4일 국민당 정부 외교부장 왕스제와 미국주 중대사인 John Leighton Stuart는 난징에서 『중미우호통상항해조약』에 서명했다. 이 조약은 한 주일 사이에 필요한 모든 수속을 마쳤다. 이 조약에는 총 30개 조항이 있었다. "계약 측 국민들은 계약 상대 측 경내에서 간섭을 받지 않고 법에 의하여 관청에서 금하지 않는 사무, 제조, 가공, 과학, 교육, 종교 및 자산 사업을

---

212) 木耳: 『周末雜感』, 『周報』, 第40期, 1946년 6월 8일.
213) 胡世華, 呂慧敏, 宗朋 整理: 『胡厥文回憶彔』, 北京: 中國文史出版社, 1994년, 97쪽.
214) 『大公報』, 1946년 8월 6일.

진행하는 것을 허락한다." "계약 측 국민이 상대 측 나라에 입국하여 여행 또는 거주하면서 중화민국과 아메리카합중국 간의 무역 혹은 기타 무역에 관련된 업무에 종사하는 것을 제지할 수 없다." "계약 측의 국민, 법인 및 단체가 상대측의 영토에 지은 주택, 화물 창고, 공장, 상점 및 기타 업무장소, 그리고 모든 부속 부동산에 불법으로 진입하거나 침범해서는 안 된다." "계약측의 선박은 상대측의 이미 대외로 개방된 항구나 이후에 대외로 개방될 항구, 지방 및 수역, 해역에서의 정박을 허용해야 한다. 항만시설 사용료와 항구세는 본국의 선박보다 비싸지 않아야 하며, 이 선박들이 출항할 때 지금 혹은 이후에 대외로 개방될 사업, 선박 운수업을 위한 항구, 지방 및 수역, 해역에서 동등하게 화물을 적재할 수 있다." 등의 내용이 있었다.[215]

이 조약은 항일전쟁기간의 불평등조약 체계를 폐지한 후 처음으로 외국과 맺은 상업조약이었다. 이 조약의 제일 큰 특점은 '평등'이라는 단어에 가려진 극단적인 불평등이었다. 표면적으로는 계약국 쌍방 모두 상대방의 '영토 전체'에 공장을 세우고, 통상을 하고, 항해를 할 수 있다고 했지만, 당시 중국과 미국의 경제발전의 차이로 보면, 중국은 미국에 가서 공장을 세우고 통상을 하고 항해를 한다는 것은 거의 있을 수 없는 일이었다.

따라서 미국만이 중국의 영토에서 아무런 구속을 받지 않고 공장을 세우고 통상을 하고 항해를 할 수 있었던 것이다. 당시 한 잡지에는 이 조약을 풍자하는 만화가 실렸다. 만화에는 부리 긴 두루미가 긴 부리를 이용해 목이 긴 물병의 물을 먹고 있었다. 부리 긴 두루미는 물병 옆에서 물병을 바라보는 고양이를 보면서 "이 물병의 물은 누구나 다 마실 수 있지. 너도 이 물병의 물을 먹을 수 있다"고 말하는 장면이 그려져 있었다. 조약을 체결하던 당

---

215) 中國第二歷史檔案館 편: 『中華民國史檔案資料匯編』, 第5輯 第3編, 外交, 南京: 江蘇古籍出版社, 2000년, 542, 546, 557, 558쪽.

일의 일기에 왕스제는 이렇게 썼다. "9개월 걸려서 체결된 이 조약은 비록 상호 평등과 상호 혜택을 기초로 하여 제정했다고 하지만 중미 경제상황이 다르기 때문에 혜택은 일방적 혜택에 불과하다."[216]

자연스레 이 조약의 발표는 중국 사회 각계의 강렬한 반대를 가져왔다. 저명한 경제학가 마인추는 조약이 체결된 후 조약 내용에 분노하고 조약을 질책했다. "『중미 상업조약』의 담판 과정을 잘 알지 못한다. 기밀담판이기에 담판 내용은 외교부 외에 기타 기관에서도 잘 이해하지 못할 수 있다.

인민들의 생활과 밀접히 관련된 담판을 왜 비밀리에 진행했는가? 미국과의 담판에서 먼저 공상업계의 의견을 묻고 그 의견에 근거하여 담판을 진행해야 하는 것이 순서가 아닌가? 하지만 우리 정부는 공상업계에 의견을 물었는가?" "평등한 조약이라고 하는 이 조약은 겉으로만 평등일 뿐 실질적으로는 불평등조약이다. 두 나라의 상황이 서로 다르니 상호간 서로 혜택을 주고받는다는 것은 실현하기 힘든 것이다."[217] 이는 그가 내린 결론이다. 반년 후 그는 『미국은 왜 중국에 눈독을 들이고 있는가』라는 제목으로 장편의 글을 썼다. "미국은 고도로 발전한 자본주의 국가이다. 미국의 생산 기구는 개인들이 소유하고 있으며 모든 생산은 이익을 목표로 한다"고 했다. 그는 "미국은 왜 중국의 시장을 장악하려 하는가?"라는 물음을 제기하고 이에 답했다.

"우리는 미국의 공업생산이 이미 팽창되어 포화상태에 이른 것을 알고 있다. 전쟁시기에는 대규모의 군수물자들이 필요했기에 판매가 문제없었으나 전쟁이 끝나면서 생산과잉의 현상이 나타났다. 경제를 살리는 방법은 생산을 줄이는 것보다 새로운 판매경로를 찾는 것이 좋은 방법이다." "때문에 비

216) 王世杰: 『王世杰日記』, 第5冊, 台北: "中央研究院"近代史研究所, 1990년 3월 영인본, 417, 418쪽.
217) 馬寅初: 『中美商約條文內容空泛, 利權喪失无可避免』, 『經濟周報』, 第3卷 第20期, 1946년 11월 14일.

합법적으로 제정한 소위 말하는 중미상업조약은 상호 혜택이라고 하지만 실질적으로는 일방적 혜택이며 평등도 일방적 평등일 뿐이다. 이는 중국을 미국의 상품판매 시장으로 만들려는 것이다."[218] 이 조약의 체결 소식은 백 년 동안 불평등 조약의 아픔을 뼈저리게 겪은 중국인민들에게 큰 충격을 주었다.

미국은 전혀 거리낌 없이 중국의 내정을 간섭하기 시작했다. 특히 내전을 일으키려는 국민당 정부를 지지한 원인은 정치적으로 중국을 통제하기 위함이었기에 중국 민중들의 강렬한 불만을 샀다. 중국공산당은 폭로와 규탄을 적지 않게 했다. 또한 저명한 자유주의 정치 평론가 추안핑이 『관찰』에 발표한 「미국에 대한 나의 느낌」에서도 우리는 미국을 향한 중국사회에 가득한 불만을 알 수 있다. 추안핑은 이렇게 말했다.

> 지금의 미국은 돈 많은 부유 국가이고 중국은 가난한 국가이다. 미국은 강대한 국가이고 중국은 쇠약한 국가이다. 만약 이런 시기에 미국이 틈을 타서 중국의 꼬리를 잡고 중국을 미국을 위한 수단으로 만들어 버리려 한다면 이는 강도짓을 하는 것과 마찬가지이며 우호국으로서 해야 할 도리가 아니다. 지금 중국에 있는 미국인들이 종횡무진 돌진하고 임의적으로 학생들을 구타하고 부녀들을 겁탈하고 행인들을 차로 치어죽이고 있으니 중국을 안하무인으로 보고 있는 것이 아닌가? 우리의 정부는 외교상에서 미국에 의지하려 한다. 경제적으로 돈이 없으면 미국에 손을 내밀고, 내정에서는 미국에 요청해서 평화담판에 참여하게 한다.

---

218) 徐湯莘, 朱正直: 『馬寅初選集』, 天津: 天津人民出版社, 1988년, 296, 300쪽.

> 지금의 중국은 정신적으로 이미 미국 앞에 무릎을 꿇었다. 이는 사실일 뿐 과장된 것이 절대 아니다. 미국은 그들이 중국의 정치를 간섭하는 것이 미국의 이익을 위해서라는 것을 부인하지 않는다.[219]

오랫동안 마음을 누르고 있던 분노의 폭발은 누구도 막을 수 없었다. 더욱 이런 분노는 몇 몇 마음속의 분노가 아니라 광범위한 대다수 계층 사람들의 마음을 짓누르고 있던 분노였다. 이런 사실들을 알게 되면 달력이 1946년에서 1947년으로 넘어가는 시점에 미군 폭행에 대한 항의운동이 신속하게 전국에서 일어난 원인을 쉽게 이해할 수 있다.

중국공산당 베이핑시 위원회는『폭행 항의 운동에 관한 총결』에서 이렇게 썼다. "운동은 소나기처럼 별안간 시작되었다. 보기에는 별안간 시작된 듯이 보이지만 이 운동은 깊은 기초와 원인을 가지고 있다. 1년 여 동안 각지 미군의 폭행은 끊임없이 나타났으며, 미국의 경제 침략은 모든 사회계층 사람들의 생존을 위협하고 있다. 또한 미국은 내전을 일으키는 장제스를 도와 인민들에게 숨 쉴 틈도 주지 않았다. 억눌려 있던 여러 가지 분노는 폭행이라는 불꽃이 지펴지자 걷잡을 수 없는 규모로 폭발하였다."[220]

이는 정확한 논평이다. 미군 폭행에 항의하는 운동의 도화선은 1946년 12월 24일 즉 성탄절 이브에 일어난 두 명의 미국 해병대 해병이 베이핑 번화가인 둥단(東單) 운동장에서 베이징대학 선수반 여학생 선충(沈崇)을 강간한 사건이다. 이튿날 야광통신사(亞光通訊社)에서 이 소식을 보도했다. 그러자 베이핑경찰 국장 탕융셴(湯永咸)은 중앙통신사에 어떠한 간행물에도 이 소식

---

219) 儲安平: 『我們對于美國的感覺』, 『觀察』, 第1卷 第11期, 1946년 11월 9일.
220) 北京市檔案館 편: 『解放戰爭時期北平學生運動』, 北京: 光明日報出版社, 1991년, 70쪽.

을 보도하지 못하게 통지를 내려 사건을 급급히 덮으려 했다. 26일『신민보』는 교묘하게 경찰국의 이 통지를 뉴스로 신문에 발표했다. 같은 날『스제일보(世界日報)』등 야광통신사에서는 공개적으로 발표했다.

> 19세의 한 여대생은 저녁 9시에 핑안(平安)영화관에서 마지막으로 상영된 영화『This Above All』를 보았다. 영화가 끝난 후 집으로 돌아가는 그녀를 본 두 명의 미국 병사가 뒤를 따라 둥단의 운동장까지 왔다. 병사들은 그녀를 겁탈하려 했다. 그녀가 아무리 소리를 치며 애를 써도 덩치가 큰 미군의 상대가 아니었다. 마침 지나가던 행인이 소리를 듣고 부근의 내7분국(內七分局) 가서 알렸다. 경찰은 중미 헌병 경찰 연락실에 전화를 걸어 사건발생 지점에 가보라고 했다. 미국 헌병 한 명은 달아나고 나머지 한 명이 잡혔다. 강간당한 여성은 경찰병원으로 이송되어 검사를 받은 후 경찰국으로 옮겨졌다.[221]

전쟁이 끝난 후 베이핑으로 복귀한지 얼마 안 되는 대학들이 많았다. 옌징대학(燕京大學)은 5월에 쓰촨(四川) 청두에서 베이핑으로 옮겨 왔으며, 칭화대학과 베이징대학(北京大學)은 9월이 되어서야 윈난 쿤밍에서 베이핑으로 돌아왔다. 돌아오는데 한 달이 걸렸다. 베이핑으로 돌아 온 학생과 선생들은 해야 할 일들이 산더미처럼 많았기에 답답한 시국에 신경 쓸 겨를이 없었다.『대공보』의 보도에 의하면 "교육에도 퇴직이 있다고 하는데, 문화 수도에서 이런 장면이 나타나니 비참한 일이 아닐 수 없다. 교육문화 종사자들은 8

---

221) 中共北京市委党史研究室 편: 『抗議美軍駐華暴行運動資料匯編』, 北京: 北京大學出版社, 1989년, 127쪽.

년간의 온갖 고생을 참고 견뎌 왔건만, 지주, 매판, 관리, 상인들처럼 '퇴직' 후 '약탈' 이전 부귀영화의 시절로 돌아갈 수는 없었다. 베이징대학의 푸쓰녠(傅斯年) 교장 대리는 교수들의 노고에 감격하며 이들은 '아픔을 속으로 삭이며' 밖으로는 내색을 하지 않는다고 했다."[222] 원래 일제시기 피점령 지역에 있던 선생들과 학생들은 항일전쟁 초기에 국민당 정부에 환상을 가지고 있었고 '정통 사상'을 가지고 있었다. 그렇기 때문에 애국민주 학생운동은 상대적으로 적게 진행되었다.

선충사건은 삽시간에 맹렬한 힘을 갖게 되었다. 이 사건은 각 학교 학생들 사이에서 큰 파문을 일으켰다. 앞장 선 대오는 베이징대학 학생들이었다. 26일 오후 베이징대학 훙러우(紅樓) 운동장 서쪽 벽에 이 놀라운 소식이 붙었다. 『관찰』 잡지 베이핑 특약통신에는 베이징대학 학생들의 보편적인 반응에 대해 이렇게 썼다.

> 이 소식을 들은 베이징대학의 학생들은 분노에 이를 갈았다. 학생들은 붉은 색, 푸른 색 종이에 미군 만행에 항의하는 선언을 적어 벽에 붙여 그들의 분노를 표명했다. 학생들은 이는 짐승만도 못한 행위이며 새로운 제국주의가 중국을 짓밟으려는 야망을 표명한 것이라고 했다.
> 미군이 겁탈한 것은 선충 하나만이 아닌 전 중국 여성들이며 전 중국 동포들이다. 만약 미군이 중국의 영토에서 나가지 않는다면 중국인민의 인권과 자유는 보장받기 어렵다.
> 동시에 훼이러우(灰樓, 베이징 대학 학생 기숙사)에서도 여학생들

222) 『大公報』, 1946년 7월 11일.

의 울음소리가 들려왔다. 이 울음소리에는 그녀들의 분노와 공포가 섞여 있었다. 그녀들은 "우리는 전국 각지에서 온 여학생들이다. 우리는 여기 베이징에 가족도, 친척도 없다. 미군이 이렇게 폭력적이니 우리가 안전하다고 할 수 있는가? 우리의 안전이 보장받지 못한다면 다음 희생자가 우리가 아니라고 누가 장담할 수 있겠는가?" 이런 원한·증오와 반항은 베이징으로 복귀한 베이징대학을 분노의 함성으로 변하게 했다. 그날 밤, 시자이(西齋), 싼위안(三院), 홍러우와 훼이러우의 학생들은 책을 창밖으로 버리고 항의활동의 세부사항을 논의하고 서명운동을 시작했다. 격앙된 언론과 행동은 폭풍전야를 말해준다.[223]

베이징대학 여학생들이 먼저 행동을 개시했다. 이튿날 오전 12시, 여학생들은 전체회의를 열고 10가지 항의 방법을 의결했다. "피해자가 베이징대학 학생도 아닌데 학생들이 이렇게까지 할 필요가 있는가?" 베이징대학 교도관이며 싼칭단(三靑團) 책임자인 천쉐핑(陳雪屛) 이렇게 말했다.

교도관의 말은 베이징대학 학생들의 더 큰 분노를 가져왔다. 오후 6시 역사학회에서는 각 학계 대표들이 참가한 대회를 열고 베이징대학 학생미군폭행항의 준비위원회를 설립했으며, 베이핑의 각 대학 및 중학교와 연합하여 30일에 수업을 보이콧하고 시위행진을 하기로 했다. 베이징대학의 전체 학생들은 미군폭행항의대회에서 전국 학생들에게 고하는 제안서를 발표했다. 제안서에는 미군 폭행을 백년 동안 중화민족이 당한 민족적 재난과 연계지어 쌓이고 쌓인 피맺힌 원한을 침통한 목소리로 전달했다.

---

223) 본사특약기자: 『北平學生示威記』, 『觀察』, 第1卷 第21期, 1947년 1월 18일.

> 8년 동안 힘든 항일전쟁을 거쳐 중화민국은 힘들게 독립적 주권을 얻고 완정한 영토를 가질 수 있었다. 그런데 이 나라의 선량한 인민들은 왜 오늘도 여전히 외국인의 압박을 받아야 하는가? 우리의 독립적 주권은 어디에 있으며 우리의 사법기관에서는 왜 우리나라의 경내에서 발생한 사건의 가해자인 외국인을 심판하지 못하는가? 우리는 완전한 영토를 회복했다고 하는데 왜 아직도 우리의 나라에서 미국 병사들이 우리의 부모형제들을 학대하고 있으며 우리의 누이동생들을 겁탈하도 있는가?
>
> 지난 세월 우리는 일본의 압박에서 살아 왔는데 오늘날에는 미국이 일본을 대체하여 우리를 학대하고 우롱하고 있다. 우리가 이를 참아야 하는가?
>
> 아니! 절대로 참아서는 안 된다! 단호하게 말해서 우리는 참지 않을 것이다!
>
> 학생들이여! 우리를 지지해 달라! 우리는 모두 고난의 세대이다. 마땅히 가져야 할 최소한의 권리와 독립 자유국가 공민의 권리를 위해 우리는 하나로 뭉쳐야 하며, 모든 힘을 다해 미군의 불법 폭행에 항의하고 미군이 즉각 중국에서 나아갈 것을 요구해야 한다![224]

피와 눈물로 적은 이 글은 나라를 사랑하는 중국 사람들의 마음을 움직였으며 그들의 공명을 일으켰다. 일이 이렇게 되자 국민당 당국에서는 이 사태를 급급히 수습하려고 어리석은 행동들을 취했다. 그들의 중앙 매체에는

---

224) 中共北京市委党史研究室 편: 『抗議美軍駐華暴行運動資料匯編』, 北京: 北京大學出版社, 1989년, 135쪽.

"20살 남짓한 이 여성은 양갓집 규수도 아니다"라는 등의 단어들을 사용했다. 28일 아침 베이징대학 훙러우와 총 사무소의 벽에는 몇 장의 '정보지'가 붙어있었다. 이 '정보지'에는 피해자 여성은 옌안에서 보내온 특무로써 미군인을 고의적으로 유혹하여 사건을 조작한 것이라고 썼다. 이렇게 되자 베이징에 있던 선충의 친척들은 "선충은 1928년에 출생한 갓 18살이 넘은 푸젠(福建) 민허우(閩侯)사람으로 증조부는 청조(淸朝)시기 양강총독(兩江總督)인 선바오전(沈葆楨)이고, 부친은 국민당 정부 교통부 처장이며, 그녀는 베이핑에 공부하러 올라온 지 얼마 되지 않기에 외부와 별다른 왕래가 없었다"는 성명을 발표했다. 국민당 당국의 멍청한 행동은 폭동을 가속화 시켰다.

29일 베이징 성 밖에 위치한 칭화대학과 옌징대학[225]의 학생들도 적극적으로 참여했다. 칭화대학 학생들도 수업을 거부했다. 옌징대학 학생 자치회(自治會)는 전체 대회를 열어 미군의 폭행에 항의를 했다. 저녁 6시 베이징대학 미군폭행항의 준비위원회에서는 전교 각 학계의 대표들이 참가하는 회의를 열어 다음 단계로 취할 행동에 대해 토론했다. 회의 진행 도중 지프차 몇 대와 대형 유조 트럭이 도착했다. 손에 몽둥이와 총을 든 백여 명의 폭도들이 내렸다. 이들은 중국대학 등 학교의 학생이라 자칭하면서 회의장에 난입하여 무자비하게 모인 사람들을 구타했다. 이들은 회의장소를 강점하고 "베이핑 각 대학 학생 정의연합회"를 성립한다고 하면서 수업을 거부하는 행동과 시위행진을 반대한다고 했다. 이번 소란은 국민당 당국의 획책 하에 일어난 사건이었다. 국민당 정부 베이핑 경찰국 내 6분국에서 베이핑 경찰국장 탕융셴에게 보내는 보고서에는 이렇게 쓰여 있었다.

"베이징대학 미군폭행항의준비위원회의는 오늘 밤 두 번째 회의를 진행하

---

225) 당시 베이징대학은 베이징 성 내의 사탄(沙灘)에 위치해 있었다.

였다. 중국대학 일부 당원과 단원(국민당, 싼칭단을 말한다)들의 협조 하에 많은 사람들이…… 미군폭행항의준비위원회의 사무실을 부수고 그들이 쓴 구호를 찢어 버린 다음, 수업 거부와 시위행진을 반대하는 구체사항에 대한 토론을 8시간 넘게 진행한 후 해산하였다."[226]

국민당 정부의 이 행위는 항의행동에 부채질을 더 한 셈이 되었다. 이미 수업을 거부한 칭화대학교 학생들은 분개하여 그날 밤으로 서명을 진행했으며 밤에 베이징 성내로 들어가서 시위행진을 진행하기로 했다. 칭화대학과 옌징대학의 학생들이 항의행동을 하는데 앞장을 섰다. 12월 30일 이른 아침 칭화, 옌징 두 학교 학생대표는 회의를 했다. 그들은 당일 베이징 성내로 들어가서 시위행진을 하기로 결정했다. 서북풍이 매섭게 부는 영하 15 의 겨울, 두 학교 약 천 오백 명의 시위대오는 "미군의 폭행에 항의하는 대행진"이라는 구호와 두 학교의 교기를 들고 거리에 나섰다.

살을 에이는 듯한 겨울바람을 이겨내며 이 대오는 4시간의 행진을 거쳐 베이징 싸탄에 위치한 베이징대학 운동장에 도착했다. 푸런, 차오양(朝陽), 중국 법정대학 등 학교의 시위대오도 베이징대학에 모여 베이징대학 학생회와 함께 시위행진을 시작했다. 푸런, 사범대학교, 철도관리학원 등 학교의 대오도 속속 도착했다. 총 8~9개 대학 5천여 명의 학생들이 모였는데 베이징대학생 수는 전체 참가인원의 3분의 1에 달했다. 시위행진의 대오는 지나는 거리마다 "누가 누나, 여동생이 없는가? 미국인들이 강간하고 다니는데 가만히 있을 수 있는가?" "양심 있는 중국사람들이여 일어나 미군을 중국에서 쫓아내자!"는 등의 표어들을 붙였다. 시위대오는 사건의 발생지인 둥단(東單)광장에 모였다. 구경하는 군중들도 2만 명이 넘었다.

---

226) 北京市檔案館 편: 『解放戰爭時期北平學生運動』, 北京: 光明日報出版社, 1991년, 78쪽.

그들은 부근의 미군을 향해 "Get away! American soldiers!"(미국 병사들이여 꺼져라!)고 외쳤다. 하지만 외국인을 구타하는 사건은 발생하지 않았다. 집회는 오후 4시 경에 끝났다. 학생들은 20여 명의 대표를 선거하여 베이핑 군대 사무실에 청원서를 전달하기로 했다. 대오는 동창(東廠)안가, 난츠쯔(南池子)를 지나 학교로 돌아왔다. 옌징대학 교수 레이제총, 샤런더(夏仁德, Randolph C. Sailer, 미국인)도 시위에 참가했다. 베이징대학 이공학원 원장 장쩌한(江澤涵)을 포함한 수더항(許德珩), 주광첸(朱光潛), 선충원(沈從文), 장이(張頤), 위안한칭(袁翰靑), 샹다(샹다), 런지위(任繼愈), 첸돤성 등 48명의 교수들은 미국 주 중대사인 John Leighton Stuart에게 항의문을 전달했다. 같은 날 톈진의 난카이(南開)대학과 상하이의 푸단대학, 퉁지대학(同濟大學), 지난대학(暨南大學), 상하이 법학원 등 학교의 학생들도 수업 거부를 선포했다.

다음 날인 1946년의 마지막 날, 상하이의 교통대학(交通大學), 푸단대학, 지난대학 등 17개 전문고등학교 이상 대학교가 참가한 연합회의를 열고 상하이시 주중미군 폭행에 항의하는 학생 연합회를 설립하고 행동방법을 제정했다. 난징의 중양대학(中央大學)과 진링대학(金陵大學)에서는 각기 학계대표가 참가하는 대회와 전체 학생대회를 열어 수업 거부를 결정했으며 장시성 난창(南昌)의 중정대학(中正大學) 등 학교의 1천여 명 학생들은 시위행진을 거행했다. 폭행 항의 운동은 전국을 휩쓸었다.

이번 학생운동은 중국공산당과 어떤 관련이 있는가? 앞에서 서술한 사실로부터 이번 항의행동은 많은 애국 학생들이 자발적으로 그들의 공동적인 요구를 제기한 행동이었다. 이는 폭행항의운동이 신속하게 일어 날 수 있었던 객관적 기초였다. 이 조건이 아닌 어떠한 다른 외부역량도 이렇게 광대하고 신속한 폭행항의운동을 학생들에게 강요할 수는 없었다. 물론 학생들을 선동하여 이런 활동을 조종한다는 것은 마음먹는다고 되는 일도 아니었다.

동시에 학생운동에서 중국공산당의 영도적 작용은 매우 중요한 것이었다. 군중운동에서 정확한 영도의 존재여부는 완전히 다른 결과를 가져오게 되었다. 이런 영도는 군중의 밖에서 보는 것이 아니라 군중의 시선으로 문제를 대하는 것으로, 군중의 이익과 소망을 대표하며 정확한 방향과 경로를 제시하고 군중을 이끌어 그들의 요구를 차근차근 실현하는 것이다. 중국공산당은 바로 이런 작용을 했던 것이다.

베이핑 각 대학교의 중국공산당 조직은 북쪽 계통과 남쪽 계통으로 구분되었다. 이들 모두 비밀로 행동했다. 북쪽 계통인 베이핑 학생회는 중국공산당 진차지 중앙국 도시사업부의 영도를 받았으며 서기는 서디칭(佘涤清)이었다. 이들은 일제시기 이전 피점령지역의 각 학교 지하당원들을 영도하는 임무를 맡고 있었다. 남쪽 계통은 남방국의 영도 하의 베이핑 학생 위원회인데 원 서남연합대학교의 지하당원들을 영도하는 임무를 맡았으며, 책임자들로는 위안융시(袁永熙), 리즈(黎智), 왕한빈(王漢斌), 리즈난(李之楠) 등이었다.

"1946년 가을 개학 후 원래 대후방에 위치하고 있던 일부 대학교에서 다시 개학을 했다. 학생들 모두 베이징으로 돌아왔다. 이렇게 되어 베이핑 학생운동은 남쪽 계통, 북쪽 계통의 공동의 영도 하에 진행되었다."[227] 이 두 갈래의 공산당은 통일적인 영도가 없었으며 당원 간 서로 연계가 없었지만 같은 목적을 가지고 있었기 때문에 서로 익숙해졌고 마음이 통했으며 함께 협상하고 긴밀하게 합작했다.

지하당에게 있어서 "폭력항의운동은 조우전(遭遇戰)"이었다. 그것은 누구도 이 시기에 선충사건이 발생하고 이 사건이 신속하게 대중의 분노를 일으키게 될 것을 알 수 없었다. 남쪽 계통의 베이핑 학생위원회 책임자인 왕한빈은

---

227) 中國人民政治協商會議北京市委員會文史資料研究委員會 편: 『北平地下党斗争史料』, 北京: 北京出版社, 1988년, 13, 14쪽.

"베이핑에 돌아 온 후 우리는 장기간의 은폐된 투쟁을 준비했다."[228]고 기억했다. 베이핑 핑밍일보(平明日報)의 기자이며 지하당 당원인 리빙촨(李炳泉)은 24일 저녁에 발생한 일을 신속하게 당 조직에 보고했다. 지하당 남쪽 계통과 북쪽 계통의 베이핑 학생 위원회 책임자들은 각각 긴급 대책회의를 열었다. 그들은 즉각 결정을 내렸다. 26일 북쪽 계통의 책임자인 서디칭과 남쪽 계통의 책임자는 단독으로 만나서 형세를 분석하고 다음 행동을 토론했으며, 즉각 다음 행동을 조치했다. 서디칭은 이렇게 기억했다.

> 미국 정부는 내전을 일으키는 장제스를 지지했다. 뿐만 아니라 미국 병사들이 중국의 영토에서 온갖 나쁜 짓을 저지르고 있었다. 미국의 이런 행위는 중국 인민들의 민족적 분노를 일으켰고 이런 상황은 우리에게 매우 유리했다. 지하당에서는 마땅히 군중들을 동원하여 미국과 장제스에게 타격을 주어야 한다고 의견을 모았다.
>
> 베이핑은 적들의 엄밀한 통제 하에 있었다. 때문에 우리가 군중을 동원할 때 무조건 신중하고 조심스럽게 행동해야 하며 고난에 허덕이는 혁명 역량의 손실을 줄여야 했다. 이상의 견해와 분석을 통해 우리는 공동으로 아래와 같은 내용을 확정지었다. 선충 사건을 통해 민족의 존엄을 지킨다는 목표 하에 군중들의 민족적 분노로 학생들이 항의운동을 진행하게 하여 가해자를 엄벌하고 사과를 받아 내며 손해를 배상할 것을 요구하기로 했다. 투쟁은 이치가 있어야 하며 이로운 점이 있어야 하고 절제된 행동이어야

228) 中共北京市委党史研究室 편: 抗議美軍駐華暴行運動資料匯編』, 北京: 北京大學出版社, 1989년, 713쪽.

> 했으며 사실과 군중들의 상황에 근거하여 수업 거부와 시위행진을 해야 했다. 또한 우리는 베이징대학을 중심으로 베이징대학에서의 조직과 선전사업을 진행하며 베이징대학의 항의운동은 여학생들이 앞장설 것을 제기했다. 여학생들이 나서면 동정과 지지를 얻기 쉽기 때문이다. 칭화대학은 진보적 역량이 우세를 차지하고 전교적인 통일된 학생 자치회가 있기에 칭화대학의 공개적이고 합법적인 조직에 나서서 각 대학교와의 연계 등 사업을 많이 했다.[229]

각 학교의 공산당원들은 당조직의 통지를 받은 후 즉시 폭력항의운동에 앞장서서 중요한 역할을 했다. 베이징대학에는 당시 지하당 당원 백여 명이 있었다. 26일 오후 제일 먼저 항의활동을 진행한 베이징대학 여학생회는 베이징대학 여학생회에서 영도직무를 맡고 있는 지하당 당원인 류준잉(劉俊英), 겅런인(耿仁蔭), 두핑(杜平) 등의 영도 하에 개최된 것이다. 그날 밤 진행된 각 학계 대표대회에 논쟁을 거쳐 류준잉이 대회 주석으로 추천되었다. 회의에서는 각 학교 사회단체는 통일적으로 행동하며 하루 수업을 거부하고 필요할 때에 시위행진을 한다고 결정했다. 벽보가 베이징대학의 벽에 가득 붙여졌다. 진보학생들의 정서는 매우 격앙되어 있었지만 정치적으로 중립에 있는 학생들은 사태의 변화를 주의해 살피고 있었다.

베이징대학에 지하당 당원이 많지만 일부 불리한 조건도 있었다. 전교 학생 자치회가 아직 성립되지 않았으며 전교 학생들의 선거를 통해 탄생한 공개적으로 통일된 영도를 할 수 있는 기구가 없었다. 베이징대학에는 6개의

---

229) 中國人民政治協商會議北京市委員會文史資料研究委員會 편: 『北平地下党斗争史料』, 北京: 北京出版社, 1988년, 274, 275쪽.

학원이 있으며 학생은 3천여 명에 달했다. 또한 학교 교실은 다섯 곳에 널려 있어 한 곳에 모이기가 힘들었다. 금방 개학한 학교인 서남연합대학, 린이대학에는 1학년 학생 등 여러 학생들이 있어 서로 잘 알지 못했다. 학교에서 꽤 큰 세력인 국민당, 싼칭단은 여간 기고만장 하지 않았다. 그들은 치고 부수고 강탈을 일삼았다. 이들은 학생들의 진보적인 활동을 방해하며 위협했다. "12월 27일 베이징대학 여학생들의 집회에서 투표가 진행되었다.

그 결과 300여 명의 참가학생 중 수업 거부를 찬성하는 학생은 백여 명이고 시위행진을 찬성하는 학생은 50명에 불과했다. 이는 아직 시위행진을 진행할 조건이 마련되지 않은 것을 말하는데 만약 억지로 진행하면 많은 군중들의 반감을 사게 되고 소수 좌파 학생들의 맹목적인 행동으로 전락될 수 있었다."[230] 폭행항의운동의 불씨는 베이징대학에서 시작되었다. 하지만 더 큰 대규모적인 운동으로 변화하려면 베이징대학의 힘으로는 부족했다. 베이징 성 밖의 칭화대학과 옌징대학의 태도가 중요했는데, 만약 그들이 베이징 성으로 들어와서 지원을 하게 된다면 시위행진을 할 수 있는 것이었다.

칭화대학에서 중국공산당은 비교적 강한 힘을 가지고 있었다. 칭화대학 북쪽계통과 남쪽계통의 지하당원들은 50명에 달했다. 그들은 학생 자치회, 각 학계, 진보단체들에서 핵심 작용을 했다. 복학한 후 제1기 학생자치회 상임이사회가 선거를 통해 선출되었다. 이 이사회에는 두 명의 지하당 당원이 있었다. 창주훼이(常駐會) 주석인 옌링우(嚴令武)도 얼마 후 중국공산당에 가입했다. 선충사건 소식이 전해지자 지하당 당원들은 식당 벽에 이 소식을 적어 붙였다. 칭화원(清華園)은 분노에 휩싸였다.

민족의 존엄을 지키려는 책임감을 가지고 있는 학생들은 다음날 시험을 준

---

230) 中國人民政治協商會議北京市委員會文史資料研究委員會 편: 『北平地下党斗爭史料』, 北京: 北京出版社, 1988년, 300쪽.

비할 마음이 없었다. 28일 학생자치회에서는 전교 대표대회를 열어 다음날 수업거부 결의를 통과시켰으며 수업거부위원회를 구성했다. 시위행진의 진행 여부는 학생자치회에서 운동의 발전상황에 따라 결정하기로 했다. 29일 저녁 11시 국민당 특무들이 베이징대학의 폭력항의준비위원회를 습격했다는 소식에 학생들의 분노는 고조에 달했다. 남쪽 계통과 북쪽 계통의 학생위원회 책임자인 왕한빈, 장다중(張大中)은 칭화원에서 학교 당원들과 토의했다.

그들은 시위행진을 진행할 시기가 도래했다고 여겨 그날 밤으로 서명운동을 조직했는데 천여 명의 학생들이 참여했다. 학생자치회에서는 학생들의 시위행진을 조직했고 사람을 파견하여 옌징대학과 연락을 했다. 옌징대학은 미국 교회에서 중국에 창설한 대학이었다. 당시 학교에는 약 7백 명의 학생이 있었다. 남쪽계통과 북쪽계통의 지하당 당원 20여 명이 있었다. 항일전쟁 승리 후, 1946년 6월에 성립된 옌징대학 학생자치회는 베이핑 각 대학 중 일찍 성립된 학생자치회이다. 자치회 몇 명의 책임자들은 지하당 외곽조직에 참가한 후 계속 공산당에 가입하여 자각적으로 지하당의 영도를 따랐다.

선충사건이 발생한 후 옌징대학 학생자치회에서는 수업을 거부하기로 결정하고 미군의 폭행에 항의했다. 29일 저녁 특무들이 베이징대학의 폭행항의준비위원회가 습격을 당했다는 소식을 들은 후 사람을 파견하여 칭화대학과 연락을 했다. 30일 이른 아침 칭화, 옌징 두 학교의 학생자치회는 연합회의를 열고 두 학교에서 당일에 연합하여 성내로 들어가기로 결정했으며 이 소식을 베이징대학에 전했다. 12월 30일 베이핑 각 대학교에서 미군 폭행에 항의하는 시위행진이 시작되었다. 이는 베이핑 각 학교 학생들의 보편적인 강렬한 정서와 요구의 표현이었다. 시위행진이 진행될 수 있었던 것은 중국공산당의 조직적인 사업과 떼어놓을 수 없었다.

중국공산당 중앙은 베이핑 학생 미군폭행항의 시위행진이 시작된 다음날에 국민당 통치구역 당 조직에『각 대도시에서 베이핑 학생운동에 호응할 것에 관한 지시』를 하달했다.

> 베이핑 여학생이 미군에게 강간당한 사건은 강력한 애국운동으로 발전했다. 상하이, 톈진에서도 시위행진에 가담하기를 바라며 베이징, 톈진, 난징, 상하이, 총칭, 쿤밍, 홍콩, 청두, 항저우 등 대도시와 해외의 화교들 사이에도 시위행진이 진행되고 지속되기를 바란다. 시위행진을 할 수 없는 지방에서는 후원회를 조직하거나 청원서를 제기하는 것으로 구체적인 요구를 제기하여 이 사건과 예전에 발생한 사건들이 제대로 해결되기를 요구해야 한다. 화교들이 미국에서 죄를 범하면 미국의 법정에서 미국의 법률에 따라 재판할 수 있는 것과 같이 미군들의 중국의 법정에서 중국의 법률에 따라 공개적으로 심판받는 것을 요구해야 한다. 또한 상황에 근거하여 미군이 중국에서 철수하기를 요구하며 미국이 중국의 내정을 간섭하지 말고 군수물자와 자금을 제공하는 것으로 내전을 크게 만들지 말며 중미통상조약을 폐지하고 미국 상품을 거부하는 등의 구호를 외쳐야 한다. 운동은 중립의 사람들을 동원하여 광범위한 대오를 형성해야 한다. 또한 설날에 국민당이 선포한 헌법의 조항에 근거하여 당당히 공세를 벌여 국민당이 더 이상의 압박을 할 수 없도록 해야 한다. 또한 이를 통해 국민당이 나라를 팔아먹는 매국노 행위와 국민대회에서 제정한 헌법의 진면목을 밝혀야한다.[231]

---

231) 中央檔案館 편: 『中共中央文件選集』, 第16冊, 北京: 中共中央党校出版社, 1992년, 366쪽.

미군폭행 항의운동이 신속하게 일어나자 국민당 정부는 크게 놀랐다. 그들은 이 운동이 전국적인 운동으로 번질까 두려워했다.

1949년 새해 첫날 장제스는 전국 동포들에게 보내는 글에는 이런 말이 있다. "전국 청년들이 나라를 건설하는 대업에 공헌하기를 바란다. 다른 꿍꿍이가 있는 자들의 유혹에 빠져 일생을 망치지 말기를 바란다. 지금 중국이 제일 필요한 것은 나라를 건설하는 일이며 젊은이들은 마땅히 내일의 새로운 중국을 건설하기 위해 노력해야 한다." 1월 4일 그는 외교부장 왕스제, 교육부장 주자화(朱家骅)에게 학생운동 진압 방법을 물으면서 이렇게 강조를 했다. "미군병사의 범죄행위로 중국과 미국 두 나라의 관계를 파괴해서는 안 된다."[232] 같은 날 국민당 정부 행정원장 송쯔원은 교육국에 명령을 내려 각 지역 학생들의 시위운동을 금하도록 했다. 당일 중앙통신사(中央社)[233] 난징 소식에는 이렇게 썼다.

> 베이핑에서 발생한 미군병사가 여성을 강간한 사건에 관하여 행정원이 교육부와 각 지방정부에 내린 지시는 아래와 같다. "베이핑에서 발생한 두 명의 미군이 중국 여성을 간음한 사건을 정리한 문서에 의하면 미국 측에서는 이미 가해자인 미군병사를 군법에 따라 심사했으며 우리 당국의 베이핑 시정부에서도 교섭중이다. 이 사건은 미국 병사들의 개인적인 행위이며 가해자는 마땅히 법률의 판결을 받아야 한다. 이 사건으로 인해 중미 양국의 우정에 금이 가는 일이 없어야하며 누구도 개인의 행위로 인

---

232) 秦孝儀 총편찬: 『蔣介石大事長編初稿』 卷六(下冊), 台北: 1978년 10월, 351, 353쪽.

233) 중앙통신사: 영문—The Central News Agency—CNA, 약칭—중앙사, 중국국민당에서 창설한 중화민국 정부 통신사, 1924년 4월 1일에 광쩌우에서 성립, 1949년 10월 국민당이 타이베이로 이전하면서 광주로부터 타이베이로 이동.

해 발생한 사건을 구실로 미국과의 우정을 의심하고 우호국의 인민을 상해하지 말아야 한다. 각 학교와 지방 행정기관에서는 모두 자신의 본업에 충실하게 책임지고 권유하여 업무가 정상적으로 진행될 수 있게 해야 하며 학생운동을 제지해야 한다."[234]

어처구니없는 구절이 아니지만 이 글에서 국민당 정부의 황당한 태도와 학생들의 반미시위행동을 금하려는 국민당 당국의 속셈을 알 수 있다. 하지만 중국인을 폭행하는 미군에 의한 사건이 하루 이틀에 발생한 것이 아니었다.

학생들의 분노는 날이 갈수록 더해졌다. 선충사건은 발화점이 되어 폭발한 분노는 정부의 어떠한 조치에도 사그라지지 않았다. 미군폭행에 항의하는 운동은 전국적 범위에서 더욱 맹렬하게 펼쳐졌다. 외국에 아첨하는 국민당 정부의 정책에 학생들과 사회 각계 층 사람들은 불만을 표했다.

1947년 1월 1일에 톈진 난카이대학, 베이양대학(北洋大學) 학생들이 수업을 거부하고 중등학교 이상의 학교 학생들을 연합하여 시위행진을 했다. 일제시기 이전 피점령지역에는 9년 만에 다시 『의용군행진곡』이 울려 펴졌다. 학생들이 각 잡지에 보낸 편지에는 이런 내용이 있다. "1. 우리의 태도는 공정하며 정의와 애국심은 우리들의 뒷심이다. 2. 우리 난카이대학과 베이양대학에서는 왜 수업을 거부했겠는가? 학생이 수업을 거부한다는 것은 학업을 소홀히 하는 행동이다. 하지만 수업을 거부하는 것은 우리들의 침통한 마음을 표현하는 것이기도 하다. 3. 지금 우리의 침통함과 분개한 마음은 최대치에 이르렀다. 시위행진은 우리가 반드시 행해야 하는 행위수단이다."[235]

---

234) 中共北京市委党史研究室 편: 『解放戰爭時期第二條戰線 學生運動卷』上冊, 北京: 中共党史出版社, 1997년, 372쪽.

235) 『大公報』, 1947년 1월 1일.

상하이의 푸단대학, 교통대학 등 21개의 전문대학 이상 학교의 1만여 명 학생들도 시위행진을 진행했다. 38명의 대학교수들도 공동으로 미군의 폭행에 항의하는 문장을 발표했다. 난징의 중앙대학, 진링대학 등 4개의 대학교에서는 미군폭행반대대회 주석단을 구성하여 수업을 거부하고 시위행진을 진행할 것을 결정했다. 쑤저우(蘇州) 5천여 명의 대학교, 중학교 학생들은 시위행진을 진행했다. 항저우의 저장대학, 의학전문대 등 학교의 2천 5백여 명 학생들도 시위행진을 했다. 총칭의 총칭여자사범대학교와 총칭대학의 여학생들은 선충학생에게 보내는 위문편지를 발표했다.

잡지 『군중(群衆)』의 "미군 폭행에 항의하는 전국 학생 시위행진 특간"에는 "1월 1일 미군폭행 항의하는 상하이 학생들의 시위행진 기록"이라는 보도에서 당시 상하이의 상황을 잘 알 수 있다.

> 1월 1일 민족 해방 후의 첫 번째 설날에 항쟁의 대오는 각 학교에서 출발하여 황푸장 연안에 모였다. 울분에 찬 노랫소리는 차가운 겨울의 강바람에 더욱 비통하게 느껴졌다. 와이탄(外灘)공원에는 "상하이시 학생 항의주중미군폭행연합 대 시위행진"이라는 붉은 현수막이 걸려 있었다. 붉은 글자는 전 시의 미군들을 쏘아보는 분노에 찬 눈길이었다.
>
> 지난대학, 푸단대학, 미술전문학교 등 학교의 선전대에서는 사처에서 전단지와 표어들을 붙였다. 오고가는 공공버스에도 분노에 찬 구호들이 붙여져 있었다. 분필, 페인트 등으로 미군의 폭행을 그린 그림들도 있었다.
>
> 선전대는 미군 본부 대문의 기둥과 유리창, 벽에 영어로 쓴 표어들을 붙였다. 전단지 뒷면에 풀을 발라야 하는데 칠할 붓이 없자

일부 학생들은 손으로 벽에 풀을 발랐다. 문어귀에 있던 미국 해군들과 헌병들은 무수한 군중들의 함성 속에서 놀란 표정을 짓고 뒷걸음질 쳤다.

교통대학으로부터 지난대학까지 모두 한 마음으로 외쳤다. 중국은 식민지가 아니다! 식민지가 아니다! 중국은 미군의 점령구역이 아니다! 미군은 즉각 중국에서 나가라!

뤼반로(呂班路)에서는 감동적인 장면이 나타났다. 선전차량이 거리에 나타나자 사람들은 멀리서 달려와 차량을 에워쌌다. "지프차에 깔려 사망한 사람들은 우리의 동포들입니다. 받아야할 차비를 달라고 했다가 죽은 인력거꾼도 우리들의 동포입니다. 강간을 당한 여학생도 여러분들의 동포입니다." "우리는 깔려 죽은, 맞아 죽은, 강간당한 모든 우리의 동포들을 위해 복수를 해야 합니다!" "짐승만도 못한 군대가 우리의 중국에서 즉각 퇴출하기를 강렬히 요구한다!" 시계 상가 앞에 모여 있던 백성들도 함께 외쳤다. "나가라! 나가라!" 좌측 쉬종다오(徐重道)약방에 앞에 모여 있던 군중들도 주먹을 쥐고 소리 높이 외쳤다. "중화민국만세!" 모두가 하나가 된 열정은 예전의 여느 시위행진에서도 볼 수 없는 광경이었다.[236]

1947년 1월에, 상하이, 난징, 텐진, 우한, 창사(長沙), 난창, 지난, 광쩌우, 푸저우(福州), 궤이린(桂林), 청두, 총칭, 시안, 란저우, 카이펑, 뤄양(洛陽), 선양, 창춘, 하얼빈, 치치하얼(齊齊哈爾) 등 대중도시의 약 50만 명의 학생들이

236) 『上海學生强大的行列』, 『群衆』, 第14卷 第1期, 1947년 1월 7일.

수업을 거부하고 시위행진을 했다. 많은 대 도시에는 폭행항의연맹이 성립되었다. 3월 8일 전국학생폭행항의연합회가 상하이에 성립되었다.

학생들이 일으킨 폭행 항의 운동은 사회각계의 지지를 얻었으며 강렬한 반응을 가져왔다.

1월 6일부터 10일까지 중국민주동맹 제1기 2차 전체회의를 개최했다. 전체회의 정치보고에는 이런 내용이 있었다. "최근 한 여학생이 강간당한 사건으로 인해 주중미군을 반대하는 운동이 전국 모든 도시와 모든 학교에서 진행되고 있다. 이 운동은 아주 강력한 의미를 가지고 있다. 이는 간단한 반미운동이 아니라 중국인민이 미국에 보내는 중국의 내전에서 멀리 하라는 경고이며, 내전을 반대하는 중국인민의 목소리이며 평화를 쟁취하려는 군중운동이다! 이 운동은 중국 평화 민주의 진정한 기초이다! 이는 중국의 평화와 민주의 앞날을 가리키는 서광이다!"[237]

많은 저명한 대학교 교수들도 공개적으로 학생들을 동정하고 학생 폭행항의운동 편에 섰다. 일부 교수들은 학생들의 시위 항의활동에 참가했다. 설날부터 상하이 전문대 이상 대학교 만여 명 학생들이 시위행진을 진행할 때 팡링루(方令孺), 저우구청(周谷城), 저우위퉁(周予同), 장즈랑(張志讓), 훙선(洪深), 궈사오위(郭紹虞), 마인추, 샤오첸, 장진이(章靳以), 추투난(楚圖南), 차이상쓰(蔡尚思), 판전야(潘震亞), 천쯔잔(陳子展), 차이이(蔡儀) 등 38명의 교수들이 연명으로 미군의 폭행에 항의하는 항의서를 발표했다.

항의서는 그들의 분노를 고스란히 전해주고 있다. "베이핑에서 발생한 미군병사가 우리나라 여대학생을 폭행한 사건이 독립적인 국가에서 발행한 일이라고 상상하기 어렵다. 우리나라에서 발생할 수 있은 것은 전쟁 후의 우리

237) 中國民主同盟中央文史資料委員會 편: 『中國民主同盟歷史文獻(1941—1949)』, 北京: 文史資料出版社, 1983년, 284쪽.

나라를 반식민지로 여겼다는 의미이다. 핑진 학생들이 수업을 거부하고 시위 행진을 하는 것으로 이번 사건과 주중미군에 대한 의견을 표명했다. 상하이와 난징, 항저우 등 도시의 학생들도 일어났다. 우리는 이 학생들이 폭행을 엄벌하고 손해를 배상하고 미군의 철수를 주장하는 것은 정의적이며 정치적으로 마땅히 해야 할 일이라고 여기며 매우 정확한 일이라고 여긴다. 우리는 학생들을 지지해야 한다. 이에 특히 성명을 발표하는 바이다."[238]

미군폭행에 항의하는 운동은 타이완에까지 전해졌다. 1월 9일 타이완 대학, 사범학원 등 타이베이 대학교, 중학교 등 10여 개의 단위 7~8천 명은 타이베이 신궁위안(新公園) 운동장에서 항의대회를 열었다. 대회 주석은 미군 폭행 경과와 대회의 의미에 대해 보고했다. "타이완은 이미 중화민국의 한 부분이다. 우리 타이완 청년들의 애국 열정은 다른 성과 각지 학생들과 다를 바 없다. 오늘 우리는 우리의 열정을 보여주어야 한다!" 대회에서는 "항의미군폭행" "미군은 중국에서 나가라!" 등의 구호를 외쳤다. 대회가 끝난 후 중심가에서 시위행진을 진행했다.[239]

문화계, 부녀계, 공상업계, 노동단체와 저명인사들은 담화와 공개편지를 발표하여 미군 폭행에 강렬한 항의를 제기했으며 미군이 중국에서 퇴출하기를 요구했다. 예성타오는 "짐승 같은 행동을 한 병사는 반드시 자기 나라로 추방시켜해야 한다. 만약 폭행이 그들의 나라에서 발생했다면 우리가 뭐라 할 말이 없지만 이런 사건이 우리의 중국에서 발생했기에 우리는 이를 용납할 수 없다"고 했다. 후쯔잉(胡子嬰)은 "오직 미군이 중국에서 즉각 철수해야만 이런 폭행을 근절시킬 수 있다. 아니면 우리는 일본군이 중국에서 일으킨 폭행과 같은 만행 속에서 같은 치욕을 되풀이하게 된다!"고 했다. 마인추는

---

238) 「大學敎授對美軍暴行抗議書」, 『群衆』, 第14卷 第1期, 1947년 1월 7일.

239) 潘振球 편: 『中華民國史事紀要』 1947년 1―3월, 台北: 國史館, 1996년 6월, 131쪽.

이렇게 말했다. "만약 이런 사건을 참는 다면 노예근성이 형성되었다는 것이다. 우리는 절대로 울분을 참고 가만히 앉아 있으면 안 된다." "지금의 정부는 중국인의 정부인가? 아니면 미국인의 정부인가? 가령 중국인의 정부라면 마땅히 즉각 항의를 제기하고 군건히 교섭을 해야 한다. 그렇게 못하면 정부는 자리를 내 놓아야 한다. 아니면 무슨 염치로 그 자리에 앉아 있고 무슨 얼굴로 국민들을 대하겠는가?"[240]

미군폭행에 항의하는 운동은 이미 학생운동의 의미가 아닌 인민운동으로 발전했다. 이는 중요한 의미를 가진 진보였다. 1월 5일 중국공산당 중앙의 지시에는 이렇게 썼다. "베이핑의 학생들이 미군을 반대하는 애국운동은 상하이, 난징, 텐진 등 도시 학생들의 큰 호응을 얻었다. 이 운동은 군중들이 미국과 장제스에 저항한 것을 의미하며 전국에서 혁명고조가 형성되었음을 의미한다. 이 사건의 중대한 의미를 충분히 예측해야 한다." 그 다음 날, 중국공산당 중앙은 국민당 통치구역 당 조직에 아래와 같은 지시를 내렸다.

> 이번 핑진징후(平津京滬, 베이핑·텐진·난징·상하이) 학생들의 반미 시위행진은 좋은 성과를 가져왔다. 각 학교 학생들의 수업 거부가 끝난 후 장제스는 수업거부 금지령을 내렸다. 이는 그의 독재적 매국 본성을 천하에 알려 준 것이다. 미제국주의는 시위행진에 크게 화가 났으나 시위대오와의 정면충돌은 피하려 했다. 민족공상업가들과 자유주의 교수들은 모두 이 운동을 지지했다. 이로부터 민주 애국운동의 기초가 점점 확대되고 있으며 해방구 방어전쟁의 승리에 긍정적인 작용을 한다. 반면 미국, 장제스의 통치는

---

240) 中共北京市委党史研究室 편: 『抗議美軍駐華暴行運動資料匯編』, 北京: 北京大學出版社, 1989년, 390, 391, 392쪽.

> 점점 고립되고 있고 이들의 정책에 반작용을 가져다준다. 지금으로부터 민족주의를 요구하는 민주애국운동은 점차 커지고 끊임없이 나타나게 될 것이다.[241]

2월 1일 중국공산당 중앙은 정치국 회의를 개최하였다. 회의에서는 마오쩌둥이 작성한 『중국혁명의 새로운 고조(高潮)를 맞이하며』라는 제목으로 된 당내 지시초안 내용을 토론했다. 저우언라이는 회의에서 국민당 통치구역 인민운동에 관한 보고를 했다. 그는 보고에서 국민당 통치구역 인민운동을 제2의 전지라고 했다. 제2전지라는 단어는 아주 적절한 중요한 표현이었다.

이는 국민당 통치구역의 인민운동, 특히 학생운동을 제1전지인 인민해방전쟁과 서로 협동하는 위치에 놓았다. 그는 이렇게 말했다. "많은 사람들이 그 때까지도 미국에 대해 환상을 가지고 있었기 때문에 작년까지도 반미운동이 이 정도로 발전할 것이라는 걸 생각지 못했다고 했다. 지금 학생운동과 소상인운동은 직접적 반미운동이다. 빈민, 공인, 농민이나 민족자산계급 모두 미국의 압박에 불만을 가지고 있다. 투쟁은 계속 되어야 한다. 이 운동은 방어전쟁과 협력할 수 있는 제일 강력한 운동이다."[242]

학생 반미애국운동은 거센 폭풍우와 같이 고조를 형성했다. 이 운동의 성과를 공고히 하고 지속되게 하려면 어떻게 해야 하는가? 2월 17일 저우언라이는 중국공산당 중앙을 대표하여 베이핑, 텐진 시위원회에 보내는 지시 초안을 작성했다. 실제에 근거하여 아래와 같은 네 가지 지도원칙을 제기했다. "1. 학생애국운동을 적극적으로 확대하고 깊이 있게 진행해야 하며 학생들 자신의 투쟁과 연계시켜야 한다. 2. 청년 적극 인사들이 참여한 조직의 성립

241) 中央檔案館 편: 『中共中央文件選集』, 第16冊, 北京: 中共中央党校出版社, 1992년, 378, 383쪽.
242) 저우언라이가 중국공산당 중앙정치국회의에 한 발언 기록, 1947년 2월 1일.

을 지지하고 발전시켜야 한다. 3. 당 조직은 여전히 유능하고 은폐되어야 하며 과도한 집중과 통일은 필요 없다. 4. 특무들의 비밀스러운 체포계획에 대해 공개적으로 폭로함으로써 여론의 지지를 받아야 한다."[243]

장제스는 갑작스럽게 일어난 국민당 통치구역 학생운동에 미처 준비를 하지 못했다. 그렇기 때문에 그는 여전히 습관적으로 극단적 강압으로 학생운동을 멈추려했다. 2월 13일 미국 신문업계 중국 방문단과의 회담에서 장제스는 이렇게 말했다. "요즘 일어난 반미운동은 여전히 공산당의 소행이다."[244] 17일 베이핑시 경찰국과 헌병 19연대는 연합으로 8천여 명을 동원하여 "호구 대검사"를 진행하여 2천여 명을 체포했다. 칭화대학, 철도학원 등 학생 여러 명이 체포되었다. 총칭, 광쩌우, 칭다오, 톈진, 쿤밍 등 도시의 일부 학생들은 국민당 군대와 경찰들의 구타를 받아 상처를 입었고 당국에 체포되었거나 학교에서 제명을 당한 학생들도 있었다. 24일 베이징대학과 칭화대학의 탕융퉁(湯用彤), 샹다, 주쯔칭(朱自淸), 장시뤄(張奚若) 등 13명의 교수들은 공동으로 인권을 보장할 것에 관한 선언을 발표하여 베이핑 군정당국에서 인권을 유린하고 불법적으로 사람을 체포하는 행위에 항의했다.

26일, 27일 베이징대학에서는 불법으로 칭화대학 학생을 체포한 행위에 항의를 하기위해 두 날 동안 시험에 참가하지 않았다. 28일 베이징대학, 칭화대학, 옌징대학, 중국법대 등의 학생들은 연명으로 동포에게 고하는 글을 발표하여 불법 체포에 항의하고 인권을 보장을 요구했다.

이 시기 학생운동은 아주 위험한 상황에 놓여 조그마한 실수라도 중대한 손실을 초래하게 되었다. 2월 28일 저우언라이는 중국공산당 중앙을 위해 지시초안을 작성하여 강압적인 조치를 취하고 있는 국민당의 정곡을 찔렀다.

---

243) 「베이핑, 톈진 시위원회에 보낸 중국공산당 중앙의 전보문」, 1947년 2월 17일.

244) 潘振球 편: 『中華民國史事紀要』 1947년 1—3월, 台北: 國史館, 1996년 6월, 541쪽.

"그들에게는 몇 가지 의도가 있었다. 1. 우리와 인민단체, 사회여론이 아무런 반응도 없을 경우에는 더 심하게 진압하고, 2. 우리와 진보단체에서 분쟁을 일으킬 경우 이에 맞서 큰 타격을 가해 우리의 사기를 꺾으려 더욱 사납게 진압할 것이고, 3. 우리가 소수의 진보분자들만 동원하고 중립적인 사람들이 우리의 구호를 지지하지 않고 함께하지 않을 경우에 우리의 역량이 폭로되어 그들은 분쟁을 만들어 하나씩 없애려고 할 것이다." 이렇게 복잡한 상황을 어떻게 돌파해야 하는가? 지시에서 묘안을 제시했다. "장제스의 진압정책을 상대할 때 우리는 마땅히 대대적 선전을 하고 정면으로 붙지 말아야 한다.

중립 인사들을 쟁취하여 합법적인 방식으로 생존을 위한 투쟁을 기초로 반 매국, 반 내전, 반 독재와 반 특무 공포의 전선을 대대적으로 형성해야 한다." 학생운동을 반대하는 장제스의 모든 시설과 공포적 행위를 여지없이 폭로해야 한다. 이런 선전은 대내, 대외적으로 진행해야 한다. 행동할 때에는 "불리한 조건에서 정면으로 상대하지 말아야 하는데 이는 보수적이라기보다는 군중들을 영도하는 방식의 변화로 위험을 미연에 방지하려는 것이다."

"이번 장제스 특무들이 사람을 체포하고 구타한 사건은 계획적으로 진행되었다.

만약 우리가 조건여하를 불문하고 학생들이 시위행진을 계속할 것을 호소한다면 학생들은 학살당할 위험이 있다. 또한 체포와 구타 행위에 분개하는 학생들도 있지만 이를 두려워해서 움츠리는 학생들도 있다.

우리는 여러 학생들의 정서를 고려하고 배려해야 한다. 우선 학교에서 학생들의 생명안전을 보장하고 체포된 학생들의 석방을 요구하도록 한 다음 학교와 연합하여 학생들의 생명안전을 보장하고 학생들을 석방할 것을 지방정부에 요구해야 한다." 지시에 적힌 중요한 내용은 적절한 시기에 적절한 투쟁 방식과 구호를 제기해야 한다는 것이다. "투쟁 중에서 우리는 때론 투쟁의 중심을 경제에 두어야 할 때도 있다.

더욱 많은 군중들이 경제투쟁에 참여할 수 있으며 합법적인 형식으로 투쟁할 수 있다. 경제투쟁의 광범위한 기초는 반 특무, 반 내전의 투쟁에 더욱 유리하다."[245]

3월 초에는 난징, 상하이, 총칭에 있던 중국공산당 대표단 모든 인원을 옌안으로 돌아가라고 강제 명령을 내렸다. 국민당 당국의 계속되는 고압정책에도 불구하고 국민당 통치구역 내의 각종 사회모순은 더욱 격화되었다. 명확한 지도방침과 실제에 적합한 투쟁 전략이 있기에 국민당 통치구역의 인민운동은 강압에도 중단되거나 좌절하지 않고 반대로 더욱 신속하게 발전했다. 얼마 지나지 않아 반 기아, 반 내전, 반 박해 운동이 더욱 활발하게 진행되었다.

245) 中共中央文獻編輯委員會 편: 『周恩來選集』 上卷, 北京: 人民出版社, 1980년, 268, 269쪽.

제3장
주 전장에서의
첫 라운드

제3장
주 전장에서의 첫 라운드

만약 국민당 통치구역의 인민운동이 제2전장이라 한다면 중요한 대결은 군사전쟁인 제1전장이었다.

국민당 정부는 1947년 설날에 발표한 '헌법'을 '시대의 획기적인 대사'라고 자칭했다. 사실 그들도 '헌법' 제정을 백성들을 달래고 미국사람들에게 보여주기 위한 쇼로 생각했다. 사실 그들의 주의력은 군사문제에 집중되었다. 그들은 목표는 여전히 중국인민해방군과 중국공산당을 신속히 궤멸시키는 것이었다.

내전은 이미 반년동안 지속되었다. 국공 양당의 완전히 다른 지도 전략은 분명하게 드러났다.

중국공산당은 실전 경험을 바탕으로 "전투력을 가진 적군 섬멸을 목표로 했을 뿐, 자신의 지역을 고수하고 적들의 지역을 쟁취하는 것을 목표로 하지 않았다. 병력을 집중시켜 우세한 상황에서 적들을 섬멸하는 작전방법으로 전투를 배치하고 그에 상응하는 전술을 사용한다"는 방침을 제기했다.

이런 전략적 지도방침과 작전방침은 중국공산당이 군대를 창건한 이후 줄곧 사용하던 전통 방법이었다. 하지만 이 시기의 객관적인 조건은 예전과는 전혀 달랐다. 10년 내전시기 국민당 병력은 공농홍군(工農紅軍)[246]보다 훨씬 더 많아 양측은 현저한 차이가 있었다. 이 시기 전쟁은 주로 '포위 토벌'과 '반포위 토벌'의 형식으로 진행되었다. 혁명근거지는 비교적 좁고 긴 지역에 위치해 있어 부대가 움직일 수 있는 공간이 적었기에 대대적으로 적을 섬멸할 수가 없었다. 항일전쟁시기에 양측의 역량은 더욱 큰 차이가 났다.

제8로군과 신4군은 분산된 병력으로 유격전을 하고 보조 병력을 집중시켜 공격하는 운동전을 진행했다. 지금 상황은 위 두 가지 경우와는 달랐다. 비록 국민당 군대는 예전보다 더욱 강화된 무기를 가지고 있지만 인민해방군도 수량과 질량 및 혁명근거지의 규모에도 큰 변화가 있었다. 때문에 새로운 역사조건에서 실천을 통해 새로운 전쟁의 특수한 규칙을 찾아 전쟁을 지도해야만 전투에서 승리할 수 있었다.

전면 내전이 폭발한 후, 인민해방군 초기의 전투는 전략 탐색의 성질을 띠고 있었다. 중국공산당 중앙에서는 전투 상황을 면밀히 주시했으며 국민당 군대의 우세와 약점에 대해서도 자세히 관찰했다. 해방군은 전투의 승리와 패배에서 적을 이길 수 있는 방법을 종합했다. 1946년 7월 16일 중앙군사위원회에서는 진지루위 야전군 천겅(陈赓)종대가 진난전투에서 얻은 경험을 각 국·각 군관구에 전보를 보내 각 사단과 종대의 최고 지휘관에게 전달하게 했다. "우리 천겅 종대는 이미 전투를 시작하였다. 우리는 주력부대로 적의 부대를 하나씩 집중공격 했는데 이미 두 차례나 승리를 거두었다.

각지에 있는 우리 군도 전투에서 화력을 집중시켜 하나를 집중 공격하는 방법을 취할 수 있었다. 3:1, 가장 좋기는 4:1의 병력으로 전투를 진행하여 하나씩 궤멸시킨다."[247] 같은 달 20일 마오쩌둥은 중국공산당 중앙을 위해 당

---

246) 공농홍군: 중국공농홍군. 중국의 제2차 국공 내전 당시 중국공산당이 이끌던 군대. 약칭하면 홍군이다.
247) 中共中央文獻研究室, 中國人民解放軍軍事科學院 편: 『毛澤東軍事文集』, 第3卷, 北京: 軍事科學出

내 지시 초안을 작성하였다. 초안에는 아래와 같은 명확한 내용이 들어 있었다. "장제스를 이길 수 있는 작전 방법은 운동전이다. 그렇기 때문에 일부 지방과 도시에서는 잠시 전투를 포기해야 한다. 이는 불가피한 선택일 뿐만 아니라 필요한 선택이다. 잠시 포기를 하는 것은 이후의 더욱 큰 승리를 위한 것이다. 아니면 최후의 승리를 보장하기 힘들다.

전 당과 전 해방구 인민들은 이 점을 모두 명확히 이해해야 하며 정신적 준비를 해야 한다."[248] 8월 28일 쑤중 7전7승 전역이 승리가 마무리 될 즈음 마오쩌둥은 중앙군사위원회의 이름으로 화중야전군의 경험을 전달했다. "매번의 전투에서 절대적 우세의 병력으로 적의 한 부분을 공격하였기에 모두 승리 할 수 있었다. 병사들의 사기는 아주 높았다. 선진적인 무기를 적지 않게 포획하여 우리의 장비를 개선했다. 민첩하고 용감하며 정확한 지휘가 있었기에 위대한 승리를 거둘 수 있었다."[249]

전면내전이 폭발한지 두 달이 지난 그해 9월 16일 마오쩌둥은 중국공산당 중앙군사위원회 당내 지시 초안을 작성했다. 지시에는 "이미 명확하고 체계적인 군사적 지도 방침이 있었다. 이후의 해방전쟁은 이 방향으로 사고하여 전쟁을 승리로 이끌어야 한다"고 했으며 다음과 같이 썼다.

우리 군은 반드시 병력을 집중시켜 운동전을 주요 작전방안으로 하여 분산된 병력으로 유격전을 진행한다. 장제스의 무력이 강화된 상황에서 우리 군은 병력을 집중시켜 우리 군이 우세한 상황에서 적들을 하나씩 궤멸시키는 방법으로 전투를 해야 한다.

우리의 목표는 전투력을 가지고 있는 적군을 섬멸시키는 것이기에 병력을

版社, 中央文獻出版社, 1993년, 348쪽.

248) 中共中央文獻編輯委員會 편: 『毛澤東選集』, 第4卷, 北京: 人民出版社, 1991년, 1187쪽.

249) 中共中央文獻研究室 편: 『毛澤東文集』, 第4卷, 北京: 人民出版社, 1996년, 175쪽.

집중해서 적의 병력을 하나씩 섬멸시키는 작전방안을 사용한다. 병력을 집중시켜 적을 섬멸하기 위해, 우리 주력부대를 공격하는 적군을 피하기 위해 혹은 휴식과 무기를 정비할 수 있는 시간을 벌기 위해서 일부 지방을 포기하고 전투를 포기할 수 있다. 우리가 전투력을 지닌 적의 부대를 차근차근 섬멸시켜 나간다면 적들에게 내주었던 지역도 되찾을 수 있을 뿐만 아니라 새로운 지역도 탈취할 수 있다.[250]

> 장제스와 국민당 정부의 전략적 지도방침은 이와는 반대였다. 그들은 자신들의 우세한 병력, 특히 무기장비의 우세를 믿고 지역을 탈취하는 것을 주요 목표로 했다. 구체적으로 말하면 주요 철도의 간선을 따라 남쪽으로부터 북쪽까지의 주요 도시들을 탈취하여 교통노선을 통제한 후 해방구를 여러 조각으로 찢어 놓은 후, "구역을 나누어 숙청"하려 했다. 해방군을 궤멸시켜 해방구를 국민당 통치구역으로 만들기 위해 3~6개월 내에 관내에 있는 해방군 주력을 소별(小別)한 후 동북문제를 해결 하려 했다. 장제스는 그래도 자신이 재삼 고려하여 내린 정확한 결정이라고 여겼다. 그는 예전에 없던 조건들을 가지고 있었기에 가능한 일이라고 여겼다. 그는 장교 훈련단 제2기 전체 사관들과의 대화에서 자신감에 넘치는 목소리로 자신이 구상한 전략과 지도방침을 설명했다.

최전방에서 전투를 하고 있는 당신들의 장교들은 토비군(이는 장제스가 인민해방군을 이르는 말이다. 이하 동일.)의 약점을 잘 알고 있다. 토비군은 치명

250) 中共中央文獻編輯委員會 편: 『毛澤東選集』, 第4卷, 北京: 人民出版社, 1991년, 1199, 1200쪽.

적인 약점이 있다. 이들이 아무리 병력을 집중시켜 우리를 공격해도 달걀로 바위를 치는 격이다. 그들은 그들의 근거지가 없으며 어떠한 도시도 점령할 수가 없다. 이들은 주요 도시와 교통의 중추지역을 공격할 능력이 없을 뿐만 아니라, 보유하고 있는 도시도 지켜내지 못한다. 토비군이 할 수 있는 것이라고는 습격을 통해 임시로 일부를 점령할 뿐 장기간 점거하지 못한다.

여러분들이 알아야 할 것은 현대 작전에서 제일 중요한 것은 교통이라는 점이다. 따라서 교통을 통제하려면 먼저 도시를 통제해야 한다. 도시는 경제, 정치, 문화의 중심일 뿐만 아니라 모든 인재와 물자가 집중된 곳이다.

또한 지리적으로 하천운수와 육지운송의 교통 중심에 도시가 있기 때문이다. 우리가 주요 도시를 점령하면 사방으로 확장할 수 있다. 이렇게 우리는 모든 교통노선을 통제할 수 있다. 교통노선을 우리가 통제하게 된다면 토비군들이 아무리 큰 지역을 차지하더라도 우리는 이를 한 조각씩 뜯어 놓을 수가 있다. 이렇게 해서 토비군의 활동범위가 줄어들고 연락도 차단된다면 토비군은 그들의 후방에서 지원물자를 제때에 공급받기가 어렵다. 이렇게 되면 토비군은 여러 모로 피동적 처지에 처하게 된다.

토비군이 도시를 점령하지 않는 것은 이들의 치명적인 약점이라 하겠다. 여러분들이 알아야 할 것은 교통중추와 대도시를 손에 넣지 못한다면 정치·경제와 대중 호소력에도 큰 영향을 준다! 대도시를 근거지로 하지 않으면 토비군들은 영원히 이리저리 도주하는 신세에서 벗어나지 못하여 어디까지나 유구(流寇, 무리 지어 떠돌아다니는 도적무리)에 불과하다. 누구도 이런 그들의 역량을 믿지 않을 것이다.

지금 우리는 토비군의 제일 큰 약점을 알고 있다. 때문에 우리는 이 약점을 기초로 우리의 작전 강령을 결정할 수 있다. 첫째, 토비군이 점령하고 있는 주요도시와 교통의 중추지역능 반드시 하나하나 수복하여 공산토비들의 모든 근거지를 없애야 한다. 둘째, 도시와 교통의 중추지역을 거점으로 가로 세로 확장하여 전 교통노선을 점거해야 한다. 만약 모든 철도와 도로, 교통, 운수 노선이 우리의 수중에 있다면 우리 군의 운송도 편리해져 진퇴가 쉬워 병사 한 명을 10명처럼 이용할 수 있으며, 한 개 연대를 이동시켜 10개의 연대처럼 사용할 수 있다. 동시에 토비군은 그들이 점령한 지역이 분할되어 있기에 병력을 집중시킬 수가 없게 된다. 과거 토비군들이 "큰 지역으로 작은 지역을 포위하고 많은 수로써 적은 수를 궤멸시킬 수 있었던 것"은 그들의 민첩성이 우리보다 강했기 때문에 움직임이 빠른데 있었다. 이런 상황에서만 그들은 그들의 주력을 모아 우리를 궤멸시킬 수가 있다.

지금 우리가 교통을 장악하면 토비군은 자유자재로 이동할 수가 없어 주력을 집중시킬 수 없게 된다. 이렇게 되면 그들의 "큰 지역으로 작은 지역을 포위하고 많은 수로써 적은 수를 궤멸"시키는 방법은 무용지물이 된다. 반대로 우리가 "큰 지역으로 작은 지역을 포위하고 많은 수로써 적은 수를 궤멸시키는 방법"으로 그들을 퇴치할 수가 있다. 때문에 우리의 작전 강령은 먼저 거점을 점령하는 것이며, 교통노선을 장악한 후 한 점으로부터 시작하여 한 노선을 통제하고, 한 노선으로 전체 지역을 통제해 토비군이 발을 붙일 여지를 주지 않아야 하는 것이다.[251]

"토비군들은 영원히 이리저리 도주하는 형편이 될 것이며 어디까지나 유구(流寇)에 불과하다"고 여긴 그는 1947년 2월 17일의 중앙기관 및 국민정부연합 총리 기념주간의 연설에서 한 번 더 '유구(流寇)' 문제를 논의했다.

---

251) 秦孝儀 편: 『蔣介石思想言論總集』 卷二十二, 台北: 中國國民党中央委員會党史委員會, 1984년 10월, 112, 113쪽.

현대전쟁과 고대전쟁은 판이하게 다르다. 현대교통의 발전으로 비행기, 기차, 자동차와 탱크 등을 이용해 병사들을 더욱 편리하게 이동시킬 수 있다. 때문에 떠돌이 신세의 토비들이 몸을 숨길 곳이 있을 리 없다. 모두 알다시피 과거 유구들은 두 가지 재능이 있는데 하나는 험악한 지세를 이용해 완강하게 저항하는 것이고 다른 한 가지는 이리저리 도망치는 것이다. 정부에서 동쪽을 공격하면 서쪽으로 달아나고 남쪽을 공격하면 북쪽으로 내뺐다.

예를 들면 도망치는 것에 능한 토비군으로는 당나라 말기의 황소(黃巢)[252]와 허난성 일대에서 정부의 추격을 피해 3년 동안 도망 다닌 청나라 염군(捻軍)의 난(亂)[253]을 일으킨 염군 등이 있다. 하지만 지금은 예전과 완전히 다르다. 교통이 전례 없이 발달하고 무기도 무척 강화된 지금 아무리 악렬한 지세라고 해도 비행기의 폭격을 견딜 수가 없으며 아무리 빨리 도망을 친다고 해도 기차와 자동차의 속도를 따르기가 힘들다. 때문에 현대 전투에서 유구가 생존할 가망이 전혀 없다.[254]

그해 7월 7일, 친청은 국민당 중앙 당기관 기념주간에 이런 내용의 군사보고를 했다. "수뻬이를 수복한 후 토비군은 식량난에 직면했다. 루난의 토비군들의 식량은 수뻬이에서 공급해 준다. 우리가 수뻬이를 수복한 후 산동 산간 지역의 토비들은 식량의 내원이 끊겨 극심한 식량난을 겪고 있다."[255]

---

252) 황소(黃巢): 중국 당나라의 반란 지도자. 과거에 낙방하고 소금 밀매인 노릇을 하다가 사회가 불안한 틈을 타서 왕선지 등과 반란을 일으켜 한때 수도 장안을 점령, 황제라 일컬었으나 뒤에 패하여 죽음.

253) 염군의 난: 19세기 중엽, 화이베이(淮北)에서 일어난 대규모적인 농민봉기. 여기서 염(捻)은 '뽑다'는 의미로 집단이라는 뜻이다.

254) 秦孝儀 편: 『蔣介石思想言論總集』 卷二十二, 台北: 中國國民党中央委員會党史委員會, 1984년 10월, 20쪽.

255) 『大公報』, 1947년 7월 9일.

장제스는 우세한 병력을 앞세우고 해방구의 여러 중요한 도시들을 점령했으며 일부 교통노선을 차지하고 해방구의 토지를 짓밟았다. 그들이 전투에서 진전을 거두자 해방군은 적지 않은 곤란에 빠졌다. 근거지가 줄어들거나 분할되어 부대가 운동전을 할 지역이 적어졌다. 조금이라도 경솔하면 고립되고 지원이 끊겨 적들에 궤멸당할 처지였다. 물자를 보급하던 후방도 파괴되어 부대에 식량과 탄약을 제대로 공급하기 힘들었다. 일부 중요 도시를 포기하자 병사들의 사기가 하락하였고 민중들의 믿음이 줄어들었다. 해방구의 간부와 관병들 대부분이 본 지방 사람들이기에 그들은 그들의 고향이 짓밟히고 유린당하는 것을 보고 혼란에 빠졌고 불만도 나타났다. 적지 않은 대가를 지불한 해방군은 상당히 심각한 상황에 처했다.

하지만 장제스는 가장 주요한 부분을 잘못 예측 했다. 인민해방군은 '유구'가 아니었다. 1929년 홍4군 제9차 당 대표대회로부터 '유구사상'을 굳건히 반대했다. 큰 도시를 근거지로 하지 않고 광활한 농촌을 근거지로 했다. 지휘관들과 병사들 대부분은 해방된 농민들의 자제병(子弟兵)이며 내부적으로 단결되었고 사기가 드높았다. 때문에 피로한 연속작전을 두려워하지 않고 은폐했다가 돌연습격을 할 수 있고 신속하게 이동하여 국민당 군대가 정성들여 기획한 포위권에서 빠져나갈 수 있었다.

해방군은 현지 민중들의 전폭적인 지지를 받았고, 소식이 밖으로 나가지 않게 비밀이 유지되었으며, 현지에서 인력과 음식을 지원받을 수 있었다. 먼저 진행된 전투를 통해 해방군의 무기 특히 중무기는 확연하게 강화되었다.

또한 각급 지휘관들은 현대무기로 무장한 국민당 군대의 공격에 대응하는 풍부한 작전 경험을 쌓았다. 식량의 공급문제도 가히 극복할 수 있었다. 반대로 장제스의 야전군은 병력이 적기 때문에 해방구의 도시와 교통노선들을 점령하면 일부 혹은 대부분의 병력을 남겨 도시와 교통노선에 수비임무를 담당하게 해야 했다. 점령한 지역이 많을수록 병력은 더욱 분산되고 전투가 진행될수록 해방군에 궤멸당하여 야전군 병력은 시간이 갈수록 점점 줄어들었다. 장제스는 상황이 이렇게 변화될 거라고 생각지도 못했다. 이는 그가 가장 직면하기 싫은 사실이었다.

얼마 후 하오바이춘는 이렇게 반성했다. "중국공산당과 국민당은 사용한 전술부터가 달랐다. 공산당은 농촌의 기층으로부터 뿌리를 깊히 내려 국민당 군이 점령했다고 해도 유력한 정권을 건립하기 쉽지 않았고 사회 기층을 통제하지 못했다. 군대가 어디에 도착하면 당 기관도 함께 그 지역에 세워지게 된다. 하지만 군대가 철수를 하게 되면 당 기관은 그 지역에서 생존할 수가 없었다. 공산당은 당 기관에서 부대의 철수를 엄호하고 부대가 철수하여도 원래의 지역에서 공산당의 부대에 물자를 공급하는 등 자신의 기능을 여전히 수행할 수 있었다. 보통 대부대가 자신의 물자 공급지역을 떠나면 생존이 어려운데 공산당의 군대는 그렇지가 않았다. 원래 있던 지역을 떠난 후 원래의 물자공급 지역에서 물자를 보충할 수가 없으면 기타 지방 정부에서 전면적인 물자를 제공했다. 산동성 서부, 허베이성 남부, 허난성 동부, 안훼이성 북부 등 지역은 거의 모두 농촌지역으로 공산당 지방정부의 통제 하에 있었기에 전면 공급과 전체 정보, 전면 반정보 능력을 가지고 있었다.

그렇기 때문에 류보청의 20만 명이 넘는 대군은 이 지역에서 빠르게 행동할 수 있었으며, 기동성이 강하여 전투의 주도권을 가지고 있었기에 적들이 포위 섬멸하기 힘들었다."[256]

국민당에서 편찬한 전쟁사에서 화동지구의 작전에 대해 기록할 때 당시 국민당의 전략에 대해 이렇게 반성했다. "당시 쉬저우쒜이서 전투를 계획할 때

---

256) 郝柏村: 『郝柏村解讀蔣公日記(1945—1949)』, 台北: 天下遠見出版公司, 2011년 6월, 238쪽.

점령지역을 확대시켜 수뻬이로 통하는 필요한 교통노선을 장악하려 했다. 따라서 보통 병력으로 여러 방면으로 발전하려 했다. 그렇기 때문에 그들의 목적은 토비군 섬멸이 아니어서 이에 관한 방안이나 병력 배치도 없었다. 이는 제일 큰 전략적인 착오였다." "토비군의 재생능력을 없애려고 해도 토비군은 광대한 지역에서 보충을 받을 수 있었다. 여러 지역들을 점령하다 보면 우리의 병력은 점차 분산되고 서로 고립되었다. 이렇게 운동전에 능한 토비군들에게 우리를 공격할 기회를 주었고 토비군이 대오를 발전시킬 기회도 주게 되었다. 양측 전투력은 반대로 토비군이 강해지고 우리가 쇠퇴해져 갔다."[257]

국민당 군대가 인민해방군의 전투역량을 궤멸시킬 수 있는 가능성의 여부를 떠나 일부 모욕적인 단어를 사용하면서 그들의 자아반성에서 언급한 전략적인 착오 대부분이 사실에 부합되었다. 다만 그들의 이런 전략적 착오는 쉬저우 쒜이징 관공서의 잘못 만이 아니었다. 그들은 장제스의 지도방침이 잘못 되었다고 말할 용기도 없었다. 전쟁의 지도방침 다르기에 국공 양당은 전쟁 형세와 전쟁발전에 대한 예측도 서로 달랐다.

중국공산당 중앙은 1947년 2월 1일에 열린 정치국 확대회의에서 마오쩌동이 작성한 「중국 혁명의 새로운 고조를 맞이하자」라는 제목의 당 지시 초안을 통과했다. 지시에는 이런 내용이 있었다. "작년 7월부터 금년 1월까지 진행된 전투에서 우리는 해방구를 공격하는 장제스의 정규군 16개 여단을 궤멸시켰다. 그 전에 궤멸시킨 성과까지 더하면 모두 100여 개 여단을 궤멸시켰다. 이는 이후 군사형세의 중대한 변화를 의미한다."[258] 구두로 한 마오쩌동의 설명은 더욱 명확했다. "예전에도 말했지만 혁명의 승리는 멀고 험난한 여정

257) "三軍大學"편찬: 『國民革命軍戰役史第五部－「戡亂」』, 第2冊(下), 台北: 『國防部史政編譯局』, 1989년 11월, 64쪽.

258) 中共中央文獻編輯委員會 편: 『毛澤東選集』, 第4卷, 北京: 人民出版社, 1991년, 1211, 1212쪽.

이다. 짧으면 3~5년이고 길면 10~15년이 될 수도 있다. 만약 3~5년을 예상한다면 일본이 투항해서 부터 이미 1년 반이 지났으니 아직 1년이 남은 셈이다. 우리는 남은 1년 반에 나타날 제일 큰 곤란을 예측해야 한다."[259] 그는 이미 승리를 향한 시간표를 작성하고 있었던 것이다.

하지만 장제스는 완전히 다른 예측을 했다. 앞에서도 언급한 1947년 2월 17일의 연설에서 이렇게 말했다.

> 1년 동안 정부에서는 수복하려는 모든 지방을 계획대로 수복했다. 창춘, 장자커우 등처럼 모두 그러했다. 여기서 제일 중요한 것은 수뻬이와 산동성 남부지역을 수복한 것이다. 수뻬이는 호수가 많고 산동성 남부지역은 구릉지여서 교통이 어렵고 토비군이 도망치기 쉬워 이들을 궤멸시키기 어려웠으나 최전방의 병사들의 용감한 투쟁을 통해 목적을 완성했다. 정부는 작년에 5개월 내에 수뻬이를 수복하려고 계획했는데 올해 1월 말에 정식으로 공산당을 몰아냈다. 이는 예정된 시간보다 한 달 늦게 완성한 것이다. 최근 공산당이 산동성 남부에서 완전히 실패하면서 그들은 황허 남쪽에서 몸을 숨길 곳을 잃었다. 이런 교통상황과 군사상황에서 공산당은 도망칠 곳이 없다. 현재 공산당은 우리의 정부를 무너뜨리려고 하는데 이는 허황한 꿈일 뿐이다. 의외인 것은 이런 상황에서도 그들을 대신해 선전을 하고 있는 신문사가 있으니 참 가소로운 일이다!"[260]

---

259) 中共中央文獻研究室 편: 『毛澤東文集』, 第4卷, 北京: 人民出版社, 1996년, 223쪽.
260) 秦孝儀 편: 『蔣介石思想言論總集』 卷二十二, 台北: 中國國民党中央委員會党史委員會, 1984년 10월, 21쪽.

서로 다른 전쟁 지도 사상을 가진 양측이 현실 전투에서 어떤 대결구도를 이루고 있으며 누가 더 정확하게 전쟁을 예측했는가 보도록 하자.

국민당 총지휘부에서는 1947년에 들어서면 해방군과 결전을 할 주전장이 산동이라고 여겼다.

1946년 말 1947년 초에 전투의 초점은 수뻬이와 루난이였다. 이는 그들이 예측한 결전을 향한 첫 걸음이었다. 장제스는 1946년 12월 17일의 일기에 이렇게 썼다. "롄쉐이(漣水), 피편(邳縣)를 수복하였으니 수뻬이 숙청도 얼마 남지 않았다."[261] 앞에서 언급했던 것과 같이 1947년 설날에 쓴 "올해 사업 주요 항목"에는 1월 내에 수뻬이를 숙청하고 롱하이 철도를 통제한 다음 북쪽으로 올라간다는 내용이 있었다. 이 내용으로부터 그들이 내전 초기에 제정한 군사행동은 계획대로 진행되었다는 것을 알 수 있다. 앞서 국민당 군은 화이허 북부, 화이난, 쑤중 등 세 지역을 수복하여 통제했다. 해방군은 수뻬이에서 이동작전을 할 범위가 적어 졌다. 참모총장 친청은 1946년 11월 15일의 국방부 작전회의에서 이렇게 말했다. "전투의 주도권을 쟁취하기 위해 우리는 마땅히 전략적으로 공격하고, 전술적인 수비태세를 갖추어야 하며, 지역을 구분해서 소탕을 진행하는 원칙으로 먼저 수뻬이를 숙청한 다음 산동성 중부를 점령한다. 다음 류보청 토비의 부대주력을 섬멸한 다음 류보청, 녜룽전 두 갈래의 토비 연합군을 궤멸시킨다."[262] 이런 작전 하에 국민당은 주요 병력을 이 전지에 배치했다. 그들은 롱하이 철도 쉬저우–하이저우 구간을 통제하여 화중과 산동 해방구를 갈라놓고 먼저 수뻬이를 점령한 다음 다시 산중성 남

---

261) 장제스 일기(친필본), 1946년 12월 7일, 미국 스탠퍼드대학교 후버연구소 소장.

262) 국방부 작전회의(제21차)기록, 中國人民解放軍軍事科學院軍事歷史研究部 편저: 『中國人民解放軍全國解放戰爭史』, 第2卷, 北京: 軍事科學出版社, 1996년, 153, 154쪽에서 재인용.

부로 공격하여 산동에서 화동지구 해방군 주력부대와 결전을 하여 해방군을 황허 북쪽으로 쫓아내려는 상상을 하고 있었다.

이 계획에 따라 장제스는 화동해방구를 공격할 병력을 크게 증가시켰다. 장제스는 약 20여 개 여단의 주력 부대를 집결시켰다. 1946년 12월 7일 쉬저우 쒜이징 관공서 주임인 쒜웨는 군대를 4갈래로 나누어 수뻬이, 루난을 대거 공격했다. 1. 재편성한 제11사단과 제69사단 총 6개의 여단은 수뻬이 쑤첸에서 수양(沭陽), 신안(新安)진을 공격. 2. 재편성한 제74사단과 제28사단, 제7군(재편성한 사단에 상당함) 총 7개의 여단은 화이인으로부터 롄쉐이를 공격. 3. 제1쒜이징 구사령관인 리모안은 6개의 여단을 거느리고 쑤중의 둥타이(東台)로부터 북상하여 옌청, 푸닝(阜宁)을 공격. 4. 재편성한 제26, 51, 59사단과 77사단 부속 제1쾌속종대를 포함한 총 9개의 여단은 산동성 남부의 린이를 공격. 이 네 갈래의 부대는 서로 호응하면서 기세 좋게 12월 13일 행동을 시작했다. 중국공산당 중앙군사위원회에서는 이렇게 예측했다. "쒜웨 소속 리모안(쑤중), 리옌녠(李延年, 수뻬이), 펑즈안(馮治安, 루난), 왕징주(王敬久, 산동성 서부), 왕야오우(王耀武, 자오지) 및 직속 부대는 모두 80개의 여단을 가지고 있기에 전국에서 제일 강한 부대이다. 이 상황에서 쑤중, 수뻬이에 있는 우리 군은 난관에 직면해 있다."[263]

국민당 군 총사령부에서는 화동 지구의 해방군을 서로 고립된 4~5개로 흩어지게 한 후 하나씩 '숙청'하려고 했다.

네 갈래로 나누어진 국민당 군대 중 재편성한된 제11사단과 재편성한된 제74사단은 장제스의 정예 주력부대였다. 이 두 갈래의 부대는 산동해방구와 화중해방구의 접경지역을 집중적으로 공격했다. 이들은 이 두 해방구의 연

---

263) 中共中央文獻研究室, 中國人民解放軍軍事科學院 편:『毛澤東軍事文集』, 第3卷, 北京: 軍事科學出版社, 中央文獻出版社, 1993년, 546쪽.

락 통로를 차단하여 두 해방구를 고립되게 한 후 하나씩 궤멸시키려 했다.

먼저 룽하이 철도 남쪽의 화중야전군 주력을 궤멸시킨 후 병력을 집중시켜 린이를 중심으로 하는 산동해방구를 공격하려 했다. 이는 여간 악독한 전술이 아닐 수 없었다.

화동 전지 해방군의 상황은 이러했다. 항일전쟁이 승리한 후 뤄룽환(羅榮桓)은 산동의 주력부대를 거느리고, 황커청(黃克誠)은 수뻬이의 신4군 제3사단을 거느리고 이미 동북으로 갔다. 이 두 부대가 북으로 간 후 화동의 안전을 책임지게 된 천이가 인솔하는 화동야전군 제1, 제2 종대와 루난 제8사단(처음에는 제7사단도 있었는데 11월에 화중 야전군으로 귀속되었다.), 쑤위가 인솔하는 화중야전군 제1, 6 두 개 사단과 제7, 9 종대(제7사단은 이후에 증가됨)가 있었다. 비록 그 전에 쑤중에서 7전7승의 전적을 거두었지만 양측의 병력이 너무 큰 차이가 났기에 쑤중에서 철수하여 북쪽으로 올라갈 수밖에 없었다. 화이인, 화이안이 함락한 후 화중야전군은 국민당 군대가 삼면으로 된 포위하고 있어 아주 위험한 처지에 놓여 있었다. 운하의 동쪽에 위치한 수뻬이 근거지는 지형이 뱀처럼 길게 되어 있었고 오직 옌청, 푸닝, 롄쉐이, 수양 네 개 도시만 남아 있어서 부대가 이동작전을 할 공간이 부족했다.

또한 부대는 연속 40일 동안의 격전을 거쳤기에 엄청 피로한 상태였기에 휴식과 정돈 및 물자 보충이 시급했다. 이런 상황에서 먼저 공격해 오는 부대는 리모안이 인솔하는 부대들 보다 더 강한 전부 미국 무기들로 무장한 재편성한 제74사단이었다. 당시 해방군은 이런 부대들과 붙어 이길 수 있는 상황이 아니었다.

만약 산동해방구와의 연락이 단절되면 화중야전군은 아주 어려운 상황에 놓이게 되었다. 때문에 조금만 실수하면 위험에 빠질 수 있었다.

상황에 맞추어 중국공산당 중앙에서는 이미 산동야전군과 화중야전군을 합병하여 통일적으로 지휘하려고 결심을 했다. 9월에 "산동야전군과 화중야전군 두 부대를 하나로 통일시키고 두 지휘부는 하나로 합친다. 천이를 사령관 겸 정위로, 쑤위를 부사령관으로, 탄전린(譚震林)를 부정위로 할 것을 건의 한다. 만약 이를 동의 한다면 즉각 공포하여 (내부적으로)집행한다."[264]고 했다. 두 야전군의 영도들도 두 부대 합병의 필요성을 깊이 느꼈다. 화중, 산동은 오랫동안 서로 의지하며 생존하는 상황이라 만약 통합하게 되면 모두 생존할 수 있는 것이고 반대로 계속 따로 행동하면 모두 망하게 된다.

천이는 즉시 화중 분국에 도착하여 10월 말부터 11월 초까지 롄쉐이 서북 천스안(陳師庵) 등 지역에서 여러 차례 간부회의를 열어 전쟁 형세를 분석하고 고도로 집중 통일된 사상을 수립했다. 12월 9일, 루난으로 돌아 간 천이는 산동야전군 주력을 거느리고 남쪽으로 내려가 12일에 수뻬이 옌청에서 북으로 급히 올라오는 쑤위와 만나 회동작전을 상의했다.

국민당 군대는 네 갈래로 맹공격했다. 비록 많은 병력으로 공격을 했지만 여전히 그들의 뚜렷한 약점이 있었다. 국민당은 공격할 때 삼백여 리나 되는 전선을 만들고 공격했기에 사이사이 간격이 있었다. 두 부대 사이의 간격이 크기 때문에 해방군이 공격하기에 유리했다. 이때 필요한 것은 우선 어느 곳을 공격할 것인가 하는 것이었다. 네 갈래 공격 노선에서 해방구에 제일 큰 위협을 주는 것은 화이인과 쑤첸에서 출발하여 공격하는 두 갈래 부대였다.

화이인에서 동쪽으로 롄쉐이를 공격하는 재편성한된 제74사단은 신식 무기들로 무장되었으며 전투력이 강해 이들을 당장 섬멸하기는 힘들었다. 쑤첸에서 동북으로 수양을 공격하는 재편성한 제11사 역시 정예주력 부대의 하나였지만 수뻬이에 금방 도착했기에 당지의 지형과 백성들의 상황에 대해 잘

---

264) 천이, 장딩청(張鼎丞), 덩쯔훼이(鄧子恢), 쑤위, 탄전린에게 보내는 중국공산당 중앙의 전보문, 1946년 9월 23일일.

이해하고 있지 못했다. 또한 이들과 같은 길로 공격하여 오는 재편성한된 제69사는 경솔하게 공격을 개시했으며, 재편성한된 제11사단과 모순이 있었기에 이 두 부대는 서로 협동이 원활하게 진행되지 못했다. 산동야전군 주력은 이 두 부대 사이에 진을 치고 대기하고 있었다. 천이는 여러 가지 방안의 장단점을 비교한 후 이 두 부대의 사이를 뚫기로 했다. 중국공산당 중앙군사위원회는 쑤위가 천이가 있는 곳에 도착한 이틀날에 전보를 보내 지시했다.

"재편성한 제11사단은 쑤첸에 도착한 후 꼭 제69사단 및 예비 제3여단 등과 함께 수양을 공격하여 적들을 섬멸함으로써 수양이 적들이 손에 들어가지 말게 해야 한다."[265] 천이, 쑤위는 즉각 재편성한 제69사단을 공격한 후 기회를 타서 재편성한 제11사단을 공격하기로 결정했다. 산동야전군 제1종대 사령관 예페이는 그 당시 상황을 이렇게 회상했다.

> 우선 쑤첸으로부터 출발하여 공격하려는 적들의 전부 혹은 대부분을 섬멸한 후 기회를 보면서 다른 적들을 공격하기로 했다. 아래 몇 가지 상황으로부터 이런 작전방안을 제정했다. 싼칭단 중앙위원인 제69사 사장 다이즈치(戴之奇)는 먼저 신안진을 공격하여 룽하이도로를 봉쇄함으로써 장제스가 자신에게 상을 내리기를 희망했다. 하지만 그의 광둥부대는 여직 우리 군과 싸워본 적이 없었다. 그들은 기고만장했고 빠른 속도로 전진했다. 후롄(胡璉)의 재편성한된 11사단은 비록 친청이 입지를 다질 수 있게 된 부대이며 국민당 군 다섯 개 주력부대의 하나지만 금방 쑤첸에 도착했다. 때문에 현지 상황을 잘 알지 못하는 다이즈치 부대를 공

265) 中共中央文獻硏究室, 中國人民解放軍軍事科學院 편: 『毛澤東軍事文集』, 第3卷, 北京: 軍事科學出版社, 中央文獻出版社, 1993년, 575쪽.

격하는 것이 우리에게는 유리했다. 재편성한한 제69사단은 원 60여단 및 재편성한된 276연대로 재편성한한 것이며, 제69시단 소속 41여단은 원래 26사단 마리우(馬勵武)부대 소속이었고, 공병5연대는 국방부 소속이었다. 이렇게 여러 계통의 부대가 모여서 편성된 이 부대는 내부 모순도 많았고 전투력도 약했기에 공격하고 섬멸하기가 쉬웠다. 쑤첸 북부의 자연지리환경은 전투가 끝난 후 우리 군이 북쪽·서쪽으로 민첩하게 이동작전하기에 유리했으므로 우리 군은 주도권을 유지할 수가 있었다.[266]

쑤첸 북부의 전투에 참가한 인민해방군은 주로 산동야전군 제1, 제2 종대와 제8사단이었다. 당시 화중야전군의 주력인 제1사단은 예청에서 북쪽으로 이동하고 있었고, 제6사단은 롄쉐이에서 재편성한한 제74사단 등의 공격을 방어하고 있었는데, 제6사단의 제9종대와 제7사단의 일부분 부대도 이번에 재편성한된 제69사단을 섬멸하는 전투에 참여했다. 이렇게 두 야전군은 협력하여 전투를 진행하였다. 이런 협력 전투방법은 전투 중에서 일어난 중요한 변화였다.

다이즈치의 부대는 린리를 공격하는 재편성한된 제26사단이 산동 남부에 있는 천이 부대의 주력을 움직이지 못하게 막을 줄 알았다. 때문에 이들은 산동야전군 주력부대가 이 시기에 남하하여 측면으로부터 공격하리라고 생각하지도 않았기에 전력을 다해 동쪽으로 진군했다. 이 사단과 재편성한 제11사단의 공격목표는 수양과 신안진이었다. 이들이 급히 전진할수록 이 두 사단 사이의 거리는 점점 멀어지게 되었다. 천이, 쑤위의 지휘 하에 인민해방

---

266) 叶飛: 『叶飛回憶彔』, 北京: 解放軍出版社, 1988년, 386쪽.

군은 신속하게 재편성한한 제69사단과 재편성한한 제11사단 간의 연락을 차단하고 재편성한된 제11사단의 지원을 저지했다. 적군 병력의 3배에 달하는 병력으로 아직 자리를 잡지 못하고 있는 재편성한된 제69사단을 쑤첸 북쪽 지역에서 포위했다.

협동하여 포위작전을 실행한 후 전투의 형세는 점차 순조로워졌다. 쑤첸 북쪽은 고지가 몇 개 없으며 대부분 광활한 평원이었다. 농촌마을들은 규모가 작고 밀집되어 있었고, 수호(水壕)도 성벽도 없어 방어작전을 진행하기 힘든 지역이었다. 12월 15일 해질 무렵 해방군은 재편성한된 제69사단의 좌우 양측이 노출되고 기타 부대와의 간격도 크게 벌어진 기회에 기습공격을 개시했다. 동시에 지원하러 오는 적들을 완강하게 물리쳤다. 나흘간의 격렬한 전투를 거쳐 19일 오전 재편성한된 제69사단은 전부 섬멸되었다. 제69사단 사단장인 다이즈치는 자살을 하고 부사단장인 라오사오웨이(饒少偉) 및 1,600명의 관병이 생포되었다. 재편성한된 제11사단도 큰 타격을 입었다.

전체 전역에서 국민당 군 3만 3천여 명을 섬멸하여 큰 승리를 거두었다. 쑤중 7전7승 전투에서 섬멸한 5만여 명은 7차례 전투에서 섬멸한 적군의 총 수이며, 1만 7천여 명은 한 전투에서 제일 많이 섬멸된 적군의 숫자였다. 쑤첸 북쪽에서 진행된 전역의 규모는 쑤중 7전7승의 전투 중 어느 한 전투보다 더 큰 규모의 전투였다.

쑤첸의 북쪽전역은 화동 전지의 형세를 크게 바꾸어 놓았다. 화중야전군은 네 갈래로 수뻬이와 루난 해방구를 포위하러 올라오는 국민당 군대의 포위에 빠질 위험에 노출되어 있었다. 쑤첸 북쪽전역의 승리는 이 네 갈래의 부대 중 제일 강한 전투력을 가진 적군을 무너뜨린 것이었다. 이 전역을 통해 국민당 포위망에 큰 구멍이 뚫렸으며 산동과 화중 두 국민당 야전군 사이의 연락을 차단했다. 이 전역은 국민당 군대가 수뻬이에서 속전속결 하려는 계획을 파탄시켰고, 네 갈래로 포위하러 오는 부대 간의 연락을 차단하여 국민당 군을 산동, 수뻬이 두 개 지역으로 갈라놓아 다음 단계에 진행 할 루난 전역에 유리한 조건을 창조했다.

더욱 중요한 것은 이번 전역에서 화동지역의 두 야전군의 합류였다. 화중야전군은 쑤중 전지에서 물러난 후 수뻬이로 이동했고 산동야전군도 운하 서쪽으로부터 운하 동쪽의 수뻬이 지역으로 이동하여 원래 각자 화이허 북부와 장쑤성 중부지역에서 작전을 하던 상황을 바꿨다. 전략적으로 서로 협조하던 두 부대는 집중적으로 함께 전투를 할 수 있었다. 두 야전군 지도층도 하나로 합병되었다. 쑤첸 북쪽전역이 끝난 후 천이는 중국공산당 중앙에 전보를 보냈다. "산동부대가 마음 편히 남하하여 전투를 할 수 없고, 화중의 부대가 산동에서 전투를 하려 하지 않는 것은 예전에 존재했던 문제였다. 몇 달간 존재했던 모순은 전쟁 형세의 변화와 동시에 해결되어 병력을 집중시켜 루난에서 남쪽으로 전투를 진행할 수 있게 되었다."[267] 물론 두 야전군의 전 병력을 집중시키려면 일정한 과정이 필요했다. 예페이는 회고록에 이렇게 썼다. "산동, 화중 두 야전군이 전부 병력을 집중시켜 작전을 진행하게 된 것은 쑤첸 북쪽전역이 끝난 후의 일이다."[268]

산동야전군과 화중야전군은 천이, 쑤위의 통일적인 지휘하에 병력을 집중시켜 전투를 진행했다. 이는 해방군이 화동전지에서 처음으로 집중된 병력으로 진행한 전투이다. 이 부대는 해방군의 강력한 무기로 더욱 능동성 있게 움직이고 전투의 주도권을 차지했으며, 여러 전투에서 승리를 거둘 수 있었다. 부대가 통합하기 전에 이런 승리는 상상할 수도 없는 일이었다.

쑤첸 북쪽전역이 마무리 될 즈음 해방군 지도층에서는 다음 전투 지점을

---

267) 中國人民解放軍軍事學院 편: 『陳毅軍事文選』, 北京: 解放軍出版社, 1996년, 359쪽.
268) 叶飛: 『叶飛回憶彔』, 北京: 解放軍出版社, 1988년, 397쪽.

고려하고 있었다. 루난일까? 수뻬이일까? 12월 18일, 중앙군사위원회에서는 다음 전투는 루난에서 진행하는 것이 적합하다는 마오쩌동의 초안을 천이, 쑤위에게 전보로 전했다. "이번 전투의 승리는 장쑤, 산동의 형세를 호전시켰다. 롄쉐이이가 비록 적들에게 점령당하였지만 우리가 반드시 다시 수복할 날이 있을 것이다. 다음 작전은 병력을 집중시켜 루난의 적들을 섬멸시킨 다음 짜오좡, 이셴, 타이얼좡을 수복하여 루난 지역에서의 입지를 더욱 공고히 하는 것이다. 그런 다음 남쪽으로 전진하여 수뻬이, 쑤중의 모든 잃어버린 지역을 수복한다. 구체적인 방법에 대해서는 당시의 현지 상황에 따라 처리하기 바란다."[269]

이 두 야전군이 합병하면서 여러 해방구 중에서 제일 강한 군사력을 가진 해방구가 되었다. 쑤첸 북쪽전역 이후 부대가 북쪽으로 전진하면서 산동은 인민해방군과 국민당 군대가 전투를 하게 될 주요 전지가 되었다. 이 전지에서의 승패는 전국의 전쟁형세와 밀접한 관계가 있었다.

쑤첸 북쪽전역이 끝난 후 진행된 루난전역은 1947년에 국공 양당이 진행한 첫 대규모 전투이며, 산동야전군과 화중야전군이 전부 합병한 후 산동에서 진행한 첫 전투였다. 쑤첸 북쪽전역은 12월 19일에 끝났다. 쑤첸 북쪽전역이 끝난 후 12일도 지나지 않은 다음해 1월 2일에 루난전역이 시작했다. 해방군 주력부대는 짧은 12일 사이에 수뻬이에서 루난으로 이전한 후 쉬지도 않고 루난전역에 참가하게 되었다. 때문에 이 두 전역은 연속된 전투라고 할 수 있다.

루난해방구는 항일전쟁시기에 형성된 오래된 해방구였기에 군중기초가 튼튼했고 기층 조직이 탄탄했으며 지방 무장대오도 비교적 완강했다. "짜오좡,

---

269) 中共中央文獻硏究室, 中國人民解放軍軍事科學院 편: 『毛澤東軍事文集』, 第3卷, 北京: 軍事科學出版社, 中央文獻出版社, 1993년, 581쪽.

푸산커우(傅山口), 볜좡(卞庄) 일대의 북쪽은 산간지역이고 도로가 비좁았기에 대부대가 이동하기에 불리했고, 남쪽은 평원이어서 교통이 편리하지만 지세가 낮아 비가 내리면 도로는 질퍽거려 자동차의 통행이 불편했다. 산동해방구의 정부 소재지인 린이부터 신안진까지의 노선은 루난과 수뻬이 두 해방구를 연결하는 교통 간선이다."[270]

비록 국민당 군대가 쑤첸 북쪽전역에서 큰 타격을 입었지만 원래 제정한 작전계획을 포기하지 않았다. 완베이, 수뻬이를 공격하여 점령한 후 네 개의 재편성한 사단과 미식 무기와 중무기들로 무장한 제1쾌속종대는 루난을 공격했다. 그 중 재편성한된 제26사단과 제1쾌속종대는 이미 린이 서남쪽 30리 떨어진 볜좡에 도착하여 공격준비를 하고 있었다. 쑤첸 북쪽전역 이후 그들도 큰 타격을 입었기에 더 앞으로 나가지 않고 방어공사를 진행하여 방어태세에 진입했다. 하지만 그들은 쑤첸 북쪽전역을 마친 해방군 주력부대가 휴식도 하지 않고 루난으로 신속하게 이동하여 연속 작전을 하리라고는 생각지도 않았다. 부대는 동서로 25리의 장사진을 치고 있어 해방군의 공격에 노출되어 있었다. 이 부대는 좌우 양측의 서북군 펑즈안 부대와 동북군 저우위잉(周毓英) 부대와의 모순이 컸고 서로 약 30리 떨어져 있었기에 상대적으로 고립된 위치에 있었다.

천이, 쑤위 등은 반복된 연구를 거쳐 중앙군사위원회와 마오쩌동이 루난에서 전투를 하라는 지시는 이후 산동은 주요 전지임을 뜻하는 것이라는 확신을 가졌다. 루난을 공고히 하면 남하, 북상 혹은 서쪽으로 이동하기가 용이하게 되었다. 그들은 루난으로 부대를 이동하려고 결정한 후 27개의 주력연단을 집중시켜 비교적 고립되어 있는 재편성한한 제26사단과 쾌속종대 3

---

270) 南京軍區『第三野戰軍戰史』編輯室: 『中國人民解放軍第三野戰軍戰史』, 北京: 解放軍出版社, 1996년, 80쪽.

개 여단의 6개 연단을 공격하게 했다. 이렇게 되면 적들보다 4배 많은 병력으로 전투를 하기에 승리를 거둘 확률이 높게 되었다. 12월 23일 그들은 쑤첸 북부에 있는 산동야전군, 화중야전군의 주력부대를 비밀리에 북쪽으로 급행군하여 루난과 산동성 중부에서 남하하는 부대와 합류한 후 신속하게 이번 전투에 참가하라고 명령을 내렸다. 25일 중국공산당 중앙군사위원회에서는 천이, 쑤위의 계획을 허락한다는 전보를 보냈다. 전보에는 "루난전역은 전체 국면에 관련된 것으로 이 전역에서 승리를 하게 되면 잃어버렸던 수뻬이 지역들을 수복할 수 있다"고 기록했으며 "쑤첸 북부전역보다 더 큰 섬멸전을 준비해야 하며, 첫 전투는 제26사단의 3개 여단을 공격하는 것이 적절하며" "대응 방안은 현지의 구체적인 상황에 따라 처리하라"[271]고 했다.

1947년 1월 1일 해방군 각 부대는 이미 지정된 위치에 은폐하여 공격을 기다리고 있었다. 전역은 먼저 재편성한된 제26사단과 제1쾌속종대를 섬멸한 후 이현과 짜오좡에 있는 수비군을 섬멸하는 두 개 단계 전투로 진행되었다.

때는 바로 설날이라 재편성한 제26사단 사당장인 마리우(황푸군관학교 제1기 학생)는 북상하는 해방군 주력의 움직임을 전혀 알아차리지 못했다. 그는 전선에 별 이상이 없다고 여겨 부대를 떠나 이현 성안에 있는 집으로 돌아가 가족들과 함께 설을 보냈다. 1월 2일 저녁 해방군은 계획대로 공격을 시작했다. 재편성한된 제26사단은 원 북벌 직속 산동연합군의 옛 부대였으며 수위안촨(徐源泉), 딩즈판(丁治磐)의 인솔 하에 있었기에 비교적 강한 전투력을 가지고 있었다. 하지만 지휘자가 진영에 없었고 아무런 방어준비도 하지 않았기에 즉각 혼란에 빠졌다. 4일 이른 아침 국민당 부대는 섬멸되었다. 이는 1947년의 첫 전투였다.

---

271) 中共中央文獻硏究室, 中國人民解放軍軍事科學院 편: 『毛澤東軍事文集』, 第3卷, 北京: 軍事科學出版社, 中央文獻出版社, 1993년, 591쪽.

1월 4일 오전, 제1쾌속종대와 재편성한 제26사단의 잔여부대는 전력을 다해 포위를 뚫고 나가려고 했다. 제1쾌속종대는 3개의 기계화 종대 중 제일 좋은 장비를 가지고 있는 국민당 부대이기에 강한 전투력을 자랑하고 있었다. 이 부대는 아래에 재편성한 제80여단과 작전 차량, 자동차, 공병대, 포병대 등 부대를 가지고 있고 중형, 경형 탱크 36대를 가지고 있는 원 장갑(裝甲) 병단이었다. 작전 차량부대는 미군관의 훈련을 받았으며 항일전쟁 시기에 인도, 미얀마 전지 전쟁에 참가했다. 하지만 이 부대가 포위를 뚫고 나갈 때 날씨가 돌변하면서 폭풍우가 몰아치기 시작하여 국민당 공군은 부대의 철수를 엄호할 수가 없었고 탱크는 진창길에 빠져 정상적으로 나아갈 수가 없었다.

해방군은 그들이 경유하는 도로의 다리를 폭파시키고 도로에 큰 구덩이를 파놓았으며 탱크 안에 수류탄을 던지기도 했다. 그 결과 이현 밖으로 도망을 친 7대의 차량을 제외한 모든 부대는 섬멸되었다. 해방군은 5연대의 105mm 곡사포를 포획했는데 이는 항일전쟁시기 인도에 주둔하던 포병단이 보유하고 있는 최신식 무기였다. 해방군은 이 무기를 포획함으로써 화동야전군의 무기를 개선했고 이 무기들은 이 후의 전투에서 적지 않은 작용을 발휘하게 되었다.

기세 드높게 린이로 진군하던 재편성한된 제26사단과 1쾌속종대 총 2만여 명이 3일내에 전부 섬멸된 원인은 무엇인가? 해방군의 승리는 해방군의 정확한 지휘가 있었을 뿐만 아니라 용감한 부대 장병들과 그곳 백성들의 전력적인 지지와 떼어놓을 수 없었다. 전쟁이 끝난 후 이현에서 노획한 마리우의 일기에는 자신들의 실패원인을 이렇게 썼다. “고립된 군대가 적진에 깊이 들어가지 말아야 한다. 이는 군사적으로 금기이다. 고립된 군대는 공격하지도 못하고 포위를 뚫지도 못하니 독안에 든 쥐가 된 셈이다!” 마리우는 또 이렇게 썼다.

그 원인은 대략 아래와 같다. (1) 우리의 전략적 착오. 우리 사단이 적들에게 노출되게 명령을 내리지 말아야 했다. 우리의 고립된 부대가 "토비의 지역"에 깊이 들어갔으니 아무런 지원도 받을 수 없었다. 이는 군사적 금기였다! (2) 우리 사단은 공격하지 못하면 후퇴하여 실력을 보존했어야 했으며 아무런 지원도 없고 불리한 조건에서 주동적으로 유리한 지역으로 후퇴하여 기회를 기다려야 했다. (3) '토비'들은 우리 군이 포위 속에 빠진 것을 알게 된 후 완벽한 작전계획으로 우리를 전면적으로 포위했다. 포위당하면 피동적 상황에 처하게 된다! 이튿날 큰 포위는 하나하나의 작은 포위망으로 변환되어 전투는 죽음의 소모전으로 변했다. 아무리 좋은 무기를 가지고 있다고 해도 적의 포위에 빠져 꼼짝할 수 없으니 어찌 애석하지 않겠는가? (4) 이틀간의 악전고투를 거쳐 손실이 막대한 상황에서 포위를 뚫으라는 명령이 내려졌다. 때마침 하늘에서 비가 내렸다. 또한 부대 간부들뿐만 아니라 전사들도 사상자가 많았기에 '토비'들의 포위를 돌파할만한 병력이 없어 패배는 정해놓은 것이나 다름없었으니 이렇게 비참한 실패가 또 어디에 있겠는가![272]

장제스는 "이번 롱하이 동쪽에서의 결전"을 "토비숙청 성패의 관건"[273]으로 여겼다. 그는 이 전투에서 실패하리라고는 전혀 생각지 못했다. 그는 1월 5일의 일기에 이렇게 썼다. "반년 동안 진행된 토비숙청 중 이번 전투에서 제일 큰 손실을 입었다. 이는 쉬저우 쒜이서 보링(伯陵, 쉬저우 쒜이서 주임인 쒜웨

272) 棗庄市出版辦公室 편: 『魯南戰役資料選』, 山東: 山東人民出版社, 1982년, 152, 153쪽.
273) 장제스 일기(친필본), 1947년 1월 9일, 미국 스탠퍼드대학교 후버연구소 소장.

의 자)의 잘못된 지휘 때문이다. 작전 차량과 중포를 최전선에 배치한 것은 우리들의 좋은 무기들을 토비부대에 선물하는 것과 같은 것이었다."[274] 이 전투의 실패는 장제스에게 큰 정신적 타격을 주었다. "오늘 전투에서 큰 손실을 입었기에 작은 움직임에도 마음이 조마조마하다. 전선에 있는 여러 장병들의 주의를 불러일으키기 위해 명령 초안을 내려 보내는데 모두 소홀히 대하지 말기를 바란다." 그는 쒜웨의 직무를 해임하고 쉬저우 쒜징 관공서를 육군총사령 쉬저우 지휘부로 바꾸었으며 꾸주통(顧祝同)에게 쉬저우로 가서 정저우의 군사지휘까지 겸하도록 했다.

해방군은 멋지게 전투에서 승리하였다. 다음은 어떻게 이 승리의 성과를 확대하면서 두 번째 단계에 들어서는가 하는 것이었다. 당시 남쪽에 있던 펑즈안의 재편성한 제33군단(즉 제3쒜이징 구역)은 철수하기 시작했으며 서쪽으로 운하를 건너 견고한 방어벽과 급한 물살을 이용하여 해방군이 건너오지 못하게 포위공격을 차단했다. 서쪽 이현, 짜오좡의 재편성한 제26사단 잔여부대와 재편성한 제51사단 병사들의 사기는 하락되어 분위기가 어수선했다. 천이, 쑤위는 신속하게 부대를 정돈한 후 전력을 다해서 서쪽 이현, 짜오좡의 적들을 공격하기로 했다. 국민당 군은 해방군이 이렇게 공격을 하리라고 생각지도 못했다.

이현을 공격하는 전투도 순조롭게 진행 되었다. 1월 9일 저녁에 공격을 시작하여 신속하게 성 밖에 주둔하고 있는 부대를 궤멸시키고 이현을 공격하기 시작했다. 이현에 주둔하고 있는 병력은 약했으나 견고한 방어벽을 가지고 있었다. 해방군은 국민당 군 제1쾌속종대에서 포획한 곡사포로 편성된 포병을 집결시켰다. 포병은 조를 나누어 성안의 목표물을 향해 맹렬한 공격을

---

274) 장제스 일기(친필본), 1947년 1월 5일, 7일, 미국 스탠퍼드대학교 후버연구소 소장.

했다. 해방군은 성문을 열고 안으로 들어갔다. 하룻밤의 격전을 거쳐 11일 동틀 무렵 적군을 전부 궤멸시키고 성안에 남아 있던 재편성한 제26사단 사단장 마리우를 생포했다.

짜오좡 광산 구역에는 보루가 많았고 시내에도 수많은 견고한 건축물과 탄광 갱도가 있었다. 해방군은 완강한 저항에 부딪쳤다. 성을 공격하는 부대는 충분한 준비를 거쳐 더 많은 병력과 강력한 화력의 지원 하에 연속 공격했다. 19일 오후에 총 공격을 시작하여 시내에 진입했으며 보루을 하나씩 함락했다. 20일 점심에 이르러 재편성한 제51사단 사부와 두 개 연대를 전부 섬멸하고 재편성한 제51사단 사단장 저우위잉을 생포했다.

18일 동안 지속된 루난전역은 해방군의 승리로 끝났다. 이 전역에서 국민당 군 두개의 재편성한 사단과 한 개의 쾌속종대, 총 5만 3천여 명을 섬멸하였다. 그중 1만 7천여 명을 생포했고 탱크 24대, 자동차 4백 7십여 대, 각종 화포 2백여 문을 노획하면서 린이를 공격하여 화동해방군을 포위 섬멸하려는 국민당의 계획을 파탄시켰다.

장제스의 1월 25일 일기 "지난주 반성록"에는 다음과 같은 기록이 있다. "이번 달에 제26사단과 제51사단 사단장이 생포되었고 생포된 여단장은 3명이나 된다. 공산당은 신식 중포 36문과 각종 대포 20여 문을 포획하였다. 그중 3분의 1정도는 계속 사용이 가능하기에 이 무기들로 우리를 공격할 수 있다. 자오좡을 지키지 못한 것은 20년간 토비숙청 전투 중 제일 큰 손실이다. 공산당을 경계하지 않을 수 없다!"[275]

루난전역은 산동, 화중 두 야전군이 합류한 후 통일적인 지휘 하에 병력을 집중시켜 진행한 대규모의 섬멸전으로 관건적인 전투였다. 이 전투는 화동

---

275) 장제스 일기(친필본), 1947년 1월 25일, 『上星期反省录』, 미국 스탠퍼드대학교 후버연구소 소장.

전지에서 처음으로 한 차례 전투에서 두 개의 재편성한 사단을 섬멸한 전투였다. 이 전투의 승리에서 대규모적인 운동전과 적의 요새를 공격하는 경험을 얻었다. 또한 이 전투에서 탱크, 화포 등 중형무기들을 포획했으며 적지 않은 기술인원들도 생포함으로써 특수부대 편성을 위한 물질적 조건과 기술, 기초를 마련했다. 이렇게 되어 해방군의 무기와 전투력은 크게 강화되었다.

쑤위는 이렇게 결롤능 내렸다. "쑤첸 북쪽지역과 루난 두 지역에서의 승리는 전략 의도의 실현이며 전쟁의 주도권을 얻게 한 승리이다. 이 후에 진행할 라이우(萊芜), 타이안, 멍량구(孟良崮) 전투에서 우리는 더 주도적이 된다." "특히 산동과 화동 두개 야전군이 작전사상과 지휘관계 및 조직편제 등 방면에서의 통일을 하게 되면서 이후 더 큰 승리를 위한 대규모적인 운동전과 섬멸전의 기초를 닦았다."[276] 국민당 군대가 화이난과 화이베이, 수뻬이 지역을 점령한 후 소극적 정서를 보이던 병사들은 이번 전투의 승리에서 사기를 되찾았다.

해방군이 진난전역을 시작할 때 국민당 군 산동 서부지역을 책임진 펑즈안은 별다른 행동이 없었다. 당시 꾸주통의 참모였던 하오바이춘은 이렇게 썼다. "펑즈안의 부대는 예전의 서북군이다. 이 부대는 항일전쟁 시기 타이얼좡에서 좋은 전적을 거두었지만 내전시기 관병들의 전투의지는 공산당군대보다 못했을 뿐만 아니라 병력을 보존하려는 생각을 가지고 있었다. 일본과의 전쟁과 내전을 대하는 병사들의 정신력이 달랐다."[277]

루난전역에서 승리 한 후, 중국공산당 중앙군사위원회의 명령에 근거하여 산동야전군과 화중야전군은 정식으로 통일되어 화동야전군으로 재편성한되

---

276) 粟裕: 『粟裕戰爭回憶彔』, 北京: 解放軍出版社, 1988년, 450, 451쪽.
277) 郝柏村: 『郝柏村解讀蔣公日記(1945—1949)』, 台北: 天下遠見出版公司, 2011년 6월, 228쪽.

었고 천이가 사령관 겸 정치위원을 맡았고 쑤위가 부사령관을 맡았으며 탄전린이 부정치위원을 맡았다. 새로운 화동야전군은 9개의 종대와 새로 편성한 특수종대(유탄포 연대, 산포 연대, 기병단, 공병대대와 특별행동학교 등)가 포함되며 모두 산동해방구의 전투에 참가했다. 얼마 후 두 개 종대를 성립하여 쑤중, 수뻬이 적진의 후방에서 전투를 견지했다. 산동 린이 부근에서 진행된 야전군 간부회의에서 천이는 이렇게 말했다.

"우리 화동야전군은 산동, 화중 부대가 합류하여 성립된 부대이며 전 해방구 병력이 제일 집중되어 있는 지역이며 해방구 애국 방위전쟁의 주요 전선이며 미국과 장제스가 집중시켜 공격하려는 곳이기도 하다. 특히 이후 산동지구에서의 전쟁은 중국인민과 미국, 장제스 세력의 결전 장소이기도 하다. 때문에 우리의 임무는 어려울 뿐만 아니라 중요하다."[278] 화동야전군 외에 화동군관구를 설립하여 30만 명을 다스리게 했다.

이 개편을 통해 조직, 편제, 제도를 통일하여 집중되고 통일된 지휘를 실현했으며 부대의 병력과 장비를 충분히 보충하여 화동 전지에서 해방군의 작전 능력을 크게 제고시켰다. 내전의 주전장으로 될 산동에서 더욱 큰 규모의 전쟁을 맞이하기 위한 중요한 조건을 창조했다.

이때 화동 전지의 형세는 큰 변화가 일어났다. 화동야전군이 역량을 집중시켜 루난전역을 진행할 때 옌청, 롄쉐이, 쑤첸에서 북상하는 국민당 군대는 이미 롱하이철도 쉬저우–하이저우(海州) 구간에 도착했다. 국공 양측 주력은 루난에서 대치하게 되었다. 국민당 군대는 화동해방군 주력이 루난 지역에 들어선 것을 알게 된 후 주력부대를 모아 산동해방구를 대거 공격하기로

278) 中國人民解放軍軍事學院 편: 『陳毅軍事文選』, 北京: 解放軍出版社, 1996년, 361쪽.

했다. 친청은 1월에 직접 전선에 나서 전투를 지휘했다. 그는 루난에서 결전을 하겠다고 표명했다. 화동야전군 주력은 린이에 집결하여 휴식정돈하면서 공격하러 오는 국민당 군대를 맞이할 준비를 했다. 국공 양측 모두 주력으로 전투를 준비했다. 루난의 상공에는 검은 전쟁의 그림자가 드리워졌다. 피비린내 나는 전쟁은 이미 눈앞에 다다르고 있었다.

국민당 당국은 쑤첸 북부와 루난의 패전 후 한 차례의 승리하는 전역이 필요했다. 승리에 급한 이들은 수뻬이와 완베이 해방구를 점령하고 화동야전군을 산동으로 보낸 것을 "전략적 승리"라고 여겼다. 장제스가 1월 9일 육군총사령관 꾸주통에게 보낸 전보에 이렇게 썼다. "롱하이 동부구간과 루난에서 전투는 공산당군을 막을 수 있는 관건적인 전투다.

작은 득실을 따지고 기본 계획을 잊지 말아야 한다." "우선 우리의 주력부대로 천이의 부대를 집중적으로 공격한 후 류보청의 부대를 섬멸하는 것은 이미 제정한 불변의 방침이다."[279] 10일 재편성한 제74사단은 해방군의 마지막 세력지역인 수양현을 함락했다. 20일, 국민당 군대는 1년 동안 끊겨있던 있던 롱하이철도 동쪽 구간을 관통시켰기에 대단히 만족해하고 있었으며 루난을 집중 공격할 시기가 되었다고 여겼다. 친청은 전선에 도착 한 후 쒜웨를 쉬저우에 남아 있게 하고 자신이 직접 롱하이철도 동쪽 구간의 신안진에서 전투를 지휘하기로 결정했다.

그들은 "린이는 루난 동부의 교통중추이며 교통이 사면팔방으로 통하며 북쪽, 서북쪽으로 이멍(沂蒙) 산간지역의 여러 도로와 연계되어 있기에 토비군은 이멍 산간 지역의 요충지를 지키려고 할 것이다"[280]라고 여겼다. 또 그들

---

279) 潘振球 편: 『中華民國史事紀要』, 1947년 1—3월, 台北: 國史館, 1996년 11월, 124쪽.

280) "三軍大學"편찬: 『國民革命軍戰役史第五部—「戡亂」』, 第2冊(下), 台北: 『國防部史政編譯局』, 1989년 11월, 205쪽.

은 화동야전군 주력이 산동해방구의 정부소재지인 린이를 고수할 것이라고 여겼다. 때문에 국민당 군은 1월 하순에 "루난결전"을 계획했으며 11개의 재편성한 사단 30개의 여단으로 이루어진 남북 두 갈래의 병단을 집결하여 린이, 멍인(蒙陰)을 향해 양쪽으로 협공하려 했다. 남쪽 부대는 재편성한한 제19군단 군단장 어우전(歐震)이 지휘하는 8개의 재편성한한 사단과 21개 여단이다. 이 부대는 세 갈래로 나뉘어 북상하여 린이를 공격하기로 하고 북쪽 부대는 제1쒜이징 구 부사령관인 리셴저우(李仙洲)가 지휘하는 3개 군단 9개 여단인데 이 부대는 남하하여 라이우, 신타이(新泰), 멍인지역을 향해 돌진했다. 이 밖에 8개의 재편성한 사단은 롱하이, 진푸, 자오지 철도선의 수비임무를 맡고 있었고 허베이 남쪽, 위뻬이에서 4개의 재편성한 사단을 선발하여 산동성 남부지역에 집결시켜 진지루위 야전군이 동쪽으로 전진하여 서쪽으로 후퇴하는 화동야전군의 퇴로를 막으려 했다. 1월 27일 1년 전 기의를 일으킨 하오펑(郝鵬)은 2만여 명의 병사를 거느리고 간위(贛榆)현에서 배신을 했다. 그는 국민당군 루난 쒜이징 지역 사령관 겸 제42집단군 총사령을 맡게 되는데 이 부대는 하이저우 서쪽지역에 진을 치고 양측 부대를 보호하는 임무를 맡았다. 국민당 군대는 몇 개의 정예주력부대를 포함한 수많은 병력을 동원하여 기세 드높게 해방구를 향해 공격을 했다. 국민당 군은 제일 강한 부대를 동원하여 공격을 하는데 짙게 드리운 검은 구름이 모든 것을 삼킬 기세였다.

2월 2일 장제스는 쉬저우에서 쉬저우 쒜이징 관공서 군사회의를 주최했다. 회의에서는 "린이 주력전" 작전방안을 배치했다. 그는 일기에 "공산당 토비들은 루난에서 결전을 할지언정 루난을 포기하려 하지 않을 것"이며 "이렇게 해야만 많은 병력을 집중시켜 섬멸할 수 있다."[281]

화동야전군은 린이 외곽에서 민첩하게 이동하면서 공격을 해 오는 국민당군을 격파하려 했으며 이를 전제로 병력을 배치했다. 쑤위는 『라이우전역에 관한 초보적 총결』에서 이렇게 말했다. "우리 군 주력이 북상하기 전 린이 외곽에서 적들을 궤멸시키려고 계획했으며 린이를 보위할 준비와 배치를 했다. 작전을 준비할 명령을 내리고 린이 및 린이 남쪽 공격을 위한 세 가지 작전 방안을 제기했다." "하지만 적들은 정면으로 억압하고 천천히 포위를 좁혀 우리를 향해 다가오고 있다."[282] 화동야전군 참모장 천스주(陳士榘)는 회고록에 이렇게 기록했다. "공격하는 국민당 군대는 매일 10여 리의 속도로 전진했다." "우리는 4일간 기다렸지만 남부 전선에서 좋은 전투기회를 얻지 못했다."[283]

적을 섬멸할 기회를 만들기 위해 화동야전군은 여러 가지 방법으로 국민당군을 공격했지만 국민당군은 그 자리에서 방어공사를 구축하면서 북쪽의 국민당 부대가 지정된 위치에 도착한 다음 공격을 시작하려고 화동야전군의 계략에 빠지지 않았다. 이허(沂河)와 수허(沭河)는 대략 30~40리 떨어져 있는데 이 지역에만 20개의 연대가 진을 치고 조심스럽게 행동하고 있기에 이들의 병력을 분산시켜 하나씩 섬멸할 방법이 없었다. 심지어 2월 6일과 7일에 화동야전군 제2종대가 동쪽 바이타부(白塔埠) 지역에 있는 정부군 하오펑의 부대를 공격하여 섬멸할 때 기타 국민당 군은 동쪽으로 지원을 나오지 않았을 뿐만 아니라 뒤로 후퇴했다. 이런 상황에서 화동야전군이 국민당 주력이 있는 남쪽의 부대를 향해 공격을 한다면 이 전투는 무의미한 전투일 뿐 국민당군 전부를 섬멸하려는 목적을 이루기는 힘들었다. 이때 북쪽의 국민당군

281) 장제스 일기(친필본), 1947년 2월 10일, 미국 스탠퍼드대학교 후버연구소 소장.

282) 『粟裕軍事文集』 編輯組 편: 『粟裕軍事文集』, 北京: 解放軍出版社, 1989년, 294, 295쪽.

283) 陳士榘: 『天翻地覆三年間一解放戰爭回憶录』, 北京: 中共中央党校出版社, 1995년, 205쪽.

은 신속하게 남쪽으로 내려오면서 2월 4일 라이우와 옌좡(顔庄)을 점령했다.

같은 날 중국공산당 중앙군사위원회에서는 천이 등에게 전보를 보내 이번 전투를 잘 마무리 할 것을 요구하면서 필요하다면 린이를 포기해도 된다고 했다. 전보에는 "몰려오는 적군이 많을수록, 전투가 늦게 시작될수록 유리하다. 당신들이 목적을 위해 서두르지 않고 침착하게 대응하고 린이를 포기할 필요가 있을 때 포기한다면 우리는 승리를 거둘 수 있다"[284]고 썼다. 군사위원회에서는 류보청, 덩샤오핑이 진지루위 야전군을 지휘하여 국민당 제5군단 추칭촨의 부대와 기타 부대가 동쪽으로 이동하여 지원을 할 수 없도록 하라는 전보를 보냈다.

"이때 천이 동지는 남쪽에서 올라오는 적군의 병력이 밀집되어 있어 공격할 기회를 찾지 못하는 상황에서 북쪽으로부터 내려오는 국민당군은 고립된 병력으로 우리의 후방을 위협하고 있다. 우리는 원래의 작전계획을 바꾸어 남쪽의 적군을 공격하는 것을 포기하고 주력을 거느리고 북상하여 우리가 절대적인 우세를 차지하는 병력으로 북쪽으로부터 내려오는 적군을 섬멸하자는 의견을 내놓았다."[285] 적절한 시기에 제기한 큰 변화가 필요한 작전 계획은 중국공산당 중앙군사위원회의 동의를 얻었다.

이 계획을 실행하려면 전군의 실제 의도를 숨기는 것이 제일 중요했다. 어떠한 소식이라도 새어나간다면 홀로 북쪽으로부터 내려오는 국민당군은 신속히 뒤로 물러나게 되며 이 계획은 수포로 돌아가게 된다. 2월 10일 화동야전군은 제2, 제3 종대를 남겨 전체 부대가 아직 제자리에 있는 것처럼 남부전선에서 방어를 하는 척 위장을 하게하고 나머지 주력부대는 세 갈래로 나

---

284) 中共中央文獻研究室, 中國人民解放軍軍事科學院 편: 『毛澤東軍事文集』, 第3卷, 北京: 軍事科學出版社, 中央文獻出版社, 1993년, 653쪽.

285) 粟裕: 『粟裕戰爭回憶錄』, 北京: 解放軍出版社, 1988년, 461쪽.

뉘어 몰래 속력을 다해 북상했다. 동시에 일부분 지방 무장병력을 지휘하여 옌저우(兖州)로 이동하여 운하에 부교(浮橋)를 놓고 황허 연안에서 나룻배를 모아 화동야전군 주력부대가 황허를 건너 서쪽으로 가려고 하는 것처럼 연출하여 국민당군을 헷갈리게 했다.

국민당 당국은 화동야전군의 진짜 의도를 전혀 눈치 채지 못했다. 그들은 그들 상상 속의 '린이결전' 승리를 크게 희망하고 있었다. 중앙통신사에서는 「일주일 전황 종합관찰」이라는 글에서 "루난의 공산당군은 자신들의 끝이 멀지 않음을 알고 있으면서도 마지막 발악을 하고 있다. 1월 31일부터 멍인의 만여 명 병력을 린이로 급히 이동시켜 린이를 지원하게 했다.

동시에 주요병력을 자오좡·탄청(郯城)·린이 사이의 지역에 배치하여 국군의 공격을 막으려 하고 있다. 이번 달 1일부터 국군은 차근차근 앞으로 나가면서 대규모 섬멸전 준비를 완성했다. 반 달 내에 뚜렷한 성과를 가져올 수 있다"[286]고 했다. 그들은 루난 결전의 시기가 되었다고 여겼다. 하지만 현실은 하오바이촌이 훗날에 말한 것처럼 국민당군은 "루난의 주력부대의 진척이 느렸고 국군은 주전장에서 결전은 빈말이 되었고 기타 전장에서 실패를 하게 되어 피동적이 되었다."[287]

2월 15일 화동야전군은 린이를 포기했다. 장제스, 친청 등은 해방군이 결전에 맞설 능력이 없어서 "북쪽으로 달아났다"고 잘못 생각했다. 그들은 린이 외곽에서 공산당군 16개의 여단을 섬멸했다고 성과를 부풀려 선전했으며 두 갈래의 병단에게 급히 협공하라고 독촉했다. 장제스는 당일의 일기에 이렇게 썼다. "이번 전략이 완전한 승리를 거두었다고 할 수 있다."[288]

---

286) 『大公報』, 1947년 2월 5일.
287) 郝柏村: 『郝柏村解讀蔣公日記(1945—1949)』, 台北: 天下遠見出版公司, 2011년 6월, 236쪽.
288) 장제스 일기(친필본), 1947년 2월 15일 『上星期反省录』, 미국 스탠퍼드대학교 후버연구소 소장.

16일에는 의기양양하여 천청, 쉐웨에게 전보를 보냈다. “우리 대군은 오늘 린이를 포위 공격하여 린이를 수복했고 루보청은 도망을 치고 천이는 우리 군의 남북협공에 동쪽은 바다, 서쪽은 호수와 산인 좁은 지역에 몰려있다. 만약 예전처럼 각급 지휘관들과 각 부대의 피로함을 걱정하거나 국부적인 승리에 만족하여 장병들이 계속 추격하는 것을 격려하지 못하면 비록 성을 점령했어도 공산군을 깨끗이 숙청할 수 없다. 만약 이렇게 되면 성공을 눈앞에 두고 실패하게 된다. 각급 부대를 격려하여 소탕을 계속하는 것이 힘든 일이지만 이는 이후의 안일을 위한 것이다.”[289] 2월 17일 국민당중앙통신사 전보문은 다음과 같았다. “루난 전투에서 국군이 린이를 수복하면서 신4군은 토붕와해(土崩瓦解)의 신세가 된 상황이 되었다.”[290] 국민당군 제1쒜이징 군관구 사령관 겸 산동성 정부 주석인 왕야오우는 이렇게 회상했다.

> 해방군 제3야전군(화동야전군을 가리킴)이 린이에서 북쪽으로 이전한 후 친청은 자신이 제3야전군을 격파했다고 전적을 날조하여 병사들의 사기를 높여주려 했다. 그는 나에게 전보를 보내 “우리 군은 수뻬이와 루난에서 적들과 전투를 하여 적군을 많이 궤멸시켰다. 적군의 투지가 해이해지고 탄약이 부족하여 우리 주력부대와 전투를 진행할 능력이 못된다. 천이는 린이를 버리고 주력부대를 거느리고 북쪽으로 도망을 쳤는데 이는 황허를 건너 전투를 피하려는 의도로 보인다. 황허 방어력을 증가한다면 적군이 황허 북쪽으로 도망칠 수 없게 되며 우리는 황허 남쪽 지역에서 적들을 섬멸할 수 있다”고 했다.

---

289) 秦孝儀 총편찬: 『蔣介石大事長編初稿』 卷六(下冊), 台北: 1978년 10월, 392쪽.
290) 『大公報』, 1947년 2월 18일.

> 친청은 날조한 전적을 장제스에게 보냈다. 장제스는 제3야전군이 국민당 주력부대의 공격을 당할 능력이 없다고 여겼기에 제3야전군 천이가 지휘하는 부대를 신타이, 라이우 지역으로 유인하여 궤멸시키려고 했다. 그와 친청은 새로운 작전을 배치했으며 친청이 나에게 전보를 보내 명령을 전달했다. "토비군은 린이 등 지역에서 패한 후 우리 군의 주력부대와 맞설 능력이 없게 되자 북쪽으로 도망쳐서 황허를 건너 우리 군의 공격을 피하려고 계획할 것이다. 사령관은 부대를 라이우와 신타이에 주둔시켜 적을 유인함으로써 적들이 계속 북쪽으로 도주하는 것을 막아야 한다. 우리 군이 적들을 유인한 후 신속하게 증원 부대를 보내 적들을 내외로 협공하여 궤멸시켜야 한다."[291]

하오바이춘은 장제스가 1월에 산동 전투 지휘를 이렇게 분석했다. "장제스가 전투를 지휘할 때 모든 일을 자세하게 지시하는 습관이 있다. '장수가 군에 있으면 경우에 따라 임금의 령을 받지 않을 수도 있다'는 옛말이 있다시피 과도하게 자세한 지시는 최전방의 상황과 부합되지 않을 수도 있지만 전선에서 싸우는 장병들은 장제스의 명령에 줄곧 절대적으로 복종했으니 이런 명령들이 장병들을 난감하게 했다."

"한 달 동안의 군사 발전으로 볼 때 공산당군은 전투를 두려워한 것이 아니라 전투에 더욱 큰 뜻을 보여주었고 전투에 능했다. 1946년 국군은 공산당과 전투를 벌여 공산당 주력부대를 섬멸하려 하였으나 공산당군의 전략은 정면교전을 피하는 것이었으며 이 작전을 성공적으로 집행했다. 1946년에 공

---

291) 王耀武: 「萊▩蔣軍被殲記」, 全國政協文史資料研究委員會 편: 『文史資料選輯』, 第8輯, 北京: 中華書局, 1960년, 120, 121쪽.

산당군은 국군 주력부대와의 정면충돌을 피하기 위하여 리셴녠 부대와 같이 포위를 뚫고 나가거나 수뻬이, 산동성 서쪽으로 철수를 했지만 여전히 일부 병력을 집중시켜 국군의 재편성한 사단급 부대를 공격하여 섬멸했다. 이는 '열 손가락을 다치느니 한 손가락을 버리는 것이 낫다'는 마오쩌동의 전략이다."[292]

산동 북쪽 전선의 상황을 보기로 하자.

당시 제1쉐이징 군관구 부사령관인 리셴저우가 지휘하는 제73군단, 12군단, 46군단 등 세 개 군단이 북쪽에 있었다. 제12군단은 동북군이다. 제12군단 군단장 훠서우이(霍守義)는 자기 부대의 실력을 보존하기 위하여 상급의 지휘를 잘 따르지 않고 격전을 피했다. 제73군단은 후난성에 있던 부대였으며 항일전쟁시기 왕야오우의 지휘를 받았었으며 항일전쟁이 승리한 후 난징으로 가서 난징 외곽 수비임무를 맡고 있었다. 1946년 6월 초, 왕야오우의 요구에 따라 이 부대는 항공으로 쉬저우를 거쳐 지난까지 이동했으며 자오지 철도를 따라 동쪽으로 이동했다.

제73군단은 세 부대 중 제일 핵심 역량이었다. 제46군단은 광시에서 올라온 원 재평선 사단인데 바이충시의 외조카가 이 군단의 사단장이었다. 이 부대는 1946년 8월에 하이난도로부터 배를 타고 칭다오로 왔다. 왕야오우는 지난에 물품을 보급해야 했기에 11월에 자오지 철도를 급히 관통시켜야 했다. 왕야오우는 제46군단이 칭다오에서 서쪽으로 진군하라고 요구했다. 두 부대는 팡쯔(坊子) 부근에서 부대 합류한 후 몇 차례의 작은 전투를 거쳐 자오지 철도를 관통했다. "소규모의 전투를 통해 인민해방군의 장비가 낙후하여 웬

---

292) 郝柏村: 『郝柏村解讀蔣公日記(1945—1949)』, 台北: 天下遠見出版公司, 2011년 6월, 229, 230쪽.

만한 공격을 당하지 못할 것이라고 여겼기에 관병들은 전쟁에 믿음을 가졌다."[293] 남북협공 계획의 빠른 실현하기 위해 해방군 능력을 무시하면서 북쪽 부대는 자오지 철도 우측 밍쉐이(明水)에서 출발하여 투쓰커우(吐絲口)진을 거쳐 남쪽으로 거의 직진해 내려왔다. 이 노선의 지세는 남하하는 국민당 군대에 매우 불리했다. 일찍 국민당 산동성 정부기관의 주임위원인 팡징탕(龐鏡塘)은 "투쓰커우를 거쳐 남하하게 되면 우리 군은 협곡을 지나야 했다.

이렇게 되면 앞뒤로 서로 협동 작전을 할 수 없으며 긴 대오의 앞과 뒤의 상황을 모두 돌볼 수가 없기에 전멸할 수 있다. 때문에 이 노선을 선택하는 것은 하책이다. 적군의 정황을 정확히 이해하지 못하고 경솔하게 이 길을 선택하지 말아야 한다. 헌데 국방부에서 선택한 노선이 바로 이 노선이다."[294] 그는 국민당 중앙 비서장 우톄청(吳鐵城)에게 전보를 보내 친청과 상의하라고 했지만 친청은 그의 건의를 채택하지 않고 원래의 명령대로 집행하라고 제1 쒜이징 군관구에 여러 차례의 전보 명령을 내렸다. 이번 전역이 끝난 후 왕야오우는 전투상보 『전투상보(戰斗詳報)』에 이렇게 썼다.

"산동 중부는 산이 끝없이 이어진 산간 지역이다. 특히 보산(博山), 신타이 동쪽으로부터 이멍에 이르는 지역은 고(崮, 사방이 가파르고 산꼭대기가 비교적 평평한 산)가 많아 지세가 험준하고 도로는 모두 꼬불꼬불한 산길이어서 대군이 움직이기에 특히 불편했다. 그리고 밍쉐이부터 다자이(大寨), 투쓰커우, 보산, 라이우를 거쳐 신타이로 통하는 도로는 토비군이 파괴했고 도로 양측에는 많은 지뢰가 매설되어 있었을 뿐만 아니라 적군들이 매복되어 운

---

293) 楊贊謨: 「國民党桂系第四十六軍在萊芜戰役的覆滅」, 山東省政協文史資料委員會, 萊 芜市政協文史資料委員會 편: 『萊芜戰役紀實』, 北京: 中國文史出版社, 1995년, 205쪽.

294) 龐鏡塘: 「關于萊芜蔣軍被殲記一稿的補充材料」, 全國政協文史資料研究委員會 편: 『文史資料選輯』, 第23輯, 北京: 中華書局, 1962년, 226쪽.

송과 연락이 어려웠다."[295]

하지만 친청의 엄령이 내려졌기에 북쪽의 부대는 여전히 이 노선을 따라 남하하게 된다. 해방군이 린이에서 철수하기 전 제12군단 신편 제36사단 (괴뢰군 개편)은 투쓰커우진에 남아 있고 제73군단은 라이우 동남쪽의 옌좡에 주둔했다. 선두부대인 제46군단은 2월 8일에 신타이를 점령했다. 이렇게 되어 국민당군은 앞뒤를 동시에 돌볼 수 없는 일자형 장사진을 치게 되었다.

비록 해방군이 린이에서 철수한 후 장제스와 친청은 화동야전군이 결전을 당할 수가 없다고 여기고 있었지만 북쪽의 부대를 신속히 남하하여 지원하라고 엄령을 내렸다. 왕야오우는 그들보다 명석했다. 그는 친청이 전적을 확대한 것은 예전에 국민당 군대가 수뻬이와 루난 지역에서 해방군의 한개 사단 혹은 한개 종대를 전멸시켰던 적이 없었기에 격렬한 전투를 하지 않고도 린이를 점령한 것을 자신들의 승리라고 생각한 것이라고 여겼다.

그는 해방군에게 포로로 잡혔다가 도망쳐온 병사한테서 해방군의 사상자가 비록 많지만 새로 보충되어 오는 신병들과 무기도 많으며 병사들의 사기도 높다는 말을 듣고 해방군이 절대로 공격에 대항할 능력이 없는 것이 아니라고 생각했다. 또한 그는 공중정찰을 통해 얻은 정보에 근거하여 해방군이 북쪽으로 움직이는 것을 발견하였다. 때문에 왕야오우는 이튿날 리셴저우부대를 전면적으로 후퇴하라고 결정했다. 리셴저우는 이렇게 회상했다. "(2월) 16일 새벽 4시경, 왕야오우의 전보 명령을 받고 재편성한 제46사단(재편성한 사단은 칭다오에 도착한 후 제46군단의 원래 편호를 회복했다.)을 거느리고 신타이에서 옌좡으로 후퇴했으며 전방의 지휘소와 제73군단(한 개 사단을 빼

---

295) 제1쉐이징구 사령관 왕야오우(王耀武)의 라이우전투 상세보고, 中共山東省党史資料 征集研究委員會, 中共泰安市委党史資料征集委員會, 中共萊芜市委党史資料征集委員會 편: 『萊芜戰役』, 山東: 山東人民出版社, 1986년, 436쪽.

고, 欠一師)는 라이우 지방의 현과 부근으로 이동했다."[296] 전선의 지휘부는 즉각 이전을 시작했다.

하지만 장제스는 화동야전군 주력부대가 서북쪽으로 움직여 황허를 횡단할 것이라고 확신했다. 장제스는 왕야오우가 리셴저우 부대를 북쪽으로 철수하라고 한 것을 알게 되자 즉시 질책했으며 라이우, 신타이를 지키고 부대를 다원커우(大汶口)방향으로 공격하라고 왕야오우에게 명령을 내렸다.

장제스가 왕야오우에게 보낸 전보문은 대략 다음과 같다. "동생 쮜민(佐民, 왕야오우의 자)에게: 토비군은 수뻬이, 루난에서 오랫동안 전투를 해왔기에 심각한 손실을 입었으며 병사들의 사기도 떨어져 있어 지금 우리의 주력부대와 정면으로 전투를 할 능력이 없다. 때문에 이들은 자오지를 지나 북쪽으로 황허를 건너 우리와의 정면전쟁을 피하려고 할 것이다. 토비군들이 북쪽으로 도망가서 숨 쉴 틈을 주지 않기 위하여 적들이 황허 남쪽에 묶어두고 궤멸시켜야 한다. 우리 병사들의 사기를 높이고 이후의 작전에 유리하게 하기 위하여 지시에 따라 신타이, 라이우에 부대를 주둔시켜 좋은 기회를 놓치지 말기를 바란다. 신타이, 라이저우 두 도시에 각 한 개 군단의 병력을 배치하면 적들이 공격하지 못할 것이다.

만약 공격을 한다면 우리의 뜻대로 되는 것이다."[297] 장제스의 엄령 하에 왕야오우는 2월 17일에 신타이를 다시 점령하라는 명령을 제46군단에 내린다. 제73사단도 명령에 따라 다시 옌좡으로 돌아간다. 철수했다 다시 진입하면서 길에서 많은 힘을 뺀 리셴저우 부대 병사들은 너무 피곤해서 원성이 높았다.

---

296) 李仙洲: 「萊芜戰役蔣軍被殲始末」, 中共山東省党史資料征集研究委員會, 中共泰安市 委党史資料征集委員會, 中共萊芜市委党史資料征集委員會 편: 『萊芜戰役』, 濟南: 山東 人民出版社, 1986년, 409쪽.

297) 王耀武: 「萊芜蔣軍被殲記」, 全國政協文史資料研究委員會 편: 『文史資料選輯』, 第 8輯, 北京: 中華書局, 1960년, 121쪽.

이때, 화동야전군 주력부대는 조용히 북상하여 협동공격을 진행할 준비를 거의 마쳤다. 20일 점심, 해방군은 보산 남쪽지역에 매복해 있다가 다음날 동트기 전에 보산을 경유 남하하여 원 위치로 돌아가는 국민당군 제77사단을 전부 섬멸했다. 21일 새벽에는 국민당의 식량, 무기창고인 투쓰커우 진을 포위하여 리셴저우 부대가 북쪽으로 철수하는 도로를 차단했다. 이 모든 것은 국민당군의 예상을 뛰어넘는 일이었다. 장제스는 20일의 일기에 이렇게 썼다. "둥아(東阿), 둥핑(東平), 닝양(宁陽), 원상(汶上)등 지역의 황하 건널목을 폭파시켜 황허를 건너려는 천이, 류보청 부대의 계획을 파탄시켰다."

21일에는 "마위(麻峪), 허둥좡(何東庄)에 주둔하고 있던 일부 대대 병사들이 생포되고 투쓰커우 고지가 토비군에 뚫렸다는 소식을 듣고 위험한 상황이 일어날까 걱정이 앞선다"[298]고 썼다. 허둥지둥해진 왕야오우, 리셴저우는 신타이에서 옌뎬(顔店)으로 철수한 제46군단을 라이우까지 철수하여 제73군단과 합류하라는 명령을 내렸다. 하지만 중앙통신사에서는 이렇게 보도했다. "이명 산간지역서 포위당한 공산당군은 21일 새벽 북쪽 라이우와 라이우 북쪽의 투쓰커우 광산진 쪽으로 달아났는데 지금 퇴로에서 기다리고 있던 국군과 격전을 벌리고 있다." "그들은 북쪽을 공격하여 우리의 포위를 뚫고 나가려 한다."[299]

라이우에는 국민당군 두 개 군단의 병력이 밀집하여 있기에 해방군이 이를 함락하기 어려울 거라고 생각했다. 하지만 라이우의 성벽은 둘레가 작고 성벽이 견고하지도 못했으며 라이우에 주둔하고 있는 병사들이 단결되지 않았다. 북쪽 부대가 사용하는 거의 모든 탄약은 모두 투쓰커우 진에 있었다.

제73군단은 탄약의 소모가 많아 탄약이 얼마 없었고 3일 정도의 식량만

---

298) 장제스 일기(친필본), 1947년 2월 20일, 21일, 미국 스탠퍼드대학교 후버연구소 소장.
299) 『大公報』, 1947년 2월 22일.

남아있었다. 때문에 더 이상 라이우를 지켜내기 힘들었다. 11일 왕야오우는 리셴저우에게 부대를 이끌고 포위를 돌파하라고 명령을 내렸다. 그는 라이우와 투쓰커우사이의 거리가 20리 정도 떨어져 있기에 리셴저우 부대가 "강대한 무력과 공군의 엄호 하에 단거리 전투에서 실패는 있을 수 없는 일"[300]이라고 여겼다. 제46군단 군단장 한롄청(韓練成)은 오래 전부터 중국공산당과 비밀리에 연락을 하고 있었다. 포위를 돌파하기 전 그는 자신의 자리를 지키지 않았기에 국민당 군대는 더욱 혼란에 빠졌다. 23일 이른 아침, 리셴저우는 부대를 거느리고 포위를 돌파하기 시작했다. 병사, 차량, 군수물자는 좁은 도로를 빼곡하게 메웠다. 협소한 도로 위에서 행진하고 있는 부대는 대형을 유지하기도 힘들었으며 병력을 모아 제대로 된 공격을 할 수가 없었다.

오후 1시경, 포위를 뚫고 나가려던 국민당군은 화동야전군이 미리 배치한 포위망에 들어섰다. 좌우양익에 매복하고 있던 해방군은 신속하게 습격을 가했다. 해방군은 국민당군보다 4배나 더 많은 병력으로 포위망을 좁혀오고 있었다. 국민당군의 지휘는 혼란에 빠졌고 군 대오도 흐트러졌기에 짧은 시간에 조직적인 저항능력을 잃었다. 천이는 이렇게 묘사했다. "5만 명의 적군은 길이가 20리 너비가 4~5리 되는 산골짜기의 백사장에 모여 있었다. 우리 군의 포병이 적군 사령관이 탄 노새를 공격하자 놀란 노새들이 울어대고 마구 날뛰었다. 전체 대오는 금세 혼란에 빠졌다. 병사들은 '총을 버리자, 총을 버려! 이날 이때까지 살면서 이런 전투는 처음 해본다!'고 소리치면서 투항했다.

전투는 세 시간도 걸리지 않고 끝났다."[301] 몇 시간의 격전을 거쳐 포위를 돌파하려던 국민당군의 대부대는 전멸하고 리셴저우는 생포되었다. 제73군

---

300) 中國第二歷史檔案館 편: 『中華民國史檔案資料匯編』, 第5輯 第3編, 軍事(二), 南京: 江蘇古籍出版社, 2000년, 279쪽.

301) 中國人民解放軍軍事學院 편: 『陳毅軍事文選』, 北京: 解放軍出版社, 1996년, 426쪽.

단 군단장 한준(韓浚)은 1천여 명의 병사들을 거느리고 투쓰커우진을 수비하고 있는 센36사의 잔여부대와 합류하여 계속 북쪽으로 포위를 뚫고 나가려고 했으나 전멸 당했고 한준도 생포되었다.

제12군단은 엄호임무를 맡고 있었지만 포위를 돌파하는 부대를 놔두고 신속히 뒤로 물러나 지난으로 가버렸다.

상황이 이렇게 변하자 장제스는 어찌할 방법이 없었다. 그는 22일의 일기에는 많은 불만과 원망이 담겨져 있었다. "린이를 수복한 후, 츠슈는 토비군이 황허 북안으로 도망칠 것이라고 여겨 토비군 숙청이 끝났다고 생각했기에 쉬저우로 가서 병가를 내고 휴양을 하고 있었으니 그의 교만한 태도를 알 수 있다. 헌데 천이를 위주로 하는 토비군은 우리 군이 있는 라이우, 투쓰커우 일대를 공격하기 시작했다. 전선에 배치가 채 이루어 지지 않은 상황에서 토비군의 공격을 당하지 못하고 궤멸되었다. 경제, 정치와 외교에도 동시에 변화가 발생하였으니 이처럼 위급한 상황은 종래 없었던 일이었다.

아마 이런 상황을 아슬아슬한 생사존망이라 하는 것이었다." 24일 공군의 정찰에 근거하여 "제73군단과 46사단이 이미 토비부대에게 일망타진되었음을 알게 되었다"는 것을 알았다. 25일 비행기를 타고 지난으로 갔다. 그날의 일기에 이렇게 썼다. "이처럼 큰 실패는 일생동안 겪어 본 적이 없는 참패다." "이번 전역에 참가한 부대 중 2만 명 이상의 병력이 가지고 있던 미국식 무기를 모두 토비군에게 넘겨준 셈이다. 투비군은 우리들의 선진 무기를 포획하여 우리를 공격할 것이다. 토비숙청의 임무는 미완성으로 남게 되었다." "토비군을 숙청은 앞이 보이지 않는 임무가 되었다. 하느님은 언제 전쟁이 싫어 토비군을 평정해주겠는가." "지난 방어 전략을 연구 토론했는데 자오지 노선을 포기하고 지난, 웨이현(■縣) 칭다오 세 곳을 수비하기로 결정했다."[302]

라이우전역은 2월 20일에 시작되어 2월 23일에 끝났다. 3일 동안, 국민당군 제1쉐이징구의 선두지휘부, 두 개 군단과 산하 6개 사단, 제12군 신36사단 대부분을 궤멸시켰다. 이번 전역에서 국민당 군 사상자와 포로병은 5만 6천여 명에 달했다. 이런 결과는 확실히 놀라운 일이었다. 이 소식을 들은 왕야오우도 이렇게 원망했다. "5만여 명이 아무도 모르는 사이에 전부 궤멸되었다.

내가 5만 마리의 돼지를 가져다 놓고 공산당군에게 잡으라고 해도 3일 사이에 다 잡지 못할 것이다!"[303] 이 전역과 남쪽의 자오지 철도선에서 전투에서 해방군은 국민당군 7만여 명을 궤멸시키고 대량의 화포와 자동차를 얻었다. 이번 전역은 전체 국면에 커다란 영향을 주었는데 쑤위는 이렇게 정리했다.

> 라이우전역은 우리 군이 화동의 중요지역에서 적군이 큰 압박을 해오면서 우리와 결전을 하려는 상황에서 진행한 대규모적인 운동 전이다. 우리 총지휘부와 전투에 참가한 지휘관들 모두 깊이 있는 연구를 통해 이번 작전을 계획했다. 모두 최대 병력을 동원하여 전투를 진행했다. 이번 전역은 적의 예상과 달리 3일 내에 신속하게 우리 군의 깔끔한 승리로, 적들의 처참한 실패로 끝났다. 전역이 끝난 후 우리 군은 승전의 성과를 크게 하기 위해 며칠 사이에 자오지 철도선 2백 5십 리의 구간을 통제하고 13개의 현과 수십 개의 마을을 해방시켜 산동 중부지역, 발해, 자오동 빈하이(濱海) 네 개 해방구를 이어 놓았다. 정면전쟁의 승리와 호응

---

302) 장제스 일기(친필본), 1947년 2월 22일 『上星期反省彔』, 24일, 25일, 미국 스탠퍼드대학교 후버연구소 소장.

303) 陳士榘: 『天翻地覆三年間—解放戰爭回憶彔』, 北京: 中共中央党校出版社, 1995년, 112쪽.

> 이라도 하는 듯 우리 군은 쑤중, 옌푸(鹽阜), 화이허 북부, 화이하이(淮海) 등 지역의 적진 후방에서의 투쟁도 좋은 성과를 얻어 우리 군의 전략 형세를 크게 개선시켰다.[304]

당시 국민당군 제3쒜이징구 부사령관인 장커샤(張克俠)는 2월 28일의 일기에 이렇게 썼다. "국공 양측 모두 자신의 전쟁 운명을 변화시키려 했다. 2달도 채 되지 않는 시간에 공산당군은 놀라운 승전율을 기록했다. 공산당군은 여느 전쟁에서 보다 많은 병력을 생포했다. 국군은 병력 상에서 우세에 처하고 있지만 만약 하락세를 막지 못한다면 되돌릴 수 없는 나쁜 결과를 가져오게 된다."[305]

이 전역이 끝난 후 중국공산당 중앙군사위원회는 "3월에 전군은 휴식정돈을 한다. 이후의 전투를 위하여 당신들의 부대는 한 달 동안 휴식 정돈을 한다"[306]는 내용의 전보를 보냈다. 한 달 동안의 휴식을 거친 화동지구 해방군의 실력은 크게 강화되었고 적지 않은 국민당 포로들도 해방군에 가입했다. 화포 등 중형무기를 사용할 줄 아는 기술일군들도 해방군에 가입하면서 총 병력은 1946년 7월의 57만 명으로부터 64만여 명으로 늘어나 12% 증가 되었다. 그중 13만 명의 야전군은 27만 명으로 배가 넘게 증가했다. 장비들도 크게 개선되었다.

산동은 내전의 주전장이기에 산동 전쟁 형세의 변화는 전체 내전에 큰 영향을 미쳤다. 장제스는 한 달 간의 전투를 회고하면서 비탄에 잠겨 2월 28일

---

304) 粟裕: 『粟裕戰爭回憶彔』, 北京: 解放軍出版社, 1988년, 477, 478쪽.

305) 張克俠: 『佩劍將軍張克俠軍中日記』, 北京: 解放軍出版社, 1988년, 328쪽.

306) 중국공산당 중앙군사위원회에서 천라오쑤탄〔陳饒粟譚, 화동군관구 사령관 천이, 정치위원 라오수스(饒漱石), 화동야전군 부사령관 쑤위와 부정치위원인 탄전린〕 에게 보내는 전보문. 1947년 3월 10일.

의 일기에 이렇게 썼다. "비록 군사적으로 린이를 수복하고 산동 서부지역과 허난성 동부지역의 류보청 부대를 격퇴시켰지만 라이우에서의 실패는 제일 큰 손실이며 국군의 치욕이다. 더욱 자오지 노선의 병력을 줄일 수 없기에 이 지역을 고수하는 수밖에 없다."[307] 2월 초의 장제스는 한 달도 안 되는 전쟁의 형세가 이렇게 변할 것을 상상도 못했다. 하오바이춘은 이렇게 평론했다. "73군단과 재편성한 46사단은 라이우, 투쓰커우에서 전멸되어 루난결전은 완전히 실패하여 공산당군을 숙청하려는 계획은 막연하기만 했다."[308]

국민당 측에서 편찬한 전쟁사는 쑤첸 북쪽전역, 루난전역과 라이우전역을 기록하면서 이런 평론을 내렸다. "당시 국군의 병력은 절대 우세였다. 쉬저우 부근에 집결한 병사는 약 80만에 달하고 천이 부대는 40만도 되지 않았으며 국군의 장비는 토비군보다 선진적이고 수량도 우세였다." "애석하게도 국군은 실수가 많아 천이 부대에 기회를 내주었다. 40일 사이에 국군 4개 재편성한 사단, 한 개 쾌속종대와 한 개 군단은 연속 섬멸되었다. 이는 양측 병사들의 사기에 영향을 주었고 이후 작전에 영향을 미쳤다. 때문에 이번 전역은 국공 양측 주전장 승패의 전환점이었다."[309]

화동의 전쟁은 새로운 단계에 들어섰다.

---

307) 장제스 일기(친필본), 1947년 2월 28일 『上月反省录』, 미국 스탠퍼드대학교 후버연구소 소장.

308) 郝柏村: 『郝柏村解讀蔣公日記(1945—1949)』, 台北: 天下遠見出版公司, 2011년 6월, 239쪽.

309) "三軍大學"편찬: 「國民革命軍戰役史第五部—'戡亂'」, 第2冊(下), 台北: 『國防部史政編譯局』, 1989년 11월, 217, 218쪽.

제4장
옌안공격으로부터 멍량구전역까지

제4장
옌안공격으로부터 멍량구전역까지

산동 라이우전역이 결속되어 12일이 지난 후 국민당군 후쭝난 집단은 옌안을 향해 대규모 공격을 개시했다. 산뻬이 형세는 전국 전쟁의 초점이 되었다.

장제스는 주요 공격부대를 산동과 산뻬이에 배치하였다. 이는 양쪽으로 협공을 하려는 전략인가? 그렇지 않았다. 당시 국민당정부 국방부 제3청(작전주관부문) 청장인 궈루궤이(郭汝瑰)은 이렇게 말했다. "장제스가 공격중심을 산동과 산시에 둔 것은 양쪽으로 협동포위공격을 하려는 의도가 아닐까 하는데 사실 그는 높은 군사적 지략을 가지고 있지 않았다."[310] 주의해야 할 것은 이 결론은 장제스와 가까이 있는 사람이 그의 작전 지휘능력을 관찰한 후 얻은 결론이라는 것이다. 장제스의 군사 지휘상의 약점은 바로 전략을 제정할 때 전반적이고 항구적인 고려가 부족했다. 그는 예견성이 약하며 눈앞의 움직임만 보고 중대한 결정을 내려 이는 상당히 주관적이고 피동적이다.

때론 전략적 의견들을 제기하지만 사실을 제대로 분석하지 않고 형세발전의 여러 가능성을 냉정하게 예측하지 못했다. 때문에 예상치 못한 뜻밖의 상황이 벌어지면 당황해서 어찌할 바 몰라 눈에 보이는 문제만 해결하려 했다. 때문에 원래 계획은 모두 파탄되고 말았다. 더욱 심각한 것은 그가 이해하고

---

310) 郭汝瑰: 『郭汝瑰回憶彔』, 成都: 四川人民出版社, 1987년, 244쪽.

있는 정황이 실제 상황과 큰 차이가 있는 것이다. 왕야오우는 이렇게 평론했다. "위원장을 만나는 사람들은 모두 위원장이 듣기 좋아하는 말들만 골라 했다."[311] 때문에 이러저러한 문제들이 나타나게 되었다.

후쫑난은 황푸군관학교 제1기 학생인데 장제스가 제일 믿고 중용하는 사람 중의 한 명이었다. 그는 장제스에 대단히 충성했으며 야심만만하고 큰일만 하려하고 정치 계략도 가지고 있었다. 그가 통솔하는 제1군단은 황푸군관학교를 바탕으로 일어선 직계부대로써 우수한 장비들로 무장되어 있고 '천하제1군단'이라는 이름을 가지고 있었다. 항일전쟁시기 그는 송후(淞滬)방어전 외에 별로 큰 전투를 치러보지 못했지만 누구보다 승진이 빨랐다. 그는 제1군단 군단장으로부터 제17군단 군단장, 제34집단군 총사령, 제8작전구역 부사령관을 거쳐 제1작전구역 사령관으로 승진했다. 그는 오랜 시간 중병을 거느리고 중국공산당중앙의 소재지인 산간닝변구를 포위봉쇄하고 있었다.

하지만 계속 후방에 있었기에 아무리 많은 병력과 좋은 무기를 가지고 있어도 실제 작전경험이 적었고 병사들 전투력도 거의 없었다. 항일전쟁이 승리 한 후 그는 시안쒜이징 주임 직을 맡았으며 45만 명의 부대를 이끌고 여전히 산간닝변구를 포위 봉쇄하는 임무를 맡고 있었다. 이 부대는 내전을 발동하는 장제스의 총 예비군이다. 이 예비군이 어느 한 전투에 참가하여 지원한다면 적지 않은 영향을 초래하게 된다.

전면 내전이 폭발한 후 후쫑난은 옌안을 돌연 습격할 것을 장제스에게 여러 번 건의 했다. 1946년 5월 18일, 후쫑난은 모조리 궤멸시키는 방식으로 옌안을 습격할 『산뻬이공략 작전계획』을 제기했고 같은 해 10월 중순에 다시 한 번 작전계획을 제기하여 11월에 옌안을 습격하여 산뻬이를 점령하자고 했

---

311) 徐永昌: 『徐永昌日記』, 第8冊, 台北: "中央研究院"近代史研究所, 1990년 6월 영인본, 215쪽.

다. 장제스는 후쭝난의 건의에 잠시 미루라는 전보를 보냈다. 11월 22일, 후쭝난은 난징에 가서 장제스를 만났다. 그는 그날의 일기에 이렇게 썼다. "위원장은 지금 옌안을 공격하는 것을 찬성하지 않고 산시 다통(大同)부터 푸저우진(蒲州鎭)까지의 노선을 공고히 한 다음 창즈를 함락하여 류보청 군대를 협공하여 공산군 주력부대를 궤멸시키는 것을 주요목표로 하고 있다.

밥을 먹은 후 천청총장과 옌안문제를 토론했다. 옌안을 공격할 시간은 열흘뿐이다. 만약 열흘이 지나면 날씨가 추워져서 전쟁을 하기 힘들다. 공산당군이 위린(楡林)을 점령하면 옌안을 공격할 수 없게 된다. 위원장께서는 이미 옌안을 공격하지 않는다고 결정했다고 하셨다."[312] 그렇다면 장제스는 왜 후쭝난이 옌안을 습격하는 것을 잠시 뒤로 미루라고 했는가? 당시 후쭝난의 기요비서를 맡았던 중국공산당지하당원인 슝샹훼이(熊向暉)는 이렇게 분석했다.

"후쭝난이 항일전쟁시기에 별로 눈에 뜨이는 성과를 얻지 못했기에 산뻬이를 점령하여 자신의 명성을 높이려 했다.

장제스는 산뻬이를 점령해도 군사적으로 큰 의미가 없으며 정치적으로도 아직 때가 아니라고 여겨 잠시 대기하라고 명령했다."[313]

그렇다면 장제스는 왜 지금에 와서 옌안을 습격하려는 것인가? 옌안 기습은 매우 급히 결정되었다. 후쭝난의 일기에서 이 점을 알 수 있다. 그는 2월 26일의 일기에 이렇게 썼다. "위원장님은 내일 즉시 난징에 오라는 전보를 보내왔다. 회답: 28일에 난징에 도착. 난징 전: 허락." 28일, 후쭝난는 난징에 도착했다. 후쭝난은 장제스가 "산뻬이를 공격하려는데 자신이 있는가 묻자 자신이 있다고 답했다." "문: 작전방안을 가지고 왔는가? 답: 아니오." "천청 총장 및 국방부와 연구하라." 3월 1일 그는 참모장 류웨이장(劉爲章)의 사무실

312) 胡宗南: 『胡宗南先生日記』(上), 台北: 國史館, 2015년 7월, 600쪽.
313) 熊向暉: 『歷史的注脚—回憶毛澤東, 周恩來及四老帥』, 北京: 中共中央党校出版社, 1995년, 95쪽.

에서 "옌안 공격계획을 연구했다."[314]

이렇게 촉박하게 옌안을 공격할 결정을 내린 것은 미국, 소련, 영국, 프랑스 네 개국 외교부장관 회의가 1947년 3월 10일에 모스크바에서 열리게 되는 장제스는 미국, 소련이 이 회의에서 중국의 문제를 토론하려고 한다는 소식을 들었기 때문이다. 그 전 1945년 12월 16일부터 27일까지 열린 미국, 소련, 영국 세 개국 외교부 장관이 참가한 모스크바회의의 『성명』에는 "세 개국 외교부장관은 중국의 국세에 대해 의견을 교환했다. 그들은 반드시 국민정부의 영도 하에 단결되고 민주적인 중국을 건립해야 하며 국민정부의 모든 부문에 민주인사들의 참여가 있어야 하며 내전을 중단해야 한다고 입을 모았다. 그들은 중국 내정에 간섭하지 않는다는 정책을 성실히 지킬 것이라고 했다."[315] 이 성명은 국민당정부의 내전 정책에 일정한 견제작용을 하여 국공정전협정의 체결과 정치협상회의 개최를 성사시켰다. 장제스는 제2차 모스크바회의에서 비슷한 상황(평화중재)이 일어 날까봐 회의기간에 먼저 옌안을 점령하여 모스크바회의에서 중국 관련 결의를 담론할 수 있는 기회를 없애 버려 회의가 중국의 내부 정치형세에 영향을 주지 못하게 하려 했다. 때문에 하루빨리 옌안을 점령하려 했다. 그는 3월 2일의 일기에 이렇게 썼다.

"어제 저녁 …… 쭝난, 웨이장(爲章)과 옌안 수복 계획에 대해 연구토론을 하였다. 옌안 수복 계획을 적극 실시하기로 결정했다. 지금 행하는 것은 정치적 책략과 외교에도 큰 의미가 있다."[316] 류웨이장도 "세 개국 외교부장관회의에서 중국의 문제를 간섭하려 할 것이다. 만약 한 번에 붕괴시키면 소련에서

---

314) 胡宗南: 『胡宗南先生日記』(上), 台北: 國史館, 2015년 7월, 628, 630, 632쪽.

315) 四川大學馬列主義教研究室卓兆恒 等 편: 『停戰談判資料』, 成都: 四川人民出版社, 1981년, 316쪽.

316) 장제스 일기(친필본), 1947년 3월 2일, 미국 스탠퍼드대학교 후버연구소 소장.

도 어찌할 방법이 없을 것이다."[317] 이로부터 장제스가 옌안을 공격하려고 결정한 것은 '외교'와 큰 관련이 있음을 알 수 있다.

미국 주중대사 John Leighton Stuart는 3월 23일에 조지 마셜 국무장관에게 보내는 전보에서 이렇게 분석했다. "정부는 분명히 이번 달에 옌안을 점령하려 한다. 그 원인은 2월 16일 위원장의 연설에서 정부는 지금 지위를 공고이하고 역량을 집중시켜 교통노선을 관통한다고 표명하였기 때문이다." "또한 러시아에서 중국의 다롄(大連)과 루순(旅順)을 점령하려는 방침의 전환과 몰로포르(Molotov)가 모스크바회의에서 제기한 건의 때문에 중앙정부는 러시아를 의심했다. 중앙정부에서는 러시아가 다른 행동을 계획하거나 다른 방법으로 회의에서 옌안을 인정할까 두려웠다. 때문에 옌안을 점령하여 러시아의 계획을 무산시키려 했다."[318] John Leighton Stuart의 전보문에서 장제스가 옌안을 공격하려는 계획의 다급함을 알 수 있고 옌안 공격이 '외교'적 원인이라는 것을 알 수 있다.

후중난은 난징으로 갈 때 그의 참모장 성원(盛文)과 함께 갔다. 성원은 이렇게 회상했다.

> 장 주석(장제스)은 후 장관과 나를 난징에 불렀다. 그는 처음으로 옌안을 공격하겠다고 했다. 옌안은 공산당의 수도이고 공산당 수뇌부가 있는 중심이다. 장 주석은 "옌안을 함락할 수 있는가?"라고 물었다.
>
> 당시 3명이 참가한 회의에서 후장관은 "자네 보기에는 어떤가? 옌

---

317) 胡宗南: 『胡宗南先生日記』(上), 台北: 國史館, 2015년 7월, 632쪽.

318) 〔美〕 肯尼斯 雷, 約翰 布魯爾 編, 尤存, 牛軍 역: 『被遺忘的大使司徒雷登駐華報告』, 南京: 江蘇人民出版社, 1990년, 70, 71쪽.

안을 함락할 수 있겠는가?"고 물었다. 나는 "물론입니다. 공격할 능력이 있습니다!"고 했다. 주석은 "당신이 구체적인 계획을 세우시오. 다른 사람의 손을 빌리지 말고 절대적인 비밀로 진행해야 하며 완성되면 나한테 보여주시오"라고 했다. 옌안을 공격하는 계획은 장 주석, 나와 후 장관 셋만 알고 있는 일이며 국방부에서도 전혀 몰랐다.[319]

후쫑난은 슝샹훼에게 급히 난징에 오라고 했다. 그는 군사적으로 공격하고 정치적으로도 공격을 하려 했다. 그는 산뻬이 민중들에게 알리는 글을 통해 시정(施政)강령을 제기하려 했다. 3월 2일 장제스가 '적극적'으로 옌안을 공격하려고 결정을 내린 이튿날, 슝샹훼이는 난징에 도착했다. 후쫑난은 성원에게 상황을 슝샹훼이한테 설명하라고 했다. 슝샹훼이는 이렇게 회고했다.

성원은 그저께(2월 28일) 총재(장제스)께서는 후선생을 급히 난징으로 불렀다. 후선생은 나도 데리고 왔다. 그날 오후 총재는 우리를 불렀다. 총재는 미국과 소련, 영국, 프랑스 4개국 외교부 장관들은 3월 10일에 모스크바에서 회의를 열기로 했다고 하면서 이미 얻은 확실한 정보에 의하면 조지 마셜과 Molotov가 중국문제를 다시 꺼내 논의하려 하고 있다고 했다. 총재는 즉각 후 선생에게 명령을 내려 공산당의 소굴인 옌안을 공격하라고 했으며 3월 10일에 4개국 외교부 장관회의가 열리는 날 공격을 시작하기로 했다. 외교 교섭은 외교부에서 맡아했다. 총재는 우리가 공산당을

---

319) 張朋國, 林泉, 張俊宏 방문, 張俊宏 記彔: 『盛文先生訪問記彔』, 台北: "中央研究院"近代史研究所, 1989년 6월, 65, 66쪽.

숙청하되 여전히 "30%는 군사적으로 70%으로는 정치적"으로 해결해야 한다고 했다. 후 선생은 그 즉시 당신을 떠올렸으며 당신을 오라고 한 것이다.[320]

장제스가 이 작전계획을 승낙한 후 후쭝난은 재편성한 제1군단 둥자오(董釗)부대(**재편성한 군단은 원래의 집단군단의 규모**)와 중박격포 대대를 밤새 진난에서 산간닝변구의 남쪽지역인 이촨(宜川) 일대로 이동하여 집결시켰고 재편성한 제29군단 류칸(劉戡)부대는 전투차량 중포부대와 함께 룽둥(隴東)에서 뤄촨(洛川) 일대로 이동하여 동서 양쪽으로 산간닝변구의 주력을 향해 정면공격을 진행하기로 했다. 기타 부대들까지 합치면 총 20개 여단, 17만 명이 정면공격에 가담했고 서쪽, 북쪽의 마부팡(馬步芳), 마훙쿼이(馬鴻逵), 덩바오산(鄧宝珊) 부대까지 더하면 총 34개 여단, 25만 명이 이번 전투에 참여했다. 국민당 군은 상하이, 쉬저우, 시안 등 지역에서도 94대의 비행기를 이동 집결시켜 윤번으로 옌안에 폭탄을 투하했다. "3~6개월 사이에 산뻬이의 문제를 해결하고 중국공산당 중앙과 해방군을 서북에서 쫓아내려 했다."[321] 인

민해방군을 서북에서 쫓아낸다면 총 예비부대인 후쭝난 집단은 중원 혹은 화북의 전쟁을 지원할 시간이 있게 되어 인민해방군을 하나씩 섬멸하려는 목적을 이룰 수 있다. 펑더화이(彭德怀)는 이렇게 분석했다. 장제스는 "압도적으로 우세인 병력으로 산간닝변구에 있는 우리 군을 섬멸하고 우리 군과 우리 당 중앙, 해방군 총부를 황허 동쪽으로 후퇴하게 압박을 한 후 우딩허(无

---

320) 熊向暉: 『歷史的注脚—回憶毛澤東, 周恩來及四老帥』, 北京: 中共中央党校出版社, 1995년, 100, 101쪽.

321) 任子勛: 「国民党军进犯陕甘宁边区初期的失败」, 全国政协, 陕西省政协, 甘肃省政协, 青 海省政协, 宁夏自治区政协, 新疆自治区政协文史办公室 合编: 『解放战争中的西北战场— 原国民党将领的回忆』, 北京: 中国文史出版社, 1992년, 110쪽.

定河), 황허를 따라 봉쇄하려 했다."[322]

처음에는 3월 10일에 총공격을 진행하기로 했는데 14일로 연기했다. 공격 날짜를 연기한 원인은 무엇인가? 성원은 이렇게 회상했다. "본래는 3월 10일에 공격을 하려 했는데 9일 이른 아침 주석의 전화를 받았다. 미국 대사 Patrick Jay Hurley가 옌안을 방문하고 있기에 10일에 공격하지 말고 Patrick Jay Hurley가 떠난 다음 다시 공격하라고 했다. 때문에 우리는 13일에 Patrick Jay Hurley가 떠난 후인 14일에 공격하기로 했다."[323] 성원의 회상은 사실과 조금 달랐다. 사실 Patrick Jay Hurley은 이미 미국으로 돌아간 후였고 당시의 미국대사는 레이턴 스튜어트였다. 공격을 미룬 주요한 원인은 옌안에 있는 주중미군 관찰팀이 아직 철수하지 않았기에 그들이 12일에 철수를 한 후 공격을 하기 위해서였다. 하지만 3월 13일의 일기에 장제스는 이렇게 썼다.

"오늘 옌안에 폭격을 하고 내일 육군에게 숙청을 하라고 명령했다." 하지만 15일의 "지난 주 반성록"에는 "14일부터 토비군을 향해 공격하기 시작했다"[324]고 썼다.

국민당 군대는 옌안을 향해 공격을 개시한 것을 비밀로 하고 밖으로 소문을 내지 않았다. 모스크바회의에서 중국 관련 토론을 의사일정으로 할 것인가를 토론할 즈음인 3월 17일에야 중앙통신사에서는 "산뻬이 16일 소식에 의하면 공산군은 서쪽 푸현(鄜縣)북쪽으로부터 동쪽 옌안 남쪽의 린전진(린전鎭)에 이르는 구간에서 전면공격을 시작한다. 우리 국군은 온 힘을 다해 굳게 지키고 있다"고 보도했다. 이튿날, 중앙통신사에서는 "옌안의 중국공산당

---

322) 彭德怀: 『彭德怀自述』, 北京: 人民出版社, 1981년, 243쪽.

323) 張朋國, 林泉, 張俊宏 방문, 張俊宏 記条: 『盛文先生訪問記条』, 台北: 中央研究院近代史研究所, 1989년 6월, 70쪽.

324) 장제스 일기(친필본), 1947년 3월 13일, 15일 『上星期反省条』, 미국 스탠퍼드대학교 후버연구소 소장.

은 연일 10만 명의 병력을 추가하여 옌안을 보위하기로 하고 정예부대를 시안에 보내 후쫑난 부대를 궤멸시키려 한다고 보도했다. 11일부터 뤄촨 중부 및 북쪽지역에서 먼저 전쟁이 일어났는데 자신의 진영을 지키고 있던 국군은 여러 차례 위험에 빠졌다"[325]고 보도했다. 이와 같이 황당한 사실과 다른 보도를 믿는 사람들이 별로 없었다.

옌안을 공격하는 후쫑난 부대를 어떻게 대응할 것인가? 중국공산당 중앙은 줄곧 긴장하며 준비해 왔다. 양측 병력의 현저한 차이 때문에 옌안을 사수한다는 것은 어림없는 일이었다. 후쫑난 부대의 공격에 맞설 수 있는 방법은 이동을 하면서 부단히 대방의 병력을 타격하는 것이었다. 1946년 11월, 후쫑난이 옌안을 돌연습격하려고 계획할 때 중국공산당 중앙에서는 옌안에 있는 대부분의 중앙기관 사업일군들과 가족들을 와야오바오(瓦窯堡)쪽으로 대피시켰으며 필요할 경우 옌안을 포기할 준비도 했다. 하지만 4개월이 지나도 별 다른 동정이 없고 마침 중국 음력설이 다가오자 일부 사람들은 산만한 정서가 나타나기 시작했다. 와야오바오로 대피하였던 기관사업일군과 가족 천여 명은 옌안으로 돌아왔다.[326]

후쫑난 부대의 옌안 공격은 갑작스러웠다. 중국공산당중앙은 1947년 3월 초에야 정확한 정보를 얻었다. 중앙군사위원회에서는 즉각 당시 형세를 분석한 후 적극적으로 방어를 하여 장제스 직계부대인 후쫑난 집단과 서북에 있는 예비부대를 서북지역에 견제해 놓으면 기타 전역의 전투에 유리하다고 판단했다. 시종쉰(習仲勛), 왕이전이 편한 『중국인민해방군 제1야전군 전쟁사』에는 이렇게 적혀있다.

---

325) 『大公報』, 1947년 3월 18日, 19일.

326) 楊尚昆: 『楊尚昆回憶彔』, 北京: 中央文獻出版社, 2001년, 235쪽.

3월 11일 중앙군사위원회에서는 당시의 형세를 추가 분석을 통해 후쫑난 집단의 대규모적 공격이 시작될 것이라 여겼다. 적의 병력이 우리보다 몇 배인 상황에서 우리 군은 적의 공격에 정면으로 맞공격을 한다면 매우 불리한 상황에 처하게 된다고 여겼다. 동시에 우리 군이 산뻬이에서 전투를 하는 목적은 후쫑난 집단을 산뻬이에 묶어 두려는 것이지 옌안을 지키는 것이 아니다. 또한 적군이 산뻬이에 들어서면 다시 빠져나가기 힘들 것이라고 판단했다. 이 분석을 통해 중국공산당 중앙, 중앙군사위원회에서는 주동적으로 옌안을 포기하려는 중요한 결단을 내렸다. 산뻬이 우리 군의 기본적인 작전계획은 이러했다. 적을 깊이 유인하며 필요한 시기에 옌안을 포기하고 옌안 북쪽의 산간 지역에서 적들의 식량이 부족할 때까지 유격전을 진행하여 적들을 곤경에 빠뜨린 후 유리한 시기에 병력을 집중시켜 우세적인 병력으로 이동작전을 통해 순차적으로 적들을 섬멸한다.[327]

주도적으로 연안을 포기한다는 것은 아무런 저항 없이 옌안을 포기한다는 뜻이 아니었다. 정치적인 영향을 위해서나 중앙기관의 안전한 대피와 군중들의 대피를 위한 시간을 얻기 위해 옌안의 남쪽 지역에서 완강히 저항을 하면서 남쪽에서 공격해 오는 후쫑난 부대와 격전을 치러야 했다. 하지만 이는 절대로 쉬운 일이 아니었다. 당시 옌안 부근에 있던 병력은 얼마 되지 않았다. 장종순(張宗遜), 시종쉰이 제1종대와 신편 제4여단, 경비 제3여단의 1만여 명의 병력을 인솔하여 룽둥지역에서 마부팡, 랴오앙(廖昂)의 국민당군 5

327) 第一野戰軍戰史編審委員會 편: 『中國人民解放軍第一野戰軍戰史』, 北京: 解放軍出版社, 1995년, 43쪽.

개의 여단과 전투를 한 후 3월 7일에 동쪽으로부터 옌안으로 돌아오기 시작했다.

왕전의 제1종대는 산시 샤오이(孝義) 지역에서 활동하고 있었다. 정면으로 저항을 할 부대라고는 교도여단과 두개의 연대 총 5천여 명뿐이었다. 이와 반면 최전방에 배치된 후쭝난의 공격부대는 12개의 여단 8만여 명이었다. 두 부대는 1:15의 병력 차이를 가지고 있었다. 전투는 동서로 100여 리, 길이 70~80여 리의 지역에서 진행되었으니 전투의 어려움은 말하지 않아도 알 수 있었다.

3월 10일 중앙군사위원회 부주석 겸 총참모장인 펑더화이는 전선에서 부대와 진지를 시찰한 후 교도여단 여단장 겸 정치위원인 뤄위안파(羅元發)에게 "당신들의 보유하고 있는 탄약의 상황은 어떠한가?"하고 물었다. 뤄위안파는 "탄약이 별로 없습니다. 병사 평균 10발의 탄약만 있을 뿐입니다"라고 대답했다. 펑더화이는 "당신들은 모든 방법을 다해 일주일을 버텨야 한다.

당신들이 하루라도 더 버티면 중앙기관과 옌안의 인민들은 안전한 곳으로 이동할 시간을 벌게 된다"고 했다. 그는 "나의 뜻은 당신들이 필사적으로 정면 전투를 하라는 것이 아니라 능동적으로 방어를 하면서 민첩하게 이동하며 적들의 공격을 막아 많은 수의 적들을 궤멸시켜 시간을 끌어 중앙기관과 옌안인민들의 안전한 대피를 보장하라는 것이다."[328]

3월 13일 "장제스의 비행기는 정확하게 미군 관찰팀이 철수 한 뒤 7시간 후에 옌안을 향해 폭격을 개시했다."[329] 14일 오전 4시, 후쭝난 부대는 맹렬한 지면공격을 시작했다. 지면부대의 작전을 위하여 국민당 정부는 공군 94대의 비행기를 소집하여 옌안과 옌안 부근 지역에 59톤에 달하는 폭탄을 투하했

---

328) 羅元發: 『戰斗在大西北』, 烏魯木齊: 新疆人民出版社, 1983년, 12, 13쪽.

329) 新華通訊社 편: 『新華社評論集(1945—1950)』, 北京: 新華通訊社, 1960년 7월, 140쪽.

다. 방어병단은 산간 지역의 지형을 숙지하고 있었다. 이들은 이미 건설해 놓은 방어공사에 의거하여 도처에 지뢰를 묻었고 현지 민병들과 연합하여 공격하는 적들을 완강하게 무찔렀다. 침범하는 국민당군은 예상치 못한 강한 저항을 받았고 5천 2백여 명의 사상자가 발생했다.

"3일내에 옌안을 점령"하려는 후쫑난의 원래 계획은 무산되었다. 해방군에는 약 7백 명의 사상자가 발생했다. 16일, 중앙군사위원회에서는 이튿날부터 변구의 모든 부대는 펑더화이, 시종쉰의 지휘를 받는다는 명령을 발표했다.

인민해방군 총참모장 직무는 중앙군사위원회 부주석인 저우언라이가 대신 겸했다. 뒤이어 서북야전병단이 정식으로 성립되었다. 펑더화이가 조직한 사령부는 매우 유능한 지휘조직이었다. 그는 자신의 『펑더화이자서전』에 이렇게 썼다. "군사위원회에서 나온 후 서북국의 장원저우(張文舟)동지를 참모장으로 임명했다. 나는 두개의 수동 무선 통신기를 준비했고 몇 명의 참모, 통신암호 역원을 집결하여 50~60명으로 이루어진 작은 사령부를 편성했다."[330] 18일, 중국공산당 중앙기관과 옌안군중들은 예정된 지역으로 대피했다. 해질 무렵, 마오쩌동, 저우언라이도 옌안을 떠났다. 그날 밤, 펑더화이는 적들의 공격을 향한 반격임무를 완성하였으니 부대는 당일 22시에 칭화볜(靑化砭) 동쪽에 은폐하라고 교도여단에 통지했다. 19일 오전, 변구 부대는 모두 옌안에서 철거했다. 당일 오후 후쫑난 부대는 옌안에 진입하였지만 이들을 맞이한 것은 사람하나 없이 텅 빈 도시였다.

옌안에서 철거하기 전 마오쩌동은 중국공산당 중앙은 동쪽으로 이동하여 황허를 건너지 않고 여전히 산뻬이에 남아 있으라는 중요한 결정을 내렸다. 16일 그는 옌안에 온 신4여단 부여단장인 청웨창(程悅長)과 연대장 위안쉐카

---

330) 彭德怀: 『彭德怀自述』, 北京: 人民出版社, 1981년, 245쪽.

이(袁學凱)와 이렇게 말했다.

> 여러 곳에서 전보를 보내 나에게 빠른 시일 안에 황허를 건너라고 한다. 물론 황허를 건너게 되면 중앙은 상대적으로 안전하게 되고 전국의 전투를 지휘하기 쉽다. 하지만 나의 생각은 다르다.
> 첫째, 우리는 10여 년간 평화적인 옌안에 있었다. 지금 이 지역에 전쟁이 일어났다고 자리를 뜬다면 산뻬이의 백성들을 다시 볼 면목이 없다. 나는 산뻬이의 백성들과 함께 후쫑난의 부대를 물리치려한다. 후쫑난의 부대를 물리치지 못한다면 황허를 건너는 일은 없을 것이다.
> 둘째, 산뻬이를 떠나지 않으려 하는 다른 원인이 있다. 후쫑난은 20여만 명의 병력을 가지고 있고 우리는 겨우 2만 명의 병력뿐이니 수량 비는 10:1에 달한다. 이런 병력의 차이는 기타 전지보다는 현저하지 않다. 당내에서 내가 군사를 책임지고 있는데 내가 산뻬이를 지키지 않는다면 누가 산뻬이를 지키겠는가? 몇 개 해방구는 금방 주도권을 얻은 상황이다. 만약 내가 산뻬이에 남아 있게 되면 장제스는 경솔하게 후쫑난의 부대를 다른 전지로 이동시키지 못할 것이다. 내가 "서북의 왕"을 산뻬이에 묶어 둔다면 기타 전지의 압력을 줄여주는 것이다.[331]

옌안에서 철수한 후 며칠이 지나 중국공산당 중앙은 칭젠현(칭젠縣)의 짜오린거우(棗林溝)에서 정치국 확대회의를 열고 마오쩌동, 저우언라이, 런비스가 중국공산당 중앙기관과 인민해방군 본부를 거느리고 계속 산뻬이에 남아

331) 李銀橋: 『在毛澤東身邊十五年』, 石家庄: 河北人民出版社, 1991년, 8쪽.

전국 각 전쟁구역의 전투를 지휘한다고 정식으로 결정했다. 또한 류사오치, 주더 등으로 이루어진 중앙사업위원회에서는 화북으로 가서 중앙의 위탁을 받고 사업을 진행한다고 결정했다. 마오쩌동과 중국공산당 중앙이 산뻬이에 남아 있게 되면서 후쫑난 집단의 병력을 확실하게 산뻬이에 묶어 두어 기타 전지를 지원할 수 없게 만들었다.

이것은 전쟁의 전 국면에 중대한 영향을 미친 결정이었다.

옌안을 함락하자 장제스나 후쫑난 모두 큰 승리를 거두었다고 여기고 여간 기뻐하지 않았다. 장제스는 3월 19일의 일기에 "오늘 10시 반에 국군은 옌안 시내를 함락했다. 11년간 나라와 백성들에게 재앙을 가져다 준 토비군의 소굴은 하루아침에 무너졌다. 나라와 당의 치욕은 이제 반은 씻어낸 셈이다.

이렇게 되어 관내의 토비들은 더 이상 기댈 곳이 없게 되었다. 전략적, 정치적인 근거지는 깨끗하게 사라졌다. 중화를 보우해주신 하느님 은혜가 있기에 우리는 역전승을 할 수 있었다."고 썼다. 여느 때보다 잘난 척하는 장제스는 진짜로 "역전승"을 했다고 착각했다.[332]

참모총장 친청은 3월 20일의 기자회견에서 옌안을 함락한 과정에 대해 보고했다. 이번 보고에서 그는 공산당군이 "전면적으로 침범"이라는 단어뿐만 아니라 공산당군이 "정예부대를 남쪽으로 파견하여 서남쪽의 후쫑난 부대를 궤멸"시키려 한다는 등의 글도 사용하지 않았다.

그는 공산당의 여러 가지 역사적 "죄목"들을 나열한 후 "이런 상황에서 정부는 절대로 공산당의 만행을 수용할 수 없으며 군사적 제재 외에 다른 방법이 없다.

---

332) 장제스 일기(친필본), 1947년 3월 19일, 미국 스탠퍼드대학교 후버연구소 소장.

옌안은 공산군이 호령질하던 중심지역이기에 먼저 이 지역을 점령해야 했다. 공격은 14일에 시작되었으며 19일 오전 10시에 옌안을 수복했다"고 했다. 이어서 그는 이렇게 말했다. "연안보위작전에 참여한 병력은 16만이 넘었다.

이렇게 방대한 병력을 '대연안 보위전'에 투입하여 우리의 공격을 막으려 하였지만 5일이 지나 옌안을 우리에게 내주고 말았다. 이로부터 우리는 쇠약해질 대로 쇠약해진 공산군의 전투력을 알 수 있다." 기자와 친청의 대화를 보기로 하자. "기자 질문: 지금 공상군의 본부는 어디에 있는가? 친청 답: 패전한 후 옌안 동북쪽으로 후퇴했는데 구체적인 지역은 아직 모른다. 아마 산시성 서북부로 갔을 것이다." "기자 질문: 생포된 포로 중에 중요인물이 있는가? 친청 답: 아직 구체적인 보고를 받지 못했다." "기자 질문: 옌안을 함락하면서 전쟁을 얼마동안 앞당겨 끝낼 수 있는가? 친청 답: 예측할 수 없지만 틀림없이 앞당기게 된다."[333] 시안 쒜이징 관공서 부주임 겸 옌안 지휘소 주임인 페이창훼이(裴昌會)는 이렇게 썼다.

> 후쫑난 부대가 옌안을 침범하기 전 인민해방군은 적들을 깊이 유인하기 위하여 중공중앙과 변구정부를 옌안으로부터 철수시키는 한편 단단한 방어시설들을 구축하고 백성들과 물자들을 옮겨 옌안을 텅 빈 도시로 만들었다. 하지만 둥자오의 전보를 받은 후쫑난은 재편성한 제1여단이 옌안에 들어간 후 뤄촨 지휘소 참모들을 독촉하여 전투 상황을 날조하여 보도하라고 했다. 그는 "밤낮 7일간의 격전을 거쳐 재편성한 제1여단은 19일 이른 아침에 옌안을 점령하고 약 5만 여명의 공산군을 생포했고 수많은 탄약들을

333) 『大公報』, 1947년 3월 21일.

포획했다. 지금 구체적인 정황에 대해 조사하고 있다"고 했다. 이 소식은 시안에 남아 있는 참모장 성원에 의하여 장제스에게 전달했다. 장제스가 이 소식을 공포한 후 산시성 정부주석인 주사오저우(祝紹周)는 시안시의 모든 상점과 주민들은 당일 국기를 걸고 폭죽을 터뜨려 "산뻬이대첩"을 경축하라고 명령을 내렸다.

3월 20일, 나와 쉐민촨(薛敏泉)이 아침을 먹고 있는데 후쭝난이 대단히 자랑스러운 얼굴로 전보문을 들고 나타났다. 아래와 같은 내용의 전보였다. "쭝난 동생: 장병들과 병사들은 그들의 목숨으로 옌안을 수복하여 당과 나라를 위하여 큰 공을 세웠다. 십여 년간 쌓인 울분을 씻어 주었기에 장병과 병사들에게 상을 내릴 것이라고 전하기를 바란다. 이번 전투에 참가한 관병들의 실적에 의거하여 차등지급한다. 반란을 평정하여 나라를 구하는 대업은 여전히 힘들고 어렵다. 동생이 병사들을 다독여 주기를 바란다. 중정." 후는 "옌안을 점령하니 선생(후는 장제스를 선생이라고 불렀다)께서 얼마나 좋아하는가!"[334]

"옌안을 공격하여 비록 점령이라는 결과를 얻었지만 이번 전투는 사실상 허탕이다."[335] 후쭝난이 마구 떠벌리는 큰 소리에 대해 주중 미국 대사 John Leighton Stuart도 믿지 않았다. 그는 조지 마셜에게 보내는 전보에 이렇게 말했다. "정부는 공산당군 10만 명을 궤멸시켰다고 하는데 이 숫자는 크게 부

334) 裴昌会: 『胡宗南部进犯延安纪略』, 全国政协, 陕西省政协, 甘肃省政协, 青海省政协, 宁 夏自治区政协, 新疆自治区政协文史办公室 合编: 『解放战争中的西北战场—原国民党将领 的回忆』, 北京: 中国文史出版社, 1992년, 106, 107쪽.

335) 郝柏村: 『郝柏村解讀蔣公日記(1945—1949)』, 台北: 天下遠見出版公司, 2011년 6월, 243쪽.

풀린 숫자임이 분명하다. 외지에 있던 공산당군이 돌아갈 시기 미국 관찰팀의 보고에 의하면 옌안에 있던 병사들과 백성들은 이미 대피한 상태였다.

이런 공산당의 행보에서 공산당은 오래 전부터 대비하고 있었음이 분명하다. 그들은 옌안을 보위하면 더 큰 손실을 가져오게 되기에 옌안을 보위하려는 생각을 전혀 하지 않았다. 그들은 장기적인 발전을 더욱 중요시하는 전략을 견지하여 적들의 압박을 받는 지역으로부터 철수하여 적들을 그들이 마련한 호주머니 속 깊숙이 유인한 후 유격전술로 적들의 역량을 하나씩 파괴하려 한다. 지금 정부는 사면초가의 상황에 이르러 고립된 부대는 적군의 포위망에 깊이 빠졌다."[336]

John Leighton Stuart는 사태의 발전을 정확하게 보았다. 옌안을 점령하면서 후쫑난의 재난은 시작되었다.

옌안을 점령하면서 장제스는 중점을 전투 결과 조사에 두었다. 그는 자주 전화를 걸어 "중요한 포로가 있는가? 중국공산당 영도자들과 중요한 문서를 찾았는가? 중국공산당 지도자들이 어디로 갔는가?"고 물었으나 후쫑난 어느 하나도 답할 수가 없었다. 더욱 후쫑난을 골치 아프게 한 것은 하루아침에 사라진 해방군 주력의 행방이었다. 후쫑난뿐만 아니라 최전선에서 전투를 지휘했던 둥자오, 류칸들도 모르고 있었다. 그들은 전선의 지면부대를 파견하여 수색을 하게하고 무선통신기구를 이용하여 수색을 하는 한편 공군에서도 적지 않은 비행기를 동원하여 중장거리의 수색을 진행했다. 산간닝변구와 산시 각지를 모두 수색했지만 중국공산당 중앙과 해방군 주력의 행방을 찾을 수가 없었다. "둥, 류 두 부대는 옌안 북쪽으로 빠졌는데 사방을 둘러보아

---

336) 〔美〕 肯尼斯 雷, 約翰 布魯爾 編, 尤存, 牛軍 역: 『被遺忘的大使司徒雷登駐華報告(1946-1949)』, 南京: 江蘇人民出版社, 1990년, 71쪽.

도 아무것도 찾을 수가 없으니 금후 어떡하면 좋겠는가?"[337]

하루빨리 해방군주력을 찾아 결전을 벌리려는 후쫑난의 초조하고 불안한 심리상태에 맞추어 펑더화이가 인솔하는 서북야전병단은 제1종대의 1개 대대를 파견하여 주력부대로 위장하게 한 다음 옌안의 서북지역에서 고의적으로 국민당의 정찰비행기에 발견되도록 했다. 후쫑난은 해방군주력이 안싸이(安塞)로 퇴각했다고 오인하여 급히 재편성한 제1군단과 재편성한 제29군단을 지휘하여 옌안 서북지역과 북쪽을 향해 공격하여 안싸이에서 서북야전병단을 섬멸하려 했다. 펑더화이는 그들의 속내를 꿰뚫고 있었다. "후는 우리의 주력부대가 안싸이와 서북지역에 있다고 여겨 우리 주력부대를 찾아 결전하려고 안싸이를 공격하려 하고 있다."[338] 서북야전 부대는 옌안에서 철수한 후 병력이 더욱 집중되고 더욱 강한 기동력을 가지게 되었다. 펑더화이는 주력(산시에서 온 제2종대를 포함)부대를 전부 옌안 동쪽의 칭화볜에 은폐시키고 후쫑난 부대를 궤멸시켜 옌안을 침범하려는 국민당의 콧대를 납작하게 만들 수 있는 기회를 기다렸다.

칭화볜은 옌안 동북쪽으로 60리 떨어진 곳에 있는데 30여 리의 하천이 옆에서 흐르고 셴위(咸楡)도로는 하천을 따라 구불구불 뻗어있다. 도로 양편에는 높은 산들이 기복을 이루고 있기에 매복전을 진행하기 좋은 지역이다.

후쫑난의 부대가 이 포위망 속으로 들어 올 것이라는 서북야전병단의 믿음은 어디에서 왔는가? 그것은 셴위도로는 셴양(咸陽)으로부터 뤄촨, 옌안, 쒜이더(綏德)를 거쳐 위린까지 통하는 산뻬이의 유일한 도로였다. 때문에 옌

---

337) 范汉杰: 『蒋介石改变战略, 胡宗南部重点进攻延安』, 全国政协, 陕西省政协, 甘肃省政 协, 青海省政协, 宁夏自治区政协, 新疆自治区政协文史办公室 合编: 『解放战争中的西北 战场—原国民党将领的回忆』, 北京: 中国文史出版社, 1992년, 85쪽.

338) 彭德怀傳記組 편: 『彭德怀軍事文選』, 北京: 中央文獻出版社, 1988년, 218쪽.

안을 점령한 후쫑난은 이 도로를 점령하려 했다. 또한 이 도로는 후쫑난의 주력부대가 서북에서부터 북쪽으로 직진할 수 있는 유일한 도로이기 때문에 후쫑난은 양측에 경비를 맡을 부대도 필요했다. 때문에 펑더화이는 먼저 이 곳의 지형을 정찰하고 호주머니 모양의 포위망을 만들었다. 공산당은 산뻬이에서 좋은 군중기초를 가지고 있기에 백성들은 이 소식을 절대적인 비밀로 했다. 때문에 후쫑난 부대는 해방군 주력의 행동에 대해 하나도 알지 못했다. 거만한 후쫑난은 공산당의 주력부대를 찾기에 다급했고 해방군 주력부대와 전면전을 했던 경험이 없어 실패를 몰랐기에 류칸의 제31여단을 파견하여 셴위도로를 따라 칭화볜 쪽으로 진격하게 했다.

펑더화이, 시종쉰은 3월 22일에 마오쩌동에게 보고를 했다. "21일 후쫑난은 31여단에게 촨커우(川口)로부터 옌쉐이(延水)를 건너 24일 전에 칭화볜에 도착하여 방어공사를 진행하라고 명령했다." "우리는 매복하여 있다가 적들이 자리를 잡기 전에 31여단을 포위 궤멸시키려고 한다." 마오쩌동은 즉각 답전을 보냈다. "22일 아침에 작전을 진행하는 것을 동의한다."

"첫 전투는 신중하게", "적의 정황, 지형, 인민 등 조건이 우리에게 유리하고 적들에게 불리하다는 확신이 있어야 전투를 시작한다." 이는 마오쩌동이 줄곧 견지해온 작전계획이었다. 칭화볜 전역에서 실패한다면 전체 산뻬이 전쟁에 큰 영향을 미치게 된다. 이번 전투에 참가한 제2종대 정치부 주임인 왕언마오는 일기에서 전투의 과정을 생동감 있게 묘사했다.

> 적들은 옌안을 점령한 후 간궤이(甘谷驛), 옌창(延長), 칭화볜 등 지역으로 계속 전진하려는 모양이다. 목표를 은폐하고 적들을 포위망으로 들어오게 하기 위하여 우리 부대는 간궤이 북쪽으로 이동한 후 예후쯔거우(野狐子溝)에 주둔했다가 해뜨기 전에 자리를

옮겼다.(3월 21일)

후쫑난의 제1군단도 옌안에 도착했다. 소식에 의하면 후쫑난의 27사단의 31여단은 린전(臨眞)으로부터 칭화볜으로 움직이려 한다. 본부(서북야전병단을 가리킨다.)의 명령에 따라 이 여단을 궤멸시키기로 했다.(3월 22일)

21일의 서북국 지시에는 적들이 옌안을 점령하게 되면 그들의 병력이 분산되고 그들에게 닥친 곤란도 많아진다. 이렇게 되면 우리가 적들을 섬멸할 수 있는 기회도 나타난다. 하지만 변구로 들어온 적들의 역량은 여전히 강대하다. …… 적들은 옌안 한 곳만 점령하려는 것이 아니라 전체 변구를 파괴하려한다. 변구는 매우 위태로운 상황에 처해 있다. 하지만 변구는 적들을 하나씩 궤멸시켜 적들의 계획을 파탄시킬 능력을 가지고 있다.(3월 23일)

하루가 지났지만 추격하여 오는 적들이 없었다. 주력부대가 적들에게 노출되어 우리를 추격하지 않은 것인가? 아니면 적들이 다른 꿍꿍이가 있어서인가? 만약 우리 군의 행방이 드러난 것이라면 적들은 비행기를 보내 정찰할 것이다. 하지만 적들의 비행기는 한 대도 얼씬하지 않았다. 부대는 해질 무렵에 부근의 농촌마을에 들어가 휴식하고 이튿날 동틀 무렵에 원래 은폐했던 곳으로 돌아가 적들을 궤멸시킬 기회를 기다리려 했다.(3월 24일)

부대는 어제 은폐하여 명령을 기다리던 곳에 매복했다. 적들의 31여단 직속부대와 92연대는 8시경에 과이마오(拐峁)에서 출발하여 선두부대는 11시에 칭화볜에 도착했고 10시가 지나서 마지막 부대도 팡자차오(房家橋)를 지났다. 대오의 우측에는 수색 중대를 배치하였지만 매복하여 있는 우리 군을 발견하지 못했다. 선두부대가 칭화볜에 도착한 11시에 전투가 시작되었다. 미리 매복해있던 우리 부대는 파죽지세로 동서 양쪽의 산으로부터 공격했다. 비록 적들은 몇 개의 산봉우리를 점령하여 저항을 하려 했지만 여전히 용맹하고 신속하게 행동하는 우리 군의 공격을 당하지 못했다. 1시간 반 만에 끝난 전투에서 적군 한 명도 도망을 치지 못했다. 우리는 전투에서 깨끗한 승리를 거두었으며 이 승리는 매우 중요한 승리였다. 적들이 옌안을 점령한 후, 별로 큰 타격을 받은 적이 없기에 이번 전투는 그들에게 적지 않은 충격을 주었다. 이후에도 이런 전투를 진행하여 적들을 계속 섬멸해야 한다. 명을 받들고 산간닝으로 돌아 온 후 변구를 보위하고, 마오주석을 보호하고, 당중앙을 보위하는 전쟁에서 거둔 첫 승리이다. 이는 우리들에게 적들을 궤멸시킬 수 있다는 믿음을 가져다주었다. "(3월 25일)[339]

칭화볜 전역에서 패배한 소식이 난징에 전해지기 전, 국민당 중앙선전부 부장 펑쉐페이는 전투가 진행되던 날에 기자회견을 열었다. "중앙군은 빠른 시일에 산뻬이 및 황허지역의 공산당군을 숙청하게 된다."[340] 이는 역사의 웃음거리가 되었다.

칭화볜 매복전은 후쭝난에게 큰 타격을 주었다. 후쭝난은 그달의 일기에 아래와 같이 썼다. "만감이 교차하여 한숨도 자지 못했다."[341] 그는 서북야전병단 주력부대가 옌안의 서북쪽이 아닌 동북쪽에 있다고 판단했다. 그는 재

339) 王恩茂: 『王恩茂日記—解放戰爭』, 北京: 中央文獻出版社, 1995년, 94—98쪽.
340) 潘振球 편: 『中華民國史事紀要』 1947년 1—3월, 台北: 國史館, 1996년 11월, 1035쪽.
341) 胡宗南: 『胡宗南先生日記』(上), 台北: 國史館, 2015년 7월, 638쪽.

편성한 제1군단과 재편성한 제29군단의 총11개 여단의 주요병력을 두 갈래로 나누어 동쪽으로 이동하라고 했다. 그는 자신의 병력의 우세함을 이용하여 서북야전병단과 결전을 벌여 공산당군을 황허 동쪽으로 쫓아내려 했다.

칭화볜에서 큰 코를 다쳤기에 그들은 조심스레 공격을 결정했다. 신화사의 사설에 이런 글이 실렸다. "매번 공격을 할 때 후쭝난의 부대는 간편한 장비로 무장하고 비상식량을 지니고 가로세로 30~40리 되는 대열로 전진했다. 이들은 산꼭대기로 이동했으며 넓은 도로로 다니지 않고 낮에는 행군하고 저녁이면 숙영하여 매일 20~30리씩 전진했다. 포로의 자백에 의하면 이는 소위 국방부에서 제정한 새로운 전술이라는 것이다." 하지만 후쭝난 부대가 도착 했을 때는 서북야전병단의 주력부대가 이미 철수를 하여 다른 곳으로 이동한 뒤였다. 신화사 사설은 계속 이렇게 보도했다.

> 이와 같은 새로운 전술을 사용한 후쭝난은 어떤 결과를 가져올 것인가? 그 결말이 지금부터 조금씩 수면 위로 떠오르고 있다. 1. 일부 지역을 점령한 후 일정한 병력을 수비에 투입해야 하기에 공격에 참가할 수 있는 병력은 처음 옌안 공격에 참가한 14개의 여단으로부터 8개의 여단으로 줄었다. 2. 병력이 분산되면서 방어가 취약한 부분이 나타나기 시작했다. 이렇게 되자 우리 군이 공격할 기회도 점차 많아 졌다. 3. 수많은 백성들의 반대가 있기에 후쭝난군이 모든 역량을 동원하여 전투를 하려 했지만 그들은 눈먼 장님처럼 헛걸음만 했다. 후쭝난군은 낮에 행군을 하고 저녁에 수만 명이 모여 숙영했다. 4. 식량이 부족했고 장병들과 병사들은 피로했기에 공격력은 극감했다. 포로의 자백에 따르면 후쭝난군 병사들은 매일 한 끼는 멀건 죽을 먹고 한 끼는 밥만 먹을

수 있었다고 한다. 또한 일부 부대는 식량이 없어 후쫑난 부대에서 탈영하여 유격대에 잡힌 병사들도 있다. 매일 밖에서 자야 했기에 병에 걸리는 병사들도 점점 많아지고 기회를 타서 탈영하는 병사들도 많아 졌다. 한 달 동안 어떤 중대의 병력은 원래의 60%로 급감했고 적게 줄어든 부대라고 해도 39% 줄었다. 이런 상황에서 후쫑난군의 사기는 급속히 하락했으며 전투력도 현저히 내려갔다.[342]

산뻬이 황토고원의 지형은 매우 특수했다. "언덕은 양쪽으로 갈라진 절벽이어서 오를 방법이 없었다. 옌촨(延川) 북쪽에는 깊은 골짜기가 많고 골짜기 사이로 물이 흐르고 하천 양쪽에는 붉은 빛을 띈 황토 절벽이 우뚝 솟아 있었다. 절벽 위에서 보면 평지 같지만 도처에 갈라진 땅덩어리이고 그 사이는 물이 흐르는 골짜기여서 길이 막혔다. 양쪽 절벽을 사이에 두고 서로 대화를 할 수 있으나 가까이 하려면 멀리 에돌아야 했다. 골짜기에는 사람이 다니는 길이 없고 말이나 나귀도 계곡에서 움직이기도 힘들기에 차량들은 다닐 수가 없었다. 키가 작은 나무들로 빼곡한 숲에는 먼지가 두툼히 깔려 있고 햇빛 찬란한 날에는 바닥이 갈라터지고 흐린 날이면 질퍽해졌다."[343] 현지 지형을 잘 알고 있는 본 지방 사람들은 자유로이 행동할 수 있지만 외지에서 금방 이 곳에 온 국민당군은 한걸음 나아가기도 힘들었기에 평상시 대로에서의 행군과는 완전히 다른 형편이었다.

후쫑난 부대는 산뻬이 고원에서 산마루를 따라 산을 넘으며 12일간의 험난한 행군을 거쳐 200여 킬로미터를 걸었지만 해방군의 주력을 찾지 못하고

---

342) 新華通訊社 편: 『新華社社論集(1947—1950)』, 北京: 新華通訊社, 1960년 7월, 5, 6쪽.
343) 陳孝威: 『爲什么失去大陸』(下), 台北: 躍升文化事業有限公司, 1988년 7월, 368쪽.

옌촨, 칭젠(淸澗), 와야오바오 등 몇 개의 빈 성만 점령했고 부대는 여간 피로하지 않았다. 후방과 멀리 떨어져 있고 교통노선도 너무 길어서 보급품을 운송하기 어려웠다. 진퇴양난에 빠진 후쫑난은 재편성한 제76사단을 옌촨, 칭젠에 남기고 제135여단을 와야오바오에 남겨 수비를 하게 한 다음 4월 5일에 주력을 남쪽 판룽진(蟠龍鎭), 칭화볜으로 철수시켜 휴식하게 했다. 8일에 그는 대공보 기자를 만났을 때에도 여전히 "산시 경내의 전투는 5월 말에 끝날 수 있을 것 같다"[344]고 했다.

해방군 주력 부대는 칭화볜으로 철수한 후 계속 은폐하여 있었다. 그간 몇 번의 기회도 있었지만 적들의 병력이 비교적 밀집되어 있어 "절대적인 승산이 없으면 공격하지 않는다는 전투 원칙에 근거하여 공격하지 않기로 결정했다."[345] 해방군은 상대방이 피곤하고 공격력을 소모하고 병력을 분산시키기를 기다려 그들의 약점을 찾았다. 얼마 지나지 않아 기회가 왔다.

와야오바오를 수비하고 있는 후쫑난군 제135여단은 홀로 남겨졌다. 제135여단은 와야오바오에서 방어공사를 진행하여 해방군의 공격을 막으려 하고 있었다. 하지만 해방군의 정규군은 오지 않고 지방 무장이 이들을 자주 습격했다. 제135여단 여단장 마이쭝위(마이쭝위) 궁지 몰린 당시의 상황을 이렇게 회상했다. "산채 방어공사가 견고하지 못하기에 해방군 상황을 정찰하도록 부대를 파견하지 못했다. 와야오바오에는 비록 백성이 있었지만 이들에게서 해방군 활동정보 하나도 얻을 수가 없었다. 사실 해방군 주력부대는 와야오바오 동남쪽 10킬로미터 떨어진 곳에 있었다. 와야오바오 백성들은 국민당 군대에게 원한을 품고 있었기에 그곳에서 아무런 식량도 보충 받을 수 없었다.

---

344) 『大公報』, 1947년 4월 16일.

345) 王恩茂: 『王恩茂日記─解放戰爭』, 北京: 中央文獻出版社, 1995년, 103쪽.

병사들이 가지고 온 건량(乾量)은 10일이 지나 바닥이 났다. 나는 급히 옌안지휘소에 식량을 보내줄 것을 청구했으나 확답을 받지 못했다. 얼마 후 후쭝난은 '와야오바오의 수비임무를 제24여단의 제72연대에 넘겨주고 양마허(羊馬河)를 지나 모지(某地)에서 제29군단과 연락을 한 후 병참에서 식량, 의복 등을 보급 받으라"고 회신했다.[346]

4월 13일 제135여단은 방어 임무를 교대하러 북상한 제72여단과의 교대업무를 완성했다. 이튿날 이른 아침 와야오바오에서 철수하여 와야오바오와 판룽진 사이의 도로를 따라 남하했다. 중공중앙군사위원회에서는 이 소식을 접한 후 즉각 펑더화이과 시종쉰에게 전보를 보내 주의 깊게 관찰하여 여단이 남하하는 길목에 매복해 있다가 적들을 궤멸시키라고 명령했다. 이때 후쭝난의 재편성한 제1군단과 제29군단의 9개 여단의 병력은 판룽(蟠龍), 칭화볜 서북방향으로 이동하고 있었는데 와야오바오에서 남하하는 제123여단과의 거리가 멀지 않았다. 때문에 이번 전투는 칭화볜 매복전과 달랐다.

13일 새벽녘, 펑더화이는 와야오바오의 서남부에 위치한 지휘본부에서 여단장 이상 간부들이 참석하는 회의를 열고 제123여단이 주력부대와 합류하기 전에 와야오바오 남쪽에서 궤멸시키기로 결정했다. 펑더화이는 회의에서 "제135여단을 궤멸시키려면 두 가지 조건이 만족되어야 하는데 하나는 적들의 지원병을 막는 것이고 다른 하나는 속전속결하는 것이다"[347]고 했다.

이 두 가지 조건은 반드시 갖추어야 할 조건이었다. 만약 북상하는 후쭝난부대 지원병 9개 여단을 막지 못하면 제135여단을 궤멸시킬 수 없을 뿐만 아

---

346) 麦宗禹: 『整编第一三五旅羊马河被歼记』, 全国政协, 陕西省政协, 甘肃省政协, 青海省政协, 宁夏自治区政协, 新疆自治区政协文史办公室 合编: 『解放战争中的西北战场—原国民 党将领的回忆』, 北京: 中国文史出版社, 1992년, 157쪽.

347) 王政柱: 『彭总在西北解放战场』, 西安: 陕西人民出版社, 1981년, 26쪽.

니라 우리가 후쫑난 부대의 남북협공을 받게 된다. 서북야전병단은 북상하는 후쫑난 부대와 긴 시간 대치할 수 없기에 반드시 속전속결해야 했다.

이런 판단에 의거해 서북야전병단은 "'호랑이 코앞에서 먹이를 탈취'하기로 했다. 제1종대가 두개 군단을 공격하여 적의 주력을 판룽, 쯔창(子長)도로 서쪽으로 유인하고 제2종대와 교도여단, 신사여단은 적군 제135여단이 남하하는 길목인 양마허에 매복하고 있다가 국민당군 제135여단을 궤멸시키라고 명령을 내렸다."[348]

4월 14일 제1종대는 두개 여단의 병력으로 서북야전군 주력으로 위장하고 후쫑난의 재편성한 제1군단과 제29군단의 9개 여단의 병력과 완강한 전투를 진행하여 이들이 양마허에 도착할 수 없게 만들었다. 제2종대와 교도여단, 신4여단은 양마허 일대에 매복하고 있다가 4개 여단의 우세적 병력으로 후쫑난 제135여단을 궤멸시켰다. 양마허 매복 작전은 칭화볜 매복전투와 달랐다.

교도여단 여단장 뤄위안파는 이렇게 회상했다. "양마허 지형은 우리 군 매복 작전에 매우 유리했다. 양쪽은 지대가 높고 가운데에 길이 있었다. 칭화볜 실패를 교훈으로 국민당군은 아마 도로를 따라 내려오지 않고 양쪽의 높은 지대를 따라 내려 올 것이라고 예상하여 적들이 발견할 수도 공격해도 닿을 수 없는 세 번째, 혹은 네 번째 산마루에 매복하게 했다. 그들이 매복권에 들어오기를 기다려 적들을 향해 맹렬한 공격을 개시하여 포위망을 점차 줄여나갔다."[349]

예상한 바와 같이 남하하는 제135여단은 골짜기나 평지를 따라 이동하지 못하고 산등성이를 따라 내려오고 있었다. 그들의 선두부대가 양마허에 거의 도착할 무렵 산꼭대기에서 사방을 둘러보았으나 해방군의 그림자도 발견

---

348) 張宗遜: 『張宗遜回憶录』, 北京: 解放軍出版社, 1990년, 312쪽.
349) 羅元發: 『戰斗在大西北』, 烏魯木齊: 新疆人民出版社, 1983년, 45쪽.

하지 못하자 안심을 하고 계속 앞으로 나아가 해방군이 매복하여 있는 지역에 들어갔다. 매복하고 있던 해방군 부대는 사면으로부터 몇 개의 산을 넘어 적의 눈앞에 나타났다. 6시간의 격전을 거쳐 전투는 오후 4시에 끝났다.

서북야전병단은 479명 병사의 희생을 대가로 제135여단 대리 여단장인 마이쭝위를 생포하고 4,700여 명 적을 사상하거나 생포했다. 이는 서북에서 후쫑난 부대의 전체 여단을 궤멸시킨 첫 전투였다. 후쫑난는 당일의 일기에 "온 밤을 한숨도 못 잤다"고 썼다.

칭화볜 매복전 승리가 지난 보름 후에 양마허 매복전에서도 승리를 거두었다. 중앙군사위원회에 보내는 전보에서 펑더화이는 이렇게 말했다. "남하하는 부대와 북상하는 부대의 거리는 55리 밖에 되지 않았다. 이런 상황에서 류·둥의 제9여단이 지원을 하지 못하게 막으면서 적의 한 개 여단을 궤멸시켰다. 이번 전투에서 우리의 병력은 적들의 3분의 1밖에 되지 않았다. 선명한 병력의 차이가 있음에도 불구하고 우리 군 병사들의 사기는 여느 때보다 높고 전투력도 여간 강하지 않았다."[350] 지금 변구에 있는 병력(6개의 야전여단 및 지방부대)으로 외부의 지원이 없는 상황에서도 후쫑난의 부대를 하나씩 궤멸시킬 수 있다는 가설을 사실로 증명했다. 하지만 이번 매복전을 위한 기회를 포착하기 힘들었다. 제2종대 정치부 주임인 왕언마오(王恩茂)는 그날의 일기에 이렇게 썼다.

> 이번 전투에서 승리를 거두기 전에 있었던 스자볜(石家砭), 스쮀이(石嘴)전투, 허자추(賀家渠)전투, 우자자이(吳家寨)전투 등 세 번의 전투에서는 적들을 공격하지도 못했고 융핑(永坪)전투에서 많은

---

350) 彭德怀傳記組 편: 『彭德怀軍事文選』, 北京: 中央文獻出版社, 1988년, 221, 222쪽.

적을 공격했지만 적들을 궤멸시키지는 못했다. 때문에 나와 많은 동지들은 이번 전투에서도 승리하지 못한다면 병사들의 사기가 꺾이게 될 뿐만 아니라 전투 지휘에 대한 믿음도 영향을 받는다. 이렇게 되면 전체 변구의 전쟁에 큰 영향을 준다. 지금 우리는 이 전투에서 승리를 거두었다. 이 기쁨은 마음으로부터 우러러 나온 것이다. 이렇게 되면 후쫑난의 전술은 더욱 혼란스러워지고 우리는 그들을 섬멸할 수 있는 기회를 얻게 된다.[351]

양마허 매복전에서 승리한 이튿날 마오쩌둥은 서북야전병단에 전보를 보내 지난 단계의 작전경험에 대한 분석을 기초로 서북전지 작전계획을 명확하게 지시했다. 전보에는 이렇게 썼다. "지금 적들은 무척 피로한 상태이지만 더 피로해져야 한다. 적들의 식량도 모자라지만 아직 극단적으로 곤란한 상황은 아니다." "눈앞의 적들은 자신들의 피로와 식량이 부족함을 고려할 여유가 없이 우리 군 주력을 황허 동쪽으로 쫓아내어 쒜이더, 미즈현을 봉쇄하고 병력을 나누어 '깨끗하게 숙청'하려 한다." "우리는 계속 예전의 방침에 따라 적들과 약 한달 동안 적들과 유격전을 하여 그들을 완전히 지치게 하고 식량이 완전히 바닥나게 만든 다음 적들을 공격할 기회를 찾아 적들을 궤멸시킨다." "지휘관들과 병사들에게 이는 우리 군이 제정한 방법은 최후의 승리를 위해 반드시 거쳐야 할 과정임을 설명해야 한다. 만약 적들 아직 대항할 힘이 남아 있거나 먹을 식량이 조금이라도 남아 있다면 우리는 이들과의 전투에서의 승리를 보장하지 못한다. 이를 '모구(蘑菇)'라고 하는데 적들을 완전히 지친 상태가 될 때까지 괴롭힌 다음 궤멸시키는 방법이다."[352]

---

351) 王恩茂: 『王恩茂日記—解放戰爭, 北京: 中央文獻出版社, 1995년, 113쪽.
352) 中共中央文獻編輯委員會 편: 『毛澤東選集』, 第4卷, 北京: 人民出版社, 1991년, 1222, 1223쪽.

후쭝난 부대를 "완전히 지치고 식량이 완전히 바닥"나게 만들기 위해 서북야전병단에서는 매우 교묘한 계획을 세웠다. 적들의 "피로를 뒤로하고 우리의 주력부대를 황허 동쪽으로 쫓아"내려는 의도에 따라 먼저 규모가 크지 않은 부대를 주력부대로 위장하여 북쪽으로 이동하면서 후쭝난의 주력을 후방과 멀리 떨어진 변구 북부의 쒜이더 일대로 유인하고 다음 그들의 후방이 텅 빈 틈을 타서 주력부대로 적들의 식량과 탄약을 보급하는 근거지인 판룽진을 기습하는 것이다. 이 두 가지는 긴밀히 연계되어 첫 번째 계획은 두 번째 계획을 실행하기 위한 조건을 마련하는 것이다.

옌안의 북쪽, 양마허의 남쪽, 셴위도로의 서쪽에 위치하여 있는 판룽진은 산뻬이에 있는 후쭝난 부대에 물자를 공급하는 근거지였다. 후쭝난 부대 주력은 '무력쇼'를 한 후 이곳에 들러 휴식을 하고 식량과 탄약을 보충했다. 이곳에서 수비를 맡고 있는 제167여단은 장제스의 직계부대인 재편성한 제1군단의 주력부대였기에 우수한 장비들로 무장하고 전투력이 비교적 강했으며 지방 무장병력까지 더하면 모두 7천 명이 되었다. 판룽진 주위의 기복을 이루는 산과 지형에 근거하여 서로 교차되는 공격 보루와 방어공사를 건설했다. 외곽에는 너비가 6~7미터가 되는 외호(外壕)가 있고 외호 밖에 많은 지뢰를 매설하고 철조망 등 장애물을 만들었다. 만약 후쭝난 주력부대가 여전히 판룽진이나 판룽진에서 멀지 않은 곳에 있다면 수시로 지원하러 올 수 있기에 병력이 부족한 서북야전병단이 견고한 방어망을 가지고 있는 판룽진을 점령한다는 것은 불가능한 일이었다.

이 시기 옌안에서 철수한 중국공산당중앙과 산간닝변구 당정기관의 일부 사업인원들은 변구 북쪽으로부터 황허를 건너 산시로 이전했다. 공중에서 정찰을 하던 국민당 공군은 쒜이더, 미즈 동쪽의 황허 나루터에 많은 배가 정착해있고 일부 해방군의 부대가 쒜이더 쪽으로 이동하는 것을 발견했다. 국민당은 서북 해방군 주력부대가 이쪽으로부터 황허를 건너려고 판단했다.

장제스는 후쫑난에게 급전을 보내 신속히 주력부대를 셴위도로를 따라 북상하라고 명령했고 수비를 담당하고 있는 위린의 덩바오산 부대를 남하하여 협동공격을 하라고 명령했다. 4월 26일, 바로 양마허 전투가 끝난 지 열흘이 지난 후 사람이 적고 식량이 적은 지역에서 무장 "쇼"를 한 후 금방 판룽진으로 돌아온 후쫑난 주력부대인 재편성한 제1군단과 제29군단의 9개 여단은 여간 피로하지 않았지만 판룽진으로 출발해야만 했다. 이 부대는 와야오바오에서 쒜이더, 미즈 쪽으로 이동하여 셴위도로를 점령한 후 덩바오산 부대와 합류하여 해방군을 황허 동쪽으로 쫒아 보내려 했다.

27일, 펑더화이, 시종쉰은 중앙군사위원회에 보고했다. "둥, 류 두 부대는 27일 15시에 와스(瓦市)를 점령했는데 쒜이더와 같은 상황이다. 판룽에는 167여단과 499연대가 수비를 하고 있다. 탄약과 식량을 많지 못한 듯하다." "우리 야전군은 오늘 와스의 동남쪽과 서남쪽에 매복하여 있다가 적들이 쒜이더로 들어 갈 때 판룽의 적들을 포위섬멸하려 한다."[353] 중앙군사위원회에서는 "판룽을 공격하려는 결정을 잘 했다. 만약 승리한다면 큰 반향을 가져오게 될 것이다. 만약 성공하지 못하더라도 경험을 쌓는 과정이다"고 회답했다.

펑더화이와 시종쉰은 주도면밀하게 배치시켰다. 후쫑난의 주력부대를 더 멀리 유인하기 위해 제359여단을 주요 역량으로 하고 기타 여단들에서 한개 소대씩 뽑아 지방의 무장대오와 연합하여 서북야전병단으로 위장하여 북쪽으로 철수했다. 부대는 수시로 후쫑난의 주력부대를 공격하기도 했다.

그들은 일부 군용물품들을 버리면서 허둥지둥 도망을 치는 현상을 연출하여 후쫑난의 주력부대가 빨리 북상하도록 유인했다. "후쫑난의 주력부대가

353) 彭德怀傳記組 편: 『彭德怀軍事文選』, 北京: 中央文獻出版社, 1988년, 222쪽.

판룽지구에서 쒜이더로 이동할 때, 인민해방군은 산꼭대기에서 엉기적엉기적 움직이는 적들을 내려다보고 있었다. 국민당 병사들은 모두 무기, 장비들과 그날의 식량을 메고 잔등과 엉덩이까지 드러난 허름한 옷을 입고 겨우 발걸음을 옮기고 있었다. 이들은 길 없는 황토와 높은 산을 골라 이동했다.

하늘도 후쫑난을 조롱하고 있는 듯 그들이 앞으로 나아가려 할 때 비가 내렸다. 후쫑난 군대는 물에 빠진 생쥐 같았고, 물에 빠진 흙보살과 다를 바 없었다."[354]

일주일 동안 행진한 후쫑난 주력부대는 이미 판룽진과 멀리 떨어졌다. 5월 2일 부대는 쒜이더에 도착했다. 적들이 도착하기 전까지 편히 휴식을 한 서북야전병단 주력부대는 5월 2일 해질 무렵에 판룽진을 포위하고 습격을 개시했다. 공산당이 습격을 할 거라는 생각을 꿈에도 하지 못한 후쫑난의 주력부대는 후방이 위급하다는 소식에 어찌할 바를 몰라 미즈로 이동하지도 황허쪽으로 이동하지도 않고 3일간 쒜이더 주위에서 갈팡질팡 헤맸다. 서북야전병단은 판룽진을 맹공격했다. 매복전인 처음 두 전투와 달리 이번 전투는 간단한 공격이었다. 펑더화이는 "만약 칭화볜과 양마허의 전투가 고기를 먹는 정도라면 이번 판룽진 전투는 뼈를 뜯는 정도다."[355]

서북야전병단의 무기 장비가 볼품없고 견고한 수비를 상대할 수 있는 화포들이 없었다. 때문에 견고한 방어시설을 보유한 지역을 공격할 때에는 성벽 밑의 참호를 공격하고 상대방의 지뢰를 제거하고 철조망과 외호 등 장애물을 제거하며, 기습과 폭격, 화력으로 근거리 작전과 야밤작전을 통해 상대방의 고지를 점령했다. 5월 4일의 자정, 판룽진으로 후퇴하던 적군을 모두 궤멸시켜 판룽전투도 승리했다.

---

354) 新華通訊社 편: 『新華社評論集(1945—1950)』, 北京: 新華通訊社, 1960년 7월, 152쪽.
355) 王政柱: 『彭总在西北解放战场』, 西安: 陕西人民出版社, 1981년, 30쪽.

이번 간단한 공격전은 2박 3일이 걸렸다. 총 6,700여 명의 적군을 궤멸시키고 후쫑난의 '사대금강(四大金剛)'이라고 불리는 제167여단 여단장 리쿤강(李昆崗)을 생포했다. 또한 군복 4만 벌을 노획하고 밀가루 1만여 포대, 탄약 100만여 발과 대량의 약품들도 노획하여 서북야전병단의 장비와 여러 가지 비품을 장만하게 되었다. 반대로 국민당의 탄약과 식량 공급은 더욱 어려운 곤경에 빠졌다. 결단을 내리지 못하고 망설이던 후쫑난는 5월 4일에 리쿤강의 다급한 구조요청을 받고서야 둥자오·류칸에게 주력부대를 거느리고 남하하여 지원하라고 명령했다. 하지만 이미 늦었다.

패배의 상황을 되돌릴 수도 없었고 어렵게 점령한 쒜이더를 포기할 수밖에 없었다. 후쫑난군 병사들의 사기는 더욱 떨어졌다. 주력부대가 힘들게 멀리 이동했지만 병사들의 피로만 쌓이고 아무런 성과도 얻지 못했을 뿐만 아니라 판룽진까지 잃었다. 후쫑난은 판룽을 잃었다는 소식을 듣고 그날 당일의 일기에 "온밤 한숨도 못 잤다"고 썼다. 여러 곳에서 수비를 담당하고 있는 부대 모두 안전하지 못하다고 여겼고 방어공사도 믿을 것이 아니라 생각했다.

신화사 기자는 논평에 이런 타유시(打油詩)[356]를 적어 적들을 조롱했다. "후만(胡蛮, 후쫑난)후만 아무런 쓸모도 없구나, 옌위(延榆)도로도 관통시키지 못하고, 판룽도, 쒜이더도 잃었으니 소도 잃고 외양간도 잃었구나! 6천여 명이 생포되고 9개 반의 여단은 겁쟁이가 되어 위린, 덩바오산은 이러지도 저러지도 못하고 쩔쩔매는구나!"[357]

후쫑난은 5월 12일에 그의 두 개 재편성한 군단의 군단장을 옌안으로 불러 총결했다. 둥자오는 "산지에서 부대가 행군하기 힘들고 병사들의 사기도 떨어

---

356) 타유시: 옛날 시체(詩體)의 하나. 내용과 시구가 통속 해학적이며 평측(平仄)과 운율(韻律)에 구애받지 않음. 당(唐)대 장타유(張打油)가 한 데서 유래한 명칭.

357) 新華通訊社 편: 『新華社評論集(1945—1950)』, 北京: 新華通訊社, 1960년 7월, 153, 154쪽.

지고 군기도 문란해져 전투를 진행할 수가 없다", "부대가 가지고 다녀야 하는 물품이 너무 많고 앞뒤로 너무 길게 늘어져서 행군하랴 전투를 진행하랴 힘들다"고 했다. 류칸은 이렇게 말했다. "여단장 3명이 생포되고 한 명이 사망하다 보니 병사들의 사기에 부정적인 영향을 주었다." "군관들은 평소에 산만하여 방어공사 구축과 병력 배치를 연구를 하려 하지 않았다. 부대의 군기는 있으나마나하여 토비들과 다를 바 없다."[358] 이런 결점은 여태까지 치료하지 못한 불치병이었다.

중국공산당 중앙군사위원회는 전보에서 이렇게 총결했다. "후쭝난의 31개 여단이 변구를 침략했다. 석 달 동안 우리 펑·시(6개 야전여단과 지방 부대)의 부대는 2만여 명의 적군을 섬멸했다. 지금 적들은 맹목적으로 이리저리 쑤시며 다닌다. 그들은 이미 주도권을 잃었다. 쒜이(綏), 미(米), 자(葭), 우(吳), 안(安), 바오(保), 징(靖) 등 7개의 현과 부분적 농촌은 여전히 우리의 세력범위 안에 있다. 더욱 중앙이 여기에 있으니 우리는 여전히 반석처럼 끄떡없다."[359]

산뻬이 전지에서 해방군이 옌안을 국민당군에게 내준 한 달 동안 해방군은 세 번의 큰 전투에서 적군 1만4천 명을 궤멸시키며 모두 승리하였다. 산뻬이 전쟁형세는 안정적이었다. 비록 양측 역량은 현저한 차이가 있지만 해방군은 부동한 조건에서 부동한 방법으로 적들을 유인하여 승전이 불가능해 보이는 전투를 승리로 이끌었다. "지대재소(志大才疏)[360]"의 후쭝난 10여 만 명의 예비부대는 산뻬이 전지에 묶여 어디도 갈 수가 없었고 공산당군에 얻어

---

358) 胡宗南: 『胡宗南先生日記』(上), 台北: 國史館, 2015년 7월, 648쪽.

359) 중국공산당 중앙군사위원회에서 천라오(陳饒) 리쑤(黎粟)에게 보내어 류, 덩, 주, 류에게 전달한 전보, 1947년 5월 10일.

360) 지대재소: 포부만 크고 그 포부를 실현할 재능이 없음을 말한다.

맞기만 하는 처지가 되었다.

주의해야 할 것은 옌안을 공격하기 위하여 후쭝난은 진난지역에 있던 직계 주력부대인 재편성한 제1군단 둥자오에게 황허를 건너 산뻬이 전쟁에 참가하게 했다. 그는 3개월이면 산뻬이 전투를 끝낼 수 있을 것이라고 생각해서 이 부대를 다시 진난으로 보냈는데 자신이 산뻬이에 묶여 있을 줄을 몰랐다. 산시 옌시산(閻錫山)집단 주력부대는 해방군의 끊임없는 타격에 산시성 중부지역으로 후퇴했다. 이렇게 되자 진난의 국민당 정규군 병력은 4개 여단, 4개 연대 총 3600여 명뿐이었다. 이 기회에 인민해방군 진지루위 야전군 제4종대와 타이웨(太岳)군관구 부대는 천경, 셰푸즈(셰푸즈)의 지휘 하에 진난 삼각지대를 향해 대규모 공격을 진행하여 펀허(汾河) 양안을 소탕했다.

이번 공격은 4월 4일부터 시작하여 36일간 계속되었다. 이번 전투에서 국민당군 1만 4천여 명을 섬멸하고 20개의 현급 도시를 점령하고 위먼(禹門), 펑링(風陵) 두 개 황허 나루터를 점령했으며 윈청(運城), 린펀(臨汾) 두 개 고립된 거점을 제외한 모든 진난지역을 해방했다. 이 전투를 거쳐 후쭝난집단과 옌시산집단 간의 연락을 차단하고 천·셰(陳謝)[361] 부대가 서쪽으로부터 관중을 위협하고 남쪽으로 뤄양을 공격할 수 있는 황허 연안에 도착하게 했다. 이는 후쭝난에게 큰 근심거리가 되었으며 공산당군 서북야전병단과 협동하여 전투를 할 수 있고 천·셰의 부대가 전략적 공격을 할 수 있는 유리한 조건을 마련해 주었다.

이 모든 것은 한 달 사이에 일어난 거대한 변화였다! 이는 장제스, 후쭝난이 옌안 공격을 계획할 때 전혀 생각지 못했던 결과였다.

361) 천·셰 부대(집단): 천경, 셰푸즈(謝富治)가 영도하는 부대.

산동전지의 상황을 보자.

당시 장제스는 산동과 산뻬이를 양대 공격 전지로 여겼다. 라이우전역에서 장제스는 심각한 타격을 받았지만 그는 이 전투의 실패를 교훈으로 삼지 않았다. 장제스는 전투에서 큰 실패를 보았지만 여전히 부하들 책임을 따질 뿐 자신의 잘못에 대하여 반성하려 하지 않았으며 심지어 군사 실패 원인은 전선에서 전투를 하고 있는 병사와 장관들이 자신의 명령을 따르지 않았기 때문이라고 여겼다. 2월 23일 라이우전역이 끝나자 장제스는 지난으로 날아갔다. 25일 그는 지난에서 고급 장병들에게 이렇게 말했다.

> 이번 라이우 작전 실패는 우리 혁명군 전체 군인들의 최대 치욕이다! 이는 하급 관병들 전투능력의 문제가 아니라 고급 지휘관들의 그릇된 지휘 때문이다! 만약 지휘관들이 조금이라도 군사적 상식이 있고 조금만 머리를 쓴다면 라이우 전면 실패는 없었을 것이다.[362]

다음날 오전, 난징에서 군 장병들과의 연설에서 이렇게 말했다.

> 지금 우리의 고급장병들은 교만하고 자만 적이며 매사에 소홀하고 태만하다. 또한 부하를 엄하게 대하지 않고 심사에 게으르며 우리의 생사와 관련된 공산군 숙청 작전을 중요시하지 않는다. 이는 우리의 실패 징조였는지 모른다. 이는 정말로 위험하고 가슴아픈 일이다. 사실 오늘 일반 고급 장병들은 최고사령관의 작전

---

362) 秦孝儀 편: 『蔣介石思想言論總集』 卷二十二, 台北: 中國國民党中央委員會党史委員會, 1984년 10월, 26쪽.

> 을 믿지 않는다고 해도 과언이 아니다! 내가 내 입으로 한 말, 손수 제정한 계획들을 전방의 장병들에게 전달하여도 이를 정확하게 따르고 실행하지 않거니와 심지어 이를 번거롭다고 여겨 이를 거부하기도 한다! 위원장의 시대가 지나갔고 위원장이 나이가 많아 집의 정원에서 노닐기만 하는 노인네가 잔소리로만 생각하고 이런저런 모든 일들을 상관하기에 노인네의 말을 들을 필요가 없다고 여긴다. 수화기 너머로 들려오는 목소리, 내 앞에서 말을 하는 모습에서 너희들의 이런 심정을 알 수 있다. 이는 자만과 교만과 최고사령관에 대한 믿음이 동요하고 있음을 말해준다! 이것이 바로 너희들이 실패한 주요 원인이다![363]

그는 쒜웨, 류즈가 지휘하던 쉬저우와 정저우 두 개 쒜이징 관공서를 없애고 육군 총사령관 꾸주통이 쉬저우에서 쉬저우, 정저우의 부대를 지휘한다고 명령을 내렸다. 쑤위는 즉시 화동야전군 고급간부회의에서 이렇게 말했다. "쒜웨는 날쌔고 활달하고 결단력 있게 병사들을 지휘한다. 꾸주통은 여태껏 우리 군의 수하패장(手下敗將)이다. 별다른 재주를 가지고 있지 않는 자가 능력 있는 자를 대체한 것이 아닐 수 없다. 고급 군사 지휘관을 선발하는 과정이 이러하니 날로 무너져가는 국민당임을 보여주고 있다. 이들은 국민당을 붕괴의 길로 인도하고 있다."[364]

꾸주통이 부임한 후 제1쒜이징구는 또 한 번 패전했다. 이미 이멍산간 지역의 임무를 감당하기 힘들게 되자 작전방안을 아래와 같이 수정했다. "서,

---

363) 秦孝儀 편: 『蔣介石思想言論總集』 卷二十二, 台北: 中國國民党中央委員會党史委員會, 1984년 10월, 29, 30쪽.

364) 『粟裕軍事文集』 編輯組 편: 『粟裕軍事文集』, 北京: 解放軍出版社, 1989년, 304쪽.

남으로부터 멍산(蒙山)을 향해 공격하여 멍산을 점령하여 멍산과 이산(沂山) 지역의 토비군이 우리와 결전하게 만든 다음 토비군들이 이멍산간 지역의 옛 소굴을 버리고 자우지 북쪽으로 내몰아 동북지역으로 보내 이후 포위 토벌에 유리하게 한다."[365]

그는 원 지루위(冀魯豫, 허베이성·산동성·허난성) 전지의 주력부대인 왕징주 집단을 산동으로 이동시켜 산동전지의 원 주력부대와 합류한 후 3개 병단과 2개 쒜이징구로 편성했다. 산동을 공격하는 병력은 24개 재편성한 사단 총 60개 여단 455,000명에 달했는데 여기에는 관내의 3대 정예주력부대인 제5군단, 재편성한 제11사단, 재편성한 제74사단이 포함되어 있었다. 모든 부대는 산동전지에 투입되어 산동해방구를 향해 대규모적인 공격을 계획하고 있었다. 산동해방구는 심각한 국면에 처하게 되었다.

3월 15일에 그는 황허 화위안커우 결구(缺口)[366]를 막아 버려 1938년 항일전쟁 초기에 물길을 바꾼 황허를 원래의 수로로 흐르게 하여 산시 펑링부터 산동 지난까지 약 1천 킬로미터의 황허 방어선을 형성하여 진지루위와 화동 양대 해방구의 연락을 끊어 놓아 진지루위 야전군이 남쪽으로 이동하여 산동전지를 지원하지 못하게 하려했다.

꾸주통이 주관한 『육군총사령 쉬저우사령부 루중(魯中, 산동 중부)결전 경과 개요』에 이렇게 썼다. "국군은 먼저 황허 오른쪽 기슭 진푸도로 연안의 토비들을 소탕하여 진푸도로 가운데 선로를 점령하여 천, 류 두 토비부대가 연락을 하지 못하게 한 다음 적들의 주력부대를 유인하여 궤멸시킨다."[367]

---

365) "三軍大學"편찬: 『國民革命軍戰役史第五部－「戡亂」』, 第2冊(下), 台北: 『國防部史政編譯局』, 1989년 11월, 250쪽.

366) 결구: 제방이 터진 곳.

367) 中國第二歷史檔案館 편: 『中華民國史檔案資料匯編』, 第5輯 第3編, 軍事(二), 南京: 江蘇古籍出版社, 2000년, 285쪽.

3월 하순 수많은 수정을 거친 작전방안에 따라 국민당 군대는 다시 한 번 산동해방구를 향해 대규모적인 공격을 시작했다. 두 개 단계로 공격을 진행했다. 첫째, 탕언보(湯恩伯)가 지휘하는 제1병단(재편성한 74사단을 주요로 한 부대)과 어우전이 지휘하는 제3병단(재편성한 제11사단을 주요로 한 부대)은 동서로 행군하여 4월 상순에 린이, 옌저우 구간의 도로를 점령하고 루난 산간 지역을 점령한다. 왕징주가 지휘하는 제2병단(제5군단을 주요로 한 부대)은 4월 초에 진푸철도 옌저우—지난 구간을 점령한다. 4월 8일 상하이 『선보(申報)』에는 이런 소식이 실렸다. "국군은 이멍 산간 지역으로 진격하고 있다. 국군은 이멍 지역으로 침투하여 이멍 산간 지역의 포위권을 좁히고 있다."[368] 둘째, 세 개 병단은 함께 루중 산간 지역으로 이동하여 화동야전군과 결전을 벌려 화동야전군을 자오동 일대로 퇴각시킨 후 황허야전군을 황허 북쪽으로 내쫓아 전체 산동해방구를 점령한다.

5월에 들어서 장제스는 "이번 달 대사 예정표"를 작성하였다. 첫 번째 임무가 바로 산동 숙청 임무였다. 1. "산동 숙청임무, 자오지 이남지구의 토비군 주력을 섬멸하고 토비군을 점령." 2. "산뻬이 잔여세력 숙청."[369] 여기서 우리는 장제스가 산동의 군사행동을 첫 번째 임무로 하고 있음을 알 수 있다.

3일 그는 일기에다 이렇게 썼다. "7시에 비행기를 타고 쉬저우로 가서 숙청 관련 보고를 들었다. 전방의 각 사단장과 군단장들은 피곤하고 지쳐 자기 처지도 생각하기 힘든 상황이라 서로간의 합작은 전혀 없었다. 협동작전이 없으니 기회를 놓치고 자꾸 피동에 직면하게 된다. 또한 상급 장관들의 명령을 따르지 않아 전체 전선은 정체되고 생기가 없어 우려가 깊다. 모싼(墨三, 꾸주통의 자)에게 리텐샤의 직무를 파면시켜, 직무에 태만한 자들을 경고함으

---

368) 潘振球 편: 『中華民國史事紀要』, 1947년 4—6월, 台北: 國史館, 1996년 11월, 91쪽.

369) 장제스 일기(친필본), 1947년 5월 1일, 『本月大事預定表』, 미국 스탠퍼드대학교 후버연구소 소장.

로써 상벌을 명확하게 하라고 했다."[370]

그간의 경험과 교훈으로부터 국민당 군대도 작전계획을 변경했다. "부대는 조심스럽게 앞으로 나아가갔다. 하루에 10킬로미터도 나아가지 못했는데 하루에 2~3킬로미터 나아갈 때도 있었다."[371] 쑤위는 국민당군 작전계획 내용을 이렇게 요약했다. "해방전쟁 초기에는 파죽지세로 여러 갈래로 진입하여 협동공격을 하거나 허점을 이용하여 습격을 했다. 하지만 우리가 그들의 공격을 성공적으로 막아 그들의 공격부대를 궤멸시키자 루난전역 이후 장제스 군 총사령부에서는 '병력을 집중시켜 차근차근 전투를 진행하며 동시에 공격하며 따로 떨어진 공격은 피해야 한다'는 작전계획을 제정했다. 그 후 라이우 전역에서 남북협공을 시도했으나 우리 군에 의해 섬멸 당했다. 그러자 '좁은 간격으로 밀집된 병력으로 대오를 유지하면서 차근차근 나아가는' 방침을 제정하여 더욱 밀집된 병력과 단계적으로 부채 모양으로 병력을 배치하여 우리가 그들의 병력을 분할하지 못하고 우리를 그들의 포위에 들어가게 함으로써 우리를 피동적 상황으로 만들려고 했다."[372]

이렇게 되자 산동해방구 상황은 더욱 엄해졌다. 천이는 이렇게 지적했다. "산동은 적의 주요 전지이다. 적들은 산동에 병력을 집중하였기에 우리의 부담은 커지고 우리들에게 많은 난관을 만들어 주었다. 적들은 산동을 '중시'하고 있기에 산동 전쟁은 여느 때보다 엄중했다."[373] 멀리 동북에 있던 천윈(陳云)은 편지에서 국민당군 수뻬이, 루난 작전계획에 대해 이렇게 말했다. "총병력에서 적들은 우리보다 많다.(동북의 상황은 비교적 차했다.) 하지만 적들

370) 장제스 일기(친필본), 1947년 5월 3일, 미국 스탠퍼드대학교 후버연구소 소장.
371) 陳士榘: 『天翻地覆三年間—解放戰爭回憶录』, 北京: 中共中央党校出版社, 1995년, 132쪽.
372) 粟裕: 『粟裕戰爭回憶录』, 北京: 解放軍出版社, 1988년, 484, 485쪽.
373) 中國人民解放軍軍事學院 편: 『陳毅軍事文選』, 北京: 解放軍出版社, 1996년, 387, 388쪽.

의 병력은 여전히 부족하다. 때문에 '선후를 정하여 병력을 집중시켜 하나씩 격파'해야 했다. 적들이 수뻬이와 루난에서 약간의 효과를 거둘 수 있었던 것은 적들이 우리 군보다 유리한 조건인 많은 병력과 편리한 운송 두 가지 조건을 가지고 있었기 때문이었다.'[374] 국민당군 병력이 과도하게 밀집되어 있고 준비가 충분했으며 행동이 조심스러웠기에 화동야전군은 천이, 쑤위의 영도하에 신중하게 기회를 기다리기로 하고 한 달 동안 집중 훈련을 했다. 4월 초부터 화동야전군은 길을 나누어 남하하고 해방구 중심에서 작전하는 유리한 조건을 이용하여 동, 서, 남, 북에서 영활하게 움직이면서 공격을 마친 후 이내 높은 기동력으로 후퇴하여 한 달 내에 연속 4차례의 전투를 진행했다.

하지만 뱀보고 놀란 마음 새끼줄 보고도 놀란다고 한 번 공격을 해도 국민당군은 즉각 뒤로 물러서거나 기타 부대와 합류하여 쉽게 병력을 분산하지 않고 병력을 보존하려 했다. 해방군은 4월 23일부터 26일까지 비교적 고립적인 위치에 있던 국민당군의 서쪽부대가 주둔하고 있는 타이안성을 포위하고 돌연 습격했다. 이번 전투에서 타이안성을 수비하고 있던 쓰촨(四川)군 재편성한 제72사단 2만여 명을 섬멸했는데 부근에 있던 국민당군 재편성한 제75사단과 85사단은 감히 지원하러 나오지 못했다. 때문에 해방군은 한 갈래의 장제스군 주력부대를 궤멸시키려는 제정된 목표를 달성하지 못했다. 이 과정에 몇 갈래의 국민당군 주력부대는 매일 분주히 행군했지만 여전히 화동야전군의 의도와 동향을 알 수 없었기에 감히 맞서 전투를 진행하지 못하고 피로만 쌓였다. 천이는 이런 전투방법을 '용등춤(耍龍灯)'이라고 했다.

중국공산당 중앙군사위원회와 마오쩌동은 산동 전투 상황의 발전을 긴밀히 주시하고 있었다. 여러 번 천이, 쑤위에게 전보를 보내 작전을 제시했다. 5

---

374) 천원이 가오강(高崗)에게 보내는 편지, 1947년 4월 2일, 趙鳳森, 郝仲文 편: 『四保臨江』, 中共吉林省委党史工作委員會, 1987년 11월, 72, 73쪽.

월 4일의 전보에는 이렇게 썼다. "적들이 밀집하여 있기에 공격하기 힘들다. 인내심이 있게 적당한 기회를 기다려 행동하라. 인내심을 가지고 기다리다 보면 언젠가 적들을 궤멸시킬 기회가 오게 된다." 5월 8일의 전보문: "현재의 형세로 보면 적들이 급해하기에 우리가 급해할 필요는 없다." "첫째는 성급하지 말아야 하며 둘째는 병력을 분산시키지 말아야 한다. 우리가 주력으로 기회를 기다리면 언젠가는 적들을 섬멸할 기회가 오게 된다. 행동하기 전에 한 가지 가능성만 생각하지 말고 두 가지 가능성을 생각해야 한다.

예를 들면 적들을 유인하려 할 때 적들이 우리의 뜻대로 움직일 수도 있고 움직이지 않을 수도 있으며 대부분의 부대가 움직이거나 작은 규모의 부대가 움직일 수도 있다. 형세가 정해지지 않았을 때에는 두 가지 가능성의 경우에 모두 대응할 수 있는 위치에 주력부대를 배치해야 한다." 5월 12일 전보문: "적 제5군단, 제11사단, 제74사단은 이미 앞으로 나아갔다. 당신들은 정신을 집중시켜 비교적 좋은 곳을 선택하여 기회를 잃지 말고 섬멸을 하라. 어느 갈래를 공격할 것인가 하는 문제에 대해서는 멀리 있는 우리가 결정을 하지 않을 것이니 당신들이 현실 상황에 근거하여 결정하고 시행하라." 5월 14일의 전보문: "병력을 집중시켜 한 곳을 공격하면 전체적인 형세는 호전된다."[375]

이상의 전보문의 계시에 대해 화동야전군 참모장 천스주는 이렇게 말했다. 전보문은 "전 단계에 나타난 병력배치에 존재하는 문제점을 제기했으며 주력부대가 적들과 정면 전투를 하는 것에 익숙하고 감히 적들을 멀리 전진하게 놔두지 못하는 약점을 지적했다. 또한 작전을 지휘할 때 적들이 우리의 뜻에 따라 움직여 병력이 분산될 것이라는 것만 생각하고 그들이 병력을 분산시키지 않을 것이라는 가능성을 생각하지 않는다는 그릇된 생각이라고 지

375) 中共中央文獻研究室, 中國人民解放軍軍事科學院 편: 『毛澤東軍事文集』, 第4卷, 北京: 軍事科學出版社, 中央文獻出版社, 1993년, 52, 58, 70, 73쪽.

적했다. 우리들이 서둘러 목적을 달성하려 하면 다급해지고 인내심이 없는 결점이 있다고 지적했다."[376]

산동 전쟁의 형세가 순조롭다고 여긴 장제스는 득의양양해졌다. 그는 5월 10일의 일기에 이렇게 썼다. "지난, 쉬저우 행의 군사적 효과가 나타나기 시작했다. 제정된 시간에 라이우를 수복했다. 적들은 북쪽으로 도망쳤다. 그들은 우리 군이 지난을 지나 자우지 쪽으로 움직이리라 여겨 황급히 북쪽으로 달아났다. 가만히 살펴보니 토비군들은 어디로 갈지 몰라 황급한 상황이고 천이는 이미 목숨을 잃은 듯하다."[377] 국민당은 또다시 여러 갈래로 길을 나누어 루중의 중심 지역을 향해 급행군 했다.

다급한 장제스는 해방군에 기회를 다주었다.

해방군은 한 달 동안 정면으로 공격해오는 국민당군과의 전투를 피해 여러 차례 후퇴했다. 이렇게 되자 장제스와 참모총장 천청은 해방군이 전투력이 약해져서 "공세에 피곤"해 한다고 착각했다. 그들은 하루 빨리 루중의 산간지대를 공격하라고 독촉했다. 5월 중순, 국민당군은 전면공격을 개시했다.

하루 빨리 공을 세우려는 제1병단 사령관 탕언보는 제2, 제3병단과의 통일행동을 따르지 않고 먼저 재편성한 제74사단을 거느리고 화동야전군 지휘부대가 주둔하고 있는 탄부(坦埠)를 공격하여 해방군 지휘중심을 없애버리려 했다. 그는 측면으로부터 해방군 주력을 포위했다.(그들은 화동야전군 주력부대가 이쉐이성(沂水城) 일대에 집결하여 있다고 판단했다.)

장제스의 심복인 군무국장 위지스(俞濟時)가 성립한 재편성한 제74사단은 국민당 군대 중 제일 강한 정예부대로써 미국식 무기로 무장했으며 미군사

---

376) 陳士榘: 『天翻地覆三年間ㅡ解放戰爭回憶彔』, 北京: 中共中央党校出版社, 1995년, 135쪽.
377) 장제스 일기(친필본), 1947년 5월 10일, 미국 스탠퍼드대학교 후버연구소 소장.

고문단의 특별훈련을 받았기에 높은 지휘, 전술, 기술을 가지고 있었다.

항일전쟁이 승리 후 최초로 비행기를 타고 난징에 도착한 '친위병'이라는 별명을 가진 부대였다. 전면 내전이 폭발한 후, 8월에 난징을 떠나 화동해방구를 공격하는 주력부대가 되어 화이인, 롄쉐이, 수양, 린이를 공격했다. 평소에도 거만하고 난폭하기로 소문이 난 이 부대는 "74사단이 있으면 국민당도 있다"라 자칭하며 거들먹거렸다. 국민당군 쉬저우 쒜이징 관공서 부주임인 리옌녠은 화이인에서 "74사단 10만 병력이 있으면 전국을 통일할 수 있다"라고 큰소리 쳤다.[378] 그들은 이번에도 자신들의 맹공격에 해방군 주력이 주동적으로 후퇴할거라 생각했지 해방군에게 포위섬멸되리라고는 생각지도 못했다. 그들은 중앙돌파 임무를 맡고 있었기에 기타 부대보다 임무가 막중했다.

이때 그들은 화동야전군 주력부대가 집결하고 있는 정면에 도착하였다. 해방군은 다른 조절을 하지 않고도 적의 사단과 5:1의 우세적 병력 비를 형성했다.

이 사단은 중장비 부대이기에 루중 산간 지역에 들어서자 현지 지형과 맞지 않아 움직임이 원활하지 않았다. 그들의 중장비는 제 위력을 제대로 발휘하지 못하고 짐이 되었다. 화동야전군 주력부대는 쑤첸 북부, 루난, 라이우 등 전역을 거쳐 많은 무기를 보충하고 개선하여 공격력이 대대적으로 증가되었다. 또한 일정 규모를 가진 특종병종대도 성립되었다. 지휘원들도 큰 병단들과 운동전에서 작전경험을 쌓았기에 강한 적들을 포위공격 할 기본조건을 갖추었다. 재편성한 제74사단을 섬멸하게 된다면 국민당군대의 작전계획을 파괴할 수 있어 전반적으로 전쟁의 형세도 전환시킬 수 있었다.

이런 판단에 근거하여 쑤위는 약한 적과 고립된 적들만을 공격하던 방법

---

378) 『华东权威军事家评孟良崮大捷』, 临沂行署出版办公室 편: 『孟良崮战役资料选』, 济南: 山东人民出版社, 1980년, 9쪽.

으로부터 타이안과 라이우를 직접 공격하기로 했다. 주력부대로 적에게 치명타를 주는 방법으로 적들을 섬멸하기 위해 국민당 전투대형의 중앙을 공격하여 재편성한 제74사단이 기타 부대와 연락 할 수 없게 만들었다. 쑤위는 이렇게 회상했다. "시간이 긴박하여 나는 즉시 상술한 여러 생각들을 천이동지에게 보고했다 천이 동지는 '좋소! 우리는 백만의 적군들 가운데서 우두머리의 머리를 벨 기개가 있어야 하오!'라고 하면서 완전히 동의했고 즉시 전투를 진행할 결심을 내렸다."[379]

5월 12일 새벽 화동야전군은 재편성한 제74사단을 섬멸하라고 명력을 내렸다. 이때 이 사단은 멍량구산간 지역에서 북상하면서 탄부를 향해 이동하고 있었다. 13일 해질 무렵, 주요공격 임무를 맡고 있는 화동야전군 다섯 개 종대는 공격을 시작했다. 기타 부대들도 국민당 부대의 강력한 공격을 막을 수 있는 견고한 방어시설들을 구축했다. 14일 오전에야 재편성한 제74사단 사단장 장링푸(張靈甫)는 화동야전군이 자신의 사단을 포위공격하려는 의도를 알아차렸다. 그제야 장링푸는 북쪽으로 이동하지 않고 남쪽으로 퇴각하라고 명령을 내렸다. 그날 밤 이들은 멍량구와 루산(芦山)지역에서 방어진을 쳤다.

산으로 옮기기 힘든 미국식 중포와 수많은 현대화 장비들은 산 밑에 버릴 수밖에 없었다. 이때 탕언보는 여전히 장링푸에게 전보를 보내 "토비들이 우리를 침범하려 하는데 이는 토비들을 궤멸시킬 좋은 시기"라고 했다. "귀 사단은 전체 전투의 중추이기에 전체 장병들과 병사들을 격려하여 강의한 위력으로 멍량구를 굳게 지치고 둬좡(垛庄)을 점령하고 우군과 협력하여 토비들을 호되게 공격하여 우리가 바라던 위대한 승리를 거두기 바란다."[380] 15일

379) 粟裕: 『粟裕戰爭回憶录』, 北京: 解放軍出版社, 1988년, 495쪽.

380) 中國第二歷史檔案館 편: 『中華民國史檔案資料匯編』, 第5輯 第3編, 軍事(二), 南京: 江蘇古籍出版

새벽녘, 루난 적진 후방에 매복하여 있던 화동야전군 제6종대는 퇴각하는 적들이 반드시 들릴 둬좡을 먼저 점령하여 재편성한 제74사단을 공격하는 포위망을 형성했다.

그렇다면 재편성한 제74사단는 무엇 때문에 단독으로 탄부 쪽으로 이동했는가? 전투가 끝난 후 전치는 생포된 재편성한 제74사단 참모장 웨이전웨(魏振鉞), 부참모장 리윈량(李運良), 여단장 천촨준(陳傳鈞) 등 제74사단 고급장교들이 참가한 시사 좌담회에서 그들에게 원인을 물었다. 6월 19일 산동『다중일보(大衆日報)』에서 그 답안을 찾을 수 있었다.

"해방군 주력부대가 그 지역에 없을 것이라고 판단했고 좌우 양측에는 모두 우군(장제스 군대)이 있었기에 우리 부대는 산지에서 앞으로 나가도 별로 위험하지 않다고 판단하여 결정한 것이다. 만약 위험적인 상황이 나타나게 되면 충분히 포위를 뚫을 가능성이 있기에 전군이 섬멸되지 않을 것이라고 여겼다. 하지만 사실은 달랐다. 해방군에 포위된 상황에서 퇴로도 차단되어 우군이 지원 할 수 없는 의외의 상황이 발생했다. 전선의 실제정황을 제대로 이해하지 않은 상황에서 내린 주관적인 국방부의 계획이 이런 상황을 초래한 주요 원인이다."[381]

이번에 생포된 고급장교들은 일부 사실을 이야기했다. 하지만 생포된 이후에도 이들은 "전선의 실제정황을 제대로 이해하지 않은 상황에서 내린" 작전계획이 국민당 정부의 국방부가 제정한 것이 아니라 장제스가 직접 제정한 것이라고 분명하게 지적할 용기가 없었다.

재편성한 제74사단은 멍량구과 루산 지역에서 해방군의 포위에 완전히 빠졌다. 장제스가 절대 생각지 못한 상황이 일어났다. 하지만 그는 극단적으로

社, 2000년, 309쪽.

381) 临沂行署出版办公室 편: 『孟良崮战役资料选』, 济南: 山东人民出版社, 1980년, 33쪽.

자고자대(自高自大)한 사람이라 "이 사단은 전투력이 강하고 방어하기 쉽고 공격하기 힘든 암석이 많고 가파른 산봉우리에 있고 부근에 10개 재편성한 사단의 병력이 지원할 수 있기에 이는 화동야전군과 결전을 할 수 있는 좋은 시기"라고 여겼다. 그는 15일의 일기에 이렇게 썼다. "아침 일과가 끝난 후 전방의 보고를 듣게 되었다. 산동의 중국공산당 토비들은 이미 자신들의 소굴에서 나와 탄부에 있는 우리의 제74사단을 궤멸시키려 하고 있다. 다행히 이 사단은 어제 멍량구로 철수하여 진을 쳤다. 토비들의 계획은 무산되고 도리어 우리 군의 강압에 전투를 해야만 했다. 우리 부대가 이 기회에 적들에게 치명타를 안겨주고 우리 군에 승리를 내려주시기를 아버지 하느님께 기도한다."[382] 그는 장링푸에게 방법을 다해서 굳게 진지를 지켜 화동야전군 주력을 잡아두라고 명령하고 주위에 있는 기타 부대들에게 신속히 지원하여 내외로 화동야전군 주력부대와 결전을 하라고 명령했다. 장링푸도 제도가 완벽하고 전선의 중심에 위치하고 있으며 밖에는 대량의 지원군이 있기에 식량과 탄약을 공중에서 투하해 달라고 요구했다. 그는 높은 산에 의거하여 진지를 고수하려 했다. 국민당중앙통신사 5월 15일 쉬저우 전보문에는 이렇게 썼다. "국군의 주력 병단은 공격에 응하여 자우지 남쪽에서 화동야전군과 이후의 운명을 결정할 최후의 결전을 하게 된다."[383]

해방군에게 있어서 "이 시기 가장 관건적인 것은 신속하게 제74사단을 섬멸하는 것이고 두 번째로 중요한 것은 지원하러 오는 국민당군대를 막는 것이다."[384]

인민해방군은 예전에 이런 전투를 해 본적이 없었다. 포위 섬멸전은 격렬

382) 장제스 일기(친필본), 1947년 5월 15일, 미국 스탠퍼드대학교 후버연구소 소장.
383) 『大公報』, 1947년 5월 16일.
384) 粟裕: 『粟裕戰爭回憶彔』, 北京: 解放軍出版社, 1988년, 501쪽.

한 진지공격 이전이고 지원군의 지원을 막는 것은 어려운 진지 방어전이었다. 이 두 전투 모두 2~3일 내에 끝내야 했다. 해방군은 완강하게 지원하러 오는 국민당군 지원부대의 연이은 공격을 막아냈다. 일부 지원부대는 재편성한 제74사단과 불과 5킬로미터 떨어진 곳까지 다가갔으나 합류할 방법을 찾지 못했다. 비록 멍량구 산간 지역의 지세가 가파르지만 암석이 많은 산지여서 방어공사를 구축하기 힘들었고 중장비로 무장된 부대는 이동하기도 힘들었다. 산위에는 초목들이 적고 높은 흙더미들도 없으며 수원도 극히 적어 국민당 비행기가 투하한 식량과 물, 탄약들 대부분은 해방군의 진지에 떨어졌기에 재편성한 제74사단의 수만 명 관병들은 배고프고 목마르고 견디기 힘들었다. 여러 갈래로 나뉜 국민당 군의 지원부대는 멍량구로 접근하고 있었다. 화동야전군 총지휘부에서는 지원부대를 굳건히 막으라고 명령을 내렸다.

동시에 각 주요 공격부대에게 국민당 지원부대가 도착하기 전에 재편성한 제74사단을 기어이 궤멸시켜야 한다고 명령을 내렸다. 15일 오후부터 해방군은 멍량구를 향해 총공격을 개시했다. 모든 무기는 산위 국민당 부대를 향해 맹렬한 공격을 가했다. 폭파되어 날아가는 암석 부스러기들도 큰 살상력을 가지고 있었다. 보병들은 포화의 엄호 속에 여러 갈래로 산꼭대기를 향해 돌격했다. 16일 오후에 재편성한 제74사단을 전부 궤멸시켰다.

장링푸와 부사단장 차이런제(蔡仁杰)는 해방군병사의 미제 톰슨 기관단총의 총알에 맞아 죽었다. 장제스는 그날의 일기에 이렇게 썼다. "잠들기 전 74사단이 불리하다는 소식을 들었다. 걱정이 태산 같다. 요즘 들어 처음으로 이렇게 비통해졌다."

17일에는 이렇게 썼다. "아침 일과 후 74사단의 이름으로 멍량구에서 보내오는 보고를 더 이상 받을 수 없다는 소식을 들었다." "루중에서 토비숙청 임무를 맡고 있는 꾸주통은 무지몽매하고 함부로 행동을 하며 제대로 내린 결단이 하나도 없으면서도 상부에 청원을 하지 않았다. 때문에 나의 의도와 계획은 모두 파탄되고 난잡하고 무질서한 상황이 펼쳐졌다. 제74사단 전체가 궤멸당한 결과에 통분은 감출 수 없고 이런 결과에 어찌할 바를 모르겠다." 19일의 일기의 내용: "근일 국세는 더욱 엄중해졌는데 루난의 제74사단이 궤멸당한 소식이 제일 가슴 아픈 소식이다."[385]

5월 24일의 산동해방구『다중일보』에는『장제스 제74사단 섬멸 상황』이라는 제목의 글이 실렸다.

> 14일에 포위권을 형성했다. 15일에는 좌충우돌하게 될 제74사단을 멍량구의 큰 산에 몰아넣었다. 인민해방군은 화력을 집중시켜 맹공격을 펼쳤다. 불빛하나 없던 하늘에 조명탄이 날아올라 주위를 대낮처럼 밝혀 주었다. 장제스 군대는 며칠 동안 연속적으로 우리들의 공격을 받아 제대로 음식을 먹을 수가 없었고 막심한 살상자를 내었으며 탄약과 보급품 대부분은 행진도중에 버려 얼마 남지 않았다. 더욱 멍량구 고산지대는 인가가 드물어 식량과 물이 거의 없었다. 때문에 장제스 군대는 기아에 허덕여 여간 피로하지 않았다. 대낮에 장제스 공군은 낙하산을 이용하여 음식과 사이다 등을 장제스 군대의 진지로 투하하려 하였지만 대부분 해방군 지역에 떨어졌다. 15일부터 장제스 군대는 동서남북으로 지원을 하려 했다. …… 하지만 모두 해방군의 강력한 저격으로 모두 뒤로 물러났고 한 갈래의 지원부대를 궤멸시켰다. 15일 저녁, 인민해방군은 멍량구 뭇 산들을 향해 대규모적인 산꼭대기 포위

---

385) 장제스 일기(친필본), 1947년 5월 16일, 17일, 『上星期反省录』, 19일, 미국스탠퍼드대학교 후버연구소 소장.

섬멸전을 개시했다. 74사단 사단장 장링푸는 직접 3개 여단을 지휘하여 풀도 없는 민둥산을 지키겠노라 악을 쓰고 있다. 해방군은 점점 더 완강하고 용맹하게 적들과 육박전을 벌이고 더욱 밀집된 공격을 가했다. 산꼭대기에는 포화가 하늘을 진동하고 짙은 연기가 자욱했다. 파편과 돌멩이들이 마구 튕기는 전지에 번개 치고 천둥소리 요란하고 우박이 내리는 듯 했다. 이런 정경에서 전쟁의 격렬함을 알 수가 있다. …… 16일 점심 때 우리는 가파른 절벽을 타고 멍량구의 제일 높은 지점을 점령했다. …… 산에서 완강하게 저항을 하던 적들의 잔여부대까지 모두 궤멸시켰다. 오후가 되자 총소리가 잦아들고 미국식 무기로 무장된 장제스의 직계 주력부대인 제74사단은 전부 궤멸되었다.[386]멍량구전역에서 국민당군의 최정예부대인 재편성한된 74사단과 지원하러 온 여러 지원부대를 포함하여 총 32,000여 명의 국민당 군을 살상하거나 생포했으며 산포, 대전차포, 60포, 박격포 273문, 로켓 추진형 유탄, 유탄발사기, 척탄통 104개, 화염분사기 11구, 경중기관총 3,468정, 보총6,977 자루, 포탄 7,202발, 각종 탄약 2,082,580발, 수류탄 6,360개, 전마 1,397필을 포획했으며 탱크 5대를 격파했다. 해방군도 약 12,000여 명의 살상자를 냈다. 엄격한 훈련을 거쳐 강한 전투력을 자랑하던 재편성한한 제74사단 관병 19,676명이 생포되었다. 이들 많은 사람들은 해방군에 참가했다.

중국인민해방군은 멍량구전역에서 뜻밖의 승리를 거두었다. 이 소식은 전

386) 临沂行署出版办公室 편: 『孟良崮战役资料选』, 济南: 山东人民出版社, 1980년, 104, 105쪽.

국에 큰 충격을 가져다주었다. 또한 해방구를 향해 대규모적인 공격을 하는 국민당군대의 계획을 파탄시키는데 큰 작용을 했다. 신화사에서『축 멍인대첩』의 제목으로 발표한 평론의 내용은 이러했다. "장제스는 근 100개의 여단을 화동 전지에 투입하여 화동에서 결승전을 치르려 했다. 하지만 그들의 주관적인 환상은 거의 파멸에 이르렀다. 이번 멍인 전투 승리는 화동인민 해방군의 역사상 특수한 의미를 가지고 있었다. 첫째, 한 방향으로 제일 강력하게 공격해 오는 장제스의 부대를 물리쳤다. 둘째, 장제스의 최정예부대(4, 5개의 정예부대중 하나)를 섬멸했다. 셋째, 이번 전투에서의 승리는 전국 해방구에서 반공격을 진하기 전야에 발생했다."[387]

그 전해에 진행된 롄쉐이 전역에서 무기를 내려놓고 투항을 한 재편성한 제74사단 중대장은 "만약 74사단이 궤멸당한다면 더 이상 해방군과 저항을 할 수 있는 부대는 없다."[388]고 말했다. 해방군의 이번 승리에 국민당군의 장관들은 자신들의 승리에 신심을 잃어 갔고 병사들은 전투 투지를 잃었다.

수융창은 5월 19일의 일기에 이렇게 썼다. "74군단(미국식 사단이며 강한 전투력을 지닌 부대)이 이쉐이(沂水)와 멍인 사이에서 15, 16만 명 토비군의 포위에 들었다. 5일간 악전고투를 했지만 16, 17일에 사단은 궤멸되었다." "이 사단은 총 2만여 명이 있었지만 두 연대 연대장 등 장관들과 수백 명의 병사들만 살아남았다고 한다." 같은 달 27일의 일기에는 자오쯔리(趙子立)가 그에게 "74사단의 실패는 전 군의 사기에 큰 영향을 미쳤다"[389]고 했다고 썼다.

하오바이춘도 "멍량구의 실패는 관내 전반적인 공산군 숙청 전쟁의 전환점이다"라고 평론했다. 또한 그는 "멍량구 전투가 끝난 후 장제스와 쉬저우 사

---

387) 新華通訊社 편: 『新華社評論集(1945—1950)』, 北京: 新華通訊社, 1960년 7월, 162쪽.
388) 临沂行署出版办公室 편: 『孟良崮战役资料选』, 济南: 山东人民出版社, 1980년, 17쪽.
389) 徐永昌: 『徐永昌日記』, 第8冊, 台北: "中央研究院"近代史研究所, 1990년 6월 영인본, 416, 420쪽.

령부의 지도사상은 부동했다. 멍량구의 실패 후 쉬저우 총사령부에서는 원래의 계획대로 계속 탄부, 이쉐이로 공격하여 계속하여 계획을 완성하려 했다. 하지만 장제스는 원 목표를 포기하고 방어태세에 진입하여 군부대를 재정비한 후 공산군과의 전투기회를 기다리라고 명령을 내리고 난징에서 쉬저우로 날아갔다."[390]

비록 국민당 군대가 산동을 공격하려는 계획을 포기하지 않았지만 "화동야전군의 공격에 위로부터 아래로 모두 무서워"[391]했다. 그들의 기세는 많이 꺾어졌다.

1946년 연말부터 1947년 4월 사이에 동북 전지의 린뱌오(林彪), 펑전, 가오강, 천윈 등은 동북민주연군(東北민주연군)을 이끌고 "송화강을 세 번 건너 네 번 린장을 보위"하는 전투에 참가했다. 이는 동북전쟁의 발전의 전환점이며 전지에서 동북민주연군의 피동의 지위를 바꾸어 놓는 결정적 역할을 했다.

항일전쟁이 승리한 후 국민당 군대는 한동안 주동적으로 대규모적으로 공격했다. 그들은 선후로 7개 군단의 20여개 사단 약 25만 명의 병사들을 집결하였다. 지방의 부대와 교통경찰대대 등을 포함하면 약 40만 명의 병력을 동원하여 동북보안사령장관 두위밍(杜聿明)의 지휘 하에 기세 드높이 동북을 향해 진군했다. 이 7개 군단은 미국식, 반미식 무기들로 무장되었으며 신1군단, 신6군단은 국민당군대의 정예부대였다.

이 두 부대는 인도에서 미군의 엄격한 훈련을 받았으며 항일전쟁시기에 인도-미얀마의 전쟁에 참가하여 높은 전투력을 지니고 있었다. 동북은 넓은 지역에 철로와 도로가 거미줄처럼 이어져 교통이 편리하여 국민당 군대가 기

---

390) 郝柏村: 『郝柏村解讀蔣公日記(1945—1949)』, 台北: 天下遠見出版公司, 2011년 6월, 260, 262쪽.
391) 粟裕: 『粟裕戰爭回憶录』, 北京: 解放軍出版社, 1988년, 505쪽.

동적으로 병력을 이동시킬 수 있었다. 소련홍군(蘇聯紅軍)은 금방 서명한 『중소우호동맹조약(中蘇友好同盟條約)』에 따라 항일전쟁 후기에 일본관동군의 수중에서 빼앗아 온 선양 등 대도시를 국민당군에 넘겨주었다. 하지만 동북민주연군은 매우 곤란한 처지에 처해있었다. 산동, 수뻬이 등 남방지역에서 가져온 무기, 교통수단, 방한용품 등은 국민당군에 비해 많이 낙후했으며 동북의 혹독한 추위에서 장기간 진행된 야외작전을 견디기 어려웠다. 또한 동북해방구는 비교적 늦게 건립된 해방구로 군중 조건이 관내의 오래된 해방구보다 차했다. 때문에 부대가 행동하고 작전을 진행하는 것이 쉬운 일이 아니었다. 이런 상황에서 전쟁초기 국민당군은 맹렬한 공격까지 더해져 동북 해방군은 어려운 피동적인 상황에 처하게 되었다.

1946년 6월 동북이 잠시 휴전하던 시기 동북민주연군은 제일 힘든 시간을 보냈다.

국민당 군대가 진저우(錦州), 선양, 쓰핑제, 창춘, 지린(吉林) 등 중요도시를 점령하고 송화강 이남의 넓은 지역을 통제하고 안산(鞍山), 번시(本溪), 푸순(撫順) 등 강철 생산 도시와 탄광이 있는 지역을 점령하였기에 국민당은 기고만장하고 안하무인이었다. 그들은 공격에 투입할 수 있는 거의 모든 병력을 모두 사용했다. 점령한 지역이 많아지면서 전선도 길어지기 때문에 부득불 병력을 여러 지역에 분산시켜 수비임무를 맡아야 했다. 이렇게 되면 기동작전에 참여할 수 있는 병력이 점차 줄어들게 된다. 관내의 여러 전투에서 연속 패전하게 되면서 국민당군 지휘부의 전반적인 계획은 엉망이 되었다.

3~6개 월 사이에 내전을 끝내겠다던 계획과 달리 동북 문제를 해결할 수 없는 형편이 되었다. 심지어 관내에서 동북으로 지원해줄 병력도 없었다. 미국과 소련의 관계도 그들의 걱정거리였다. 이는 그들이 동북에서 잠시 휴전을 선포해야만 했던 원인이다.

중국공산당의 상황은 이와 반대였다. 그들의 잠재력은 금방 빛을 보기 시작했다. 중국공산당 중앙 동북국에서는 마오쩌동의 "견고한 동북근거지를 건립하자"는 지시에 따라 주요한 도시들을 포기하고 대량의 간부들을 농촌에 내려 보내 군중 속에서 토지개혁운동을 활발하게 진행했다. 수많은 빈곤 농민들의 전폭적인 지지를 얻어 동북해방구는 활기와 생기로 넘쳤으며 새로운 모습들이 나타나기 시작했다. 또 일부 주력부대에게 지방 무장대오와 연합하여 지방 토비들을 숙청하여 전략적 후방을 견고하게 하였다. 이렇게 짧은 시간에 동북에서 자신의 자리를 잡을 수 있게 되었다. 동북민주연군도 시기를 놓치지 않고 휴식정돈을 하고 필요한 물품들을 보충하여 이해 겨울에는 실력이 크게 증가되었다. 야전군은 모두 5개 종대, 3개 독립사단과 총부 직속부대 약 15만 명이 있었다. 각 군관구 무장대오까지 계산하면 총 병력은 이미 36만 명에 달했으며 무기도 크게 개선되었다.

하오바이춘은 1947년 여름의 동북군사형세에 대해 이렇게 말했다. "국군은 한 지역을 공격할 때마다 공산당군의 역량을 완전히 궤멸시키지 않고 도시를 점령하는 것을 목표로 했다. 하지만 공산당군의 린뱌오는 병력을 이미 42개가 넘는 정규적인 야전군 사단으로 발전시켜 기동력을 갖춘 우세적인 부대로 만들었다. 하지만 국군은 적은 병력으로 여러 곳을 수비하고 있었다. 연 초부터 공산당군은 방어에서 공격으로 전략을 바꾸었다."[392] 동북해방군이 큰 발전할 수 있는 것은 '77결의' 후 동북국에서 군중 동원을 사업의 중심으로 동북근거지를 튼튼하게 건설했기 때문이다.

또 한 가지 무시할 수 없는 것은 국민당군의 탐욕이었다. 국민당군이 동북에 들어와 점령지역을 넓히면서 탐욕스러운 수많은 국민당 관리들도 재물

---

392) 郝柏村: 『郝柏村解讀蔣公日記(1945—1949)』, 台北: 天下遠見出版公司, 2011년 6월, 271, 272쪽.

을 모으려는 목적으로 동북에 몰려들었다. 이들은 탐오, 횡령, 강탈과 협박을 일삼았다. 일부 지방 토호들은 관리들의 방임 하에 더욱 횡포해졌으며 더욱 악랄하게 백성들을 갈취했다. 원래 국민당 정부에 희망을 품고 있던 동북 민중들은 크게 실망했다. 국민당 동북보안 부사령장관 정둥궈(鄭洞國)는 이렇게 회상했다. "당시 동북의 사회질서는 매우 혼란하여 인민들의 원성이 가득했다. 슝스훼이(熊式輝)과 두위밍 그리고 나를 포함한 일부 고급장병들은 근심이 태산 같았으나 어찌할 방법이 없었다." 한번 그는 두위밍을 찾아 그의 걱정을 이야기 했다. "두 장군은 나의 말을 듣고 한참동안 침묵했다.

'공산당을 보시오. 자기의 확고한 주장이 있고 민중을 동원할 줄 알고 민심을 얻는 방법을 알고 있소. 하지만 우리는 뭐하고 있소? 모두 돈을 자기 호주머니에 넣을 궁리만 하고 있지 않소!' 그는 눈을 부릅뜨고 성난 어조로 말했다. 잠시 멈추었다가 그는 처량한 기색으로 말했다. '보시오. 우리의 동북이 얼마나 부패한가. 하긴 전국이 모두 그러하니! 이렇게 놔두면 우리의 천하도 얼마 남지 않겠구먼.'" 정둥궈는 이 대화를 서술하고는 비탄에 잠겨 이렇게 썼다. "우리는 정치 상 공산당의 적수가 아니다. 우리의 희망은 군사에 있다."[393]

9월, 장제스는 루산에서 군사회의를 개최했다. 회의가 끝난 후 친청은 비행기를 타고 선양으로 가서 동북국민당군 고급장병회의를 열었다. 동북의 병력이 부족한 상황에서 남만주(南滿)와 북만주를 동시에 공격할 수 없기에 목표를 줄일 수밖에 없었다. 또한 동북민주연군 남만주부대가 선양을 위협하고 있기에 "남쪽에서는 공격을 하고 북쪽에서는 방어를 하며 먼저 남쪽을 점령하고 다음 북쪽을 점령"이라는 작전계획을 세워 먼저 남만주해방구를 점

---

393) 鄭洞國: 『我的戎馬生涯』, 北京: 團結出版社, 1992년, 437, 438쪽.

령하여 동북해방구와 화북해방구, 산동해방구간의 연락을 끊어 놓아 뒷걱정을 없애기로 했다. 관내의 병력이 동북을 지원할 수 있을 때 대대적으로 북상하여 전 동북을 점령하려 했다.

이와 같은 국민당 군대의 의도에 대비하여 "동북국과 동북민주연군은 남만주근거지 건설을 강화하고 남만주근거지를 지켜내는 것으로 국민당군의 '남쪽에서는 공격을 하고 북쪽에서는 방어를 하며 먼저 남쪽을 점령하고 다음 북쪽을 점령'하려는 핵심 계획을 파괴한다. 이 목표를 위하여 남만주근거지를 지키고 북만주근거지를 튼튼히 하며 남북만주가 긴밀히 협동하여 병력을 집중시켜 국민당군을 공격하려는 작전계획을 세웠다. 제3, 제4종대와 3개 독립사단은 남만주에서 투쟁을 견지하고 나머지 주력부대는 북만주 지역에 주둔하고 있다가 기회가 되면 남만주부대와 협력하여 전투를 진행한다"[394]고 했다. 10월 31일 동북국에서는 동북국 부서기이며 동북민주연군 부정치위원인 천윈과 부총사령인 샤오진광(蕭勁光)을 남만주에 파견하여 현지의 군민들을 영도하여 국민당군대의 공격에 저항하게 했다.

그 시기 남만주의 형세는 매우 심각했다. 12월 상순, 남만주해방구는 린장, 창바이(長白), 푸송(撫松), 멍장(濛江) 4개 현 뿐이어서 인구가 적고 식량도 부족했으며 적의 공격을 피할 곳이 썼다. 남만주에 있는 동북민주연군 주력부대는 약 4만 명의 병력이 있었는데 대부분 장백산(長白山) 기슭의 협소한 지대에 모여 있었다. 샤오진광은 이렇게 회상했다.

> 이 지역에는 많아 23만 명의 인구가 있었다. 23만 가난한 백성들이 3~4만 명의 부대를 지원한다는 것은 여간 곤란한 일이 아니

---

394) 第四野戰軍戰史編寫組: 『中國人民解放軍第四野戰軍戰史』, 北京: 解放軍出版社, 1998년, 150쪽.

다. 더욱 현지의 토비, 특무, 위만경찰, 지주무장 세력들이 사처에서 활동하고 있어 많은 간부들이 피살당했고 협박을 받았다. 우리의 일부 지방 무장대오는 반란을 일으켰고 많은 군중들을 동원하지도 못했을 뿐만 아니라 일부 군중들은 우리를 멀리했다. 이렇게 되어 우리 군의 처지는 더욱 곤란해졌다. 영하 40 의 엄동설한에 우리는 따뜻한 솜옷도, 털모자도, 장갑도, 신발도 없었다. 먹을 수 있는 것이라고는 꽁꽁 얼어서 뜯기도 어려운 워워터우(窩窩頭)[395]와 백김치뿐이었다. 더욱 힘든 것은 부대가 하늘과 땅이 모두 얼어붙은 겨울의 야외에서 모닥불을 피워놓고 노숙하는 것이었다.[396]

힘든 시간이 계속되자 부대 내부에는 이런저런 말들이 돌기 시작했다. 일부 병사들은 남만주를 지켜내지 못하고 "압록강의 물이나 마시고" "조선으로 유학"이나 가야 되겠다고 했다. "푸른 산이 있는 한 땔나무 걱정을 할 필요가 없다"고 먼저 송화강을 건너 역량을 보존한 후 다시 공격하자고 하는 사람들도 있었다. 또 어떤 사람들은 남만주는 절대 포기할 수 없기에 꼭 견지해야 한다고 했다. 제4종대는 콴뎬(寬甸) 신카이링(新開嶺) 지역에서 삼일간의 격전을 거쳐 11월 2일에 무작정 공격을 해오는 국민당 제252군단 25사단을 전부 궤멸시켜 동북 전지에서 처음으로 국민당군의 한 개 사단을 전멸하는 기록을 세웠다. 이렇게 남만주 투쟁은 계속될 수 있었다.

12월 11일부터 14일까지 랴오동(遼東, 랴오닝성 동부) 군관구(남만주군관구

395) 워워터우: 옥수수 가루나 수수가루 따위의 잡곡 가루를 원뿔 모양으로 빚어서 찐 음식.
396) 蕭勁光: 「在南滿的戰斗歲月里」, 趙鳳森, 郝仲文 편: 『四保臨江』, 中共吉林省委党史工作委員會, 1987년 11월, 92쪽.

라고도 한다)는 통화(通化) 치다오장(七道江)군관구 전선지휘소에서 사단장 이상 간부들이 참가하는 군사회의를 열고 어떻게 남만주에서 투쟁을 계속할 것인가를 격렬히 토론했다. 이 상황을 알게 된 천윈은 13일에 큰 눈을 무릅쓰고 린장으로부터 치다오장에 도착하여 여러 사람들의 의견을 들었다. 그는 남만주에서 전투를 견지하는 전략적 의미와 '남아서 견지하는 것'과 철수하는 양자 간의 이해관계에 관한 중요한 강연을 했다.

> 동북의 적들을 소에 비유한다면 이 소는 북만주를 향해 걸어가고 있으며 꼬리는 남만주에 있다. 만약 우리가 이 소꼬리를 잡지 않고 놓아 준다면 큰 일이 일어난다. 이 소는 고삐 풀린 소가 되어 이리 저리 마구 밟고 지나게 된다. 그러면 남만주를 지켜낼 수 없을 뿐만 아니라 북만주도 위험하다. 만약 우리가 이 꼬리를 놓지 않는다면 적들은 마음대로 움직이지 못할 것이다"고 말하면서 소꼬리를 잡는 것이 제일 중요하다고 했다.
>
> 만약 우리가 남만주를 포기하고 북만주로 철수한다면 장백산을 지날 때 수천 명의 살상자를 내게 된다. 가령 북만주도 철수했다고 해도 적들은 우리를 따라 올 것이고 전투도 계속해야 하고 또 수천 명의 병력을 잃게 된다. 만약 우리가 남만주를 포기한다면 남만주를 공격하던 적들은 북만주로 올라가게 되어 북만주도 잃게 될 수 있으며 부대는 계속 북상하여 소련변경을 넘어야 할지도 모른다. 하지만 우리는 중국의 중국공산당 당원이다. 우리는 소련에 오랫동안 머물러 있을 수 없으며 언젠가는 헤이룽장(黑龍江)을 거쳐 북만주, 남만주로 다시 내려와야 할 것이다. 이렇게 하려면 또 여러 차례의 전투를 거쳐야 하며 수천 명의 살상자도 발

> 생하게 된다. 또한 우리가 북만주로 철수하면서 현지 남겨진 현지 무장대오는 적들의 공격에 큰 손실을 입게 된다. 이 모든 전투의 손실들을 계산한다면 북만주로 철수할 경우 우리는 적어도 만 명의 병력을 잃게 되는데 이 숫자는 지금 병력의 반수에 달한다. 반대로 우리가 여기 남만주에서 전투를 견지하게 되면 우리는 4분의 3 심지어 5분의 4의 병력을 잃게 된다. 하지만 우리가 남만주를 지켜내면 적들의 병력을 남만주에 남아 있게 하여 적들이 집중적으로 북만주를 공격할 수 없게 만들 수 있다. 이 두 가지 경우를 비교하였을 때 남만주를 지켜내는 것은 남만주를 포기하는 것보다 손실이 적다. 또한 남만주에 있는 적들의 병력이 충분하지 않기 때문에 우리가 남만주를 지켜낼 수 있는 가능성이 있다.[397]

그는 마지막으로 엄숙한 어조로 이렇게 말했다. "나는 결정을 내리러 온 것이다. 기필코 남만주를 지켜야 한다." 대다수 사람들은 천윈의 의견을 동의했으며 남만주의 형세에 대해 인식을 같이 했다. 16일 샤오진광, 천윈, 샤오화(蕭華), 청스차이(程世才)는 회의 결정을 린뱌오, 동북국 및 중국공산당 중앙에 전보로 보고를 올림과 동시에 "만주의 동, 서, 북쪽 지역에서 현지의 적들을 견제"할 것을 요구했다. 상급에서는 이를 비준을 받았다.

12월 17일 약 6개 사단의 국민당 군대는 린장지역을 향해 맹렬한 공격을 했다. 주력부대는 강력하게 압박해오면서 동북민주연군 남만주부대를 장백산 지역으로 몰아넣고 궤멸시키려 했다. 남만주부대는 험한 지대에 의거하여 적들의 공격에 강경하게 대응했다. 제4종대의 주력은 담대하게 적진의 후방

397) 蕭勁光: 『蕭勁光回憶錄』, 北京: 解放軍出版社, 1987년, 348, 349쪽.

으로 치고 들어가 정면으로 공격하는 국민당 군대의 병력 일부를 유인하여 양쪽 모두 고려하기 힘들게 만들었다. 남만주의 전쟁과의 협동 작전을 위하여 동북민주연군은 북만주 12개 사단의 병력으로 1947년 1월 5일에 감쪽같이 얼어붙은 송화강을 건너 남쪽으로 이동하여 공격했다. 이렇게 되어 "송화강을 세 번 건너 네 번 린장을 보위"하는 전역이 시작되었다.

"네 번 린장을 보위하다"라는 것은 동북민주연군 남만주부대가 대규모적인 국민당 군대의 네 차례의 공격을 막아 린장을 중심으로 하는 남만주해방구를 보위한 전투를 말한다. 이 전투는 상상 그 이상으로 어려운 상황에서 진행되었다. "적은 지역, 다운된 인민들의 정서, 적은 병력"은 전투 초기의 실제 상황이다. 병력이 부족한 것은 가장 엄중하고 제일 큰 곤란이다. 천윈은 전보에서 이렇게 말했다.

> 상술한 좋은 형세를 가져온다는 것은 쉬운 일이 아니다. 여러 차례의 크고 작은 규모의 섬멸전을 거쳐 일정한 대가를 치러야 만 얻을 수 있는 것이다. 통화가 함락되기 전 주력부대 매 사단에 겨우 6천여 명 병력이 있어 병력이 엄청 부족했다. 전투가 끝난 후 사상자가 발생하여 병력이 더 줄어들었다. 지방의 무장부대에서 병력을 보충 받고 22만 명의 인구가 있는 창바이 등 네 개 현에서 음력 정월 말까지 천여 명의 병사를 모집하려 하는데 계획대로 될지 모르겠다. 일제시기 이전 피점령지역에서 짧은 시간에 병력을 늘인다는 것은 거의 불가능하다. 이와 같은 원인으로 주력부대 병력은 제때에 보충 받지 못하고 전투가 진행될수록 병력이 점점 줄어들고 있다. 병력이 부족하기에 지휘관들은 더욱 큰 사상자가 발생할까봐 전투에 신심이 없다. 승전을 하여 적들의 포로들

로 병력을 보충하는 것도 생각해야 하는데 이 모든 것은 일정한 과정을 필요로 한다.[398]

이처럼 어려운 상황에서 남만주부대는 완강한 의지로 무수한 난관들을 극복했다. 능동적인 지휘와 민중들의 지지에 힘입어 남만주해방구를 공격하는 네 차례의 국민당 군대의 공격을 막아 내고 근거지를 확대했으며 선후하여 2만여 명의 국민당군을 섬멸했다. 전투에서의 승리는 화포, 기관총, 자동차 등 많은 물품들을 노획하여 부대 장비를 개선했다. 부대는 실전을 통해 더욱 강해졌다. 네 번째 린장 보위전은 4월 3일에 시작되었다.

남만주부대는 국민당군 제13군단 89사단을 포위하여 섬멸했고 이 사단의 사단장 장샤오탕(張孝堂)을 포함한 7,500여 명을 생포했다. 이 전투에서 남만주부대는 319명의 병사가 부상당하고 7명이 사망했다. 국민당 측의 전쟁사에도 국민당군 "선후로 네 차례 린장지역을 공격"했는데 동북민주연군 남만주부대는 "혹한의 기후와 복잡한 지형"에 의거하여 "기동적으로 돌연습격만 하고 정면교전은 피해 다녔기에 우리가 공격을 해도 별 성과가 없었다"고 했다.

"제25사단이 큰 손실을 입었고 랴오둥에서 전투를 하던 제91사단, 제2사단, 제89사단 및 제54사단 모두 상당한 손실을 입었다."[399]

"세 번 송화강을 건너 남하"라는 것은 동북민주연군 북만주부대는 남만주의 부대와 협동하기 위하여 세 번 송화강을 건너 남하한 전투를 말한다. 전투는 여간 힘들지 않았다. 송화강이 가로 막고 있어 북만주부대는 1월부터 3

---

398) 천원이 린뱌오와 펑전, 가오강에 보낸 전보문, 1947년 1월 16일, 趙鳳森, 郝仲文 편: 『四保臨江』, 中共吉林省委党史工作委員會, 1987년 11월, 42쪽.

399) "三軍大學"편찬: 『國民革命軍戰役史第五部－「戡亂」』, 第2冊(上), 台北: 『國防部史政編譯局』, 1989년 11월, 470쪽.

월 사이 강물이 얼어붙은 강 면으로 송화강을 건너 남만주부대와 협동 공격을 진행할 수 있었다. 때는 극한의 계절이라 북만주의 기온은 보통 −40 좌우였다. 북만주부대의 방한용품이 엄중하게 부족하기에 부대는 장기간 야외 전투를 진행하기 힘들었다. 강을 건너는데 이틀이 걸렸다.

두 날 동안 8천여 명의 동상환자가 발생했다. 비록 엄동설한에 진행한 전투였지만 부대는 실제 전투를 통해 더욱 강해졌다. 그들은 세 번이나 송화강을 건너 남하하면서 병력이 취약한 국민당군의 거점을 골라 돌연 습격했다. 북만주부대는 일부 병력으로 도시를 포위하고 주력 부대는 적의 지원군을 유인하는 방법으로 미국 장비들로 무장한 국민당군의 정예부대인 신1군단을 포함한 약 3만 여명의 국민당군을 궤멸시켜 국민당군에 심각한 타격 주었고 북만주군은 전투력을 높였다. 또한 송화강을 건널 때마다 많은 국민당군을 유인하여 남만주부대의 압력을 줄였다.

승리하기 위해 "3번 송화강을 건너, 4번 린장을 보위"하여 동북 전지의 형세를 근본적으로 돌려놓았다. 당시 동북민주연군 제4종대 부사령관인 한셴추(韓先楚)는 이렇게 회상했다. "1946년 12월 17일에 국민당군은 처음으로 린장을 공격했다. 1947년 4월 3일까지 네 차례 린장을 공격했는데 우리 군은 여러 가지 장비가 부족한 상황에서도 엄동설한의 추위를 무릅쓰고 여전히 남쪽에서 공격하고 북쪽을 지켜 내려는 국민당의 계획을 파탄시켰다. 북만주 근거지의 건설도 신속하게 발전하여 1947년 4월까지 토비 8만 2천여 명을 궤멸시켰다. 큰 토비무리를 숙청하여 동북전지의 적들은 공격으로부터 방어로 움츠렸고 우리 군은 방어로부터 공격으로의 역사적 전환을 마쳤다."[400]

당시 동북민주련군 제1종대 사령관인 완이(万毅) 등은 이렇게 회상했다.

400) 韓先楚: 『東北戰場与遼沈決戰』, 陳沂 편: 『遼沈決戰』 上冊, 北京: 人民出版社, 1988년, 96쪽.

"북만주의 우리 군이 세 번 송화강을 건너 네 번 남만주를 보위한 전투를 통해 동북전지에서의 적들과 우리 군의 형세를 바꾸어 놓았으며 적들의 통제지역은 줄어들고 해방구는 더 확대되었다. 남만주에서 우리 군은 성공적으로 진촨(金川), 지안(集安), 류허(柳河), 훼이난(輝南), 환두(桓杜) 다섯 개 도시와 광대한 농촌지역을 수복하여 북만주근거지를 강화했고 우리 군의 활동 중심도 북만주의 적들의 중심인 지린과 창춘 두 도시와 가까워졌다."[401]

상황이 변화되자 국민당군은 "공격에서 방어로 전술을 바꾸었다."[402] 이미 병력이 부족한 국민당 군은 북만주의 해방군이 또 한 번 남하할까 두려워 정동궈를 난징에 파견하여 장제스에게 동북에 지원군을 보내달라고 요청했다. 장제스는 이렇게 답변했다. "동북의 상황은 확실히 엄중하다. 하지만 동북으로 보낼 군대가 없으니 당신들이 모든 방법을 동원하여 국면을 안정시키기 바란다." "슝 주임과 두 장관에게 지금의 상황에서 우리 군은 동북에서 마땅히 '병력을 줄이고 중점적으로 방어하여 지금의 상황을 유지'하는 방침으로 기회를 기다려 다시 출격해야 한다고 알려주시오. 지금 어떠한 방법으로도 병력을 증가한다는 것은 불가능하오." 정둥궈는 이렇게 평론했다. "이후 국민당군대는 동북해방구를 향해 대규모적인 공격을 할 능력이 없었다. 동북 전체의 군사 형세는 근본적인 변화를 가져왔다."[403]

이 변화는 전체 동북전지에 큰 의미가 있다.

엄숙한 이야기는 뒤로하고 재미있는 이야기를 들어보자. 아래는 중앙통신의 4월 20일, 선양의 보도이다. 이 보도는 여러 신문을 통해 보도된 내용이

---

401) 万毅, 劉震, 徐斌洲: 『三下江南作戰』, 伍修權 편: 『遼沈決戰』 續集, 北京: 人民出版社, 1992년, 53, 54쪽.

402) "三軍大學"편찬: 『國民革命軍戰役史第五部－「戡亂」』, 第2冊(上), 台北: 『國防部史政編譯局』, 1989년 11월, 470쪽.

403) 鄭洞國: 『我的戎馬生涯』, 北京: 團結出版社, 1992년, 444, 446쪽.

다. 독자들은 아무런 해석도 첨가하지 않은 보도 내용으로부터 당시 민중들이 중앙통신사의 소식을 전혀 믿지 않은 원인을 알 수 있을 것이다.

> 소식에 의하면 동북 공산당군의 여러 영도자들은 3월 28이에 하얼빈의 난강(南崗) 라마대(喇嘛台) 총사령부에서 회의를 열었다. 이 회의에서 린뱌오는 남쪽으로 내려가자고 했지만 하얼빈시 시장인 리톈유(李天佑)는 극구 반대했다. 리톈유는 마오쩌동의 진영을 떠나 우리의 정부와 합작을 하려 했다. 양측 모두 양보하지 않아 총싸움으로 번졌는데 당시 리의 근무병인 장쉐런(張學仁, 리의 동생이라는 소식도 있어 신분이 불확실하다.)은 명령에 따라 린뱌오의 오른쪽 아랫배를 향해 총을 쏘자 린뱌오는 바로 장쉐런을 사살했다. 린뱌오의 정위 종쯔윈(鐘子云)은 리톈유 구금했다. 린뱌오는 상처가 악화되어 우다오가(五道街)의 유대인 병원으로 호송되었다. 병원 원장이 수술을 했지만 밤을 넘기지 못하고 죽었다. 린뱌오의 시체는 아직도 지하 얼음 창고에 있다. 지금 루정차오(呂正操)가 린뱌오의 직무를 대신하고 리톈유는 사형에 처해졌다. 정위 녜허팅(聶鶴亭)이 하얼빈시 시장 겸 경비사령을 맡았다.[404]

1946년 연말부터 1947년 5월까지 진행된 멍량구전역이 끝나고 장제스, 천청이 3~6개월이면 무력으로 공산당을 궤멸시킨다고 한 기일이 다 지나도 아무런 성과를 얻지 못했다. 사실이 증명하는 바와 같이 국민당군의 이 계획은 허망한 꿈일 뿐이고 내전의 형세는 그들의 희망과 다른 반대 방향으로 변했

---

404) 『大公報』, 1947년 4월 21일.

다. 장제스, 친청 누구하나 생각지 못한 일이었다. 국민당통치구역의 민중들도 이런 변화를 감지할 수 있었다. 1947년 5월 23일 상하이에서 출판한 『스위원(時与文)』 주간에는 이런 문장이 실렸다.

> 지금 전지의 상황과 형세는 작년 장자커우전투 이전의 상황과 완전히 다르다. 전략적 형세로 볼 때 예전의 국군은 주요 전지에서 우세에 처하였지만 지금 공산당군이 대다수 전지에서 우세를 차지하고 있고 주력부대가 집중된 한두 개의 전지에서만 겨우 서로 비슷한 상황에 놓여 있다. 예전에 국군이 장악하던 지역의 주도권은 지금 공산군의 수중으로 넘어갔다. 전술적으로 보면 공산군은 10개월의 작전을 거쳐 공격력과 기동력에서 큰 발전을 가져왔다. 과거에는 상대방을 자신들의 포위 속으로 유인하여 섬멸하였지만 지금은 반격과 공격으로 전투를 주도하고 있다. 반대로 국군은 일부 지방의 전지를 포기하고 주요 전지를 지원하고 집중된 병력으로 간편한 복장, 간편한 장비로 긴급 행진을 하여 돌격하는 전술을 사용하였지만 이미 기울어진 형세를 뒤돌려 놓을 수가 없었다. 이는 최근 10달 동안의 군사 발전의 결과이다. 이와 같은 형세의 발전으로부터 이후 형세의 발전 방향을 가히 짐작할 수 있다. 이와 반대로 이런 변화는 더욱 빨라 질 것이다. 이멍산으로부터 장백산에 이르기까지 전쟁의 불길은 점점 거세게 타오르고 있다. 이후 2~3개월간의 형세의 발전은 전쟁의 결과에 결정적인 역할을 하게 된다.[405]

---

405) 叶辛: 『最近戰局鳥瞰』, 『時与文』, 第11期, 1947년 5월 23일.

제5장
전국을 휩쓴 반 기아, 반 내전의 폭풍

제5장
전국을 휩쓴 반 기아, 반 내전의 폭풍

루중과 동북 전지의 상황이 국민당 정부에 불리하게 악화되는 시점에 국민당 통치구역의 민중운동도 전례 없이 큰 규모로 일어났다. 1947년 5월 16일 국민당군 정예 주력부대인 재편성한 제74사단이 멍량구전역에서 궤멸당한 4일 후인 5월 20일에 난징에서 "반 기아, 반 내전"을 주요 구호로 하는 대규모 학생 항의운동이 진행되었다. 미군폭행에 항의하는 운동보다 더 큰 규모로 더 큰 속도로 전국에 퍼진 이 운동은 유례없이 강력한 민중운동으로 번졌다.

국민당은 전쟁의 최전방과 자신들의 통치구역에서 동시에 곤경에 빠졌다. 이는 연 초에 상상도 하지 못했던 상황이었다.

반 기아, 반 내전운동은 화산처럼 별안간 폭발하였지만 우연히 일어난 것이 아니었다. 이 운동은 되돌릴 수 없을 정도로 진행된 인플레이션과 하늘을 치솟는 물가로 인해 생존이 어려운 국민당 통치지역 민중들의 강력한 불만의 목소리이며, 더는 억제할 수 없을 정도로 축적된 분노의 표현이었다.

항일전쟁 말기부터 시작된 국민당 통치구역의 인플레이션과 치솟는 물가는 이 시기에 이르러 더욱 악화되었다. 항일전쟁 초기에는 연해지구의 풍요로운 지역이 거의 모두 함락되어 물자가 부족했다.

정부와 군대의 지출은 늘어났고 대후방의 인구는 증가되었다. 전쟁시기 중국의 경제는 농업을 위주로 하는 경제였다. 쓰촨, 후난 등 성에서 모두 풍작을 이룬 해인 1938년과 1939년에 정부 은행은 유휴자금과 외화자본이 많았고, 인민들이 항일전쟁을 지지하고 있었기에 인플레이션과 물가상승은 비교적 느렸다. "1940년은 중국의 인플레이션 역사의 전환점이다." "1940년 중국 15개성의 여름 벼 수확량은 그 전 해보다 20%감소했다. 비록 겨울 밀 수확량이 그 전 해와 같다고는 하지만, 1940년 농산물의 총 생산량은 10%감소했다.

5월에 213이던 총칭의 쌀 지수는 12월에 이르러 1004로 치솟았다. 1941년의 식량생산량은 전쟁전보다 9%~13% 줄어들었다."[406] 식량은 민중들의 생활에 없어서는 안 되는 물자이기에 식량가격의 상승은 민중들의 생활에 절대적인 영향을 미쳤다.

식량의 생산량이 적어지자 식량을 사재기하는 자들이 많아지고 암시장이 가격을 좌우하는 현상들이 나타나기 시작했다. 이런 현상들은 기타 물가의 상승을 초래했다. 1940년에 일본군이 베트남에 주둔하면서 중국은 뎬웨(滇越)철도[407]를 통해 외국의 상품들을 수입할 수 없었다. 같은 해 영국 당국에서 뎬웨철도 개방을 잠시 중단했다. 국민정부 주계처(主計處)에서 편찬한 통계 월표에 의하면 대후방의 각종 상품들의 1939년 6월의 물가지수를 100이라고 할 때, 1940년 12월에 이르러 391로 상승했고, 1941년 12월에는 1029에 달하여 1년 반 사이에 물가지수는 10배 상승했다. 그 후 정부는 각종 새로운 가렴잡세들을 거두어 정부의 재정적자를 메우려고 했다. 경제적 통제를 강화하자 돈 많고 권세가 있는 집안에서는 이를 빌미로 자신의 돈주머니를 불렸다.

때문에 민중들의 생활은 더욱 어려워졌다. 1944년 허베이성, 후베이성, 광

---

406) 張公權, 楊志信 역: 『中國通貨膨脹史(1937—1949年)』, 北京: 文史資料出版社, 1986년, 17쪽.
407) 뎬웨철도: 윈난(雲南) 성 쿤밍(昆明)과 허커우(河口)를 잇는 철도.

시성 등에서 연속 패전을 하게 되자 충격을 받은 물가지수는 더욱 높이 상승했다. 사련총처(四聯總處)[408]의 공문서에 의하면 각 중요 도시의 판매 물가지수는 항일전쟁 초기인 1937년 7월에는 104.5, 1943년 12월에는 23,357.4, 1944년 12월에는 75,891이였으며 항일전쟁 승리 직전인 1945년 5월에는 216,786에 달하여 항일전쟁 초기에 비해 2천여 배나 올랐다.[409] 민중들의 수입은 물론 공무원과 교사들의 임금은 급증하는 물가의 상승을 따르지 못해 기본적인 생활을 유지하기에도 힘들었다. 장궁촨은 이렇게 썼다.

> 항일전쟁이 끝나기 몇 달 전, 수많은 중국 사람들의 경제가 바닥에 닿았고 백성들은 도탄에 빠졌다. 보통 소비자들은 팔아버릴 수 있는 모든 물건들을 팔아도 겨우 입에 풀칠할 정도였다. 세무 관리자들과 군인들은 터무니없이 무거운 세금을 징수하여 돈을 긁어모으고 재물을 약탈하고 있으니 수많은 농민들은 이들을 한없이 증오했다. 군대 내에도 자리를 비우는 자들이 점차 많아 졌다. 참혹하고 무정한 인플레이션은 전 중국의 항일의 열정을 망쳐 놓았다.[410]

항일전쟁이 승리한 후 국민경제는 마땅히 회복되고 발전되어야 했다. 물론 대후방과 수복지역의 물가는 한동안 대폭적으로 내려가 백성들은 희망을 가졌었다. 하지만 이런 상황도 얼마 지속되지 못하고 한두 달이 지나자 물가는

---

408) 사련총처: 『77사변』 이후 국민정부에서 성립한 중앙은행, 중국은행, 교통은행, 농민은행 등 4대 은행의 연합 판사처(辦事處, 사무처).

409) 銀行總行參事室 편: 『中華民國貨幣史資料』, 第2輯, 上海: 上海人民出版社, 1991년, 385, 386쪽.

410) 張公權 저, 楊志信 역: 『中國通貨膨脹史(1937—1949年)』, 北京: 文史資料出版社, 1986년, 46쪽.

다시 신속하게 상승하기 시작했다. 상하이에서 출판한 『스위원(時与文)』 주간에는 이런 보도가 실렸다.

> 경제가 붕괴되기 시작한 것은 항일전쟁이 전면적으로 시작된 후부터였다. 8년간 지속된 항일전쟁 기간 경제는 대규모적으로 파괴되었고 계통적이고 조직적인 착취와 침식을 당한 국민 경제는 붕괴의 변두리에 이르렀다. 항일전쟁 승리 후 시작된 전례 없는 대규모의 전 중국 인력과 물력을 동원한 전면 내전이 폭발되자 언제보다도 뚜렷하고 엄중하고 심각한 경제 붕괴현상이 나타났다.[411]

1946년에 들어선 후, 물가는 급속하게 상승하여 민중들의 생활은 더욱 어려워졌다. 국민당 정부 외교부장 왕스제는 그해 6월 26일의 일기에 "근래 여론은 보편적으로 정부를 원망하고 있다. 그 원인은 너무 높이 오른 물가 때문이다. 정부 재정도 앞길이 막막하기만 하다. 정부의 '무능'한 대응 행동 때문에 걱정과 우려를 금할 수 없다"[412]고 썼다. 칭화대학 교수인 우치위안(伍启元)은 9월 1일 『관찰』 창간호에 글을 발표하였다. 그는 "오늘날의 중국경제가 이미 개선되었고 좋아지고 있다"고 여기는 일부 사람들의 낙관적인 논조에 "만약 우리가 표면적인 현상만 보지 않고 깊이 있게 관찰한다면 지금의 중국경제는 위기에 직면해 있으며 절대로 낙관을 할 수 없다"고 했다. 그는 이렇게 썼다.

---

411) 伍丹戈: 『經濟崩潰与經濟政策』, 『時与文』 創刊号, 1947년 3월 14일.
412) 王世杰: 『王世杰日記』, 第5冊, 台北: "中央研究院"近代史研究所, 1990년 3월 영인본, 341쪽.

> 지금 사회 각 계층의 생활로부터 우리는 지금 중국 경제가 지극히 불합리한 것을 알 수 있다. 우리나라 인구의 80%이상은 농민들이다. 지금 농민들은 보편적으로 전쟁, 자연재해, 암흑 정치, 그릇된 경제정책, 지주계층의 압박 등 수많은 곤란 속에서 기아에 허덕이고 있다. 전선의 중층계급(임금은 받고 있는 계급)들도 인플레이션에 의해 빈곤호로 전락되었다. 현재 유일하게 이득을 보고 있는 계급은 봉건역량을 포함한 탐관오리, 매판계급과 자산계급 등 기득이익집단들이다. 전국 중하층 인민들이 기아로 사선에서 헤매고 있을 때 이들은 극도로 사치하고 귀족적이고 낭비적인 생활을 하며 완전히 다른 세상을 살고 있다. 지금의 중국에는 '유(有)'의 계급과 '무(无)'의 계급 두 가지 극과 극의 계급이 존재한다. '무'의 계급의 생활은 프랑스혁명전의 프랑스 당지의 생활 상황이 무색할 정도로 심각했다. 상하이나 난징의 번화한 세계에서 사는 사람들이나 중국의 경제는 이미 개선되었다고 자아최면을 하였을지도 모른다. 하지만 상하이의 천당과 같은 생활과 광대한 농촌의 일반적 중하 층 인민들의 지옥과 다름없는 생활을 동시에 보았다면 중국 경제가 혁명적인 개혁이 필요하다는 것을 인정하지 않을 수 없을 것이다.[413]

상하이 상업은행 연구원 다이진(笪移今)은 같은 해 10월 26일에 출판한 『관찰』에 아래와 같은 글을 발표했다.

413) 伍启元: 『论当前中国经济情势』, 『观察』 创刊号, 1946년 9월 1일.

> 항일전쟁이 끝난 지 1년하고도 한 달이 지났다. 다른 국가의 경제는 거의 전쟁 전의 상태로 회복하였거나 경제가 호전되고 있다. 심지어 패전국인 일본의 경제도 하루 다르게 발전하고 있다. 오직 중국, 그것도 승전국인 나라의 경제는 점점 나빠지고 있다. 아직도 계속되고 있는 대규모의 내전은 이런 결과의 주요한 원인이며 지금도 항일전쟁시기의 그릇된 경제정책을 집행하고 있다. 만약 현재 실시하고 있는 정책을 포기하지 않고 예전의 정책을 전환하지 않고 그대로 놔둔다면 중국 경제의 앞날은 되돌릴 수 없는 지경에 이르러 식민경제의 길에 들어서게 된다.[414]

1946년 1년 사이에 재정경제 상황은 놀라울 정도로 악화되었다. 정부의 통계에 의하면 정부 지출은 3.2배 증가했는데 내전에 사용된 군사비용은 전체 지출의 60%를 차지했다. 하지만 재정수입은 전체 지출의 37%에 그쳤다.[415] 다이진은 다른 글에서 이렇게 썼다. "34년(1945년) 10월부터 35년(1946년) 연말까지의 15개월 사이에 상하이의 물가는 28배 증가했다.[416]"

국민당 정부 경제부 차장직을 맡았던 경제학가 허롄(何廉)은 이렇게 썼다. "지금의 계산 방법으로 계산했을 때 1946년의 정부지출은 항일전쟁 승리 후 시작된 내전의 영향으로 그 전해보다 4배가량 증가했고 1944년과 비교하면 44배나 증가했다. 1946년 정부 재정의 결손(지출이 수입을 초과한 경우)은 1945년보다 4배 증가했다. 정부의 화폐발행량은 1946년과 1945년 비해 4배 증가했다. 1945년의 평균물가지수는 163,160(1937년 1~6월 기준 평균물가지수

414) 笪移今: 『中國經濟危机的出路』, 『觀察』, 第1卷 第9期, 1946년 10월 26일.
415) 張公權, 楊志信 역: 『中國通貨膨脹史(1937—1949年)』, 北京: 文史資料出版社, 1986년, 50쪽.
416) 笪移今: 『物价往哪里去』, 『觀察』, 第2卷 第5期, 1947년 3월 29일.

를 100으로 한다)였고 1946년 12월에 이르러 물가지수(위와 같은 기준으로)는 627,210으로 올랐다. 1946년과 1945년을 비교 할 때 물가지수는 4배 증가했으며 물가증가의 기본요인은 재정에 있다."[417]

1947년 설날 『대공보』는 정부의 눈치를 보지도 않고 직설적으로 썼다. "1년 동안 진행된 내전은 악성적인 인플레이션을 초래하여 경제 붕괴의 징조가 나타나기 시작했다."[418]

민족공상업도 큰 타격을 입었다. "1947년 1월에는 지정 가격 구매제도를 실시하여 각 공장에서 생산한 무명실의 절반을 방직관리위원회(경제부 방직사업관리위원회)바쳐야 했다. 동시에 운송판매도 강제로 관리하여 상하이에서 화남, 화북, 우한으로 보내는 거즈는 운송허가증이 있어야 운송할 수 있게 했다." "지정가격, 협정가격은 시장가격보다 낮았으며 심지어 원가보다 낮았다."[419]이는 방직업의 상황이었다. 이런 정황에서 생산은 위축되기 마련이다.

하지만 장제스는 악화되어가는 경제상황을 개의치 않았다. 1월 13일, 장제스는 지난해 군제대사업에 관한 보고를 하면서 아무렇지 않게 말했다. "지금 일부 사람들은 경제가 붕괴되었다고 난리를 치는데 이번 해에는 아무런 위험도 없을 것이다. 높은 물가와 인플레이션은 일시적인 현상으로 중국은 이를 이겨낼 방법이 있다."[420]

엄중한 재정적자현상을 해결하기 위하여 국민당 정부 행정원 원장 송쯔원과 중앙은행 총재인 베이쭈이(貝祖詒)는 지폐를 대량적으로 발행하고 세금을

---

417) 何廉 저, 朱佑慈, 楊大宁, 胡隆昶, 王友鈞, 俞振基 역: 『何廉回憶彔』, 北京: 中國文史出版社, 1988년, 279쪽.

418) 『大公報』, 1947년 1월 1일.

419) 許滌新, 吳承明 편: 『中國資本主義發展史』, 第3卷, 北京: 人民出版社, 1993년, 653쪽.

420) 『大公報』, 1947년 1월 14일.

증가하고 적위(敵僞)[421] 산업을 판매하여 돈을 마련했다. 중요한 대책의 하나로 대량의 황금과 외화를 팔아 시장에서 유통되는 화폐를 거두어 인플레이션을 억제하려 했다. 제일 많이 판매한 날에는 하루에 10만 냥의 황금을 팔았다.

이는 실패가 확정된 정책이다. 인플레이션의 주요 원인은 날로 커지는 내전으로 인해 늘어난 군사비용 때문이었다. 이미 터진 제방과 같아 황금이나 외화로 막을 수 있는 것이 아니었다. 민간 통계에 의하면 1946년 12월부터 1947년 2월 상순까지 중앙은행에서는 황금 15.77만 개를 팔아 법폐 7.88천억 위안을 회수하고 1946년 12월부터 1947년 상반기 사이에 약 1.5만억위안의 법폐를 발행했다고 한다. "황금을 팔아 회수하는 금액은 인플레이션의 속도를 따르지 못하니 정책의 실패는 불가피한 것이다."[422]

송쯔원이 이렇게 황금을 판매하면서까지 올인 할 수 있었던 원인은 장제스와 친청이 1년 내에 공산당을 궤멸시켜 내전을 결속 짓는다고 장담했기 때문이다. 때문에 송쯔원은 장구한 계획을 하지 않고 눈앞에 닥친 문제만 대처하고 기타 문제는 내전이 끝난 후에 바로잡으려고 했다. 하지만 현실은 공산당을 궤멸시키기는커녕 국민당에 더욱 불리한 상황으로 흘러가고 있어 군비가 더 많이 필요했다. 때문에 송쯔원은 진퇴양난의 난처한 처지에 빠졌다.

원래 국민당 정부가 황금과 외화를 통제하고 있어서 그들의 황금과 외화를 투매하는 여러 가지 설이 있었다. 1947년 초 베이쭈이를 대신하여 중앙은행 총재를 맡은 장궁촨은 2월 28일의 일기에 장제스에게 "베이쭈이가 중앙은행 총재 직무를 인계받을 때 황금 560만 냥이 있었고 외화까지 하면 총 8억 달러가 있었다. 하지만 지금은 260만 냥의 황금을 포함하여 약 4억 달러 남

421) 적위: 항일전쟁시기의 일본침략자, 매국노와 그 정권을 말한다.
422) 龍成志: 『從物价狂漲看經濟崩潰』, 『時与文』, 第8期, 1947년 5월 2일.

아 있어 절반 정도 줄었다"[423]고 말했다. 이 많은 황금과 외화는 1946년 3월부터 1947년 2월 사이 1년도 안 되는 동안에 써버린 것이다.

이 일로 장제스는 크게 격노했다. 당시 중앙은행 회계감사 처장 李立俠(李立俠)는 이렇게 썼다. "장제스가 제일 마음 상한 것은 송쯔원, 베이쭈이가 장제스 몰래 그의 자산인 외화와 황금을 대량으로 투매한 사건이었다." "당시 송쯔원은 상당히 제멋대로 날뛰었다. 중앙은행에서 외화와 황금을 대량으로 투매하면서 매일 영문으로 송쯔원에게 직접 보고를 올렸지만 재정부와 장제스 측에서는 이런 상황을 하나도 모르고 있었다. 1947년 1월에 이르러 사건이 크게 터져서야 장제스는 이 사실을 알게 되었다. 장제스가 이 일로 분노를 표하고 나서야 중앙은행에서는 매주 장제스에게 보고를 보내기 시작했다." "장제스는 중앙은행을 매우 중시했다. 중앙은행은 그의 총 회계처여서 누구도 마음대로 할 수 있는 곳이 아니다. 이번에 송쯔원이 그의 가산을 마구 써버리자 그는 단호하게 송쯔원을 내쫓았다."[424]

또 한 가지 문제는 중앙은행에서 시장가격보다 현저히 낮은 가격으로 외화와 황금은 판매했다는 것이다. 1946년 2월에 송쯔원은 원래 1:20인 미국 달러의 환율을 1:2040로 올려 시장가격과 비슷하게 상향조절 했다.

"이미 상승한 환율은 멈출 줄을 모르게 계속 올랐다. 1946년 8월 시장의 환율이 1:3000으로 오르자 그도 환율을 1:3000로 올렸다. 하지만 환율은 계속해서 올라 그가 사직하기 직전인 1947년 2월의 시장 환율은 1:12000으로 상승했다." 황금 판매에서 "그는 처음에 시장가격보다 싼 정부 가격으로 금괴를 판매했다. 1945년에 그는 대중에게 60%의 가격으로 황금을 할인 판매했

---

423) 姚崧齡: 『張公權先生年譜初稿』 下冊, 台北: 傳記文學出版社, 1982년 1월, 801쪽.

424) 李立俠: 『宋子文, 貝祖詒時期的中央銀行』, 壽充一, 壽樂英 편: 『中央銀行史話』, 北京: 中國文史出版社, 1987년, 90, 91쪽.

다." 하지만 이는 공개적인 것이 아니라 비공개적으로 진행되었다." "만약 정부의 도움이 없었다면 정부에서 외화를 바꿀 수 없으니 이런 현실에서 살아남을 기업이 거의 없다. 하지만 1945년부터 1947년 사이의 2년 동안 송쯔원의 통제 하에 외화 제도는 완전히 다른 두 가지 얼굴을 하고 있었다. 송쯔원은 기업에 소식을 알리지 않기에 이들은 정부 측에서 외화를 얻을 수 없었으며 그와 관련이 있는 사람들은 신청만 하면 외화를 바꿀 수 있었다."[425]

국민당 원로인 왕충훼이(王寵惠)는 행정원 의사조(議事組) 주임인 천커원(陳克文)에게 이렇게 말했다. "예전에 많은 외국 친구들의 정부를 탐오만 하는 무능한 정부라고 했을 때 나는 지나친 이야기라 했다. 지금 겪어보니 크고 작은 관리들이 지위 불문하고 탐오하지 않는 자가 없었다." 그렇다면 송쯔원은 어떠했는가? 천커원은 한 달 후의 일기에 이렇게 썼다. "량처우(亮疇, 왕충훼이 자)선생은 여러 가지 실례를 들면서 송쯔원 원장에게 정치, 권세를 등에 업고 사적으로 공상업을 경영하는 문제를 이야기하면서 크게 한탄했다."[426] 황금을 매매를 주관하는 중앙은행 업무국장인 린펑바오(林鳳苞)와 부국장 양안런(楊安仁)은 이 업무를 퉁펑위(同丰余) 금방(金号) 회장인 잔롄성(詹蓮生)에게 넘겨 경영하게 했다. "모든 거래는 전화 혹은 구두로 결정하여 종이로 남겨진 어떠한 규정도 없었으며 계약서와 신청서도 없었다. 심지어 중앙은행에 저축해 있는 한 덩이에 400냥이던 금궤를 시장에서 유통하는 10냥짜리 금궤로 용해하는 업무도 중앙화폐제조공장에서 진행하지 않고 잔롄성 관련 여러 금은방에서 대신 용해하게 했으며 금궤마다 30%의 재료소모비용까지

---

425) 何廉 저, 朱佑慈, 楊大宁, 胡隆昶, 王友鈞, 俞振基 역: 『何廉回憶录』, 北京: 中國文史出版社, 1988년, 280, 281쪽.

426) 陳方正 편, 교정: 『陳克文日記(1937—1952)』 下冊, 台北: "中央研究院"近代史研究所, 2012년 11월, 1036, 1044쪽.

지불했다."[427] 투기가 창궐하는 금융시장은 물가의 폭등을 초래했다. 군중들은 이런 일들에 더욱 쉽게 분노했고 국민당 내부의 기타 세력들의 맹렬한 공격을 받았다.

더 이상 황금과 외화 투매를 계속해 나갈 수도 없었다. 1947년 2월 8일, 장제스가 루난의 린이 전투를 배치하느라 바쁜 시간에도 여전히 시간을 내서 송쯔원을 접견하고 상하이 금, 화폐 및 물가에 보고를 들었다. 장제스는 이렇게 말했다. "지금 대책은 빠른 시일에 효과를 보려 할 때 이용해야 한다.

특히 경제정책을 전환하는 것보다 먼저 생각하지 말아야 한다." 송쓰원은 어쩔 수 없이 당일로 중앙은행에 황금 암거래를 금지하라고 명령했다. 명령이 내려진 이틀 후인 10일과 11일에 물가는 두 배로 뛰어올랐다. 많은 가게들에서는 물건을 판매하려 하지 않게 되었고 시장은 혼란에 빠졌다.

왕스제는 2월 11일의 일기에 이렇게 썼다. "근일 정부에서 1만 위안의 거액권 지폐를 발행하고 황금판매를 중단하자 상하이와 난징에는 금융 소동이 일어났다. 한 냥에 5~6만씩 하던 황금은 9~10만으로 올랐고 1달러에 7~8천씩 하던 환율은 1만 6천으로 올랐다. 정부의 신용과 송원장의 재무관리 신용도 큰 타격을 입었다."[428] 12일, 상하이에서 처음으로 식량을 빼앗는 사건들이 일어났다. 쿵샹시(孔祥熙)도 황금 장부와 구매한 사람들을 철저히 조사하게 했다. 당일 『대공보』에는 "굴레 벗은 말과 같이 멈출 줄 모르고 상승하는 물가에 평민들은 고난에 허덕이고 있다"는 제목의 뉴스가 실렸다. "야생마와 같은 물가의 조그마한 변화라도 충분히 평민들의 생활을 흔들어 놓을 수 있었다. 일반 공무원들은 3월에 있을 임금조절에 큰 희망을 가지고 있었지만

---

427) 李立俠: 『宋子文, 貝祖詒時期的中央銀行』, 壽充一, 壽樂英 편: 『中央銀行史話』, 北京: 中國文史出版社, 1987년, 38, 39쪽.

428) 王世杰: 『王世杰日記』, 第6冊, 台北: "中央研究院"近代史研究所, 1990년 3월 영인본, 23쪽.

이틀 사이에 이 희망도 절망으로 바뀌어 가고 있었다. 모두 '임금을 만 배 올린다고 한들 뭔 소용이 있겠는가'는 생각을 가지고 있었다."[429] 13일, 송쯔원은 재정 고문과 함께 장제스를 만나러 가서 외화환율 조절하고 황금판매를 재개할 것을 주장했다. 장제스는 강력하게 반대했다. "황금판매를 중단하고 먼저 물가를 통제하고 투기를 금지하고 외국 화폐의 유통을 금지한 다음 환율 조절과 황금정책을 제정한다."[430]

15일, 황금판매를 중단한다는 공고를 냈다. 16일, 장제스는 직접 국방 최고위원회를 개최하여 『경제긴급 대책 방안』을 통과하였다. "투기매매를 금지하고 금융시장을 안정에 관한 사항" "(1) 오늘부터 황금매매를 중단하고 투기매매를 금한다." "(2) 오늘부터 국내에서 외국 화폐의 유통을 금한다." "(3) 금융업무에 관한 관리를 강화하여 신용을 통제하고 정부의 경제정책과 배합하여 금융시장을 안정시킨다."[431] 송쯔원의 황금외화정책은 완전히 실패했다.

이런 정황에서 사회 여론은 송쯔원을 맹공격했다. 그중 제일 큰 영향을 미친 것은 2월 15일 중앙연구원 역사언어연구소 소장인 푸쓰넨이 『세기평논』에 『이런 송쯔원은 자리를 내놓지 않으면 안 된다』는 제목으로 발표한 글이다.

푸쓰넨은 송쯔원의 황금정책, 공업정책, 대외신용 등 다섯 가지 죄상을 열거하면서 이렇게 썼다. "나는 분개를 금할 수 없다. 그 해에 내가 참정회(參政會) 법원에서 쿵샹시를 만났을 때와 같이 지금 국가는 그를 감당할 수가 없고 인민들도 그를 감당하기 힘들다. 그는 정말로 자리를 내놓아야 한다. 아니면 모든 것이 무너진다."[432] 17일, 국민참정회(國民參政會) 주회위원회에서는

---

429) 『大公報』, 1947년 2월 12일.

430) 秦孝儀 총편찬: 『蔣介石大事長編初稿』 卷六(下冊), 台北: 1978년 10월, 383, 385쪽.

431) 中國人民銀行總行參事室 편: 『中華民國貨幣史資料』, 第2輯, 上海: 上海人民出版社, 1991년, 556, 557쪽.

432) 傅斯年: 『傅斯年選集』, 天津: 天津人民出版社, 1996년, 339쪽.

송쯔원 등 관련인물들에게 처분을 주어야 한다고 입을 모았다. 24일, 장제스는 상하이에 경제 감찰단을 보내 월말까지 황금풍파안(黃金潮案)의 진실을 명확하게 조사하라고 명령했다.

2월 28일 "지난 달 반성록"에 장제스는 이렇게 썼다. "상하이에서 황금판매를 중단한 후 큰 경제풍파가 일어났다. 물가는 걷잡을 수 없을 정도로 올라 붕괴의 변두리에 이르렀다. 쯔원, 야오송링의 경거망동한 행동은 더없이 황당하며 그들은 일을 더 혼란스럽게 만들었을 뿐이다." "매일 변화하는 정치형세 하에 쯔원은 간간히 유지하기도 힘들었다. 적들과 사회의 원성을 샀을 뿐만 아니라 당정군 각계 비난을 받았다. 그들의 경제정책은 시대의 흐름에 역행하는 꼴이다. 나의 과도한 신임 하에 그들은 고문들의 의견도 마다하고 독단적으로 행동했다." "이번 달은 군사, 경제, 정치적으로 제일 힘든 시기였다. 이렇게 곤란한 상황은 처음 있는 일이다." [433]

3월 1일, 송쯔원은 어쩔 수없이 행정원 원장 직무를 내 놓았다. 장제스가 행정원 원장 직무를 대리했으며 장춘(張群)이 부원장을 맡았다. 중앙은행 총재직에서 사직한 베이쭈이의 직무는 장궁촨이 인계받았다.

3월 하반월, 국민당은 제6기 3차 전체회의를 진행했다. 장제스는 전체회의 총리 기념주에 이렇게 말했다. "이번 회의에는 하늘을 원망하고 남을 탓하는 말들만 들렸고 건설적인 건의는 거의 없었다." 천커원은 일기에 이렇게 썼다. "나는 전체회의에서 당내 파벌투쟁만 보았고 당의 구체적인 대응 방법은 거의 보이지도 않았다. 국가와 사회의 건설과 개조를 위한 실행 가능한 계획은 있을 리 없었다." [434]

---

433) 장제스 일기(친필본), 1947년 2월 28일 『上月反省象』, 미국 스탠퍼드대학교 후버연구소 소장.

434) 陳方正 편, 교정: 『陳克文日記(1937—1952)』 下冊, 台北: "中央研究院"近代史研究所, 2012년 11월, 1046, 1047쪽.

황금풍파는 국민당 통치구역 경제위기 악화과정 중 별로 크지도 않은 에피소드의 하나일 뿐이었다. 장제스는 자신이 직접 주최하고 제정한『경제긴급 대책 방안』을 통해 방임의 정책을 관제의 정책으로 전환하려 했다.

하지만 전면 내전이 부단히 확대되는 상황에서 방임이든 관제든 모두 재정금융 에서 성과를 얻을 수가 없었다. 이는 악화된 경제상황의 근본적 원인이 평형을 이룰 수 없는 군사 지출의 증가 속도와 재정 수입의 변화에 있기 때문이다. "베이쭈이가 중앙은행 총재를 맡고 있던 시기 비록 많은 외화와 황금, 물자들을 소모하였지만 인플레이션의 속도를 얼마라도 지연시켰었다.

장궁촨이 총재를 맡은 후 한도를 정하여 외화를 엄격하게 배분하고 황금 판매를 금지했다. 외화와 황금의 소모가 줄어들었지만 지폐의 발행은 더욱 많아져 인플레이션은 더 심각해졌고 물가는 더욱 빠른 속도로 올랐다."[435] 5월 하순, 장궁촨이 장제스에게 올린 보고에서도 같은 내용이 있었다.

> 2월 17일 경제긴급 대책 방안을 공포하여 실시한 후 총 45628.68억 위안을 발행했다. 자아오(嘉璈, 장궁촨)이 직무를 넘겨받은 날인 3월 1일까지 총 48754.5억 위안을 발행했다. 오늘 (5월 28일)까지 이미 81586.11억 위안을 발행했다. 3개월 내에 총 32831.61억 위안을 발행했는데 월평균 1만여 억 위안을 발행한 셈이다.
> 특히 4월의 발행 금액은 1.2억이다. 5월에는 대략 1.4억 위안을 발행했다.[436]

---

435) 李立俠: 『宋子文, 貝祖詒時期的中央銀行』, 壽充一, 壽樂英 편: 『中央銀行史話』, 北京: 中國文史出版社, 1987년, 45쪽.

436) 中國人民銀行總行參事室 편: 『中華民國貨幣史資料』, 第2輯, 上海: 上海人民出版社, 1991년, 538쪽.

"4월의 상승세"는 특별했다. 장궁촨은 "4월부터 상승속도는 비교적 빨랐다"고 했다. 그는 "비교적"이라는 순한 단어를 사용했다. 사실상 황금 판매를 중단하고 미국 달러의 유통을 금지한 후 물가의 상승속도는 더욱 빨라졌다. 우리는 그 시기에 발행한 잡지에서 이런 내용의 글을 찾아 볼 수가 있다.

> 일부 사람들이 긴급대책 방안의 매력을 기대하고 있을 때 일반 물가는 다시 폭등하기 시작했다. 4월 상순부터 목화, 무명실, 천, 식량, 식용유, 콩 등 상품은 1~2주 사이에 30%~70% 상승했고 기타 현지 생산물품과 수입품들은 직접 혹은 간접적인 원가의 상승으로 인해 함께 상승했다. 처음에는 동북, 핑진, 한커우, 우시 등 지역에서 상승하기 시작했는데 점차 이 지역(상하이)까지 그 영향이 미쳐 물가가 폭등하기 시작했다. 상하이에서 각 지역의 물건들을 다투어 사들이면서 외지의 물가도 함께 상승했다. 분명한 것은 이번 물가 폭풍의 파장은 예전의 물가폭등 보다 더욱 엄중하고 심각하다는 것이다.
>
> 때문에 물가의 상승세가 이미 최고치에 달했다는 생각은 그릇된 것이다. 『경제평론(經濟評論)』잡지의 지수에 따르면 4월 셋째 주에는 21905였고 넷째 주에는 약 27000좌우였다. 중앙은행에서 농산품을 위주로 한 지수도 전번달의 12000으로부터 목전의 17000로 상승하여 상승률은 약 40%에 달했다. 금후 물가는 2월 중순과 같은 소폭적인 하락세가 절대 나타나지 않고 계속하여 폭등할 것으로 보이며 무조건 예전보다 더욱 큰 상승세를 보여줄 것이다.[437]

---

437) 龍成志: 『從物价狂漲看經濟崩潰』, 『時与文』, 第8期, 1947년 5월 2일.

다른 글에는 "4월의 상승세"가 예전과 다른 특징과 발전추세에 더욱 큰 우려를 나타냈다.

> 냉정하게 말하면 송원장이 관복을 벗기 전에 큰 금융풍파가 일어났지만 황금과 외화는 일부 유휴 자본을 끌어들여 물자 시장에서의 범람하는 유휴 자본의 위해가 그다지 엄중하지는 않았다. 4월의 상승세에서 일부 유휴 자본은 증권시장에 투입되었고 대부분 유휴 자본은 거세찬 파도처럼 각종 일용품으로 향했다. 이번 물가의 상승은 더욱 보편적이었다. 거의 모든 상품의 가격이 올랐고 더욱 심각한 오름세를 보여주고 있다. 지금까지 이 오름세는 멈출 기미가 보이지 않았다. 물가의 상승세는 보통 곡선이거나 웨이브형의 그래프 모양이지만 악성 인플레이션에서 곡선의 휘어짐은 점점 사라져 아예 직선으로 올라가고 있다. 4월 한 달만 보더라도 쌀, 밀가루, 식용유, 비단, 천, 비누 등 거의 모든 일용품은 모두 50%~80% 상승했다. 금후의 물가는 더욱 엄중하게 폭등할 것으로 추측된다. "긴급조치"는 황금과 외화와 물가의 연계를 끊어 물가의 상승을 일정 수준에서 멈추게 하려 했다. 하지만 지금 이 희망은 완전히 환멸 되었다고 할 수 있겠다.[438]

『경제긴급 대책 방안』에는 또 하나의 중요한 규정이 있었다. "행정원에서는 일부 지역을 선정하여 물가 통제를 엄격히 실행했다." "각 지정지역의 노동자들의 임금은 생활지수는 같은 해 1월의 생활지수를 기초로 해야 하며 어떠한

---

438) 張西超: 『經濟前途還能樂觀嗎』, 『時与文』 第9期, 1947년 5월 9일.

방식으로도 그들의 기본임금을 인상해할 수가 없었다.'[439] 지금 "엄격한 통제" 하의 물가가 희망과 반대로 급격히 상승하고 있는 상황에서 노동자의 임금은 "엄격한 통제"를 받고 있으니 백성들이 어찌 살란 말인가?

어처구니없는 것은 군사적으로 불리하고 사회적으로 불안하며 백성들의 민심이 불안한 상황에서도 국민당 정부는 떠들썩하게 "정부개편" 실행하여 일부 청년당원들과 중화민국정당과 "사회 유명인사"들을 정부에 받아 들였다. 후스(胡适)도 3월 18일에 주중영국대사 Stevenson을 만나 이렇게 허풍을 떨었다. "이번 국민당에서 훈정을 했는데 이건 정치 역사적으로 드문 일이다.

이번 훈정의 의미는 국민당의 정치가 소련의 러시아식 정당으로부터 영국, 미국식 서유럽식의 정당으로 탈바꿈한 것이다.'[440] 4월 12일, 장제스, 장준마이(张君劢), 청치(曾琦), 모더훼이(莫德惠), 왕윈우(王云五) 등은 국민당, 중국민주사회당(民社党, 中國民主社會党), 청년당(青年党)과 "사회 유명인사"들을 대표하여 개편 후의 국민정부 "시정방침"에 서명했다.[441] 18일, 국민당중앙상무위원회의 결의에 근거하여 국민당 당원 17명, 청년당, 민주사회당과 무당파인사 11명으로 구성된 "개편" 후 국민정부 위원 총 28명의 명단을 공포했다. 장제스는 기자회견에서 정중하게 발표했다. "금일 국민정부위원회의 개편은 훈정(訓政)으로부터 헌정(憲政)으로의 변화를 말하는 것이며 이번 개편을 통해 각 정당과 사회 유능 인사들이 전국 최고 정치 결책 기구에 참가하게 되었다.'[442]

하지만 청년당, 민주사회당은 국민정부 위원 자리 몇 개로 만족하지 않았다. 리황(李璜)은 회고록에서 적지 않은 청년 당원들은 "청년당에 참가하면

---

439) 中國人民銀行總行參事室 편: 『中華民國貨幣史資料』, 第2輯, 上海: 上海人民出版社, 1991년, 557쪽.
440) 曹伯言 整理: 『胡适日記全编』 (7), 合肥: 安徽教育出版社, 2001년, 649쪽.
441) 莫德惠: 『双城莫德惠自訂年譜』, 台北: 商務印書館, 1968년 12월, 109쪽.
442) 秦孝儀 총편찬: 『蔣介石大事長編初稿』 卷六(下冊), 台北: 1978년 10월, 435쪽.

정부 관리직을 맡을 것이라"여겨 "쓰촨의 동지들은 징후로 자리를 옮기면서 청년당에 가입하여 벼슬을 얻으려 하고 있다"고 썼다.[443] 국민당 당국에서도 정부의 여러 부서에 기타 당파의 사람들을 배치하여 "다당 내각"이라는 수식어를 얻으려고 했다. 『뉴욕 타임스』에서 "국민당 자유파 영수"라는 호칭을 붙여준 장제스의 심복인 장춘은 행정원 원장직을 맡은 후 4월 23일에 행정원의 정무위원과 각 부문의 책임자 명단을 발표했다. 청년당의 리황은 경제 부장[444]을 맡았고 쭤순성(左舜生)이 농림(農林)부장을 맡았다. 국민당은 "이렇게 국민정부는 개편을 완성했으며 여러 당이 참여하는 내각을 성립하여 백성들이 정치에 참여할 수 있는 중국 국민당정부 염원이 초보적으로 실현되었다"고 떠들었다.

국민당 내 애국민주인사인 리지선(李濟深), 허샹닝(何香凝), 차이팅카이(蔡廷鍇)은 즉각 연합성명을 발표했다. "이런 정부의 개편은 어떠한 문제도 해결할 수 없으며 내전의 규모를 키워 백성들의 고통을 더해 줄 뿐이다. 이런 정부의 개편은 중국을 민주화의 길로 나아가게 할 수 없다." "총적으로 개편 후 정부의 본질은 여전히 국민당 독재 정치이며 몇 명의 청년당과 중국민주사회당 당원들을 정부에 참여하게 하여 일당 독재에 그럴듯한 허울을 씌어 눈가림을 하려는 것뿐이다."[445]

이 사건을 보는 민중들의 반응은 어떠했는가? 난징통신에 『신임 관리의 첫째 주』라는 제목으로 글을 발표한 저명한 여기자 푸시슈(浦熙修)는 매서운 글귀로 이렇게 썼다.

---

443) 李璜: 『學鈍室回憶录』 下冊 增訂本, 香港: 明報月刊社, 1982년 1월, 633, 637쪽.

444) 얼마 후 천치톈(陳啓天)가 대신했다.

445) 中國第二歷史檔案館 편: 『中華民國史檔案資料匯編』, 第5輯 第3编, 政治(一), 南京: 江蘇古籍出版社, 2000년, 26쪽.

> 이는 새로운 관리들이 부임한 첫째 주였다. 새로 부임된 관리들은 자홍색의 자동차를 몰고 거리를 누비고 있다. 난징은 활기로 넘쳤다. 개편 후의 정부는 그들의 말대로 새로운 국면을 개척했는가? 아마 새로 부임된 관리들만이 알 수 있을 것이다.
> 세상일은 언제나 그렇듯이 이외의 일들이 참으로 많다. 새 벼슬아치들이 부임하던 시기 타이안을 잃었고 냥쯔관(娘子關)도 함락되었다. 연이은 전지에서의 패전 소식은 많은 사람들을 불쾌하게 했다. 군사적 실패보다 더욱 심각한 것은 후방에 있는 인민들의 생활과 관련된 물가의 폭등 소식이다. 지금 제일 심각한 일은 하늘 높이 치솟은 쌀의 가격이다. 매 섬에 10만씩 하던 쌀은 오늘 30만에 달했다. 백성들은 정부에서 배급하는 매 섬에 10만 5천씩 하는 현미를 사려고 해뜨기 전 부터 줄을 서서 기다리고 있었다. 이런 쌀도 한 사람당 다섯 되만 살 수 있었다. 쌀가게의 쌀독은 바닥이 난지 오래됐다. 좋은 입쌀을 사려면 암시장에서나 찾을 수 있었다. 쌀 뿐만 아니라 기타 물품의 가격은 때마침 새로 부임하는 관리들과 더불어 시국을 더욱 시끌벅적하게 만들고 있다.[446]

"시끌벅적"은 참으로 빠르지도 늦지도 않게 "때마침"이었다. "4월 말, 곡물가격이 상승할수록 인민들의 얼굴은 점점 백지장이 되어 갔다. 이번 곡물가격의 급등에 시장은 혼란에 빠져 오르는 가격은 있으나 판매하는 실물은 없었다. 이번 물가의 상승이 제일 심각하다는 것은 모두 잘 알고 있는 사실이다."[447] "5월의 물가는 굴레 벗은 말처럼 멈출 줄 모르고 치솟고 있다.

---

446) 袁冬林, 袁士杰 편: 『浦熙修記者生涯尋踪』, 上海: 文匯出版社, 2000년, 353, 356쪽.
447) 辛揚火: 『反戰行列在北平』, 『時与文』, 第13期, 1947년 5월 30일.

백성들은 생활필수품을 상점에서 찾을 수가 없었다. 암시장으로 몰린 소비품들의 가격은 통계하기가 어려웠다. 5월 2일, 상하이 시장 우궈전은 열흘도 되지 않는 사이에 매 섬에 13만 위안씩 하는 쌀 가격을 20만으로 올렸지만 적지 않은 쌀가게에서는 판매가격이 너무 싸다는 이유로 판매를 하지 않았다. "그들은 이 가격은 운송비용을 포함한 원가에도 못 미치는 가격이라고 했다."[448] 5일, 상하이 시정부에서는 정식으로 가격 제한을 풀었다.

이튿날 상하이 『원훼이보』에는 이런 보도가 실렸다. "쌀 판매 업계대표들은 판매가격을 매 섬에 25만으로 정했다. 암시장에서 메벼의 가격은 27만 위안 정도였으며 쌀가게에서는 쌀이 없다는 핑계로 쌀을 판매하지 않았기에 정상적으로 시장에서 판매되는 쌀은 없었다. …… 시장 밖에서 판매되는 가격은 계속 상승하고 있다. 특히 흰쌀의 판매가격은 거의 30만 선에 닿고 있다." "식용유의 가격도 터무니없이 올라가고 있다. 가격 상한제가 취소되자 상인들은 앞 다투어 물가를 올리고 있다." "잡곡의 가격도 최고치를 갱신하고 있다.

곡물의 가격이 급등하고 있지만 상인들은 곡물들을 팔려는 생각이 별로 없었다. 시장에서 콩을 찾아 볼 수가 없기에 사가는 사람이 없었다." "밀가루 가격도 심각하게 오르고 있다. 식량의 가격이 모두 급등하고 있는 상황에서 최고 가격 제한도 풀린다는 소식이 퍼지자 쌀가게와 암시장의 거래는 더욱 혼란하고 식량을 가지고 있는 자들이 가격을 부르기 나름이었다." "담배, 성냥, 비누 등 일용품의 시장가격도 매일 상승하고 있다 어제 아침 일용품시장이 문을 열자 소리 높은 상인들의 외침소리에 질서는 혼란에 빠졌다.

물건을 가지고 있는 상인들이 부르는 것이 값이었다. 이들은 상품을 판매하기를 꺼려하고 있어 가격은 있으나 판매하는 물건은 없었다."[449] 지금의 젊

448) 潘振球 편: 『中華民國史事紀要』, 1947년 4—6월, 台北: 國史館, 1996년 11월, 441쪽.
449) 中國第二歷史檔案館, 中共南京市委党史辦公室 편: 『五二 運動資料』, 第1輯, 北京: 人民出版社,

은이들은 몸이 오싹할 정도로 비참한 당시의 정경을 상상하기도 어렵다.

이 처럼 엄중한 상황에서 "백성들이 정치에 참여"하게 한다는 명목 하에 새로 구성된 "새 내각"은 어떻게 대응했는가? 천커원은 5월 8일의 일기에 이렇게 썼다. "물가 문제는 공무원과 교직원의 대우 개선 문제이며 새 내각이 급히 해결해야할 큰 문제이다. 장 원장은 요즘 이 문제를 해결하기 위하여 고심하고 있다. 막료인 우리도 문제를 해결하기 위해 분주하다. 구체적인 해결 방안이 있는가? 어느 누구도, 어떠한 방법도 모두 해결할 수 없을 것이다."

12일에는 이렇게 썼다. "이틀 동안 장 원장과 공무원과 교직원 그리고 관병들의 대우 문제에 대해 부단히 토론했다. 금년 장 원장은 장 주석께서 매년 3천억 위안을 대우 개선에 사용할 것에 관한 건의를 동의했다고 알려주었다.

하지만 이 3천억 위안 중 5백억 위안은 장 주석 자신이 사용하려한다고 했다."[450] 어떻게 어디에 사용할 지는 본인 외의 다른 사람이 알 수 없는 일이다.

중국에는 "가혹한 정치는 호랑이보다 사납다"이라는 말이 있다. 온 가족의 먹을거리가 없어지는 상황은 굶은 호랑이보다 사나 울 수밖에 없다. 5월 2일 항저우(杭州)에서 굶주림을 참지 못한 백성들이 쌀을 얻으려 쌀가게와 경찰 파출소를 때려 부순 사건이 발생했다. 7일, 난징 외곽의 푸커우진 철도공인들을 위주로 한 민중들은 쌀 가격이 몇 시간 사이에 매 섬에 19만 위안씩 하던 쌀이 30만 위안을 넘자 쌀 상인들과 충돌을 일으켰으며 쌀가게를 부수고 순식간에 창고의 곡식들을 앗아갔다. 같은 날 상하이에서도 백성들이 쌀을 앗아가는 사건들이 발생했다. 8일 상하이 쌀가게들은 휴업을 한다고 하였으나 같은 쌀 12개의 가계가 털렸다. 비슷한 시기에 칭두, 우시, 쑤저우 등 지역

1985년, 69, 70, 71쪽.

450) 陳方正 편, 교정: 『陳克文日記(1937—1952)』 下冊, 台北: "中央研究院"近代史研究所, 2012년 11월, 1059, 1061쪽.

에서도 같은 사건들이 발생했다.

노동자들의 임금은 여전히 1월 임금 수준에 있었으나 물가는 이미 하늘로 치솟아 있어 기본적인 생활도 유지하기 힘들었다. 4월 발, 상하이 방직노동자들은 정부에서 임금 동결을 풀어 줄 것을 요구했다. 8일, 15,000 여 명의 상하이 방직 노동자들은 시청 앞에서 시위를 했다. 9일 상하이 전차(電車)노동자들도 생활지수를 높여 줄 것에 관하여 세 차례의 시위를 했다. 10일, 상하이 노동자협회에서는 정부에서 임금을 높여 줄 것에 관한 내용의 정부에 보내는 공개편지를 상하이의 각 신문에 실었다. 편지에는 "우리는 공산당이 아니고 평등한 대우를 요구하는 노동자이다. 우리는 국가의 건설에 책임을 다 하려고 한다. 하지만 소수의 끝없는 욕심을 가지고 있는 정부 관리들을 대신하여 고통을 받는 것은 거부한다. 만약 정부에서 우리들을 무력으로 상대하려 한다면 경찰들도 우리의 편에 선다는 사실을 알게 된다. 우리의 대오는 80만 명을 넘어서고 있다"고 썼다.[451]

민중들의 최소한의 생존권리도 보장받을 수 없으니 학생들이 어찌 마음 놓고 공부를 하고 사람들이 소리 없이 참아가기만 하겠는가? "곧 비가 내리려니 누각은 바람으로 가득하구나." 이는 국민당통치구역의 을씨년스러운 분위기를 그대로 보여주고 있다. 검은 구름이 낮게 드리워 폭풍우는 피할 수가 없게 되었다.

이와 같이 심각한 사회문제가 없었다면 국민당 정부를 흔들어 놓을 수 있는 힘을 가진 두 번째 전선은 형성될 수가 없었으며 인민 운동이 일어났어도 오랜 기간 지속되고 발전되지 못했을 것이다.

정확한 표어는 혁명운동 과정에서 중요한 역할을 한다. 사회가 급격히 변

451) 潘振球 편: 『中華民國史事紀要』, 1947년 4-6월, 台北: 國史館, 1996년 11월, 525쪽.

화되고 있는 시기에 수천, 수백만을 동원하여 일치하게 행동할 수 있는 표어는 반드시 군중들이 절박한 요구와 제일 기본적인 희망을 보여주어야 하며 광대한 인민들이 이해할 수 있고 받아들일 수 있는 구절이여야 하며 그들을 원래의 수준에 만족하지 말고 이를 기초로 더욱 높은 단계로 나아갈 수 있게 해야 하며 생활을 위한 투쟁을 적절한 시기에 정치투쟁으로 제고할 수 있어야 한다.

5. 20운동 초기의 표어는 "반기아, 반내전"이었다.

당시 국민당 통치구역 민중들, 특히 정치적으로 중립적인 태도를 보이던 대다수 인민들이 제일 관심하는 문제는 무엇인가? 그것은 바로 "기아(飢餓)"였다. 새해 초의 『대공보』에는 『금일 학생들의 고민』이라는 제목의 시사 논평이 실렸다. "수많은 청년학생들은 남루한 옷 두벌에 낡은 이불 하나뿐이고 하루 식량은 반 사발 남짓한 맹물과 같은 국물, 짠지 한 접시, 워터우(窩頭) 세 개뿐이었다. 이들은 매일 미납된 학비를 독촉하는 공고를 보면서 어렵고 고통스러운 생활을 걱정하고 있다."[452] 『대공보』 5월 초의 다른 한 편의 시사 논평의 제목은 『백성들이 살아 나갈 수 있게 하라』이었다. 5월 3일, 상하이의 교통대학, 푸단대학, 지난대학, 퉁지대학 등 4개의 국립대학교 교장들은 공동의 명의로 "물가는 폭등하고 교직원들의 생활은 이미 궁지에 빠져 기아를 달랠 방법이 없어 급히 대우를 높여주어야 교학을 계속할 수 있다"고 행정원 원장 장춘, 교육 부장 주자화에게 전보를 보냈다. 이는 보기드믄 행동이었다.

17일 난징구 전문대학교 학생들의 『국비 대우를 쟁취할 것에 관한 연합회 선언』에서 "화폐제조기가 쉴 틈 없이 화폐를 찍어 내는 상황에서 우리 학생들과 대다수의 인민들의 생활 형편은 짐승들보다 못한 상황에 이르렀다. 지

452) 『大公報』, 1947년 1월 6일.

금 짐승들과 같은 상황을 유지하기도 힘들다. 심각한 기아에 허덕이는 우리는 학업을 중단할 위기에 처해있다. 이제 난민의 행렬에 새로운 동반자가 나타나게 될 것이고 굶어 죽은 해골더미에는 새로운 골격들이 쌓이게 된다."[453] 이는 얼마나 침통한 외침소리인가!

사람들이 기아문제에 관심을 보이고 있을 때 이들은 자연스레 이런 상황이 일어난 원인에 대해 생각하게 된다. 그 답안도 쉽게 찾을 수 있었다. 바로 국민당 정부가 일으킨 전면 내전이 그 원인인 것이다. 기아의 근원은 내전이기에 기아를 없애려면 반드시 내전을 반대해야 했다. 역사학자인 젠보짠(翦伯贊) 당시에 발표한 글에 이렇게 썼다. "기아와 내전은 한 가지 문제의 두 가지 방면이다. 그것은 기아는 내전의 결과이며 내전은 기아의 원인이기 때문이다. 기아에 허덕이는 모든 사람들은 기아의 원인을 생각하게 된다. 그 원인을 생각하는 사람이라면 내전을 반대한다는 반내전 표어를 떠올리게 된다. 때문에 반내전의 표어는 선동을 하지 않아도 모두 생각해 낼 수 있는 단어이다."[454] 반기아의 표어와 함께 반내전의 표어를 추가해야 한다는 의견은 여러 학교의 학생 집회를 위한 토론에서 나타났는데 이는 별로 이상한 일이 아니다. 당시 "포구에서 구걸하다"는 글귀가 있는 만화가 유행되었는데 많은 사람들의 공감을 얻었다.

국민당 정부는 3월 7일과 8일에 난징, 상하이, 총칭에 있는 중국공산당 대표단을 옌안으로 쫓아 돌려보낸 후 국민당 통치구역에서 강력한 진압정책을 실시하면 비교적 평온한 국면이 나타날 것이라고 여겼다. 하지만 객관적 형세는 그들의 예상을 벗어났다.

---

453) 中共南京市委党史辦公室 편: 『解放戰爭時期第二條戰線 學生運動卷』 中冊, 北京: 中共党史出版社, 1997년, 79, 199쪽.

454) 翦伯贊: 『學潮平議』, 『時与文』, 第13期, 1947년 5월 30일.

4월 28일, 비밀상태에 있던 중국공산당상하이 분국 서기인 류샤오(劉曉)는 국민당 통치구역 군중운동이 다시 활기를 띠고 급상승하고 있는 특점이 있다고 하면서 5월에 새로운 군중운동의 고조가 형성될 것이라고 중국공산당 중앙에 전보를 보냈다. 전보의 내용은 이러했다.

> 최근에 물가가 폭등하고 3월부터 발생된 일련의 미군인이 중국인을 모욕하는 사건들이 일어난 상황에서 경제 통치 착취와 정치 압박이 강화되자 군중투쟁은 다시 시작되고 있다. 비록 분산적이고 생활적이지만 공무원과 교직원들은 평등 배급을 요구하고 학생들은 학업을 보장하고 국비증가를 요구하고 있다. 여러 학교와 공장의 구체적인 요구를 제기하는 투쟁과 지금까지 진행되고 있는 직원들의 임금지수 제한을 풀어 줄 것을 요구하는 투쟁은 끊임없이 계속되었을 뿐만 아니라 모든 투쟁은 전체적 통일성을 지니고 있으며 모두 국민당을 반대하는 내용들이 포함되어 있었다. 군중들이 국민당 정부의 특무에 대한 두려움도 점차 감소되고 있었다. 중립적이던 사람들이 투쟁에 적극적으로 참여했으며 사상적 변화 지도층에서 나타나기 시작했다.
>
> 이런 상황은 장제스 통치구역 도시의 군중운동은 미군폭행항의 운동 이후의 두 번째 군중운동의 고조를 일으킬 조건을 구비했다는 것을 의미하며 진월(辰月, 즉 5월)에 이 운동의 고조가 시작될 것이다. 이 운동의 고조는 미군폭행항의운동보다 더욱 큰 사회적 기초를 가지고 있으며 더욱 광범하고 더욱 굳세어 전국 군사 형세의 변화 함께 계속 발전할 가능성을 가지고 있을 뿐만 아니라 또 다른 우여곡절을 겪을 가능성도 있다. 하지만 국민당은 이

번 폭동의 분위기가 고조를 형성하기 전에 극력 차단하고 파괴하려 할 것이다. 힘든 투쟁을 거쳐야만 투쟁의 최고봉에 닿을 수 있다. 이번 투쟁은 미군폭행항의운동처럼 갑작스럽게 고조에 이른 것 아니라 시작부터 우여곡절이 많았으며 끊임없이 분산적으로 진행된 생활을 위한 투쟁이었다. 이런 생활적인 투쟁은 정치와 서로 관련되어 있는 것으로 특정 시기에 전면적인 정치투쟁으로 변화되게 된다. 우리는 사상적으로 조직적으로 전술적으로 새로운 높이로 진화된 투쟁을 조직하고 영도할 준비를 하여 장제스 통치구역의 민주화 운동을 추진시켜야 한다.[455]

전보에는 "생활투쟁의 부단한 발전으로 난관을 돌파하여야 한다. 이는 적들의 약점이기에 우리는 더욱 쉽게 군중 운동을 추진하여 역량을 키워야 한다. 분산적이고 끊임없이 일어나는 투쟁에서 집중적이고 대량적인 몇 개의 주요운동을 투쟁이 하나로 되는 상황에서의 주요 역량이 되어 국민당과의 투쟁을 이끌 수 있게 해야 한다. 비록 생활투쟁을 주요 내용으로 하지만 정치투쟁의 내용이 스며들게 하여 생활투쟁이 정치투쟁의 모습도 가지게 해야 한다" 등 상하이 분국에서 준비해야할 방침을 제기했다. 이 보고는 중국공산당 중앙의 비준을 받았다.

먼저 어느 지역을 선택하여야 하는가? 어느 운동을 전체적으로 전투의 중심이 되게 해야 하는가? 상하이 분국에서는 국민당 통치구역의 심장인 난징을 택했다. 4월 사이에 그들은 지하공작을 하고 있던 중국공산당 난징시위 서기인 천슈량(陳修良)을 상하이로 불러 함께 상의했다. 천슈량은 이렇게 회

455) 中共上海市委党史資料征集委員會 편: 『解放戰爭時期的中共中央上海局』, 上海: 學林出版社, 1989년, 364, 365쪽.

상했다. "이번 회의는 상하이국의 한 비밀장소에서 진행되었다. 류샤오, 류창성(劉長胜), 사원한(沙文漢) 그리고 나까지 네 명이 참가하여 난징의 사업에 대해 토론했다. 상하이국(회의가 진행되던 당시는 상하이 분국이었다.

1947년 5월 8일, 중국공산당 중앙에서는 상하이 중앙분국을 상하이국으로 명칭을 바꾸었다.) 서기인 류샤오동지는 난징에서 학생운동을 일으킬 가능성이 있는가라고 물었다. 난징의 상황 보고를 들은 후 모두 국민당의 수도에서 대규모적인 반기아, 반내전 군중운동을 일으킬 조건이 구비되었다고 생각했다. 먼저 난징에서 진행하기로 한 원인은 난징이 '수도'이기에 그의 정치적 영향은 상하이보다 크기 때문이다. 다음 난징, 상하이, 베이핑, 텐진, 항저우 등 여러 대도시의 학생들이 연합하여 투쟁하기로 결정했다."[456]

천슈량은 난징으로 돌아간 후 즉각 난징 시위원회 관련 책임자들과 비밀회의를 개최하여 학생사업위원회의 구체적 임무를 안배했으며 중앙대학교에서 먼저 시작하기로 결정했다. 중앙대학은 전국적으로 유명한 대학이며 학생수도 많고 당원들도 많으며 진보역량도 강하기에 중앙대학을 첫 시작점으로 정한 것이다. 난징 각 학교의 활동에서 중앙대학은 항상 제일 선두주자였다. 국민당, 싼칭단의 인원들도 적지 않았지만 서로 고립된 상황이라 별로 큰 영향을 미치지 못하고 있었다.

당시 난징에는 모두 7개의 대학에 6천여 명의 학생들이 있었는데 중앙대학교 학생은 4~5천명이 되었고 교회에서 설립한 진링대학에 약 1천명의 학생이 있었으며 기타 다섯 개의 학교의 학생은 겨우 1~3백 명뿐이다. 1946년 말, 중앙대학과 진링대학에는 난징의 대학교에는 총 30여 명 공산당 당원 중 반수의 당원이 있었다. 국립음악학원, 희극전문대학, 약물학전문대학 등 학

---

456) 姜沛南, 沙尙之 편: 『陳修良文集』, 上海: 上海社會科學院出版社, 1999년, 205쪽.

교에는 공산당 당원이 한두 명만 있었다. 이외에도 진보적 사상을 가진 조직들이 있었다. "일찍 항일전쟁 말기부터 중앙대학에는 공산당이 영도하는 선진적 청년조직인 신민주주의청년사(신민주주의靑年社)가 성립되었다. 신민주주의청년사에는 이미 백여 명의 사원이 있었다. 이들은 여러 자치회, 학회, 과학연구단체와 문예조직에서 활동하며 학생군중들을 단결시키는 핵심적 역할을 했다. 반기아 투쟁 중에서 당은 신민주주의청년사의 조직 역할을 충분히 했다."[457] 이번 운동에서 대학교수들은 동정의 눈길만 보내 준 것이 아니라 직접 행동에 나섰다. 객관적인 사회 환경은 그들을 학생운동의 앞장에 나서게 했다.

혹심한 사회 경제 위기는 교육사업에 극단적으로 엄중한 후과를 가져다주었다. 공무원과 교직원들은 임금 인상을 요구하는 투쟁은 항일전쟁 후기로부터 계속되었다. 칭화대학 교수 우치위안은 1946년 10월에 분개하여 이렇게 썼다. "인류 역사에서 공무원과 교직원 대우가 지금 중국공무원과 교직원의 대우처럼 적은 경우는 거의 없었다."[458] 『대공보』의 『동북대학에서 교학을 거부하는 것에 대하여』라는 제목의 사설에 이렇게 썼다. "교직원들의 생사를 불구하고 학교의 존망도 관계하지 않으며 다음 세대의 국민들을 생각하지 않는 당국은 '나라의 체면'에 대해 전혀 고려하지 않고 있다. 집정당국의 태도에 절망에 빠진 교수들은 단호하게 정부에 항의를 하게 되었으며 사회에 간곡히 호소를 하게 되었다."[459]

내전이 점차 확대되면서 군사비용이 증가되고 교육경비는 점점 줄어들었

---

457) 朱成學: 『追憶五二 運動』, 李琦濤 等: 『戰斗在第二條戰線上』, 北京: 中國青年出版社, 1964년, 42쪽.

458) 伍啓元: 『公教人員的待遇怎樣才能得到眞正的改善』, 『觀察』, 第1卷 第8期, 1946년 10월 19일.

459) 『大公報』, 1947년 5월 14일.

다. 중앙대학교 한 곳에만 보더라도 경비는 백억 위안 줄어 항일전쟁 후 진행되어야 했던 수십 가지 학교 보수 공사가 중단되었다. 학교 유지비용이 부족하게 되자 학교 측에서는 1947년 4월부터는 교직원들에게서 집세와 전기세, 물세를 거두기 시작했다. 생활이 더욱 어려워진 교수들은 더는 참을 수가 없었다. 4월 26일, 중앙대학 교수들은 긴급회의를 소집하여 물가지수에 따라 임금을 인상하고 교육경비를 증가하여야 한다고 의견을 모았다.

긴급회의에서는 13명의 대표를 선정하여 교육부에 청원서를 제출하기로 했다. 그들은 각 지역의 여러 대학에 난징에 대표를 보내 좌담회에 참가하기를 바라는 내용의 초대장을 보냈다. 5월 6일, 교수들이 교육부에 보낸 청원서가 아무런 효력을 발생하지 못하게 되자 중앙대학교수회 주석이며 의학원 교수인 정지(鄭集)는 100여 명이 참가한 전교 교수대회를 개최했다. 회의에서는 허창춘(賀昌群), 우스창(吳世昌), 사쉐준(沙學浚), 쭝바이화(宗白華), 판춘중(范存忠) 등 다섯 명의 교수가 작성한 대회 선언 초안을 발표했다. 대회 선언문은 침통한 글귀들을 사용했다.

> 어지러운 정치와 혼란스러운 경제 형편에서 우리는 더없이 침통한 마음으로 호소한다. 우리는 중화민족의 다음 세대와 지금의 세대를 교육해야 할 의무가 있다. 우리는 과학, 기술, 학술, 사상 등을 전수하여 중국을 현대화적인 나라로 건설해야할 사명을 지니고 있다. 최근 8~9년 동안 문화, 교육, 학술에 대한 정부의 그릇된 대책은 중국의 미래를 위해 열심히 일하는 우리들의 마음을 흔들어 놓고 있다. 교육에 대한 정부의 의도를 짐작하기 어렵다.
> 경제적 제약과 압박은 몇 가지 결과를 초래하게 된다. (1) 정부에 대한 문화교육자들의 큰 불만을 가져오게 된다. 이런 불만을 표현

하면 중앙과 지방의 집권자들은 "좌경(左傾)"이라는 죄명을 씌우니 백성들은 불만을 토로할 곳이 없게 된다. 이렇게 불만이 쌓이다 보면 많은 사람들이 극단적인 선택을 할 수밖에 없게 된다. (2) 정치적 탐오가 보편화되는 반면에 전체 사회 정치 문화 교육의 효능과 수준은 끝없이 하락되어 사회가 문란해지고 시비가 전도되는 상황이 일어난다. (3)본업에 충실하고 법을 준수하는 선량하고 우수한 인재들은 영양실조에 걸리고 정신적으로 신체적으로 피로하여 질병에 걸려도 치료할 길이 없어 죽어 나간다.

그렇다면 정부에서는 어떤 정책을 실시했는가? 대응책은 있었는가? 아무런 대응책도 내 놓지 않는 정부는 정치적, 사회적 비법행위를 묵인하고 장려하고 탐오행위를 방임하는 한편 반대로 법을 준수하고 본업에 충실한 사람들과 청렴하고 근면한 사람들을 억누르고 있다. 이것이 바로 임금을 섬기고 백성을 위하는 나라를 건설하는 길인가?

지금 전국의 교직원들과 학생들은 비바람을 막을 수 없는 집에서 살며 먹을 음식이 없어 영양이 부족하고 추위를 막지 못하는 옷을 입고 있다. 학교의 실험실은 자재부족으로 실험을 할 수 없고, 도서관에는 도서가 없다. 하지만 정부는 이런 사실을 외면하면서 수백억을 들여 겉치레를 하고 있다.

우리는 믿어 의심치 않는다. 어떤 정부든 그들 국가와 민족이 직면한 큰 문제를 합리적으로 해결하지 못한다면 "민중은 군주를 받들어 모실 수도 있고 군주를 몰아낼 수도 있다"는 것을![460]

---

460) 中國第二歷史檔案館, 中共南京市委党史辦公室 편: 『五二 運動資料』, 第1輯, 北京: 人民出版社, 1985년, 132, 133, 134쪽.

또한 선언을 통해 여섯 가지 요구를 제기했다. 1. 정부에서 전국 교육비용이 국가 총예산액의 15%가 넘어야 한다고 결정하고 실시하기를 바란다. 2. 각 당파 및 싼칭단의 훈련비용은 국가 교육문화 비용의 이름으로 지출되지 말아야 한다. 3. 정부에서 일정한 외화를 각 학교에 배분하여 도서와 실험에 필요한 기기들과 기자재들을 살 수 있게 해야 한다. 4. 교원 임금은 정식적인 공문서에 물가지수의 변화에 따라 정한다고 해야 한다. 5. 교수들의 최고 임금은 600위안으로부터 800위안으로 인상해야 한다.(이 숫자는 기본급이고 실제 임금은 이 숫자에 생활지수를 곱한 금액이다) 6. 만약 우리의 요구가 제대로 해결되지 못한다면 우리는 나라의 미래와 우리들의 실제 생계를 위해 적절한 순서에 따라 상술한 결의안들이 실질적으로 집행되는 것을 요구할 것이다.

바로 같은 시기에 허난대학 교수들도 높이 치솟는 물가에 생활을 유하지하기 어려워지자 교육부에 전보를 보내 대우를 조절해 줄 것을 요구했다. 하지만 며칠이 지나도 대답을 받지 못하게 되자 5월 4일에 긴급회의를 열어 교사들의 동맹파업을 하기로 결정했다. 5일, 산동대학의 전체 교수들도 같은 요구가 해결을 받지 못하게 되자 교학을 중단했다. 같은 날 중앙통신사 베이핑의 보도에 의하면 "베이징대학의 경제위기는 날로 엄중해졌다. 180여명의 교수들이 가불 받은 임금은 4천억 위안에 달했으며 그중 제일 많이 가불 받은 급여는 600여만 위안에 달했다.

소식에 따르면 600만원을 가불한 받은 교수는 다음 달이 가불 총액이 천만위안에 달한다고 한다. 학교에서는 8억 위안의 외채를 가지고 있어 매 월 5천만 위안의 이자를 물고 있다. 베이징대학의 책임자는 이런 상황이 계속된다면 교수들은 정상적인 교학을 진행할 수 없으며 학교는 정상적으로 운영될 수 없다고 했다." 6일, 톈진의 『대공보』에는 『교수들의 교학 중단을 논하다』는 제목으로 논평을 발표했다. “교수들은 자신의 대우를 사치스러울 정도로 요구한 것이 아니다. 그들은 안정적인 생활에 필요한 것만큼 요구하고 있다. 교수들은 자신들의 생활을 유지하기 위해 정부에 상소할 권리가 있다.”고 썼으며 “교수들의 목이 터져라 소리치며 간절하게 요구하고 있다. 하지만 정부는 이런 목소리를 들어도 못들은 척 보고도 못 본 척 하고 있다”, “정부에서는 교수들의 기본생활을 보장해달라는 간절한 요구를 냉철하게 그냥 묵살해 버렸다.”[461]

교수들의 상황도 참을 수 없을 정도였으니 학생들의 처지와 정서가 어떠했을지 가히 상상할 수 있다.

교수들의 비참한 처지에 학생들도 동정하고 있다. 학생들은 중국의 교육사업이 붕괴의 변두리에 처해있다는 것을 느꼈다. 상하이시 학생연합회의는 1947년 6월에 『신 5월 사화(新五月史話)』의 제목으로 출판한 소책자에는 이렇게 적혀있다. “학생들의 눈에 비친 선생들의 모습은 생활고에 시달리는 모습이었다. 생활소비가 높은 상황에서 얼마 되지 않는 임금으로 한 가정의 생활을 책임진다는 것은 어려운 일이다. 그렇다보니 영양적인 식탁은 꿈일 뿐이다. 선생들은 교학을 하면서도 마음은 태산같이 무겁다보니 교학에 집중할 수 없어 학생들은 선생들의 좋은 강의를 들을 수 없게 되었다. 이렇게 되면 제대로 된 교육이 이루어 질 수 없으니 중국의 앞날도 좋을 리가 없게 된다.”[462]

이와 동시에 학생들의 상황도 신속하게 악화되고 있었다. 평진의 각 대학은 복귀한지 얼마 지나지 않은 1946년 9월, 『학생들을 구하자』는 제목의 짧은 논평이 『대공보』에 실렸다. “평진학생들의 궁상을 보자. 변변찮은 음식도

461) 『大公報』, 1947년 5월 6일.

462) 上海市學生聯合會 편저: 『新五月史話』, 上海: 上海市學生聯合會, 1947년 6월, 6쪽.

하루 두 끼 먹기도 힘들고 땔감도 없어 엄동설한을 무사히 지내기 힘들다."[463] 그해 12월, 국민정부 행정원에서는 물가에 근거하여 대학생들에게 식비 2.4만 위안이라고 규정했다. 1947년 5월 상순까지 여전히 그대로였다. 그간 식량, 돼지고기, 콩, 식용유, 석탄 등의 가격은 평균 4.3배 올랐다. 대학 국비생들이 받는 식비는 유조(油條) 두 개 반밖에 살 수 없었다. "중양대학 학생들의 급식 조건이 너무 악화되자 학교 행정부서에서는 교육부에 국비생들의 식비를 올려줄 것을 재차 요구하였을 뿐만 아니라 5월 4일부터 국비생들의 2.4만 위안이던 식비를 4만 위안으로 인상한다고 결정했다. 하지만 5월 10일 하루 이틀 전, 행정원에서는 대학교 국비생들의 식비를 2.4만 위안으로 한다고 했다. 행정원에서는 강압적으로 주양대학 행정부서에서 잠시 4만 위안으로 정한 식비표준을 2.4만 위안으로 강제적으로 하향 조절했다. 그릇된 행정원의 조치에 중학교, 대학교 학생들은 분노 폭발직전에 이르러 5 20대 폭풍의 도화선이 되었다."[464]

5월 10일, 물가의 상승 때문에 한 달 식비로 월말까지 견지할 수 없게 되자 중양대학 학교에서 식사를 하는 학생들은 식당 입구에 대책마련 회의를 개최한다는 내용의 게시문을 붙였다. 게시문을 읽은 공산당원이며 중양대학 신민주주의 청년사의 영도소조 조장인 역사학계 학생 옌츠칭(顔次靑)은 이 소식을 당 조직에 보고한 후 상황에 맞추어 생존을 위한 학생들의 투쟁을 지지하기로 결정했다. 그는 중양대학 학생자치회 부 상무이사(즉 부주석)이며 신민주주의청년사 사업 책임자 주청쉐과 상의하여 저녁에 신민주주의청년사 영도회의를 연 후 회의 의견을 하급 조직에 전달하여 통일된 행동을 진행하려 했다.

---

463) 『大公報』, 1946년 9월 7일.

464) 華彬清: 『五二 運動史』, 南京: 南京大學出版社, 1990년, 43쪽.

회의가 끝난 후 2~3일이 지나자 중앙대학교 학생 기숙사에는 학생들의 대자보가 가득 붙여져 있었다. “이틀 동안 중앙대학교 ‘민주의 벽’에 붙여진 식비를 증가해줄 것을 요구하는 공고에 서명을 한 학생이 2000명은 되었다. 심지어 싼칭단 단원들도 사인을 했다. 각 학계의 학생들은 자신들의 우세적 이론으로 상소와 논증을 거쳐 자신의 의견을 호소문을 통해 발표했다.

이공학계의 학생들은 ‘새로운 기하문제’를 제기했다. 2분 37의 내전에 사용되는 군비는 대학생 한 달의 식비에 맞먹는다는 수학식을 만들었다. 경제학계 학생들은 조사를 통해 겨울이후 물가는 4.3배 상승했다는 결과를 얻었으며 이 결과에 따라 식비도 4.3배 증가하여 10만 위안이 되어야 한다고 했다.

법률학계 학생들은 『중화민국헌법』에는 교육경비가 예산총액의 15%를 차지한다고 한 규정에 근거하여 지금 겨우 3.7% 차지하는 것이라고 썼다.”[465] 일부 대자보의 내용은 인차 상하이 『원훼이보』, 난징 『신민보』 등 신문과 외지 대학의 신문에 전재되었다.

5월 12일 저녁, 중앙대학에서 각 학계 학생대표대회가 열렸다. 미식단(米食團)의 보고에는 이런 내용이 기재되었다. “5월 달의 식비는 14일이 지나자 바닥이 났다. 14일 이후에는 어떻게 해야 하는지 각 학계 대표들의 결정을 바란다. 격렬한 토론을 거쳐 13일부터 학생들이 수업을 거부하고 대표를 행정원과 교육부에 보내 탄원서(53:40표로 통과)를 제출하고 최저 영양표준으로 배식을 하기로 했으며 버틸 수 있을 때까지 견지하기 위한 ‘다 먹어버리기 운동’을 진행한다.” 하지만 왕스더(王世德), 주청쉐, 왕안민(王安民) 등 세 명의 대표가 제기한 탄원서는 아무런 대답도 받지 못했다. 이렇게 되자 각 학계 대표들은 13일 저녁 대표대회를 열어 103:13의 표수로 계속 수업을 거부하

---

465) 中共南京市委党史辦公室 편: 『解放戰爭時期第二條戰線 學生運動卷』 中冊, 北京: 中共党史出版社, 1997년, 419, 420쪽.

기로 결정하고 72:16의 표수로 전체 학생들이 참가하는 집단 청원을 진행하기로 결정했다. 15일, 중앙대학, 희곡전문대학, 음악학원 등 학교의 4천여 명 학생들은 반기아 시위행진을 진행하여 행정원, 교육부에 청원을 했다.

정치적으로 중립적이던 나라의 일에 관심이 없던 학생들도 이번 시위에 참가했다. 학생들은 방석과 낡은 철판에 먹으로 "굶어 죽게 되었다!" "배가 고파 수업을 받을 수가 없다!" "포탄이냐? 빵이냐?"는 문구를 적고 시위행진을 진행했다. 당시 교육부장이던 주자화는 학생들을 만나는 자리에서 "식비를 10만 위안으로 인상하는 일은 절대 있을 수가 없다. 지금 나라는 전쟁 중이여서 재정 형편이 어려워 자금이 부족하다!"[466]고 했다. 이런 대답은 학생들을 더욱 분노시켰다. 진링대학 학생들도 15일에 수업거부를 선포하고 16일에 행정원과 교육부에 탄원서를 전달했다. 같은 날인 16일에 중앙대학, 진링대학에서는 무기한으로 수업을 거부한다고 결정했다. 17일 난징 6개의 학교에서는 "난징구 전문대학교 국비대우 쟁취 연합회"를 성립하고 국민 참정회가 시작하는 20일에 연합 탄원행동을 진행하기로 했으며 전국 9개의 대 도시의 대학생들도 동참할 것을 호소했다. 또한 상하이와 항저우에 사람을 보내 난징에 와서 난징의 행동에 참가할 것을 요청했다.

5월에 들어 선 후 전국 각지의 학생운동의 열기는 5·4기념 활동을 계기로 신속하게 높아졌다. 학생운동의 구호는 점차 반기아 운동으로 되었으며 국비대우를 높이고 교육경비를 높여 줄 것을 요구하는 운동으로 되었다.

상하이의 미군폭행항의운동 후 끊임없이 진행되던 분산적이던 군중활동은 점차 집중적인 군중운동으로 변화되어 갔다. 이는 새로운 군중운동의 고조가 형성되고 있다는 것을 의미한다. 5월 초, 수십 개의 중학교 학생들은

---

466) 華彬清: 『五二 運動史』, 南京: 南京大學出版社, 1990년, 52, 54쪽.

"졸업고사 반대 위원회"를 성립하고 3천여 명의 학생들이 참가한 시위행진을 진행하고 난징으로 가는 대표단을 환송했다. 5월 9일, 경찰이 상하이 법학원 학생들을 구타하고 체포하자 2천여 명의 학생들은 시청 앞에서 체포된 학생을 석방하고 가해 경찰을 엄벌하라는 시위를 진행하여 성공을 했다.

교육부에서 항해, 엔진 두 학과 운영 중단을 발표하자 이를 반대하는 교통대학의 2700여 명의 교수들과 학생들은 직접 기차를 몰고 난징으로 가서 탄원하려 했다. 학생들과 교수들을 태운 기차가 전루(眞茹)역 부근에 이르게 되자 국민당 당국에서는 레일을 뜯어 버리고 대량의 헌병과 경찰들을 파견하여 열차를 포위했다. 급히 난징에서 도착한 교육부장 주자화가 어쩔 수 없이 두 학과를 폐지하지 않고 경비를 증가하는 등 다섯 가지 사항에 대한 서면 보증서를 받았다. 탄원대오는 겨우 성공적으로 안전하게 학교로 돌아왔다. 5월 13일, 상하이 의과대학 학생들이 직접 학생들의 신체건강검진을 진행한 후 약 15%의 학생들이 영양부족으로 폐결핵에 걸렸으며 돈이 부족한 한 학생은 자신의 피를 판 후 병에 걸려 사망했다는 것을 알게 되었다.

의학을 배우는 학생들은 격분했다. 교통대학 간호학교의 투쟁과 중앙대학교의 "다 먹어버리기 운동"에서 용기를 얻은 의과대학 학생들의 투쟁도 일촉즉발의 상황이었다. 중국공산당 상하이시위 학생위원회에서는 당시의 상황에 근거하여 "교육위기를 구제하자"는 표어를 제기했다. 5월 14일, 상하이 의과대학학생들이 수업을 거부하고 각 학교에 가서 선전을 진행했다.

각 국립대학교에서는 즉시 호응했다. 각 학교에서는 15일부터 잇따라 수업을 거부하고 거리에 나가 "반기아, 반내전", "교육경비를 올리고 국비를 증가하고 교육위기를 구제하자"고 선전을 했다. 몇 개의 사립대학에서도 혁신과 새로운 학교 정책을 요구하며 수업거부를 진행했다. 16일 항저우, 저장대학 학생들은 학생 자치회 주석인 위쯔싼(于子三)의 주최 하에 대회를 열고 수업

거부를 결정했으며 난징에 대표를 보내 탄원활동에 참여하기로 결정했다. 17일 "상하이 국립대학 학생연합회"가 성립되었으며 상하이에서도 학생대표를 난징에 보내 항저우 대표들과 함께 국민참정회에 탄원을 하기로 했다.

베이핑의 각 학교 선생들과 학생들도 엄중한 기아에 허덕이고 있었다. 5월 11일 『칭화주간』에는 교장 메이이치(梅貽琦)에게 보내는 칭화대학 교원과 직원들이 대우를 조정해 줄 것에 관한 요구가 적힌 편지가 실렸다. 이 편지의 내용은 대체로 다음과 같다. "직업은 학교를 위하여 일을 하는 것인데 얼마 되지 않는 임금은 기본적인 생활을 유지하기도 어렵다. 이런 상황은 하루 이틀의 일이 아니었다. 더욱 근래의 국내 시장은 혼란에 빠졌고 물가는 끝없이 오르고 있는데 베이핑의 상황이 제일 심각하다. 오를 줄밖에 모르는 물가에 허름한 옷도 바꿔 입을 옷이 없고 생활도 점점 어려워진다.

먹을 음식이 부족하고 변변한 옷 한 벌도 없으니 어찌 맡은 일에 전념할 수 있겠는가?"고 하면서 "정부에서 지금의 물가지수에 따라 공무원과 교직원들의 생활대우를 조절해 줄 것을 요구한다"[467]고 했다. 베이징대학의 학생 국비도 식비를 지불하기에는 엄청 부족한 금액이다.

"학생들의 급식도 처음에는 쌀로부터 옥수수가루로 만든 떡으로 대체 했고 매일 야채국물이 전부였다. 5월 초, 학과 대표들은 국비를 증가해줄 것을 학교 측에 요구하였으나 아무런 해결도 가져오지 못했다." "각 동아리 단체들에서는 광장에 '우리의 쌀은 어디로 사라졌는가? 우리의 흰 밀가루는 어디로 사라졌는가?', '기아와 투쟁한다! 기아를 초래한 자들을 향해 선전포고를 한다.'는 표어를 붙였다."[468][2]14일, 칭화대학 교장 메이이치의 주최 하에 베이

467) 中國第二歷史檔案館, 中共南京市委党史辦公室 편: 『五二 運動史』, 第1輯, 北京: 人民出版社, 1985년, 188쪽.

468) 中國人民政治協商會議北京市委員會文史資料研究委員會 편: 『北平地下党斗爭史料』, 北京:

핑, 톈진의 국립 대학교 교장들이 참가한 회의를 열었다. 회의에서 "교육부에 각 대학에 주는 경비의 최저 지금의 6배의 금액으로 발급할 것을 요구하는 전보"의 내용과 물가의 증가와 함께 교직원들의 임금을 인상하고 학생 식비도 마땅히 물가의 상승에 따라 올려야 한다는 내용에 대해 결의했다.[469] 16일, 칭화대학 학생자치회에서는 중양대학학생자치회에 전보를 보내 그들이 수업을 거부할 수밖에 없는 상황을 동정했다. 17일 칭화대학 학생들은 3일 동안 수업을 거부하기로 했다.

칭화대학 교수인 첸웨이창(錢偉長)등 81명이 공동으로 서명한 학생들의 수업거부 행위를 "진심으로 동정을 표한다"는 내용의 공개편지를 발표했다. 같은 날 칭화대학 반 내전, 반 기아의 수업거부를 통한 항의 위원회의 학생들에 보내는 글에 이렇게 썼다.

> 금일 물가가 폭등하고 경제의 붕괴는 가속화되었다. 수천수만의 인민들이 기아에 허덕이며 죽음의 변두리에서 헤매고 있다. 국내의 형세는 이미 제일 위험한 단계에 이르렀다. 우리는 이런 상황의 근본적 원인이 내전에 있으며 당국에서 무력으로 통일하려는 정책에 있다고 여긴다. 내전은 많은 자금을 필요로 하기에 돈을 태우는 전쟁이며 인플레이션과 물가상승의 주요한 원인이다. 때문에 전쟁은 인민들을 죽음의 변두리로 내몰고 있다. 인민들의 생활을 개선하고 나라를 위험에서 구제하며 독재적인 당국의 내전 정책에 반항하기 위하여 우리는 수업을 거부하는 것으로 우리

北京出版社, 1988년, 556, 557쪽.

469) 『大公報』, 1947년 5월 15일.

의 침통한 항의를 표명한다.[470]

칭화대학, 베이징대학 학생들은 19일부터 3일간 수업을 거부하기로 선포하였지만 "학교 측의 태도는 냉정했으며 아무런 표시도 하지 않았다."[471]. 18일, 칭화대학, 베이징대학 등 학교에의 천명이 넘는 학생들은 거리에 나서서 내전을 반대하고 기아를 반대하는 선전을 했다. 『대공보』에는 "당지 주민들은 '너희들의 하는 말이 바로 우리 백성들이 하고 싶었던 말들이다'고 했다"[472]는 내용의 보도가 실렸다. 베이징대학 학생들은 시단(西單) 부근에서 청년군의 에워싸여 심하게 맞았다. 이번 폭행에서 베이징대학 8명의 학생들이 중상을 입고 병원에 입원했다. 이 소식이 퍼지자 베이핑의 옌징대학, 중국법률대학(中法大學), 사범학원, 차오양학원(朝陽學院), 철도학원 등 학교에서도 연이어 수업거부를 선포했다. 텐진의 난카이대학, 베이양대학에서도 18일부터 사흘간 수업거부를 한다고 했다.

하루하루 늘어가는 군중들의 항의 대오에 대해 국민당 당국에서는 더욱 엄격한 진압정책을 실시했다. 5월 15일, 장제스는 일기에 "근일 각지 대학에서는 학생운동이 일어나고 있다"고 적었으며, "상하이교통대학에서는 수업을 거부하고 탄원을 한다고 하며 교통을 방해하고 사사로이 기차를 몰아 사회를 혼란시켰다. 또한 오늘 중앙대학에서는 식비에 대한 국비 지원을 늘려 달라고 탄원하면서 집단적으로 위협하는 등 고의로 말썽을 부리고 있으니 정부의 체면이 말이 아니고 사회질서를 유지할 수 없는 것은 토비들이 정권을 탈

---

470) 中國第二歷史檔案館, 中共南京市委党史辦公室 편: 『五二 運動資料』, 第1輯, 北京: 人民出版社, 1985년, 195쪽.

471) 『大公報』, 1947년 5월 17일.

472) 『大公報』, 1947년 5월 18일.

취하려는 음모이다. 이는 참으로 분한일이 아닐 수 없다. 먼저 충고문을 반포한 다음 토비들을 숙청하며 기강을 바로잡는 것이 근본이다."고 했다.[473]

천커원의 17일 일기에 이렇게 썼다. "중앙 당정군 연합회의에 참가했다. 회의에서는 학생 운동에 대한 정부의 태도와 대응 방침에 대해 토론했다. 이번 학생운동이 전에 발생한 학생운동보다 더욱 강력하기에 하루라도 미루거나 용인하는 태도를 보여서는 안 된다고 주장하며 유혈사건을 피면한다는 글자도 지워버리기로 했다. 학생운동은 학교나 학생들의 일만이 아닌 정치적 색깔을 지닌 운동으로 되어 당의 투쟁은 총과 대포의 전선으로부터 후방에까지 퍼졌다."[474] 18일 난징국민정부위원회에서는『사회질서를 유지할 것에 관한 임시 방법』을 통과하여 발표했다. 장제스는 이 '방법'의 발표를 위해 아래와 같은 서면 담화를 발표했다.

> 최근 발생한 학생들의 행동은 이미 국민의 도덕과 국가의 법률의 허용범위를 벗어났다. 학생들의 이런 행동은 "공산당"의 간접적인 혹은 직접적인 지시와 갈라놓을 수 없다. 만약 이대로 내버려 둔다면 학교 분위기가 어지러워지고 법률적 기강이 사라지게 되며 청년 학생들을 교육하는 교육기구가 법률의 위엄을 훼손시키는 원산지가 된다. 국가가 어찌 이런 학교를 귀하게 모시고 제멋대로 행동하는 학생들을 아끼겠는가? 전체 나라의 안위와 전체 청년들의 앞날을 위하여 단호한 조치를 내리지 않을 수 없다.[475]

---

473) 장제스 일기(친필본), 1947년 5월 15일, 미국 스탠퍼드대학교 후버연구소 소장.

474) 陳方正 편, 교정: 『陳克文日記(1937—1952)』 下冊, 台北: "中央研究院"近代史研究所, 2012년 11월, 1062쪽.

475) 秦孝儀 총편찬: 『蔣介石大事長編初稿』 卷六 (下冊), 台北: 1978년 10월, 455쪽.

장제스의 서면 담화는 악랄한 수단으로 학생들을 대하겠다는 국민당 당국의 입장을 표명한 것이다. 이 담화가 발표된 후 여론이 분분했다. 『스위원』 주간에는 비교적 온화한 내용의 글이 실렸다. "만약 사회 불안의 기본 원인이 여전히 존재하고 있는 상황에서 당국의 조치와 개선이 효과가 나타나지 못한다면 공문서나 몇 가지의 방법으로 안정을 가져올 수 없다."[476]

19일, 상하이의 10개 국립대학교와 4개의 사립대학의 학생 7천여 명은 상하이 기차역 부근의 지난대학 운동장에서 "후항지역 국립대학 교육위기 구제 상경대표 연합 청원단(請愿團)" 환송대회가 열렸다. 환송회가 끝난 후 학생대오는 대표들을 기차역까지 배웅했다. 기차역 부근의 높은 빌딩에는 "국민만세(民國万稅), 천하태빈(天下太貧)"이라는 특대 표어가 드리워져 있었다. 난징 중앙대학 학생들은 18일부터 19일까지 이틀 연속 각 학과 대표들이 참석한 대회를 열었다. 대회 기록에 의하면 20일의 탄원 행동을 찬성하는 찬성표는 124표였고 1표만 반대표였다. "반내전"이라는 표어 사용 여부의 투표에서는 102표가 찬성, 10표 반대의 절대적 찬성으로 표어 사용이 통과되었다.

5월 20일 이른 아침, 중앙대학 학생들과 난징에 도착한 상하이, 쑤저우, 항저우 학생 대표들은 예정된 계획에 따라 중앙대학 쓰파이러우(四牌樓)의 운동장에 집결했다. 하지만 이 시기 중앙대학교과 진링대학교는 헌병과 경찰들에 포위되어 있었다. 학교에서 뛰쳐나온 5천여 명의 학생들은 손중산(孫中山) 초상을 앞줄에서 들고 "징후쑤항(난징, 상하이, 쑤저우, 항저우) 16개 전문대 이상 학교 교육위기 구제 연합 대 행진"이라는 현수막을 높이 들고 국민참정회를 향해 행진했다. 주장로(珠江路)에 도착하니 도로는 이미 헌병과 경찰들에 의해 봉쇄당하여 가로 막혀 나아갈 수 없게 되었다. 당시 발행된 『관

476) 周天行: 『學潮壓制得了嗎?』, 『時与文』, 第11期, 1947년 5월 23일.

찰』 잡지 난징 통신에는 이렇게 적혀있었다. "진링대학로 부근에서는 진링대학 학생들이 앞에 서고 뒤에는 중앙대학 학생들이 대오 마지막에 있었으며 가운데는 다른 학교 학생들이 있었다. 주장로에 이르러 대부분의 학생들은 물대포를 무릅쓰고 뚫고 나아갔지만 이삼백 명의 학생들은 대오에서 떨어져 나갔다. 굵은 쇠몽둥이를 든 경찰들이 나타나 대오를 흩뜨려 놓았다. 이들은 쇠몽둥이를 마구 휘두르다가 머리를 내리치니 학생들을 잡기 시작했다.

학생들은 아무런 저항 능력이 없었다. 쇠몽둥이에 쓰러진 여학생들을 발로 차고 밟았으며 맞아 상한 학생들도 잡아갔다." "대오의 뒤쪽이 흩어지고 학생들이 맞은 후 겨우 현장에서 빠져나온 학생의 보고를 받은 우 교장(吳有訓)은 그 자리에 쓰러졌다. 시위행진에 참가하지 않은 학생들도 함께 잡혀 갔다.

물대포의 공격에서 벗어난 학생들은 참정회의 절반 거리도 안 되는 궈푸로(國府路)에 멈췄다. 기마경찰, 헌병, 경찰들로 세 겹의 방어선을 만들었다."[477]

이처럼 엄중한 상황에서 계속 억지로 전진한다면 더욱 큰 사상자가 발생할 수가 있기 때문에 시위대오의 주석단에서는 행진을 멈추기로 결정했다.

그렇다고 후퇴하지도 않았다. 대치상태는 6시간 지속되었다. 오후 2시가 되자 물동이를 뒤엎은 듯 큰비가 내렸지만 학생들은 여전히 꼼짝하지 않고 자리를 지키고 있었다. 대치 국면을 완화하기 위하여 주석단은 국민참정회에 가서 비서장인 사오리쯔(邵力子)를 만났다. 사오리쯔의 중재 하에 학생들은 오던 길로 학교에 돌아갔다. 장제스는 그날의 일기에 덤덤하게 썼다.

"아직도 각 대학교의 일부분 학생들이 시위행진을 하다가 헌병들과 경찰들과 충돌이 일었다는 보고를 들었다. 일부 학생들이 다쳤지만 다행히도 사

---

477) 『南京五二 惨案的前因后果』, 『觀察』, 第2卷 第14期, 1947년 5월 31일.

망자는 발생하지 않았다." [478] 5월 20일에 일어난 이 사건을 5.20운동이라고도 한다.

같은 날, 7천여 명의 베이핑 대학과 전문대학의 학생들은 "화북학생 베이핑지구 '반 기아' '반 내전' 대 행진"이라는 현수막을 높이 들고 베이징대학의 사탄광장에서 출발하여 왕푸징(王府井), 창안가(長安街), 시단, 시쓰(西四), 베이하이, 첸먼(前門)을 경유하여 시작점인 사탄광장으로 돌아왔다.

대오의 제일 앞에는 칭화대학교의 제대군인 대오였다. 청년군 및 기타 군대에서 제대한 군인인 칭화대학교 학생들은 약 300명에 달했으며 3분의 1의 제대 군인들은 낡은 미군식 군복을 입고 "항일 군인들은 일본군들하고 만 싸운다! 항일 군인들은 내전을 하지 않는다! 칭화의 제대군인들은 내전을 반대한다!"는 구호를 높이 외쳤다. 이 대오는 많은 사람들의 주목을 끌었다. 텐진 학생들도 이 날에 시위행진을 진행했다. 난카이대학, 난카이중학교의 8백여 명 학생들은 텐진의 남쪽으로부터 출발했고 베이양대학 학생 6백여 명 학생들은 북쪽으로부터 출발했다. 두 갈래로 출발한 시위대오 모두 폭도들의 구타를 받았는데 9명이 중상을 입고 62명 학생들이 부상을 당했으며 23명의 학생들이 체포되었다.

같은 날 저녁, 난징에서 시위행진에 참가한 중국공산당 상하이시 학생대표는 중국공산당 중앙 상하이국 서기 류샤오에게 상황을 보고했다. 류샤오는 "이는 학생들의 더욱 큰 분노를 일으키게 될 것이기에 마땅히 총 수업거부를 호소해야 한다. 사회에 더욱 큰 목소리로 정부를 규탄하여 사회의 지지를 얻어야 한다. 투쟁의 표어에 '반학대'를 추가해야 한다'[479]는 세 가지 요구를 제

---

478) 장제스 일기(친필본), 1947년 5월 20일, 미국 스탠퍼드대학교 후버연구소 소장.

479) 劉曉: 「1947年「反飢餓, 反內戰, 反迫害」運動的一些回顧」, 共靑團中央靑運史硏究室, 團上海市委靑運史硏究室, 中共上海市委党史辦, 團浙江省委靑運史硏究室, 上海市靑運史硏究會 편: 『解放

기했다. 중국공산당 중앙 5월 8일의 통지에 의하면 상하이국은 창장유역, 서남부 각 성 및 핑진 일부 당 조직과 사업을 관할하며 필요한 시기에 홍콩분국의 사업도 지도한다고 했다. 이렇게 되어 "반기아, 반내전, 반학대"의 항의 운동은 전국 범위에서 시작되었다.

상하이에서는 21일에 "폭행항의연합"회의를 열었다. 이 회의에는 102개의 대학교, 중학교 학생 대표들이 참가했으며 항의 5. 20참사 상하이 생 회 후원회를 성립했다. 22일, 약 40개 대학교, 중학교에서 후원회의 호소에 응하여 수업을 거부했다. 23일, 수업을 거부한 학교는 70개에 달했다. 24일에는 80개 학교에서 수업을 거부했는데 상하이시 대부분의 학교가 이번 항의 활동에 참여했다. 많은 수량의 중학생들이 참여한 학생운동은 이번 운동이 처음이었다.

국민당 통치구역인 난징, 상하이, 베이핑, 텐진, 항저우, 진화(金華), 창사, 난창, 청두, 총칭, 광쩌우, 우한, 칭다오, 지난, 카이펑, 시안, 푸저우, 쿤밍, 궤이린 등 지역에서도 학생운동이 활발히 진행되었다. 학생들은 수업을 거부하고 거리에 나가 선전을 하기도 했으며 시위행진을 진행하기도 했다.

이번 운동은 그 규모나 기세는 연 초에 일어난 항의미군폭행운동을 훨씬 능가했다. 제일 뚜렷한 특점은 원래 정치적으로 중립적이던 학생들이 적극적으로 이번 학생운동에 참가한 것이다. 이는 중요한 발전 변화이다. 『관찰』잡지 텐진 통신에는 이번 운동의 특별한 점에 대해 이렇게 썼다. "보수적이던 학교들에서도 운동에 참여했으며 아무런 관심을 보이지 않던 사람들도 참여했다.

베이핑 푸런, 텐진 공상 등 학교들은 20~30년 동안 학교활동외의 어떠한

戰爭時期學生運動論文集』, 上海: 同濟大學出版社, 1988년, 30, 31쪽.

활동에도 참가하지 않았던 교회학교였다. 하지만 이번 운동에서 그들은 베이징대학, 난카이대학 등 학교와 같은 행동을 보여주었다! 정치와 사회에 아무런 관심도 보이지 않았던 학생들도 예전과 달리 관심을 보이며 자신의 이익과 관련된 상황에서 더는 의기소침하지 않고 힘이 닿는 대로 학생운동에 참여했다. 이는 정세의 소용돌이 속에서 생사의 갈림길에서 청년들은 현명한 선택을 하고 있음을 의미한다."[480]

물가는 여전히 치솟고 있었다. 5월 22일 상하이 쌀 가격은 매 한 섬에 30만 위안이었는데, 23일에 이르러 43만 위안으로 올랐으며, 25일에는 46만 위안으로 올랐고, 26일에는 60만 위안으로 급등했다. 5월 26일 로이터통신사 상하이 보도에 의하면 "쌀 가격은 전에 없는 속도로 폭등했는데 오늘 또 그 기록을 갱신하고 있다. 지금 한 섬에 50만 위안 씩 하는 쌀은 불과 열흘 전에는 30만 정도의 가격이었다."[481] 누구나 몸으로 직접 느낄 수 있는 사실들은 많은 사람들을 동원했다. 이는 어떤 말들보다 학생 운동에 적극적인 작용을 했다.

신화사에서는 아래와 같이 논평했다. "많은 사람들이 운동에 참여할 수 있었던 것은 군중들에게 있어서 제일 절실한 사항인 먹거리와 안전한 평화의 수요로부터 출발한 것이기 때문이다. 누구나 밥을 먹어야 한다. 하지만 오늘날 장제스의 통치 하의 중국에서는 대다수 사람들(대다수의 학생들과 대학교수들을 포함)은 먹을 밥이 없다. 인민들이 먹을 먹거리가 없는 상황이 나타나게 된 것은 장제스가 전국 내전을 일으켜 전국인민들이 갈망하고 노력하는 평화를 파괴하였기 때문이다."[482] 만약 인민들의 생활이 더 이상 유지할 수 없는 상황에 이르지 않고 인민들이 국민당 정부를 여전히 믿고 있다면 어떠한

---

480) 王水: 「北方學運的源源本本」, 『觀察』, 第2卷 第17期, 1947년 6월 21일.
481) 潘振球 편: 『中華民國史事紀要』, 1947년 4—6월, 台北: 國史館, 1996년 11월, 661쪽.
482) 新華通訊社 편: 『新華社評論集(1945—1950)』, 北京: 新華通訊社, 1960년 7월, 166쪽.

외부적인 역량도 이렇게 큰 규모의 군중운동을 일으키고 유지 발전시키지 못했을 것이다.

류샤오는 5월 31일의 보고에서 당시 운동 발전의 특이점에 대해 이렇게 말했다. "지금 개인들의 개별적인 요구는 여러 사람들의 공동요구가 되었으며 국부적인 운동은 전국적인 운동으로 발전하였을 뿐만 아니라 경제적 운동으로부터 정치적 운동으로 변화되어 군중들의 정서는 여느 때보다 높았으며 사회의 동정을 받았다."[483]

국민당 정부에서는 군대가 멍량구에서 참패한 반 달 사이에 후방에서 광범위한 군중항의 운동이 일어날 것이라고는 생각지도 못했다. 그들은 오직 한 가지 강압적인 정책을 견지했다. 장제스는 5월 24일의 일기에 이렇게 썼다. "군사상의 좌절로 시국은 크게 동요하고 있으며 사람들은 공포에 쌓여 토비군을 두려워하고 있어 사회는 어수선하기만 하다." "상황은 이러하다. 토비들은 우리의 후방의 각 큰 도시에서 각 계층을 상대로 위협공세를 벌여 사회질서를 어지럽히고 있다. 대학으로부터 중학교까지 전국적인 수업거부와 노동자들의 동맹파업, 상인들의 동맹파업 등을 부추기면서 전지의 최전방과 후방에서 동시에 행동하여 정권을 빼앗으려 하고 있다.

자유 인사들과 지식인들인 학교 교장, 교수들도 중립으로부터 공산당토비 측으로 기울어질 가능성이 있다. 이런 상황에서 칼을 들어 빠른 시일에 자르지 않고 지연하게 되면 구제 불가능일 것이다. 때문에 먼저 후방에서 활동하는 공산당토비들을 숙청하여 사회의 안정을 찾은 후 군사적인 활동을 진행하기로 한다." 31일의 일기에는 이렇게 썼다. "5월은 사회적으로 다사다난한 달이다. 공산당토비들은 공동수업거부, 노동자들의 동맹파업, 상인들의 동맹

---

483) 中共上海市委党史資料征集委員會 편: 『解放戰爭時期的中共中央上海局』, 上海: 學林出版社, 1989년, 373쪽.

파업들을 발동하는 등 여러 방면으로 선동하고 있는데 어느 하나 극단적이지 않은 것이 없다. 더욱 물가의 폭등으로 인하여 생활이 어려워진 공무원들과 교직원들과 일부 교수들은 이들에게 이용당하고 있다.

공산당토비들의 선전과 조직적인 위협을 받은 전국 대부분 대학교 학생들은 수업을 거부하는 것으로 시위를 하고 있는데 사회는 무정부상태에 이른 듯했다. 때문에 참정회의가 시작하기 전에 사회질서를 유지하라는 명령을 발표했다." "참정회의 기간 반동파들은 공산당토비들에게 이용당했다. 전국적으로 평화를 요구하는 목소리가 높아지고 있는 지금 반내전, 반기아가 학생운동의 주요 표어가 되어 정부를 죽음으로 내몰고 있다."[484] 강압정책 하에 많은 지방에서는 야간 통행금지가 실행되었고 밤이 되면 헌병과 경찰들은 학교에 난입하여 학생들을 체포하기 시작했고 특무들은 학교에서 번번이 유혈사건들을 만들어 놓고는 학생들 끼리 '패싸움'을 한다고 했다. 도리에 맞는 말들을 하는 『원훼이보』, 『신민만보(新民晩報)』, 『연합만보(聯合晩報)』 등은 발행이 금지되었다. 장제스는 독한 마음을 먹고 일을 처리하려 하고 있다.

상하이시 학생연합회에서 6월에 출판한 『신 5월 사화』의 「피와 눈물로 얼룩진 호소」라는 제목의 머리말에 이렇게 썼다.

> 23일 상하이 법학원 학생 11명은 캄캄한 밤에 손에 흉기를 든 경찰들에게 무차별한 폭행을 당했으며 '패싸움'과 '수업 거부 선동죄'로 체포되었다. 25일, 교통대학, 퉁지대학과 가다 각 중학교의 97명의 학생들은 반내전을 선전했다는 죄명으로 체포되었다. 같은 날 저녁 푸단대학의 5명의 학생들은 아무런 이유 없이 헌병과 경

---

484) 장제스 일기(친필본), 1947년 5월 24일, 31일 『上月反省彔』, 미국 스탠퍼드대학교 후버연구소 소장.

찰들에게 체포되었다. 동시에 헌병과 경찰들은 교통대학에서 '패싸움 사건'을 조작했다. 손에 권총, 나무 몽둥이, 돌멩이 등을 든 무수한 특무들이 회의를 하고 있는 각 학과 대표들을 향해 던졌는데 두 명의 학생이 중상을 입고 40여 명의 학생들이 상처를 입었으며 14명이 체포되었다. 하지만 이 특무들은 그다지 총명한 편이 아니어서 '패싸움'을 조작한다는 것이 자신들의 폭행을 폭로하는 행동이 되었다. 이런 상황에서 우리는 가만히 앉아 있을 수가 없었다. 우리는 부득이하게 거리로 나가 탄원을 진행하게 되었다. 바로 26일, 대량의 헌병과 군대들은 교통대학, 푸단대학, 지난대학(暨大), 퉁지대학을 포위했다. 새로운 정부의 헌법에는 인민들이 자신의 의견을 표명할 수 있는 탄원의 자유가 있다고 했다. 하지만 우리는 무력의 위협 하에 이런 자유를 잃어버렸다. 당일 우 시장은 6가지 사항에 대해 약속을 했다. 제일 주요한 사항은 체포된 학생들을 석방하고 이후에 이런 사건들이 발생하지 않을 것을 약속한 것이다. 우리 학생들은 비교적 만족스러운 대답을 얻었기에 시위행진을 중단했다. 하지만 그날 오후 우 시장의 약속이 아직 귓가에 쟁쟁한데 지난대학에서 조작된 '패싸움'이 일어났으며 무고한 학생 30~40명이 체포되었다. 그날 저녁 푸단대학의 학생들은 길옆에 매복하고 있던 폭도들의 공격을 받아 3명의 학생들이 중상을 입고 20여 명 학생들이 다쳤다. 같은 날 다퉁대학의 학생들은 학교 밖에 있던 특무들의 나무 몽둥이와 쇠몽둥이에 맞아 10여 명이 상처를 입고 2명이 중상을 입었으며 한 학생은 눈가가 찢겨져 온 얼굴에 피투성이가 되었다. 폭도들은 학생들의 이불 등 생활용품들을 빼앗아 불살라 버렸다. 정부 측의 폭행이 계속되고 있으니 우리는 약속을 한 정부를 더 이상 믿을 수가 없다. 비록 각종 압박이 가해지고 있지만 학생연합회에서는 여전히 우 시장과의 약속에 따라 각 학교에서 복학을 하라는 선언을 28일에 발표했다. 우리는 여전히 정부에서 자신의 했던 약속을 지키기를 희망하고 있다.

하지만 우리는 속임수에 넘어갔다. 당국에서는 체포된 학생 중 일부 학생들만 석방하고 다시 마구잡이식 체포를 시작했다. 28일 교통대학, 푸단대학, 퉁지대학, 상하이 의과대학, 상하이 상업대학, 다샤(大夏)대학, 후장(滬江)대학, 중국신좐(新專), 음악전문대, 광화(光華) 등 학교에서 '공산당'들을 잡는다는 핑계로 대규모적인 체포를 했다. 대량의 헌병과 경찰들이 학교를 포위했는데 이들은 학생들을 체포하는 한편 물건들을 약탈하고 있다. 이들은 우리의 선생님들과 여학생들을 모욕하고 있다.

계획적인 대규모 폭행은 지금도 여전히 전국 각지에서 발생하고 있다. 5월 31일부터 6월 2일까지 3일간 광쩌우의 중산대학, 총칭의 총칭대학, 스촨교육학원, 서남학원, 중앙공학원, 여자사범학원, 카이펑의 허난대학 한커우(당시는 우창이라고 불렀다)의 우한대학, 칭다오의 산동대학 그리고 텐진, 청두, 푸저우, 항저우 등 지역의 학생들이 헌병과 경찰, 특무들의 총에 맞아 쓰러졌으며 구타당하고 체포되었다. 공포의 검은 천막은 전국의 방방곡곡에 드리워졌다.[485]

6월 1일 새벽 3세에 일어난 우창(武昌)의 헌병과 경찰 천여 명이

485) 上海市學生聯合會 편저: 『新五月史話』, 上海: 上海市學生聯合會, 1947년 6월, 4, 5쪽.

우한대학교에 난입하여 학생들을 제포하고 학생들의 기숙사를 향해 총기난사를 하였을 뿐만 아니라 수류탄 3개를 던져 복도에 있던 3명의 학생이 사망했다. 이 사건은 전국 인민들에게 큰 충격을 안겨주었다. 우한대학 교수들이 발표한 선언에는 "의사들이 사망자들의 상처를 검사한 결과 그들이 사용한 무기는 국제전쟁에서도 사용금지 당한 덤덤탄(dumdum bullet)이었다"[486]고 썼다.

국민당 당국은 강한 적을 상대하듯이 6월 2일의 '전국 반 내전일' 활동을 탄압하려고 긴급 배치를 했다. 텐진의 크고 작은 거리에는 당일 "공산당에서 대 폭동을 일으킨다", "학생운동을 선동하는 자는 간사한 공산토비다"라고 썼다.[487] 6월 1일의 『대공보』에는 큰 제목으로 "오늘 오전부터 텐진시에는 계엄령이 내려졌고 경비부에서는 시위행진을 폭동으로 여긴다고 선포했다"[488]고 보도했다. "'6 2' 오전에 십여 대의 군용차량이 난카이대학교 교내에 들어섰다. 자동소총, 박격포 및 기타 미국식 무기들로 무장된 군인들이 군용차량에서 내려 한 바퀴 순찰을 하고 떠났다. 이와 같은 통치자의 자태는 그 상황을 지켜본 모든 사람들에게 지울 수 없는 모욕감을 안겨주었다."[489]

이번 '반 내전일'은 어떻게 일어난 것인가? 이번 행동은 5월 17일 베이징대학 학계대표대회에서 3일간 수업을 거부하는 것과 동시에 제기한 것이다. 6월 2일 각계에서 총 수업거부를 진행하고 노동자들이 총 파업을 진행하고 상인들이 동맹하여 판매를 거부할 것을 호소하여 대규모적인 반 내전 시위행

---

486) 宋次男: 「對付學生幷无禁用達姆彈之例」, 『觀察』, 第2卷 第16期, 1947년 6월 12일.
487) 본사특약기자: 『兩年前的老樣子又回來了』, 『觀察』, 第2卷 第16期, 1947년 6월 12일.
488) 『大公報』, 1947년 6월 1일.
489) 鐘伯平: 『學潮平息以后的認識』, 『觀察』, 第2卷 第17期, 1947년 6월 21일.

진을 진행하려고 했다. 20일 베이핑 학생들의 시위대오가 베이징대학의 백사장광장에 이렀을 때 화북 '반 기아 연합운동' 영도하던 상임 위원회 위원들 중 공산당원이 아닌 몇몇 광장에 있던 학생들에게 이번 탄원 행동이 아무런 결과도 얻지 못했으니 베이징 대학에서 제기한 6월 2일에 진행할 반내전 행동을 수락한다고 했다. 이들의 결정에 학생들은 열렬한 박수로 찬성을 표했다. 화북 '반 기아 연합'의 이름으로 선언을 발표하여 전국에 '반 내전일'의 행동에 관한 통지하여 전국적으로 큰 영향을 미쳤다. 베이핑 지하당 학생위원회의 남파 혹은 북파 모두 이 행동을 지지하지 않았다.

지하당 학생위원회에서는 이 행동은 군중들이 일시적인 충동 하에 내린 결정이기에 적합하지 않다고 여겼다. 하지만 군중들이 동의한 행동이기에 억지로 전환하는 것도 적절하지 않다고 판단하여 사태의 발전을 관찰하면서 필요한 조치들을 취하기로 했다. 당시 학생위원회 책임자인 왕한빈, 위안융시의 회상에 따르면 7월에 왕한빈은 상하이에 가서 회보했다.

상하이국 책임자 첸잉(錢瑛)은 6 2 '전국 반 내전일'은 어찌된 영문인가 하고 물었다. 왕한빈의 보고를 들은 첸잉은 엄숙하게 비평했다. "지금 국민당 통치구역에서 상황은 여전히 우리가 약세이고 국민당이 우세이다. 때문에 우리는 습격의 방식으로 속전속결을 하여 적들이 미처 반응하지 못하게 해야 한다. 하지만 이번처럼 사전에 시간과 방법을 알려 주는 것은 사전에 적들에게 활동을 진압할 시간을 주는 것으로 된다. 이처럼 조건을 고려하지 않고 구체적 상황에 따른 결정이 아닌 것은 잘못된 것이다."[490]

상하이국에서는 이번 투쟁의 발전에 대해 이미 사전 안배를 마쳤다. 5월 24일에 류샤오는 중국공산당 중앙 도시사업부와 화동국에 보고를 했다. 상

---

490) 王漢斌, 袁永熙: 「回憶錢瑛同志對我們的教導」, 帥孟奇 편: 『憶錢瑛』, 北京: 解放軍出版社, 1986년, 139쪽.

황에 대해 냉철한 분석을 통해 명확한 배치를 했다.

> 행동의 결과를 확고히 하고 더욱 광범한 사회적 동정을 얻기 위하여 중립의 교육자들이 일찍 적들의 표적이 되는 것을 방지하여 이용 가능한 모든 역량을 적들과의 결전의 시기에 사용하려 했다. 군중들이 피로한 상황이기에 군중역량의 휴식이 필요하며 예비역량(노동자)들이 아직 전투에 투입될 수 없다. 또한 지도층의 연합이 아직 미흡하기에 이를 강화(예전에 우리는 영도 역할을 하지 않았지만 지금 우리는 자원해서 이 사업을 짊어져야 한다.)하여 전국적인 조직을 건립하고 정돈해야 한다.
>
> 중요한 투쟁은 필요한 준비가 있어야 하기 때문이다. 때문에 우리는 더욱 강한 투쟁이 형성되고 지도층간의 협력이 더욱 완벽하고 군중들의 정서가 더욱 강렬할 때 행동을 해야 한다. 학생 운동에 대한 적들의 정책이 통일되지 못한 상황에서 우리는 수업을 거부하는 행동을 잠시 멈추고 학교 수업에 참가하면서 투쟁을 견지하여야 한다. 우리는 상황에 따라 수업에 참가하거나 수업을 거부해야 한다.[491]

학생들을 체포하고 박해한 국민당 당국에 항의를 표시하는 학생들의 수업 거부와 교사들의 동맹파업을 진행하는 한편 체포된 학생들의 석방을 위한 사업도 적극적으로 진행했다. 인내성 있는 설복을 통해 6월 2일 전국 대부분의 지역에서는 학생들이 수업을 거부하고 선생들이 파업을 하고 상인들이

---

491) 中共上海市委党史資料征集委員會 편: 『解放戰爭時期的中共中央上海局』, 上海: 學林出版社, 1989년, 370쪽.

판매를 거부하는 사건들과 시위활동들이 진행되지 않았다.

6월 1일 화북 학생연합 소속인 베이핑 여러 대학과 전문대학 대표들과 베이징대학 학생 2천여 명은 베이징대학 백사장광장에서 집회를 열어 6월 2일의 시위행진을 취소하고 학교의 수업을 거부하고 반내전 대회를 개최한다는 화북학생연합의 결의를 선포했다. 8일 금방 성립된 상하이시 학생연합회는 각 학교 대표들이 참가한 연합회의를 열고 "수업거부를 중단하고 투쟁을 계속한다"는 결정에 따라 전 시의 각 학교에의 요구에 따라 체포된 학생들의 석방을 위하여 10일 하루만 수업을 거부한 후 수업 거부를 중단하고 학교에 돌아가 강의에 참가하면서 투쟁을 진행한다고 했다. 이렇게 되자 국민당은 대규모의 탄압을 위한 구실을 잃었다.

6월 18일부터 20일, 중국 학생연합회는 상하이에서 성립대회를 열고 통일된 전국 학생 조직의 성립을 선포했다. 여러 차례의 학생운동을 통해 많은 학생들이 진보적인 적극적으로 참여했다. 학생들은 각종 동아리와 소형 독서회의 형식으로 조직되어 애국 민주 운동이 더욱 깊이 있고 더욱 오랫동안 진행될 수 있게 되었다.

학생들의 '반 기아', '반 내전', '반 학대' 운동은 사회 각계의 광범한 동정을 얻었다.

5월 25일, 상하이에서 난징에 도착한 저명한 경제학가 마인추는 중앙대학 강당에서 연설을 했다. "지금의 경제위기는 보통 농민, 쌀장사꾼들, 양식을 관리하는 관리들 심지어 양식부(粮食部)가 일으킨 것이 아니다. 또한 이번 경제위기의 책임이 고리대금업자, 관료자본, 증권 거래소, 황금정책에 있는 것도 아니다. 결국 모든 원인은 내전이 가져다준 최악의 결과이다." "내전이 끝나지 않으면 큰 일이 일어나게 된다. 내전이 하루라도 끝나지 않으면 학생운동의 열은 식지 않을 것이다." 또한 그는 기자들에게 "나의 신분은 국민당 당원이다. 이 외에 아무런 조직관계는 존재하지 않는다. 나는 정의의 입장에서 사실을 말할 뿐이다. 나와 마수룬 선생을 상대 할 때와는 부동한 점은 아마 권총의 차이일 것이다."[492]

5월 22일, 저명한 언론인인 왕원성(王芸生)은 「내가 느끼는 학생운동」이라는 제목으로 『대공보』에 글을 발표했다. "지금 청년학생들은 '반 내전, 반 기아'를 외치고 있다. 이는 청년학생들의 요구일 뿐만 아니라 전국의 선량한 인민들의 목소리이다." "시대의 현실에서 청년들은 '반 내전, 반 기아'의 외침소리는 더없이 비참한 고통스러운 목소리이다. 같은 처지의 우리들이 어찌 이 가엾은 학생들을 동정하지 않을 수 있겠는가?"[493]

저명한 문학가 마오둔(茅盾)도 5월 18일에 학생운동에 관한 자신의 견해를 발표했다. "학생운동이 일어난 후 일부 사람들은 학생운동은 틀림없이 배후 조종하는 세력이 있다고 여겼다. 그렇다면 학생운동의 뒤에는 세력이 존재하는가? 나는 어떠한 운동이든 이유 없이 일어난 것이 아니라고 생각한다. 운동은 사회적, 정치적인 원인 하에 일어나게 된다. 지난 1년간 정치상에서 민심을 잃었고 경제는 붕괴되고 물가는 끊임없이 치솟고 내전은 날이 갈수록 격렬해졌다. 전국 인민들은 기아에 허덕이고 있다. 이 모든 것은 학생운동이 일어나게 된 원인이다."[494]

각 대학의 교수들도 보편적으로 학생들의 운동에 공감을 표시하고 있다. 글이나 담화를 통해 학생운동을 지지한다고 하는 교수들도 있었고 정부의 폭행에 항의하는 성명을 발표하는 교수들도 있었으며 일부 교수들은 강의

---

492) 中國第二歷史檔案館, 中共南京市委党史辦公室 편: 『五二 運動資料』, 第1輯, 北京: 人民出版社, 1985년, 391, 392쪽.

493) 『大公報』, 1947년 5월 22일.

494) 中國第二歷史檔案館, 中共南京市委党史辦公室 편: 『五二 運動資料』, 第1輯, 北京: 人民出版社, 1985년, 403쪽.

를 거부했다. 5월 28일, 페이샤오통, 우한(吳晗), 천다이쑨(陳岱孫), 진웨린(金岳霖), 덩즈청(鄧之誠), 위핑보(兪平伯), 리진시(黎錦熙), 천수징(陳序經), 볜즈린(卞之琳) 등 585명의 베이핑, 톈진의 교수들은 연합성명을 발표하여 평화를 호소하고 내전을 중단할 것을 요구했다. 성명에는 "우리는 오늘 날 혼란스러운 사회의 근본적 원인이 경제 위기에 있으며 경제위기는 장기간의 내전으로 인한 것임을 잘 알고 있다. 모든 노동자들의 운동, 학생들의 운동은 현 상황에서 필연적인 것이다."[495]고 썼다. 5월 31일, 푸단대학 교수 훙선 등 100명의 교수들은 강의 거부 선언에서 이렇게 썼다. "우리는 오로지 학교의 안정을 바라며 분노한 민심이 가라앉기를 희망하지만 우리의 희망과 달리 갈등은 심해져 공포의 분위기가 형성되고 있다." "아무런 인신 보장도 되어 있지 않으니 기타 학생(**체포되지 않은 학생들**)들이 수업에 집중할 수 없으니 우리들의 마음도 비통하여 강의를 할 수가 없다. 때문에 우리 학교 교직원들은 집체회의를 열어 강의를 거부하는 것으로 항의를 표시하기로 결정했다."[496]

학생운동은 인민운동의 일부분이기에 학생운동의 발전은 인민운동의 발전과 갈라놓을 수 없다.

미군 폭행 항의운동으로부터 5 20운동이 일어난 사이인 2월 28일, 무고한 백성들을 살해하는 국민당 당국의 폭행에 항의하는 타이완 민중들은 반항을 했다. 타이완 민중들은 전매국을 공격했다. 뒤이어 타이베이 노동자들은 파업을 진행하고 학생들은 수업을 거부하고 상인들은 판매를 거부했다. 타이완 여러 지역에서 폭력사태가 일어났다. 국민당 당국에서는 지룽(基隆)으로부터 군대를 상륙시켜 피비린 진압을 시작했다. 수천 명이 목숨을 잃은 이 사건은 타이완 정치 역사에서 지울 수 없는 흑역사로 남겨졌다.

---

495) 『大公報』, 1947년 5월 29일.
496) 上海市學生聯合會 편저: 『新五月史話』, 上海: 上海市學生聯合會, 1947년 6월, 21쪽.

같은 해 상반기, 국민당 통치구역의 노동자 운동, 도시의 빈민투쟁과 식량약탈전쟁과 식량징수, 세금 과중부담, 강제 징병 등에 항의하는 농민 운동 등 여러 가지 항의 활동들이 잇따라 진행되었다. 6월 달의 『대공보』에는 이런 보도가 실렸다. "상하이시 노동자 운동의 규모는 커지기 시작했다. 여러 업계의 고용자 측에서는 5월의 생활지수를 2.35만 배로 결정한 것에 대해 큰 부담을 느꼈다. 하지만 노동자들은 생활지수에 따라 임금을 지불할 것은 강력히 요구하고 있어 갈등은 점점 커져갔다. 9일부터 전 시의 기계, 날염, 방직, 활판인쇄, 가죽공업, 학용품 등 업계의 노동자들은 태업투쟁, 일을 천천히 하는 투쟁, 먹고 살기 위한 투쟁을 시작했다." "방직업에 종사하는 남여 노동자들은 담판하러 사회국으로 떼를 지어 갔다. 노동자 대표 7명이 경찰들에게 체포되자 노동자들은 경찰국을 포위하여 소동이 일어나기도 했다."[497]

텐진 공상업계에서는 생존을 위한 외환 배당액과 정상적인 식량공급을 위하여 저명한 기업가이며 정치협상회 대표인 리주천(李燭塵)을 단장으로 하는 대표단을 난징에 보내 탄원하게 되었다. 각 민주당파와 무당파 무소속 인사들도 적극적인 태도로 협력했으며 애국운동에 적극 참여했다. 국민당 정부 주변의 사람들은 다 떠나고 있어 어느 때보다 더욱 고립된 상황에 처하게 되었다.

중국공산당 중앙은 이번 반 기아, 반 내전, 반 학대의 군중운동을 높이 평가했다.

5월 23일, 신화사에서 발표한 시사 논평 『장제스의 말로(末路)』에 이렇게 썼다. "중국근대에 발생한 세 차례의 군중운동이 이번 운동과 이름을 같이 할 수 있다. 하나는 1919년에 일어난 5 4운동이고 다른 하나는 1925년의 5 30운

---

497) 『大公報』, 1947년 6월 12일.

동이며 나머지 하나는 1935년에 일어난 12 9운동이다. 하지만 이 세 차례의 운동에서 군중들은 이번 운동처럼 보편적인 '반기아'라는 표어를 제기하지 못했으며 군중들이 가지고 있는 힘의 강대함을 보여주지 못했으며 군중운동이 반혁명적인 통치자들을 휘둘러 놓지 못했다. 이는 이번 군중운동이 '예전의 모든 운동을 능가하는 규모와 기세'를 가질 수 있는 진정한 원인이다."[498]

5월 30일, 마오쩌동은 신화사에 『장제스 정부는 전국 인민의 포위에 빠졌다』는 논평을 썼다.

> 인민들과 적이 되고 있는 장제스 정부는 이미 전국 인민들에게 포위당했다. 군사적 전선에서 뿐만 아니라 정치적 전선에서도 장제스 정부는 실패했으며 그들이 적이라고 여기는 역량에 포위되었으며 빠져 나갈 구멍도 없다.
> 중국 경내에는 두개의 전지가 있다. 장제스가 침범하고 있는 인민해방군과의 전쟁이 첫 전지이다. 지금 두 번째인 제2 전선이 형성되었는데 바로 정의의 학생운동과 장제스 정부 사이 날선 공방의 투쟁이다. 학생들의 운동 표어는 반기아, 반내전, 반학대인데 이는 밥을 달라, 평화를 보장하라, 자유를 달라는 것이다.
> 학생운동은 전체 인민운동의 일부분이다. 학생운동의 열기는 불가피하게 전체 인민운동의 열기를 높여 주게 된다.[499]

중국공산당은 1947년 5월에 "지금 제2 전선이 또 나타났다"고 제기했는데 이는 전반 국면을 고려한 의미 있는 전략적 판단이었다.

---

498) 新華通訊社 편: 『新華社評論集(1945—1950)』, 北京: 新華通訊社, 1960년 7월, 166, 167쪽.
499) 中共中央文獻編輯委員會 편: 『毛澤東選集』, 第4卷, 北京: 人民出版社, 1991년, 1224, 1225쪽.

1927년에 농촌혁명근거지를 건립한 후 중국공산당이 무장투쟁을 영도하기 시작함과 동시에 국민당통치구역(항일전쟁시기에는 적위통치구역도 있었다)에도 중국공산당이 영도하는 각종 군중운동이 일어났으며, 전체적으로 전쟁에 중요한 협력 작용을 했다. 하지만 이 시기에는 이를 '제2 전선'이라고 부르지 않다가 1947년에 이르러 마오쩌동은 "제2 전선이 또 나타났다"고 했는가? 그 원인은 이 시기에 군중운동이 국민당 정부를 포위하는 상황이 나타났으며 '제2 전선'이라고 부를 조건이 형성되었기 때문이었다.

두 번째 전선은 민심 변화의 결과이며 이런 변화는 두 번째 전선의 형성을 촉진시켰다. 이는 생동한 사실로 국민당 정부와 민중 이익의 서로 대립된 현실을 폭로한 것이며 중국공산당의 영향력을 확대시켰다. 애국민주운동에 종래로 참여하지 않았던 수많은 청년학생들은 조금이라도 남아있던 국민당 통치에 미련을 버리고 이번 투쟁에 참여했다. 이 기세 드높은 군중투쟁은 진보적인 학생대오를 강대하게 만들었으며 복잡하고 험악한 환경에서의 탐색과 분투를 통해 많은 사람들을 단련시켰다. 이번 투쟁에 참가한 수많은 선진적인 청년들은 높은 정치적 각오를 가지고 있으며 문화지식이 풍부했다. 전국이 해방된 후 이 청년들은 나라의 건설과 혁명과정에서 중요한 역할을 했다.

물론 제2 전선은 직접 무기를 들고 국민당 정부와 싸우는 전지가 아니었다. 무력을 사용하지 않는 제2 전선이지만 여전히 제1 전선의 무장투쟁에 영향을 미치고 있으며 협력 작용을 하고 있었다. 만약 계속되는 제1 전선의 군사적승리가 없었다면 제2 전선이 형성되기 어려우며 제2 전선에서의 승리도 운운하기 어려웠다. 하지만 이런 협력작용은 매우 중요하다.

손에 아무런 무기도 들고 있지 않는 수천수만의 청년학생들이 나라를 위하여, 민주와 생존을 위하여 두려움도 마다하고 국민당 정부를 반대하게 되었다. 그들의 이런 선택은 사회의 지지를 받았고 사회의 지지를 얻었다.

국민당 정부는 많은 지지자들을 잃었고 국민당 정부의 와해를 가속시켰다. 이 두 개 전선은 서로 협력하면서 발전하여 국민당 정부를 안팎으로 압박했다. 국민당 정부는 전국 인민들에게 포위당했다. 이렇게 되어 인민해방전쟁이 전국적으로 신속하게 승리할 수 있는 중요한 조건이 마련되었다.

제6장
급락하는 형세가
가져온 거대한 충격

제6장
급락하는 형세가 가져온 거대한 충격

1947년 5월 16일, 재편성한 제74사단은 멍량구 전역에서 전멸했다. 재편성한 제74사단의 전멸은 국민당 정부와 장제스에게 큰 타격을 주었다. 5월 20일 국민당 정부의 수도인 난징에서 일어난 학생운동은 "반 기아, 반 내전"의 구호를 높이 외쳤으며 이 열기는 전 중국을 휩쓸었다. 제2 전선에서도 국민당 정부와 장제스에게 큰 타격을 주었다. 이 두 가지 사건이 5일 간격으로 발생하였기에 그 힘은 특별히 강했다.

군사상, 정치상 국공 양측의 역량은 국민당 정부가 전면 내전을 시작하면서 심각한 변화가 일어났다. 5월 중순에 연속 일어난 이 두 가지 큰 사건은 이런 변화가 겉으로 드러나게 했으며 양측 역량의 차이를 뚜렷하게 했다. 이런 변화에 큰 관심이 없던 사람들도 변화를 느끼게 되었다. 바로 5월 하순부터 국민당 정부와 장제스의 국세 판단과 사상, 정서에도 큰 변화를 가져왔다. 1946년 6월 말 전면 내전을 일으킬 때의 오만함과 득의양양함을 찾을 수가 없었다. 1946년 말 장자커우를 함락한 후 국민대회를 소집하여 평화회담이 파열되고 1947년 산동과 산뻬이를 대거 공격할 때 3개월 혹은 반년이면 공산당을 궤멸시킬 수 있다던 잘난 척하던 모습도 오간데 없었다.

국민당 정부와 장제스는 국세의 변화가 자신들에게 불리하게 돌아가자 근심과 걱정에 시달리게 되었다. 이런 변화는 중국공산당에 더 큰 믿음을 주었다. 공산당은 이런 변화를 기초로 새로운 중대한 전략적 배치를 할 수 있게 했다.

장제스에게 있어서 멍량구 전역에서 패전의 소식은 일반적인 재편성한 사단을 잃은 것보다 더욱 가슴 아픈 일이었다. 그것은 그가 제일 믿던 정예주력부대인 재편성한 제74사단이기에 더욱 큰 상실감을 느끼게 된 것이다. 그 시기 국민당 정부에서는 제2기 군관훈련 연대의 훈련이 한창이었다. 5월 12일, 멍량구 전역이 끝나기 며칠 전, 장제스는 제1기 개학식에서 『토비숙청의 승리는 필연적인 사실이다』는 제목으로 연설을 했다.

연설의 마지막까지 그는 "우리 고급 장병들이 정신을 차리고 열심히 자신의 직책을 다하여 믿음을 보여준다면 금년 10월 전에는 토비숙청 임무가 완성될 수 있을 것이다"고 강조했다. 그는 여전히 1947년 10월 전에 군사적으로 중국공산당을 물리칠 수 있을 것이라고 여겼다. 하지만 한주일이 지나 멍량구에서의 실패 소식이 전해 진 후 5월 19일 같은 반의 학생들에게 강연을 할 때 말투는 크게 변했다. 그는 이번 전역의 실패를 "우리 군이 토비 숙청을 진행하면서 발생한 제일 가슴 아픈 안타까운 일"이라고 말했다. 또한 그는 "여러분들이 아직도 정신을 차리지 않고 분발하지 않는다면 우리의 혁명 사업을 완성할 수 없을 뿐만 아니라 군사적으로 토비를 숙청하려는 목표도 수포로 돌아가게 되고 반대로 공산당에 의해 우리가 궤멸당하게 될 것이다"[500]고 했다.

5월 19일의 강연은 부하들에게 한 것이라 주로 군사방면에 대해 깊이 있게 말한 것일 수도 있다. 5월 24일 일기의 내용을 음미해볼 필요가 있다. 이 시기 반기아, 반내전의 군중운동도 한창 진행되고 있었으며 반학대의 구호를

---

500) 秦孝儀 편: 『蔣介石思想言論總集』 卷二十二, 台北: 中國國民党中央委員會党史委員會, 1984년 10월, 108, 109, 120, 125쪽.

추가로 제기했다. 장제스는 자신이 직면한 전면 위기를 인정하기 어렵지만 인정하지 않을 수 없었다. 그는 국세가 이미 기울어졌음을 느꼈다. 그는 무거운 마음으로 일기에 이렇게 썼다. "장링푸 사단이 전멸된 후 동북의 88과 91사단도 궤멸당하여 동북의 형세도 더욱 어려워졌다. 공산당토비들의 기염은 하늘을 찌르고 민심도 멀어져가고 사회는 뒤숭숭해졌다. 각지의 학생운동은 전국구로 퍼졌고 이들의 운동 열기는 수습할 수가 없을 지경에 이르렀다. 생사존망이 달린 이 가을, 이제 마지막을 준비해야 할 것 같다."[501]

장제스의 일기에 처음으로 실망스러운 어투들이 나타났다.

> 민심은 동요하고, 군사, 정치, 경제, 사회 모두 위태로운 상황에 놓여 있어 시국은 크게 변화했다. 간사스러운 공산당은 여세를 몰아 정권을 뒤엎으려 하고 있다. 이들은 전선에서 무력투쟁을 대대적으로 벌여 여러 지역을 점령하면서 압박을 가하고 있다. 공산당은 후방의 여러 대도시에서 모든 수단을 다 동원하여 학생운동을 부추기고 사회를 어지럽히고 있다. 이번 참정회의도 평화를 위해 자신의 이익을 고려하지 말자는 분위기였다. 같은 당의 동지들도 눈앞의 안일만 생각하여 별다른 의견을 제기 하지 않고 있으니 혁명사업도 허울만 남았다. 이렇게 우리는 위급한 생사존망의 가을에 들어섰다. 만약 아직도 우유부단하게 결단을 내리지 못하고 강력한 수단을 동원하지 않는다면 어지러운 세상을 바로잡을 수 없다. 시간이 지날수록 상황을 되돌리기 어렵기에 먼저 후방에서 적을 숙청하여 사회의 안정을 찾은 후 군사적으로 공격을

---

501) 장제스 일기(친필본), 1947년 5월 24일 『上星期反省彔』, 미국 스탠퍼드대학교 후버연구소 소장.

하는 것이 마땅하다.[502]

6월 1일 군관훈련연대 제3기 연수반 개학식이 진행되었다. 장제스는 개학식에서 『국민당군 장병의 치욕과 자아반성』의 제목으로 강연을 했다. 그는 실패로 향하고 있는 두려운 국세를 예감하고 있었다. "나는 이런 상황의 발생 원인을 알 수가 없다!" 하지만 그는 이런 사실을 이해할 수가 없었다. 그는 연설에서 고급 장병들에게 한 가지 문제를 제기했다. 사실 이 문제는 그가 이해할 수 없는 문제이기도 했다.

적들과 우리를 비교하였을 때 어느 방면에서나 우리는 절대적 우세에 처해 있었다. 군대의 장비, 작전의 기술과 경험에서 토비군은 우리들과 현처한 차이가 있다. 특기 공군, 군용차량 및 기차, 기선, 자동차 등후방의 교통운수도구들은 우리 국민당 군만 보유하고 있다. 군량, 마초, 탄약, 의약품 등 모든 군수품은 공산당군의 수십 배에 달한다. 중요한 교통중추, 대도시의 공업과 광업자원도 우리가 통제하고 있다. 공산당은 어느 방면에서나 우리를 이길 수 있는 능력을 가지고 있지 않다. 때문에 공산당 토비들이 민심을 혼란시키고 있지만 우리는 여전히 토비세력을 궤멸시킬 절대적인 능력을 가지고 있다. 승리에 대한 확신은 우리 여러 장병들이 인지하고 있는 사항일 뿐만 아니라 전국 민중들이 알고 있는 일이다. 공산당을 숙청한지 벌써 1년이라는 시간이 흐른 지금 우리는 공산당을 궤멸시키기는커녕 별다른 성과를 거두지 못했다.

---

502) 秦孝儀 편찬: 『蔣介石大事長編初稿』 卷六(下冊), 台北: 1978년 10월, 459쪽.

> 이는 무엇 때문인가? 지금 여러 장병들을 불러 훈련을 하는 것도 여러 분들과 함께 이 문제를 연구하려는 것이다.

장제스는 모든 일을 무력으로 분석했다. 국공 양측의 실력을 조목조목 따져가면서 분석했다. 하지만 그는 제일 기본적인 한 가지를 빠뜨렸는데 바로 국민당에게서 등을 돌린 민심을 고려하지 않았다.

이는 그가 볼 수 없었을 뿐만 아니라 인정하기도 싫은 일이었다. 때문에 그가 반나절의 시간을 들여 강연을 하였지만 사건을 명확하게 인식하지 못하고 몇 마디 독한 말들만 했다.

> 우리 고급 장병들이 이런 정신, 습관, 학술과 지휘 도덕, 풍격 등을 변화시키지 않고 그대로 내버려 둔다면 예전의 북벌과 항일전쟁 승리의 영광은 하루아침에 무너지게 된다. 이렇게 되면 군사적 숙청계획도 실패하게 되며 전체 병사들은 자신의 진지를 지킬 수 없으며 살아갈 수 있는 지역을 잃게 되고 적들에게 궤멸당하지 않더라고 포로가 되어 적들에게 청산될 수 있기에 의미 없는 희생을 하게 된다. 이런 날이 오면 우리는 이미 돌아간 총리를 마주할 면목이 없게 되며 전투에서 희생한 전사들을 만날 면목도 없다![503]

6월 7일, 군관 훈련연대 제3기 졸업식에서 장제스는 또 강연을 했다. "전선이 위급한 상황에서도 이멍 산간지역 반 이상의 장병들을 난징에 불러 2주간

---

503) 秦孝儀 편: 『蔣介石思想言論總集』 卷二十二, 台北: 中國國民党中央委員會党史委員會, 1984년 10월, 134, 135, 136쪽.

의 훈련을 했다. 이 훈련을 통해 멍량구 전역 실패를 교훈으로 삼아 평소 정신, 사상, 생활, 행동에 대해 반성하고 철저하게 변화하려는 것이다. 전군의 전술, 정신, 기율을 철저히 검토하고 개혁하려 한다. 이번 훈련이 이후 안정적인 상황을 가져올 수 있는, 우리를 승리로 이끌 수 있는 계기가 되기 바란다. 여러 장병들이 강하고 지조와 절개를 연마하여 실패를 교훈으로 삼아 철저하게 준비하여 성공적인 설욕전을 위해 준비해야 한다." 그는 두 시간 동안 강연을 했다. 하지만 그는 알맹이가 없는 공론의 실효에 별 신심이 없었다. 강연이 끝난 후 그는 일기에 이렇게 썼다. "온 힘을 다해 전선의 장병들을 격려하였으나 그 효과가 어떠할지?"[504]

빈말뿐인 장제스의 강연을 신문에서 읽는 독자들도 이젠 시끄럽기만 하다고 생각했다. 하지만 실속 없는 단어들에서 우리는 짧은 5, 6월 사이에 변하된 장제스의 사상적 변화를 읽을 수 있다. 객관적 환경의 변화가 그의 사상을 조금씩 변화시켰다.

장제스 주위의 문무관원들은 국세의 변화를 어떤 시선으로 바라보고 있었는가? 그들의 견해는 거의 비슷했다. 다만 장제스보다 조금 먼저 더 강렬하게 느꼈을 뿐이다. 6월 10일 장제스는 일기에 이렇게 썼다. "아침 일과가 끝난 후 츠슈(친청)는 진지하게 요즘 자신이 적절하지 못한 행동을 하는 경우가 늘어나고 모든 사건을 비관적으로 해석하여 마음을 잃어가고 있다고 말했다. 간부들이 이러하니 더욱 걱정스럽다." 15일의 일기 "근일 형세가 기울어지고 있으니 우울하고 근심스럽기만 하다. 하느님이 우리를 구제하여 주리라 믿고 있다. 비록 기초가 든든하다고 하지만 정신적인 치욕을 금할 수 없고 불안감이 더해지고 있다."[505] 6월 중순부터 동북의 해방군은 쓰핑제를 맹렬히

---

504) 秦孝儀 편: 『蔣介石大事長編初稿』 卷六(下冊), 台北: 1978년 10월, 471쪽.
505) 장제스 일기(친필본), 1947년 6월 10일, 15일, 미국 스탠퍼드대학교 후버연구소 소장.

공격하자 국민당 통치 집단은 또 한 번 흔들렸다. 일부 사실에서 국민당 통치계급의 낙심과 흔들리는 군심을 알 수 있다. 실제 사실은 어떠한 의론보다 당시의 상황을 정확하게 설명해 준다. 수융창과 왕스제의 일기에서 이런 사실들을 찾아 볼 수 있다. 하나는 군관이고 하나는 문관이다. 장제스의 신임을 받고 있는 이 두 사람은 중대한 결책에 참여했으며 일기에 솔직하게 자신의 견해와 주위 다른 사람들과 의논한 내용들을 썼다. 이 두 사람의 일기는 직접적인 자료들을 제공해주고 있다.

수융창은 항일전쟁 시기에 육군대학 교장을 맡고 있었으며 군사명령부 부장을 맡았다. 그는 일기에 이렇게 썼다.

> 어제 장웨준(張岳軍)(장춘)은 보고에서 한 달간에 1만억 화폐를 찍었다고 했다. 천츠슈(친청)의 보고에 따르면 이렇게 찍어도 부족하다고 하였으나 수입은 겨우 15~16억 뿐이었다. 보충(伯聰, 웨이다오밍, 魏道明)은 정부 신용이 바닥으로 떨어져 이번에 달러 국채와 국고 채권을 발행할 때 억지로 은행에서 사가라고 해서 판매된 것 외에 판매된 것이 거의 없었다.(5월 13일)
> 식사 후 시국에 대해 담론했다. 이성(宜生, 푸쭤이)은 정치가 이러하니 공산당을 숙청하는 사업이 언제나 끝나게 될지 알 수가 없다고 했다. 츠메이(次楣, 량상동, 梁上棟) 등도 같은 의견이었다. 모두 연말이면 경제가 붕괴될 것이라 여겼으며 일단 경제가 무너지게 되면 그 후과는 상상하기 어렵다고 했다. 우리의 정치와 군대가 조금이라도 진보한다면 어떠할 것인가? 이성(宜生)은 진보가 적다면 아무런 도움이 안 된다고 하면서 특히 중앙군은 진보를 가져오기 힘들다고 했다. 이성(宜生)은 우다촨(吳達銓, 우딩창, 吳

鼎昌), 첸신즈(錢新之, 첸융밍, 錢永銘)의 의견을 들었으나 그들도 여전히 별다른 방법이 없다고 했다고 말했다.(5월 20일)
오후 정치협상회 군사전문위원회의 회의에 참가했다. 회의 전 잡담에서 첸무인(錢慕尹, 첸다준)은 윈난 군대의 기강이 잡혀있지 않고 …… 루뤠이보(鹿瑞伯, 루중린, 鹿鐘麟)는 징병사업이 제대로 진행되지 못하고 병사들은 전투를 하려하지 않기에 군관들도 전투를 싫어하고 있다고 했다.(항일전쟁이 끝난 후 휴식을 하지 못했다.)…… 천리푸(陳立夫)는 군사가 이 지경에 이를 줄을 몰랐다면서 의견이 있으면 제때에 보고했어야 했다는 등의 말을 했다.(5월 28일)
오전에 웨이, 위, 저우 등이 와서 부대는 부대의 모양새 없이 아무런 명령도 따르지 않으니 어찌해야 하는 가라고 했다. 그들은 주석(指장제스)께서 장병들을 불러 훈련을 하고 그들에게 강연을 하였으나 암담한 현실에 마음이 오싹할 뿐 별 효과가 없으나 이 방법 외의 다른 방법이나 능력이 없다고 했다. 지금 공산 토비군들의 무기는 우리 국민당군과 별 차이가 없다. 바이부장(바이충시)도 군사적으로 공산당군대를 숙청하는 것에 별 마음이 없다고 머리를 저으며 말했다.(5월 28일)
몇 달동안의 전투에서 류보청은 잃은 것보다 얻은 것이 더 많았고 여러 전투에서 주동적으로 공격했다. 국군은 여전히 예전의 관습에 따라 행동했다. 우리 군은 교만하고 산만하였으나 적들은 적극적이고 분발했다. 이런 상황에서 지금까지 견지할 수 있는 것이 다행스런 일이다.(5월 31일)
오전에 중앙 정치위원회에 참가했다. …… 천츠슈는 루난 74사단은 전투에서 7천여 명의 사상자가 나고 수천 명이 포로가 되었다고 하면서 그 원인은 공산당군이 북쪽으로 이동하여 황허를 건널 것이라는 잘못된 판단을 한 것 때문이라고 했다. 사실 그들은 남쪽으로 이동했다.(6월 4일)

츠슈는 공산당 숙청이 별 발전이 없으니 참으로 걱정이라고 했다. 다행히 주석께서 불합리한 군사적 잘못을 느끼고 차근차근 전투를 진행해야 한다는 것을 알게 된 것이 다행스러운 일이 아닐 수 없다. 장선생의 그릇된 명령으로 인해 몇 차례의 전투에서 실패하였기에 이런 상황이 계속되면 사직하려 했다는 등의 말들을 했다.(6월 8일)

오전 아홉시에 중앙정치위원회에 참가했다. ……장푸촨(張溥泉, 장지, 張繼)은 회의가 아니고 그냥 한담하는 것이라고 했다. 지금 사정은 점점 나빠지고 있다. 오늘 총수를 믿지 않아서가 아니라 동북으로 보낸 군대는 모두 정예부대인데 이런 정예부대가 그냥 그런 부대가 된다면 어찌하겠는가? 우리는 목숨이 끝나기를 기다릴 수는 없다. 북방을 지키지 못한다면 남방도 지켜내기 힘들 것이다. 그런 날이 오면 또 어찌하겠는가? 총수가 말한 것처럼 난민이 되어야 하는가?(6월 18일)

자오주임(자오쯔리)은 전투 상황을 보고 할 때 주석의 흐느낌 소리를 들었다고 했다. 터무니없는 말들을 전하지 말라고 했다.(6월 20일)[506]

---

506) 徐永昌: 『徐永昌日記』, 第8冊, 台北: "中央研究院"近代史研究所, 1990년 6월 영인본, 411, 412, 417, 421, 422, 423, 425, 428, 434, 437쪽.

왕스제는 항일전쟁시기에 국민당 중앙선전부 부장직을 맡았으며 국민참정회 비서장, 중앙설계국 비서장 등 직무를 맡았다. 당시 그는 국민당 정부외교부장을 맡고 있었다. 그는 일기에 이렇게 썼다.

> 요즘 정부와 중국공산당군과의 전쟁은 예정된 계획대로 진행되지 않고 있다. 국내외 여론들은 모두 무력으로 중국공산당을 평정할 수 있는 가능성을 의심하고 있었다. 동북에서 난징으로 돌아온 쑨리런(孫立人, 신1군단 군단장)은 몇 달 사이에 동북의 국민당군은 약 40개의 대대, 약 3~4개의 사단을 잃었다고 했다. 산동에서는 19개 사단을 잃었다! 바닥까지 떨어진 병사들의 사기와 군관들의 부패는 실패의 주요원인이다.(5월 15일)
> 어제 저녁 늦은 시각 숑톈이(熊天翼, 숑스훼이)는 동북에서 난징에 도착하자 나의 거처로 와서 오랜 시간 이야기를 했다. 창춘, 쓰핑제, 안둥(安東) 등 지역을 잃게 되었다고 했고 동북의 국민당 군은 이번 해에만 52개 대대를 잃었으며 동복에 있던 5개의 군단은 3개 군단으로 줄어들었다고 했다. 이 소식은 끔찍한 소식이 아닐 수 없다.(5월 21일)
> 요즘 중국공산당군은 동북에서 활발히 활동하고 있다.……산동, 산시의 전투에서 우리 국군은 아무런 진척을 가져오지 못했다. 때문에 참정회의에서는 평화 교섭을 주장하는 사람들이 점차 많아 졌다. 국방부의 바이, 천 두 부장 모두 난징에 없었기에 국방부의 보고를 들을 방법이 없었다. 상하이와 베이핑 두 지역 학생운동도 규모가 커질 수가 있다. 정치와 군사 모두 상황이 심각해지고 있다.(5월 23일)

저녁 천츠슈 총장과 자세한 이야기를 나누었다. 그는 비관적인 태도였다. 명령이 많은 상황에서 명령하달을 결정할 수 없기에 최근에 중국공산당군과의 패전에 그가 책임을 질 수 있는 상황이 아니라고 여겼다. 그는 매우 소극적이었는데 상황이 조금 나아지면 퇴직하겠다고 했다. 상황이 얼마나 엄중한지 가히 상상할 수 있었다.(5월 31일)

아침 주류셴(朱騮先, 주자화)을 만났다. 그는 학생운동을 진압하는 방법에 관한 자신의 책임을 회피하려고만 했다. 장웨준을 만났는데 그도 정책에 믿음이 별로 없었다. 오늘 정치와 군사 모두 완전히 엄중한 지경에 이르렀다는 것을 느꼈다.(6월 2일)

오늘 아침 중앙정치위원회에서 전반적인 국면에 대해 토론했다. 평소 소리높이 허풍만 떨던 야오다하이(姚大海), 류젠춘(劉健群), 쩌우하이빈(鄒海濱, 쩌우루, 鄒魯) 등도 진정으로 불안해하고 있었다.(6월 4일)

오늘 오전 중앙 정치위원회(당부기관)의 회의가 열렸다. 손저성(孫哲生, 손커(孫科) 주석은 회의에서 동북 문제와 전체 정치군사 형세를 토론했다. 회의에 참가한 대부분 사람들은 겁먹고 두려워했다.(6월 18일)

극히 괴롭다. 작년 조지 마셜의 협조로 평화적인 방법으로 중국공산당 문제를 잠시 미루었고 중,러조약에 따라 동북지역을 회수했다.

국공평화담판이 실패하고 죠지 마셜도 미국으로 돌아갔다. 우리 군 장병들은 몇 개월이면 무력으로 중국공산당을 해결해 버리고 이번 해에 외교적 수단과 함께 동북지역을 수복하려고 계획했다.

헌데 오늘 보니 이 계획도 수포로 사라질 것 같다.(6월 20일)[507]

국민당 두 명의 핵심인물의 원본 그대로의 일기로부터 우리는 1947년 초에도 "수 개월 내에 무력으로 중국공산당문제를 해결할 수 있다"고 했었으나 5월, 6월이 되자 "정치, 군사의 형세가 점차 심각해져" "매우 위험한 경지에 이르렀다"고 여겼다는 것을 알 수 있다. 그들은 이런 변화에 아무런 준비를 하지도 못했다. 처음 "군사적으로 공산당군대를 숙청하는 것에 별 마음이 없다고" 바이충시는 "머리를 저으며 말했다" 친청도 "견지하기 어려워" 연속 일어나는 사건에 그들도 '끔찍한 일'이라고 여겨 국세는 이미 '기울어졌다'고 여기고 있었다. 시간이 지남에 따라 "대부분 사람들은 겁먹고 두려워"하고 있었으며 "북방을 지키지 못한다면 남방도 지켜내기 힘들어 그런 날이 오면 또 어찌하겠는가?"고 했으며 심지어 "난민이 되어야 하는가?"라는 말도 나왔다.

짧은 시간에 국민당 지도층의 국세에 대한 예측과 정서가 이렇게 큰 변화를 가져온 것은 상상하기 힘든 일이었다. 이른 변화는 전환의 시간이 다가오고 있음을 암시했다.

사회 유명인사의 신분으로 국민정부 위원으로 선정된 저명한 은행가 천광푸(陳光甫)는 6월 6일 국민정부에서 친청의 군사보고를 들었다. 이 보고를 듣고 경악한 그는 이렇게 썼다. "이번 회의에서 나는 친청 장군이 곤란에 직면해 있으며 전쟁이 계속될수록 우리 군은 점차 약해지게 된다는 것을 확신하게 되었다. 그의 보고에는 망설임과 불확실함이 담겨져 있고 최후의 승리에 대한 확신과 승리의 시간에 대한 확신을 전혀 찾아 볼 수가 없었다. 이는 지난해 말의 상황과 선명한 대조를 이루고 있었다. 당시 친청과 전체 고급군관

---

507) 王世杰: 『王世杰日記』, 第6冊, 台北: "中央研究院"近代史研究所, 1990년 3월 영인본, 68, 72, 73, 74, 79, 80, 81, 82, 92, 94쪽.

들이 참석한 허잉친의 유엔 군사대표단 취임식에서의 자신감과 희망을 전혀 찾아 볼 수가 없었다. 당시 정부는 절대적 우세의 군사 역량을 바탕으로 아주 짧은 시간에 승리를 할 수 있으며 공산당은 실패로 끝날 것이라고 하였다."[508]

시국의 거대한 변화에 국민당 통치 집단이든 장제스든 모두 이렇다할 해결 방법을 내놓지 못했다. 장제스는 6월 22일의 일기에 이렇게 썼다. "동북과 화북의 전쟁은 비교적 긴장했다. 민심은 동요하기 시작했다. 많은 당내 동지들도 마음을 잃고 걱정이 앞서고 두려하는 분위기다."[509] 이 상황에서 그는 두 가지 방법을 내왔다. 첫째는 총동원령을 내려 이른바 '감란(戡亂, 난리를 평온하게 진정시키는 것)'을 시작하고 두 번째로는 국민당과 싼칭단(三靑團)을 합병하여 당내의 갈등을 줄이는 것이다. 물론 이런 방법들은 별다른 수가 없어서 선택한 방법들이다.

그렇다면 왜 이 시기에 총동원령을 내리고 '감란'을 시작했는가? 이런 동원령이 그들의 역량이 강대하다는 것을 표명할 수는 없다. 만약 그들의 원 계획대로 3개월 혹은 반년 내에 공산당을 궤멸시킬 수 있다면 총동원령이 불필요하기 때문이다. 반대로 '총동원'이라는 빈말로 "믿음을 잃고 걱정이 앞서고 두려워"하는 '당내 동지'들의 사기를 높이려 한 것은 별다른 방법이 없었기 때문이다. 하지만 "모두 믿음을 잃었기에" 어떠한 용기도 사기도 높여 줄 수 없는 것이다.

장제스는 6월 21일의 일기에 이렇게 썼다. "어제 저녁 국민정부 전체 위원들을 불러 식사를 하면서 동북 전쟁과 공산당 토벌 문제에 대하여 토론했다. 마지막에 나는 현행의 정치제도를 개혁하지 않고 전체 동원제를 실행하지 않

---

508) 汪朝光: 『中華民國史』, 第3編 第5卷, 北京: 中華書局, 2000년, 707, 708쪽에서 재인용.
509) 秦孝儀 총편찬: 『蔣介石大事長編初稿』 卷六(下冊), 台北: 1978년 10월, 479쪽.

으면 3개월이 지나면 군사상에서 우리는 지금 통제하고 있는 대도시를 잃을 수 있게 되어 정치적, 사회적으로 붕괴되게 된다. 신속하게 정책을 변화하여 서둘러 공산당 토비군을 명실상부하게 토벌한다면 너무 늦지 않으니 3개월 후이면 위험한 고비를 넘길 수 있다. 이번 연말 아니면 명년이면 공산토비군을 궤멸시킬 수 있다."[510]

하오바이춘은 이렇게 평론했다. "3월에 국군이 옌안을 공격하기 시작하면서 평화담판의 문은 닫히고 전면 내전의 시작되었다. 경제가 붕괴되고 군사상 실패하면서 상황은 더욱 악화되었다. 장공(蔣公, 장제스)은 공산당을 토벌하라고 명령을 내리고 전국 전쟁태세를 선포했다. 어떤 효과가 있을 것인가를 떠나서 이번은 예전의 항일전쟁과는 성질이 다르기에 토벌 명령이 군사형세에 적극적인 영향을 미치는 것 같지는 않았다. 공산당은 그들의 통제지구의 기층(농촌)을 엄밀하게 통제하고 동원기능을 최대한으로 발휘하고 있다. 국민당은 기층사회 특히 농촌 통제가 매우 박약하다. 종잇장에 쓰인 명령으로 효과가 일어날 상황이 아니다."[511]

6월 30일, 장제스는 중앙상무위원회와 정치위원회 연합회의에서 『현 시국에 대한 검토와 본 당의 중요한 결책』이라는 제목으로 보고를 했다. 회의에서는 삼민주의청년단(싼칭단)을 없애고 중국 국민당과 합병한다고 결정했다. 회의에 참가한 수융창은 장제스의 강연요점을 일기에 고스란히 적어 놓았다.

> 나는 우리의 동지들이 전투에서 7번 실패하고 부적당한 경제 조치 때문에 답답해하고 우려한다고 생각한다. 하지만 군사적 현실에서 우리는 아직 실패하지 않았고 경제의 기초도 여전히 흔들림

---

510) 장제스 일기(친필본), 1947년 6월 21일, 미국 스탠퍼드대학교 후버연구소 소장.

511) 郝柏村: 『郝柏村解讀蔣公日記(1945—1949)』, 台北: 天下遠見出版公司, 2011년 6월, 272쪽.

> 이 없이 튼튼하다. 우리가 공산당의 선전에 흔들리고 있는 것이다. 이는 우리의 당원들이 명령을 따르지 않고 실질적인 사업을 하지 않으며 노력하지 않기 때문이다. 바꾸어 말한다면 우리는 아무런 실패도 하지 않았고 우리 자신이 흔들렸기 때문이다.
> 오늘 다시 한 번 강조하는데 만약 우리가 열심히 노력하지 않고 개혁을 진행하지 않는다면 공산당이 승리하는 날 우리의 발붙일 자리도 없게 되며 다시 재기할 방법이 없게 된다. 지금 우리가 공산당의 공격에 무너지는 것이 아니라 우리가 어느 누구 앞에서도 무너질 수 있는 행동을 하고 있기 때문이다. 두 가지 중요한 사안이 있다. 첫째, 우리는 예전 우리의 부당한 행동을 변화해야 한다. 마찰을 줄이기 위해 국민당과 싼칭단을 통일해야 한다.(싼칭단이 국민당에 귀속한다) 둘째, 정식으로 공산당을 토벌해야한다. 만약 다른 당파의 반대가 있더라도 굳건히 집행하여야 하며 전국적인 총 동원을 실행한다.[512]

7월 4일 국민당 정부 제6 국무회의에서 대놓고 정식으로 장제스가 제기한 『전국 총동원을 엄격히 집행하여 공산당토비들의 반란을 평정하는 방안』을 통과시켰다. 이 '방안'의 정식 명칭은 "토비 통제구역의 인민들을 구제하고 민족의 생존을 보장하고 나라의 통일을 확고히 하기 위하여 전국 총동원을 엄격히 집행하여 공산당토비들의 반란을 평정하여 민주의 장애물을 제거하여 제정된 시간에 입헌 정치를 시행하고 평화적으로 나라를 건설하는 것을 철저히 실현하는 방침 의안"이다. "전국 군민들의 의기투합하여 전국의 모든 역

---

512) 徐永昌: 『徐永昌日記』, 第8冊, 台北: 『中央研研究院』 근대사연구소, 1990년 6월 영인본, 443쪽.

량을 동원" 명령이 선포되면서 '감란'이라는 새로운 단계에 들어섰다.[513] 이렇게 국민당 정부는 정식으로 전국, 전 세계에 선포했다. 내전의 중단 가능성은 모두 사라졌고 전쟁은 계속 될 것이며 전지에서 승패를 가르게 된다. 이튿날, 장제스는 일기에 이렇게 썼다. "국무회의에서 토비숙청 총동원 안을 통과시켰다. 이는 공산당과의 전투에서 이길 수 있는 기초인 것인가?"[514] 장제스의 일기에서 이 총동원령에 관한 기록이 얼마 없었다. 일기에 '인가?(乎)'라는 글을 적었는데 이 글자로부터 그의 자신감도 크게 흔들리고 있다는 것을 알 수 있으며 연 초 안하무인이던 그 장제스가 맞는지 의심할 정도다.

장제스는 '전국 총동원'을 선포했다. 그렇다면 '동원'은 어떤 효과가 있었는가? 겨우 중국민주사회당과 청년당, 두 곳에서 이 결정을 지지한다고 밝힌 외에 어느 단체에서도 지지성명을 발표한 곳이 없었다. 국무회의에서 이 방안이 통과된 당일 상하이에서 출판된『스위원』에는 문답식의 글이 실렸다.

"나는 지금 평화담판이 물 건너갔다고 생각된다. 아마 이후에 전쟁이 계속 될 것이며 규모가 더 커질 것이다. 아마 정부에서는 모든 것을 동원하여 성대한 북벌을 진행하려 하는 것 같다"는 말에 작가는 이렇게 답했다. "사실 동원할 수 있는 것을 모두 동원했다. 창장 남쪽에 군인 몇 명이 있는가? 정부에서 공산당을 공격할 때 언제 있는 힘을 다하지 않았는가? 전투에 투입할 수 있는 모든 병력을 동원했는데 또 동원하려 하다.

이런 방법으로 여론을 조성하여 몇 차례의 승전을 거둘 수 있을지 모르나 매우 위험한 일이다. 이번 결정은 정부를 더욱 위태로운 상황에 빠지게 할 것이다. 이는 나의 냉정한 판단이다." "이는 도박에 올인하는 격이다! 모든 희망

---

513) 中國第二歷史檔案館 편: 『中華民國史檔案資料匯編』, 第5輯 第3編, 政治(一), 南京: 江蘇古籍出版社, 2000년, 132, 133쪽.

514) 秦孝儀 총편찬: 『蔣介石大事長編初稿』 卷六(下冊), 台北: 1978년 10월, 493쪽.

은 전선의 승리에 있는데 만약 공산당을 이기지 못한다면 병력의 소모는 상상을 초월하게 된다.

병력의 소모를 놔두더라도 재정경제는 어떻게 유지할 것인가? 모든 것을 사용한 후 사회의 질서는 어찌 유지할 것인가? 해가 지기 직전의 하늘은 잠깐 밝아진 후 긴 어둠에 잠긴다. 여러 가지 종류의 미신들이 파멸하게 된 것은 환상이 사라졌기 때문이다. 무력에 대한 미신이 무너진 후의 결과는 전통적인 미신의 파멸과는 다르다. 무력에 대한 미신이 무너지면 무력에 대한 환상만 깨지는 것이 아니라 무력을 사용하는 자들도 큰 상처를 입게 된다."[515]

작가의 대답은 대체적으로 실제와 부합된다. 하지만 그는 어쩌면 국민당이 "몇 차례의 승전"을 할 가능성도 "해가 지기 직전의 하늘은 잠깐 밝아"지는 경우도 없을 것을 생각지 못했거나 알고 있으면서도 말하기 불편했을지도 모른다.

중국공산당이 영도하는 신화사는 7월 12일에 논평을 발표하여 더욱 직설적으로 말했다.

> 이 '총동원'은 무슨 뜻을 가지고 있는가? 미국 사람들과 중국 반동파들의 말을 들어보자! 8일 미국의 AP통신 베이핑의 보도에는 미군인들이 중국 시국을 보는 시전을 이렇게 썼다. "중국 내전을 긴밀히 관찰하고 있는 외국 군부인사는 난징의 총동원은 상당히 중요한데 이는 정부에서 처음으로 공산당을 궤멸시키는 전쟁이 큰 효과가 없으며 군사가 위태로운 상황이라는 것을 공개적으로 인정한 것이다. 6개월 전의 국민당군은 500만 명에 달했고 대

515) 程桯: 『大局的現狀与前途』, 『時与文』, 第17期, 1947년 7월 4일.

부분 현대식 미국 무기들로 무장되었다. 동원령이 내려진 원인은 전쟁에서 당하고 있기 때문이며 거대한 기계로도 목적을 달성하기 어렵기 때문이다." 장제스도 군사적 위기의 엄중성을 알고 있었다. 그는 인민해방군은 동북에서 "예전에 없는 대규모적"인 공격을 하고 있다고 했다. 그는 "오늘의 동북, 화북은 화중, 화남의 내일이다!"고 소리를 쳤다. 전선의 상황도 좋지 않았고 장제스의 후방도 신통치 않았다. 인민의 적인 장은 '7 7연설'에서 "우리의 후방, 특히 화중, 화남의 대도시에는 아직도 많은 사람들이 있다. …… 당장은 괜찮을 수도 있고 지금 일시적으로 안일할 수도 있다"고 여기어 '믿음을 잃고' '수수방관'하면 "경각심0을 잃게 된다"고 했다. 미국의 AP통신도 이렇게 보도했다. "인민들은 군사적으로 승리한다고 해서 기뻐하고 실패한다고 해서 실망하지도 않았다." 이는 장제스 정부 문무관원들의 반응을 말해준다. 인민들은 장제스의 말처럼 "국가에서 양식을 징수하는 것을 반대하고 징병을 반대하고 내전을 반대하는 등 각종 구호들을 외치고 있다." 장제스, 천청은 중국 반동파들이 "역사상 유례없는 곤란"에 직면했다는 것을 느꼈다.

신화사의 논평은 장제스가 '총동원'을 선포하게 된 세 가지 원인을 지적했다. 첫째, 자신들의 '경각성'을 '불러일으키고' 자신들의 '의지와 힘'을 '집중'하려는 것인데 이것은 주요원인이다. 둘째, 내전을 반대하는 인사들을 무력으로 진압하려는 것이다. 바로 피비린내 진압으로 총동원 의안에서 말한 "사회 질서의 안정"을 찾으려는 것이다. 셋째, 국민당 통치구역의 백성들한테서 돈을 달라는 것이고 식량을 내놓으라는 것이고 목숨을 바치라는 것이다.

그렇다면 '총동원'은 어떤 효과를 가져왔는가? 신화사에서는 미국인의 말을 빌어 이 물음에 답했다. "미국 AP통신은 국민당 정부에서 '총동원'을 통과한 이튿날에 일부 상하이관련 정치 평론가들의 의견을 발표했다.

'이 명령의 의미는 대체로 상징적인 의미에 있었다. 이 명령이 발표하기 전 몇 달 동안 내전은 진행되었다.' 8일, 이 통신의 베이핑 보도는 더욱 비관적인 태도를 보였다. '공산당군은 이번 여름이 끝나기 전에 군사 통제권을 장악할 가능성이 있다. 정치 평론가들은 만약 이런 가능성이 있다면 지금 난징의 조치는 이미 늦었다.'"[516]

중국공산당 중앙은 옌안에서 철수하였으나 마오쩌동, 저우언라이, 런비스 등은 여전히 산뻬이에 남아야 한다는 의견을 견지했다. 4월 13일 그들은 옌안 서북쪽의 징볜현(靖邊縣)의 왕자완(王家湾, 지금은 안싸이현에 위치하고 있다)에 57일간 머물렀다. 왕자완은 산기슭에 몇 줄의 토굴집이 있는 17호가 살고 있는 작은 산골마을이다. 훗날 저우언라이는 이렇게 말했다. "우리가 혁명 전쟁을 영도할 때 전국에서 일어난 일들을 처리하는 사람은 세 명뿐이었다.

당시 중앙서기처에 총 5명의 동지들이 있었는데 두 개 지역에 나뉘어 있었다. 류사오치 동지와 주더 동지가 지방에서 전국 토지개혁을 영도하고 있었기에 중앙에는 마오쩌동, 저우언라이와 런비스 세 명의 동지들만 있었다. 당시 우리의 중앙은 세 명뿐이었지!"[517]

전국 형세의 새로운 변화를 그들은 정확하게 이해하고 있었다. 4월 22일, 그들이 왕자완이라는 작은 마을에 도착한지 열흘도 지나지 않은 시각 모든 환경은 여전히 위태로웠다. 저우언라이는 신화사에 『신 주안회(新籌安會)[518]』라

---

516) 新華通訊社 편: 『新華社評論集(1945—1950)』, 北京: 新華通訊社, 1960년 7월, 179, 180, 181쪽.
517) 저우언라이와 Dipa Nusantara Aidit의 대화 기록, 1961년 11월 16일.
518) 주안회: 주안회(筹安会)는 1915년 양두(杨度), 쑨위준(孙毓筠), 옌푸(严复), 류스페이(刘 师培), 리셰허

는 제목으로 사설을 발표하여 예리하게 지적했다. "장제스 통치 집단은 정치, 군사, 경제 3대 위기에 빠졌다." "나라의 부채를 아무리 늘려도 장제즈 집단의 위기는 줄어들지 못하고 더욱 심각해 질 것이며 마지막에는 위기 속에서 파멸될 것이다."[519] 난징 5 20사건이 발생한 후 열흘이 지난 5월 30일에 마오쩌동은 신화사에 『장제스 정부는 전민의 포위에 빠졌다』는 제목의 평론을 발표했다. 6월 14일 그는 주더와 류사오치에게 보내는 전보에서 "전체 국면으로 볼 때 이번 달은 전면적인 반격을 시작하는 시일이 될 것이다"고 명확하게 제기했다.[520] 7월 10일, 그는 린뱌오, 뤄룽환, 가오강에 보내는 전보에서 연간의 작전에 대해 총결을 하고 금후의 계획을 제시했다.

그는 전쟁의 전반적인 국면을 이렇게 분석했다. "첫 번째 해의 작전은 산동 외의 모든 지역에서 적들의 전략적인 공격은 중단되었으며 우리 군의 공격이 시작되었다. 비록 적들은 산뻬이에서 우리를 공격할 능력을 가지고 있지만 산뻬이 지형이 복잡하기에 유격전을 할 수밖에 없었다. 때문에 우리 군은 여전히 전투 주도권을 가지고 있었다. 동북 및 타이항산에서는 이미 공격에 들어갔다. 우타이산(五台山)에서의 영도를 개선한 후 전투의 주도권을 가지게 되었다. 산동의 적들은 우리의 루중 해방구를 집중공격하고 있는데 적들의 공격도 오래 가지 못하고 우리 군이 공격으로 바뀌게 된다." 그는 전보에서 이렇게 강조했다.

(李燮和), 후잉(胡瑛) 등 6명이 성립한 중화민국 대통령 위안스카이(袁世凱)를 지지하며 공개적으로 군주제도 회복하여 군주입헌제 회복하려는 정치단체.

519) 新華通訊社 편: 『新華社社論集(1947—1950)』, 北京: 新華通訊社, 1960년 7월, 9, 11쪽.

520) 中共中央文獻研究室 편: 『毛澤東文集』, 第4卷, 北京: 人民出版社, 1996년, 255쪽.

우리 군의 작전계획은 여전히 예전과 같이 먼저 분산된 적의 부대를 궤멸시킨 다음 적들보다 우세의 병력으로 적의 대부대를 공격하는 것이다. 먼저 중등 도시와 광대한 농촌을 수복한 후 대도시를 함락해야 한다. 공격력을 가지고 있는 적의 부대를 궤멸시키는 것을 목적으로 하며 보수적인 방법으로 지역을 탈취하는 것을 목표로 하지 말아야 한다. 지방의 부대들을 궤멸시킬 때 반복적인 전투를 거쳐야만 적을 궤멸시키고 지방을 탈취할 수 있다. 모든 전투는 적들보다 우세의 병력으로 적들과 전투를 해야 하며 일부 부대가 정면으로 공격하고 주력부대는 우회적인 전술로 적을 공격한다. 포획한 적들의 모든 무기로 우리의 무력을 보충하고 대부분의 포로(90퍼센트의 병사들과 소수의 장교)들로 우리의 병력을 보충해야 한다. 현지의 토지개혁과 생산에 참여하여 장기적인 전쟁을 준비한다. 이후의 작전에서 운동전을 적당히 줄이고 주로 적군의 진지를 공격해야 하며 포병과 공병의 역량을 강화해야 한다.[521]

국민당 통치구역 내에서도 이런 변화를 느낄 수 있었다. 국민당 정부 당국과 정부 측에서는 아리송한 단어들로 사람들이 잘 이해하지 못하게 보도하고 있지만 세상에 숨길 수 있는 비밀이라는 것은 없는 법이다. 6월 16일, 『스위원(時与文)』에는 『내전의 새 단계』라는 제목의 글이 실렸다. 글에서 여러 전지의 상황을 적은 후 계속해서 이렇게 썼다. "이런 상황을 알게 된 모든 사람들은 내전 형세의 변화를 느꼈다. 하지만 이와 같은 변화는 오늘에 일어난

521) 위의 책, 260, 262쪽.

것이 아니다. 전쟁은 일정한 규칙이 있다. 모든 사물의 발전변화와 마찬가지로 이런 변화는 점진적 변화과정이며 질적인 변화를 가져오는 과정이다. 이런 변화법칙을 모르면 전쟁상황은 하루아침에 변화한 줄로 안다." 또 이 글에서는 이렇게 썼다. "내전이 시작되면서 국군은 '병력과 무력의 우세를 앞세워 지역을 확장'하려는 전략을 내세웠다. 금년에 들어 국군은 모든 병력과 무력을 동원하여 도시를 점령하고 교통 요로를 장악하려 했다. 병력과 무력의 차이는 눈에 보이지 않지만 도시 교통 요로는 눈에 보이기에 국군이 승전을 하면서 많은 지역을 점령한 듯 보이나 국군의 손실도 적지 않았다.

반면 공산당군은 '점, 선으로부터 병력, 무력을 강화'하는 전략을 취했다. 이는 '도시는 부담을 증가시킨다. 때문에 도시를 포기하여 병력을 보존하면 사실상 남는 장사이다'라는 뜻이다. 도시를 포기한 공산당군이 실패한 것처럼 보이지만 그들이 실패하고 있는 것이 아니라 얻는 것도 있다." "병력(전쟁의 승패를 결정하는 요인)수량의 변화가 나타나게 되면 전쟁 상황도 변화하게 된다. '국군의 공격'이 '공격 퇴진의 상황이 서로 발생'하게 되면서 '진격이 많고 퇴각이 적던' 상황으로부터 '퇴각이 많아지고 진격이 줄어'드는 상황으로 변했다. — 이것이 바로 전쟁의 진실한 상황이다. 이렇게 본다면 전투 형세의 변화가 신비하지도 않고 갑작스러운 것도 아니며 '외부의 지원에 의해 갑작스럽게 변화'한 것이 아니라는 것을 알 수 있다."[522]

이런 상황 하에 7월 21일부터 23일까지 중국공산당 중앙은 산뻬이 징볜현의 샤오허촌(小河村)에서 1차 확대회의를 열었다. 회의에는 저우언라이, 런비스, 루딩이(陸定一), 양상쿤, 펑더화이, 시종쉰, 마밍팡(馬明方), 구퉈푸(賈拓夫), 장쫑순, 왕전, 허롱(賀龍), 장징우(張經武), 천겅 등이 참석했으며 마오쩌

---

522) 蕭遙: 『內戰的新階段』, 『時与文』, 第16期, 1947년 6월 27일.

동이 회의를 주최했다. 중국공산당 중앙은 6월 16일에 톈츠만(天賜湾)으로부터 작은 농촌 마을인 샤오허촌으로 이전했다. 회의는 사령부 마당에 버드나무로 만든 임시 천막에서 진행되었다.

회의 시작에 마오쩌동은 형세에 대하여 전체적인 분석을 했다. 그는 "일본이 투항한 후 국공평화담판은 필요한 것이었다. 비록 전체 문제의 정치적 해결을 바라는 우리의 희망이 이루어지지 않았지만 장제스는 더욱 그렇다. 장제스의 총동원령은 평화를 바라는 인민들에게 국민당의 내전을 일으킨 본질을 알게 했다"고 했다 그는 이렇게 말했다.

> 장제스와 투쟁의 기한을 5년으로 했는데 지난 1년간의 성과로 볼 때 이는 가능한 일이다. 산동의 상황은 최근에 변화되었다. 산간닝변구의 상황은 아직 호전되지 못하였지만 적들의 공격이 멈추었다. 이는 후반 국면에 양호한 기초를 마련해 준 것이다.
>
> 장제스는 정치적으로 더욱 고립되었다. 이는 장제스에 대한 인민군중들의 믿음이 더욱 떨어졌다는 의미이며 장제스 주위에는 사람들이 점차 줄어들고 있음을 말해 준다. 물론 아직 철저히 고립되지는 않았다. 아직도 맹목적으로 그를 추종하는 자들이 있다. 철저한 고립까지는 일정한 과정이 필요하다.
>
> 중국 반혁명집단과 기타 나라의 반혁명집단의 세력은 겉으로는 강해보이나 실제로는 그지없이 약한 공통점을 가지고 있다. 그 원인은 이런 반혁명집단에는 정치와 경제적 위기가 존재하기 때문이다. 장제스의 총동원령이 바로 이 점을 명확히 해주고 있다. 총동원령은 또 한 가지 중요한 문제를 해결해 주었는데 바로 평화를 갈망하는 인민들에게 내전을 발동한 국민당의 진실한 모습을

> 보여준 것이다. 형세를 분석하면서 전국인민들의 동정과 전 세계 인민들의 동정, 민족통일 전선, 토지개혁 등 전쟁의 결과에 영향을 미치고 있는 상황들을 보아야 한다. 국민당 군대의 우세는 돌연습격의 전투 방법인데 이는 임시적인 작용을 할 뿐이다. 장제스 내부의 긴박한 위기, 미국이 곧 직면하게 될 위기는 이들 주위의 지지자들이 그들을 떠나게 만들 것이다. 군중들이 등을 돌리고 내부 갈등이 심각해지고 장제스와 미국도 사이가 나빠지게 된다.
>
> 장제스와의 투쟁은 5년으로 계획했다. 지금 공개하지 않고 장기적인 투쟁에 대비해야 하며 5년 혹은 10년 심지어 15년이라는 시간이 걸릴 수도 있다. 장제스처럼 몇 달이면 공산당을 궤멸시킬 수 있다고 하고는 얼마 지나지 않아 몇 달이 더 필요하다고 말을 바꾸었다가 지금은 아예 전쟁이 금방 시작된 것이라고 하는 상황이 나타나지 않게 해야 한다.[523]

마오쩌동의 발언이 끝나자 대리 총참모장을 겸임한 저우언라이는 해방전쟁 첫해의 전투성과를 이야기했다. "지난 일 연간 장제스 군대는 큰 변화가 일어났다"고 서두를 뗐다. 이 1년 동안 궤멸시킨 국민당 정규군 대대 이상의 병력을 계산하면 총 97.5개의 여단에 달하는데 이는 292개 연대의 병력과 같다. 비정규군 127개 연대를 궤멸시켰는데 정규군 병력까지 계산하면 총 1476개 연대의 3분의 1을 차지하는 병력을 궤멸시킨 셈이다. 중대, 대대 이하 편제의 궤멸당한 정규군 78만 명, 비정규군 34만 명을 더하면 총 112만 명의 병력을 궤멸시켰다. 이는 290만 총병력의 3분의 1을 차지하는 숫자이다. 국민당

523) 中共中央文獻研究室 편: 『毛澤東文集』, 第4卷, 北京: 人民出版社, 1996년, 266, 267, 268, 269쪽.

군대는 작년 7월부터 10월까지 해방구 104개 도시를 점령하여 병력이 크게 분산되었다. 작년 11월부터 금년 2월까지 점차 병력을 집중시키는 바람에 여러 도시들을 내주어 지금 통제하고 있는 도시 수량은 거의 비슷하다.

"3월부터 6월까지 적들의 세력은 점차 약해졌다 적들은 산동, 산베이 두 곳에서 공격을 계속했고 기타 지역에서 우리는 반격으로 전환하여 62개의 도시를 추가 점령했다." 그는 미국이 무기한으로 장제스를 도와주지 않을 것이라고 했다. "미국은 장제스를 아낌없이 도와주지는 않는다. 장제스 정부는 미국 무기판매상에게서 군용물자를 구하기도 점점 힘들어 지고 있다. 사실상 미국은 점차 철수하고 있다. 하지만 미국이 중국에 군대를 출동시킨다고 해도 별로 두려울 것 없다." 그는 마지막으로 "우리 각 해방구의 전적은 화동, 진지루위, 동북, 진쒜이산간닝, 진차지 순이다."[524]

회의가 끝난 후 저우언라이는 중앙기관사업 일꾼들에게 보고를 했다. 그는 이렇게 말했다. "작년 작전계획은 적들을 해방구로 유인한 다음 궤멸시키는 전략 방어를 진행하는 것이었으며, 군대가 도시에서 철수하여 실력을 보존하는 방법인 내선 작전을 진행했다. 지금 우리가 궤멸시킨 적의 병력이 많아지자 적들은 공격태세로부터 방어로 전환되었다. 우리는 전선을 앞으로 이동하는 방법으로 전체 해방전쟁의 승리를 거두어 장제스 반동통치를 철저하게 때려 부숴야 한다."

샤오허회의(小河會議)는 군사결정회의가 아니다. 류·덩(劉·鄧, 류보청·덩샤오핑) 대군이 중원을 향해 전진한다는 결정은 중앙군사위원회에서 결정했다. 마오쩌동과 저우언라이의 강연이 끝난 다음 이틀 간의 회의에서는 군사계획에 대해 토론하지 않고 산간닝과 진쒜이 두 변구의 근거지사업을 토론했다.

---

524) 中共中央文獻研究室, 中國人民解放軍軍事科學院 편: 『周恩來軍事文選』, 第3卷, 北京: 人民出版社, 1997년, 231, 232, 233쪽.

하지만 이번 회의 전후에 나타난 활동에서 우리는 중국공산당 중앙에서 해방전쟁의 큰 전환을 의미하는 전략적 방어 단계에서 전략적 공격 단계로의 44변화를 구체적으로 준비하고 있다는 것을 알 수 있다. 이것이 바로 저우언라이가 말한 "출격하는 방침을 실행한다"는 것이다.

제7장
미국 정부의 진퇴양난 처지

제7장
미국 정부의 진퇴양난 처지

중국 국내정치, 군사, 경제의 급격한 변화는 미국 정부에 적지 않은 영향을 주었다. 그들도 이렇게 짧은 기간에 큰 변화가 일어 날 것이라고 예상하지 못했다. 주중 미국 대사 John Leighton Stuart가 국무장관 마셜에 보낸 보고에서 이런 상황을 엿 볼 수 있다.

바로 국민당 군대가 옌안을 점령한 열흘 뒤인 1947년 3월 29일에 John Leighton Stuart는 흥분된 어조로 이렇게 보고했다. "지금 중국군의 고급 지휘관들은 모두 낙관적인 태도를 보이며 지금의 군사형세에 만족하고 있다.

참모장은 두 달 내에 공산당 주력 부대를 궤멸시킨다고 선포했다." "국민당 국방부에서는 황허의 모든 나루터를 통제하고 있다고 선포했으며 산동의 공산당 군대는 3주일 내에 패전하여 흩어질 것이다." 4월 4일의 보고에 그는 이렇게 썼다. "전에 보고한 바와 같이 장위원장은 여전히 늦어서 9월 말이면 예정된 군사목표를 완성할 수 있다고 여기고 있다. 그의 참모장 친청은 더욱 낙관적인 태도를 보이고 있다. — 그는 항상 낙관적이다." 장제스와 친청의 견해에 John Leighton Stuart는 아무런 평론도 하지 않았다. 그는 확신에 찬 장제스의 말을 전혀 의심하지 않았을 것이다.

5월 8일에 이르러 John Leighton Stuart의 말투는 조금 변했다. 사회 발전 과정에 발생한 사건에서 결코 낙관적이지 않다는 것을 느꼈다. 그는 보고에서 이렇게 말했다. "비록 장위원장께서는 늦어도 9월이면 예정된 군사목표를 완성할 수 있다고 장담하고 있지만 그의 처지를 동정하고 있는 중국 인사들은 장위원장처럼 낙관적이지 않았다." "별 진전이 없는 것은 고급 장관들이 서로 엇갈린 전략을 주장하기 때문이라고 했다. 참모총장(친청 장군)은 대규모 포위 토벌을 통해 공산당을 산간지역으로 내쫓은 후 그들이 식량과 비품들을 보충하러 포위를 뚫으려고 할 때 궤멸시켜야 한다고 했으나 국방부장(바이충시 장군)과 원 군사중재부서의 두 명 정부대표는 공산당 군대의 병력을 서로 고립된 지역으로 분산시킨 후 하나씩 궤멸시키자고 했다. 전반적으로 전선에서는 염려스러운 소식들만 전해오고 있다."

멍량구 전역과 국민당통치구역 "반 기아, 반 내전 운동"이 일어난 후인 5월 하순의 보고에서 완전 변화된 John Leighton Stuart의 견해를 알아 볼 수 있었다. 5월 21일의 보고에 그는 이렇게 썼다. "정부에서 처음으로 그들이 전투통제권을 잃어가고 있다고 인정했다." 29일의 보고는 더욱 비관적이었다. "상황은 급격하게 악화되고 있다. 근 몇 달 동안 군사적 수요가 늘어난 상황에서 사재기 현상이 과열되고 식량의 공급은 엉망이다. 이런 상황은 사회를 더욱 혼란으로 떠밀었다." "사회가 소란스럽고 백성들이 실망을 할 때 화북과 동북에서 연이은 승리를 거둔 공산당은 민심을 얻고 있다." 30일의 보고에는 이런 내용이 있다. "지금의 군사 형세는 정부에 불리하다. 경제와 민중의 마음을 통제할 수 없는 상황에 형세는 더욱 복잡해 졌다. 정부 지도자들은 평화 요구에 아무런 대답을 주지 않고 있다. 그들은 평화에 타협하는 것이 공산당 앞에 약한 모습을 드러내는 것이라고 여기고 있다."

6월 중순 John Leighton Stuart는 더 이상 가만히 앉아 있을 수 없었다. 6월 18일의 보고에 그는 이렇게 썼다. "전반적으로 형세는 계속 악화되고 있다. 군사, 경제와 사회 등 모든 상황은 거의 비슷하다. 물론 이 모든 것은 서로 영향을 미치고 있다." "요직에 있는 기타 관리들과 달리 장위원장은 여전히 냉정함과 자제력을 잃지 않고 신심을 유지하고 있다. 다른 사람들은 객관 사실에 좌절감을 느끼고 있었으며 신경질적으로 공산당을 긴장해하고 공산당에 공포를 느끼고 있었다." 사실 장제스도 시종일관 "냉정함과 자제력을 잃지 않고 신심을 유지하기" 어렵다. 이튿날 장제스는 John Leighton Stuart를 만나 부득이하게 '상황의 심각성'을 인정했다. 또한 정식으로 미국에서 국민당 정부에 더욱 큰 지원을 해 주기를 요구했다. John Leighton Stuart는 19일에 마셜에게 이렇게 보고했다. "위원장은 형세가 위급하다고 우물쭈물 승인했는데 도움이 간절한 듯했다."[525]

거의 같은 시기에 미국 참모장 합동회에서는 6월 9일에 국무원에 미국의 대 중국 정책 관련 군사 연구보고를 제출했다. 보고에는 국민당 정부에 강력한 군사지원을 해 줄 것을 주장했다. "미국은 중국이 소련의 통치를 받지 않는 것을 바라고 있다." "이미 일본이 무력을 해지하였기에 아시아에서 소련의 확장을 막을 수 있는 정부는 국민당이 영도하는 중국만 남았다." "국민당 정부에 충분한 군사지원을 하여 공산주의의 확산을 막아야 한다. 아니면 이 정부는 무너지게 된다." 하지만 국무원은 군부와 다른 의견이었다.

6월 27일 국무원 극동국장 John Carter Vincent(중국 이름: 판숸더, 范宣德)은 비망록에 군부 보고에 관한 의견을 썼다. "대 일본 전쟁이 끝난 후 미국은 7억 달러에 달하는 물자를 지원해 주었으며 국민당 군대를 운송해 주었고 탄약과 무기도 주었다. 그리고 톈진과 칭다오에 있던 무기와 탄약을 그들에게 무상으로 넘겨주었다. 최근 몇 주간 군수물자 수출 허가증을 내어주었고 남겨두었던 경무기와 탄약을 넘겨주었으며 수송기도 공급해주었다. 이렇

---

525) 〔美〕 肯尼斯 雷, 約翰 布魯爾 編, 尤存, 牛軍 역: 『被遺忘的大使司徒雷登駐華報告』, 南京: 江蘇人民出版社, 1990년, 77, 78, 91, 96, 97, 98, 102, 105, 106, 109쪽.

게 많은 것을 제공했다. 무능한 국민당 정부 지도부에게 어떤 도움을 주어야 공산당을 이길 수 있는가는 것이 문제이다."[526]

이미 지원을 제공한 상황에서 별다른 효과를 얻지 못하고 있었다. 미국은 이런 장제스 정부를 계속 지원 할지 먼저 결정해야 했다.

Albert Coady Wedemeyer의 특수한 활동은 이런 배경 하에 진행되었다.

미국은 무엇 때문에 중국에 적극적인 관심을 보였는가? 미국이 지속적인 지원에 대해 결단을 내리지 못하고 망설이고 있는 원인은 무엇인가? 그 과정을 이해하기 위하여 역사를 잠깐 돌아보기로 하자.

제2차 세계대전 후, 세계 형세와 여러 나라 역량은 크게 변했다. 지금 파시즘의 독일, 이탈리아, 일본 세 나라는 패전국이다. 영국과 프랑스는 전쟁 과정에서 국력이 크게 쇠약해져 경제적으로 불경기 상태였고 사회는 불안정했고 나라 전체가 엉망진창이었다. 영국과 프랑스 등 나라들도 미국의 지원을 바라고 있었다. 유독 미국의 경제와 군사 실력은 전쟁과정에서 유례없는 급속한 발전을 가져왔다. 미국은 서방 세계의 맹주가 되어 "세계의 지배자"가 되려하고 있다. 1945년 12월, 미국 대통령 트루먼이 국회에 제기한 「특별자문(特别咨文)」에는 이런 내용이 있었다.

> 우리는 전쟁의 승리를 이끌었으며 계속 세계를 이끌 막강한 임무는 여전히 우리 미국에 있다. 여러분들이 이 의견을 분명히 동의하리라 믿는다. 세계의 미래와 평화는 국제무대에서 미국의 지도 역할에 달렸다.[527]

---

526) 〔美〕 福雷斯特 C. 波格 저, 施旅 역: 『馬歇爾傳(1945—1959)』, 北京: 世界知識出版社, 1991년, 273, 274쪽.

527) 資中筠: 『美國對華政策的緣起和發展(1945—1950)』, 重慶: 重慶出版社, 1987년, 4쪽에서 재인용.

세계를 질서를 유지하는 지배자 역할을 하기 위하여 그들은 아시아 특히 극동지역을 특별히 중시했다. 제1차 세계대전 기간 그들은 총칭 국민정부를 대대적으로 지원했다. 미국 대통령 루스벨트(Roosevelt)는 영국 수상 처칠의 반대도 마다하고 중국을 미국, 소련, 영국과 동등한 지위를 가진 나라라고 주장하면서 중국을 세계 4대강국이라고 했다. 그는 왜 이렇게 중국을 지지하고 나섰는가? 당시 미국 국무장관인 Cordell Hull은『회고록』에 이렇게 썼다.

> 중국에서 우리는 두 가지 목표가 있다. 첫 번째 목표는 공동 행동으로 효력 있는 전쟁을 진행하는 것이고 두 번째 목표는 전쟁기간이나 전쟁 후의 중국이 대국이라는 것을 인정하여 강대한 서방의 동맹국 — 소련, 영국과 미국과 평등한 지위를 보장하고 중국을 부흥시키는 것이다.
>
> 이는 전쟁 후의 새로운 질서의 형성을 위한 것일 뿐만 아니라 세계 동방의 안정과 번영을 위해서다.
>
> 우리는 중국의 안정과 발전을 위해 온갖 힘을 다해 중국을 지원하여야 한다. 이는 종래로 흔들림이 없었던 신념이다. 오랫동안 동방 대국이라 자칭하던 일본은 점차 사라질 것이라고 나는 확신한다. 엄격히 말하면 동방에서 유일한 대국은 중국이다. 미국, 영국, 소련은 태평양의 대국이며 이들의 주요 이익은 다른 곳에 있다. 극동지역이 안정을 유지하기 위해서 어떤 상황에서도 중국의 국제적 중심 지위가 흔들리지 말아야 한다.[528]

---

528) 〔美〕 鄒儻 저, 王宁, 周先進 역: 『美國在中國的失敗』, 上海: 上海人民出版社, 1997년, 30, 34쪽에서 재인용. 〔美〕 C. 赫爾 저: 『赫爾回憶来』(中), 台北: 水牛出版社, 1971년 2월, 다.

미국의 대 중국 기본 방침은 이미 확정되었다. 장제스를 대대적으로 지지하여 그들의 통제 하에 중국을 통일시키려는 그들의 목표였다. 전쟁기간에 중국이 될수록 많은 일본군을 견제하여 미군의 손실을 줄이려는 것이었으며 더욱 중요한 원인은 중국에서 친미적인 정권을 건립하여 아시아의 '안정 역량'으로 만들기 위해서였다. 이는 미국 정부의 전략적 이익과 부합되었다.

미국과 장제스는 일본이 무조건 투항을 선포 하리라 생각지 못했다. 그들은 오래 전부터 전쟁이 끝난 후 중국을 국민당 정부의 전면 통치 하의 국가로 건립하려고 했으나 너무 빨리 닥친 상황에서 미처 준비를 하지 못했기에 촉박하게 대응하게 되었다. 당시 중국에는 두 개의 주요 정치세력 — 국민당, 공산당이 있다는 것은 누구나 다 알고 있는 사실이다. 항일전쟁 승리 시기, 국민당 정부의 군사병력은 기본적으로 중국의 서남부에 집중해 있었다. 전쟁 시 주중 미 군사 관계자들과 외교관들은 이 정부는 독재적이고 부패하고 무능한 정부여서 민중들의 신임과 지지를 얻기 힘들다고 이미 미국에 보고했다. 1949년, 미국 국무장관 딘 애치슨(Dean Gooderham Acheson)은 대통령 트루먼에게 보낸 편지에 이렇게 썼다.

> 미군사와 외교관의 보고에 따르면 그들은 1943년과 1944년 2년 동안에 정부와 국민당은 항일전쟁 초기 인민들의 충성과 십자군 정신을 잃고 있다고 확신했다. 많은 정치 평론가들은 타락하고 부패한 정부는 서로 지위와 권력 다툼에만 매달리고 미국에 의지하여 전쟁에서 승리하여 그들의 국내 지위를 보존하려 한다고 입을 모았다. 물론 중국 정부는 줄곧 일당 체제였으며 서방의 민주 정부가 아니었다.
>
> 정부에 대한 중국 민중들의 믿음도 점차 사라지고 있다.

> 그들은(주중 미국 관원들과 정치평론가) 1943년과 1944년에 국민정부가 인민들이 정부를 등지게 하여 전쟁 후 권력 경쟁에서 자신의 권위를 유지할 능력이 사라지는 것을 더 걱정했다. 그러나 우리는 명백한 이유 때문에 여전히 모든 힘을 다해 국민정부를 지원해주었다.[529]

미국학자 저우탕도 이렇게 강조했다. "그렇지만 미국의 첫 번째 목표는 여전히 국민당 정부를 지지하여 더욱 많은 지역에서 정권을 건립하는 것이다. 이점을 어떻게 강조해도 지나친 일이 아니다."[530]

이와 동시에 중국공산당은 점차 누구도 홀시 할 수 없는 무궁한 생명력과 사회 정치 역량으로 성장했다. 국민당이 무력으로 이런 역량을 평정할 수 있는가? 비록 국민당 정부, 특히 장제스와 친청이 확신하고 높은 자신감을 보여주고 있었다. 하지만 미국 정부는 군사적으로 공산당을 궤멸시킬 수 있다는 국민당과 다른 견해를 가지고 있었다. 딘 애치슨은 『회고록』에서 "장제스도 만주지역을 포함한 전 중국을 통치하려 한다. 그는 군사수단으로 해결할 수 있다고 여긴다. 하지만 Albert Coady Wedemeyer장군이 재차 충고한 것처럼 장제스는 이 수단으로 목적을 이룰 수 없다."[531]

그렇다면 미국은 직접 군대를 파견하여 무력적으로 국민당 정부를 도와 중국의 통일을 실현할 수 없었는가? 불가능하다. 그 시기의 미국 정부는 몇 가지 요인을 신중하게 고려할 수밖에 없었다. 첫째, 제2차 세계대전이 금방

---

529) 『中美關系資料匯編』, 第1輯, 北京: 世界知識出版社, 1957년, 32, 33쪽.

530) 〔美〕 鄒讜, 王宁, 周先進 역: 『美國在中國的失敗』, 上海: 上海人民出版社, 1997년, 309쪽.

531) 〔美〕 迪安 艾奇遜, 上海 『國際問題資料』 編輯組, 伍協力 역: 『艾奇遜回憶彔』 上冊, 上海: 上海譯文出版社, 1978년, 61쪽.

끝난 상황에서 미국인들은 평화를 요구하고 있었다. 또한 미군인의 제대사업도 대규모적으로 진행되고 있었다. 때문에 미국인들을 설득하여 그들의 자제들을 다시 미국과 직접 이해관계가 없는 극동 전지에 내보낼 방법이 없었다. 둘째, 비록 미국이 안하무인의 강대한 대국이지만 무궁무진한 병력과 경제력을 가지고 있는 것이 아니다. 유럽은 여전히 그들의 이익과 연계된 지역이고 그들의 대부분 주의력을 가져갔기에 중국에 배치할 병력이 따로 없었다.

셋째, 세계대전이 끝난 후 국제에서 제일 강대한 나라인 미국과 소련의 관계는 전쟁시기의 동맹국에서 서로 시기하고 대립된 관계로 발전하고 있었다. 하지만 미국과 소련 양측 모두 그들의 염려하는 바가 있었다. 모두 조심스레 정면충돌을 피하고 있다. 만약 군사적으로 중국 문제에 개입하게 되면 소련의 반응을 고려하지 않을 수 없었다. 앞에 적었던 트루먼에게 보낸 딘 애치슨의 편지에는 그 결정 과정이 기록되어 있다. 그들은 세 가지 가능성 중 세 번째 방안을 중국에 대한 지도방침으로 선정했다.

> 평화의 시기가 되면 미국의 대 중국 정책은 세 가지 경우가 있다. (1) 모든 견련(牽連, 서로 얽히어 관련됨)관계를 청산한다. (2) 군사적으로 대규모적인 간섭을 하며 국민당을 도와 공산당을 궤멸시킨다. (3) 국민당이 중국에서 권력을 확고히 할 수 있게 지원을 하면서 국공양측의 협상을 격려하여 내전이 일어나지 않게 한다. 첫 번째 경우는 미국의 민심이기도 하다. 이 경우 우리는 도움이 되는 변함없는 노력보다는 우리의 국제적 책임과 중국에 우호적인 전통 정책을 포기하는 셈이다. 두 번째 경우 이론적으로 민심을 얻을지 모르나 절대적으로 실행하지 말아야 한다. 세계대전 전에 진행된 10년간의 전투에서도 국민당은 공산당을 궤멸시키

지 못했다. 세계대전이 끝난 지금 앞에서 말한 바와 같이 국민당의 세력은 점차 쇠약해지고 병사들은 사기가 없으며 민심을 잃어가고 있다. 일본군한테서 인수 받은 지역에서의 국민당 문무관원들의 행동 때문에 그들은 이 지역에서 더욱 빠른 속도로 민심과 위신을 잃고 있다. 공산당 세력은 예전 어느 시기보다 더 강대해졌으며 화북의 대부분 지역을 통제했다. 국민당 부대의 무능함에 힘입어 이 비참한 상황이 드러나게 되었다. 미국의 군사력에 의거하여야만 공산당을 궤멸시킬 수 있을 것 같다. 미국인들은 1945년이나 그 이후에도 우리의 군대가 이렇게 거대한 의무를 짊어지는 것을 허용하지 않는다. 우리는 세 번째 경우를 채택한다. 이 방법은 실제 상황에 따라 내전을 피면할 수 있는 방법을 찾고 국민정부의 세력을 유지하거나 세력을 강화시킬 수 있는 임시 방법을 찾는 것이다.[532]

트루먼은 자신의 회고록에 솔직하게 인정했다. "우리는 중국에서 우리의 위치를 선택할 수 있는 여지가 있다." "항일전쟁에서 승리하였지만 장제스의 세력은 서남지역에만 국한되어 있다. 반면 중국공산당 손에도 일부 토지와 약 4분의 1의 인구가 있다. 우리는 중국의 이런 국면을 모른 척 할 수가 없다. 하지만 우리는 우리의 군대와 군수물자를 대량으로 중국에 보내는 것이 불가능하다. 그것은 미국 인민들은 절대 이런 계획을 찬성하지 않기 때문이다." 1945년 10월에 그와 국무장관 James F. Byrnes은 귀국하여 업무 상황을 보고하는 주중 미국 대사 Cordell Hull, 원 동맹군 중국 작전구역 참모장

532) 『中美關系資料匯編』, 第1輯, 北京: 世界知識出版社, 1957년, 35쪽.

Albert Coady Wedemeyer은 이 문제를 상세하게 토론했으며 그들에게 명확하게 말했다. "우리는 장제스를 지지한다. 하지만 우리는 중국의 내전에 참여하여 장제스를 위해 전투를 하지 않는다."[533]

미국 정부는 그들이 받아들일 수 있는 대 중국 정책의 마지노선을 간략 명료하게 제시했다. 비록 그들이 대외적으로 자신들의 진정한 의도를 드러내지는 않았지만 여러 방면으로 심사숙고하고 각종 이해득실을 고려하여 내린 결정이며 미국 대통령이 직접 결정한 것이다. 11월 27일 당시 부 국무장관이던 딘 애치슨은 국무장관, 육군장관, 해군부장들이 참가한 내각회의에서 이렇게 말했다. "미국 해병대는 중국에 주둔해야 한다." "우리는 국민당을 도와 그들의 군대를 북방으로 이송해야 한다." "우리는 장제스의 영도 하에 정치협상이 달성되도록 국민당과 공산당을 인도하여야 하며 공산당의 지역과 그들의 부대를 포함한 통일된 중국을 건립하고 중국 군대를 조직하게 해야 한다.(참모장 합동회의에서 회의 참여자들은 장제스가 군사적으로 중국을 통일하고 특히 만주지역을 통일할 수 있는 능력을 의심했다.)"[534] 그와 트루먼은 같은 의미를 전달하고 있다. 물론 이는 미국 고위층 관리들이 말한 내용이다.

이런 내용의 정책을 바탕으로 Albert Coady Wedemeyer의 주관 하에 공군의 수송기와 해군의 군함으로 좋은 무기들로 무장된 장제스의 군대를 화북과 화동으로 이송했으며 5만여 명의 해군 해병대를 중요한 항구를 통해 중국에 상륙시켰다. 또한 베이핑으로부터 텐진까지의 철도를 통제하여 장제스가 절박하게 바라는 군사 원조를 해주었다. 미국의 도움이 있었기에 멀리 서남쪽에 있던 장제스의 군대는 베이핑, 텐진, 난징과 상하이로 이동할 수 있

---

533) 〔美〕 哈里 杜魯門 저, 李石 역: 『杜魯門回憶彔』, 第2卷, 北京: 世界知識出版社, 1965년, 72, 74쪽.

534) 〔美〕 迪安 艾奇遜, 上海『國際問題資料』編輯組, 伍協力 역: 『艾奇遜回憶彔』 上冊, 上海: 上海譯文出版社, 1978년, 16, 17쪽.

었다. 하지만 미국의 원조는 국민당 정부의 급한 불만 꺼줄 수 있을 뿐 국민당의 약점인 정치, 군사 그리고 재정경제 문제를 해결해 줄 수 없었다.

트루먼은 탄식했다. "지금 중국은 부담스러운 상황이다. 우리는 군대를 파견하여 장제스가 우세를 유지하게 할 수는 없다. 우리는 중국에서 내전이 일어나지 않도록 노력해야 한다."[535] 전면 내전이 발생하면 장제스가 자신의 우세를 보존할 가능성이 없고 미국 정부는 장제스 세력이 적은 중국을 희망하지 않기 때문에 내전을 막으려 했다.

각종 원인으로 트루먼은 덕망이 높은 국무장관 조지 마셜을 중국에 보내 중국 내전을 중재하게 했다. 마셜은 12월 20에 중국에 도착했다. 그는 "장제스의 영도 하에 정치협상이 이루어지도록 하고 공산당 지역과 공산당 부대가 포함된 통일된 중국이라는 나라를 건립하고 중국 군대를 조직"하게 하려고 노력했다. 트루먼이 마셜에게 보내는『미국의 대 중국 정책』에는 이렇게 썼다.

> 국민정부, 중국공산당과 기타 정치적 의견이 다른 군대들의 적대행위를 중단하고 중국 전역에서 유효한 중국의 통제 하에 중국에 있는 일본 포로들을 신속하게 송환시켜야 한다.
> 미국 및 기타 유엔에 가입한 나라에서는 현재의 중화민국 국민정부를 유일한 합법적인 중국 정부임을 인정한다. 통일된 정당한 정부기구를 가진 중국을 건립하도록 노력한다.
> 미국은 현재 혹은 미래에도 국민정부를 인정할 것이며 국제 문제 특히 중국에 있는 일본 세력을 제거하는 일에 중화민국 정부와

---

535) 〔美〕 哈里 杜魯門 저, 李石 역: 『杜魯門回憶錄』, 第2卷, 北京: 世界知識出版社, 1965년, 76쪽.

> 지속적으로 합작한다. 중국이 문제를 해결하려면 반드시 중국 국내 적대적 행위를 중단해야 한다. 미국의 원조는 반정부 세력에 영향을 미치지 말아야 하며 내전에 군사 간섭을 하지 말아야 한다. 미국은 중국이 국민당 일당체제의 중국이라는 것을 굳게 믿고 있으며 이 조건을 전제로 하여 전국의 기타 정치세력을 포용한다면 중국의 평화적 통일은 큰 발전을 가져오게 된다.
>
> 자주적인 공산당군대와 중국 통일은 공존할 수 없다. 광범한 의회제도가 수립되면 이런 자주적인 부대는 마땅히 중국 국군에 귀속되어야 한다.[536]

이런 글에서 우리는 중국에 오게 된 미국 대통령 중국 특사의 진정한 사명을 알 수 있다. 그것은 바로 평화담판을 통해 내전이 일어나지 않게 방지하고, 공산당이 국민당 정부에 유리한 방식으로 정부에 참여하게 하며, 공산당이 영도하는 무장역량은 국민당 정부의 통일적 지휘를 받게 하여 국민당이 중국을 통제하게 하여 국민당 정부의 통치적 지위를 유지하려는 것이다.

미국 정부가 이를 실현 가능한 일이라고 여길 수 있었던 것은 국민당 정부와 『중소우호동맹조약』을 체결한 소련이 여전히 장제스 영도 하의 국민당 정부 지배적 지위와 군사 통일을 제기한 미국의 제의를 지지한다고 했기 때문이다. 그들은 유럽의 일부 국가의 선례가 있었던 만큼 소련의 지지가 없다면 중국공산당도 그들의 이런 요구를 거절하지 않으리라 믿었다.

중국에 도착한 조지 마셜은 먼저 각 당파와의 평화담판을 추진하여 정치협상을 통해 내전 규모가 커지는 것을 막으려고 했다. 이는 중국공산당과 대

---

536) 梁敦鋅: 『馬歇爾使華報告書箋注』, 台北: "中央研究院"近代史研究所, 1994년 1월, 619, 620, 621쪽.

부분의 중국 민중들이 바라는 것이다. 때문에 마셜은 처음에 존경과 찬사를 받았다. 하지만 장제스와 국민당 정부는 평화담판으로 내전을 멈출 성의가 없었다. 국민당은 우세인 군사역량으로 멀지 않은 장래에 무력으로 공산당을 궤멸시킬 수 있다고 믿고 있기에 평화담판이 필요 없다고 여겼다.

더욱이 '정치해결'이라는 것이 있을 수 없다고 했다. 때문에 조지 마셜의 조정은 그들의 손발을 묶어 놓은 셈이었다. 트루먼은 그 당시를 이렇게 회고했다. "처음 공산당 대표가 조지 마셜을 대하는 태도는 중앙정부의 지도자들보다 온화했다." "조지 마셜은 국민당에서 강압적인 정책으로 문제를 해결하려는 것을 느꼈으며 이런 결정은 그들을 멸망으로 이끌 것이라고 했다."[537]

시간이 흐르고 정지협상 결의도 일방적으로 파괴되었으며 내전의 규모는 빠른 속도로 커져가고 있었다. '평화담판'은 부단히 내전을 크게 하려는 국민당 정부의 연막탄에 불과했다. 그 사이 미국 정부는 여전히 국민당 정부에 군사용품을 포함한 물자들을 지원해주고 있었다. 일본이 투항한 날로부터 1946년 10월 31일까지 국민당 정부에 제공된 물자는 7억 8천만 달러였다. 이는 항일전쟁시기의 총금액보다도 많은 숫자였다. 1946년 8월 21일에는 『전쟁 후 남은 재산 관련 중미 협정』을 제정하여 중국, 인도와 태평양 섬에 남겨진 9억 달러에 달하는 전쟁용 물자들을 1.75억 달러의 헐값으로 국민당 정부에 판매하기로 했다. 또한 수출입 은행은 국민당 정부와 대출 문제를 상의하게 했다. 미국은 국민당 정부에 지원을 아끼지 않았다. 중국 민중들의 불만은 더욱 커져갔다. 그해 말, 국민당 정부는 장자커우를 점령하고 일방적으로 '국민대회'를 열었다. 이렇게 평화담판이 결렬되었다. 평화담판이 무산되자 중국에 별 볼일이 없는 조지 마셜은 1947년 1월 7일에 귀국했다. 이튿날 조지 마

---

537) 〔美〕 哈里 杜魯門 저, 李石 역: 『杜魯門回憶彔』, 第2卷, 北京: 世界知識出版社, 1965년, 85쪽.

셜은 미국 국무장관으로 임명되었다. 딘 애치슨은 회고록에 이렇게 썼다.

"조지 마셜 중국 특사단이 실패한 원인은 모스크바에 독립을 선언한 옌안이나 모스크바의 말을 잘 따르는 옌안 때문이 아니라 온갖 방법으로 무력으로 공산당을 제압하여 중국을 통치하려는 국민당 때문이다."[538] 트루먼은 자신의 회고록에서 자신의 고집대로 전면 내전을 발동한 것은 장제스의 치명적 착오라고 했다. 그는 이렇게 말했다. "조지 마셜의 중재가 성공하지 못한 것은 장제스 정부가 중국 인민들에게 믿음을 주지 못했으며 인민들의 지지를 받지 못했기 때문이다. 장 위원장은 낡은 군벌의 행동을 보여주었으며 그와 그의 군벌들은 인민의 대우를 받지 못했다."[539]

조지 마셜 귀국하기 전 주중 미국 대사였던 John Leighton Stuart은 John Leighton Stuart에게 "평화담판이 결렬되었으니 미국은 중국에 어떤 정책을 실시하면 좋은가?"고 물었다. John Leighton Stuart는 회고록에 이렇게 썼다.

"당시 나는 나의 생각에 따라 세 가지 방안이 있다고 했다. 첫째는 적극적으로 국민정부를 지지한다. 특히 군사 고문의 방식으로 그들이 필요한 개혁을 진행하게 한 다음 개혁의 결과에 따라 다음 단계의 원조를 고려한다.

둘째, 아무런 행동도 하지 않는다. 아무런 대응을 하지 않고 그들의 상황 발전에 따라 대처하여 '나중에 보자'는 것이다. 셋째, 중국 내정에 대해 아무런 간섭을 하지 않는다. 한마디 보충한다면 나는 첫 번째 방안을 찬성한다. 만약 두 번째, 세 번째에서 선택하라고 하면 나는 세 번째를 선택할 것이다.

조지 마셜장군은 한참 생각에 잠기더니 나의 견해를 원칙적으로 지지한다

---

538) 〔美〕 迪安 艾奇遜 저, 上海《國際問題資料》編輯組, 伍協力 역: 『艾奇遜回憶录』 上冊, 上海: 上海譯文出版社, 1978년, 62쪽.

539) 〔美〕 哈里 杜魯門 저, 李石 역: 『杜魯門回憶录』, 第2卷, 北京: 世界知識出版社, 1965년, 102쪽.

고 했으며 '명확한 정책'을 가져야 한다는 뜻을 이해한다고 했다."[540]

이 시기 대 중국 정책의 기본 맥락은 조금의 변화가 있었지만 여전히 두 가지 내용을 포함하고 있다. 하나는 여전히 장제스를 대표로 하는 국민당 정부를 계속해서 지지하는 것이다. 다른 하나는 국민당 정부가 "필요한 개혁을 해야 하며" "개혁의 결과에 따라 다음 단계의 원조를 고려한다"는 것이다.

이렇게 규정한 것은 그들이 지원한 대부분 자금이 일부 관리들과 호족, 군장병들의 호주머니에 들어가지 않고 실제적 효과를 얻을 수 있기 때문이었다. 직접 군사적 개입을 하는 것은 여전히 그들을 고려하지 않은 사항이었다. 그들이 국민당 정부의 '개혁'문제를 강조한 것은 이상한 일이 아니었다.

전쟁 후 1년 사이에 발생한 수많은 사실은 이런 문제를 설명해주고 있기 때문이다. 국민당 군대가 전투에서 연달아 실패하게 된 원인은 그들의 무기가 낙후하고 미국의 군사적 지원이 적어서가 아니라 지휘가 적절하지 못하고 병사들의 사기가 높지 않았기 때문이다. 이런 병사들은 전쟁에서 와르르 무너졌다.

전투에서의 실패는 미국이 보내온 최신 무기를 대량으로 해방군의 손에 넘겨주는 전투가 되어 해방군은 여러 전지에서의 승리를 통해 무기를 개선하고 있었다. 해방군은 장제스에게 '운송대 대장'이라는 별명을 붙여주었다.

미국이 국민당 정부에 적지 않은 경제 지원을 하였지만 국민당 정부의 재정경제 상황은 호전될 기미가 없었다. 미국에서 들어오는 수많은 물자들은 고위층 관리들의 호주머니에 들어갔고 이런 물자들은 암시장에서 쉽게 찾아볼 수 있었다. 이 과정에 자본을 제일 많이 축적한 계층은 국민당 고위층 인사들이 장악하고 있는 호족들이었다. 때문에 미국은 만약 국민당 정부가 '개

---

540) 〔美〕 司徒雷登 저, 程宗家 역: 『在華五十年—司徒雷登回憶录』, 北京: 北京出版社, 1982년, 169, 170쪽.

혁'을 하지 않는다면 구멍 뚫린 항아리와 같은 국민당에 아무리 많은 군수물자와 경제 지원을 해도 그 결과는 여전할 것이라 했다. 그들도 이런 결과를 바라지 않았다. 하지만 국민당 정부가 그들이 바라는 '필요한 개혁'을 하게 할 별다른 방법도 없었다. 『트루먼 회고록』에는 트루먼 자신의 심경을 적은 단락이 있다. 이 글에는 어찌할 방법도 없는 답답함과 뜻을 이루지 못한 실망이 담겨져 있다.

> 세계의 평화는 몇 차례의 전투로 바꿀 수 있는 것이 아님을 나도 잘 알고 있다. 근대 서방군대가 정복할 수 없는 넓은 두 지역이 있으니 그것이 바로 소련과 중국이라는 것도 알고 있다. 예전이나 지금 무력으로 이 두 지역에 우리의 생활방식을 강요한다는 것은 아둔한 일이다.
>
> 중국에 경제적인 지원을 하여 이 나라의 원기를 회복하여 공산당의 호소력이 약화되기를 희망할 뿐이다. 하지만 이를 위한 원조는 이 나라의 질서가 안정된 다음에야 진행될 수 있는 것이며 이 나라의 정부가 충분한 권위를 가진 다음 이런 지원이 군벌이나 간상배들의 호주머니에 들어가지 않는다는 확신이 있어야 우리의 지원이 그 작용을 발휘할 수 있다.
>
> 장제스는 끝내 인민의 지지와 미국의 원조를 모두 잃었으며 패전했다. 그 원인은 그의 군부 장병들이 우리의 무기로 무장한 부대를 거느리고 적의 진영으로 넘어갔다. 하지만 이런 투항이 자주 나타난 후에야 나는 중국에 물자 지원을 중단하기로 결정했다.[541]

---

541) 〔美〕 哈里 杜魯門 저, 李石 역: 『杜魯門回憶彔』, 第2卷, 北京: 世界知識出版社, 1965년, 103, 104쪽.

조지 마셜의 중재가 실패한 후인 1947년 초, 미국은 중국 사태의 발전은 관망하는 태도를 취했다. 비록 그들이 장제스의 국민당 정부에 크게 실망하여 이 정부가 군사적 수단으로 빠른 시일에 공산당을 궤멸시킬 수 있다는 것을 믿지 않았지만 공산당이 짧은 기간에 국민당 정부를 뒤엎을 것이라고 생각하지 않았다. 그들은 국공 양측이 오랜 기간 동안 대치상태에 있을 것이라고 여겼다.

조지 마셜은 John Leighton Stuart의 "적극적으로 국민정부를 지지하고 특히 군사 고문 방식으로 그들이 필요한 개혁을 진행하게 한 다음 개혁 결과에 따라 다음 단계의 원조를 고려해야 한다"는 건의를 원칙적으로 동의한다고 했다. 하지만 조지 마셜이 귀국한 후 미국 정부의 원조는 John Leighton Stuart가 바라는 것처럼 적극적이지 않았으며 이런 지원이 절실한 국민당 정부의 요구를 만족시키기엔 터무니없이 부족했다. 사실 미국 정부가 국민당 정부를 대하는 기본 태도가 변한 것이 아니라 여러 가지 실제 문제가 있었기 때문이다. 일부 사람들은 미국은 무궁무진한 자원을 가지고 있어 국민당 정부를 오랫동안 지속적으로 군사적 승리를 가져올 때까지 지원할 수 있을 것이라고 착각하고 있었다. 하지만 미국의 역량도 어디까지나 제한되어 있었다.

미국도 그들 자신이 좌우할 수 없는 여러 방면에서 오는 심각한 제약을 받고 있었다. John Leighton Stuart는 무거운 마음으로 회고록에 이렇게 썼다.

> 미국이 대 중국 정책을 결정짓지 못하고 머뭇거리는 데에는 아래 몇 가지 원인이 있다. (1) 세계대전이 끝난 후 유럽의 경제는 놀라운 속도로 발전하고 있었기에 긴급하고 집중적인 행동을 강구해야 했다. 미국은 평화를 위한 글로벌 전략에서 유럽문제를 우선적으로 고려해야 했는데 이는 중국에 유리했다. (2) 일부 미국 사

람들은 중국을 지원하는 것은 위험한 일이라 여기고 있었다. 중국 지원, 특히 이 나라의 국내 정책과 일부 구체적인 방법을 지도하게 될 경우 중국 내부 사무에서 발 빼기 어려울 것이라 여겼다. 때문에 더욱 많은 약속이 필요했다. 이런 생각을 가지고 있는 일부 국내 인사들에게(모든 사람은 아니다.) 불가피한 불만을 가졌고 혼란을 조성했다. 동시에 기타 국가에서 미국을 적으로 대하거나 보복할 수 있기에 기타 지역에서 국제 의무를 이행하기 어렵게 될 수 있다. (3) 국민당 정부가 개혁 하도록 미국 정부와 인민들은 꾸준히 노력했다. 우리의 지속적인 지원을 받으려면 관련 개혁을 하거나 개혁 성의를 보여 믿음직한 모습을 보여 달라. 미국 정부와 인민들은 진보 개혁을 진행할 능력조차 없는 정부가 미국의 원조로 나라 전체에 행복을 가져다 줄 수 있을 지 의문이 앞섰다.[542]

John Leighton Stuart는 많은 수식어를 사용했다. 만약 간단명료한 단어들을 사용하여 해석한다면 다음과 같다. 첫째, 이 시기 세계 냉전이 시작되고 서로 대립된 두 진영이 형성되었으며 유럽은 미국의 전략적 중심지였다. 유럽 국가들을 지원하는 미국의 "트루먼 독트린"과 "마셜 계획"이 1947년 3월과 6월에 정식으로 제기되었기에 중국에 지원할 인력, 물력, 재력의 여유가 없었다.

둘째, 중국은 영토가 너무 넓어 미국이 중국의 내전에 간섭하기 시작하면 중국이라는 구멍 난 항아리를 끌어안는 것과 같아 그 후과를 고려하지 않을 수 없기에 그들은 불안할 수밖에 없었다. 셋째, 국민당 정부의 독재와 부패,

542) 〔美〕 司徒雷登 저, 程宗家 역: 『在華五十年—司徒雷登回憶彔』, 北京: 北京出版社, 1982년, 175쪽.

무능에 미국 정부는 크게 실망했다. 중국을 방문한 적이 있는 미국 콜럼비아 대학 교수 Nathaniel Peffer는 이런 내용의 문장을 발표했다. "지금의 중국 정부는 중국 근대사의 최악 정부이며 국제적으로도 최악의 정부이다. 무능하고, 부패하고, 준파시즘의, 탐오가 풍습이 된 이 정부는 성실함도 원대한 목표도 없다. 이런 정부에 붙어서 그들의 앞날을 유지하려는 자들과 이런 정부에 아첨하여 더 많은 돈을 끌어 모으려는 자들 외의 거의 모든 중국 사람들은 이 정부를 적극적으로 지지하려 하지 않는다."[543]

미국 정부는 이런 정부가 큰 개혁을 할 수 있을지 걱정하지 않을 수 없었다. 미국은 아무런 효과도 얻지 못하는 지원을 하려 하지 않았다. 그들은 돈 잃고 자원도 하기 싫었다. "미국이 중국에 적극적인 정책"을 보여주기를 원했던 John Leighton Stuart도 미국이 대 중국 정책에 대해 결단을 내리지 못하는 원인을 열거한 후 "이런 걱정을 나무랄 것이 아니다"고 유감스럽게 말했다.

황금 사재기 열이 국민당 통치구역에서 일고 있을 때 국방부 최고위원회에서 『경제긴급조치방안』을 통과한 이튿날, 국민당 정부 주미 대사 구웨이준(顧維鈞, 영문 이름, Wellington Koo) 은 국무장관으로 임명된 조지 마셜을 찾아가 중국에 구제금융 대출 혹은 긴급 원조를 해줄 것을 요구했다.

마셜은 "중국이 직면한 위기가 놀랍지도 않다. 그는 중국을 떠날 때 위원장, 송쯔원과 대화를 했는데 위기는 곧 나타나게 될 것이며 불가피한 것이다"[544]고 말했다. 구웨이준이 여러 번 요구했지만 조지 마셜한테서 확실한 승낙을 받지 못했다.

---

543) 〔美〕 裴斐: 『細看中國』, 『觀察』, 第2卷 第18期, 1947년 6월 28일.

544) 顧維鈞, 中國社會科學院近代史硏究所 역: 『顧維鈞回憶彔』, 第6分冊, 北京: 中華書局, 1988년, 49쪽.

1947년 5월과 6월 사이에 나타난 중국 형세의 급격한 하락에 미국 정부도 크게 놀랐다. 중국의 형세는 미국이 바라는 것처럼 장기간 대치 상태의 국면이 나타나지 않았다. 국민당 정부는 기울어지고 있었다. 만약 미국의 경제, 군사 원조가 이루어지지 않으면 국민당 정부는 무너지게 될 것이다.

이런 상황은 미국이 바라는 바가 아니었다. 장제스의 국민당 정부와 친밀한 관계를 갖고 있는 미국 국내의 일부 인사들은 국민당 정부에 지원을 해 줄 것을 요구했다. 하지만 앞에서 말한 여러 가지 원인들이 있기에 미국 정부는 여전히 결단을 내리지 못했다. 진퇴양난의 미국 정부는 오랫동안 중국에 파견했던 Albert Coady Wedemeyer 중장을 다시 중국으로 보내 현장에서 조사연구를 한 후 현 상태에서 새로운 구체적인 예측을 진행하여 새로운 형세의 대책을 강구하기로 했다. 당시 미국 국무장관이던 조지 마셜은 이렇게 말했다.

> 한 동안 나는 급락하는 형세를 대처할 수 있는 방법을 생각했다. 참모장 협동회의에서 육군, 해군 모두 군사, 경제적으로 중국 정부를 지원하기를 바라고 있다. 나와 John Carter Vincent(미국 국무원 극동국장)은 참모장 협동회의에서 제기한 건의는 비현실적이며 특히 중국에서 실시하기 어렵다고 여겼다. 하지만 중국의 상황은 확실히 위급하다. 우리의 정책을 다시 고려해야할 필요가 있다. 대 중국 정책에 어떤 변화가 필요할지 연구해야 한다.[545]

7월 1일 조지 마셜은 금방 유럽에서 고찰을 마치고 돌아온 Albert Coady

545) 資中筠: 『美國對華政策的緣起和發展(1945—1950)』, 重慶: 重慶出版社, 1987년, 152쪽에서 재인용.

Wedemeyer를 '사실 조사'를 위해 중국과 조선에 여행을 다녀오라 했다. 그는 이번 조사에서 극동정책 제정을 위한 기본 자료를 얻으려고 했다. 11일, 트루먼 대통령은 정식으로 Albert Coady Wedemeyer를 특사로 임명하고 고문단과 비서와 함께 중국과 조선으로 파견했다. 그는 "즉각 중국으로 가서 중국의 현재와 미래의 정치, 경제, 민심과 군사 상황에 대해 예측하라"고 했다.

또한 "조사를 할 때 미국 정부가 중국을 지원할 의무가 있다고 생각하지 말고 중국 정부의 정책이 미국의 대 중국 정책과 일치 여부를 고려해야 한다. 대표단 조사 결과에 될수록 간단하게 당신의 건의와 원조의 성질을 제기하고 원조의 한도와 가능한 후과를 예측하고 원조를 중단할 경우의 후과에 대해서도 예측해야 한다"[546]고 규정했다. 그는 Albert Coady Wedemeyer에게 중국 국민당 정부가 원조에 대해 물어 보면 아무런 대답을 하지 말고 미국에 돌아와 원조의 성질과 한도, 가능한 결과를 보고하라고 했다.

"Albert Coady Wedemeyer은 당시 그가 맡은 대 중국 특사는 '이중 임무'가 있었다. '중국에서 미국의 지원이 낭비되지 않을 것임을 증명해야 했고 워싱턴에서 중국이 필요한 지원을 해야 한다고 설득해야 했다.'"[547]

미국에서 특사단을 중국에 파견하기 전 장제스와 상의하지 않았다. Albert Coady Wedemeyer 일행이 미국을 떠날 무렵인 7월 11일 오후에 John Leighton Stuart에게 전보를 보내 대사관에서 장제스에게 소식을 전하게 했다.(당시 John Leighton Stuart는 베이핑에 있었다. 장제스는 중앙통신사의 뉴스에서 Albert Coady Wedemeyer가 중국에 온다는 것을 알았다.) 미국 정부는 다른 주권국에 일방적으로 특사단을 파견하고 주권국의 사전 동의를 거치지도 않았다. 중국에 올 때 미국 대통령의 소개장도 들고 오지 않았는데 이는

546) 『中美關系資料匯編』, 第1輯, 北京: 世界知識出版社, 1957년, 300, 301쪽.
547) 〔美〕 鄒儻, 王宁, 周先進 역: 『美國在中國的失敗』, 上海: 上海人民出版社, 1997년, 393쪽.

정상적인 외교왕래가 아니었으니 미국의 패권주의 방식을 충분히 보여주고 있었다.

하지만 장제스와 국민당 정부는 이런 미국의 패권주의 행위에 아무런 불만을 표하지 않을 뿐만 아니라 기뻐했다. 항일전쟁 말기 Joseph Stilwell(조지프 스틸웰)을 대신해 주중미군 총사령부에서 동맹군 중국 작전구역 참모장을 맡았을 때부터 Albert Coady Wedemeyer는 장제스와 관계가 좋았다.

1945년 8월 24일, 항일전쟁이 승리하자 장제스는 미국에 있는 행정원 원장 송쯔원에게 "전쟁이 끝난 후 미군총사령부는 아마 철수할 것이다. 중미 양국의 밀접한 군사합작을 위해 미국에서 주중 군대표단을 파견하여 중국의 육해공군을 훈련시키고 후배를 지도하며 군사 공업을 지도해 주기를 바란다. 대표단 단장은 본인의 참모장 직무를 겸한다"는 내용의 전보를 보냈다. 9월 1일, 장제스는 또 송쯔원에게 전보를 보냈다.

"중국의 상황을 잘 이해하고 있는 Albert Coady Wedemeyer이 미군사 고문단 단장의 적임자라는 나의 의견을 트루먼 대통령이나 조지 마셜에게 전달하라. 그들이 이 건의를 동의하기를 바란다."[548] 국민당은 미국 정부에서 특사를 파견하여 중국의 상황을 조사하고 특히 장제스와 관계가 좋은 Albert Coady Wedemeyer가 특사단 단장을 맡고 있기에 미국 정부에서 끊임없는 지원을 하리라 착각했다.

이런 기대 속에서 장제스는 7월 12일에 Albert Coady Wedemeyer에게 환영 전보를 보냈다. "각하께서 귀국의 대통령을 대표하여 중국에 온다는 소식에 무척 기쁘다. 그리운 마음에 빠른 시일에 만나기를 바란다."[549] John Leighton

548) 『國立編譯館』 主編, 陳志奇 輯編: 『中華民國外交史料匯編』, 第15冊, 台北: 渤海堂文化公司, 1996년 4월, 7333, 7338쪽.

549) 潘振球 편: 『中華民國史事紀要』 1947년 7—9월, 台北: 國史館, 1996년 11월, 172쪽.

Stuart은 7월 17일 국무장관에게 보내는 보고문에는 이렇게 썼다.

"백악관에서 Albert Coady Wedemeyer가 대통령 특사로 중국과 조선에서 현지 고찰을 하게 될 거라는 소식은 국민정부와 국민당 대변인 및 여론의 환영을 받고 있다. 모든 신문의 헤드라인 뉴스는 모두 이 소식이었으며 이번 특사단의 임무, 성질 및 의미에 관한 각종 예측이 실렸다. 대다수 매체에서는 Albert Coady Wedemeyer가 특사단 단장을 맡고 중국에 오기에 미국에서 국민정부에 대량의 지원을 할 것이 아니냐는 추측을 하고 있다."

"정부와 당에서는 모두 찬성을 표했으며『중앙일보(中央日報)』와 CC파의『대공보』(『대공보』는 정치학 학계에 속했다.)와『선보(申報』및 군부의『허핑일보(和平日報)』에서는 논평을 발표하여 특사단의 방문을 환영하고 Albert Coady Wedemeyer 장군이 중국의 문제에 정확한 입장을 가지고 있으며 미국의 대중국 정책이 크게 변할 것이라고 예측하였다. 중앙정부는 미국의 지속적인 원조를 받고 중국이 마셜계획(Marshall Plan)의 상대국으로 될 것이라고 예측하고 있다."[550]

현실적인 상황을 이해하고 있는 국민당 정부 외교부장 왕스제는 냉정한 태도를 보이며 Albert Coady Wedemeyer의 중국행에 큰 희망을 걸지 않았다. 그는 일기에 이렇게 썼다. "근래 미국 정부의 대 중국 정책은 명확하지 않다. 아마 미국 정부에서 우리 정부가 민중들의 옹호를 받는 정부가 아니라 여기는 듯하다."(7월 11일) "미국 정부에서는 Albert Coady Wedemeyer 장군을 대통령 특사단 단장으로 임명하여 중국(및 조선)을 고찰하게 하는데 이는 미국의 대 중국 정책의 변화를 의미하고 있는 것이다. 미국 국회 공화당 중 미국 정부가 중국에 충분한 지원을 주지 않았다고 질책하는 사람들도 있지만

550) 〔美〕 肯尼斯 雷, 約翰 布魯爾 編, 尤存, 牛軍 역: 『被遺忘的大使司徒雷登駐華報告』, 南京: 江蘇人民出版社, 1990년, 112, 113쪽.

대부분의 미국 여론과 중국에 있는 미국 상인들과 대사관 사람들은 지금 불안정한 상태의 중국에 지속된 지원을 희망하지 않고 있다."(7월 13일) "오늘 아침 우리 정부는 Albert Coady Wedemeyer가 중국에 오는 것을 환영한다고 언론에 말했다."(7월 14일) "요즘 더 소극적이다. 관직에서 물러나야 하는지 아니면 국민정부와 우리 당이 무너지는 것을 방지하기 위해 개인의 승패와 명예의 훼손을 마다하고 계속 노력해야 할지 모르겠다. 지금의 문제는 오직 하나이다. 바로 전반적인 붕괴를 막는 것이다."(7월 16일) "Albert Coady Wedemeyer는 오늘 오후에 난징에 도착했다. 직접 마중을 나가지 않고 류차장을 보냈다."(7월 22일)[551]

중국의 민간에서는 큰 불만을 가지고 있었다. 베이징대학 교수 수더항은 『관찰』에 이런 글을 발표했다. "중국의 일은 마땅히 중국 사람들이 해결해야 하며 중국 사람들이 일을 해결할 수 있다. 헌데 지금 다른 사람들이 와서 조사를 하는 것을 환영하고 밤새 보고를 써야 한다니.

여전히 생활고에 허덕이고 전쟁의 위협을 받고 있는 인민들은 지금의 중국을 어떤 모습으로 바라보겠는가!"[552] 『스위원』에 조롱이 섞인 글이 실렸다. "Albert Coady Wedemeyer는 장주석의 친궤이고 '중미 합작'의 공신이기에 그가 중국에 오면 '별로 적극적이지 않은' 미국의 태도가 근본적으로 바뀌게 되어 국민정부를 무한 지원한다는 견해도 있다. 때문에 과도하게 환영하는 사람들이 있다. 정부 측 여론은 매일 이를 과대 포장해서 선전하고 있다.

물론 이는 정부 당국과 준정부의 견해이고 그들이 희망하는 바이다." 작가는 이런 견해에 '모를 소리다'라고 질책했다. 작가는 이렇게 말했다. "지금 전

---

551) 王世杰: 『王世杰日記』, 第6冊, 台北: "中央研究院"近代史研究所, 1990년 3월 영인본, 108, 109, 110, 111, 112, 114쪽.

552) 許德珩: 『魏德邁回國后, 美國將如何的對中國』, 『觀察』, 第3卷 第1期, 1947년 8월 30일.

세계와 미국 내부의 상황으로 볼 때 Albert Coady Wedemeyer의 중국행을 '과도하게 환영하는 사람'들의 희망과 정부 바람처럼 국민정부에 무제한(출병을 포함) 지원은 불가능하다."[553]

Albert Coady Wedemeyer 일행은 7월 22일에 중국에 도착해서 8월 24일 떠났다. 한 달 동안에 그들은 난징, 상하이, 한커우, 광쩌우, 타이완, 베이핑, 톈진, 칭다오, 지난, 선양, 푸순 등지에 여러 계층의 인사들을 만났으며 약 2천 통의 편지를 받았다. 그들의 앞에 펼쳐진 광경은 끝없는 혼란과 급속히 악화되고 있는 국민당 정부의 모습이었다. 이런 정부는 미국의 원조를 갈망하는 것 외에 아무런 방법을 제시하지 못하고 있었다. 중국에 도착한 일주일 후 Albert Coady Wedemeyer은 미국에 첫 번째 보고를 보냈다. 보고에는 그의 실망이 담겨져 있다.

> 나는 중국 국민당 당원들이 정신적으로 무너졌다는 것을 느꼈다. 그들은 자신들이 누구를 위해 목숨을 바치고 희생을 해야 하는지 조차 모르고 있다. 그들은 그들의 정치와 군사의 지도자에 믿음을 잃었다. 그들은 철저하게 해체되는 날이 멀지 않음을 알고 있다. 때문에 관직에 있는 자들은 정부가 와해되기 전에 모든 수단을 다해 되도록 많은 재물을 긁어모으려 하고 있다. 국민당의 병사들은 아예 전투를 거부하고 있다. 그들은 전투에 관심이 없었기에 효율적이지 않다.
>
> 반면에 우리가 장악한 정보에 의하면 공산당의 대오는 강한, 심지어 열광적인 정신력을 가지고 있다. 물론 이런 열정은 그들이 최

---

553) 蕭遙: 『魏德邁來了又怎樣?』, 『時与文』, 第20期, 1947년 7월 25일.

> 근에 군사적으로 승리했고 많은 전리품들을 획득하였기 때문이기도 하다. 그들의 지도자, 어쩌면 수많은 보통 구성원들도 그들의 사업을 믿고 있을지 모른다.[554]

Albert Coady Wedemeyer가 조사를 끝내고 귀국하기 전 장제스는 연회를 열려했다. 하지만 Albert Coady Wedemeyer는 연회 대신 정부 책임자들에게 연설을 하겠다고 했다. 장제스는 이 요구를 수락했다. 8월 30일 Albert Coady Wedemeyer가 John Leighton Stuart에게 "위원장이 나를 오라고 했다. 그는 진심을 얘기해달라고 했다. 위원장의 비서는 위원장이 진실을 들으려하며 우리의 조사 소감과 우리의 예측을 사실적으로 말해 달라고 했다."[555] 하지만 Albert Coady Wedemeyer는 장제스의 본의를 읽지 못했다.

그냥 장제스의 말을 진심이라 오인했다. 사실 그의 연설이 있기 전 장제스는 John Leighton Stuart에게 전화를 해서 Albert Coady Wedemeyer에게 "국민정부 위원회와 참석하게 될 기타 인원들은 서로 다른 복잡한 집단을 대표하고 있기에 정부를 너무 책망하지 말기 바란다"고 했다. John Leighton Stuart는 "대사는 장위원장이 제안한 자리이기에 Albert Coady Wedemeyer의 강연 범위에 대해 좌지우지 할 수 없다고 했다."[556]

8월 22일, Albert Coady Wedemeyer는 국민정부 위원, 각 부 부장 등 약 40여 명의 정부 요원들에게 연설을 했다. 장제스 부부도 참가했다. Albert Coady Wedemeyer는 연설에 비교적 '솔직'하게 그의 '소감과 예측'을 말했다.

---

554) 資中筠: 『美國對華政策的緣起和發展(1945—1950)』, 重慶: 重慶出版社, 1987년, 155, 156쪽에서 재인용.

555) 『中美關系資料匯編』, 第1輯, 北京: 世界知識出版社, 1957년, 304쪽.

556) 〔美〕 肯尼斯 雷, 約翰 布魯爾 編, 尤存, 牛軍 역: 『被遺忘的大使司徒雷登駐華報告』, 南京: 江蘇人民出版社, 1990년, 120쪽.

그는 세금징수, 군사, 징병, 군민관계, 정부조직, 탐오, 국가재산 자원, 형벌과 비밀경찰, 중국 경제의 진흥 회복 등 10가지 문제를 이야기 했다. 그는 국민당 정부의 부패와 무능함을 여지없이 날카롭게 지적했다. 그는 이렇게 말했다. "나는 중국공산당을 무력으로 쳐부수지 못한다고 생각한다." "군장관들과 병사들은 거만하고 난폭하여 사람들은 증오하고 그들을 믿지 않는다. 그들은 마음대로 강탈하며 정복자의 자세로 인민들을 상대하고 있다" "여러 곳에서 조사한데 의하면 크고 작은 정부 관리들은 국가 경제 생활에서 탐오를 하고 있다. …… 일부 부호들의 친척들이 높은 자리에 있을 경우 그들의 재부를 긁어모으는데 큰 힘을 보태고 있다고 한다.

공직은 사적인 이익을 긁어모으는데 사용되고 있다. 나의 조사에 따르면 일부 정부 관리들은 그들의 형제, 자식과 조카들을 정부에 자리를 마련해 주거나 국영 회사에 취직시켜 주었으며 직권을 이용하여 인민들에게 돌아가야 할 복리들을 갈취하여 거대한 재물을 긁어모으고 있다." "비밀경찰들이 제멋대로 날뛰고 …… 사람들이 실종되고 학생들이 체포되었지만 심사도 판결도 없이 감옥에 들어갔다. 이런 무법적인 행동을 하고 있는 정부는 인민들의 성원을 받을 수가 없으며 역효과를 가져오게 된다. 사람들은 일상생활에서 항상 공포를 느끼고 있으며 정부에 대한 믿음을 버리고 있다." 그는 연설에서 "중국 관료사회의 부패의 상징"과 "위원장이 정부 각 계층까지 간섭" 하는 상황에 대해서도 말했다.[557]

Albert Coady Wedemeyer의 연설은 장제스의 생각과 완전 다른 방향으로 흘러가 "정부를 너무 책망하지 말기 바란다"는 진심과 점점 멀어졌다. 이 연설에 국민당 정부 고위층 인사들은 큰 치욕을 느꼈고 큰 파문을 일으켰다.

---

557) 『中美關系資料匯編』, 第1輯, 北京: 世界知識出版社, 1957년, 765, 766, 767, 768, 769쪽.

John Leighton Stuart는 회고록에 이렇게 썼다. "중국 사람들의 반응도 예사롭지 않았다. 외국 손님이 공개 장소에서 그들을 질책한다는 것은 체면을 무엇보다 중요시하는 그들이 받아들일 수 없는 일이다. 만약 강연을 듣는 사람들이 서로 마음이 통하고 범위가 작으면 괜찮은데 이렇게 여러 가지 신분의 많은 사람들이 참가한 집회에서 이런 말을 한다는 것은 부적합한 것이다. 지위가 있는 나이가 지긋하신 유가(儒家) 노 선생은 강연이 끝난 후 눈물을 흘렸다."[558] 조지 마셜 국무장관에게 한 보고에 따르면 John Leighton Stuart가 말한 "노 선생"은 장제스와 특수한 관계를 가지고 있는 국민당 정부 고시원 원장 다이지타오(戴季陶)였다.

Albert Coady Wedemeyer는 장제스와 국민당 정부와 오랫동안 긴밀한 관계를 가지고 있었으며 장제스의 공산당 숙청 작전에 적극적인 태도를 보였다. 헌데 이렇게 국민당 정부에 예리한 비판을 했는가? 사실 그는 "무쇠가 강철이 되지 못함을 안타까워"하는 마음으로 한 말들이었다. 그는 절망에 처한 국민당 정부가 반성을 하고 일정한 개혁을 거쳐 새로운 길을 개척하기를 바라는 마음이었다. 한 학자는 정곡을 찌르는 한마디를 했다.

"조사한 상황에 따른 Albert Coady Wedemeyer의 방침은 장제스에게 '수혈'과 '독려'를 한 것이다. 그는 두 가지 임무가 있다고 했다. '중국 사람들을 설득해 미국의 원조가 헛된 노력이 아니라는 것을 증명하게 해야 했고 워싱턴에 중국을 지원할 필요가 있음을 증명해야 했다.' 하지만 워싱턴의 문제는 중국에서 아무런 대답을 하지 말라는 명령이 있기에 그가 대답할 수가 없는 것이며 워싱턴에 돌아가서야 알 수 있다. 때문에 그는 중국에서 그의 첫 번째 임무에 최선을 다하고 있었다." "물론 장제스 집단에서 제일 불만인 것은

---

558) 〔美〕 司徒雷登 저, 程宗家 역: 『在華五十年—司徒雷登回憶錄』, 北京: 北京出版社, 1982년, 178쪽.

Albert Coady Wedemeyer가 그들에게 대량의 지원을 약속하지 않았기 때문이다. Albert Coady Wedemeyer가 중국에 있는 기간 아무런 확답을 하지 말아야 한다는 훈령을 지켜야 했기 때문에 국민당 측에서도 그가 미국에 돌아가 정부에서 중국에 적극적인 지원을 요구할지 알 수가 없었다.

Albert Coady Wedemeyer는 그가 귀국한 후 그의 보고가 이내 발표될 것이라고 생각해서 중국에 있는 기간 공개적인 장소에서 국민당을 비판했다고 했다. 또한 그는 만약 그의 보고가 조지 마셜에게 눌려 발표되지 않을 것을 알았다면 중국에서 그런 비판을 하지 않았을 것이라 했다. 총적으로 Albert Coady Wedemeyer는 먼저 중국에 쓴 말을 한 후 미국에 돌아가서 좋은 결과를 얻어 주려 했다. 급한 상황인 국민당은 원하는 대답을 받지 못했기에 실망할 수밖에 없었다."[559]

Albert Coady Wedemeyer의 강연은 당연하게 장제스에게 큰 충격을 주었다. 그날의 일기에 장제스는 이렇게 썼다. "오늘 Albert Coady Wedemeyer는 우리 정부 지도자들과의 대화에서 강력한 단어들로 질책했다. 이는 중국에 제일 큰 치욕을 안겨주었다." 23일의 일기에는 이렇게 썼다. "선창환(沈昌煥)을 보내 Albert Coady Wedemeyer의 식사요청을 거절했다."[560]

심지어 국민정부위원회에서는 Albert Coady Wedemeyer가 중국을 떠날 때 공항에 나가서 배웅하지 말자고 강력하게 건의했다. 하지만 장제스는 Albert Coady Wedemeyer의 노여움을 살까 이 건의를 부정하고 문관인 우딩창에게 자신을 대표하여 공항에 나가 배웅하게 했다. Albert Coady Wedemeyer는 중국을 떠나던 8월 24일에 성명을 발표했다. "오늘 중국 각지에서 본 모습은 무정함과 냉담, 무관심을 보았다. 이런 문제를 해결하려는 노력보다 남을 탓하

---

559) 資中筠: 『美國對華政策的緣起和發展(1945—1950)』, 重慶: 重慶出版社, 1987년, 157, 158쪽.

560) 장제스 일기(친필본), 1947년 8월 22일, 23일, 미국 스탠퍼드대학교 후버연구소 소장.

고 외부의 지원으로 이 위기를 넘기려하고 있다." "중앙정부에서는 마땅히 즉각 넓은 범위에서 과감한 정치, 경제 개혁을 실행해야 한다. 말로만 해서는 아무런 도움도 되지 않는다. 눈에 보이는 행동으로 실시해야 한다. 조사에 응한 사람들은 모두 군사적으로 공산주의를 궤멸시킬 수 없다고 했다." "나라의 부흥은 현명한 지도와 도덕, 정신면에서의 새로운 출발만이 중국 내부의 문제를 해결할 수 있는 방법이다."[561]

이 성명, 특히 첫 마디는 본의 아니게 장제스의 제일 민감한 부분을 건드렸다. 이런 성명이 공개적인 장소에서 국민당 정부를 훈계하는 것보다 더욱 엄중했다. John Leighton Stuart는 8월 26일에 조지 마셜에게 이런 내용의 보고를 했다. "8월 25일 저녁, 장위원장은 나의 개인 비서 인 푸징보(傅涇波)를 그의 관저로 불러 Albert Coady Wedemeyer 특사단의 배경에 대해 상세하게 물었다." "이 예사롭지 않은 과정에서 재미있던 내용은 장 위원장이 미국 측에서 그에게 퇴직하라거나 기타 수단으로 자리를 내놓으라고 하는지 걱정했다는 것이다." 장제스가 예전과 달리 특별히 긴장을 하게 된 것은 Albert Coady Wedemeyer의 성명에 있는 "나라의 부흥은 현명한 지도"라는 말 때문이다.

그는 미국 정부에서 지도자를 교체 고려한다고 여겼다. John Leighton Stuart은 보고에서 이렇게 말했다. "나는 기회를 타서 장 위원장과 장춘 그리고 기타 중국의 주요 인사들에게 Albert Coady Wedemeyer장군이 국민정부위원회와 기타 장소에서 한 말들은 호의적으로 중국(국민당 정부)을 위해서 말했다."[562]

---

561) 秦孝儀 총편찬: 『蔣介石大事長編初稿』 卷六(下冊), 台北: 1978년 10월, 552, 553쪽.
562) 〔美〕 肯尼斯 雷, 約翰 布魯爾 編, 尤存, 牛軍 역: 『被遺忘的大使司徒雷登駐華報告』, 南京: 江蘇人民出版社, 1990년, 120, 121쪽.

Albert Coady Wedemeyer의 성명에 대해 국민당 여러 신문에서는 침묵했다. 『귀순(國訊)』의 난징 통신의 보도에는 이렇게 썼다. "8월 24일 『허핑일보』에는 「환송 Albert Coady Wedemeyer장군」이라는 보도를 마지막으로 정부나 준정부의 어떤 신문에서도 관련 보도를 찾을 수가 없었다." "Albert Coady Wedemeyer 장군을 하늘같이 떠받들었지만 미국으로 돌아가면서 발로 차버릴 줄이야. 서러운 처지의 비애구나."[563] 국민당 정부는 매우 난처한 처지에 몰렸다.

사실, 미국으로 돌아간 Albert Coady Wedemeyer는 9월 19일에 트루먼에게 자세한 보고서를 제출했다. 이 보고서에는 두 가지 요점이 있었다. 하나는 미국에서 계속 지원을 해야 한다는 주장이었다. 그는 이 주장에 대해 이렇게 썼다. "공산당 통치 하의 중국은 미국에 아무런 도움이 되지 않으며 해를 가져다 줄 것이다." "원조계획이 유효적으로 집행된다면 공산주의의 확장을 막을 수 있다." "미국 원조계획은 특수 군사와 군사범위에서 지속적으로 미국 고문의 감독 하에 진행되는 것이 최선이다." 둘째는 중국에 중미 양국의 담판 협정에 아래와 같은 내용을 규정해야 한다고 했다. "유엔은 중국에 만주(즉 중국의 동북지역) 전쟁을 즉시 중단하게 해야 하며 만주는 5개 강국(미국, 영국, 프랑스, 소련, 중국)의 감독 하에 있어야 한다. 적어도 유엔 헌장의 위탁관리제도 하에 존재해야 한다."[564]

유엔이 중국 동북 지역을 위탁 관리하자는 미국 정부의 건의가 언론에 보도되면 미국에 좋지 않은 영향을 가져오고 위탁 관리하는 방법이 실현하기 어렵기에 미국에서는 대 중국 지원문제에 결심을 내리지 못하고 있었다. 때문에 Albert Coady Wedemeyer가 보고를 제출했지만 아무런 반응도 없었다.

---

563) 盛天: 『一叶知秋話南京』, 『國訊』, 第431期, 1947년 9월 21일.

564) 『中美關系資料匯編』, 第1輯, 北京: 世界知識出版社, 1957년, 782, 783쪽.

이런 원인으로 트루먼은 이 보고를 기밀문서로 취급하여 봉인해버렸다. 당연히 계획했던 관련 보도도 취소되었다. 감감무소식이 되어 버린 Albert Coady Wedemeyer의 보고는 없던 일이 되어 버렸다. 10월 하순 미국 국무원에서는 다시 대 중국 정책을 심사 결정하기 시작했다. 조지 마셜은 미국 의회 상하원의 공청회에서 1948년 4월부터 15개월에 나누어 3억 달러의 '중국 지원금'을 제공하는 제안을 제기했다. 1948년 2월 중순, 미국 국무원에서는 정식으로 국회에 중국에 15개월 동안 5.7억 달러에 달하는 원조를 진행할 것에 관한 '대 중국 경제 원조법안'을 제기했다. 4월 2일, 미국 국회 상하원 합동회의에서 "대 중국 지원 법안"이 통과되었으며 12개월에 4.63억 달러의 경제 지원을 해주기로 했는데 그 중 1.25억 달러는 '특별 기부금'이었다. 하지만 이 시기 중국의 국내상황은 급격히 변화하였다. 이 계획은 계획대로 시행되지 못했다.

당시 미국 원조를 받기 위해 노력을 하던 주미 국민당 정부 대사 구웨이준도 미국의 원조에 큰 희망을 걸면 안 된다는 것을 잘 알고 있었다. 그는 회고록에 이렇게 썼다. "11월은 확실히 전환점이었으며 1948년 4월에 대 중국 지원 법안이 통과되게 만들었다. 하지만 이런 상황들이 미국 정부의 대 중국 정책의 변화를 의미하는 것이 아니라 반대로 객관적인 조건과 국회의 압박으로 원조를 제공하는 듯한 태도를 보이고 있는 것이다."

그는 그해 11월 13일에 조지 마셜과의 진실한 대화 내용을 기록했다. "중국 군사형세의 곤란은 미국의 지원이 없어서 만은 아니다. 물론 다른 원인도 있다. 그 원인에 대해 Walter Judd(중국 이름, 저우이더, 周以德, 당시 Walter Judd는 미국 하의원에서 중국에 대해 원조를 늘려야 한다고 주장한 의원이다.)는 누구보다 잘 알고 있을 것이다. 하지만 그는 Walter Judd와 이 문제로 논쟁하기 싫어했다. 논쟁이 커질수록 중국 정부(국민당 정부)에 더 큰 상처를 주기 때문이다." "근래 중국 정부의 요구에 따라 그는 겨우 억지로 중국의 타이완에서 시험적으로 군사훈련을 진행할 계획을 얻어 냈으나 결과에 큰 희망을 품지 않았다."[565]

1949년 7월 30일, 미국 국무장관 딘 애치슨은 트루먼에게 『중미관계백서』를 제출하면서 한 통의 편지도 넘겨주었다. 이 편지는 몇 년간 미국의 중국 지원 효과를 총결한 글이다.

> 항일전쟁이 승리한 후 미국 정부가 중국 국민당 정부에 증여 혹은 빌려준 총 금액은 약 20억 달러에 달했다. 이 숫자는 중국 정부 화폐지출의 50%이상을 차지하는 것이다. 미국 정부 예산과 비교할 때 이 금액은 세계대전 후 미국이 서유럽국가에 준 지원 금액보다 많은 숫자였다. 증여와 대출 외에도 미국 정부는 전쟁 후 남은 대량의 군용, 민용 물자들을 중국에 헐값으로 팔았다. 이런 물자들은 당시 시가로 계산하면 약 10억에 달했는데 협상을 통해 미국 정부에 약 2억 3천 2백 달러 만 지불했다. 하지만 항일전쟁이 승리한 후 중국에 공급한 대부분의 미군용품은 국민당 지도자들 군사 상 무능으로 병사들은 투지를 잃고, 투항과 배반으로 군용품들은 공산당 손에 들어갔다.
>
> 중국 내전의 결과는 불행하지만 피할 수 없었다. 이런 결과는 미국 정부에서 좌우할 수 있는 것이 아니었다. 미국은 합리한 그의 능력 한도에서 그들이 할 수 있는 최선을 다 했으나 결과를 변화시키지 못했다. 미국이 하지 않은 것은 국민당 패전의 결과에 영

565) 顧維鈞, 中國社會科學院近代史研究所 역: 『顧維鈞回憶錄』, 第6分冊, 北京: 中華書局, 1988년, 251, 255, 256쪽.

> 향을 미치지 못했을 것이다. 이것은 이는 중국 내부세력 투쟁 결과이며 이 세력에 미국도 영향을 주려했지만 효과가 없었다. 중국 국내의 결과는 이미 결정이 되었으며 설령 우리가 모든 힘을 다 했어도 이 결말은 여전히 변하지 않았을 것이다.[566]

딘 애치슨은 비록 미국이 능력 범위에서 그가 할 수 있는 방법을 다 했지만, 중국의 일은 중국 내부 상황에 따라 결정되는 것이기에 "미국 정부가 통제할 수 없다"고 했다. 이 편지는 미국의 진퇴양난의 처지와 속수무책의 심정을 그대로 보여주고 있다. 신화사 사평은 이 백서를 "속수무책의 자백"이라고 했다.

566) 『中美關系資料匯編』, 第1輯, 北京: 世界知識出版社, 1957년, 40, 41쪽.

제8장

중앙으로 돌파하여 다볘산(大別山)으로 나아가다.

제8장
중앙으로 돌파하여 다볘산(大別山)으로 나아가다.

국민당 정부와 그의 지지국인 미국 당국이 여러 가지 방면에서 좌절을 하여 혼란에 빠졌을 즈음 중국공산당 중앙과 마오쩌둥은 유리한 시기를 놓치지 않고 누구도 예측하지 못한 과감한 결단을 내렸다. 류보청, 덩샤오핑일 진지루위 야전군 주력 12만 명을 거느리고 황허를 건너 천리 밖의 다볘산으로 진군하기로 했다. 국민당군대의 공격이 계속되고 인민해방군이 수량과 무기면에서 국민당 군을 능가할 수 없는 시기, 주력을 즉시 포위선 밖으로 이동시켜 전쟁을 국민당 통치구역으로 돌려놓고 전략적 방어로부터 공격으로 바뀌게 되었다. 이는 뛰어난 결책이 아닐 수 없었다. 40여 년이 지난 후 덩샤오핑은 이렇게 회고했다.

> 해방전쟁 초기 반격의 문제를 제기하지 않았다. 당시 반격을 시작할 시기를 예측하기 어려웠다. 1946년 7월부터 1947년 6, 7월까지 1년 동안의 전투를 거쳐 반격의 시기가 왔다는 느낌이 왔다. 그 원인의 하나는 1년간의 전투에서 우리는 백여 개 여단의 적들을 궤멸시켰고 우리들의 장비도 개선되었기 때문이다. 다른 한 원인

은 객관적으로 볼 때 우리는 일찍 반격을 시작해야만 했다.[567]

이 두 가지는 모두 중요한 원인이었다. 첫 번째 원인은 해방전쟁이 시작할 때 국민당 군대의 병력은 해방군보다 훨씬 많았다. 양측의 무기와 장비, 화력의 차이는 더욱 컸다. 여러 지역의 해방군은 여전히 항일전쟁시기 유격대를 모아 결성한 부대이기에 큰 전투에 경험이 부족했다. 당시 해방군은 포위선 밖에서나 포위망 안에서의 전투 모두 적지 않은 여우곡절을 겪었다. 전쟁 최전선에서 전투를 지휘하는 지휘원들의 반복적인 토론과 실천의 검증을 통해 내선 작전을 위주로 한다고 확정지었다. 이렇게 결정하게 된 것은 옛 근거지의 군중들의 전폭적인 지지와 엄호를 받을 수 있으며 병력을 보충하고 식량을 공급받을 수 있고 부상병들이 안치장소 확보 등 많은 문제들을 힘들지 않게 해결할 수 있기 때문이었다. 또한 지휘관들은 형지의 지형을 잘 이해하고 있어 적들을 유인하여 이동작전 중에서 적들을 궤멸시킬 수 있었다.

쑤중, 루난과 산뻬이 등 전지의 전투는 모두 이런 방식으로 진행되어 뚜렷한 성과를 얻었다. 물론 이런 시도는 전투 방식을 시험하는 것이며 좋은 방법을 모색하는 과정이었다. 1년간 전투를 겪으면서 큰 변화가 일어났다.

국민당 군대의 주력 부대인 재편성한 74사단을 포함한 국민당 군대 97개 반의 여단을 궤멸시켜 해방군의 사기는 높아졌고 부대 편제는 충실해졌고 연속되는 전투를 통해 단련되었고 지휘관들은 전투를 통해 풍부한 경험을 축적했다. 또한 승전을 거쳐 대량의 무기를 획득했고 포로들로 병력을 추가하였기에 전투력은 크게 높아졌다. 만약 이런 조건이 마련되지 않았다면 전략 반격태세로 전환되지 못했을 것이다. 덩샤오핑은 다볘산에 도착해서 얼마 지

---

567) 中共中央文獻編輯委員會 편: 『鄧小平文選』, 第3卷, 北京: 人民出版社, 1994년, 338, 339쪽.

나지 않은 후 마오쩌동의 전략사상을 이렇게 설명했다. "그는 전쟁의 시작에는 적들의 포위권 안에서 전투를 진행해야 하며 일정 기간의 전투를 거쳐 적의 역량이 얼마만큼 쇠약해지면 포위권 밖의 장제스 관할 구역에서 전투를 해야 한다고 우리들에게 말했다." "전쟁초기 우리는 낙후한 무기들을 가지고 있고 작전 경험도 많지 못했다. 때문에 우리는 포위권 내에서 적들과 전투를 진행해야 했다. 이렇게 하는 것은 우리가 전투를 조직하기에 유리하며 우리의 세력을 발전시키는데 유력하고 경험을 쌓는데 유력했다. 먼저 포위권 안에서 전투는 필요했다. 우리는 이 전투에서 승리했다" "시기가 되면 우리는 마땅히 포위권 밖으로 나가야 한다. 아니면 불리해진다."[568]

두 번째 원인에 대해 알아보자. 당시 국민당은 여전히 해방구의 양측으로부터 대규모의 공격을 진행했다. 산뻬이 전지에는 21개 여단 총 20만 명의 병력이 있었으며 산동 전지에는 56개 여단 40만 명의 병력이 있었다. 하지만 이 두 갈래 병력의 세력은 박약한 상태였는데 멀리 펑링에서 지난까지의 "황허 방어선"을 에돌아 해방군의 남하를 막아야했는데 40만 명의 병력을 대체할 수 있다고 소리치며 다녔다. 전략 공격으로 전환하게 되는 시기에 바로 그들의 방어역량이 취약한 이 곳을 뚫고 황허를 건너 다베산으로 진군하려 했다. 류보청은 이렇게 썼다.

> 다베산은 국민당의 수도인 난징과 창장 중류지역 요지인 우한 사이에 위치한 후베이성, 허난성, 안훼이성의 접경지역에 위치하고 있어 전략적으로 적들이 제일 민감해하는 지역이며 제일 취약한 지역이다. 또한 예전에 이 지역은 오래된 혁명근거지였다. 장기간

568) 中共中央文獻編輯委員會 편: 『鄧小平文選』, 第1卷, 北京: 人民出版社, 1994년, 97, 98쪽.

의 혁명투쟁을 거쳐 단련된 광대한 군중들은 다년간 유격전을 견지하고 있어서 우리가 자리를 잡고 세력을 키우기 용이한 지역이다. 우리 군이 다베산을 점령하게 되면 동쪽으로 난징을 위협하고, 서쪽으로 우한을 협박하고, 남쪽으로 창장을 지키고, 중원을 감제(瞰制)할 수 있다. "자기의 잠자리 옆에서 다른 사람의 코고는 소리가 나게 할 수는 없다!"고 장제스는 기필코 산동, 산뻬이의 부대를 보내 이 지역을 잃지 않으려할 것이다. 이런 적들의 움직임이 바로 우리가 바라는 전략 목표이다.[569]

주력부대를 포위권 밖으로 이동시켜 전쟁을 국민당 구역으로 이전하려는 다른 한 목적은 국민당이 해방구에서 전쟁을 진행하여 해방구의 인력, 물력을 소모하여 해방군이 오랫동안 전쟁을 진행할 수 없게 하려는 목적을 철저히 파괴하려는데 있었다. 이는 아주 중요한 원인이기도 했다. 앞에서 지속적인 내전은 국민당 통치구역에 엄중한 재정경제위기를 몰아왔다고 했다. 그렇다면 해방구의 경제에는 어떤 영향을 미쳤는가? 우선 해방구와 국민당 통치구역의 몇 가지 근본적인 부동함을 알아야한다.

첫째, 해방구는 거의 모두 농업지역이며 그들은 자급자족 자연경제 상태에 처해있기에 시장 변화와 물자 부족의 영향을 적게 받고 있었다. 둘째, 초보적인 토지개혁을 거친 농민들의 생산 적극성은 크게 향상되었으며 그들은 공산당을 자신들의 운명공동체로 생각하고 있었다. 셋째, 해방구 정부와 군대는 군중들과 동고동락하며 백성들과 함께 어려운 생활을 하고 있었기에 첨예한 사회모순이 발생하지 않았다. 하지만 1년 동안 해방구에서 진행된 전투

---

569) 中國人民解放軍軍事學院 편: 『劉伯承軍事文選』, 北京: 解放軍出版社, 1992년, 582쪽.

는 국민당 군대 세력을 약화시켰으며 해방군은 큰 승리를 거두었지만 해방구를 엄중히 파괴했다. 만약 이런 상황이 지속된다면 해방구 경제도 고갈되어 오래 견디기 힘들었다. 이 역시 홀시할 수 없는 일이었다. 진지루위 야전군 제2종대 사령관 천짜이다오(陳再道)는 이렇게 회상했다. "몇 달 전 지루위 지역에서 일진일퇴식 전투를 했다. 점령했다 빼앗겼다를 반복하면서 일부 지방 백성들의 밭갈이소, 돼지, 양, 닭, 오리 등 가축들이 모두 도살당했다.

밭에서는 곡식이 없고 부대는 먹을 것도 없어 전투를 진행하기 어려웠다. 당시 진지루위 변구 정부 재정수입 대부분은 군비로 지출되었다. 한 병사가 1년에 약 3천근 좁쌀을 먹는다. 야전군, 지방군 초 40만 명의 병사들이 있었는데 이런 상황에서는 병사들의 먹는 것, 입는 것, 무기 등등을 포함한 지출을 감당하기 어려웠다. 우리가 하루 빨리 포위를 뚫고 나간다면 해방구인민들의 부담을 하루 빨리 줄일 수 있다. 전쟁은 군사, 정치, 경제를 포함한 총체적인 전투이다. 아무리 강한 군대라고 해도 먹을 것이 없다면 전투를 진행하기 어렵다."[570] 중국공산당 중앙은 이후의 전략을 제정할 때 이런 현실을 고려하지 않을 수 없었다.

이 점에 대해 덩샤오핑은 당시에 확실한 설명을 했다. 그는 이렇게 말했다. "10년 간 진행된 소비에트시기 내전에 참가한 동지들은 이 점을 이해하기 쉽다. 당시 적들은 중앙 소비에트 지역이나 어위완(鄂豫皖)[571] 소비에트 지역, 샹어시(역자 湘鄂西, 후난성·후베이성 서부 접경지역)소비에트 지역을 사면팔방으로 포위하였다. 적들은 소비에트 지역의 변경지역과 소비에트 지역 내부에서 전투를 진행하여 소비에트 지역의 인력, 물력, 재력을 소모하여 우리들의 자원을 고갈시키고 있다. 우리가 군사적으로 우세에 처해도 오래 견지 하지

---

570) 陳再道: 『陳再道回憶录』(下), 北京: 解放軍出版社, 1991년, 122, 123쪽.

571) 어위완: 후베이성, 후난성, 안훼이성 접경지역.

못한다." "지루위를 볼 때 1년간의 내전을 거쳐 농민들의 닭, 돼지 등 가축들은 많이 줄어들었다. 마을의 나무들도 적어졌다. 계속 해방구에서 전투를 진행한다면 우리는 견딜 수가 있는가? 만약 우리가 내선에서 작전을 하는 것이 편하여 이를 견지하려 한다면 우리는 적들의 독계(毒計)에 빠진 것이다."[572]

때문에 인민해방군은 내선에서 진행하던 전투를 포위선 밖으로 이동시키고 전략 방어를 전략 공격으로 바꿀 필요가 있으며 이는 실행 가능했다. 이는 '적당한 시기'에 내려진 결정이었다.

류보청, 덩샤오핑이 영도하는 진지루위 야전군은 오랫동안 적들에게 노출된 지역에 있었다. 딩타오전역 이후, 그들은 계속 전진하면서 연속작전을 했다. 그들은 산동성 서남 지역, 위뻬이, 진난 지역 등 넓은 지역에서 대량의 적들을 궤멸시켰다. 그중 1947년 3월 하순 부터 5월 하순까지 두 달 동안 진행된 반격에서 국민당 군 임시 편성 제3종대 쑨뎬잉(孫殿英)부대, 제2쾌속종대 리서우정(李守正) 부대 등 4만 5천여 명의 적들을 궤멸시켜 탕인(湯陰) 등 9개 현성과 남북으로 150여 킬로미터, 동서로 100여 킬로미터의 지역을 해방하고 핑한철도 150여 킬로미터를 통제했다. 이 전투를 거쳐 대량의 식량과 기타 군용물자를 포획했고 위뻬이에 있는 국민당 군대가 안양(安陽), 지현(汲縣), 신샹 등 몇 개의 고립된 거점으로 후퇴하게 했다. 제2종대 사령관 천짜이다오는 이렇게 썼다. "위뻬이의 전투는 현지 인민들의 환영을 받았다. 인민들은 오랫동안 그들을 압박하고 착취했던 포악한 지방세력들을 궤멸시켰기에 여간 기뻐하지 않았다."[573] 진지루위 근거지의 후방은 더욱 튼튼해졌으며 공격으로의 전환되는 해방군의 전략에 유리한 조건을 갖추었다.

다베산으로 진군하는 계획에 대해 중국공산당 중앙은 오래전부터 판을 깔

572) 中共中央文獻編輯委員會 편: 『鄧小平文選』, 第1卷, 北京: 人民出版社, 1994년, 97, 98쪽.
573) 陳再道: 『陳再道回憶录』(下), 北京: 解放軍出版社, 1991년, 112쪽.

고 계획했다. 전면 내전이 폭발하기 직전인 1946년 6월 22일, 중국공산당 중앙은 류보청, 덩샤오핑, 보이보(薄一波) 등에게 이런 내용의 전보를 보냈다. "전체적인 국면이 파열된 후 당신들이 아래의 방안을 고려해보기를 바란다. …… 만약 형세가 우리에게 유리할 경우 타이항(太行), 산동의 주력 부대는 화이허를 건너 다베산, 안칭(安慶), 푸커우 일대로 전진한다. …… 만약 화이허를 건너 남쪽으로 가면 국민당 구역에서 인력, 물력들을 징용하여 우리의 옛 해방구가 파괴되지 말게 해야 한다."[574] 하지만 당시의 상황에서는 이런 작전을 선택할 형편이 아니기에 이는 선택 방안이었을 뿐 작전 계획이 아니었다.

그 후 중원에서 돌파를 하는 부대를 지원하기 위해 중국공산당 중앙에서는 1947년 1월 24일에 류보청, 덩샤오핑에게 5월부터 중원에서 점차 포위권을 뚫을 준비를 하라고 요구했다. 얼마 지나지 않아 포위를 뚫는 전투에 참여한 부대는 국민당 군 '포위 토벌' 포위권을 벗어나게 되자 중앙군사위원회에서는 류보청, 덩샤오핑 대군에게 완전히 포위를 뚫고 나가는 시간을 조금 늦출 것을 결정했다.

진지루위 야전군이 위뻬이에서의 반격이 거의 끝나가자 인민해방군이 전략적 공격을 시작할 시기가 되었다. 5월 4일, 중국공산당 중앙에서는 류보청, 덩샤오핑 등에게 아래와 같은 내용의 전보를 보냈다. "류보청, 덩샤오핑 부대 10만 병력은 지금부터 즉각 휴식을 하며 사동(작가 巳東, 6월 1일) 전에 정돈을 끝내야 한다. 사동 이후 독립적으로 지루위를 거쳐 중원에서 빠져 나온다. 위완쑤(豫皖蘇)[575] 변구 및 지루위변구를 근거지로 창장 북쪽, 황허 남쪽, 퉁관(潼關), 난양(南陽) 일대 동쪽, 진푸로 서쪽을 기동지역으로 정저우와 우

574) 中共中央文獻研究室 편: 『毛澤東文集』, 第4卷, 北京: 人民出版社, 1996년, 127, 128쪽.

575) 위완쑤: 허난성, 안훼이성, 장쑤성의 접경지역.

한을 공격하거나 카이펑, 쉬저우를 점령하고 뉴산(牛山)을 점령하거나 다볘산을 점령하기에 모두 유력하며 기동작전에 유리하다. 또한 천·쑤(陳·粟, 천이와 쑤위)와 긴밀한 배합작전을 하기에 용이하다. 공동으로 진행해야 할 전투가 있으면 천·쑤는 류보청, 덩샤요핑의 지휘를 받는다."[576] 휴식과 정돈을 거친 류보청, 덩샤오핑 대군이 즉각 중원에서 포위를 뚫고 나가라는 명령이며 국민당 통치구역에서의 구체적인 배치를 제시한 것이며 다볘산을 다음 남하 목표로 한다는 것이다. 하지만 전보에는 "다볘산을 공격하는 시간은 상황에 따라 결정한다"고 했다. 여기서 다볘산을 공격할 구체적인 계획은 아직 결정되지 않았음을 알 수 있다.

나흘 후 중국공산당 중앙군사위원회에서는 류보청, 덩샤오핑, 천에게 전보를 보내 류보청, 덩샤오핑 대군이 6월 10일에 황허를 건너 남쪽으로 진군한 후 중원으로 공격하여 이 지역에서 "장기간 발붙이게 된다"고 했다. 6월 2일 류·덩은 중앙에 "6월 10일에 출격한다면 지금 적들과 우리 부대의 상황에 따른 준비가 부족할 수 있다. 촉박하게 전투를 준비하면 이후의 임무 완성에 영향을 미치게 될 수 있기에 이번 달 말에 강을 건너는 것이 좋을 것 같다"고 건의 했다. 3일 중앙에서는 류·덩에게 "이번 달 말까지 류, 덩 야전군 전체 부대는 휴식 정돈을 계속하고 강을 건너는 시간을 이번 달 말로 미룬다." "주력부대의 남하에 대해 장기적인 계획을 해야 하며 정치적, 물질적인 준비 사업을 확실하게 할 것을 바란다."[577]는 내용의 전보를 보냈다.

중원으로 진군한 후 통일적인 영도에 적응하기 위하여 중국공산당 중앙은

---

576) 中共中央文獻研究室, 中國人民解放軍軍事科學院 편: 『毛澤東軍事文集』, 第4卷, 北京: 軍事科學出版社, 中央文獻出版社, 1993년, 50쪽.

577) 中共中央文獻研究室, 中國人民解放軍軍事科學院 편: 『毛澤東軍事文集』, 第4卷, 北京: 軍事科學出版社, 中央文獻出版社, 1993년, 64, 79, 91쪽.

5월 16일에 덩샤오핑·류보청·리셴녠으로 구성된 중국공산당 중앙 중원국을 성립하기로 결정했다. 덩샤오핑을 서기로 임명하고 그 후 수샹첸(徐向前)을 진지루위 군관구 제1 부사령관으로 임명하여 류·덩 야전군이 남하한 후 군관구의 사업은 수샹첸과 부정치위원인 보이보 등의 주최 하에 진지루위 근거지가 더욱 견고해지고 지속적인 발전을 가져올 수 있게 했다.

중국공산당 중앙의 요구에 따라 6월 10일 류보청·덩샤오핑은 각 부대의 지도자들이 참석한 회의를 개최하였다. 회의에서 전략 공격으로 전환하기 위한 각항 준비 사업을 토론 연구했다. 22일 류·덩은 도하 강행을 위해 산동성 서남쪽 전투를 진행할 것을 명령했다. 전투가 시작 되지 며칠 전 타이항, 허베이성 남부 군관구 부대를 주력 부대로 위장하여 허난성 북쪽 지역에서 대규모 공격을 하여 적들의 주의력을 유인하도록 했다. 반면 주력부대는 은폐하면서 신속하게 허난성 북쪽지역에서 도하 지점으로 이동했다.

6월 30일, 진지루위 야전군 제1, 제2, 제3, 제6 등 네 개 종대 12만 명은 산동성 서남지역에서 거침없이 동쪽으로 흐르는 황허 도하를 강행했다.

당시 장제스는 대량의 병력을 동원하여 국민당 통치구역의 "반 기아, 반 내전 운동"을 진압하고 있었다.

같은 날 장제스는 일기에 이런 군사 배치 계획을 썼다. "지금 잠시 방어를 해야 한다. 지금 있는 거점을 굳게 지키고 군대를 정리 보충한다. 후방을 건설하여 공산당의 공격을 대비해야 하는 것이 어떨까?"[578] 불가마에 오른 개미 신세가 된 그는 위급한 전선의 상황을 고려할 틈도 없었다. 국민당 군 총사령부에서는 류·덩 대군이 별안간 그들의 방어가 취약한 곳으로부터 황허를 건너게 될 것을 생각지도 못했다.

---

578) 장제스 일기(친필본), 1947년 6월 10일, 미국 스탠퍼드대학교 후버연구소 소장.

당시, 국민당 군대 주력은 산동과 산뻬이에서 공격을 하고 있었으며 산동성 서남부지역은 방어 태세였다. 그들은 천연 요새인 황허에 의지하여 해방군의 남하를 막으려 했다. 허난 카이펑부터 산동 둥아까지 250킬로미터 황허 방어선에는 제4 쒜이징 군관구 류루밍(劉汝明)이 인솔하는 재편성한 제55사단과 제68사단 총 6개 연대와 현지 지방부대가 황허 방어선의 주요 도신인 원청(鄆城), 허쩌지구에 주둔하고 있었다.

이 두 사단은 원래 서북군 재편성한 제55사단 한푸주(韓复榘)의 옛 부대였고 재편성한 제68사단은 원 제29군단 류루밍의 부대였다. 장제스의 직계 부대가 아닌 이 두 부대는 장제스의 배척을 받았기에 그들의 병력은 점점 줄어들었다. 그들은 그들 자신들의 실력을 보존하려고 했기에 전투를 피하기 급했으며 병사들의 사기는 높지 않았다. 더욱 긴 황허 방어선을 지키기엔 턱 없이 부족한 병력이었다. 류·덩 대군이 쥐도 새도 모르게 황허 기슭에 도착하였을 때 이 부대의 지휘관인 류루밍은 정저우로 가고 없었다. 류·덩은 도하지점을 동아와 푸현(濮縣) 사이로 정했다. 이 지역은 물살이 세고 황허의 수면이 넓기에 적들은 이 지역의 방어에 크게 신경을 쓰지 않았다. 사전에 해방군은 주밀한 계획을 세웠고 돌연 작전을 했기에 대군은 무척 순조롭게 황허를 건널 수 있었다. 제1 종대 참모장 판옌(潘焱)은 이렇게 기억했다.

> 이 시각 해방구의 광대한 군중들은 각급 당위원회의 영도 하에 해방군을 지원하는 열기가 일어났다. 5만여 명 민병들과 노동자들이 전투에 참가했다. 지루위행서와 군관구에서는 황허 연안의 군중들을 동원하여 8천여 명이 동시에 황허를 건널 수 있는 120여 개의 나무배를 만들었다. 또한 도하 지휘부를 조직하여 사공들과 선공(船工)들을 훈련시키고 도하 예정 지역의 지형과 적들이

> 상황에 대해 주밀한 조사를 진행했다.
>
> 우리가 부대를 이끌고 황허 북쪽 연안에 이르렀을 때 현지에 있던 적군들은 우리들을 발견하지도 못했다. 자정 12시 정각, 우리 군은 포를 쏘고 공격을 시작했다. 하늘을 진동하는 폭격 소리는 깊은 밤의 적막을 깨뜨렸고 황허 연안은 불바다가 되었다. 우리 지휘원들은 배를 타고 황허 남안으로 갔다. 우리 군 제1 대열의 3개 종대는 적들이 방어하는 양측과 경계지역의 8개 구간으로부터 황허 도하작전을 개시했다. 적들은 비록 황허의 급물살과 넓은 수면, 주야로 진행되는 공군의 폭격으로 방어를 하려 하였지만 우리 군 포화와 남쪽 지역 부대의 유력한 협력 하에 진지루위 야전군 주력 4개 종대 12만 여명은 류보청 사령, 덩샤오핑 정위의 인솔 하에 돌연적 신속한 동작으로 300여 리의 지역에서 적들의 황허방어선을 돌파했다.[579]

장제스가 크게 기대하고 있던 '황허전략'은 하룻밤 사이에 무너졌다. 산동 서남지역의 국민당 군대는 류·덩 대군의 돌격하는 앞길에 완전히 드러났다. 바로 이 날 저녁, 중국 인민해방군 전략적 공격의 서막이 열렸다.

그 시기 군사 면에서 장제스의 주의력은 모두 동북 쓰핑가 방어와 루중의 난마(南麻) 전투와 화북의 텐진 외각 전투에 있었고 이 전투들은 이미 그를 힘들게 했다. 류·덩 대군이 승리적으로 황허 요새를 돌파했다. 장제스는 처음에 공산당의 일반적인 이동으로 생각했다. 7월 "금월 대사 예정표"의 제11

579) 潘焱: 『一縱隊在魯西南的戰役中』, 楊國宇, 陳斐琴, 王偉, 李鞍明 편: 『劉鄧大軍風云彔』 (上), 北京: 人民日報出版社, 1983년, 25, 27쪽.

향에야 "강을 건너려는 류보청 부대를 궤멸"[580]이라는 내용이 적혀 있었다. 이 돌파구를 막기 위해 그는 선후로 위뻬이 전지와 위완쑤 전지에서 3개 재편성한 사단(재편성한 제32사단, 제66사단, 제58사단)과 한 개 여단을 보내 지원했다. 자샹(嘉祥)지역에 있던 재편성한 제70사단과 합류한 후 산동으로부터 제2병단 사령 왕징주를 보내 통일적으로 지휘하게 했다. 국민당 군은 두 갈래로 나뉘어 당타오·쥐예(巨野)로 진군했다. 그중 주력 부대는 오른쪽으로부터 진군하고 있는 3개의 재편성한 사단이었다. 그들은 모든 역량을 동원하여 윈청을 지켜 내고 해방군의 남하를 막은 다음 오른쪽의 주력은 해방군의 옆으로부터 습격하여 해방군과 결전을 거쳐 해방군을 황허와 운하의 삼각지대에서 궤멸시키거나 해방군을 황허 북쪽으로 철수하게 하려고 했다.

류보청·덩샤오핑은 국민당군의 이 계획을 꿰뚫어 보고 있었다. 그들은 이런 적들의 계획을 이용하여 "한 곳을 집중 공격하여 적들의 병력을 유인한 다음 하나씩 격파"하기로 했다. 즉 제1종대 4개 여단은 여전히 윈청을 포위 공격하여 북상하는 국민당의 지원군을 유인하고 제2종대와 제6종대의 한 개 여단은 딩타오, 차오현을 공격하고 제3종대는 적들의 옆측 뒷면으로 이동하여 기회를 기다리도록 했다. 이는 "적들의 지원군 주력이 오기 전에 윈청·딩타오·차오현의 적들을 궤멸시키고 다음 병력을 집중시켜 기동작전으로 지원하러 오는 왕징주 병단의 주력부대를 궤멸"[581]시키려는 작전이었다.

윈청 전투는 산동 서남지역에서의 첫 전투였다. 첫 전투의 승패는 전체 국면에 큰 영향을 미치게 되었다. 윈청은 산동 서남의 오랜 역사를 가진 도시였다. 벽돌로 만든 성벽은 높이가 7미터, 두께가 3미터나 되었으며 사면에 하

---

580) 장제스 일기(친필본), 1947년 7월 1일 『本月大事預定表』, 미국 스탠퍼드대학교 후버연구소 소장.

581) 第二野戰軍戰史編輯委員會 편: 『中國人民解放軍第二野戰軍戰史』, 第2卷, 北京: 解放軍出版社, 1990년, 155쪽.

나씩 옆으로 된 문이 있으며 성벽 밑에는 깊이 2~3미터, 너비 3~5미터의 해자가 있었다. 성벽 위에는 보루가 많이 만들어져 있고 서남쪽으로 300미터 떨어진 곳에 3개의 큰 보루와 20여개의 화력점을 가지고 있어 교차적인 화력 방어를 할 수 있었다. 해자 밖에는 녹채와 두 겹으로 된 철조망이 둘려져 있었다. 성 내도 보루가 있어 성벽과 함께 여러 겹으로 된 방어 체계를 형성하고 있었다.

제1종대가 황허를 건넌 후 잠시도 쉬지 않고 매 시간 6킬로미터 이상의 속도로 윈청을 향해 급행군했다. 적 수비군이 생각지 못한 곳을 돌격 지역으로 했다. 7월 7일 총 공격이 시작되고 공격 위치에서 우세의 병력과 맹렬한 무력으로 저녁에 육박전과 수류탄을 이용하여 적들을 궤멸시켰다. 8일 새벽녘 수비군 재편성한 제55사단 사단지휘부와 두 개 여단 및 현 보안대대를 포함한 총 1만 5천여 명의 적들을 궤멸시켜 한 개 종대 단독으로 두 개의 여단을 궤멸시킨 선례를 창조하고 대 반격에서 처음으로 중대한 승리를 거두었다.

국민당 군대는 견고한 수비능력을 가지고 있는 도시가 이렇게 빨리 함락된 원인을 이해하기 힘들었다. 류·덩 주력부대의 윈청 돌연 습격에 장제스는 아무런 준비도 못했다. 그는 7월 8일의 일기에 이렇게 썼다. "교활한 공산토비 주력의 위치를 알 수가 없다. 이는 떠돌이 도둑들의 관용된 수법이여 큰 재주는 아니다." 이어서 그는 "아침 일과가 끝난 후 윈청 함락의 소식을 받았다.

모싼이 이미 타이안 부대에 적을 포기하고 이동하라고 명령했다. 장병들이 아무런 지식이 없으니 참으로 고통스럽다."[582] 국민당 군 재편성한 55사단 부사단장 리밍야(理明亞)은 생포된 후 이렇게 말했다. "지금 우리는 의기소침한 상황이다. 하급 관병들은 물론 제일 심각한 것은 우리와 같은 장병들인데 수

582) 장제스 일기(친필본), 1947년 7월 8일, 미국 스탠퍼드대학교 후버연구소 소장.

성 가능성에 믿음을 잃은 지 오래되었고 지원은 하루하루 늦어지기만 했다." 방금 난징에서 훈련을 받고 돌아온 그는 이렇게 이어서 말했다. "최근 장제스가 주최한 상교 이상 군관 훈련에서 두 가지 문제를 해결 하려 했다. 전술 방면에서 검토를 했고 특히 병사들의 사기 문제를 해결하고자 했다." "별다른 방법이 있겠는가? 총지휘부에서 자신들의 전략적 착오를 절대 인정하지 않고 장병들이 전술을 주의하지 않고 자신들의 명예에 관심이 없어 많은 장병들이 생포되고 있다고 질책하고 있다. 장제스는 영광과 치욕을 함께 하자는 말을 했다. 그는 나는 이미 늙어서 별 상관이 없지만 당신들은 열심히 해야 하며 실패하게 되면 공산당 혁명의 상대가 되게 된다고 했다. 하지만 이런 발언들이 무슨 문제를 해결할 수 있는가?"[583]

원청 함락 전후인 6일과 10일에 해방군은 차오현과 딩타오를 점령하고 두 지역의 수비군을 섬멸했다. 이렇게 남하한 각 종대는 지원하러 오는 국민당군을 차단할 여유가 생기게 되었다.

장제스는 황허의 천연 요새를 믿고 있어 류·덩 대군이 제일 험악한 지역을 선택하여 황허를 건너리라 생각지 못했다. 때문에 그는 산동 서남의 작전에서 병력이 분산되고 모두 지원이 필요한 피동적 위치에 처하게 되었다. 원청의 함락으로 오른쪽으로 육속 진군하여 지원하러 오는 국민당 3개 재편성한 사단은 고립된 장사진을 형성하여 진퇴를 결정하지 못하고 원청 동남방향에 있는 3개 작은 도시에 주둔했다. 서로 15킬로미터씩 떨어져 있는 국민당 부대는 해방군이 움직일 방향과 공격할 지역을 파악하지 못해 갈팡질팡하고 있었다. 꾸주통은 류·덩 대군의 다음 작전은 산동 중부를 공격하는 화동야전군과 협동 작전을 하기 위해 동쪽으로 운하를 건너거나 룽하이 철도를 넘어

---

583) 菏澤地區出版局 편: 『魯西南戰役資料選』, 濟南: 山東人民出版社, 1982년, 297쪽.

쉬저우를 공격할 것이라고 잘못된 판단을 했다. 주저하는 국민당 군대는 해방군에 돌연습격으로 적들을 분할 시켜 궤멸시킬 수 있는 좋은 기회를 마련해주었다.

전투는 7월 13일에 시작되었다. 류보청은 이렇게 회상했다. "마오주석은 적들을 많이 섬멸할수록 다베산 진군에 더욱 유리하기에 염려 말고 많은 적들을 궤멸시키라고 했다. 우리는 적의 끝머리부터 습격하여 적들을 분할하여 포위했다. 두산지(獨山集)에 있던 적들은 허둥지둥 류잉지(六營集)로 도망쳤다. 14일, 류잉지전투가 시작되었다. 우리는 '3면을 포위하고 한 면을 남겨' 그들에게 길을 만들어 주었고 호주머니 모양의 포위진을 만들었다.

저녁이 되자 우리 군은 적군의 서쪽을 맹공격했다. 적들은 금세 혼란에 빠졌고 모두 동쪽으로 달아나 '호주머니'에 들어갔다. 적군 3개 반의 여단과 두 개 사단(저자 재편성한 제32사단과 제70사단)도 우리의 공격에 완전히 궤멸되었다."[584] 이번 전투에서 국민당 군 1만 9천여 명을 궤멸시켰는데 1만 5천여 명은 생포했다.

이 전투도 장제스의 예상을 빗나갔다. 전투가 시작된 다음 날에야 그는 조급해졌다. 7월 14일의 일기에 이렇게 썼다. "산동 서부를 지원하러 간 양산지(羊山集) 66D와 류잉지 32D, 70D는 포위되어 심각한 상황이고 병사들의 사기가 없고 장병들은 겁이 많아 정신적으로 이미 패전했다." 15일에는, 제70사단이 이미 "종적을 찾을 수가 없고", 제32사단도 "늦은 밤이 되어도 여전히 행방불명이다"고 적었으며 "오늘이 가슴이 제일 타는 날이고 심리적으로 극도로 피로하다"[585]고 했다. 국민당 측에서 편한 전쟁사에는 이렇게 기록했다. "제1병단 편성 초기 3개의 재편성한 사단이 있었다. 윈청을 지원하기 위해 8일

584) 中國人民解放軍軍事學院 편: 『劉伯承軍事文選』, 北京: 解放軍出版社, 1992년, 585쪽.
585) 장제스 일기(친필본), 1947년 7월 14일, 15일, 미국 스탠퍼드대학교 후버연구소 소장.

사령부는 진샹(金鄕)에 주둔하고 9일에 즉각 북쪽으로 진군하여 저녁이 되어 류잉지·두산지·양산지에 도착하였다. 다음날 계속 북쪽으로 진군하기 위하여 긴 형태의 대오를 형성했다. 이 시기 윈청이 함락되었다는 소식을 들은 84사단은 량산(梁山)을 떠났다. 병단 작전의 목적은 마땅히 변경되어야 했다. 이 부대 사령은 이후의 전투에서 우유부단하게 지휘하여 각 사단은 진퇴 모두 어렵게 되어 제자리에서 명령을 기다리게 되었다. 12일 저녁이 되자 류보청 공산토비부대의 접근은 점차 명확해졌다. 사령부에서는 13일 아침에 각 부대를 양산지 동남부에 집결시키려고 했다. 하지만 사단부에서 명령을 하달하기 전에 적들에 막혀 부대 모두 섬멸되었다."[586]

산동 서남 전역에서 제일 격렬한 전투는 양산지 전투였다. 이는 국민당 오른쪽 지원군 장사진의 꼬리 부분과의 전투였다. "양산지는 천 호가 살고 있는 큰 마을이다. 북쪽에는 마치 양이 누워있는 모양과 같은 4리 길이의 산이 동서에 놓여있었다. 때문에 양산지라는 지명이 생겼다. 지형이 험악하고 적들의 방어공사도 완비했으며 연일 큰 비가 내렸다. 마을 동·서·남 삼면에는 물이 고여 있어 접근할 방법이 없었다."[587] 이 곳에 주둔하고 있는 재편성한 제66사단은 친청의 기본 부대이며 선진 장비를 가지고 있으며 대대장 급 간부들도 군관학교 졸업생이며 군사 소질이 있었다. "중장 사단장 송뤠이커(宋瑞珂)는 황푸군관학교 제3기 학생이고 육군대학장관반에서 학습한 경험도 있었다. 송은 비교적 영리하고 능력이 있어 국민당 부대에서도 뛰어난 고급 장교였다. 1946년 6월, 국민당 부대가 다베산에서 우리 군 리셴녠 부대를 포위

---

586) "三軍大學"편찬: 『國民革命軍戰役史第五部－「戡亂」』, 第3冊(下), 台北: "國防部史政編譯局", 1989년 11월, 652쪽.

587) 吳先洪: 『魯西南戰役散記』, 楊國宇, 陳斐琴, 王偉 편: 『劉鄧大軍征戰記』, 第2集, 昆明: 云南人民出版社, 1984년, 8쪽.

공격할 때 바로 송뤠이커가 부대를 거느리고 전면내전의 첫 총소리를 울렸다."[588] 장제스도 일기에서 "뤠이커는 우리 군의 걸출한 장교다."[589]고 했다. 때문에 양산지 전투는 산동 서남 지역에서의 기타 전투보다 훨씬 어려웠다.

양산지를 공격한 부대는 제2종대, 제三종대와 지루위 독립 여단이었다. 7월 17일 해질 무렵부터 각 갈래의 돌격 부대는 양산지를 향해 공격을 개시했다. 재편성한 제66사단은 양산지의 감제고지에서 포화와 경중기관총으로 맹렬하게 반격했다. 해방군은 많은 사상자가 발생했다. 19일, 또 큰 비가 내리기 시작했고 교통 도로와 방어 해자에는 물이 가득 찼다.

이는 해방군의 공격에 큰 장애가 되었다. 그 후 며칠 동안 해방군은 차근차근 한 걸음 한 걸음씩 앞으로 나아가며 폭우 속에서 양산지 주위에 해자를 파면서 국민당 최전방 60미터 앞까지 다가갔다. 수차례의 진퇴를 반복하면서 수많은 희생의 대가로 적들의 보루를 하나하나씩 점령했다. 장제스는 재편성한 제66사단을 특히 중요시했다. 바로 7월 19일에 그는 카이펑으로 날아가서 전투 전 장교회의를 소집했다. 회의에서 그는 제2병단 사령관 왕징주에게 부대를 거느리고 진샹에서 출발하여 양산지의 국민당 군을 지원하라고 명령하고 위뻬이의 제4병단 사령관 왕종롄(王仲廉)에게 차오현에서 출발하여 양산지를 지원하라고 했다. 하지만 이 두 갈래 지원군도 해방군의 완강한 공격에 막혔다. 왕중롄 부대는 양산지와 하루의 노정의 거리가 떨어져 있었고 왕징주 부대는 양산지와 20여리 떨어져 있었지만 재편성한 66사단을 구하지 못했다. 재편성한 제66사단은 6일간의 식량만 가지고 길을 떠났기에 식량도 모자라고 탄약도 떨어져 공군이 투하한 물건으로 간신히 지탱하고 있었다.

27일 해질 무렵 해방군은 총 공격을 진행하여 저녁 10시에 양산의 감제고

---

588) 陳再道: 『陳再道回憶彔』(下), 北京: 解放軍出版社, 1991년, 129쪽.

589) 秦孝儀 총편찬: 『蔣介石大事長編初稿』 卷六(下冊) 台北: 1978년 10월, 526쪽.

지를 점령하고 양산지에서 적들의 보루 하나씩 수색하며 쟁탈전을 벌였다. 28일 점심 송뤠이커는 대세가 이미 기울어진 것을 보고 무기를 놓고 투항했다. 훗날 그는 당시 상황에 대해 이렇게 말했다. "7월 24일, 해방군은 이미 양산지 중간의 약 3분의 1의 지역을 점령했다. 이 시기 우리들의 탄약은 얼마 남지 않았고 탄약 공급이 중단된 지 오래되었다. 포병부대의 군마는 상하여 한 곳에 모여 있고 죽은 말고기로 간신히 허기진 배를 달래고 있다." "28일 점심 때 서북쪽은 이미 무너졌다. 나는 전투를 계속하게 되면 양측 모두 더욱 많은 사상자만 날 거라고 판단하여 저장(浙江)성 자산(嘉善) 출신인 중위를 (이름은 기억나지 않는다) 불러 양산지 동쪽으로 나가 해방군의 한 중대장을 찾아 데려오게 한 다음 전투 중단 의사를 전달하게 했다."[590] 12일간 밤낮으로 진행된 전투는 이렇게 계속되었다. 이 전투에서 국민당 군 총 1만 4천여 명을 전멸시켰는데 양산지 밖에서 진행된 전투에서 전멸한 국민당 군까지 포함하면 총 2만 3천여 명을 전멸했다. 장제스의 명을 받들고 지원하러 온 국민당 제4병단 사령관 왕종롄은 이 전투의 실패로 인해 해직을 당하고 조사를 받았다. 장제스는 "황허 북쪽의 공산당 토비들은 산동성 서쪽까지 발을 들여 놓았고 50사단이 사투지(沙土集)에서 섬멸된 후 공산 토비들은 더욱 날뛰고 있다."[591]

6월 30일 저녁부터 류·덩 대군은 황허를 건너 산동 서남지역에 도착했다. 류·덩 대군은 연속적인 격렬한 전투를 거쳐 국민당 군 4개 재편성한 사단과 9개 반의 여단 총 5만 6천여 명을 전멸시켰다. 이 승리는 국민당 군의 '황허전략'을 수포로 돌아가게 만들었고 국민당 군이 산뻬이와 산동 등 지역으로부

590) 宋瑞珂: 『魯西南羊山集戰役蔣軍被殲記』, 全國政協文史資料硏究委員會 편: 『文史資料選輯』 第18輯, 北京: 中華書局, 1961년, 38쪽.

591) 장제스 일기(친필본), 1947년 9월 20일 『上星期反省錄』, 미국 스탠퍼드대학교 후버연구소 소장.

터 7개의 재편성한 사단 17개 반의 여단을 이동시켜 산동 서남의 전투를 지원하게 했다. 이렇게 공산당은 국민당 군의 전략적 배치를 교란시켰고 류·덩 대군이 계속 남하하여 다베산으로 이동할 수 있는 길을 만들어 주었다. 8월 2일 류보청은 진지루위 전선 대변인의 명의로 신화사 기자들의 취재에 이렇게 말했다. "21일간 우리들의 전투의 성과는 대략 작년 하반기 5개월간의 총합과 맞먹는다. 우리 군이 점점 더 강대해지고 적들이 점차 쇠약해 지는 너무 명백한 상황이기에 다른 설명이 필요 없다. 하지만 우리가 주의해야 할 문제는 장제스 군대의 장관들과 병사들의 사기는 이미 바닥에 닿아 이후의 전투는 더욱 쉬워지고 적들을 더욱 쉽게 전멸시킬 수 있다."[592]

류·덩 대군이 황허 도하를 강행하면서 산동 서남지역에 들어가게 된 의도를 국민당 측에서는 전혀 알지 못했다. "해방군의 다음 계획에 대해 왕징주는 동쪽으로 이동하여 운하를 건너 화동야전군과 협동하여 국민당의 주요 공격을 물리치거나 남쪽으로 계속 이동하여 롱하이 도로를 통해 쉬저우까지 나가 장제스의 작전 계획을 무너뜨리려 한다고 하면서 공산당이 어느 길을 택할 것인지 모르겠다고 했다."[593] 심지어 그들은 류·덩 야전군이 예전과 같이 공격과 퇴각을 반복하여 일부 성과를 얻은 후 다시 북쪽으로 황허를 건너게 될 것이라고 생각했다.

류·덩 대군의 목적은 다시 황허 도하와 산동 서남지역에서 전투를 하려는 것만이 목적이 아니었다. 이는 지속적인 남하와 적들 포위권의 중앙을 돌파하여 전략적 공격으로 전투 상황을 전환하려는 서막일 뿐이다. 하지만 이런 공산당의 진정한 의도에 대해 진지루위 야전군 내부에서도 여단 이상의 간

---

592) 中國人民解放軍軍事學院 편: 『劉伯承軍事文選』, 北京: 解放軍出版社, 1992년, 393쪽.

593) 宋瑞珂: 『魯西南羊山集戰役蔣軍被殲記』, 全國政協文史資料研究委員會 편: 『文史資料選輯』, 第18輯, 北京: 中華書局, 1961년, 31쪽.

부들만 알고 있었다. 황허를 건넌 이튿날 오후 류보청·덩샤오핑은 그리 크지 않은 농촌 소학교의 교실에서 각 종대 책임자들이 참가한 행동계획에 관한 토론을 진행했다. 이 회의에 참석한 탕핑주(唐平鑄)는 당시 상황을 이렇게 설명했다.

덩 정위는 평소와 마찬가지로 엄숙하고 차분했으며 과단성 있는 발언을 했다. 그는 벽에 걸린 지도를 가리키며 말했다. "지금 적들은 산동과 산뻬이를 집중 공격하고 있다. 산동의 적들은 약 60개의 여단 45만여 명이고 산뻬이에는 15개 여단에 총 14만 명의 병력이 있다. 류 사령관이 말한 바와 같이 적들은 양쪽이 무거운 산동과 산뻬이인 '아령형 전략'을 취하고 있다. 우리는 이 아령의 가운데 가느다란 부분을 끊어 놓으면 된다. 지금 당 중앙과 마오 주석은 우리에게 이 연결고리를 절단하라는 임무를 내렸다. 아령의 '손잡이'를 끊어 놓고 전쟁을 국민당 통치구역으로 이동시켜 ……"

이때 류 사령관은 "산동은 적들의 대가리를 누르고 산뻬이는 적들의 두 다리를 잡아 놓고 있다. 우리는 허리 자르러 가는 것이다." 그의 생동한 비유에 자리에 있던 동지들은 큰 소리로 웃었다. 덩 정위는 계속하여 "우리는 칼을 들어 적들의 심장을 향해 제대로 내리 찍어야 한다."

류 사령관은 계속 말을 이었다. "현저했던 적들과 우리의 세력 차이는 1년 동안 크게 변했다. 하지만 적들이 세력은 여전히 강대하다. 이런 차이는 우리들의 전략적 공격이 지리적 순서에 따라 진행되는 것이 아니라 건너뛰는 형식이 적합하다는 것을 알려주고 있다. 우리는 담대하게 적들을 뒤에 놔두고 파죽지세로 적들의 깊은 후방으로 나아가야 한다." 그는 수건으로 이미 염증이 생긴 눈을 문지르고는 지도를 가리키며 말했다. "지도에서 보면 다베산은 애들이 입은 '배두렁이' 같아 창장이 남쪽으로 흐르는 지역에 있다. 우리가 다베산으로 이동하게 되면 동쪽으로 난징을 협력할 수 있고 서쪽으로 우한을 위협할 수 있으며 남쪽으로 창장에 닿을 수 있다. 이렇게 되면 우리는 북쪽에 있는 적들 일부를 우리 쪽으로 유인할 수 있어 산동·산뻬이와 기타 전지의 부담을 줄일 수 있어 그들이 더욱 많은 적들을 섬멸할 수 있는 기회가 생기게 된다. 물론 우리들의 임무는 더욱 어려워진다. 멀리 이동하는 과정에서나 다베산에 도착한 후에도 우리는 여러 가지 곤란에 부딪치게 된다.……"

덩 정위는 이렇게 말했다. "…… 우리의 행동은 절대 모험적인 행동이 아니라 용감한 행동이다. 마오 주석께서는 우리가 다베산에 도착하게 되면 3가지 가능성이 있게 된다. 첫째는 수많은 대가를 치렀지만 자리를 잡지 못하고 되돌아오는 것, 둘째는 대가를 치렀지만 자신의 자리를 튼튼히 하지 못하여 주위에서 전투를 진행하게 되는 것, 셋째는 대가를 치르고 우리가 자리를 잡는 것이다. 우리는 세 번째 가능성을 현실로 만들기 위해 모든 곤란을 이겨내고 다베산으로 이동해야 하며 다베산에서 자리를 잡기 위해 투쟁을 해야 한다. 다베산으로의 장거리 이동하고 중원을 해방하는 것은 당중앙과 마오 주석의 다음 계획이다. 다음 계획은 바로 중원을 진지로 또 다른 장거리 이동을 하는 것으로 창장을 건너서 전국을 해방시키는 것이다."[594]

7월 23일 양산지 전투가 치열하던 시기 마오쩌동은 중앙군사위원회에서 류·덩·천·쑤탄·화동국에 보내는 전보문 초안을 작성했다. 이는 매우 중요한 전보였다. 전보 서두에는 이렇게 썼다. "목전 상황에서 이미 얻은 주도권을 확보하고 확대하기 위해 다음과 같은 군사 배치를 건의한다." 여기서 '건의'라는 단어를 사용하여 류보청과 덩샤오핑이 실제 상황에 근거하여 결정할 수 있는 능동성의 여지를 주었다. 전보에는 이런 내용도 들어 있었다.

> 류·덩이 양산지·지닝(濟宁) 두 지역의 적들을 신속하게 전멸할 수 있으면 적들을 공격하고 전멸할 가능성이 없으면 전군은 열흘간 휴식정돈을 하면서 지나가는 적들과 지방 무장 세력들 만 제거하라. 롱하이를 공격하지 말고 황허 동쪽의 새로운 지역을 공격하지 말며 핑한선 연안도 공격하지 말고 후방을 포기하고 반달 내에 다베산으로 이동한다. 다음 다베산 주위의 10현을 점령하고 현지 무장을 숙청하며 군중을 동원하여 근거지를 건립하고 적들을 유인하여 운동전을 시작해야 한다.[595]

"후방을 포기하고 반달 내에 다베산으로 이동한다" 이는 지극히 중요하고 담대한 지도사상이다. 십여만 대군은 근거지를 멀리하고 한 번에 적들의 후

---

594) 唐平鑄: 『轉戰江淮河漢』, 『紅旗飄飄』編輯部 편: 『解放戰爭回憶彔』, 北京: 中國青年出版社, 1961년, 135, 136쪽.

595) 中共中央文獻研究室, 中國人民解放軍軍事科學院 편: 『毛澤東軍事文集』, 第4卷, 北京: 軍事科學出版社, 中央文獻出版社, 1993년, 147쪽.

방에 들어가 작전을 한다는 독특한 공격 방법은 역사적으로도 없었던 일이다. 류·덩 대군은 천릿길을 달려 다베산으로 간 것은 바로 이 지도사상에 따라 진행한 것이다. 양산지(羊山集)의 전투에서 계속 공격하여 적들을 섬멸해야 하는가는 문제에 대해 류, 덩은 적들을 짧은 시간에 섬멸할 수 있을 것이라고 판단했고 만약 중도에서 포기하여 이 국민당의 분대를 뒤에 남겨두면 남하에 불리한 상황을 초래할 수도 있다고 판단했다. 때문에 그들은 계속 양산지의 수비군을 공격하여 섬멸한 후 남하하기로 결정했다. 지닝 공격은 화동야전군의 한 부대가 맡아 공격을 했지만 순조롭지 못하자 공격을 중단하고 다른 지역으로 이동했다.

양산지 전투가 끝난 후 류·덩 대군의 각 종대는 주예 부근에 집결하여 휴식, 정돈, 보충하면서 출발명령을 기다리고 있었다. 중앙군사위원회 7월 29일 전보의 의견은 "류·덩 대군이 반달 동안의 휴식 정돈"을 거친 후 남하하라고 했다. 이런 휴식과 정돈은 절대적으로 필요했다. 부대가 황하 도하를 강행한 후 20여 일간의 전투를 하면서 제대로 된 휴식을 하지 못했다.

탄약도 많이 소모되어 보충할 수가 없었다. 병사들에게 장거리 남하 임무에 충분한 사상 교육과 조직 준비도 미흡했다. 국민당 군대의 부상자들과 생포한 군관들을 포함한 많은 부상자들 황허 북쪽으로 보내야 했으며 전선으로 지원하러 나온 수많은 농민노동자들도 북으로 보내야 했고, 2만 5천여 명의 국민당 병사들이 투항한 후 해방군에 가입하였으나 이들을 직접 전투에 투입시키는 것이 확실치 않았다. 처음에는 위완쑤 해방구에 의거하여 일부 물자들을 보충 받을 수 있으리라 여기며 반달 간의 비용만 가지고 나왔기에 남쪽 지역에 도착해도 겨울 옷 한 벌씩 발급하기 어려운 상황이었다. 때문에 서두른 행동은 큰 위험을 감당해야만 했다.

류보청, 덩샤오핑은 위에서 말한 여러 가지 곤란을 잘 알고 있었다. 그들은 반복적인 비교를 했다. 전쟁의 전반적인 형세로 볼 때, 그들은 신속히 남하해야 했다. 하지만 장제스의 13개 사단 30개 여단은 서부, 남부, 동부로 부터 산동 서남지역으로 몰려오고 있으며 이들은 류·덩 대군과 황허 남쪽에서 결전을 하거나 류·덩 대군을 황허 북쪽으로 보내려 했다. 며칠 동안 내린 비에 황허의 수위는 엄청 높아 졌다. 7월 말의 일기에 장제스는 흥분되어 이렇게 썼다. "이번 달의 강우량은 특별히 많았다. 특히 산동에 많이 내렸다.

전쟁지역에 산사태가 발생하고 교통이 막혀서 군사행동이 어려워 우리 군에 불리할 것이라고 생각했는데 공산토비군도 흙탕물에서 움직임이 어려웠다. 하느님 아버지는 우리에게 공산군을 궤멸시킬 좋은 기회를 주었다."[596] 8월 2일, 황허의 수위는 2미터 넘게 상승했고 국민당의 비행기는 매일 황허 제방을 폭격했다. 연속 나흘 밤낮으로 진행된 폭격에 황허 제방이 터진다는 소문만 무성했다. 만일 제방이 터지면 상황은 완전 심각해지고 당지 인민들에게 혹심한 재난을 가져다주기에 모두 불안해했다. 이런 상황에서 류·덩 대군이 계속 산동 서남부에 있게 되면 여러모로 불리하게 되었다.

7월 30일, 류보청, 덩샤오핑은 중앙군사위원회 다음과 같은 전보를 보냈다. "우리는 며칠 동안 군사위원회 23일 전부문의 내용과 29일의 전부문의 내용에 따라 당시의 상황에 근거하여 반달 동안 휴식 정돈을 한 후 이동하기로 했다. 하지만 지금의 상황에서 우리는 19개 여단의 적을 상대해야 하며 10개 여단이 우리의 뒤를 쫓고 있다. 때문에 우리가 계속 위완쑤에 있는 다면 여러모로 불리하다. 다베산으로 장거리 이동을 하려면 먼저 천·셰 부대와 기각지세의 상황을 형성하여 넓은 지역에서 기동작전을 해야 하며 지원 없이 전투를 준비해야 한다."[597] 원래 부대는 8월 15일까지 휴식하기로 했다. 이때 "마

---

596) 장제스 일기(친필본), 1947년 7월 31일 『上月反省录』, 미국 스탠퍼드대학교 후버연구소 소장.
597) 류보청, 덩샤오핑이 반달 동안 휴식정돈을 한 후 다베산으로 이동할 결정에 관해 군사위원회에 보낸 전보

오 주석은 류·덩에게 '매우 곤란'하다는 내용의 극비 전보를 보냈다."[598]

이 전보에는 아래와 같은 내용이 있었다. "만약 천·셰와 류·덩 부대가 2개월 내에 효과적으로 후쫑난의 일부 부대를 유인하지 못하여 산뻬이의 형세를 완화시키지 못하면 산뻬이는 견지하기 힘들다. 그러면 2달 후 후쫑난의 주력 부대가 동쪽으로 이동할 수 있는 여유를 가지게 된다. 그때가 되면 당신들의 처지는 더욱 어려워진다."[599] 여러 갈래의 막강한 국민당 군대는 산동 서남지역으로 향하고 있다. 추칭촨, 어우전의 부대는 이미 6일에 운하 서쪽에 도착했고 뤄광원(羅广文)병단(원 왕중롄 병단)은 이틀 뒤면 원청에 도착할 가능성이 있어 형세는 더욱 심각해진다. 류·덩 대군은 반드시 그들이 합류하기 전, 룽하이 철도 남쪽의 넓은 지역이 텅 빈 기회에 신속하게 남하해야 했다.

류보청, 덩샤오핑은 즉시 이동하기로 결심했다. 부대는 8월 7일 저녁 무렵 주둔지에서 출발하여 다베산을 향해 급행군했다. 또한 이 결정을 당일로 중국공산당 중앙군사위원회에 보고했다. 남하하는 대군은 제1종대는 서쪽, 제3종대는 동쪽, 야전군 지휘기관과 중원국, 제2, 제6종대는 가운데로 세 개 갈래로 나뉘어 남쪽으로 이동했다. 전군의 중심 임무는 오직 하나 바로 떠나는 것이었다. 동시 화동야전군의 제10종대와 금방 구성된 지루위 제11종대는 황허 남쪽에서 양동작전으로 국민당 군대와 소규모의 전투를 진행하여 류·덩 대군이 북쪽으로 황허를 건널 거라는 가상을 보여주어 국민당 군대를 북상하게 만들었다.

문. 劉武生 편: 『從延安到北京』, 北京: 中央文獻出版社, 1993년, 243쪽.

598) 中共中央文獻編輯委員會 편: 『鄧小平文選』, 第3卷, 北京: 人民出版社, 1994년, 339쪽.

599) 中共中央文獻研究室, 中國人民解放軍軍事科學院 편: 『毛澤東軍事文集』, 第4卷, 北京: 軍事科學出版社, 中央文獻出版社, 1993년, 158쪽.

8월 9일, 중국공산당 중앙군사위원회에서는 류·덩에게 전보를 보내 "긴급한 상황에서 상부의 지시를 기다리지 말고 당신들이 상황에 따라 결정하고 처리하다"[600]고 했다. 11일, 중앙군사위원회에서는 류·덩·천·쑤에게 전보를 보내 "류·덩의 작전은 아주 좋았다", "모든 전략은 상황에 따라 결정하며 상급에 보고 허가를 받을 필요 없다"[601]고 했다.

장제스는 처음에 류·덩 대군이 황허를 다시 건너 북쪽으로 이동하리라 생각하여 급히 산동 전지에서 정예 주력 부대인 재편성한 제5사단을 황허의 각 나루터에 보내 '북쪽으로 도망'가는 해방군을 가로 막게 했다. "그는 해방군이 남쪽으로 내려가리라 생각지 못했다. 그는 류·덩 대군이 남하하면 해방구와 멀리 떨어져 그들의 작전에 불리하고 많은 어려움이 따르기에 남쪽으로 내려가지 않을 것이라 여겼다. 만약 해방군이 이 길을 택한다면 그들이 '남쪽으로 도망'치는 것이라고 여겼다."[602]

장제스는 8월 2일 일기에서도 여전히 산동의 해방군을 해방군 주력부대라고 하면서 "우리 군에 의해 포위되었고" "포위공격 직전이다. 하느님이 우리가 적들을 궤멸시켜주기를 도와주시기를 기도한다"[603]고 썼다. 류·덩 대군이 남하하기 시작한 8월 7일에도 쉬저우 국민당 육군 총사령부에서는 "만약 내일 윈청 일대에서 전투가 일어나지 않으면 토비부대의 주력은 이미 북쪽으로 황허를 건넜을 것이고 산동의 전투는 마무리 단계에 들어섰다"[604]고 했다. 류·

600) 중국공산당 중앙군사위원회에서 류·덩에게 보낸 전보문, 1947년 8월 9일.

601) 中共中央文獻硏究室, 中國人民解放軍軍事科學院 편: 『毛澤東軍事文集』, 第4卷, 北京: 軍事科學出版社, 中央文獻出版社, 1993년, 187쪽.

602) 王匡: 『躍進大別山』, 田曉光, 韋敏士 편: 『劉鄧大軍南征記』, 第2集, 鄭州: 河南人民出版社, 1985년, 193쪽.

603) 장제스 일기(친필본), 1947년 8월 2일, 『上星期反省錄』.

604) "三軍大學"편찬: 『國民革命軍戰役史第五部－「戡亂」』, 第3冊(下), 台北: 『國防部史政編譯局』, 1989년 11월, 654, 655쪽.

덩 대군 주력이 남쪽으로 내려간 뒤에야 그들은 뤄광원 병단, 장간(張淦) 병단과 왕징주 부대의 20만 대군에게 뒤를 따르게 했다. 그렇다면 장제스는 왜 앞뒤로 류·덩 대군을 막지 않고 뒤를 따르기만 했는가? 탕핑주는 이렇게 썼다. "당시 류·덩의 견해에 따르면 적들이 우리 군이 남쪽으로 약진하는 행동에 대해 그릇된 판단을 했기 때문이다. 적들은 우리 군이 '패전하여 흩어져' '남쪽으로 도망치는 것'이라고 여겼고 길에는 룽하이선, 황범구(黃泛區)[605]가 있고, 사허(沙河)·잉허(潁河)·훙허(洪河)·루허(汝河)·화이허 등 크고 작은 6~7개의 하천이 남하를 막고 있기에 이런 자연적 장애물을 이용하여 우리를 황범구과 사허 사이에서 '궤멸'시키거나 우리를 계속 쫓아 무너뜨리려 했다."[606]

그럼에도 불구하고 장제스는 여전히 안심할 수가 없었다. 그는 8월 6일의 일기에 이렇게 썼다. "산동 서쪽의 약 6만 명의 공산 토비부대가 여전히 마음에 걸린다. 지금 황허를 건너기 힘드니 만약 룽하이선 남쪽으로 도망가면 더욱 큰 우환이 될 수 있으니 새벽이 되어도 잠들 수가 없다. 아침 일과가 끝난 후 모싼과 통화를 하여 룽하이에서 여러 가지를 고려하여 신속히 병력 배치를 하라고 했다."[607] 하지만 그는 해방군이 천리 밖에 있는 다볘산으로 약진하기 위한 전략적 공격일거라고 생각지 못했기에 해방군이 "도하가 힘들어" 남쪽으로 도망칠 것이라고 생각해서 일반적인 방어진만 배치한 후 다음날에 후쭝난이 점령한 옌안으로 시찰하러 날아갔다. 장제스의 모든 주의력은 8월 내에 산뻬이에서의 소탕을 완성하는 것에 있었다.

---

605) 황범구: 황허의 범람으로 인한 모래 재해 지구. 1938년 6월, 일본군이 중원 지방으로 진군하자 국민당이 황허의 제방을 폭파시킬 때 재해를 입은 허난성, 안훼이성, 장쑤성 등 지역.

606) 唐平鑄: 『轉戰江淮河漢』, 『紅旗飄飄』編輯部 편: 『解放戰爭回憶錄』, 北京: 中國青年出版社, 1961년, 141쪽.

607) 장제스 일기(친필본), 1947년 8월 6일, 미국 스탠퍼드대학교 후버연구소 소장.

그는 9일에야 난징으로 돌아갔다.

장제스는 확실히 또 한 번 잘못된 판단을 했다. 8월 11일, 류·덩 대군은 열 몇 갈래로 나뉘어 상추(商丘)의 동서로 백여 리 되는 평지에서 룽하이 철도를 건너 국민당 군대가 있는 넓고 공허한 지역으로 급행군 했다. 13일 국민당 정부 보도국장 동셴광(董顯光)은 기자회견에서 여전히 "류보청의 토비부대는 황허의 수면이 높아지자 도하를 할 수 없게 되어 룽하이 남쪽, 란펑(蘭封) 동쪽 일대로 도망치고 있는데 국군은 지금 잔여부대를 궤멸시키려 뒤를 쫓고 있다"[608]고 말했다. 17일, 류·덩 대군 가로세로 20킬로미터 좌우의 황범구에 도착했다. 황범구의 유래는 이러했다. 항일전쟁 초기, 국민당 당국은 일본군의 남하를 막기 위해 허난 화위안커우(花園口)의 황허 제방을 터뜨려 황허의 물이 동남으로 화이허로 흐르게 했는데 허난성 동부, 안훼이성 북부, 장쑤성 북부 지역의 44개 현이 물에 잠겼다. 항일전쟁이 승리한 후 국민당 정부는 1947년 3월 15일에 화위안커우의 제방을 다시 보수했다. 20일 황허는 옛 수로로 흐르기 시작했다. 바로 항일전쟁시기 황허의 물에 잠겼던 지역을 황범구라고 한다. 류·덩 대군은 황허가 다시 옛 수로를 따라 흐른 지 다섯 달도 되지 않은 8월 하순에 이 지역에 도착했다. 우기의 영향으로 수심은 20~50㎝에 달했다. 비록 흙이 드러나고 갈대들이 무성하게 자라고 있지만 여전히 질퍽거려 차량들이 통행하기 어려웠다."[609] 이것이 바로 다베산으로 약진하는 도중에 처음으로 돌파해야 할 자연 장애물이었다.

장제스는 류·덩 대군이 이 험악한 자연 방어막을 넘지 못할 것이라고 확신했다. 그는 8월 16일의 일기에 이렇게 썼다. "류보청은 토비부대를 거느리고

---

608) 『大公報』, 1947년 8월 14일.

609) "三軍大學"편찬: 『國民革命軍戰役史第五部－「戡亂」』, 第3冊(下), 台北: 『國防部史政編譯局』, 1989년 11월, 599쪽.

감히 서쪽으로 이동해 허난성 서부로 갈 수 없기에 동쪽으로 달아나 허베이, 쓰촨, 산시 세 성의 접경지역으로 갈 것이다. 이 지역을 중점적으로 방어해야 한다." 18일에는 "토비군들이 무조건 핑한철도 서쪽의 허베이·산시·총칭·쓰촨의 변경지역으로 도망칠 것이다"[610]고 했다. 그는 항상 그릇된 판단을 반복했다.

국민당 군대가 도착하기 전에 황범구를 지나가기 위해 류·덩 대군은 피로를 고려할 겨를이 없이 불가마 같은 8월의 더위에도 앞으로 행군했다. 당시 제6종대 제17여단 여단장인 리더성(李德生)은 황범구를 지나던 어렵던한 행군에 대해 이렇게 말했다.

> 가로 세로 20여 킬로미터의 황범구는 여전히 물이 많이 고여 있고 물웅덩이도 많아 길이라는 것이 없었다. 질퍽거리는 땅을 밟으면 얕은 데는 종아리까지 빠지고 깊은 곳은 가슴을 지나 목까지 잠기는 곳도 있었다. 부대는 빠진 동지들을 구하면서 간신히 행진을 했다. 때론 질퍽거리는 땅에 빠져 사라져가는 군마들을 보면서도 속수무책이었다. 때는 제일 무더운 여름이라 강한 햇볕을 이겨내야 했으며 적의 비행기 폭격과 기관총 발사도 있어 행군은 더욱 어려웠다. 저녁이 되면 적들의 폭격이 없지만 캄캄한 밤에 수면이 높아져 행군은 여전히 어려웠다. 하지만 여러 병사들과 지휘관들은 위험을 무릅쓰고 힘을 모아 어깨에 메고, 손에 들고 밀면서 대부분의 중형 무기·화포·차량들을 통과시켰다. 우리 종대의 38식 대포가 흙에 빠져 아무리 애를 써도 꺼낼 수가 없게 되자 우리는

610) 장제스 일기(친필본), 1947년 8월 16일, 18일, 미국 스탠퍼드대학교 후버연구소 소장.

대포를 폭파해 버렸다. 15시간 동안 한 번도 쉬지 않고 행군하여 끝내 황범구를 지났다. 18일에 적들보다 먼저 사허를 건너 우리를 황범구에서 궤멸시키려는 적들의 계획을 무산시켰다.[611]

제2종대 사령관 천짜이다오는 이렇게 회상했다.

하룻밤에 겨우 40리를 걸었다. 그중 30여리는 물이 고인 황범구였다. 날이 밝자 북쪽으로 돌아다보니 망망한 대해나 다름없었다. 아무런 인가도 보이지 않는 수면 위로 지붕 몇 개만 드러나 있는 끔찍한 모습이었다. 홍군시기 세 번이나 초지를 건넜지만 초지에서는 그래도 풀이라도 찾아 볼 수 있었으나 황범구에는 푸른색 하나도 찾아 볼 수가 없었다.[612]

18일 저녁 황범구를 지난 부대는 계속 30리를 급행군하여 사허로 갔다. 위완쑤 군관구 부대는 이미 배다리를 만들어 놓았기에 순조롭게 사허를 건너 날이 밝을 무렵 안훼이성 선추현(沈丘縣) 쟈자이(賈寨)에 도착했다.

류·덩 대군이 사허(사허는 잉허다. 사람들은 때론 잉허를 대사허라고 부르기도 한다.)를 건너자 주위 적의 상황은 크게 변했다. 남하하기 시작할 때 부대의 행동은 극비리에 진행되었고 중도에 부대 번호를 자주 바꾸었고 때론 지방부대로 위장하였기에 장제스는 미처 해방군의 전략 의도를 알지 못하고 "북쪽으로 황허를 건너지 못해 남쪽으로 도망쳤다"고 여겼다. 류·덩 대군이 사허를 건너 다베산 방향으로 움직이는 것을 알고 나서야 장제스는 류·덩 대

611) 李德生: 『李德生回憶录』, 北京: 解放軍出版社, 1997년, 187, 188쪽.
612) 陳再道: 『陳再道回憶录』(下), 北京: 解放軍出版社, 1991년, 146쪽.

군이 남쪽으로 도망간 것이 아니라 대 부대가 조직적으로 계획적으로 다베산으로 이동했다는 것을 알았다. 19일에 중앙 통신사 "공산 토비 류보청의 주력 부대는 이미 사허를 건너" "다베산으로 움직이고 있다"[613]고 카이펑에서 소식을 전했다. 장제스는 즉시 병력을 재배치했다. 우사오저우(吳紹周)의 재편성한 제85사단과 재편성한 제15사단의 한 개 여단은 핑한철도를 따라 남하하여 루허 남쪽에서 진을 치고 남북으로 협공하려 했다. 하지만 핑한철도가 이미 해방군에 의해 파괴되어 그들은 신속하게 이동하지 못했다.

국민당 군대의 추격을 따돌리기 위해 류·덩 대군은 사허를 건넌 후 하루 동안 휴식하고 병사들에게 다베산으로 이동하기 위한 정치동원을 했다. "다베산에 도착하면 승리!"라는 표어를 제기하고 무거운 무기와 이동이 느린 차량들을 숨겨 놓거나 폭파시켰다. 류·덩 대군은 홍군 제4방면군을 토대로 재편성한한 부대이기에 대부분의 지휘원들은 다베산 지역의 사람들이었다. 때문에 전 군의 정서는 드높았고 더욱 빠른 속도로 루허를 향해 행진했다.

허난성 중부에 있는 루허는 화이허의 지류였다. "40~50미터 너비의 루허는 수심이 깊어 도보로 건널 수가 없고 루허의 남쪽 기슭의 지대가 조금 높아 쉽게 통제할 수 있다."[614] 23일, 제1, 2, 3 종대는 여러 갈래로 나누어 루허를 건넜고 루허 북쪽에는 원 중원기관과 야전군 지휘부, 제6종대가 남았다.

이때 국민당 군대의 한 사단과 한 여단은 금방 루허 남쪽에 도착하여 남쪽의 주요 감제고지인 루난부(汝南埠) 일대 20여 리의 루허 연안과 농촌마을을 점령했다. 북쪽에서 뒤쫓아 오는 뤄광원의 세 개 사단도 불과 20킬로미터 떨어진 곳까지 쫓아와 하루 내에 루허에 도착하게 된다. 위기일발의 시각이다.

---

613) 『大公報』, 1947년 8월 21일.

614) 王匡: 『躍進大別山』, 田曉光, 韋敏士 편: 『劉鄧大軍南征記』, 第2集, 鄭州: 河南人民出版社, 1985년, 197쪽.

몇 시간 내에 루허를 건널 수 있는 여부는 전체 약진행동의 성패와 관련된 것이며 전체 전투 국면과 관련된 것이다. 깊은 밤, 류보청, 덩샤오핑은 제6종대와 각 여단의 지휘원들과 함께 루허 도하를 강행할 임무에 대해 연구하고 안배했다. "류 사령관은 '지금의 상황은 뒤에 추격부대가 있고 앞에는 가로막으러 온 적들이 있어 우리는 공격 작전으로 길을 만들어야 한다. 원수를 외나무다리에서 만나면 용감한 자가 승리한다! 우리는 용감해야 하고 용맹해야 한다! 알겠는가?'라고 말했다. 덩 정위는 '지금 다른 길이 없다. 공격을 하는 것만 남았다!'고 보충해서 말했다."[615]

"원수를 외나무다리에서 만나면 용감한 자가 승리한다"는 짙은 호소력을 가지고 있어 전체 병사들을 격려했다. 24일 이른 아침, 선두부대는 먼저 루허를 건넜고 여세를 몰아 루허 남쪽에 있는 군대의 진영에서 약 3킬로미터 너비의 출구를 만들고 양쪽으로 공격해 오는 적들의 반복적인 공격을 막으며 야전군 지휘부와 기타 부대가 나무배로 만든 다리로 루허를 건너 남쪽으로 이동할 수 있게 엄호했다. 이 격전은 열 시간 넘게 지속되었다. 26일, 류·덩 대군 7개 여단의 주력부대는 화이허 북쪽 연안에 도착했다.

해방군은 빠른 시간에 화이허를 건너야 했다. 이는 류·덩 대군 앞에 닥친 또 다른 험난한 시험이다. 대군이 루허를 건넌 후 국민당 중앙통신사에서는 "허난, 안후의 접경지역으로 도망간 류보청 부대는 국군의 공격에 큰 타격을 입었고 앞에는 천연 요새인 화이허가 가로 막고 있어 진퇴양난이 처지다"[616]고 선전했다.

이 지역의 화이허는 평소에 수면이 넓고 수심이 옅어서 사람과 가축들이 걸어서 화이허를 건널 수 있었다. 하지만 강물의 깊이는 자주 변화하고 있어

---

615) 李德生: 『李德生回憶彔』, 北京: 解放軍出版社, 1997년, 188쪽.

616) 『大公報』, 1947년 8월 26일.

가늠하기 어려웠다. 최근에 화이허 상류의 강물이 급히 불어 수심이 깊어졌다. 해방군이 강을 건널 수 있는 방법은 국민당이 파괴하고 남겨진 작은 나무 배 몇 개뿐이어서 하루에 한 개 여단이 이동하기 어려웠다.

뒤를 쫓아오는 국민당 군 19개 여단은 점점 가까워지고 선두에서 쫓아오는 국민당 군은 이미 해방군과 작은 전투를 벌이고 있었다. 때문에 전군은 반드시 신속하게 화이허를 건너야 했다. "류·덩 지휘부는 강 옆의 작은 집에서 긴급회의를 열었다. 덩샤오핑 동지가 마지막 발언을 했다. '보청과 지춘(際春)이 먼저 강을 건너 부대가 빨리 지나가게 지휘하고 리다는 도하를 조직한다. 나는 뒤에 따라 오는 적들을 막는다!' 류 사령관은 즉시 결정을 내렸다. '정치위원동지가 한 말은 바로 결정이고 명령이다. 즉각 행동하라!'"[617]

신속하게 도하를 할 수 있는가 하는 것은 전체적인 전투의 관건이었다. 리더성은 이렇게 회상했다.

> 그날 밤, 류·덩 지휘관은 직접 화이허 연안에 나와 화이허의 상황을 조사하면서 도하 방법을 연구했다.
>
> 류 사령관은 6종대가 있는 나루터에 도착하여 현장에 있는 간부들에게 이렇게 말했다. "우사오저우의 85사단은 이미 우리와 15킬로미터 떨어진 펑뎬(彭店)까지 따라왔다. 해뜨기 전까지 강을 건너지 못하면 적들과 부딪쳐 천리 약진을 위한 노력이 하루아침에 무너질 수 있다! 때문에 우리는 반드시 즉시 도하 방법을 찾아야 한다." 그는 지휘원들을 보고 도보로 건널 수 있는 가고 물었다. 모두 걸어서 건널 수 없다고 대답했다. 그러자 그는 "당신들이 직

---

617) 『李達軍事文選』編輯組 편: 『李達軍事文選』, 北京: 解放軍出版社, 1993년, 270쪽.

접 정찰을 하고 물의 깊이를 확인했는가? 다리를 만들 수는 없는가?"고 물었다. 지휘원은 "전위대가 정찰을 했는데 도보로 건널 수 없었고 다리를 놓을 상황도 못된다."고 대답했다.
류 사령관은 아무 말도 없이 잠자코 있다가 먼저 지휘기관 인원들이 작은 배를 타고 강을 건너라고 했다. 그는 작은 배에 올라 긴 참대가지를 들고 직접 물의 깊이를 확인했다. 얼마 후 그는 되돌아와서 "강물이 별로 깊지 않고 강물도 느리게 흐르고 있어 리 참모장에게 부대를 조직하여 다리를 만들라고 하라!"고 했다. 임무를 하달 한 후 그는 옆에 있던 지휘원에게 편지를 쓰게 하고 내용을 확인 한 후 옆에 "완벽하고 신속하게 다리를 놓으시오!"라는 글을 적고 동그라미 두 개를 더 그려 특별히 강조했다. 그리고 그는 엄숙하게 책망했다. "세밀하지 못하면 사람이 죽어 나갈 수도 있다!" 그는 "중요한 시기일수록 영도 간부들은 마땅히 솔선수범하여 직접 행동하고 현지에서 정찰을 해야 한다."고 했다.
얼마 후 선두부대는 류 사령관이 상류에서 말을 끌고 강을 건너는 것을 보았다는 류 사령관의 편지를 받았다. 편지에는 리다 참모장에게 "다리를 놓는 것을 포기하고 부대는 신속하게 도보로 강을 건너라!"고 명령했다. 부대는 순식간에 옅은 곳으로 부터 넓은 화이허를 건너기 시작했다. 남하 대군은 강물에 꽂아 놓은 지시 표시에 따라 네 갈래, 다섯 갈래, 여섯 갈래로 힘차게 화이허를 건너기 시작했다. 부대는 하루 밤 사이에 화이허를 건너 다베산으로 가는 도중의 마지막 관문을 통과했다.
우리 17여단은 도보로 강을 건넜다. 물의 깊이가 가슴까지 오는 곳도 있었는데 키가 작은 병사들에게는 물이 목까지 올라왔다.

대부분의 간부와 병사들은 북방 사람이고 여 동지들도 있었으며 이들은 헤엄칠 줄 몰랐다. 이렇게 깊은 수심에서 그들은 두려워했고 선뜻 물에 들어가지 못했다. 나는 모든 말고 노새들에 짐을 싣고 강을 건너게 했다. 나의 경위원에게 앞에서 나의 군마를 끌고 몇 명의 여 동지들의 말의 양쪽에서 말에 의지하여 강을 건너라고 했다. 일부 여 병사들은 말안장을 잡거나 말의 꼬리를 잡고 화이허를 건넜다.

나의 제49연대는 종대의 수비부대였다. 49연대 3대대가 강을 건너자 수위는 신속하게 높아졌다. 우사오저우의 부대가 강가에 도착하여 우리의 마지막 부대가 강을 도보로 강을 건너는 것을 보고 부대를 건너게 했다. 헌데 급히 높아진 수면은 적지 않은 군마와 병사들을 삼켜버렸다.[618]

화이허를 건넌 부대는 그들이 밤낮으로 바라던 다볘산 지역에 도착했다. 전 군이 화이허를 건넌 8월 27일 당일 덩샤오핑은 중국공산당 중앙 중원국에서 기초한 소속 부대 지시 명령에 명확하게 대답했다. "우리 군은 이미 화이허를 건너 다볘산으로 약진하는 임무를 완성했고 적들의 추격 계획은 수포로 돌아갔다. 금후의 임무는 전력을 다해 과감하게 다볘산 근거지를 개척하고 공고히 하는 것이다. 또한 기타 병단과 협동하여 전체 중원을 통제하는 것이다."[619]

이렇게 류·덩 대군은 20일의 급행군을 거쳐 앞에서 가로 막고 뒤를 쫓는 국민당 군대를 따돌리고 수많은 천연 장애물을 건너 다볘산에 도착했다. 천

---

618) 李德生: 『李德生回憶彔』, 北京: 解放軍出版社, 1997년, 189, 190쪽.
619) 中共中央文獻編輯委員會 편: 『鄧小平文選』, 第1卷, 北京: 人民出版社, 1994년, 94쪽.

리 약진 임무를 성공적으로 완성하여 전국적인 전쟁 국면의 근본적인 변화를 이끌었다.

이 변화는 장제스에게는 큰 타격이었다. 장제스는 이 타격으로 인한 충격을 감추려 했다. 10월 6일 베이핑 군사회의에서 이런 내용의 보고를 했다. "지난 1년 동안 군사적으로 토비숙청을 두 개 시기로 나누어 설명할 수 있다. 첫째 시기는 국방부 참모본부에서 지휘한 작년 8월부터 금년 4월까지이고 두 번째 시기는 금년 5월부터 현재까지 내가 직접 중요한 전역을 지휘한 기간이다." 하지만 멍량구 전역과 류·덩 대군이 천 리 밖의 다볘산으로 약진에 성공한 것은 모두 그가 직접적으로 지휘한 두 번째 기간에 발생한 것이다. 그는 이 상황을 어떻게 해석할 것인가? 장제스는 항상 잘못을 다른 사람의 탓으로 돌리고 자신이 책임을 지려하지 않았다. 멍량구 전역의 문제는 그렇다 쳐도 류·덩 대군이 남하에 성공한 사실은 장제스를 웃음거리로 만들었다. 그는 이렇게 말했다.

> 류보청의 토비부대는 천이 부대와 협동작전을 하기 위하여 황허를 건넜다. 하지만 황허를 건넌 부대는 양산지에서 우리 군 66사단의 강력한 공격에 수많은 사상자를 냈고 우리 군의 공격을 당하지 못해 북쪽으로 황허를 다시 건너가려 했다. 하지만 황허의 물이 너무 불었고 우리 공군의 감시 하에 이 계획은 무산되었다. 어쩔 수 없는 상황에서 그들은 우리의 후방으로 무작정 도망쳤다. 우리 군에 쫓기고 있는 토비군은 붕괴직전이어 우리 군이 과감하게 계속 추격을 한다면 이들을 궤멸시킬 수 있다!
>
> 헌데 우리의 장병들은 너무 면밀하고 과도하게 신중했다. 그들의 집행력은 느렸다. 우리 군은 예전에 토비 세력 지역에서의 전투와

> 같이 그들이 우리들보다 우세의 병력으로 전투를 할까 머뭇거렸다. 이는 우리의 장병들이 적의 상황을 연구하지 않고 적들의 행동을 분석하지 않기에 발생한 그릇된 판단이다.
> 때문에 금후 우리의 장병들은 자신감을 가지고 행동해야 토비군을 궤멸시키는 임무를 완성할 수 있다.[620]

하지만 국민당 통치구역 민간 간행물의 보도에서 사람들은 전쟁 발전의 진실을 알 수 있었다.

류·덩 대군이 다베산에 도착한 이튿날의 『관찰』에는 이런 내용의 통신이 실렸다. "중앙통신사의 보도에 따르면 그가(저자 류·덩 대군을 가리킴) 군대를 거느리고 오던 길을 되돌아가려고 할 때 둥커우(董口) 등 지역은 이미 국군에 점령되어 돌아갈 수가 없었다. 그렇게 되자 그들은 아예 롱하이 남쪽으로 내려가 웨이펑러우(魏鳳樓), 장타이성(張太生) 등 남쪽에 남아 있던 부대와의 협동작전에 유리하기 위해 허난, 안훼이 접경 지역 수십 개의 도시를 빌돌아서 중원 군관구는 다시 다베산에 들어가려 했다. 국군은 남쪽으로 향하는 길을 차단하고 뒤에서 추격하여 공산당군을 궤멸시키려 했다. 하지만 그들은 동쪽의 싼허젠(三河尖)부터 서쪽 주마뎬(駐馬店)까지 종횡무진 하면서 핑한선로 남쪽의 교통을 위협하고 있어 국군이 공산당군대를 잡는 다는 것은 쉬운 일이 아니었다."[621] 얼마 후, 이 간행물에는 『어완산진루(鄂皖陝晋魯)[622]

620) 秦孝儀 편: 『蔣介石思想言論總集』 卷二十二, 台北: 中國國民党中央委員會党史委員會, 1984년 10월, 267, 271, 272쪽.
621) 觀察記者: 『戰局鳥瞰』, 『觀察』, 第3卷 第2期, 1947년 9월 6일.
622) 어완산진루: 허베이성, 안훼이성, 산시성(陝西省, 섬서성), 산시성(山西省-산서성), 산동성. ,

형세 약도』라는 제목의 그림이 실렸다. 이 그림에는 굵고 검은 색의 화살표로 '류보청(承) 부대의 동향'과 '천겅 부대의 동향'이라고 표시하여 독자들이 전쟁의 발전 변화를 일목요연하게 알아볼 수 있도록 했다. 이 잡지에는 아래와 같은 내용의 통신이 실렸다. "다베산은 장화이허한의 군사 상 절대적으로 중요한 군사 가치가 있는 지역이다. 또한 이곳은 군사, 식량의 내원이 충족하여 웬만한 수요를 모두 만족시킬 수 있는 지역이다. 이멍산간 지역·산간닝 변구·진지루위 변구 등 지역보다 군사적, 경제적으로 풍부한 자원을 가지고 있는 이 지역은 여느 지역보다 중요했다. 때문에 류보청은 모든 힘을 다 해 이 산지를 제대로 운영하려 할 것이다."[623]

『스위원』에는 『전쟁 국면은 논하다』는 제목의 글이 실렸다. "7월 초부터 전지의 형세는 예전과 다른 질의 변화가 발생했다"고 서두를 뗐다. 문장에서는 류·덩 대군이 남하할 때 "거의 모든 국내 여론은 '국군이 산동 서남부의 나루터를 점령하였기에 남쪽으로 도망갈 수밖에 없으며 아마 핑한철도를 넘어 허난성으로 도망갈 것이다'고 여겼다." 하지만 후에 발생한 사실에서 주력 부대는 다베산으로 향하고 있었고 이미 창장 북쪽 기슭에 도착하였음을 알게 되었다. 이 글에는 두 달 반 동안 발생한 거대한 변화의 새로운 특점을 이렇게 썼다. "전투의 최전방은 이미 황허 유역에서 화이허 유역과 양쯔강(揚子江)유역으로 옮겨져" "국군의 심장지역과 더욱 가까워졌다." "지난 일 여 년간 공산당군대은 대부분 전략적 내선 작전을 진행할 뿐이었고" "국군은 주로 외선에서 작전하는 전략을 취했다." 하지만 류보청과 천겅 두 갈래 공산당 군대가 남하하면서 "내선과 외선 작전이 요인이 바뀌어졌다." 또한 점점 커지는 전지는 "양측 병력배치에 큰 영향을 주게 된다." 마지막에는 "이번 사건은 전쟁

623) 觀察記者: 『從黃河到長江的軍事大轉盤』, 『觀察』, 第3卷 第6期, 1947년 10월 4일.

에 큰 변화를 가져다주었고 이미 예전과 다른 새로운 국면이 나타났다."[624]고 썼다. 상세한 『남부전선 형세 약도』를 추가가여 사람들이 전쟁 국면의 변화를 이해하도록 했다.

『귀순』에 발표된 글에는 "중앙에서 말하는 도망자는 여전히 전략적 의미가 있기에 무시하지 말아야 한다"[625]는 내용이 있었다.

전쟁 국면의 형세에 나타난 큰 변화는 국민당 통치구역의의 민심에도 적지 않은 영향을 미쳤다.

다베산에 들어가면서 류·덩 대군은 전략적으로 큰 승리를 거두었다. 이 승리는 성공을 향한 첫 걸음에 불과했다. 다베산 지역에서 자리를 잡고 근거지를 건립하고 공고히 하는 것은 여전히 그들 앞에 놓인 어려운 임무였다.

임무 완성의 어려움은 몇 가지 방면에 있었다.

첫째, 류·덩 대군은 산동 서남지역에 연속적인 전투를 거쳤다. 겨우 열흘간의 휴식을 한 부대는 20일 내에 한 여름의 고열을 무릅쓰고 천신만고를 겪었고 적지 않은 대가를 치르면서 천리 떨어진 다베산으로의 약진 임무를 완성했다. 또한 황범구와 사허를 지날 때 방법 없이 무거운 무기들을 버렸다.

포병도 적고 많은 무거운 중무기들을 버렸기에 매개 종대에 하나 밖에 없는 산포중대는 겨우 두 개의 산포만 가지고 있어 평소 전투에서 박격포를 위주로 사용하고 있었다. 때문에 부대의 전투력은 크게 약화되었다. 다베산 지역에 도착한 후 다른 새로운 곤란한 상황들이 닥쳤다. 덩샤오핑은 당시 상황을 이렇게 설명했다. "당시 후방과 멀리 떨어져 후방이 없는 상황에서 전투를 한다는 것은 여간 힘든 일이 아니었다. 북방 사람들이 남방에서 생활한다는 것 역시 어려웠다. 화이허를 건너자 많은 병사들이 배탈이 났다. 중국의 남

---

624) 蕭遙: 『論戰局』, 『時与文』, 第2卷 第2期, 1947년 9월 19일.
625) 衛玉: 『滿城風雨近重陽』, 『國訊』, 第431期, 1947년 9월 21일.

북 분계선은 화이허다. 화이허 남쪽을 남방이라고 하지 창장 남쪽을 남방이라고 하지 않는다. 화이허를 건너면 벼농사를 짓고 산길을 걷는 것 모두 남방의 습관과 경험에 따라 진행된다. 우리는 북방 사람들이 남방에서 적응하기 어렵다고만 여겼다. 하지만 화이허를 건너서야 허베이, 허난, 안훼이에서 살던 사람들이 다년간 북방에서 생활했었기에 남방 생활에 적응하지 못하리라 생각하지 못했다." "4개 주요 종대는 전투력이 약화되었고 새로운 곤란들이 나타나기 시작했다. 3개 종대 중 두 개 종대는 겨우 2개 여단의 병력만 있고 나머지 한 종대만 3개 여단뿐이었다."[626]

둘째, 비록 다베산 지역이 10년 내전시기의 오래된 옛 근거지라고 하지만 선후로 홍4방면군과 홍25군단이 철수한 후 국민당 군의 참혹한 파괴와 보복에 수많은 적극 인사들과 홍군 가족들이 학살을 당했다. 현지로 돌아온 지주들은 국민당을 등에 업고 근거지 인민들에게 가슴 아픈 기억을 남겨주었다. 때문에 현지의 백성들은 항상 공포에 휩싸여 있었다. 항일전쟁 시기 광서 군벌은 오랜 시간 다베산 지역에서 활동 했다. 현지의 악덕 지주들의 세력은 복잡하게 엉켜있었다. 해방군이 도착한 초기 현지 보갑(保甲)[627]과 특무세력은 여전히 암암리에 위협을 하면서 군중들을 통제하고 있었다. 그들은 군중들이 해방군을 지원하지 못하게 모든 물건들을 숨기게 하였다. 먹을 식량이 없고 길을 안내할 가이드가 없는 류·덩 부대를 생존이 어렵고 발붙일 수 없게 만들고 있다. 군중들은 류·덩 대군이 현지에서 발을 붙일 가능성이 없다고 여겨 해방군이 철수 하면 또 다시 국민당과 당지 토호들의 참혹한 보복을 받을까 걱정되어 감히 해방군과 가까이 하지 않고 있었다. 이는 군중을 동원하는 데에 큰 걸림돌이 되었다.

---

626) 中共中央文獻編輯委員會 편: 『鄧小平文選』, 第3卷, 北京: 人民出版社, 1994년, 339, 341쪽.
627) 보갑: 중국 지방에서 시행되던 작은 단위의 자치(自治), 경찰(警察), 인보(隣保) 제도하의 경찰.

셋째, 다볘산은 직접 국민당 당국의 심장지역을 위협할 수 있는 중요한 전략적 위치에 있어 누구나 통제하고 싶은 곳이었다. 류·덩 대군이 이 지역에 발을 들여 놓자 국민당 정부는 즉각 우세의 병력을 동원했다. 국민당 정부는 여러 지역에서 병력을 동원했는데 얼마 지나지 않아 광서 군벌의 주력 부대인 재편성한 제7사단과 제 48사단을 포함한 10개의 재편성한 사단을 집결했으며 지속적인 지원을 계획하고 있었다. 덩샤오핑은 1948년 4월 25일에 진행된 회의에서 이렇게 말했다. "우리가 반격을 시작하면서 적들의 공격 중심은 산동과 산뻬이에서 다볘산으로 옮겨져 적의 병력이 제일 많이 투입된 전지가 되었다." "다볘산은 전략적으로 공격할 수 있는 중요한 지역이다.

이 지역은 창장을 넘어 남쪽으로 공격할 수 있는 발판이기에 적들은 우리가 언제 창장을 넘을까 항상 걱정하게 된다. 다볘산은 적들만 탐내는 지역이 아니라 우리도 꼭 차지해야하는 지역이기도 하다. 때문에 이 투쟁은 여느 때보다 어려운 과정이다." "지금 우리의 중원 전지는 남쪽에 있는 장제스 부대 반 이상의 병력을 유인하여 우리가 기타 지역에서 승리할 수 있는 유리한 조건을 마련하여 주었다. 비록 전국에서 제일 힘든 지역이고 제일 큰 대가를 치러야 했지만 우리는 전투의 주도권을 차지할 수 있으며 전면적인 승리를 할 수 있는 조건이었다."[628]

이렇게 험악한 조건과 준엄한 곤란 하에 류·덩 대군은 다볘산에서 자신의 자리를 찾을 수 있는가? 류보청은 이렇게 말했다. "현지에서 다시 근거지를 창설하는 과정은 적들과 격렬한 전쟁을 반복한 과정이며 이는 힘든 쟁탈전이다. 종합적으로 우리는 적들과 3라운드의 전투를 치렀다."[629]

첫 라운드: 신속한 실행, 전략적 진행.

---

628) 中共中央文獻編輯委員會 편: 『鄧小平文選』, 第1卷, 北京: 人民出版社, 1994년, 99쪽.
629) 中國人民解放軍軍事學院 편: 『劉伯承軍事文選』, 北京: 解放軍出版社, 1992년, 589쪽.

다베산에 진입한 당일 덩샤오핑은 중국공산당 중앙 중원국의 명의로 『다베산 근거지를 창건하고 공고히 하자』는 제목으로 지시 초안을 작성했다. 이 지시에는 "역사적 임무를 완성하기 위해서 우리는 반년 이상의 험난한 과정을 거쳐야 한다. 만약 대량의 적들을 궤멸시키지 못하고 군중들을 충분히 동원하지 못한다면 우리는 이곳에 발을 붙일 수가 없다"고 했다. 다베산에서 자신의 기반을 만들 수 있는 관건은 두 가지인데 하나는 대량의 적을 궤멸시켜 군중들의 우려를 없애 군중들의 믿음을 얻는 것이며 다른 하나는 군중들을 충분히 동원하는 것인데 만약 군중기초가 약하면 다베산에서 발을 붙이기가 어렵고 적들의 계속되는 공격에 우리의 세력은 점차 약해질 수 있기 때문이었다. 이 두 가지 기본 요구와 당시의 실제 상황에 근거하여 다음과 같은 요구를 제기했다.

> 우리는 전 구역 군중들에게 어위완의 자제병(子弟兵)이며, 자제병이 화북에서 승리를 거두어 더욱 강대해진 대오를 거느리고 고향으로 돌아왔다는 느낌을 주어야 한다. 이는 장제스의 패할 것이라는 것을 의미한다. 우리 군이 승리할 수 있는 조건을 가지고 있기에 우리는 절대 현지 백성들을 두고 가지 않을 것이다. 우리의 구호는 '어위완 인민들과 생사를 같이 한다'이다. 우리는 중원을 해방시키고 어위완 인민들을 해방시킬 것이다.
>
> 군사적으로 우리는 첫 달에 전투를 피하고 도시를 점령하고 자제병 세력을 숙청하며 작은 규모의 전투(한두 개의 연대로 섬멸전을 진행)에서 승리해야 한다. 동시에 현지 지형, 생활습관에 유의하면서 산악전을 습득하여 적들과 대규모의 섬멸전을 진행할 준비를 한다. 하지만 우리가 반년 내에 10개 여단 이상의 적들을 궤멸

시키지 못하면 군중들은 우리가 다시 다베산 지역을 포기할 것이라고 여길 수 있다. 이렇게 되면 우리는 더욱 큰 곤란에 직면하게 된다. 때문에 전군은 반드시 시시각각 높은 전투 의식으로 전투를 대비해야 한다.

군중들을 충분히 동원하여 우리와 함께 유격전을 할 수 있는 여부는 전략 임무를 완성할 수 있는 또 다른 조건이다. 우리 군은 3개 규율 8항 주의를 엄격하게 준수하여 군대의 기풍을 강화하여 양호한 해방군의 형상을 수립해야 한다. 이는 군중들이 우리와 가까이 할 수 있는 첫째 조건이다. 각 급에서는 이를 엄격히 준수하고 그릇된 행위를 자제하고 반성해야 한다.[630]

다베산은 평균 해발이 1000미터 정도 되고 허난, 안훼이, 허베이 세 성의 접경지역에 뻗어 있는 화이허와 창장의 분수령이다. 산의 북쪽 기슭은 산세가 가파르고 험준하여 산을 타고 오르기 힘들다. 남쪽은 지세가 비교적 평탄하고 여러 갈래의 도로가 있어 부대가 움직이기 쉬웠다. 산 고개와 깊은 골짜기가 많은 산의 중부지역은 인가가 드물고 풀 한 포기도 자라지 않는 불모지다. 이 지역에는 28개 현이 있고 약 1180여 만 명의 인구가 있다. 중남부 지역에는 매 평방킬로미터에 130~260명이 살고 있는 인구밀도가 비교적 높은 곳이다. 북부 지역에는 평방킬로미터 당 65~130명이 살고 있었고 중부에는 별로 없었다. 다베산 지역의 생산품이 화북 지역보다 풍부하고 각 지역에서 거의 모두 쌀농사를 하고 있었고 밀과 보리, 수수도 심었다.

류·덩 대군이 금방 다베산에 진입했을 때 뒤를 따르던 국민당 군대는 미

630) 中共中央文獻編輯委員會 편: 『鄧小平文選』, 第1卷, 北京: 人民出版社, 1994년, 94, 95쪽.

처 화이허를 건너지 못했다. 때문에 당시 다베산 지역은 텅 비어있었다. 야전군 주력은 한시도 늦추지 않고 전략적으로 실행하기 시작했다. 그들은 다베산 남쪽 기슭, 안훼이성 서부지역에 제3종대를 주둔하게 하고 제6종대 두 개 여단을 후베이성 동쪽에 주둔시켜 중심지역 수십 개 현을 점령하고 현지 무장을 숙청하고 군중들을 동원하기 시작했다. "최근 몇 달 동안에 당신들은 마땅히 광서 군벌의 주력 부대인 제7사단과 제48사단과의 정면충돌을 피하고 중앙파와 뎬군(滇軍)[631]을 섬멸하는데 집중해야 한다. 제7사단이 비교적 강하기 때문에 적들을 포로하고 무기를 포획하기 힘들다. 제48사단의 상황은 확실하지 않지만 아마 제7사단과 비슷하다. 하지만 중앙파와 뎬군의 58사단은 움직이고 있기에 포로하고 궤멸시키기 상대적으로 쉽다."[632]

중국공산당 중앙군사위원회에서 제기한 원칙에 의하여 류·덩은 9월 사이에 다베산 북쪽 기슭에서 연속 3차례의 전투를 했다. 상청(商城) 지구에서 진행된 처음 두 전투는 전투력이 비교적 약하고 상대적으로 고립된 뎬군 재편성한 제58사단을 목표로 했고 세 번째 전투는 광산(光山) 부근에서 진행되었으며 국민당 군 재편성한 제 5사단의 공격을 물리쳤다. 이 세 번의 전투를 거쳐 국민당 군의 모든 기동 병력을 북쪽 기슭으로 유인하여 제3, 제6종대가 남쪽 기슭의 후베이 동부, 안훼이 서부지역으로 순조롭게 들어갈 수 있게 엄호했다.

하지만 세 번의 전투는 지루위 지역에서 작전하던 상황과 완전히 달리 계획대로 모든 적들을 궤멸시키지 못했다. 물론 여러 가지 원인이 있었다. 국민당 군대가 이 지역에 비교적 밀집되어 있어 신속한 지원을 할 수 있었다.

---

631) 뎬군: 윈난성 군벌.

632) 中共中央文獻研究室, 中國人民解放軍軍事科學院 편: 『毛澤東軍事文集』, 第4卷, 北京: 軍事科學出版社, 中央文獻出版社, 1993년, 242쪽.

부대가 금방 다베산에 도착하였기에 현지의 지형을 잘 이해하지 못하고 있었기에 화북평원의 넓은 지역에서 운동전을 진행하던 것처럼 산지와 논밭에서의 전투에 능숙하지 못했다. 또한 부대는 남하하면서 큰 손실을 입었고 중형 무기들이 부족하여 큰 성과를 얻기 힘들었다. 9월의 저녁 날씨는 꽤 추웠다. 하지만 병사들은 여전히 여름에 입던 홑옷을 입고 있었고 잘 때 덮을 수 있는 것이라고는 볏짚뿐이었다. 금방 남방에 도착한 북방 사람들은 매일 쌀밥을 먹으며 지내기 힘들었고 일부 배탈이 나기도 했다. 기승을 부리며 달려드는 가을의 모기에 물려 학질에 걸린 병사들도 수두룩했다.

전투에서 부상을 입은 병사들은 부대에서 인력을 따로 파견하여 멀리 있는 후방 병원으로 옮겨야 했다. 이런 문제들은 화북에서 후방이 가까운 곳에서 전투를 하던 시기에는 없었던 일이다. 때문에 이런 저런 문제들은 병사들의 정서에도 영향을 미치고 있었다. 부대 영도 간부들의 사상에도 일부 문제가 나타나기 시작했다. 류보청은 "황허 도하를 강행한 이래 부대는 행군과 전투의 연속에서 필요한 휴식을 갖지 못했으며 병사들과 지휘원들의 정치사상 사업을 미처 하지 못했다. 때문에 일부 동지들은 다베산 근거지를 재건하는 전략적 의미와 어려움을 정확하게 인식하지 못하고 있다.

또한 군중을 제때에 동원하지 못했고 정권을 건립하지 못했기에 식량을 스스로 마련해야 했으며 부상자들도 자신의 힘으로 후방 병원으로 호송해야 했을 뿐만 아니라 심지어 전투가 끝나도 휴식을 할 곳과 시간이 없었다. 때문에 일부 부대의 병사들은 심각한 피로 때문에 규율이 산만해지는 현상이 나타나기도 했다. 일부 간부들은 전투를 두려워해 적을 궤멸시킬 기회를 놓치기도 했다."[633]

---

633) 中國人民解放軍軍事學院 편: 『劉伯承軍事文選』, 北京: 解放軍出版社, 1992년, 590, 591쪽.

중국공산당 중앙군사위원회에서는 이런 상황이 발생하리라는 것을 미리 예측하고 류·덩 대군이 남하하는 과정에서 이렇게 지적했다. "짧은 시간에 다베산, 허난성 서부, 안훼이성 서부 등 지역에서 근거지를 건립하고 공고히 한다는 것은 불가능하다. 아직 이 지역들은 임시적 발판일 뿐이다.

우리 군은 오랜 기간(적어도 반년)이 걸려야 창장과 화이허 사이의 지역에서 능동적으로 움직이며 군중들을 동원하여야 하며 몇 개의 여단을 궤멸시킨 후에야 근거지를 건립하고 공고히 할 수 있다." 작전 문제에 대해 중앙군사위원회에서는 이렇게 지적했다. "지금 우리는 몇 주일 동안 큰 전투를 피하고 분산되어 있고 공격력이 약한 적들과 전투를 하여야 한다. 병력을 집중시켜 강대한 적들과 전투를 하지 말아야 한다.

우리 군이 후방이 없는 상황에서 외선 작전에 적응하고 세력을 키운 후 적의 상황이 우리에게 유리 할 경우에 지형조건이 허락하는 상황에서만 대규모 전투 진행 여부를 고려해야 한다."[634] 비록 여러 가지로 곤란한 상황에서도 부대의 지휘원들은 반드시 적극적인 정서를 가져야 했다. 류·덩은 지휘원들의 소극 정서를 해결해야 만 했다.

이런 사상적 문제를 신속하게 해결하기 위해 류·덩은 9월 27일에 광산의 왕다완(王大湾)에서 여단장 이상의 고급 간부들이 참가한 회의를 개최했다. 제2종대 사령관 천짜이다오는 이렇게 회상했다.

> 우리 종대와 형제 종대의 주요 책임 동지들은 모두 이 회의에 참가했다. 회의 장소에는 엄숙한 분위기가 감돌았다. 덩샤오핑 정위는 먼저 이번 회의에서 악수를 하지 않는다고 말했다. 류보청 사

---

634) 中共中央文獻硏究室, 中國人民解放軍軍事科學院 편: 『毛澤東軍事文集』, 第4卷, 北京: 軍事科學出版社, 中央文獻出版社, 1993년, 193쪽.

령관의 표정은 어느 때보다 엄숙했다. 매번 회의 시작 전 류·덩 지휘관은 항상 열정적으로 우리들과 악수를 했었는데 이번 회의에서는 악수도 없고 분위기도 차가웠다. 나는 우리들이 세 번의 전투를 제대로 하지 못했기 때문에 지휘관들이 언짢아한다고 생각했다. 덩 정위가 먼저 이렇게 말했다. "우리는 이미 다볘산에 도착했다. 다음 목표는 확고부동하게 다볘산 근거지를 창건하고 공고히 하는 것이다. 이 목표에 우리는 동요하지 말아야 하며 추호의 의심을 가져서는 안 된다. 곤란한 시기일수록 우리 고급 간부들은 몸소 모범을 보여주어야 하며 병사들이 용감하게 적들을 구멸시키도록 고무하고 격려해 주어야 한다.[635]

류보청이 말을 이었다. 그는 "모두 샤오핑 동지의 강연의 정신에 따라야 한다. 다볘산에 들어 선 후 우리는 후방이 없는 상황에서 전투를 진행해야 한다. 우리는 수많은 곤란들을 이겨내야 하며 전투에서 승리할 수 있다는 믿음을 가지고 전투에 임해야 한다"고 했다.

이번 회의는 고급 지휘원들에게 깊은 인상을 남겼으며 전군의 사상을 통일하고 투지를 격려하여 주어 극단적으로 곤란한 조건에서 다볘산 근거지를 재건할 수 있다는 신심을 가져다주었다.

전체적으로 한 달 동안 지속된 힘든 투쟁을 거쳐 9월 말에 류·덩 대군은 선후로 다볘산 지역에서 23개의 현을 해방시켰다. 국민당 정규균 6천여 명과 지방 무장세력 8백여 명을 궤멸시키고 17개현에 민주정권을 건립하여 다볘산 근거지를 재건할 수 있는 조건을 초보적으로 창조했으며 다볘산 지역에서의

635) 陳再道: 『陳再道回憶录』(下), 北京: 解放軍出版社, 1991년, 163쪽.

국민당 군과의 첫 라운드에서 승리했다.

두 번째 라운드. 전략적 목표의 실현을 위해 국민당 군대를 궤멸시킬 수 있는 조건을 적극 창조한다.

10월 10일, 중국공산당 중앙에서는 『중국인민해방군선언』과 『중국토지법요강』을 공포했으며 동시에 중국인민해방군 구호를 발표했으며 재차 3대 규율 8항 주의를 발표했다. 『중국인민해방군선언』에서 "장제스를 타도하고 전 중국을 해방시키자"는 중요한 구호를 제기했다. "일본이 투항한 후 인민들은 평화를 갈망하고 있다. 하지만 장제스는 평화를 위한 모든 노력을 파괴했으며 인민들에게 내전이라는 재앙을 가져다주었다. 이렇게 전국 각 계층의 인민들은 단결하여 장제스를 타도하는 길만 남았다"고 해석했다. 『선언』은 이렇게 호소했다. "압박을 받고 있는 모든 공공병학상(工農兵學商)[636]을 연합하고 각 인민 단체, 각 민주 당파, 각 소수민족, 각지 화교와 기타 애국자들을 연합하여 민족 통일 전선을 형성하여 장제스의 독재정부를 타도하여 민주 연합정부를 성립하자."[637]

인민해방군은 이 선언에서 처음 공개적으로 "장제스를 타도하자"는 구호를 제기했다. 이로부터 당시의 국면은 7월 샤오허 회의 시기에 비해 큰 변화가 일어났다는 것을 알 수 있다.

다볘산에서 제대로 자리를 잡기 위해 지방 사업을 강화하는 것은 매우 중요한 사항이었다. 10월 10일, 중국공산당 중앙 중원국에서는 『다볘산에 진입한 후의 지방 사업 지시』를 하달했다. 『지시』에는 이렇게 썼다. "우리 군이 다볘산에 진입한지 이미 한 달 반이 지났다. 예정된 전략 임무를 완성하였을 뿐만 아니라 17개의 현급 정권을 건립했다." "지금 지방 사업을 진행함에 있어

---

636) 공농병학상: 노동자, 농민, 병사, 학생, 상인.

637) 中共中央文獻編輯委員會 편: 『毛澤東選集』, 第4卷, 北京: 人民出版社, 1991년, 1235, 1237쪽.

서 제일 큰 장애물은 우리 부대가 과감하게 부대를 분산시키지 못하고 간부를 파견하지 못하는 점이다.'[638] 『지시』에는 어위와 완시(皖西)[639] 두 개 지역 당위원회와 군관구를 성립하기로 결정하고 매개 종대에서 3개 연대를 뽑아 군관구의 기초 무장대오로 하기로 했으며, 이 무장대오는 유격전쟁을 통해 지주 무장세력과 작은 무리의 국민당 정규군을 궤멸시키는 임무를 맡기로 했다. 또한 매개 종대에서 간부와 공산당편으로 넘어온 국민당 병사 1~2천 명을 지방사업에 참가시키기로 했다. 병력을 야전군과 군관구 부대로 나뉘어 "군중을 동원하는 병력과 집중적으로 적들과 전투를 하는 병력"이 엉켜 제대로 사업을 진행할 수 없던 문제를 해결했다.

이때 다베산 북쪽 기슭에 집결해 있던 6개 사단의 국민당 군대는 광산, 신현(新縣) 지역에서 류·덩 야전군 주력 부대를 포위하고 결전을 벌리려고 소수의 정규군만 다베산 남쪽 지역에 배치했다. 류·덩은 북쪽에 두 개의 여단으로 주력으로 위장하게 한 후 주력 부대를 거느리고 포위권을 넘어 남하했다. 이 부대는 급행군하여 10월 10일에 금방 허페이에서 다베산으로 이동하여 미처 자리를 잡지 못한 국민당이 재편성한 제88사단 제62여단 4천여 명을 완시 루안(六安) 동남쪽의 장자뎬(張家店)에서 궤멸시켰다. 이는 류·덩 대군이 다베산에 들어 간 후 처음으로 후방이 없는 상황에서 국민당 군대 한 개 여단을 완전히 궤멸시킨 승리적인 전투였다. 이 전투에서의 승리는 전 군의 사기를 높여 주었고 완시투쟁의 새로운 국면을 열어 놓았다.

승전의 여세를 몰아 류·덩 야전군 주력은 창장 북쪽의 수청(舒城), 루장(廬江), 퉁청(桐城), 첸산(潛山), 광지(广濟), 잉산(英山), 왕장(望江) 등 창장 북쪽 연안의 주요도시들과 군사적 요충지를 포함한 창장 북쪽에서 동서로 약

---

638) 中央檔案館 편: 『中共中央文件選集』, 第16冊, 北京: 中共中央党校出版社, 1992년, 560, 561쪽.
639) 완시: 안훼이성 서부.

150킬로미터의 지역을 점령했다. 당시 장시 루산에 있던 장제스는 해방군이 계속 남쪽으로 내려갈 것이라고 여겨 창장 연안에 두 개도 되지 않는 사단의 병력을 배치했다. 류·덩 대군이 창장 북쪽 연안에서 전투를 벌여 도시들을 점령하자 그는 급히 한커우부터 주장(九江)에 계엄령을 내렸으며 후베이성 동북에 있던 재편성한 제40사단과 제82여단에게 어떠한 대가를 치르더라고 후베이성 동부지역을 가로 질러 광지로 진군하여 해방군의 도하를 막으라는 긴급 명령을 내렸다.

원 마파우의 부대인 재편성한 제40사단은 류·덩 대군의 오랜 적수였다. "산동 서남지역에서의 전투가 끝나자 안양의 수비군이던 이 부대는 공군 비행기로 롱하이 쪽으로 내려와 우리 군의 남하를 막으려 했다. 우리 군이 다베산을 향해 천리 강행군을 할 때에도 이 부대의 '밀착 경호'를 받으며 다베산에 도착했다. 우리 군이 다베산에 도착한 후에도 이 부대는 여전히 치근덕거리며 성가시게 굴었다."[640] 이때 국민당 군대 주력은 여전히 다베산 북쪽에 있었고 재편성한 제40사단만 깊이 고립된 위치에 있었다. 류·덩은 이 기회에 10개 주력 여단의 병력으로 운동전을 통해 이 부대를 섬멸하기로 했다.

그들이 반드시 지나갈 가오산푸 지역에 매복해 있었다. 10월 26일 이른 아침, 재편성한 제40사단과 제82여단은 가오산푸 지역에 들어섰다. "가오산푸는 치춘(蘄春) 동쪽의 1킬로미터 길이의 협곡에 위치해 있어 양쪽에는 산봉우리들이 늘어섰고 가운데는 도로가 구불구불 서남쪽으로 뻗어 있다. 도로의 서남쪽 끝은 무릎 깊이의 논밭과 가로세로 엉켜있는 논두렁이다."[641] 안개 자욱한 어느 날 국민당 군대는 해방군 주력이 이곳에 매복해 있으리라 꿈에

640) 張才千: 『回憶高山鋪戰斗』, 楊國宇, 陳斐琴 편: 『劉鄧大軍南征記』, 第1集, 鄭州: 河南人民出版社, 1982년, 235쪽.

641) 李德生: 『李德生回憶彔』, 北京: 解放軍出版社, 1997년, 197쪽.

도 생각지 못했다. 그들은 이 지역에서 해방군의 포위에 빠졌다.

27일 오전 해방군은 총 공격을 개시했다. 재편성한 제40사단과 제82여단은 황급히 서남쪽으로 포위를 뚫고 나가려고 했지만 전부 섬멸되었다. 이 전투에서 국민당 군 12,600여 명을 궤멸시켰는데 그중 9천여 명이 투항했다. 또한 33문의 대포를 포획했으며 기관총 375정 등 대량의 무기들과 군용물자들을 얻었다. 이는 류·덩 대군이 다베산에 도착해서 거둔 제일 큰 승리였다.

이 전투를 통해 '추격하여 궤멸'시키려는 국민당의 기염을 꺾어 놓고 남하한 해방군이 후방이 없는 상황에서도 승전할 수 있다는 믿음을 가져다주었다. 또한 군중 동원과 근거지 건립을 위한 유리한 조건을 마련했다.

늦가을 즈음 가오산푸전역에서 승리했다. 십여 만 명의 대군이 천리밖에 있는 다베산으로 약진할 때는 무더운 여름이라 모두 홑옷을 입고 있었고 겨울 솜옷을 가지고 오지 않았다. 이 승리를 통해 겨울에 입을 옷을 해결했다.

야전군 총사령부에서는 겨울옷과 여러 가지 문제를 잘 알고 있었으며 이를 해결하기 위해 노력했다. 하지만 근거지와 멀리 떨어져 있고 후방의 지지가 없는 상황에서 전투를 해야 했다. 또한 현지 국민당 정부세력은 존재했고 새 정부는 아직 완성되지 않았다. 부대는 여러 곳으로 이동해야 했고 인심이 안정되지 않았다. 십여 만 군대의 겨울 솜옷을 해결한다는 것은 결코 쉬운 일이 아니었다. 만약 화북에 있는 후방에서 운송한다면 방대한 운송대오가 국민당 군대의 추격과 훼방을 받으며 천리 길을 이동해야 했는데 이는 대군이 다시 한 번 남하하는 것과 같았다. 때문에 이는 가능한 방안이 아니었다.

중국공산당 중앙군사위원회에서는 이 일을 전하기 위해 전보를 보냈다. "당신 병사들의 겨울옷은 후방에만 의존하지 말고 스스로 해결할 수 있는 방법을 찾아야 한다. 만약 솜과 천을 얻어서 얇은 솜옷이나 조끼를 만든다면 12월이나 1월까지 견딜 수 있을 것이다. 그때 되면 겨울 솜옷은 공급받을 수 있다.”[642]

다볘산 남쪽의 전투에 참가했던 천시롄(陳錫聯)은 이렇게 기억했다. “추운 겨울에 십여 만 명의 전사들은 겨울에 입을 솜옷이 없다면 상황은 매우 악화되었을 것이다. 당시 겨울 솜옷의 문제를 해결 한 것은 전투 승리보다 더욱 급한 일이었다.” 이제 남은 것은 현지의 상점과 부호들한테서 천과 솜을 빌려 병사들에게 직접 옷을 만들게 하는 방법이었다. “흰 천은 볏짚으로 염색하거나 조건이 허락되는 상황에서 염색 작업실에서 염색을 한 후 스스로 봉제하거나 백성들의 도움으로 옷을 만들었다. 십여 일이 지나 병사들은 끝내 솜옷을 입었다. 하지만 병사들이 직접 만든 옷이 많기에 솜옷은 너무 크지 않으면 작아 길이가 제각각이어 통일적인 군대의 기풍과 걸맞지 않았다. 하지만 누구도 이를 따지지 않았다. 당시 우리는 매서운 겨울바람을 막을 수 있는 것이면 좋은 것이라고 생각했었다.”[643]

이 시기에 화동야전군 주력은 쑤루위완(蘇魯豫皖)[644] 지역으로 진군하기 시작했다. 천·셰 병단도 위산어(豫陝鄂)[645] 지역으로 이동했다. 류·덩 대군은 다볘산 지역에서 예정된 임무를 완성하고 자리를 잡아가고 있었다. 11월 1일, 류사오치에 보낸『우리 군의 각 작전 구역 정황 통보』에서 마오쩌동은 “류·덩, 천·쑤, 천·셰 세 부대는 이미 제일 곤란한 시기를 이겨내고 자리를 잡았다”[646]고 썼다.

제3라운드: 내선 작전과 외선 작전의 협동 작전으로 대규모로 다볘산을 공격하는 국민당 군을 물리친다.

---

642) 중국공산당 중앙군사위원회 류·덩에게 보낸 전보문, 1947년 9월 16일.

643) 陳再道: 『陳再道回憶錄』(下), 北京: 解放軍出版社, 1991년, 170쪽.

644) 쑤루위완: 장쑤, 산동, 허난, 안훼이.

645) 위산어: 허난, 산시(陝西), 후베이.

646) 마오쩌동이 류사오치에게 보낸 전보문, 1947년 11월 1일.

류·덩 대군은 다볘산 지역에서 자리를 잡기 시작했다. 이런 상황은 장제스의 예상을 벗어났다. 그는 해방군과 중원 쟁탈전을 하기로 결심했지만 겉으로는 아닌 척하며 인정하려 하지 않았다.

11월 3일에 열린 국방부 작전 회의에서 장제스는 『다볘산 토비숙청에 관한 군사적 지시』의 제목으로 강연을 했다.

> 류보청은 무엇 때문에 다볘산으로 갔는가? 단언컨대 이번에 류씨 토비가 다볘산으로 가게 된 것은 부득이한 것이며 임시 결정이다. 9월 12일 이후 그들이 화이허 남쪽으로 건거 간 후 잘못 들어선 것을 알면서도 어쩔 수 없이 다볘산에서 근거지를 재건하려고 계획했다.
>
> 9월 12일 이전 토비군은 다볘산에 근거지를 세우려는 말을 한 적이 없으며 우리가 얻은 어떠한 정보에서도 이런 징조를 찾아 볼 수가 없다. 그들은 이런 생각을 한 적도 없었다.
>
> 오늘 여러분들에게 알려주고 싶은 것은 지금의 형세는 우리 총지휘부에서 예전에 이미 예상한 것이라는 점이다. 총지휘부에서는 토비군의 중심지역을 공격하여 토비군의 소굴을 점령하려 계획했다. 총지휘부의 이 계획은 초보적인 성과를 거두었다. 하지만 최후의 승리를 거두려면 우리 고급 장병들 모두 필승의 신념을 가지고 있어야 한다. 과감하게 책임을 질 수 있는 정신을 가지고 독단적으로 일을 진행할 수 있는 능력을 지녀야 하며 기회를 포착하고 기회를 이용하여 토비군이 다볘산 지역에 발을 붙이기 전에 대규모의 섬멸전을 진행해야 한다.
>
> 산뻬이와 이멍산간 지역의 지세는 우리에게 불리하고 토비군에게

> 유리하다. 하지만 다볘산은 이 반대인 상황이다. 동쪽에는 진푸선, 서쪽에는 핑한선, 북쪽에는 화이허, 남쪽에는 창장이 있다. 이런 교통망은 모두 우리가 장악하고 있기에 이 지역에서 우리는 자유롭게 이동할 수 있지만 토비군은 힘들다.
>
> 지리적 어려움도 있고 준비도 부족하기에 주력부대가 창장을 건너기 힘들기에 이들은 꼼짝 할 수 없는 처지에 이르렀다. 우리의 지휘관들과 병사들이 합심하여 명확한 목표를 위해 결단력 있고 용감하게 행동한다면 다볘산에서의 결전은 실패할리 없다. 장담하는데 우리는 쉽게 승리할 것이다.[647]

이튿날 그는 국방부 작전회의에서『다볘산 지역 포위 토벌 시 국군의 주의사항』이라는 제목으로 강연을 했다.

장제스는 류·덩 대군이 다볘산에 가게 된 원인은 공산당 군의 "부득이한 임시 결정"이며 자신의 예측이 정확하다고 국민당 관리들을 설득하려했다. 눈 가리고 아웅하는 장제스의 가련한 처지를 알 수 있다.

하지만 그의 강연에는 주의할만한 정보들이 있었다. 다볘산의 전략적 위치로 부터 "이번 포위토벌은 중요한 사항"이라고 말했다. 장제스가 다볘산에서 대규모의 공격을 계획하고 있었다. 그는 다볘산의 양쪽에 흐르는 강과 동서에 있는 두 갈래의 철로가 모두 국민당 군대의 통제 하에 있음을 강조했다. 이는 류·덩 대군의 처지가 상당히 어렵고 위험하다는 것을 의미했다. 천리 행군을 거쳐 다볘산에 도착하는 과정에 적지 않은 대가를 지불한 류·덩 대군은 새로운 시련을 이겨내야 했다.

---

647) 秦孝儀 편: 『蔣介石思想言論總集』 卷二十二, 台北: 中國國民党中央委員會党史委員會, 1984년 10월, 315, 316, 317, 318쪽.

11월 하순, 국민당 정부에서는 국방부 주장 지휘부를 성립하고 국방부장 바이충시가 주임을 겸임하였다. 이 지휘부는 허난, 안훼이, 후베이, 후난, 장시 등 다섯 개 성의 군정대권을 장악하고 있었으며 소위 '총력전'을 진행하려 했다. 다볘산 지역에 있던 9개의 재편성한 사단 외에도 위완쑤, 산동과 허난 성 부에서 6개의 재편성한 사단을 이동시켜 전투에 참여하게 했다. 공격 부대들에는 국민당의 정예부대 주력, 친청의 기본부대인 재편성한 제11사단을 포함한 15개의 재편성한 사단 외에도 3개 여단 병력이 포함되었다. 국민당 군대는 한커우에 있는 전투기, 폭격기 등 비행대대와 해군 군함의 지원 하에 다볘산 지역을 향해 공격을 시작했다. 이 외에도 재편성한 제63사단과 제69사단 등 5개의 여단이 창장 방어를 맡고 있었다.

국민당 군대는 11월 27일부터 다볘산을 향해 전면 공격을 시작했다. "장제스는 강력한 공격력을 가진 종대로 우리 군의 주력을 찾고 나머지 부대는 분산적으로 '숙청'을 하여 서로 협동하면서 전력을 다해 '소탕'하는 방법으로 다볘산을 포위공격 했다."[648] 류보청은 국민당 군이 절대 우세인 병력으로 다볘산 포위공격을 하였는데 당시 상황은 매우 심각했다고 회상했다. 하지만 덩샤오핑은 예리하게 지적했다.

> 적들은 전략적인 공격이 아니라 그냥 전투적인 공격이다. 이번 다볘산 포위공격은 중앙 소비에트 지역에 포위공격과 비슷하지만 실질은 완전 상반된 것이다. 예전의 적들은 우리를 포위 공격한 것은 전략적 공격이며 우리는 방어 태세에서 진행된 전투였다. 지금의 포위공격은 전략적인 방어를 위한 것이며 우리가 공격인 상

---

648) 『李達軍事文選』編輯組 편: 『李達軍事文選』, 北京: 解放軍出版社, 1993년, 277쪽.

황에서 발생하는 전투이다. 이 전투는 적들의 강대함 보다는 멸망으로 향하는 그들의 마지막 발악을 보여준다. 우리가 다볘산에 들어선 원인의 하나가 바로 되도록 많은 적들을 유인하려는 것이다. 때문에 우리 쪽으로 오는 적들이 많을수록 우리는 더욱 힘든 전투를 해야 한다. 반대로 우리의 기타 형제 부대가 전략적으로 대규모의 반격과 공격을 순조롭게 진행할 수 있다. 이것이 바로 우리가 다볘산에서 투쟁을 견지하는 이유이며 제일 큰 동력이다.[649]

그렇다면 어떤 방법으로 기세 등 다볘산 지역을 공격하러 오는 국민당 군대를 상대할 수 있는가? 류보청, 덩샤오핑은 그들이 직면한 정황을 냉정하게 분석하였다. 그들은 두 가지 요점을 찾았다. 첫째, 적들은 절대 우세인 병력으로 우리 쪽으로 밀집해서 다가오고 있기에 우리에게 유리한 상황의 전투 기회를 얻기 힘들다. 둘째, 근거지의 재건이 얼마 되지 않아 군중들을 충분하게 동원할 시간이 없다. 중심지역은 산이 높고 길이 가파르기에 이동 작전을 할 수 있는 공간이 적고 식량도 부족하여 대규모의 병단이 넓은 범위로 움직이기 힘들다. 때문에 다볘산에서 많은 병력으로 전투를 하는 것은 적합하지 않았다. 이런 정황에서 야전군 총사령부에서는 병력을 두 갈래로 나누기로 했다. 덩샤오핑·리셴녠·리다는 야전군 전선 지휘소 및 제2·제3·제6종대를 거느리고 다볘산 지역에서 내선작전을 진행하며 다시 여러 갈래로 나뉘어 국민당 군대의 포위권을 넘어 다볘산의 변두리에서 기회를 타서 적들을 공격하기로 했다. 나머지 한 갈래는 류보청의 인솔 하에 중국공산당 중앙 중

649) 中國人民解放軍軍事學院 편: 『劉伯承軍事文選』, 北京: 解放軍出版社, 1992년, 595쪽.

원국, 야전군 후방 기관과 제1종대는 북쪽으로 화이허를 건너 화이허 화이시(淮西) 지역에서 외선 작전을 펼쳤다. 12월 11일 류보청, 덩샤오핑은 후베이 리산현 동북의 황포(黃陂)에서 정식으로 두 갈래로 나뉘었다.

덩샤오핑은 내선 작전 부대를 거느리고 정면 전투를 피하면서 집중적으로 분산되어 적들을 공격했다. 구체적으로 말하면 "적은 병력으로 방대한 수량의 적들의 병력을 소모시키고 대량의 병력으로 공격력이 약한 적의 부대를 궤멸시키며 포위권의 밖으로 나아가 새로운 지역을 점령하여 적들을 포위권 밖으로 유인하여 포위권 내에서 반 숙청 투쟁과 깊이 있는 토지개혁을 진행할 수 있는 시간을 벌어 주는 것이다."[650]

재편성한 제11사단과 제7사단, 제48사단 등 국민당 군은 이미 다볘산 지역에 들어섰다. 재편성한 제11사단은 전투력이 가장 강한 부대였다. 재편성한 제7사단과 제48사단 광시 군벌의 주력부대였으며 예전에 다볘산 지역에서 활동했었기에 현지의 지형을 잘 이해하고 있었고 산지에서 쉽게 움직이고 산을 잘 오르기도 했다. 이런 부대와 전투를 한다면 손해를 보기 마련이기에 이런 부대와의 정면 전투를 피해야 했다. 하지만 종종 이 부대와 작은 접촉을 하여 그들을 다볘산에 남아 있게 해야 했다.

제3종대 사령관 천시롄은 이렇게 회상했다. "한번 전선 전방 지휘소에서 덩샤오핑 정위와 리셴녠 부사령관을 만난 적이 있다. 리 부사령관은 나에게 '시롄(錫聯) 동지, 짊어 질 만하시오(적들이 다른 지역으로 움직이지 않게 부대를 잡아 두는 임무)?'고 물었다. 내가 답하기도 전에 덩 정위는 '많이 짊어져야 하오. 많은 적들을 유인해야 하오. 짊어진 적들이 많을수록, 시간을 끌수록 산뻬이, 산동의 형제 부대에서 대량의 적들을 궤멸시킬 수 있는 기회를

650) 류보청·덩샤오핑·리셴녠이 각 종대와 군관구 여러 지휘관에게 보낸 전보문, 劉武生 편: 『從延安到北京』, 北京: 中央文獻出版社, 1993년, 276쪽.

마련해 주는 것이오. 근본적이 문제를 해결하려면 자신의 아픔을 감수해야 하오. 이는 전반적인 국면에 관계되는 전략적인 행동이오."[651] 제2종대 사령관 천짜이다오는 이렇게 회상했다. "당시 투쟁은 매우 어려웠다. 부대는 매일 행군을 하면서 전투를 해야 했기에 휴식할 시간이 없었다. 적들이 다른 지역으로 이동하지 않게 하려면 그들과 자주 전투를 벌여야 했다. 전투를 하지 않으면 적들을 유인할 수 없었다. 하지만 오랜 시간 전투를 진행하게 되면 적들이 많이 몰려들어 우리에게 불리했다. 당시 우리는 몇 무리의 적의 부대를 궤멸시키려 했지만 성공하지 못했다." "부대가 산간 지역에 들어서면 잠자리가 문제였다. 산간 지역의 농촌마을은 평원 지역과 달랐다. 리자완(李家湾)·장자완(張家湾) 등 마을은 비록 사람이 사는 농촌 마을이긴 했지만 한 마을에 겨우 한두 가구거나 서너 가구만 살고 있어 한 개 소대도 주둔할 수가 없었다." "먹을 식량이 없는 것은 제일 큰 문제였다. 내선에서 작전을 할 때에는 근거지의 광대한 인민들의 지원이 있어서 먹을 음식과 입을 옷을 걱정할 필요가 없었다. 하지만 지금 새로운 지역에서의 작전은 후방이 없는 상황에서 진행하는 전투이기에 이런 지원이 없어서 고생이 있기 마련이었다."[652]

이 시기 부대는 거의 매일 행군을 하고 전투를 진행했으며 강을 건너고 산을 올랐다. 부대는 후베이·허난·안훼이의 접경지역에 모두 발자취를 남겼다. 부대는 굶주림과 추위와 싸우면서 피로를 마다하고 강행군을 하면서 전투를 진행하여 공격하러 온 국민당 군대를 귀찮게 하고 그들의 공격력을 약화시켰다. 또한 분산된 국민당 부대를 궤멸시켰으며 그들의 이동 노선과 군사물품 지원 노선을 차단했다. 1947년 12월부터 1948년 1월까지 해방군은 일부 손실

651) 陳錫聯: 『追念敬愛的老首長』, 中共中央文獻研究室 편: 『回憶鄧小平』(上), 北京: 中央文獻出版社, 1998년, 125쪽.

652) 陳再道: 『陳再道回憶彔』(下), 北京: 解放軍出版社, 1991년, 180, 182쪽.

을 입었지만 국민당 정규군과 지방 무장세력 1만 5천여 명을 궤멸시켰고 타이호(太湖), 잉산, 리황(立煌), 광지, 첸산, 웨시(岳西), 황메이(黃梅), 리산 등 12개의 현급 도시를 점령하여 큰 승리를 거두었다.

류보청이 인솔하는 외선 작전대는 북쪽으로 화이허를 건넌 후 위완쑤 군관구의 장궈화(張國華) 부대와 합류하여 시현(息縣), 린촨(臨泉), 샹청(項城), 상차이(上蔡), 정양(正陽) 등 십여 개의 현급 도시를 수복하고 위완쑤 지휘부를 성립하여 다볘산과 위완쑤변구를 하나로 이어 놓았다. 진지루위에서 파견해 온 후속부대인 제10·제12종대는 왕훙쿤(王宏坤), 자오지메이(趙基梅)의 인솔 하에 12월 상순과 중순에 퉁바이, 장한(江漢)지역에 진입했으며 반달 사이에 퉁바이산과 다훙산(大洪山) 근거지를 건립했다. 이 지역은 토지가 비옥하고 물산이 풍부하여 전국에서도 이름 있는 양식창고였다. 다볘산에서 국민당 군대의 주력을 유인해 갔기에 이 지역에 있는 국민당의 병력이 얼마 없었다. 해방군에는 적을 궤멸시키고 근거지를 건립할 수 있는 좋은 기회였다.

천·쑤 야전군과 천·셰 집단은 12월 13일부터, 핑한, 룽하이 철도를 격파하는 전투를 시작하여 국민당 군 2만여 명을 섬멸하고 쉬창(許昌), 뤄허(漯河), 주마뎬 등 중요한 도시와 23개 현급 도시를 점령했다. 25일부터 27일까지 국민당 군 제5병단의 부대와 재편성한 제3사단을 섬멸했다. 이렇게 되자 장제스는 부득이 하게 다볘산에서 재편성한 제11사단과 제9, 제10사단을 핑한 철도 일대로 퇴각하여 지원하게 했다.

이는 류·덩 야전군의 주력이 다볘산에서 반포위 투쟁에 유리한 것으로 세 갈래의 해방군이 하나로 이어 놓게 했다.

장제스가 힘을 다해 다볘산지역을 포위공격하려던 계획은 이렇게 완전히 실패했다.

류보청은 류·덩 대군이 다볘산지역에서 진행한 세 차례의 투쟁을 총화하면서 이렇게 썼다.

> 이상 세 차례의 어려운 전투를 거쳐 우리는 끝내 다베산에서 자리를 잡았고 뿌리를 깊게 내렸다. 우리는 마오 주석께서 제시한 세 가지 가능성에서 제일 좋은 가능성을 실현했다. 이 시간 우리 중원의 세 개 부대는 서로 배합하면서 기동적으로 작전으로 총 19만 명의 적군을 궤멸시켰으며 백 개 넘는 현급 도시를 해방하고 4천 5백만 인구가 있는 창장, 화이허, 황허, 한수이 사이의 광대한 지역에 중원 근거지를 건립했다. 그 후, 우리는 마오 주석의 지시에 따라 군관구 부대는 여전히 다베산 근거지에서 투쟁을 하였다. 주력 부대는 다베산을 포위한 적들의 포위권을 벗어나 화동 야전군과 천·셰 병단과 합류하여 대규모의 기동작전과 거침없는 전투를 진행하여 중원을 소탕하였다. 중원 쟁탈 전쟁은 새로운 단계에 들어섰다.[653]

---

653) 中國人民解放軍軍事學院 편: 『劉伯承軍事文選』, 北京: 解放軍出版社, 1992년, 598쪽.

제9장
품(品)자형 전투대형의 형성

제9장
품(品)자형 전투대형의 형성

류·덩 대군이 성공적으로 천리 밖의 다베산으로 약진한 후, 중국인민해방군의 다른 두 갈래의 대군은 거침없이 류·덩 대군의 양쪽으로 남하했다. 천경과 셰푸즈 집단 8만여 명은 진난에서 출발하여 황허를 건너 허난성 서부지역에 들어섰으며 천이·쑤위가 인솔하는 화동야전군 주력 18만 명은 산동 서남쪽으로 롱하이 철도를 건너 위완쑤 지역에서 활동했다. 이렇게 세 갈래의 대군은 서로 협력하고 의거하면서 창장 북쪽, 롱하이 철도 남쪽 지역에서 '품(品)'자형의 전투 대형을 형성하여 해방구를 공격하는 국민당 군대의 중원 지역을 인민해방군이 전국적인 승리를 할 수 있는 근거지로 만들었다.

해방군은 내선작전에서 외선작전으로 전환하고 전략적 방어로부터 전략적 공격으로 전환하는 것은 심사숙고를 거친 중국공산당 중앙의 결책이었다. 하지만 세 갈래 대군이 남하하면서 품자형 전투대형을 형성하려고 한 것은 아니었다. 이는 중국공산당 중앙에서 발전 상황으로부터 내린 결정이며 실천 과정에서 점차 형성된 것이었다.

천경이 지휘하는 진지루위 야전군 제4종대는 항일전쟁시기의 제8로군 제129사단과 제386여단, 산시 청년 항적 결사대 제1종대 등으로 편성된 타이웨 종대인데 후에 제4종대로 개명을 한 후 천경이 사령관을 맡고 셰푸즈(謝富治)가 정치위원을 맡았다. 이 부대에는 홍군의 노 간부와 노 전사들이 많고 전투력이 강했다. 그들은 장기적으로 진난 지역에서 활동했다.

국민당 후쫑난 부대가 옌안을 대거 공격할 때 이미 진난으로 무장 침입한 재편성한 제1군단 등 부대는 밤새 지난 지역에서 나와 옌안으로 향했다. 진난 지역의 병력은 순식간에 줄어들었다. 제4종대는 타이웨 군관구 지방 부대와 협력하여 이 기회에 신속하게 지난에서 전투를 진행했다. 4월 4일부터 5월 12일까지 국민당 군 2만 2천여 명을 궤멸시켰으며 그중에서 1만 4천 7백여 명은 포로가 되었다. 이청(翼城), 신장(新絳), 장현(絳縣), 푸산(浮山), 지산(稷山), 허진(河津), 완촨(万泉), 룽허(榮河), 추워(曲沃), 자오청(趙城), 훠현(霍縣), 이스(猗氏), 원시(聞喜), 린진(臨晋), 융지(永濟), 제현(解縣), 뤠이청(芮城), 핑루(平陸), 위샹(虞鄕), 샤현(夏縣), 훙둥(洪洞), 샹링(襄陵), 펀청(汾城), 푸현(蒲縣), 샹닝(鄕宁) 등 총 25개의 현급 도시를 해방시켰으며 퉁푸 철로 남쪽의 자오추진(趙曲鎭)으로 부터 펑링 나루터까지의 지역을 통제했으며 황허의 주요 나루터들을 장악했다. 이렇게 진난의 형세는 근본적인 변화가 일어났다. 진난은 산뻬이보다 부유해서 자원이 풍요로운 지역이어서 이 지역을 포기한 국민당 당국은 얻는 것보다 잃는 것이 더욱 많았다.

전투에 능한 이 부대를 어떻게 사용해야 할 것인가? 처음 중국공산당 중앙에서는 그들에게 서쪽으로 황허를 건너 서북 야전병단과 협력하여 후쫑난의 부대를 공격하려 했다. 5월 초부터 7월까지 중국공산당 중앙과 중앙군사위원회에서는 천겅·셰푸즈 등에게 여러 차례 전보를 보내 준비를 잘 할 것을 명령했다. 5월 4일, 중국공산당 중앙에서 보낸 전보에는 이런 내용이 있었다. "진난(천·셰)·산뻬이의 두 개 군단의 임무는 후쫑난 파 부대를 격파하는 임무를 협조하는 것이다." "천·셰 주력(4개 여단)은 현지에서 수시로 하류 혹은 상류로 이동하여 강을 건널 준비를 하고 명령을 대기하라. 펑더화이, 시중쉰의 지휘를 따르며 후쫑난과 기타 완고한 적들을 물리치고 옌안을 수복하고 산간닝을 보위하여 대 서북지역을 탈환해야 한다." 5월 24일, 중국공산당 중앙군사위원회의 전보문에는 이런 내용이 있었다. "당신들의 종대는 6월 내로 휴식 정돈을 완성한 후 서쪽으로 진군할 준비(루량(呂梁)을 숙청하여 길을 개통하는 것을 포함)를 완성해야 한다. 산뻬이에서 작전하도록 7월 상순에 다닝(大宁), 준두(軍渡) 사이에서 강을 건넌 후, 다시 닝샤, 간쑤(甘肅)의 넓은 지역에서 전투를 하여 후쭝난 군대와 기타 완고한 적들을 물리쳐 대 서북을 탈환하여 산시를 보위할 준비를 해야 한다. 부대에서 어려운 상황을 이겨내고 곤란을 두려워하지 않는 작풍을 제창해야 한다. 병사들에게 후쭝난의 부대를 궤멸시켜야 산시를 보위할 수 있다는 점을 알려줘야 한다."[654]

6월 12일, 군사위원회의 전문에는 이렇게 적혀 있었다. "천·셰 종대는 먼저 홍둥, 자오청, 훠현 동쪽 지역에 집결한 후 휴식과 정돈, 물자 보충하고 동원대회를 열어 6월 말에 홍둥 북쪽의 준두, 제서우(界首) 사이에서 강을 건너 서쪽으로 나아갈 준비를 해야 한다." 천겅에게 부대가 물자 보충과 정돈 기간에 먼저 강을 건너 중앙군사위원회와 토론을 할 것을 요구했다.[655] 6월 20일 군사위원회의 전보문에는 더욱 명확하게 규정했다. "당신의 종대는 이번 달 말에 휴식 정돈을 마무리 하고 더는 옌창에 주둔하지 않고 오회(午灰, 7월 1일)에 셰·한(謝·韓)[656](천겅은 25일에 이미 중앙에 도착했다.)의 인솔 하에 현지에서 출발하여 오회(午灰, 7월 1일)전후에 쒜이더에서 집결을 한다. 오가(午哿, 7월 20일)에 위린 방향으로 출격한다."[657]

---

654) 中共中央文獻研究室, 中國人民解放軍軍事科學院 편: 『毛澤東軍事文集』, 第4卷, 北京: 軍事科學出版社, 中央文獻出版社, 1993년, 50, 83쪽.

655) 中共中央文獻研究室, 中國人民解放軍軍事科學院 편: 『周恩來軍事文選』, 第3卷, 北京: 人民出版社, 1997년, 220쪽.

656) 제4종대 정치위원 셰푸즈, 부사령관 한준(韓鈞).

657) 中共中央文獻研究室, 中國人民解放軍軍事科學院 편: 『毛澤東軍事文集』, 第4卷, 北京: 軍事科學出

이로부터 천겅이 황허를 건너 서쪽으로 산뻬이에 진입하는 작전 방안은 가상이 아니라 확정된 중요한 배치였다는 것을 알 수 있다.

7월 중순 중국공산당 중앙은 천겅 종대의 작전에 대해 중요한 변동을 했다. 천겅 종대는 서쪽으로 황허를 건너 산뻬이에서 서북 야전병단과 협동작전을 하는 것이 아니라 황허를 건너 남쪽으로 내려가 허난성 서부지역에 진입하라고 결정했다. 이는 중국공산당 중앙에서 전면적인 국면을 고려하여 내린 중요한 결정이며 심사숙려를 거친 후에 내린 결정이었다. 이런 전략적 변화는 두 가지 원인이 있었다.

첫째, 류·덩 대군은 이미 황허를 건너 산동 서남부지역에 도착했으며 천리를 이동하여 다베산으로의 남하를 준비하고 있다. 류·덩 대군은 후방이 없는 상황에서 전투를 해야 할 상황에 놓여 있어 대량의 국민당 군대의 밀집 추격을 받게 되어 큰 압박을 받게 된다. 천겅 종대가 별안간 남하하여 국민당 병력이 공허한 허난성 서부지역으로 진군하여 류·덩 대군을 추격하는 국민당의 부대를 서쪽으로 유인하여 류·덩 대군의 압력을 줄이는 것이다. 동시에 그들이 황허를 건너 남쪽으로 내려가 허난 서부 근거지를 개척하면 서쪽으로 퉁관, 시안을 위협하고 직접 후쭝난 부대의 후방을 위협할 수 있다. 이렇게 되면 국민당은 부득이하게 산뻬이에서 일부 부대를 산시성과 허난성 변경지역으로 이전시켜 방어를 하게 된다. 이러면 산뻬이에 있는 서북야전병단의 부담을 줄일 수 있다. 이렇게 양쪽으로 견제 작전을 진행하는 것은 산뻬이의 쉐이더 지역으로 진입하는 것보다 중요한 것이다.

둘째, 천겅 종대가 만약 산뻬이에 진입하면 산뻬이 인민들의 경제적 부담이 증가하게 된다. 이는 중국공산당 중앙에서 줄곧 고려하던 문제였다.4월 17

版社, 中央文獻出版社, 1993년, 107쪽.

일, 저우언라이가 중국공산당 중앙의 명의로 기초한 전보문에 이렇게 썼다. "지난 아홉 달 동안 진행된 방위전쟁에서 여러 지역에서 동원된 후방 근무 인민들의 수량과 정규군의 수량 비례는 놀라울 정도였다. 전선에서 전쟁에 참여한 병사 한 명에 후방에는 여섯 명이 이를 위해 복무한다는 말이 있기도 했다. 이렇게 인력을 소모하고 있으니 어찌 전쟁을 장기적으로 지원할 수 있단 말인가? 너무 많은 인력이 후방의 지원에 동원되어 인민들의 생산 활동에 영향을 미치게 되며 이는 부대에 공급되는 식량에 영향을 미치게 된다."[658]

산뻬이의 방위전쟁은 4개월 동안 진행되었다. 서북 야전 병단에 필요 물자를 공급해야 하는 산뻬이 인민들은 후쫑난 부대의 반복적인 "숙청"에 수많은 물자들이 약탈당했다. 만약 천겅 종대가 산뻬이에 들어가면 이미 과중한 부담을 짊어진 산뻬이 인민들에게 더욱 큰 경제적 부담을 주게 된다.

이후의 실천이 증명하다시피 중국공산당 중앙에서 상술한 두 가지 문제에 근거하여 적절한 시기에 천겅 부대의 진군 방향을 조절한 것은 완전히 정확한 결정이었다.

천겅은 바로 샤오허 회의가 열리기 전날인 7월 19일에 중국공산당 중앙이 있는 산뻬이 샤오허촌에 도착했다. 산뻬이로 오기전 천겅은 이미 부대를 거느리고 중앙에서 서쪽으로 이동하여 산뻬이로 들어오라는 명령을 받을 준비를 했다. 하지만 마오쩌동과 저우언라이는 그에게 다른 새로운 임무를 주었다. 그는 이렇게 회상했다. "마오 주석과 저우언라이 동지는 이런 상황을 설명하면서 중앙의 결책을 전달했다. 원래 산뻬이 전지로 이동하려했던 우리 제4종대는 제9종대, 38군단으로 한 개 병단을 구성하여 허난 서부로 이동한 후 주력 부대와 협동 작전을 하기로 했다. 허난 서부로 이동하는 행동에 대

658) 中共中央文獻研究室, 中國人民解放軍軍事科學院 편: 『周恩來軍事文選』, 第3卷, 北京: 人民出版社, 1997년, 195쪽.

해 마오주석은 매우 중요한 지시를 내렸다. 마오 주석은 류·덩이 우리 야전군 주력 부대를 이끌고 다볘산으로 가면 적들은 어쩔 바를 모르게 되어 사처에서 병력을 동원하여 추격하고 류·덩 대군의 길을 막으려 할 것이다,라고 했다. 후쫑난은 산뻬이에서 발을 뺄 수가 없기에 그들은 궁지에 몰리게 된다고 하면서 허난 서부의 적은 많지 않기에 우리에게는 기회라고 했다. 때문에 허난 서부로 출병하는 것은 전략적 의미가 있는 것이고 허난 서부에 도착하면 과감하게 동쪽으로 류·덩, 천·쑤 부대와 협동하고 서쪽으로는 산뻬이와 협동하는 기동작전으로 대량의 적들을 궤멸시켜야 하며 위산어근거지를 개척해야 한다고 했다. 주석은 나에게 '파부침주(破釜沉舟)'에 관한 이야기를 하면서 우리는 마땅히 큰 결심을 하고 용기 있게 일을 진행해야 한다고 했다.'[659]

같은 날 중국공산당 중앙군사위원회에서는 천·셰 종대의 진군 방향을 전환할 것에 관한 명령을 공식적으로 발표했다.

> 후쫑난의 부대를 격파는 산간닝을 협력하고 전략적으로 중원을 점령하는 류·덩 대군을 협조하기 위하여 천·셰 종대는 방향을 바꾸어 허난으로 진군한다. 우선 통관–뤄양–정저우 구간을 점령한 후 이 지역의 적들을 궤멸시킨다. 또한 후쫑난의 군대를 유인하여 궤멸시킨다.
>
> 자오지메이 종대(5사단 주력), 친지웨이(秦基偉) 종대와 쿵, 왕(孔, 汪)[660]의 38군단과 천·셰 종대가 함께 남쪽으로 진군하여 천·셰의

659) 陈赓: 『挺进豫西』, 『人民日报』, 1961년 1월 1일.
660) 쿵충저우(孔從周), 왕펑(汪鋒).

지휘를 받게 하기로 제의한다.[661]

7월 21일 오후, 샤오허 회의가 시작되었다. 마오쩌동은 회의 시작에 이렇게 선포했다. "군사 계획에 관하여 서북 전지 서북 야전병단과 천경 종대가 연합하여 후쫑난을 상대하려던 계획을 수정하기로 한다. 지금 두 갈래로 나뉘어 전투를 하기로 하는데 이는 전략에 유리할 뿐만 아니라 식량공급에 유리하다."[662] 그가 말한 두 가지 "유리"는 바로 앞에서 말한 두 가지 요점이다. 이는 샤오허 회의 전에 하달한 명령으로 샤오허 회의에서 결정한 것은 아니다.

샤오허 회의는 7월 23일에 끝났고 천경은 진난으로 돌아갔다. 27일, 중국공산당 중앙군사위원회에서는 "지금부터 천·셰 집단은 류·덩의 직접 지휘한다"고 결정했다. "천·셰 집단은 전선 위원회를 구성하고 각 부대 지휘관을 위원으로 하며 천·셰, 한(천경, 셰푸즈, 한준) 세 사람을 상임위원으로 하며 천경이 서기를 맡고 셰푸즈가 부서기를 맡는다."[663] 이 집다는 전투 계열에 따른 것이고 군대 편제는 아니다. 때문에 이 병단은 이름이 따로 없고 전선위원회에서 일괄적으로 지휘하게 된다. 처음 이 부대에 귀속된 부대 중 조금 늦게 출발한 자오지메이 종대 외에 진지루위 야전군의 제4종대, 제9종대, 제38군단과 타이웨 군관구의 제22여단 총 8만여 명으로 구성되었다.

제4종대 외에도 제9종대는 타이항 군관구 및 소속 군관구의 지방 무장대오로 구성된 것으로 8월 15일에 정식으로 성립되어 친지웨이가 사령관을 맡고 황전(黃鎭)이 정치위원을 맡았다. 종대 출정식에서 궐기 대회가 열렸다.

661) 中共中央文獻研究室, 中國人民解放軍軍事科學院 편: 『毛澤東軍事文集』, 第4卷, 北京: 軍事科學出版社, 中央文獻出版社, 1993년, 143쪽.

662) 中共中央文獻研究室 편: 『毛澤東文集』, 第4卷, 北京: 人民出版社, 1996년, 266쪽.

663) 중국공산당 중앙군사위원회에서 류·덩, 수, 텅, 보, 왕(徐滕薄王), 천·셰, 한, 정, 리에게 보낸 전보문, 1947년 7월 27일.

타이항 행서에서는 "타이항 자제는 하나의 밧줄로 단단히 뭉쳐 허난을 넘어 흉악한 귀신을 잡자"[664]는 글이 수놓아진 종대 깃발을 수여했다. 제38군단은 원래 서북군 양후청(楊虎城)의 부대였다. 이 부대는 다년간 국민당 당국의 기시와 병탄, 분할과 박해를 받아 왔기에 세력이 약했다. 장제스가 이 부대를 궤멸시키려 했던 1945년 7월과 1946년 5월, 이 부대는 선후로 허난 서부의 뤄닝(洛宁) 궁현(鞏縣) 지역에서 기의(起義)를 일으키고 해방구로 넘어왔다. 1946년 9월 24일, 진지루위 군관구의 명령에 따라 이 부대를 서북민주연군 제38군단으로 명명하고 쿵충저우가 군단장 왕펑(汪鋒)이 정치위원을 맡았다.

이 집단은 농민 일군들과 함께 연일 내린 폭풍우 속에서 험난한 산길을 행군하여 8월 20일에 진난과 위뻬이로부터 황허 북쪽 기슭에 도착했다. 그들이 집결한 지역의 맞은편은 국민당 군대의 수비가 제일 약한 지역이었다.

이 지역의 서쪽에 있던 후쭝난 집단의 주력부대는 이미 서북 야전군에 이끌려 산뻬이의 미즈 북쪽 지역으로 이동했으며 재편성한 제36사단 주력은 8월 20일에 사자뎬(沙家店) 지역에서 궤멸당하여 후쭝난 부대는 남쪽의 상황을 고려할 겨를이 없었다. 이 지역의 동쪽은 꾸주통 집단인데 이 부대의 20여개 여단은 한창 남쪽으로 급행군하여 다베산으로 향하는 류·덩 대군을 막으러 가고 있어 북쪽의 상황을 상관할 형편이 못되었다. 멍진(孟津)부터 통관까지의 250킬로미터 길이는 허난 서부지역의 황허 남쪽 기슭이다. 길다란 이 지역을 지키고 있는 부대는 겨우 다섯 개의 보안 연대뿐이었다. 이런 방어 역량은 당연히 무너뜨리기 쉬웠다. 방어선 뒤편에는 재편성한 제15사단, 청년군 제206사단이 있고 새로 편성된 제1여단 등 국민당 부대가 뤄양과 통관사이 롱하이 철도에 의거하여 기동적인 방어를 하고 있었다. 이 국민당 군대들

664) 秦基偉: 『秦基偉回憶彔』, 北京: 解放軍出版社, 1996년, 191쪽.

은 천·세 집단이 이 시기에 황허를 건너 남쪽으로 이동한 후 허난 서쪽으로 이동할 것이라고 생각지 못했다.

8월 22일 저녁과 23일, 천·세 집단은 두 개 갈래로 나뉘어 황허를 건넜다. 제4종대와 제9종대는 동쪽 노선으로 황허를 건넜고 제38군단과 제22여단은 서쪽에서 황허를 건넜다. 이 두 갈래 중 동쪽으로 이동하는 제4, 제9종대는 주력 부대였다.

비교적 순리롭게 황허를 건넜다. 이 시기는 폭우가 자주 내리는 계절이라 황허의 수위는 급히 높아졌고 파도도 높이 일고 있었다. 국민당 군내는 항일 전쟁 시기에 이미 이 곳에 적지 않은 방어시설들을 구축했으며 내전이 일어나자 시설들을 더욱 단단히 했다. 해방군은 험난한 황허의 상황과 국민당 군의 방어를 무릅쓰고 용맹하게 전진했다. 부대는 도하용 배외에도 대량의 유포포대(油布包), 후루저우(葫芦舟) 등 이용했다. 유포포대는 유포로 만든 포대에 솜이나 잡초들을 넣어 물에 뜨게 한 후 배처럼 사람이 올라탄 후 강을 건널 수 있는 도구로 사용하는 것이다. "처음에 유포 포대 하나씩 3~4명의 병사를 태우고 강을 건넜는데 조종하기 힘들었다. 후에는 여러 개 목판을 이어 놓은 후 그 밑에 세 개의 유포 포대를 묶어 강에 띄웠다. 병사들은 이를 '수공 모터보트'라고 불렀다. 실험한 결과 이 '보트'는 한 개 반의 병사를 이송할 수 있으며 기관총이나 작은 대포도 함께 운송할 수 있었다." 병사들은 "유포 포대는 부력이 커서 비와 바람, 파도에도 여전히 앞으로 나아갈 수 있으며 크기가 작아 적들이 아무리 천리안을 가지고 있다고 해도 발견하기 어렵다"[665]고 했다. 대포의 지원 하에 적의 눈을 피하거나 강행으로 황허를 건넜다. 도하 지점의 황허 너비는 약 300~500미터의 비교적 좁은 지역이다. "65세의 뱃

665) 孔從周: 『孔從周回憶: 』, 北京: 解放軍出版社, 1989년, 365, 366쪽.

사공이며 영웅인 췌이빙원(崔炳文)의 첫 배는 강가를 떠난 지 5분도 되지 않아 맞은편 기슭에 도착했다."[666] 황허를 건넌 부대는 신속하게 룽하이 철도로 이동하여 동쪽의 부대는 뤄양 서쪽에 위치한 신안 □츠(澠池) 등 지역을 점령했고 서쪽으로 이동한 부대는 산현(陕县) 동쪽의 관인탕(觀音堂) 역을 점령하여 뤄양과 산현간의 연락을 차단했다. 양쪽으로 진군한 부대는 천여 명의 살상자가 발생했고 총 4800여 명의 국민당 군을 궤멸시켰다.

장제스는 천·셰 집단이 황허를 건너 남쪽으로 향하리라는 것도 상상하지 못했다. 장제스는 전쟁 국면을 계속 잘못 판단하고 있었으니 당연히 그릇된 병력 배치를 할 수밖에 없었다. 그는 8월 23일의 일기에 이렇게 썼다. "전쟁 국면에 대해 연구를 한 후, 천겅 토비 부대는 진난 위안추(垣曲)와 왕커우(旺□) 멍현(孟縣)의 여러 나루터에서 남쪽으로 몰래 강을 건너 류보청의 토비부대를 지원하려 하는 것은 류보청의 토비부대가 허난 서부지역을 거쳐 진난으로 도망가려 한다는 것을 증명한다. 하지만 우리 군의 목적은 우리 군의 포위 섬멸에 불리하지 않도록 토비군이 서쪽으로 도망치지 못하게 하고 토비군을 동쪽의 다볘산과 화이허 사이에서 묶어 두는 것이다."[667]

천·셰 집단이 허난 서부 지역으로 진군하게 되면서 국민당 군대의 원래 병력 배치를 엉망으로 만들었다. 그들은 급히 4개 여단과 뤄양에 주둔하고 있던 수비군의 4개 여단으로 제5병단을 만들어 후쫑난 파의 하서 경비 총사령관 리톄쥔(李鐵軍) 제5병단 사령관으로 임명하여 류·덩 대군이 지나간 길을 따라 뒤쫓게 했다. 또한 후쫑난의 주력 부대를 산뻬이의 전선에서 남쪽으로 철수하여 먼저 4개 반의 여단으로 산시성 동부 병단을 조직하여 시안 쒜이징

666) 신화사 허난 서부 전선 1947년 8월 23일 전보, 穆欣 편: 『陈赓兵团在豫西』, 郑州: 河南人民出版社, 1981년, 96쪽.

667) 장제스 일기(친필본), 1947년 8월 23일, 미국 스탠퍼드대학교 후버연구소 소장.

관공서 산시 동부 지휘관 셰푸싼(謝甫三)을 지휘관으로 임명한 후 동서 양쪽으로 천·셰 집단을 협공하려 했다.

이런 상황에서 천·셰 집단은 동쪽으로 공격을 할 것인가 아니면 서쪽으로 전진할 것인가를 즉각 결정해야 했다. 원래 그들의 주력 부대는 강을 건넌 후 동쪽의 신안, 몐츠 일대에 주둔하고 있었다. 이 지역은 뤄양과 가깝기에 국민당 측에서는 그들이 "뤄양을 공격"할 것이라고 여겼다. 하지만 동쪽의 제5병단은 서쪽의 산시성 동부 병단보다 강했으며 뤄양은 방어가 강한 도시였다. 8월 30일 중국공산당 중앙군사위원회에선 천·셰에게 전보를 보냈다.

> 서쪽은 병력이 적어 점령하기 비교적 쉽다. 뤄양 부근의 적들은 뤄양을 지키려고 하기에 우리의 주력으로 전투를 하지 말아야 한다. 견고한 방어지역을 피하고 수비가 약한 거점을 공격하며 운동전을 해야 하며 기동적으로 신속하게 전투를 하여 적의 지역을 많이 점령하고 많은 적들을 궤멸시키는 것을 목적으로 해야 한다. 도하의 중점을 동쪽에 두었다. 헌데 지금은 변했다. 이 과정에 우리는 소중한 며칠의 시간은 잃었으며 후쫑난이 서쪽에서 병력배치를 완성할 수 있는 기회를 주었는데 참으로 아쉽다. 하지만 후쫑난의 주력부대는 여전히 쒜이더-미즈 지역에 남아있고 뤄촨 남쪽에는 몇 개 여단과 약간의 특수부대(포병 등)가 있어 이 지역을 공격하는 것은 당신들에게 매우 유리하다.[668]

훗날 천겅은 이 결책의 중대한 의미에 대해 이렇게 말했다. "당시 우리의

668) 中共中央文獻硏究室, 中國人民解放軍軍事科學院 편: 『毛澤東軍事文集』, 第4卷, 北京: 軍事科學出版社, 中央文獻出版社, 1993년, 222쪽.

주력은 뤄양 부근에 있었다. 비록 적의 3개 사단이 뤄양에 도착하지 않았지만 우리가 뤄양을 공격한다고 해도 우리는 뤄양을 함락할 절대적인 가능성이 없었다. 우리가 뤄양을 점령한다고 해도 뤄양에서 세력을 공고히 할 수 없으며 적들이 양쪽으로 우리를 포위하게 되면 우리는 병력을 다시 배치하여 대량의 적들을 궤멸시킬 수 있는 기회를 잃게 된다. 만약 서쪽으로 주력을 이동하면 적의 병력이 적은 산현 서쪽의 적들을 궤멸시켜 적들의 동서 연락을 절단 시키고 서북 야전군의 작전에 더욱 유리하게 되며 여러 갈래로 산시 남부, 허난 서부로 들어가 더욱 넓은 새로운 근거지를 건립할 수 있고 유력하게 중원으로 들어가는 주력 부대의 작전을 협력할 수 있었다.'[669]

서쪽은 산현, 링바오(灵宝)이고 허난, 산시의 접경지대인 이 지역은 산세가 험준하고 도로가 좁아 예전부터 한구관(函谷關)이라고 불린 군사적으로 모두 점령하려는 지역이다. 중국공산당 중앙군사위원회에서는 9월 2일에 천·셰가 주력 제4종대를 거느리고 서쪽으로 이동하여 제38군단과 제22여단과 합류한 후 국민당 군 산시 동부 병단을 공격하라는 전보령을 내렸고 제9종대는 뤄양 동남 지역에서 제5병단이 서쪽으로 지원하러 나가지 못하게 막고 푸뉴산(伏牛山) 북쪽 기슭에서 근거지를 건립하라고 했다.

서쪽으로 진군하는 부대는 산시 동부 병단이 집결하지 못한 유리한 기회를 타서 신속하게 국민당 부대를 각각 섬멸했다. 9월 17일 산시 동부 병단의 8개 연대 중 6개 연대가 궤멸되었으며 산현, 링바오, 원향(閿鄉), 루스(盧氏) 등 지역을 점령하고 물자를 포획하고 곡사포 연대와 통신 교도대를 성립했다. 기타 지역에서의 승리를 포함하여 천·셰 집단은 황허를 건넌지 한 달도 채 되지 않은 시간에 3만여 명의 국민당 군대를 궤멸시키고 평방 1백 5십여

---

669) 陈赓: 『挺进豫西』, 『人民日报』, 1961년 1월 1일.

킬로미터 허난 서부 지역을 점령했다.

그들이 이토록 순조롭게 발전할 수 있었던 것은 국민당 군대에 존재한 엄중한 약점과 갈라놓을 수 없다. 신화사 허난 서부 전선의 9월 23일 전보에 이렇게 썼다.

> 이번 전역에서 장제스 군대는 많은 허점을 드러냈으며 이는 그들의 붕괴에 가까워지고 있다는 것을 의미한다. 주로 세 가지 면에서 표현된다. 첫째, 하루하루 사기를 잃어가는 병사들. 신1여단은 장제스 군대 중 전투력이 비교적 강한 부대였다. 하지만 우리 군이 공격하자 즉각 무너졌다. 정, 부 여단장 이하 5천여 명은 전부 투항했다. 그들은 내전을 견지하는 장제스에게 비관했으며 실망했다. 적군 135여단과 청년군 한개 대대, 36사단 야포 대대, 보안 제1연대가 수비하고 있었지만 우리 군의 3시간의 공격에 무너지고 말았다. 여러 차례의 전투에서 우리 군과 적군의 사망자 비례는 1:10이였다. 둘째, 영활하지 못한 지휘로 인한 피동적인 상황. 명령에 따라 동에서 서쪽으로 서쪽에서 동쪽을 이동을 한 부대는 피로하기만 했다. 각급 지휘관들은 전투에 신심을 잃었으며 서로 원망하기만 했다. 신1여단의 하급관병들은 여단급 지휘관들의 부당한 지휘를 탓했다. 황융짠(黃永贊)[670] 등 여단급 지휘관들은 후쫑난을 망할 놈이라고 욕했다. 야포 11대대 고사포 중대장 후전잉(胡振瀛)은 보병들의 엄호가 제대로 되지 않았다고 불만을 표시했다. 셋째, 부패한 기율, 인민들과 등을 돌린 부대. 멘츠는 해방 전

670) 황융짠: 포로당한 재편성한 제76사단 신1여단 여단장.

에 거의 모든 물자를 장제스 군대에게 빼앗겼다. 장제스 군대는 산현 난관(南關)은행과 상점들을 깨끗하게 털어갔다. 링바오 남쪽의 주자춘(朱家椿)등 농촌의 가축도 깡그리 털어갔다. 군중들 모두 장제스 군대의 폭행에 이를 갈았다. 이는 장제스 군대의 치명적인 약점이었다.[671]

천·셰 집단의 남하는 국민당 통치구역에서도 큰 반응을 일으켰다. 상하이에서 출판된 『관찰』주간에는 『천경의 남쪽으로 도하와 산서, 허난의 국면』이라는 제목의 통신이 실렸다. "천경의 남하에 대해 허난의 군사관련 부서에서도 모르는 것은 아니다. 하지만 알고 있다고 해도 어찌할 방도가 없다. 산동의 형세도 대치 상태이고 류보청은 날카로운 비수마냥 심장지대를 지르고 있기에 천경이 이득을 보았다." "두 주일 동안 지속된 전투에서 지방 무장 세력은 70~80%의 무기를 잃었다. 특히 송현(嵩縣)의 무장 세력의 손실이 제일 컸다. 민국 33년(1944년) 중원 결전 시 당지 백성들은 무기를 판매하여 떼돈을 벌었고 이번에는 천경의 부대에 부기를 지원하여 준 셈이다." "천경이 '얻어가는' 전술은 허난 서부에서도 여러 차례 '상영되었다. 제일 성공적인 것은 9월 14일 링바오의 전투와 17일의 산저우(陝州) 전투였다. 링바오와 산저우의 전투는 리톄준의 지휘가 아니라 후쭝난의 지휘하에 진행된 것이다. 천경은 우선 산저우를 고립시켰다. 산저우에 몇 천명 만남기고 링바오를 '먹기' 시작했다. 후쭝난은 세 개 연대를 파견하여 지원하게 했는데 원향 서쪽 지역에서 습격을 당해 지원을 할 수가 없었다. 천경이 산저우를 포위하게 되자 국군은 부득불 지원을 포기할 수밖에 없었다." "링바오와 산저우의 전투에서 국군은

---

671) 穆欣 편: 『陈赓兵团在豫西』, 郑州: 河南人民出版社, 1981년, 100쪽.

상당한 손실을 입었다." "지금 산시 남부, 허난 서부에 있는 토비군은 이미 10만 명이 넘었다. 이는 '눈덩이 굴리 듯' 급증한 숫자이다."[672]

산시 동부 병단이 궤멸당한 후, 시안은 엄중한 위협에 빠졌다. 9월 19일, 후쫑난은 급히 산뻬이에서 시안으로 돌아왔고 장제스도 이튿날에 시안으로 날아왔다. 그들은 다베산, 진난 윈청과 산뻬이 위린에서 재편성한 제65사단과 두 개 재편성한 여단을 급히 비행기로 시안으로 이송하여 페이창훼이를 산시 동부 지휘관으로 임명했다. 동시에 동부 전선의 리톄준 부대도 신안, 뤄닝으로 진군했다. 형세의 변화에 따라 9월 23일, 중국공산당 중앙군사위원회에서는 천·세 등에게 전보를 보내 원래의 계획을 포기하고 주력 부대에게 동쪽으로 이동하여 리톄준 병단을 공격하라고 했다. 전보에는 이렇게 썼다.

"이미 시퉁선(西潼線)에 도착했고 며칠 간 곧 도착하게 될 적군은 모두 10개 반의 여단이어서 목적을 당성하기 어렵다. 한수이 유역에는 적들의 정규군이 없기에 한 달 뒤에 이 지역을 점령할 수 있다. 정뤄(鄭洛) 지역은 리톄준의 6개 여단이 수비하고 있어 상대적으로 약하다. 이런 상황에 따라 아래와 같이 배치한다. ……" "당신들은 4개 여단의 주력을 이끌고 남북의 부대와 협력하여 26일 부터 부대를 은폐하면서 동쪽으로 진군하여 64여단과 우팅린(武庭麟)의 사단부(가능하게 츠젠(磁澗)에 있다)를 포위 궤멸시키고 신안을 수복한다."[673]

천·세는 중앙군사위원회의 전보 지시에 따라 9월 26일에 제4종대와 제22여단을 거느리고 쥐도 새도 모르게 동쪽으로 급행군 했다. 리톄준은 천·세 집단의 주력이 여전히 퉁관 부근에 있다고 여기고 아무런 방어도 하지 않고

---

672) 邓一成: 『陈赓南渡与陕豫局势』, 『观察』, 第3卷 第10期, 1947년 11월 1일.

673) 中共中央文獻研究室, 中國人民解放軍軍事科學院 편: 『毛澤東軍事文集』, 第4卷, 北京: 軍事科學出版社, 中央文獻出版社, 1993년, 268쪽.

서쪽으로 향하고 있었다. 10월 1일과 2일 새벽, 동족으로 진군하던 부대는 돌연습격을 시작하여 우팅린 재편성한 제15사단 사단부와 이 사단 제64여단의 대부분을 궤멸시켰다. 포로 된 제64여단 부 여단장 왕원차이(王文才)는 이렇게 말했다. "우리는 당신들이 많은 병력으로 적은 병력을 궤멸시키는 전술을 사용하고 있다는 것을 알고 있다. 하지만 당신 군대는 언제 여기에 나타났는가? 우리는 아무것도 모르고 있었다."[674] 재편성한 제3사단은 황급히 뤄닝에서 뤄양으로 퇴각했다. 퉁관과 뤄양 사이의 롱하이 철도선의 전투는 이렇게 끝을 맺었다.

10월 상순부터 중순까지, 천·셰 집단은 서둘러 휴식 정돈을 했다. 10월 21일, 중국공산당 중앙군사위원회에서는 천·셰에게 롱하이선을 잃을 걱정을 하지 말고 과감하게 남하여 적들을 아무런 필요가 없는 곳에 남겨 두라고 했다.11월 4일의 전보에는 이렇게 명확하게 지적했다. "당신들은 산, 링, 원, 몐, 뤄(저자 指산현, 링바오, 원향, 몐츠, 뤄닝)를 잃을 준비를 하고 농촌지역에서 견지하며 황허 남북 교통이 잠시 단절될 준비를 해야 한다. 당신들이 동쪽과 남쪽에서 기반을 닦으면서 리톄준 병단의 일부 부대를 궤멸시키나 후쫑난의 부대가 롱하이선 일대에 분산되면 적을 궤멸시킬 기회를 찾아야 한다."[675] 이는 큰 결심이다. 천겅은 이렇게 회상했다. "만약 우리가 적들과 롱하이선을 차지하려고 전투를 했다면 우리는 피동에 처하여 새로운 발전을 가져오기 어려웠을 것이다. 부대를 이끌고 남쪽으로 내려가 적들이 방심한 틈에 허난 서부의 각 현급 도시에 분산되어 있는 적들을 궤멸시켜 광대한 지역을 점령하고 넓은 근거지를 창립했다. 이는 이후 작전의 의거가 되었으며 동

---

674) 穆欣: 『北線凱歌』, 武漢: 湖北人民出版社, 1980년, 332쪽.

675) 中共中央文獻研究室, 中國人民解放軍軍事科學院 편: 『毛澤東軍事文集』, 第4卷, 北京: 軍事科學出版社, 中央文獻出版社, 1993년, 319쪽.

쪽으로는 핑한선으로 이동하여 중원으로 진군하여 오는 주력 부대와 협동 작전을 할 수 있었다. 이는 전반적인 중원의 형세에 제일 유리한 배치이며 적들이 롱하이선을 점령한 후 병력을 분산시켜 배치하기 마련이니 이는 우리 사단이 적들을 궤멸시킬 수 있는 기회를 주는 것이다."[676]

이와 같은 전략적인 고려 하에 천·셰 집단의 주력 부대는 10월 말에 남하하기 시작했다. 11월 1일부터 5일까지 연속 바오펑(宝丰), 루산(魯山), 난자오(南召), 팡청(方城), 예현(叶縣), 린루(臨汝), 자현(葭縣), 덩펑(登封) 등 지역을 점령했다. 린루, 자현의 전투에서 재편성한 제15사단의 잔여부대를 궤멸시키고 사단장 우팅린을 생포했다. 이 부대의 전신은 류전화(劉鎭華)의 전송군인데(鎭嵩軍) 중화민국이 성립한 이래 장기간 허난 서부 지역에서 지방 우두머리 노릇을 하고 있고 방어에 강했다. 우팅린의 전임은 당시 국민당 허난성 정부 주석을 맡고 있던 류전화의 동생 류마오언(劉茂恩)이었다. 우팅린이 생포된 자현은 깊은 참호와 높은 토치카가 많은 곳이었다. 이 전투는 큰 영향을 미쳤다.

천·셰 집단의 주력이 남하하면서 허난 서부의 새로운 국면을 개척하였으며 뤄양에 있던 제5병단이 서쪽으로 진군하려는 계획을 파괴했다. 리톄준은 급히 주력부대인 재편성한 제3사단과 제20사단의 다섯 개 여단은 바오펑, 자현으로 이동시켰고 추가로 두 개의 여단을 린루와 샹청(襄城)으로 이동시켜 이 지역에서 천·셰 집단 주력 부대와 결전하려 했다.

이런 상황에서 어떻게 응대해야 하는가? 전투를 해야 하는가? 즉각 결정해야 할 상황이었다. 11월 8일, 천·셰는 난자오 잉뎬(應店)에서 전선 위원회 확대회의를 개최했다. 제9종대 사령관 친지웨이는 이렇게 회상했다. 회의에

676) 陳謝: 『挺進豫西』, 『人民日報』, 1961년 1월 1일.

서 "다가오는 적들과 전투를 하거나 서쪽의 푸뉴산 지역으로 이동하여 근거지를 건립하자는 두 가지 의견이 나왔다. 이 의견에 대해 천경 동지는 양측 병력이 비슷하고 우리의 장비가 적들과 큰 차이 나고 새로 만든 근거지에서 적을 궤멸시킬 가능성이 크지 않기에 경솔하게 전투를 하면 우리에게 불리하다고 했다. 큰 산이 있는 지역으로 이동하여 높은 지대에 도착하면 상대적으로 안전하여 우리의 부담을 줄일 수 있지만 류·덩 대군을 협력하고 천·쑤의 부대와 호응하는 목적을 이루기 힘들다."[677] 회의에 참여한 대다수 사람들은 천경의 의견에 동의했다. 마지막에 잠시 뒤를 쫓아오는 국민당의 추격을 피하고 한 부대는 주력 부대로 위장하여 "소몰이 전술"로 서쪽의 전핑(鎭平), 네이샹(內鄉), 시샤커우(西峽口)로 유인하고 시징(西荊)도로를 파괴하며 산시 남부로 남하하는 부대와 협력하여 리톄준 병단의 주력부대를 서쪽으로 유인하고 적의 병력을 분산시켜 적의 세력을 소모시켜 국민당 부대의 규모를 줄여야 한다. 주력 부대는 동쪽으로 이동하여 푸뉴산 동쪽기슭, 핑한 철도 서쪽에서 작전을 진행하며 기회를 타 적을 궤멸시키기로 했다.

"소몰이 군"은 황전과 황신유(黃新友)가 인솔하는 4종대 제13여단과 9종대 제25여단이었다. 6천명도 안 되는 이 부대는 주력 부대로 위장하여 11월 9일에 난자오를 떠나 서쪽으로 진군했다. 이 부대는 행진하는 과정에 여러 갈래로 나뉘어 넓은 너비로 이동하면서 수많은 밥가마를 설치하는 등 방법으로 허장성세로 주력부대로 위장하여 리톄준 병단 주력부대를 유인했다. 또한 이 부대는 행진 도중에 있는 토비들과 지주 무장 세력을 궤멸시켰다. 하지만 리톄준 병단의 주력부대는 이내 따라오지 않았다. 원래 리톄준과 천경은 황푸군관학교의 제1기 동기였다. 때문에 리톄준은 천경의 지휘 작전이 매우 능

---

677) 秦基偉: 『秦基偉回憶彔』, 北京: 解放軍出版社, 1996년, 206쪽.

하다는 것을 알고 있었다. 그는 남하할 때 신중하게 군대를 지휘했으며 지면 정찰과 공중 정찰을 끊임없이 하면서 해방군의 동향을 여간 주의하지 않았다. 서쪽으로 이동하는 해방군의 움직임을 감지하였지만 한 개 여단을 파견하여 관찰하게 할 뿐 주력 부대는 여전히 린루, 자현, 바오펑 지역에서 움직이지 않았다. 만약 리톄준의 주력을 신속하게 서쪽으로 유인하지 못하면 천·셰 집단의 주력은 몰래 푸뉴산으로 이동하려는 계획은 실현하기 어려웠다.

이런 상황에서 천겅은 주력부대로 위장하고 서쪽으로 진군하는 제13여단 여단장 천캉(陳康)에게 제대로 된 불을 한번 지펴야 된다고 지시했다.

"전핑을 꼭 점령해야 한다. 전핑은 난양 서쪽의 문호이고 난양에서 네이샹, 시샤커우로 나가는 길목에 있었다. 만약 전핑을 점령하면 난양은 우리의 공격 범위에 들어오게 된다. 만약 전핑이 함락되면 리톄준은 무리해서라도 따라올 것이다."[678] 11월 16일, 제13여단은 신속하게 전핑을 포위하고 밀집공격을 시작하여 다음날에 전핑을 점령하고 수비군인 두 개 보안연대를 전부 궤멸시켰다. 동시에 제25여단도 석불사를 점령했다. 과연 리톄준은 서쪽으로 가는 부대를 천·셰 집단의 주력 부대로 확신하고 제5병단의 주력부대를 거느리고 추격하기 시작했다. 서쪽으로 진군하는 부대는 국민당 제5병단 주력 부대와 일정한 거리를 두고 전투를 하면서 행진을 하며 추격하는 부대와 반날 정도의 4~5리의 거리를 유지했다. 제5병단은 루뉴산 깊은 산골까지 들어가게 되었다.

리톄준은 이미 천·셰 집단의 주력을 잡을 일만 남았다고 확신하여 중형무기를 버리고 산속으로 추격하기로 했다. 그들은 해방군의 뒤를 추격하면서 감히 제대로 쉬지도 못했다. 저녁이면 해방군의 부대가 부단히 습격하여 여

---

678) 穆欣: 『北線凱歌』, 武漢: 湖北人民出版社, 1980년, 359쪽.

간 피로하지 않았으며 부대는 조금씩 찢어졌다. 같은 시기 동쪽으로 진군하는 천·셰 집단 주력 부대는 순조롭게 핑한 철도 서쪽에서 활동하기 시작했으며 화동 야전군과 합류했다. 12월 13일, 두 부대는 동시에 대규모의 핑한 철도 격파전을 시작했다. 정저우부터 신양 사이의 철도는 전부 파괴되었고 수창, 뤄허, 주마뎬 등 국민당 군대의 보급기지를 점령했다.

그제야 리톄준은 자신이 속았다는 것을 알아차렸다. 그는 급히 재편성한 제3사단의 주력을 거느리고 푸뉴산에서 내려와 핑한 철도로 갔다. 그들이 난양을 거쳐 췌산(确山), 주마뎬을 지나 북쪽으로 올라가다가 정저우에서 남하하는 쑨위안량(孫元良) 병단과 남북으로 협공하려 했다. 하지만 재편성한 제3사단은 이미 지칠 대로 지친 상황이어서 병사들의 사기가 없었다. 또한 큰 눈이 내리고 물이 얼었고 식량이 부족하고 물도 부족했으며 추위를 견디기 힘들어 사처에 무기를 버리고 탈영하는 병사들이 많았다. 12월 24일, 천·셰 집단 주력과 화동 야전군 일부 부대는 제5병단과 재편성한 제3사단을 시핑(西平)과 쉐이핑(遂平) 사이에서 포위했다. 26일, 해방군은 총공격을 개시했다. 리톄준이 몇 명의 병사들을 거느리고 도망을 친 외에 모두 궤멸되었으며 제5병단 참모장 리잉차이(李英才), 재편성한 제3사단 사단장 루커전(路可貞) 등이 생포 당했다. 생포된 리잉차이 분개하여 소리쳤다.

"위에서는 우리에게 전진하고 포위를 뚫고 나오라고 하지만 상세한 정황과 당신들 군대의 병력은 알려주지도 않는다. 뿐만 아니라 어떠한 효력적인 지원도 없다. 리 사령관(리톄준)은 단순한 사람이라 위에서 공격하라고 하면 무턱대고 공격하기만하니 다시 빠져 나오지도 못할 호주머니라도 서슴없이 들어간다." 그는 "당신들의 벽에는 '적의 연대를 공격하여 국민당 군을 무너뜨리자'는 표어가 걸려 있는데 이번 우리가 패한 것은 당신들의 공격 때문이기도 하지만 반은 우리가 시기를 놓친 것도 있다."[679]

핑한 철도 파격전, 국민당 제5병단 멸망, 세 갈래 대군 남하와 합류는 중원 전쟁 국면을 완전히 전환시켰다. 천겅은 이렇게 회상했다. "핑한철도 파격 전투에서 천·쑤 대군과 류·덩 대군이 승리적으로 합류하면서 우리도 주력 편성을 다시 가지게 되었었다.(저자 류·덩 대군의 인솔하는 진지루위 야전군의 편성을 되돌려 준 것을 말한다.) 이번 전역에서 핑한 철도를 끊어 놓아 핑한 철도 동쪽과 서쪽의 해방구를 하나로 이어 놓고 적의 11사단 등 부대가 다베산에서 핑한철도 지역으로 돌아오게 했다.

이렇게 적들을 유인하여 다베산 투쟁의 부담을 줄였다. 이렇게 중원의 전쟁 국면은 새로운 단계에 들어섰다."[680]

신화사 허난, 산시 전선의 1948년 1월 14일 전보에서 천·셰 집단이 8월 하순 남하하여 황허를 건널 때부터 넉 달 간에 취득한 성과에 대해 대략적인 결산을 했다.

> 12월 말까지의 넉 달 동안 장제스의 정규군 및 지방 군 5만 6천여 명을 궤멸시키고 36개의 현급 도시를 해방했으며 해방한 인구는 9백여 만에 달했다. 해방구는 동서로 600여리 넓어 졌고 남북으로 천리 커졌으며 쑤루위완, 어위완 두 해방구는 하나로 이어졌다. 지역 전체의 중요한 지역은 거의 모두 우리의 통제 하에 있다. 우리는 남쪽으로 샹판(襄樊)을 위협할 수 있고 북쪽으로 퉁뤄(潼洛)까지 갈수 있다. 동쪽으로는 어위완 및 쑤루위완의 남쪽의 대군과 협동 작전을 할 수 있고 서쪽으로는 서북 해방군과 각을 이

679) 冯牧: 『整三师的再覆灭』, 穆欣 편: 『陈赓兵团在豫西』, 郑州: 河南人民出版社, 1981년, 135, 136쪽.
680) 陈赓: 『挺进豫西』, 『人民日报』, 1961년 1월 1일.

> 루어 금후에 기동적으로 대량의 적들을 궤멸시킬 수 있는 유리한 조건을 창조했다.
>
> 현재 해방군은 이미 푸뉴산 지역에서 자리를 잡았으며 공고히 하는 단계에 접어들었다. 새로운 해방구에서도 점차 곤란을 극복하면서 전체 지역에서 8개의 군관구와 전문 관공서를 건립했고 40여개 민주적 현급 정부와 최고 정권–위산어 행정 관공서를 건립했다. 4개월 동안 민주 정부의 사업인원 및 해방군 지휘관과 병사들은 창고를 개방하여 굶주림에 허덕이는 민중들을 구제하면서 사처에서 군중들의 해방의 불씨를 심어 주었다. 뤄허(洛河) 연안의 한 분구에서는 토지분배를 마치고 지금 "평균화" 단계에 들어섰다. 인민들은 민주 정부와 해방군에 진심어린 충성과 옹호를 보내고 있다. 푸뉴산 동쪽 산기슭의 전역 및 이번 핑한 남쪽 지역에서의 파격전에서 팡청, 루산, 옌청(郾城), 시핑 등 지역의 초보적으로 해방을 받은 농민들은 자원적으로 전투에 참여하고 부상병을 후송시켰다. 대군이 도착한 지역마다 농민들은 자원해서 총을 메고 전투에 참여했으며 수많은 청년 학생들과 교육계 인사들도 해방군에 참가하였거나 해방구의 사업에 참여했다. 인민 유격대도 큰 발전을 가져왔다.[681]

해방군은 광대한 농민들과 기타 사회 계층의 지지를 얻게 되었다. 이는 천·셰 집단은 강대한 세력을 가지고 있는 지방 악질 토호들이 많고 사회상황이 매우 복잡한 허난 서부 지역에서 신속하게 발전할 수 있었던 주요 원인

---

681) 穆欣 편: 『陈赓兵团在豫西』, 郑州: 河南人民出版社, 1981년, 104쪽.

이다.

멍량구에서 큰 승리를 거둔 천이, 쑤위가 인솔하는 화동야전군은 6월과 7월에 가장 어려운 시기를 겪었다.

멍량구 전역의 실패는 장제스가 절대 예상하지 못한 결과였다. 이 전역의 실패는 그를 크게 자극했다. 그는 여전히 군사 주의력을 산동 전지에 두었고 실패를 교훈 삼아 군사 배치를 조절했다. 하나씩 섬멸되는 것을 막기 위하여 "병렬 행군하기보다는 중첩되어 진군하며 나뉘어 공격하기보다는 함께 공격"하는 작전 방침을 제기했다. 전부 미국식 무기로 무장한 제5군단(이때 재편성한 제5사단이라 불렀다), 재편성한 제11사단의 정예부대를 주요 공격 부대로 하고 9개의 재편성한 사단의 25개 여단을 라이우부터 멍인까지 50킬로미터도 되지 않은 지역에 집결시키고 밀집된 병력으로 3~4개 사단이 중첩되어 번갈아 진군하며 6월 25일부터 새로운 공격을 시작했다. 해방군 측으로 볼 때 "열 개 사단은 하나로 뭉쳐져 다가오고 있다. 우리는 이들 사이에 틈을 찾을 수도 없었기에 이들을 분산시킬 수가 없었다. 그 후로 작전 기회는 찾기 어려웠고 전투는 점점 힘들어졌다."[682]

이 시기에 화동야전군의 작전 방침도 중요한 변화를 가져왔다. 전국의 전쟁의 변화에 따라 병력을 집중하던 작전 방침은 여러 갈래로 나뉘어 진행하기로 했다. 당시 류·덩 대군은 이미 황허를 건너 남쪽으로 향했으며 산동 서남부에서의 전투를 준비하고 있었다. 전체 최종 목표인 류·덩 대군 협력하고 산동을 공격하는 국민당 군을 물리치기 위해 6월 29일, 중국공산당 중앙군사위원회에서는 천이, 쑤위, 탄전린에게 전보를 보냈다. 이 전보에서는 국민당 군대의 "이런 전술은 궤멸당할 위험이 줄어들고 거주민들을 힘들게 하는

---

682) 石一宸: 『挺進中原』, 粟裕, 陳士榘 等: 『陳粟大軍戰中原』, 鄭州: 河南人民出版社, 1984년, 147쪽.

것 외에 아무런 작용도 없다. 이 전술의 결함은 양쪽과 퇴로에 병력을 배치하지 않아 공허한 것이다. 이런 공허함은 우리들에게 과감하게 적들을 공격할 수 있는 기회를 마련해주고 있다", "만약 적들이 정면에서 절대적인 주력부대로 집중시켜 진군한다면 우리 군은 병력을 집중하는 방침을 견지할 필요가 없다. 마땅히 여러 갈래로 나뉘어 그들의 후방을 공격하는 작전을 실행해야 한다."[683]고 했다. 30일 화동 야전군은 세 갈래로 나뉘어 진군하기로 결정했다. 천스주, 탕량(唐亮)이 제3, 8, 10종대(천, **탕 병단이라고도 부른다**)를 거느리고 산동 서부로 진군하고, 예페이, 타오융(陶勇)은 제1, 4종대(예, **타오 병단이라고도 한다**)를 지휘하여 산동 남부로 진군하며, 야전군 지휘부는 제2, 6, 7, 9종대와 특종병 종대와 함께 산동 중부지역에 남아 있다가 기회가 되면 출격한다. 그중 산동 서부, 산동 남부로 나간 두 병단은 남하하는 류·덩 대군을 협력하기 위해서였다. 류·덩 대군은 6월 30일에 황허를 건너 산동 서남부에 들어섰다. 이 시각 불현듯 진푸 철로연선에 나타난 화동야전군의 천, 탕 병단과 예, 타오 병단은 즉시 류·덩 대군과 협력하여 외선에서 공격 임무를 진행할 수 있었다. 장제스는 부득불 겨우 점령한 이멍산간 지역에 있는 재편성한 제5사단 등 7개 재편성한 사단을 진푸 철도선으로 이동시켰다.

이번 외선 작전은 예상 밖으로 큰 곤란에 직면했다. 후방이 멀리 떨어져 있고 현지 지형과 적들의 정황을 잘 이해하지 못하고 있었다. 더욱 우기가 갑작스레 닥치는 바람에 산 홍수가 터져 병사들은 허리 혹은 무릎까지 오는 홍수와 진흙 속에서 행군을 하고 전투를 해야 했다. 서쪽으로 진군하는 두 개 병단은 처음에는 그나마 순조로웠다. 하지만 뒤를 따르던 4개 종대는 각각 지닝, 원상, 텅현(滕縣), 쩌우현(鄒縣)에서 진행된 전투는 순조롭지 못했다.

---

683) 中共中央文獻研究室, 中國人民解放軍軍事科學院 편: 『毛澤東軍事文集』, 第4卷, 北京: 軍事科學出版社, 中央文獻出版社, 1993년, 319쪽.

별다른 성과를 얻지 못한 상황에서 적들의 지원군이 다가오고 있어 철수하는 수밖에 없었다. 이동하는 과정에 연속 작전을 진행한 예, 타오 병단은 전투원들과 비전투원 모두 합쳐 2만 명이 되었다. 비를 막을 도구도 없는 상황에서 폭풍우와 홍수를 헤치고 나아가야 했으며 아무런 도하 재료도 없었다.[684] 8월 1일, 천, 탕 병단의 협력 하에 두 병단은 지닝 부근에서 합류하여 류·덩 대군 가까이 접근했다. 이 시기 부대 병사들의 마음은 비교적 혼란했다. "반격, 반격 한다고 하지만 산동을 내주었고", "이렇게 질질 끌려 다니다 망하고 말겠다"고 하는 병사들이 있는가 하면 "물이 많은 산동 서남부에서 미꾸라지가 용노릇 하니, 전에 우리와의 전투에서 패전한 우화원(吳化文)이 지금 우리 뒤를 쫓고 있다니"[685]라고 하는 병사들도 있었다.

이런 상황에서 기고 장만해진 친청은 지린에서 큰소리 쳤다. "이와 같은 결정적 전역은 우리 동북국에 매우 유리하다. 동북의 국군의 실력이 늘어나면 공산 토비군을 궤멸시키는 시간을 앞당길 수 있으며 영토를 수복할 시간도 단축시킬 수 있다"

또한 그는 "공산토비군의 발악은 그들이 궁지에 빠졌다는 것을 말해준다"[686]고 말했다. 천스주는 이 전역의 실패에 대해 이렇게 총결했다.

> 외선에서 작전을 진행하면서 우리는 여러 차례 장제스 관할 구역을 오가면서 전투를 진행했다. 비록 전략적으로 일부 적들을 분산시켜 그들의 작전을 혼란시켜 류·덩 대군이 산동 서남지역으로

---

684) 南京軍區『第三野戰軍戰史』編輯室: 『中國人民解放軍第三野戰軍戰史』, 北京: 解放軍出版社, 1996년, 148쪽.

685) 粟裕: 『粟裕戰爭回憶录』, 北京: 解放軍出版社, 1988년, 515, 521쪽.

686) 『大公報』, 1947년 8월 18일.

나아가는 전략적 행동에 유리한 상황을 만들었지만 몇 개 전투는 제대로 진행되지 못했다. 이런 실패는 우리의 주의를 불러일으켰다. 실패의 주요원인은 두 가지가 있다. 우선 적의 상황을 체계적으로 이해하지 못했고 도시 공격을 맹목적으로 진행한 점이다. 진푸 연선의 중간 구간에 주로 주·현급 도시가 있지만 남북교통의 대동맥이어서 적들이 제일 예민해 하는 지역이어서 이 지역에는 견고한 방어시설이 있고 막강한 군대가 수비를 담당하고 있었다. 적들은 이런 도시에서 항상 방어 태세를 하고 있기에 공격을 당하면 완강하게 수비를 하고 서로 지원을 한다. 우리는 이런 상황을 정확하게 이해하지 못하고 있었고 충분히 예상하지 못하였기에 피동적일 수밖에 없었다. 다음은 무작정 적들을 얕잡아 보고 전투를 지휘할 때 조급했다. 부대를 여러 갈래로 나뉘어 출격할 때 촉박하게 전투에 뛰어들었다. 마침 우기에 들어선 산동 남부 지역의 악렬한 자연환경을 미처 고려하지 못했기에 집중된 병력으로 적들을 하나씩 궤멸시킬 수가 없었다. 결과는 류보청 동지가 말한 것처럼 "다섯 손가락으로 다섯 마리 벼룩을 잡으려 한다면 하나도 잡을 수 없게 된다."[687]

국민당 군대가 육속 서쪽으로 지원을 나간 후 산동 중부에는 4개 재편성한 사단이 남아 있었다. 그 중 제일 강한 부대는 난마 지역을 공격한 주력 부대인 재편성한 제11사단이었다. 이멍산간 지역의 협소하고 기다란 분지에 위치한 난마는 여러 갈래의 하천과 도로가 모이는 곳이다. 또한 이 지역은 국

---

687) 陳士榘: 『天翻地覆三年間—解放戰爭回憶录』, 北京: 中共中央党校出版社, 1995년, 165쪽.

민당 군대의 지역에서 제일 튀어나온 곳이며 산동 중부지역의 화동야전군의 중요한 근거지였다. 장제스는 이번 행동에 대해 특별히 신중했다.

그는 일기에 이렇게 썼다. "루중에 있는 공산 토비군의 오랜 소굴의 중심인 난마가 위치한 웨좡(悅庄) 분지를 몇 주 동안 관찰했다. 병사들의 투지가 없기에 직접 소굴을 공격하는가 아니면 포위공격을 할 것인가에 대하여 아직 결단을 내리지 못하고 있다. 공격을 할 수 있는 병력은 부족하지 않고 공군의 엄호가 있기에 우리가 토비소굴을 공격할 진을 알맞게 치고 우리의 약점을 드러내지 않는다면 목적을 달성할 수 있다."[688] 반대로 화동야전군이 세 갈래로 나뉘어 진군한 후 루중에 남아 있는 병력은 부족했다. 6월 29일, 국민당 재편성한 제11사단은 난마를 공격하여 점령했으며 적지 않은 군수물자를 손해 보았다. 국민당 이 전투의 승리를 관건적인 승리라고 여겼다.

7월 15일, 화동야전군은 4개 종대의 병력을 집결하여 재편성한 제11사단을 포위 공격하여 난마를 다시 찾아오라는 명령을 내렸다. 17일 해질 무렵 공격이 시작되었다. 재편성한 제11사단은 친청의 기본 부대여서 좋은 무기를 가지고 있고 전투력도 강했다. 그들은 6월 말에 난마 지역에 도착한 후 보루를 밀집하게 지었고 외부에 철조망 등 장애물을 늘여 놓았다. 화동 야전군은 폭우 때문에 18일에야 공격을 시작했다. 격렬한 전투는 며칠 동안 지속되었다. 해방군은 많은 사상자가 발생했고 황바이타오(황바이타오)가 지휘하는 국민당의 지원군이 거의 도착하고 있었다. 21일 저녁, 화동야전군은 부득불 전투를 중단하고 린추(臨朐) 서남부와 남부 지역으로 퇴각하여 정돈을 했다. 이 전투를 제대로 마무리 하지 못하여 적지 않은 손실을 입었다.

화동야전군이 난마 지역에서 재편성한 제11사단을 포위공격 할 때 창러(昌

---

688) 장제스 일기(친필본), 1947년 6월 13일, 미국 스탠퍼드대학교 후버연구소 소장.

樂), 웨이현 지역에 있던 국민당 재편성한 제8사단이 지원하러 왔다. 7월 23일, 린추를 점령하여 화동야전군이 자오지 철도 북쪽으로 이동할 수 있는 통로를 차단했다. 화동야전군은 재편성한 제8사단 주력이 모두 린추에 집결하지 못하고 자리를 잡지 못한 기회에 4개 종대의 병력으로 이 부대를 궤멸시키려 했다. 하지만 또 한 번 내린 폭풍우에 산 홍수가 터져 부대는 빠르게 행동할 수가 없었다. 25일 해방군은 공격을 시작했다. 29일에 이르러 화동 야전군이 총공격을 하였지만 여전히 점령하지 못했다. 지원군을 막고 있던 진지도 적들에게 넘어가게 되어 전투를 마치고 퇴각할 수밖에 없었다. 이 전투도 순조롭게 진행되지 못했다.

난마와 린추 두 번의 공격전에서 모두 예정된 전투 목표를 이루지 못하고 국민당 군 1만 8천여 명을 궤멸시켰는데 해방군의 사상자는 이 숫자를 넘어 2만 1천여 명에 달했다.[689] 이런 손실은 종래로 있어본 적이 없었다. 8월 초, 화동 야전군 지휘기관은 이두(益都)지역으로 이전했다. 천이, 쑤위, 탄전린은 함께 실패의 경험과 교훈을 얻었다. 쑤위는 중앙에 보내는 전보문 초안에서 전략지도에 관하여 6가지 방면으로 검토했다. 1, 목전의 전쟁 국면에 대해 너무 낙관적이고 장제스가 계속 공격의 중점을 변화하지 않을 것이라는 그릇된 판단을 한 것이다. 2, 7월에 병력을 분산시켜 중요 지점을 빼앗겼다. 3, 동북의 해방군과 류·덩 대군이 반격을 시작하였으나 화동 야전군은 최근 두 달 동안 아무런 전투성과를 얻지 못했기에 경솔했으며 전투에 급했기에 과실을 초래했다. 4, 예전에 9개 종대로 전투를 진행 할 때 한 개 정규사단과 이를 지원하러 오는 부대를 궤멸시키면 되었다. 이번에 부대를 세 갈래로 나눈 후에도 여전히 적의 능력을 얕잡아 보고 한 개 정규 사단과 지원 부대를

---

689) 南京軍區《第三野戰軍戰史》編輯室: 『中國人民解放軍第三野戰軍戰史』, 北京: 解放軍出版社, 1996년, 152쪽.

궤멸시키려 하였지만 병력을 잘못 판단했다. 5, 신속하게 진행된 적들의 방어 공사와 수비 능력을 정확하게 이해하지 못했다. 6, 과거에 적들은 감히 지원을 하러 오지 않았지만 최근에 장제스, 꾸주통이 "총동원"령을 내리고 높은 상금을 내 걸자 국민당 병사들은 예전보다 적극적이고 적들의 지원군도 예전보다 더욱 맹렬히 공격해 왔다. 이 전보는 토론할 때 의견이 맞지 않아 중앙에 보내지지 않았다. 8월 4일, 쑤위는 개인의 명의로 중앙군사위원회와 화동국에 자책하는 전보를 보냈다.

> 5월 하순부터 두 달 동안 아무런 전투성과를 거두지 못한 상황에서 난마, 린추에서의 전투를 제대로 진행하지 못하고 적지 않은 대가를 치룸으로써 전반적으로 전투에 큰 영향을 미쳤다. 이를 생각하면 오장육부가 터질듯 아프다.
> 이 외에도 전략적 지도와 기타 실패의 원인은 나에게 있으며 전역의 조직에도 적지 않은 착오가 있다. 모두 나의 책임이다. 나의 잘못에 처분을 내리기를 바란다. 전반 작전을 검토 한 후 통일된 의견을 상세하게 보고할 것이다.[690]

쑤위는 엄격하게 자신을 질책했다. 사실 이는 그가 모두 책임져야할 문제가 아니다. 중국공산당 중앙에서는 여전히 쑤위를 믿어 의심치 않았다. 쑤위가 자책의 전보를 보내 처분을 내릴 것을 요구한 날인 8월 4일, 중앙군사위원회에서는 마오쩌동이 작성한 두 통의 전보를 보냈다. 한 전보문에는 이런 내용이었다. 한 전보문의 내용을 이러했다.

---

690) 『粟裕傳』編寫組 편: 『粟裕傳』, 北京: 当代中國出版社, 2000년, 624, 625, 626쪽에서 재인용.

"지금산동 주력(천, 탕, 예, 타오 다섯 종대)중에서 천, 탕의 병력에 비교적 약하다. 쑤위 동지가 포병 주력을 거느리고 신속하게 산동 서남부로 이동하여 이 다섯 종대를 지휘하여 류·덩 대군의 작전을 지원하기 바란다. 류·덩 대군의 남하 작전의 성공 여부는 절반 이상 천, 탕, 예, 타오, 다섯 종대가 얼마나 큰 역할을 하느냐에 달려있다."[691]

두 번째 전보에는 이런 내용이 있다. "서북야전병단의 지휘기구에 관하여 쑤위를 사령관 겸 정위로, 천스주를 부사령관 겸 참모장으로, 탕량을 부정취 겸 정치주임으로 하여 서쪽의 다섯 개 종대를 지휘할 것을 제의한다."[692]

전보를 받은 쑤위는 이후 화동 야전군의 주요 작전 방향은 외선 작전이라고 했다. 그는 천이가 함께 서쪽으로 가서 영도를 강화할 것을 요청했다. 또한 그는 제6종대를 서쪽으로 이동시키고 산동에 있는 제2, 7, 9종대로 동부병단을 성립했다. 천이는 이 의견들을 동의하고 중앙군사위원회와 화동국에 보고했다. 6일, 마오쩌동은 중앙군사위원회의 명의로 이런 내용의 회답 전보문을 작성했다. "(1) 해시(밤 9시~11시)에 보내온 천·쑤의 전보를 보았다. 우리는 천·쑤가 야전군과 6종대를 거느리고 서쪽으로 이동하여 6개 종대를 지휘하는 것을 완전 동의한다. 화동국도 발해로 이동한다. 우리는 어제 천라오, 탄의 동쪽에 관한 의견을 폐기하기로 한다. 이 외에 탄, 리, 수가 동부 병단을 지휘하는 것이 더 낫다. (2) 쑤위 동지가 보낸 전보(8월 4일에 쑤위가 보낸 자책과 처분을 요구하는 내용의 전보문)에서 몇 차례의 전투를 이상적으로 치르지 못했는데 별 문제가 될 것이 없다. 전체 형세는 여전히 낙관적이다. 다

---

691) 중국공산당 중앙군사위원회에서 천·쑤, 탄, 화동국과 류·덩에게 보낸 전보문, 1947년 8월 4일 오시(午時, 오전 11시—오후 1시).

692) 중국공산당 중앙군사위원회에서 천·쑤 탄, 화동국과 류·덩에게 보낸 전보문, 1947년 8월 4일 유시(酉時, 오후 5시—오후 7시).

음 전투에 유리하게 안심하고 사업을 진행하며 병사들의 용기를 북돋아 주어야 한다."[693] 서부 병단은 천이, 쑤위가 직접 지휘했다. 이 병단은 병단 조직기구가 없고 병단 지휘원을 임명하지 않았기에 이 부대를 천·쑤 대군이라고 부른다.

8월 11일, 류·덩 대군이 룽하이 철도를 건너 다볘산으로 이동하기 시작했다. 16일, 쑤위는 산동 서남지역으로 행군하는 도중에 중앙군사위원회에서 서부 병단의 금후 행동 계획을 문의하는 전보를 받았다. 이때 천이는 후방의 사업을 진행하러 발해 군관구로 이동하고 있었다. 서부 병단은 계속 산동 서남부로 내려가느냐 아니면 다시 내선으로 이동하는가 하는 갈림길에 서있었다. 이는 전체 전투 구조에 관계된 문제였다. 18일 쑤위는 첫 번째 길을 따라 행동 할 것이라는 확실한 대답의 내용이 담긴 전보를 보냈다.

"근일의 정황으로 볼 때 대부분 적들은 이미 류·덩 대군을 따라 남하했을 가능성이 크다. 만약 사실이라면 류·덩 대군은 이 적들을 대처하기 힘들 것이다. 우리는 마땅히 될수록 적들을 잡아 두도록 노력해야 한다. 때문에 서부 병단은 지금 마땅히 산동 서남부 및 룽하이 선에서 행동하며 필요한 시기에 부분적 부대는 남쪽으로 내려가 진푸를 공격하고 쉬저우를 유협하여 적들을 유인해야 한다. 또한 이 과정에 세력이 약한 적들을 궤멸시켜야 한다. 이 계획이 유효하게 실행된다면 류·덩 대군으로 향하고 있는 적들을 유인하고 루중, 자오지에 있던 적들도 유인할 수 있다. 이렇게 된다면 우리는 루중, 자오지의 부담을 줄이고 자오동 중심지역과 옌타이로 공격하는 적들의 수량을 줄일 수 있다."[694] 19일, 중앙군사위원회에서 천·쑤에게 보낸 전보에 이렇게 썼다. "진시(辰時, 오전 9시~11시), 오시에 보낸 천·쑤의 전보를 받았다.

---

693) 중국공산당 중앙군사위원회에서 천·쑤, 화동국과 류·덩에게 보낸 전보문, 1947년 8월 6일 오시.
694) 『粟裕軍事文集』編輯組 편: 『粟裕軍事文集』, 北京: 解放軍出版社, 1989년, 318, 319쪽.

우리는 아주 정확한 결정이라고 여긴다. 천, 탕, 예, 타오는 부대 내부에서 내선으로 이동하는 것에 대한 불만의 정서를 극복하고 류·덩 대군이 외선에서 용감하게 투쟁하는 정신을 본받아 모든 곤란을 극복하며 화이허 북쪽과 황허 남쪽 지역에서 투쟁을 견지하여야 한다. 황허를 건너 북쪽으로 이동하거나 운하를 건너 옛 근거지로 이동하여 장기간의 휴식정돈을 할 생각을 절대 해서는 안 된다."[695] 마오쩌둥은 24일에 천·쑤에게 또 한 통의 전보를 보냈다. "쑤위 동지가 유시(酉時, 오후 5시~7시)에 보낸 전보(상술한 8월 18일에 보낸 쑤위의 전보)에서 말한 의견은 지극히 정확하다." "1년간 우리 화동군의 전투에서 얻은 성과는 전국 각 전투구역에서 제일 큰 전투성과를 거둔 군대라는 것을 증명했다. 7월에 병력이 크게 감소되었지만 전반적인 국면에 큰 영향을 미치지 않는다. 당신들이 신속하게 산둥 서남 지역으로 이동하여 서부 병단을 통일 지휘하기를 바란다. 현지 지방 부대와 협력하여 중앙에서 화동군에 준 위대한 임무를 완성하라. 우리는 당신들이 이 임무를 완성하리라고 믿는다."[696]

중요한 방침은 이미 제정되었다. 8월 26일, 천이, 쑤위는 야전군지휘부와 제6종대, 특종병 종대를 거느리고 랴오청(聊城)에 도착하여 같은 달 월초에 산둥 서남부에서 황허를 건넌 후 손실을 입은 제10종대와 합류했다.

이 시각 류·덩 대군은 다베산 지역에 진입했다. 국민당 군대는 강력한 군대를 보내 추격을 하고 포위하려 하고 있었다. 천·쑤는 9월 3일 신속하게 황허를 건너 남하한 후 황허 남쪽에 있는 4개 종대와 합류했다. 3일 오전 황허

695) 중국공산당 중앙군사위원회에서 천·쑤와 류·덩에게 보낸 전보문, 1947년 8월 19일 신시(申時, 오후 3시—5시).

696) 中共中央文獻硏究室, 中國人民解放軍軍事科學院 편: 『毛澤東軍事文集』, 第4卷, 北京: 軍事科學出版社, 中央文獻出版社, 1993년, 207, 208쪽.

를 건너기 전, 쑤위는 기관 간부회의에서『전쟁 국면을 정확하게 이해하고 사업을 개선하여 승리를 쟁취하자』는 제목으로 보고를 했다. 6일 저녁, 두 부대가 합류한 후, 각 종대 영도 간부들이 참가한 회의에서 피로하고, 전투 기회를 얻기 힘들고, 우기가 닥쳐 휴식 정돈을 요구 하는 일부 부대의 요구에 대해 먼저 행동을 하는 것이 유리하다는 것과 승리 할 수 있는 조건에 대해 반복적으로 설명했다. 이에 앞서 존재하는 곤란을 인정했으며 이 곤란에 대해 정확하게 인식하고 곤란을 극복하고 전투를 승리로 이끌면 우리가 피동적인 위치에서 주도권을 가질 수 있다고 했다. 그는 단호하게 말했다.

"오직 전투를 해야 만 류·덩 대군에 유력한 지원을 해주는 것이고, 전투를 해야 만 피동적인 상황을 바꿀 수 있으며, 전투를 해야 만 보충을 받을 수 있으며, 전투를 해야 만 부대가 휴식할 수 있는 기회가 있고, 전투를 잘 해야 만 산동 서남부 근거지를 재건할 수 있다."[697] 토론을 거쳐 사상을 통일하고 먼저 전투를 진행하여 국민당 재편성한 제57사단을 궤멸시킬 수 있는 기회를 찾아 이들을 궤멸시키는 작전을 동의했다.

어떻게 하면 합류한 후의 서부 병단의 첫 전투에서 승리할 수 있는가? 해방군은 새로운 문제에 직면했다. 막강한 군대가 방어를 하고 집결해 있는 국민당통치구역에서 적들을 유인하여 승전의 기회를 찾는 다는 것은 근거지에서 전투를 하던 때보다 어려웠을 뿐만 아니라 복잡했다. 당시 국민당 군대는 화동 야전군이 두 달 동안의 전투에서 아무런 성과를 얻지 못했고 부대가 피로하여 "산동의 공산당 군대는 무너지기 직전이어서 새로운 전투를 당하지 못할 것이다"고 여겼다. 예전의 국민당 군은 공산당군에 궤멸당할까 신중하게 행동했다면 지금의 국민당 군은 어느 때보다 교만했다. 오만한 국민당 군

---

697) 粟裕: 『粟裕戰爭回憶彔』, 北京: 解放軍出版社, 1988년, 524쪽.

은 한개 연대를 파견하여 단독적으로 추격하게 하기도 했다. 이는 공산당 화동 야전군에 승리적인 전투를 할 수 있는 기회를 만들어 준 것이다. 9월 초, 제1, 제3종대의 유인하에 국민당 군대는 가운데는 정에 주력부대인 재편성한 제5사단, 좌측은 재편성한 제57사단, 우측은 재편성한 제84사단 3갈래로 나뉘어 북쪽으로 진군했다. 천·쑤 대군은 먼저 전투력이 제5사단보다 약하고 기타 부대와 갈라놓기 좋은 위치에 있는 재편성한 제57사단을 궤멸시키기로 했다. 3개 종대를 집결하여 적의 병력보다 4배 많은 8개 사단의 병력으로 적의 전진, 퇴각 노선을 차단하고 적의 지원군을 공격하며 적의 병력보다 많은 병력으로 적의 주요 병력을 견제하는 방법으로 재편성한 제5사단이 지원하지 못하게 막아 전역의 승리를 확보하는 것이었다.

9월 7일, 계속 북쪽으로 이동한 재편성한 제57사단은 재편성한 제5사단과의 간격은 20킬로미터가 되었다. 화동야전군 제1, 제3, 제6종대와 제4, 제8종대는 이 기회에 남북으로 재편성한 제57사단을 협공했다. 재편성한 제57사단은 즉각 남쪽으로 철수하여 원청, 주예 서남의 사투지 지역까지 퇴각하였으나 그날 밤 해방군의 포위공격을 당했다. 화동 야전군의 제3, 6, 8종대가 섬멸 임무를 맡고 다른 부대는 저격임무와 예비부대가 되었다. "산동 서남부 허주(菏巨, 허쩌부터 주예까지)도로에 있는 농촌 마을인 사투지는 3면은 물이고 북쪽은 넓은 모래땅이다."[698] 농촌 마을은 "타원형 모양이고 동서로 2리 반, 남북으로 1리가 되며 주위에는 토담이 있고 남쪽 벽 아래에는 해자가 있었다." "마을은 지세가 비교적 높았으며 주위 5~6리에는 다른 마을이 없었다."

"성벽에는 한 사람이 들어 갈 수 있는 독립적인 보루가 있었고 마을 주요 길목에도 보루가 있었다. 총을 쏠 수 있는 구멍이 나 있는 집은 방어를 할 수

698) 石一宸: 『挺進中原』, 粟裕, 陳士榘 等: 『陳粟大軍戰中原』, 鄭州: 河南人民出版社, 1984년, 156쪽.

있는 건물인데 아직 완공이 되지 않고 한창 공사중이었다."[699] 마을 북쪽은 평평한 알칼리성 모래땅에는 몇 그루의 자주버들 외에는 아무런 은폐물이 없었다. 공격부대는 교통호를 파고 앞으로 전진 했다.

8일 저녁 총공격이 시작되었다. 9일 새벽 3시에 전투는 끝났다. 이번 전투에서 재편성한 제57사단 사단장 돤린마오(段霖茂)을 포함하여 7500여 명을 생포하고 2천여 명을 살상했다. 또한 곡사포, 야포, 20여 문의 산포, 수백 정의 경중 기관총과 대량의 탄약과 기타 군용물자를 노획했다. 이 전투에서 2천 3백 명의 해방군이 사망했다. 전투에서 승리하면서 해방군은 무기, 탄약 등을 보충할 수 있게 되었다.

9월 10일, 장제스는 일기에 이렇게 썼다. "천이는 부대를 이끌고 황허 북안으로부터 강을 건너 산동 서부에 들어섰고 산동 서부의 토비 숙청은 또 새 단계에 들었다."[700]

사투지 전투는 선쑤대군이 국민당 포위권 외선인 국민당 통치구역 내에서 집중된 병력으로 진행한 섬멸전이었다. 쑤위는 이렇게 총결했다.

> 사투지 전투의 성리는 산동 서남부에서 피동적인 우리 군의 형세를 바꾸어 놓았으며 산동 서남 근거지를 회복하고 재건할 수 있는 조건을 창조했다. 또한 위완쑤로 진군할 수 있는 도로를 확보했다. 이 전투에서 승리하면서 성공적으로 다베산 지역, 산동 내선에서 전투를 하던 4개 사단의 국민당 군을 산동 서남부로 유인하여 류·덩 대군과 산동 내선에서 작전을 하는 우리 군의 부담을

---

699) 王云: 『我所經歷的沙土集戰斗』, 粟裕, 陳士榘 等: 『陳粟大軍戰中原』, 鄭州: 河南人民出版社, 1984년, 170쪽.

700) 장제스 일기(친필본), 1947년 9월 10일, 미국 스탠퍼드대학교 후버연구소 소장.

덜어 주었다.[701]

사투지의 전투가 진행 되던 시각 국민당 당국은 산동 전지에서 마지막으로 제일 큰 공격을 시작했다. 이것이 바로 자오동 전역이었다. 장제스는 이 전투를 특히 중요시했으며 큰 기대를 하고 있었다. 약 한달 후인 10월 6일에 그는 베이핑 군사회의에서 이렇게 말했다.

> 모두 알다시피 토비군은 관내에 3개의 주요 근거지가 있다. 즉 (1) 옌안을 중심으로 하는 정치근거지. (2) 이멍산간 지역은 군사 근거지. (3) 자오동은 교통공급 근거지. 일찍 금년 3월에 옌안은 우리 국군에 의해 파괴되었으며 이번에 우리는 목표를 이멍산간 지역으로 정했다. 반드시 그들의 군사 소굴을 파괴하여 병력을 집중하지 못하게 함으로써 하나씩 궤멸시키려 했다.
>
> 이멍산간 지역의 토비소굴이 파괴된 후 토비군의 모든 무기 공장, 의류 공장은 국군에 의해 철저하게 파괴되었다. 솜과 탄약 등 국군이 운송해 갈 수 없는 모든 물건을 소각했다. 그들의 이 소굴은 군사적 의미를 잃었다. 이어 국군은 룽커우(龍口), 옌타이, 웨이하이웨이를 공격하기로 계획했으며 요즘 점령할 수 있을 것이다. 국군의 이 행동은 황허 남쪽의 소굴을 모두 철저하게 궤멸시키려는 것 만 아니라 그들의 해상 국제 교통선인 — 자오동과 다롄의 교통선을 차단하려는 것이다. 이 계획이 성공하면 토비군의 소굴은 완전히 사라지고 우리의 거점을 차단하려는 허망한 꿈은 파멸될

---

701) 粟裕: 『粟裕戰爭回憶彔』, 北京: 解放軍出版社, 1988년, 531쪽.

> 것이다. 그들이 근거지를 잃게 되면 맹목적으로 도망을 치게 되며 어디를 도망을 치든 그들은 간신히 목숨을 유지하게 될 뿐이다.[702]

장제스는 오래 전부터 이 행동을 준비했다. 8월 18일, 그는 칭다오로 날아와 재편성한 제8, 9, 25, 54, 64사단과 새로 편성된 재편성한 제74사단의 제57여단 등으로 약 17만 명 병력을 가진 제1병단(**보통 자오동 병단이라 부른다**)을 편성했다. 그중 재편성한 제8사단 리미(李弥)의 부대, 재편성한 제25사단 황바이타오(黃百韜) 부대는 비교적 강한 전투력을 가진 부대다. 예전에 루중에서 해방구 공격을 지휘하던 육군 부총사령인 판한제(范漢杰)가 병단 사령관을 맡았으며 공군, 해군, 재편성한 제45사단과 협력하여 전투를 했다.

자오동 해방구는 매우 중요한 위치에 있었다. 이 지역은 인구 밀도가 높고 경제적으로 부유하여 화동 야전군의 후방 기관, 병원, 무기 공장 등이 집중시켜 있는 군수물자를 공급하는 주요 기지였다. 오래된 근거지인 자오동 해방구는 좋은 군중기초를 자랑하고 있었다. 또한 랴오둥 반도와 바다를 두고 마주하고 있어 교통이 편리하여 동북 해방구와 밀접한 연락을 유지할 수 있었다. 때문에 장제스는 화동 야전군이 전력을 다해 이 지역을 수비할 것이라고 여겼다. 이 지역은 북, 동, 남 세면이 발해와 황해와 맞닿은 반도 지역이어서 서쪽의 퇴로에 국민당의 군대가 지키고 있으면 해방군이 나갈 곳은 따로 없었다. 때문에 국민당 방면으로 볼 때 이 지역은 화동 야전군과 결전을 벌일 좋은 장소였다.

당시 화동 야전군의 주력은 이미 서쪽으로 이동하여 류·덩 대군과 협동작전을 하고 있었다. 산동 내선 작전에 투입된 화동 야전군 동부 병단은 수

---

702) 秦孝儀 편: 『蔣介石思想言論總集』 卷二十二, 台北: 中國國民党中央委員會党史委員會, 1984년 10월, 269, 273쪽.

스유(許世友)가 사령관, 탄전린이 청치위원을 겸했으며 아래에 제2, 7, 9, 13종대가 있었다. 이 부대는 자오지 털로 동쪽구간의 양측에 집결해 있었으며 대부분의 병사들은 자오동 본 지방 사람이었다. 자오동 해방구를 공격하는 국민당의 공격을 물리칠 방안은 대체로 두 가지가 있었다. 한 가지는 모든 병력을 집중시켜 자오동 내선에서 적을 섬멸하여 화동 전체 해방군의 물자 공급지역인 자오동 해방구를 보위하는 것이고 다른 한 가지는 일부 병력으로 내선에서 저지작전을 진행하고 주력 부대는 외선으로 이동해 자오동을 공격하는 적군을 유인하는 것이었다. 중국공산당 중앙 화동국은 두 번째 방안으로 의견이 모아졌고 이를 마오쩌동에게 보고했다. "제일 큰 걱정은 적들이 동시에 진을 치고 공격하는 것이다. 만약 그들이 일렬로 공격하여 오면 3면이 바다인 자오동에서 다른 곳으로 이동할 가능성이 없어 부득이 목숨을 걸고 결전을 할 수밖에 없다. 이는 매우 위험한 상황이다."[703] 8월 25일, 마오쩌동은 화동 군관구 정치위원 라오수스와 부정치위원 리위(黎玉)에게 이 의견을 동의한다는 전보를 보냈다.

> 장제스는 우리 군 주력이 반드시 자오동을 수비할 것이라고 여겨 4~5개의 사단으로 공격을 하여 우리 군의 주력을 내선으로 유인하려 한다. 다음 칭다오, 핑두(平度), 예현(掖縣) 일대에 견고한 방어공사를 구축 한 후 2사단이 이 방어공사에 의거하여 수비를 맡고 3~4개 사단으로 동쪽을 향해 공격하려 한다.
> 병력을 다른 곳으로 병력을 이동하기 유리하도록 하기 위해 장제스는 자오동에서 속전속결 하려할 것이다. 우리는 당신들의 의견

703) 中國人民解放軍軍事科學院軍事歷史研究部편저: 『中國人民解放軍全國解放戰爭史』 第3卷, 北京: 軍事科學出版社, 1996년, 180쪽에서 재인용.

을 완전히 동의한다. 일부 부대를 내선에 배치하고 주력 부대(2, 7, 9종대)를 외부로 이동시키는 것은 오래 버틸 수 있는 방법이다. 쉬, 탄이 인솔하는 세 개 종대가 외선(주청-일대)에서 능동적으로 한 두 차례의 승전을(승리할 가능성이 없는 전투는 하지 않는다)거둔다면 적들은 자오동 깊이 들어가지 못할 것이다. 그러면 대부분, 적어도 일부 자오동을 지켜낼 수 있다.[704]

화동국에서는 이 전보의 내용에 따라 병력을 배치했다. 하지만 제9종대는 비가 내려 신속하게 자오지 철도 남쪽으로 이동할 수 없었다. 중국공산당 중앙군사위원회의 동의를 거친 후 수스유는 제9, 13종대(제13종대는 자오동 지방 무장 대오를 기초로 편성한 것이다.)를 거느리고 자오동 내선에 남아 전투를 하고 탄전린이 제2, 7종대 등 부대를 거느리고 자오지 철도 남쪽의 주청(諸城) 지구에 대기하고 있다가 자오동을 공격하러온 국민당 군대의 옆을 공격하여 자오동 내선 작전과 협동하는 것이다.

국민당 군대이 화동 야전군의 후방이며 주요 물자공급기지인 자오동 반도를 공격하기 시작하자 서쪽에서 전투를 진행하던 천·쑤 대군은 불안했다. 8월 30일, 마오쩌동은 천·쑤에게 전보를 보내 국민당의 어우전, 장간, 뤄광원, 장전(張軫), 왕징주, 샤웨이(夏威) 등 부대는 지금 류·덩 대군을 공격하러 집결하고 있으니 류·덩 대군이 다볘산에서 자리를 잡을 수 있도록 신속하게 강을 건너 류·덩 대군을 협조하라고 지시했다. "당신들이 훼이민(惠民)에 오랜 시간 머물러 있었다. 지금 국민당 군이 주의력을 자오동에 두고 있다.

사실 현재의 작전의 중심은 룽하이 남북에서 전투를 진행하여 제5군단, 57

704) 中共中央文獻硏究室, 中國人民解放軍軍事科學院 편: 『毛澤東軍事文集』, 第4卷, 北京: 軍事科學出版社, 中央文獻出版社, 1993년, 210쪽.

사단의 약한 고리를 찾아서 공격하는 것으로 류·덩 대군을 지원해야 한다." "당신들은 즉각 강을 건너 모든 역량을 집중시켜 류·덩 대군과 협력해야 한다. 자오동 방면에는 9, 13종대가 내선에 있고 2, 7종대가 외선에 있어 괜찮은 상황이다."[705]

장제스는 9월 13일의 "지난주 반성록"에 이렇게 썼다. "공산 토비군은 황허 북쪽에 있던 모든 병력을 남쪽으로 이동시켜 자오동을 공격하려는 우리의 계획을 견제하려 했다. 천이는 제2, 제6, 제10종대를 거느리고 산동 서부로, 천겅, 쿵충저우는 진난 왕커우 등 지역으로부터 강을 건너 허난 서부, 산시 동부로 이동했고 류보청의 잔여부대는 후베이성 동부, 안훼이성 중부로 이동했다. 루저우(廬州), 퉁(桐), 수(舒)가 위험하고 허(合), 차오(巢)와 가까이 있으며 징(京), 우(芜)을 위협하고 있다. 이러 상황은 예전에 없었던 일이다. 공산당의 자오동 반도를 얼마나 중요하게 생각하는지 알 수 있다. 자오동 반도는 공산당과 러시아가 모두 중시하는 생명선이다."[706] 장제스는 처음으로 류·덩, 천·쑤, 천·세 세 갈래 대군이 선후로 남하하여 "예전에 없던 규모"를 형성하여 새로운 병력 배치를 이루었다고 했다. 하지만 그는 이런 공산당의 행보를 "우리 군이 자오동을 공격하는 계획을 견제"하려는 것이라는 완전히 그릇된 판단을 했으며 공산당이 자오동을 공격하는 국민당의 계획을 매우 중시하는 표현으로 여겼다.

작전 준비를 마친 국민당 자오동 병단은 9월 1일부터 자오지 철도의 동쪽 구간인 웨이현부터 자오현(膠縣)까지 구간으로부터 출발했다. 이들은 해군, 공군의 지원 하에 자오동 해방구를 향해 대규모의 공격을 개시했다.

그들은 재편성한 제8, 9, 25, 54 총 4개의 재편성한 사단은 앞에 두 개 사

---

705) 마오쩌동이 천·쑤에게 보낸 전보문, 1947년 8월 30일.

706) 장제스 일기(친필본), 1947년 9월 13일 『上星期反省条』, 미국 스탠퍼드대학교 후버연구소 소장.

단 뒤에 두개 사단으로 병렬된 대오를 만들어 나란히 공격하는 "참빗 전술"로 자오동 중심지역을 향해 나아갔다. 고향으로 돌아가 원래 자신의 재산들을 되찾으려는 지주 귀향단이 대오의 뒤를 따랐다. 그들은 가는 곳 마다 학살을 하고 길가의 모든 물건들을 강탈했다. 자오동은 오래된 근거지이기에 당지 민중들은 지방무장대오와 함께 고향을 보위하는 전투를 진행하여 여러 지역에 지뢰를 묻어 놓았다. 진군하는 국민당 군대는 적지 않은 사상자들이 발생했다. 제9종대와 제13종대는 완강하게 반격했다. 하지만 자오동 전지의 해방군은 여전히 군사적으로 열세에 처하여 있었다.

국민당 당국에서는 공군을 동원하여 룽커우, 옌타이, 웨이하이웨이 등 지역을 향해 무차별적으로 폭탄을 투하했다. 해병대는 웨이하이웨이에서 상륙했다. "9월 공세"에서 그들은 자오현, 가오미(高密), 핑두, 창이(昌邑), 예현, 룽청(榮成), 치샤(栖霞), 자오위안(招遠), 룽커우, 황셴(黃縣), 펑라이(蓬萊), 푸산(福山), 옌타이, 무핑(牟平), 주청 등 15개 도시를 점령했다. 이 도시들은 자오동의 주요한 도시이며 비교적 부유한 지역이다. 이런 지역을 잃게 되면서 산동 해방구는 적지 않은 손실을 입었고 곤란에 직면했다. 신바람이 난 국민당 정부 국방부 보도국장 덩원이은 옌타이를 점령한 후 진행한 언론계 기자회견에서 이렇게 성명했다.

> 옌타이는 자오동 북부 연해 지역의 요충지이며 공산당군이 반란을 일으킨 이래 동북과 자오동을 연결시키는 지름길이여서 공산당군의 명맥이었다. 이 곳은 관외의 공산당에 병사, 식량을 제공하고 관내 공산당군의 무기, 탄약의 분산지이다. 이 곳에서의 승패는 옌안에서의 전투 상황보다 더욱 중요한 결정적 작용을 한다. 옌타이가 수복된 후 산동 작전에 투입된 국군의 반의 병력으로

허베이 공산당군 근거지를 함락하기에는 충분했다. 또한 관외에 병력을 지원을 하여 동북의 영토 주권을 되찾을 수 있다. 이로부터 옌타이의 수복은 공산당군의 전체 전략의 실패와 마찬가지이며 항일전쟁이 끝난 후 국가 통일 건국을 방해하는 제일 큰 위기가 지났다고 할 수 있다.

이런 상황에서 자오동 내선 작전에 참가한 부대의 처지는 더욱 어려워 졌다. 반드시 새로운 대응책을 찾아야 했다. 수스유는 이렇게 회상했다.

자오동 소뿔처럼 바다를 향해 튀어 나온 3면은 바다가 둘러있는 지역이며 동쪽으로 갈수록 점점 좁아진다. 적들은 점점 숨통을 조여 오고 있다. 이때 자오동 근거지에는 동서로 150리, 남북으로 80리 의 협소한 지역만 남았다. 이 좁은 지역에 화동국과 자오동 군관구 기관, 부대, 부상자와 부대와 함께 철수한 군중들과 대량의 군용물자들이 있어 점점 한 곳에 몰려 비좁기만 했다. 시간이 지날수록 더욱 어려워진 형편에 적들의 공격을 이겨내고 전쟁의 주도권을 가지는 것은 자오동 전쟁의 국면을 바꾸어 놓는 관건이었다. 만약 주관, 개관적인 조건을 무시하고 무턱대로 공격에 맞선다면 적들이 우리의 주력 부대를 찾으려는 간계에 넘어가게 되는 것이다. 적들과 계속 선회 작전을 한다는 것도 어려운 일이었다. 이동할 수 있는 지역이 점점 적어지고 다가오는 적들이 점점 많아지는 상황에서 이 선회작전은 불가능했다. 반복적인 고려를 거쳐 지방 무장대오가 포위권 내에서 적들과 전투를 진행하고 우리 군 주력은 적들의 뒷면으로 이동하여 적들을 유인한 후 기회를 타서 적들의 세력을 하나씩 궤멸시켜야만 자오동 해방구를 점령하려는 적들의 계획을 무산시키고 자오동을 공격하는 적들을 궤멸시킬 수 있다.[707]

9월 22일 저녁, 제9종대와 제13종대는 국민당 재편성한 제8사단과 제9사단 사이로 포위를 뚫기로 했다. 칠흑같이 어두운 밤, 수만 명의 병사들은 험난한 산길로 이동했다. 쥐죽은 듯 고요 속에 아무런 소리도 없이 하루 밤의 급행군을 거쳐 국민당 두 사단 사이로 빠져나와 그들의 뒷면인 다쩌(大澤) 산간지역으로 이동했다. 병단은 제13종대를 다쩌산에서 전투를 하게하고 제9종대에게 서남쪽으로 계속 행군하라고 명령했다. 10월 1일, 수스유가 인솔하는 제9종대는 탄전린이 거느리는 주청 지구에서 북상하여 올라온 제2, 7종대는 가오미 서쪽 주양(朱陽)지역에서 합류했다.

국민당 자오동 병단은 국민당의 포위에 있던 해방군의 부대가 자오동에서 포위를 뚫고 나올 수 있으리라고 생각지 못했다. 10월 2일, 금방 합류한 제2, 제9종대는 순식간에 국민당 재편성한 제64사단의 주력을 자오허(膠河) 동쪽의 판자지(范家集)에서 포위하고 맹공격을 시작했다. 판한제는 부득불 자오동 전선에서 재편성한 제9, 제46사단을 철수시키고 지원하게 했다. "적을 포위한 후 주력부대가 적의 지원군을 공격" 방법으로 해방군 주력 부대는 공격을 하면서 4일간 전투를 견지했다. 판한제는 급히 자오동 내부 지역으로 들어간 제8, 제54사단을 보내 지원했다. 전투는 10월 10일까지 계속되었다. 병력이 우세였던 국민당 군대는 자오동 해방구에 대한 공격과 이번 전투를 겪으면서 3만 5천여 명의 병력을 잃었다. 자오동 전쟁의 국면은 끝내 변화되었다. 10월

707) 許世友: 『我在山東十六年』, 濟南: 山東人民出版社, 1981년, 137, 138쪽.

8일, 중국공산당 중앙에서 보낸 축전에 이렇게 썼다. "당신들이 반격을 시작하면서부터 우리 군도 모두 반격을 시작했다. 이제 적들이 우리를 공격할 수 있는 곳은 없다."[708]

자오동의 국민당 군대는 11월 상순부터 부득불 수비태세에 진입했다. 재편성한 제8, 45, 54, 64사단 등 부대는 펑라이, 룽커우, 옌타이, 웨이하이(威海), 라이양(萊陽) 등 지역에 분산되어 수비하고 있었다. 재편성한 제9사단과 25사단은 기타 지역으로 병력을 지원하려 준비하고 있었다. 동부병단 주력부대는 자오현(膠縣) 가오미(高密)에서 한달 동안 추격전을 진행하여 적 1만여 명을 궤멸시키고 재편성한 제9사단과 제25사단의 지원 계획을 늦추었다.(이 두 재편성한사단은 11월 말에야 바다를 통해 상하이에 도착하여 중원 전지에 가담했다.) 동시에 가오미, 자오현, 하이양(海陽), 핑두 등 지역을 수복하고 자오지 철도 동쪽 구간의 교통요충지를 점령하여 자오동, 빈하이, 루중 해방구를 다시 하나로 이어 놓았다.

12월 초 북상한 동부 병단 주력부대는 라이양을 위협했다. 라이양은 자오동 반도의 중심에 위치하고 있는 주요한 교통중추였으며 예전에는 자오동 군관구과 정부 기관이 있는 지역이었다. 자오현, 가오미에서의 추격전이 끝난 후 판한제 병단은 룽커우, 옌타이, 웨이하이웨이 등 연해 지역의 좁고 지역을 차지하고 있었으며 자오동의 중심에는 라이양 한 곳 만 차지하고 있었다.

9일간의 격전을 거쳐 13일 동부 병단은 라이양을 점령하여 자오동에 박혀 있는 못을 제거했다. 이어서 해방군은 지원하러 온 국민당 부대를 격퇴시켰다. 이번 전역에서 중국공산당은 1만 7천여 명의 국민당군을 궤멸시켜 천·쑤 대군의 외선 공격을 유력하게 협력했으며 자오동 전지의 국면을 완전히 변화

---

708) 中共中央文獻研究室, 中國人民解放軍軍事科學院 편: 『毛澤東軍事文集』, 第4卷, 北京: 軍事科學出版社, 中央文獻出版社, 1993년, 288쪽.

시켰다. 이 시기, 동북 전쟁은 긴장했다. 장제스는 판한제가 인솔하는 재편성한 제54사단을 진저우로 보내 지원하게 했고 재편성한 제64사단도 칭다오 외곽으로 철수시켰다. 전체 산동의 형세는 근본적으로 변했다.

국민당 측에서 편한 전쟁사에는 이렇게 적혀있었다. 그들은 이번 전투에서 산동 반도의 북쪽연안의 여러 항구를 점령한 후 해방군의 해상 통로를 차단하는 것이 목적이었다. "이 목적을 달성하기 위하여 진행한 전투에서 북쪽 연안의 항구를 점령하였지만 토비군들의 해상통로는 여전히 모두 절단하지 못했다. 이 전투에서 국군은 부대를 잃는 대가를 치렀다.

넓은 범위로 병력을 늘여 놓아 마지막에는 부득불 하나씩 포기할 수밖에 없었다. 이렇게 원래의 계획과 완전히 반대인 상황이 나타났다. 작전(전략) 목표의 선택에서 제일 그릇된 판단을 했다."[709]

다음 서쪽으로 이동한 천·쑤대군의 남하작전을 보자.

천·쑤 대군이 사투지의 전투에서 승리함으로써 산동 서남지역에서 피동적이던 상황을 변화했다. 9월 11일에는 그들의 성과를 충분히 긍정하는 중국공산당 중앙의 전보를 받았다. "윈청 사투지에서 57사단을 전멸시키고 대승을 거둔 것은 남부 전선의 전체 국면의 발전에 매우 유리하다." 전보에서는 다음 행동에 대해 지시했다. "지금 상황으로 보면 당신들은 몇 달 동안 포로들로 병력을 보충해야 한다. 마땅히 적들을 생포하면 즉각 우리 군 병력으로 투입시켜야 한다. 탄약 보충도 역시 적들한테서 얻어야 한다. 준비가 된 전투를 해야 하고 승리할 수 있는 전투를 해야 한다. 동시에 군 기율을 강화하여야 하며 군중들을 동원한다면 당신들은 황허, 화이허, 운하, 핑한 사이에서 근거지를 건립하고 공고히 할 수 있을 것이다. 또한 어위완과 어위산 근거지를

---

709) "三軍大學"편찬: 『國民革命軍戰役史第五部－「戡亂」』, 第4冊(下), 台北: 『國防部史政編譯局』, 1989년 11월, 33, 34쪽.

건립하는 류·덩, 천·셰 부대를 협력하고 산동 근거지를 보위하고 있는 라오리탄(饒黎譚)를 지원하고 쑤중, 수뻬이에서 근거지를 재건하는 위대한 임무에 협력해야 한다. 당신들은 위에서 말한 4개 근거지 사이에 있기에 당신들의 승리는 중대한 전략적 의미가 있다."[710]

이 전보에서 천·쑤 대군이 남하하여 위완쑤 근거지를 건립하고 류·덩, 천·셰 부대와 함께 정립하는 전략적 임무를 확정했다.

이 전략적 임무는 충분히 실현할 수 있다. 위완쑤는 약 6만 평방킬로미터에 2천만의 인구를 가지고 있는 지역이다. 1946년 말, 인민해방군은 이 곳에 군관구를 성립하였었는데 후에 국민당 군대가 점령했다. 이 시가 류·덩 대군은 다볘산에 진입하여 천·쑤대군과 함께 산동 서남지역에서 남쪽에 있는 국민당 세력들과 전투를 하고 있었다. 국민당 군대의 주의력이 기타 두 구역으로 이전되어 위완쑤 지역에는 일부 보안연대와 지방의 무장 무리들만 남아있고 국민당 정규군은 거의 없었다. 천·쑤대군의 남하하여 근거지를 건립하기 좋은 기회였다.

9월 24일, 천이, 쑤위는 전군이 롱하이철도를 넘어 위완쑤 지역으로 진군한다는 명령을 내렸다. 26일 밤, 제10종대를 제자리에 남겨 두어 재편성한 제5사단 등 국민당 군대와 전투를 하게하고 천이, 쑤위는 제3, 4, 6종대를 거느리고 동쪽으로 롱하이 철도를 넘어 남하했으며 천스주는 제1, 8종대와 진지루위 야전군 제12종대를 거느리고 서쪽으로 롱하이 철도를 넘어 남하했다.

이 여섯 종대는 총 18만 명의 병력이 있었다. 천·쑤대군은 순조롭게 남하하여 10월 2일에 이르러 300킬로미터의 거리에서 150킬로미터 전진했다. 그해 년 말에 천이는 당시 상황을 생동하게 말했다.

---

710) 中共中央文獻研究室, 中國人民解放軍軍事科學院 편: 『毛澤東軍事文集』, 第4卷, 北京: 軍事科學出版社, 中央文獻出版社, 1993년, 240, 241쪽.

> 황허 남쪽지역에서의 전투는 더욱 쉬웠다. 산동에 있을 때 우리는 공격에 참가하는 적의 군대는 24개 군단을 대처해야 했지만 현재 우리는 4개 군단만 책임지면 되는 일이었다. 적들은 한 개 군단씩 집결하고 있었으며 많아서 두 개 군단이 함께 있었다. 3개 군단이 모여 있는 경우는 없었다. 우리가 어디로 가든 그들은 우리의 뒤를 졸졸 따라다녔다. 우리는 여단을 한 개 단위로 분산되어 활동했으며 주로 현지에 있는 악질 토호, 적들의 보안연대들을 궤멸시켜 장제스 정권을 파괴하고 민주정권을 건립했다. 물자 보급도 쉬웠다. 물산이 풍부한 지역이다 보니 어디에도 먹을거리가 많았다. 닭이며 오리, 죽순이며 물고기 예전처럼 채소만 먹던 시절이 아니었다. 우리 군은 아무런 구속이 없이 활동할 수 있었지만 국민당은 항상 공황상태였다.[711]

중국공산당 중앙군사위원회에서는 10월 3일에 천·쑤에게 전보를 보냈다.

> 당신들의 병력은 이미 광대한 지역에서 널려 있다. 지금 마땅히 한 달 혹은 두 달 동안에 작은 규모의 전투만 진행하고 큰 전투를 피해야 한다. 각 종대는 마땅히 지역을 나누어 매개 종대가 몇 개 현을 분할 받아 현지에 있는 적은 무리의 적들과 민간 무장세력, 토비 무리, 보갑 경찰을 궤멸시키고 정권을 건립한 후 토지개혁을 진행해야 한다. 매개 현에서는 한 개 대대의 간부와 한개 중대의 병력으로 각 현 기초 무장부대를 건립해야 한다. 각 종대 주

---

711) 中國人民解放軍軍事學院 편: 『陳毅軍事文選』, 北京: 解放軍出版社, 1996년, 440쪽.

력은 자신의 관할지역 내에서 기동적으로 철도선을 파괴하는 등 전투를 진행하여야 한다. 당신들 5개 종대의 지역은 롱하이 남쪽, 운하 서쪽, 핑한 동쪽, 화이허 북쪽만 포함하는 것이 아니라 일부 부대는 마땅히 화이난 서우현(壽縣), 허페이, 차오현(巢縣) 연선 동쪽, 창장 북쪽 지역까지 포함하는 것으로 류·덩의 구역, 쑤중, 수뻬이와 완전히 인접된 지역이다. 만약 한 달 혹은 두 달의 시간이 부족하면 적당히 시간을 연장시켜 적들의 주력 부대가 무관한 지역에서 불필요한 이동을 하여 피로하게 만든 다음 단기간에 적들의 앞잡이들을 궤멸시키고 우리의 근거지를 건립하여 이후에 병력을 집중시켜 전투를 할 기초를 마련해야 한다. 이런 사업이 별로 중요하지 않아 보일 수도 있지만 이는 위대한 전략적 의미를 가진 사업이다.[712]

천·쑤 대군이 위완쑤 지역에 진입한 후 상술한 방침에 따라 행동을 했다. 10월 말에 이르러 국민당의 지방 무장 세력 1만여 명을 궤멸시키고 치현(杞縣), 쒜이현(睢縣), 보현(亳縣), 융청(永城), 워양(渦陽), 멍청(蒙城), 샹청, 링비(灵璧), 쓰현(泗縣) 등 24개의 현급 도시를 점령하고 이 지역의 국민당의 정권 기구를 기본적으로 제거했고 동서로 1천 리, 남북으로 백여 리 되는 지역을 점령했다. 야전군은 매 종대에서 200~300명의 인원을 뽑아 지방 사업 대대를 건립하기 시작했다. 11월 초에 이르러 이미 25개의 민주 현급 정부를 건립하고 3개의 군관구와 전문인원 관공서를 건설하고 지방 무장을 발전시켰다. 11월 말, 서부 병단은 위완쑤에서의 전략적 임무를 완성했다.

---

712) 中共中央文獻硏究室, 中國人民解放軍軍事科學院 편: 『毛澤東軍事文集』, 第4卷, 北京: 軍事科學出版社, 中央文獻出版社, 1993년, 281쪽.

이렇게 류·덩, 천·쑤, 천·셰 세 갈래 대군이 중원으로 진군으로 진군한 전력적 배치는 완성되었다. 중원 지역은 이미 국민당 군의 손에서 해방군의 수중에 들어 왔으며 인민해방군이 전략적 공격을 실시하게 될 최전선으로 되었다. 국민당 총지휘부에서는 병력배치를 조절했다.

그들은 제5사단과 제11사단을 기본 부대한 6개의 재편성한 사단으로 기동병단을 조직한 후 핑한, 룽하이, 진푸 세 개 철로를 통해 물자를 운송 보급하면서 능동적으로 병력을 배치하여 인민해방군과 선회작전을 시작했다.

천·쑤는 이런 적들의 움직임에 따라 중국공산당 중앙군사위원회의 동의를 거친 후 일부 병력은 계속 근거지를 건립하는 임무를 완성하게 하고 6개 종대의 주력을 집중시켜 현지 무장과 현지 민중들의 협력 하에 기세 드높은 철로 파괴전을 진행하여 국민당 군대의 기동 능력을 약화시켰다. 또한 이런 전투를 통해 그들의 전략적 요충지인 쉬저우를 위협하고 중원의 세 갈래 대군의 밀접한 연결을 위한 유리한 조건을 창조하여 주었다.

파괴전은 11월 8일에 시작되었다. 우선 카이펑부터 쉬저우까지의 룽하이 철로가 목표였다. 병사들은 "예전에 우리는 두 발로 뛰고 너희들이 기차를 타고 이동하였으니 이젠 모두 두 발로 뛰는 시합을 해보자꾸나!"[713]고 했다. 해방군은 철도 레일을 파괴하고 침목을 태워 버렸으며 노반을 파괴했고 철도 다리를 폭파시켰다. 10간의 파괴전을 통해 2백여 킬로미터의 룽하이 철도 파괴했으며 민촨(民權), 위청(虞城), 당산(砀山) 등 9개 현급 도시를 점령하고 국민당 군 1만 1천여 명을 궤멸시켰다. 뒤이어 그들은 진푸 철로의 쉬저우 벙부(蚌埠) 구간을 파괴하기 시작했다.

12월 4일 중국공산당 중앙군사위원회에서는 류·덩 대군에게 "천·셰, 천·

---

713) 季音: 『隴海路破擊戰』, 『陳粟大軍征戰記』編輯委員會 편: 『陳粟大軍征戰記』, 北京: 新華出版社, 1987년, 276쪽.

쑤 두 지역과 하나로 연결하라"는 임무를 하달했다. 9일에 "만약 불편하지 않다면 쑤의 부대는 평한철로 정저우-수창 구간을 파괴하여 쉬창-신양구간을 파괴하는 천·셰의 부대를 지원하는 것이 좋다." "만약 쑤가 13일에 정저우-수창 구간을 파괴하기 시작할 수 있다면 같은 시기에 수창-신양구간에서 파괴를 시작할 수도 있고 며칠 먼저 시작해도 괜찮다"[714]는 내용의 전보를 보내 쑤위에게 명령하고 류·덩, 천·셰에게도 이 전보를 보냈다.

쑤위는 즉각 주력부대를 거느리고 핑한 철도를 따라 남하했다. 핑한철도 파괴전은 12월 13일에 시작되었다. 화동 야전군 참모장 천스주는 제1, 3, 4종대를 거느리고 핑한 철도 관팅자이(官亭寨)부터 수창까지 구간을 파괴하기 시작했다. 근 종대 사령관 회의에서 이렇게 말했다. "우리는 단호하게 남북 교통선을 파괴하여 이후 대규모의 섬멸전을 위해 조건을 마련해야 한다."[715] 15일 점심, 제3종대는 국민당 군대의 주요한 물자 보급기지인 수창을 점령하고 5천여 명의 적들을 궤멸시켰고 각종 화포 70여 문을 포획했다. 또한 백여 대의 차량과 열차 한대를 포획했고 몇 개의 군용 창고를 점령했다. 핑한 철도를 파괴하여 허난 동부와 허난 서부 해방구를 하나로 이어 놓았다.

20일, 중국공산당 중앙군사위원회에서는 "쑤위가 19일 축시(丑時, 새벽 1시~3시)에 보낸 의견을 완전히 동의하며 쑤와 천쎄 두개 부대는 다볘산을 공격하는 적들의 모든 공격을 물리칠 때까지 장기간 류·덩 부대와 협력하여야 한다"[716]는 중요한 결정을 내렸다. 24일, 화동야전군 제3종대의 두 개 사단과

---

714) 中共中央文獻硏究室, 中國人民解放軍軍事科學院 편: 『毛澤東軍事文集』, 第4卷, 北京: 軍事科學出版社, 中央文獻出版社, 1993년, 338, 341쪽.

715) 叶家林: 『斬斷平漢線, 攻克許昌城』, 『陳粟大軍征戰記』編輯委員會 편: 『陳粟大軍征戰記』, 北京: 新華出版社, 1987년, 271쪽.

716) 中共中央文獻硏究室, 中國人民解放軍軍事科學院 편: 『毛澤東軍事文集』, 第4卷, 北京: 軍事科學出版社, 中央文獻出版社, 1993년, 344쪽.

천·셰집단의 제4종대는 동시에 허난 서부로부터 지원하러 오는 국민당군 제5병단과 재편성한 제3사단을 시핑 남쪽의 주왕자이(祝王寨), 진강사(金剛寺) 지역에서 포위했다. 이틀간의 격전을 거쳐 제5병단의 부대와 재편성한 제3사단 9천 6백여 명을 궤멸시켰다. 천·쑤 대군과 천·셰집단 두 부대는 합류했다. 핑한 철도 전역의 의미에 대해 『중국인민해방군 제3야전군 전쟁사』에서는 이렇게 평론했다.

> 핑한 철도 전역은 류·덩, 천·쑤, 천·셰 세 대군이 중원 전지에 진입한 후 처음으로 진행된 협동작전이며 국민당 군사 운송의 대동백인 핑한 철도 남쪽 구간을 파괴했으며 국민당 군사들이 주둔하는 기지인 수창, 뤄허, 주마뎬 등 중요 도시들을 점령했다. 또한 룽하이 철로를 다시 한 번 파괴하여 국민당의 허난성 성소재지인 카이펑을 고립시켰고 국민당의 작전 지휘중심인 정저우를 위협했다. 중원에서의 국민당의 군사 배치를 파괴하여 다베산을 공격하려는 국민당의 계획을 방해했다. 화동야전군 서부 병단, 천·셰집단과 류·덩 야전군의 일부 부대는 12월 말에 췌산 지역에서 합류했다. 이렇게 다베산을 중심으로 하는 류·덩 야전군의 어위완 근거지, 서부 병단의 위완쑤 근거지, 천·셰집단의 위산어근거지는 하나로 이어놓아 중원으로 진군한 전략적 임무를 성공적으로 완성했다.[717]

---

717) 南京軍區 『第三野戰軍戰史』編輯室 : 『中國人民解放軍第三野戰軍戰史』, 北京: 解放軍出版社, 1996년, 184쪽.

第10장
잇따라 발생한
북부 전쟁 상황의 변화

제10장
잇따라 발생한 북부 전쟁 상황의 변화

류·덩 대군, 천·쑤 대군, 천·셰 집단이 남부의 전지에서 전략적 공격을 대거 진행하면서 전쟁의 형세는 근본적인 변화를 가져왔다. 국민당 군대는 황허 북쪽에서 전면적으로 방어 태세에 들어섰다. 국민당 측에서 편한 전쟁사에는 이렇게 썼다. "이 시기 국군은 류보청 토비부대를 궤멸시키기 위하여 원래 제정한 공격 구상을 수정했다." "류보청 토비부대를 숙청하기 위해 병력을 집중시켜 다볘산을 공격하여야 한다. 화동 지역에서는 산동 반도에서 소탕을 계속 진행하고 기타 서북, 화북, 동북 지역에서는 현 상태를 잠시 유지한다."[718] 북쪽 전지인 서북, 진차지, 동북 지역에서 활동하고 있는 여러 인민해방군 군대는 연이어 전략적 반격과 공격을 시작했으며 중요한 승리를 거두었다. 전쟁의 주도권은 이미 완전히 인민해방군의 손으로 넘어왔다.

서북 전지의 상황을 보자.

샤오허 회의가 끝난 후 중국공산당 중앙군사위원회에서는 7월 31일에 정식으로 서북야전부대를 중국인민해방군 서북야전군으로 이름을 정했다. 서북야전군은 펑더화이가 사령관 겸 정치위원을 맡고 시종쉰이 부정치위원을 맡았다. 또한 서북야전군 전선위원회를 성립하고 펑더화이가 서기를 맡았다.

---

718) "三軍大學"편찬: 『國民革命軍戰役史第五部—「戡亂」』, 第4冊(下), 台北: 『國防部史政編譯局』, 1989년 11월, 5쪽.

사실 후쫑난은 산뻬이의 전투를 서둘러 끝낸 후 주력 부대를 동쪽의 기타 전지로 이전시키려 했다. 7월 4일, 장제스는 그를 난징으로 불러 "산뻬이 전지의 일부 부대를 동쪽으로 보낼 수 있는 가능성을 연구했다" 이튿날, 장제스 처소에서 작전 회보를 진행했으며 친청 등이 참가했다. "8월 말에 산뻬이를 숙청하고 주머니 모양의 지역에서 한 단계 한 단계씩 진행하며 먼저 타이바이진(太白鎭), 딩벤지(定邊集), 바오안(保安)등 지역을 점령한 후에 쒜이더, 미즈 등 지역을 점령하여 하구를 봉쇄하는 것으로 첫 단계를 끝낸다.

그 다음 주력을 동쪽으로 이동시킨다." 옌안으로 돌아온 후쫑난은 쉬저우에서 걸려온 장제스의 전화를 받았다. "그간 상황이 좋지 않으니 속히 9~10개의 연대를 뽑아 5일에 자동차 혹은 비행기로 이송하라" 후쫑난는 연구를 거쳐 6개의 연대를 동쪽으로 지원보내기로 했다. 그러자 장제스는 "왜 6개 연대뿐인가?"고 했다. 후쫑난은 "지금 부대는 한창 전진하고 있기에 다른 지역으로 지원할 상황이 아니다. 만약 꼭 일부 부대를 지원 보내야 한다면 17일 이후에야 가능하다."[719]고 했다. 연대 3개가 적다고 장제스가 직접 후쫑난과 반복적으로 상의할 정도였으니 그들의 병력은 이미 부족하다는 것을 훤히 알 수 있다. 이는 종래로 없었던 상황이었다.

이 시기, 류·덩 대군은 산동 서남 지역에서 남하하여 다베산으로 이동하기 직전이었다. 천·세 집단도 남쪽 황허를 건너 허난 서부로 진군하기로 결정했다. 이 전략적 행동을 성공시키기 위하여 후쫑난 집단의 주력을 북쪽으로 유인하여 후쫑난의 병력 배치를 파괴하여 그들이 동쪽으로 지원병을 보낼 수 없게 해야 했다. 중국공산당 중앙군사위원회의 비준을 거쳐 서북 야전군은 간편한 장비들로 무장하고 북쪽으로 행군하여 8월 상순에 위린 전역

---

719) 于凭遠, 羅冷梅 等 편찬: 『民國胡上將宗南年譜』, 台北: 商務印書館, 1987년 8월, 201쪽.

을 개시했다. 펑더화이는 여단이상 간부들이 참가한 간부회의에서 "마오 주석계서는 이 곳은 전략적 견제구역라고 하면서 장제스의 전략 예비부대를 이곳에 묶어 두어야 한다고 했다. 우리는 적들을 산뻬이에서 발을 빼지 못하게 해야 한다. 우리가 적들을 잡아 두고 마오 주석, 당 중앙도 적들을 이곳에 남아있게 견제한다면 후쫑난 부대는 이 곳을 떠나지 못하게 된다."[720]고 했다.

위린은 산뻬이 북쪽지역과 쑤이위안(綏遠)의 접경지역인 장성 연선에 위치해 있는 국민당군 진산쒜이(晋陕绥, 山西省・陕西省・绥远) 변구 총사령부가 있는 곳이었다. 덩바오산 부대 제22군단과 후쫑난의 직계 부대인 재편성한 제36사단 제28여단 등 1만 5천여 명이 위리는 지키고 있었다. 서북야전군은 총 8개 여단의 적들보다 3배 많은 병력인 4만 5천명의 병력으로 위린을 공격했다. 8월 6일, 해방군은 위린성을 향해 맹렬한 공격을 개시했다.

중요한 전략적 요충지인 위린을 잃지 않기 위하여 장제스는 해방군의 계략에 넘어가고 말았다. 그는 8월 7일에 직접 옌안에 도착하여 후쫑난에게 재편성한 제1군단과 제29군단 8개 여단을 두 갈래로 나뉘어 쒜이더, 자현(葭縣)방면으로 급행군하게 하라고 명령했다. 또 그는 중송(鐘松)이 지휘하는 재편성한 제36사단을 원위(지원 위린)쾌속 병단을 만들어 간편한 무장으로 장성을 따라 이동하여 위린을 지원하게 했다.

옌안에서 난징으로 돌아온 당일 그는 일기에 이렇게 썼다. "위린이가 포위공격을 당해 직접 옌안에 날아가 사건을 처리하고 지도했다. 산뻬이 소탕계획을 전면 결정했다. 이번 옌안행은 토비무리를 숙청하는 사업에 결정 역할을 한 듯 하다." 그는 득의양양하여 이렇게 썼다. "직접 옌안에 가서 현지 사회와 지형을 시찰했다. 공산 토비군이 이렇게 견고한 소굴도 지켜내지 못하

---

720) 『彭德怀傳』編寫組 편: 『彭德怀传』, 北京: 当代中国出版社, 1993년, 327쪽에서 재인용.

고 달아났으니 공산 토비들은 헛소리만 칠뿐 아무런 실질이 없음을 의미한다. 자신이 있다고 전투가 승리로 이어지는 것이 아니기에 우리는 이런 토비군을 궤멸시키고 붕괴시키기 어렵지 않을 것이다."[721]

장제스가 위린을 지원하는 부대로 지정한 재편성한 제36사단은 후쫑난이 옌안을 공격할 때의 주력 사단의 하나였다. 이 사단에는 3개의 재편성한 여단이 있으며 반 이상의 병력은 미식 장비로 무장되었다. 이 사단의 제28여단은 원래 후방에 남아 후쫑난이 기동 부대로 이용했는데 위린이 위험해지자 그쪽으로 지원하러 갔다. 중송은 후쫑난의 급전을 받고 이 사단의 기타 두개 여단을 거느리고 기한 내에 위린으로 이동하라고 명령했다. 그들은 장성 밖의 사막지대를 경유하여 서북 야전군의 추격 부대를 따돌리고 13일에 위린지역에 도착했다.

서북야전군이 위린을 공격한 목적은 후쫑난의 주력 부대를 유인하여 북상시키는 것으로 류·덩 대군과 천·세 집단의 남하에 유리한 조건을 창조하여 주려는 것이었다. 재편성한 제36사단이 위린에 가까워오자 펑더화이는 13일에 주력 부대를 위린의 동남부, 미즈 서북부 지역에 은폐하고 있으며 기회를 기다리면서 대군이 동쪽으로 이동하여 황허를 건넌 것처럼 흔적을 남겼다. 과연 후쫑난은 이런 흔적들에 속아 중송에게 속히 부대를 거느리고 위린으로부터 남하하라고 명령했다. 또한 그는 셴위도로를 따라 북상하는 류칸이 인솔하는 재편성한 제29군단 제90사단에게 중송의 부대와 함께 남북으로 협공하여 서북 야전군 주력부대를 포위 궤멸시키라고 했다. 재편성한 제36사단은 이미 극도로 피로한 상황이었다. 이 사단의 제123여단 여단장 류쯔치(劉子奇)는 이렇게 회상했다. "이번에 위린을 지원하기 위하여 장거리 급행군을 하

---

721) 장제스 일기(친필본), 1947년 8월 9일, 『上星期反省录』, 미국 스탠퍼드대학교 후버연구소 소장.

였기에 낙오한 인원들도 많았다. 목적지에 도착했을 때 광병들은 극도로 피로했다." 남하 할 때에도 "적들의 상황과 현지 지형에 대한 이해가 부족했으며 현지 백성들의 사정도 잘 알지 못하고 있어서 감히 공격하지도 못하고 퇴각하지도 못했으며 해방군의 포위에 들까봐 현지에 머물지도 못했다"고 했으며 "큰 비가 내리고 깊은 계곡과 높고 험한 고개가 잇닿은 산간지역이라 부대는 행군하기가 어려웠다. 하지만 해방군은 전투도, 후퇴도 자유롭게 진행하고 있으며 우리와 항상 일정한 거리를 두고 우리의 부대를 유인하고 있었다."[722]고 했다. 황푸군관학교 제2기 필업생인 중송은 항상 독단적으로 일을 처리했다. 이번에도 그는 여전히 무모하게 고군을 거느리고 공격을 했다. 8월 17일 중송의 부대는 류칸의 부대와 수 십리 떨어졌다. 펑더화이는 중송의 주력 부대가 사자뎬 지역을 거쳐 동쪽으로 진군할 것이라고 판단하여 류칸 부대와 합류하기 전에 기동작전으로 이 부대를 궤멸시키기로 했다.

이 시기 국민당 군대는 여전히 서북 야전군 주력부대의 행방과 작전 의도를 전혀 알지 못했다. 류칸의 부대는 중송을 지원하러 가지 않고 북쪽으로 행군하여 선촨바오(神泉堡)와 자현을 점령했다. 20일 새벽녘, 서북야전군 주력 부대는 별안간 재편성한 제36사단의 두 부대를 양쪽으로 갈라놓고 사자뎬 지역에서 각각 포위했다. 류칸 부대는 급히 지원하려고 했지만 중송 부대의 진지와 30리 떨어진 곳에서 해방군에 가로막혀 더 이상 가까이 할 수 없었다. 그날 해질 무렵, 서북야전군은 재편성한 제36사단 사단부와 두 개 여단 6천여 명을 궤멸시켰다. 후쭝난은 이런 내용의 일기를 썼다. "밤이 깊어도 잠들 수가 없었다. 브랜디를 마이고 좀 잠이 들까 했는데 해뜨기 전에 눈을

---

722) 劉子奇: 『沙家店戰役整編三十六師被殲經過』, 全國政協文史資料委員會 편: 『中華文史資料文庫』, 第6卷, 北京: 中國文史出版社, 1996년, 632, 633쪽.

떴다. 참으로 근심 가득한 밤이었다."[723] 류칸 부대의 지원병이 도달 하였을 때 서북야전군은 이미 성공적으로 이전한 후였다. 류칸 부대는 급히 남쪽으로 철수했다. 그들은 철수 도중에도 4천여 명의 적들을 궤멸시켰다.

이 전역은 국공 두 총지휘부의 전략적 시야의 차이를 충분히 보여주었다. 해방군은 후쭝난의 모든 병력의 주의력을 위린, 자현, 미즈 삼각지대로 옮겨져 동쪽의 전쟁 상황을 고려할 겨를이 없었다. 이런 상황에서 천·셰 집단이 황허를 건너기 편했다.(천·셰 집단은 사자뎬 포위 섬멸전이 진행되는 시각에 황허 북쪽 연안에 도착했으며 8월 22일, 23일에 강을 건넜다.) 이 전투에서 서북전지에 있던 후쭝난의 예비부대를 궤멸시켰다. 이 전토는 서북 전쟁의 새로운 국면을 맞이하게 된 관건적인 전투였다.

이 시기 중국공산당 중앙기관은 사자뎬과 불과 20여리 떨어진 량자차(梁家岔)로 이전했다. 포위공격이 시작되자 마오쩌동은 기쁨을 감추지 못하고 "좋아! 이제 후쭝난이 어떻게 발뺌할지 두고 보자!"[724]고 했다. 전투가 끝난 후인 8월 23일에 펑더화이는 여단장이상 간부 회의를 열었다. 이 회의에는 마오쩌동, 저우언라이, 런비스 등도 참가했다. 옌안에서 갈라진 후 펑더화이는 처음으로 이들과 만났다. 마오쩌동은 회의에서 흥분한 어조로 이렇게 말했다. "사자뎬 전투는 참으로 성공적이다. 배수진을 해야 하는 상황에서 펑노총지휘(펑더화이)는 서북야전군을 지휘하여 하루 사이에 전투에서 승리를 하여 전대미문의 성과를 거두었다. 이 전투는 서북의 우리 군이 내선 방어로부터 내선 반격으로 전략을 바꾸는 전환점이다. 이는 서북 형세에 빠른 변화를 가져다 줄 것이다. 이 전투가 끝난 후의 상황은 우리 후난방언으로 말하면 주

723) 胡宗南: 『胡宗南先生日記』(上), 台北: 國史館, 2015년 7월, 674쪽.

724) 閻長林: 『偉大的轉折』, 『紅旗飄飄』編輯部 편: 『解放戰爭回憶彔』, 北京: 中國青年出版社, 1961년, 129쪽.

궈아오랴오(就過拗了)인 것이다."[725]

국민당 통치구역에서 출판한 『스위원』에는 이런 논평이 실렸다.

> 위린공격은 결렬한 전투였다. 대공보의 위린통신에 의하면 "국군은 장렬한 장면들을 적지 않게 연출했다"고 한다. 하지만 국군의 주요 의도는 전투 본신에 있는 것이 아니라 후중난의 3대 주력의 하나인 36사단을 북쪽으로 유인하려는 것이다. 8월 20일, 36사단 제123여단 전부 및 156여단의 대부분은 중송 사단장의 인솔 하에 북쪽으로 진군하여 우린을 지원하러 갔다. 21일, 그들이 미즈 북부 70리 되는 곳인 사자뎬에 이르자 포위에 빠졌다. 이 전투가 끝난 후 공산당군은 "후쫑난의 직계부대는 14개 여단만 남았고 수비 병력을 제외하면 기동능력을 가지고 있는 부대는 7개 여단을 초과하지 않는다"고 말하고 있다. 이런 예측 하에 그들은 서북 전지에서 자신들이 "반격을 시작"했다고 한다.[726]

사자뎬 전역이 끝난 후 서북야전군은 주도권을 차지했으며 후쫑난 부대는 날로 쇠약해져 피동적으로 얻어맞기만 했다. 9월 20일, 후쫑난의 주력 부대는 쒜이더 지역으로부터 남쪽의 옌안지역으로 철수했다. 옌안 동쪽과 북쪽의 교통로에는 재편성한 제76사단 사단장 랴오앙이 거느리는 사단부와 두개 여단도 채 되지 않은 병력이 수비를 맡고 있었다. 10월 1일부터 11일 까지 서북야전군 제1, 3종대와 교도여단, 새로 편성된 제6여단은 옌창, 옌촨, 칭젠을 향해 공격을 개시했다.

725) 王政柱: 『彭总在西北解放战场』, 西安: 陕西人民出版社, 1981년, 69, 70쪽.
726) 蕭遙: 『論戰局』, 『時与文』, 第2卷 第2期, 1947년 9월 19일.

칭젠은 셴위도로의 교통요충지였다. 국민당 군대는 견고한 방어공사를 진행하여 방어시설들을 구축했으며 랴오앙은 이 곳을 필사적으로 지켜내려 했다. 비록 서북야전군의 공격을 막을 수 있는 가능성이 별로 크기 않았지만 그는 "방어공사에 의거하여 당분간 포위를 뚫지 않아도 된다. 며칠 동안 시간을 끌면서 해방군을 많이 살상해야 한다. 만약 포위를 뚫고 나간다면 방어공사에 의거할 수 없기에 우리들의 사상자가 더 많이 발생하고 우리들은 더 빠른 속도로 궤멸될 것이다. 더욱 옌창을 고수하라는 후쫑난의 명령이 있었기에 그의 철수 명령이 없으면 철수할 수 없다."[727] 전역이 시작된 후인 10월 9일의 일기에 후쫑난은 이렇게 썼다. "칭젠의 위기, 랴오앙의 지원 전보는 끊임없이 날아왔다. 이런 간부들은 존망위기의 계절에 아무런 책임감도 없고 그들의 군사들은 취약하기 그지없으니 참으로 치욕스럽구나."[728]

그는 류칸에게 5개 반의 여단의 데리고 옌안으로부터 칭젠을 지원하러 가라고 명령했으나 이 부대는 20킬로미터 밖에 가로막혀 더 나아갈 수 없었다. 10월 11일 새벽녘, 서북야전군은 칭젠을 점령하고 국민당군 재편성한 제76사단 사단부, 제24旅여단 여단부 등 총 8천명을 궤멸시켰고 이 사단 사단장인 랴오앙을 포함한 6천 6백여 명을 생포했다. 류칸의 지원부대는 오후 4시에야 칭첸에 도착하여 허탕을 쳤다.

후쫑난은 더 이상 그를 "수치스럽다"고 욕하지 않았다. 이번 승리에서 서북야전군은 공격전에서 연속적 성공의 경험을 얻었다.

랴오앙의 재편성한 제76사단과 중송의 재편성한 제36사단은 모두 재편성한 제29군단 소속이다. 이 두 사단이 선후로 궤멸되자 류칸은 자신의 재편성

---

727) 劉學超: 『整編第七十六師在清澗戰役中被殲』, 全國政協文史資料委員會 편: 『中華文史資料文庫』, 第6卷, 北京: 中國文史出版社, 1996년, 640쪽.

728) 胡宗南: 『胡宗南先生日記』(上), 台北: 國史館, 2015년 7월, 681쪽.

한 제29군단의 정예부대를 모두 잃었다.

산뻬이 전지의 형세가 근본적으로 전환되었기에 서북야전군은 휴식 정돈을 할 수 있는 기회가 있었다. 이해 겨울, 두 달 반의 시간을 이용하여 소고삼찰(訴苦三査)[729]을 주요 내용으로 한 동계 강화 훈련을 진행했다. 이번 강화 훈련의 원인에 대해 『중국인민 해방군 제1야전군 전쟁사』에서는 이렇게 썼다. "전투에서 승리하면서 서북야전군의 병력은 수량적으로 큰 발전을 했다.

1947년 3월에 두개 종대에 두개 여단 2만6천여 명이던 야전군은 7만5천여 명의 병력에 5개 종대를 가진 대오로 발전했다. 산간닝진쒜이연방군(聯防軍) 관할 지방부대는 1만 6천여 명으로부터 3만 4천여 명으로 발전했다.

부대 수량도 크게 증가했다. 주로 해방전사(포로병)들로 보충했는데 일부 중대의 해방병사들은 전체 병사의 80%를 차지했다. 이런 정황은 여러 가지 긴박한 문제들을 가져왔다. 적지 않은 해방전사들은 계급의 경계를 명확하게 알지 못하고 있었으며 왜 전투를 하는지도 몰랐다. 이들은 자신들을 누구의 돈을 받으면 누구를 위하여 일하는 고용병 정도로 생각하고 있어 정서적으로 불안정했다. 부대의 군수물자가 극단적으로 곤란하던 시기, 고생을 두려워하는 소수의 사람들이 군중 기율을 위반하는 현상들이 자주 발생했다. 또한 일부 병사들은 자신의 목숨을 더없이 아끼고 죽음을 두려워했다.

물론 이런 문제는 소수의 자제병들 가운데서도 존재하고 있었다."[730] 이런 상황에서 펑더화이, 장쭝순은 11월 27일에 중앙군사위원회에 보고를 올리고 부대 내부에서 일정 기간 동안 집중 강화훈련을 진행하기로 했다. 훈련 요구

---

729) 소고삼찰: 1947년 겨울부터 1948월 여름까지 중국인민해방군에서 전투 사이의 틈을 이용하여 진행한 하소연을 하고, 세 가지 조사와 세 가지 정돈을 하는 영도가 있고 질서가 있는 대규모적인 민주 군대 정돈 운동을 말한다.

730) 第一野戰軍戰史編審委員會 편: 『中國人民解放軍第一野戰軍戰史』, 北京: 解放軍出版社, 1995년, 108, 109쪽.

는 다음과 같았다. "(1)계급에 대한 인식을 제고한다. 하소연 운동과 토지개혁 기율 교육을 빈틈없이 진행한다. (2) 각 급, 각 종 간부들 사이에서 교대훈련을 실시한다. (3) 당 조직을 확대한다."[731]

강화 훈련은 세 개 단계로 나뉘어 진행된다. 첫 단계: 토지개혁 교육으로부터 시작하여 전사들 가운데서 하소연 운동을 진행한다. 전사(해방전사들을 포함)들 대부분은 빈곤한 농민 출신이다. 하소연 대회에서 병사들은 국민당 정부의 강박 하에 아들딸들을 팔 수 밖에 없었고, 가족과 생이별을 할 수밖에 없었으며, 집안이 망하고 가족이 죽어나간 비참한 경력들을 하소연하기도 했다. 일부 병사들은 대대손손으로 내려오면서 지주 집에서 뼈 빠지게 일을 하였지만 결국 누울 자리 하나도 얻지 못했고 곡식 심을 밭 한 치도 가지지 못하고 옷을 제대로 걸치지도 못하고 매일 굶주림에 허덕이며 생활했다고 호된 비난을 했다. 또 일부 병사들은 국민당에 잡혀 군대생활을 하는 동안 굶주리고, 추위에 떨고, 욕을 먹고 심지어 묶여 매를 맞던 고통스러웠던 과거에 대해 하소연했다. 이런 하소연을 기초로 "가난한 자들은 해방시키고 장가군(蔣家軍)을 궤멸시키자"는 슬로건을 제기했다.

두 번째 단계: 세 가지 고찰을 진행한다. 처음에는 계급, 사상, 투지를 고찰을 하기로 했다가 후에는 직업, 경제, 기율, 영도 고찰로 발전했으며 공산당 지부와 당원의 작용도 고찰했고 비평과 자아비평도 진행했다. 세 번째 단계: 군중적 병사훈련을 진행한다. 서북야전군은 동계 강화 훈련에서 선명한 효과를 거두었다. 부대의 정신면모는 큰 변화를 가져왔고 부대의 전투력은 제고되었으며 부대 내부에서 공산당의 중심 작용도 크게 향상되었다. 마오쩌동은 『서북대첩(大捷)을 논하고 해방군의 신식 군 정돈 운동을 논하다.』는 제

---

731) 彭德怀傳記組 편: 『彭德怀軍事文選』, 北京: 中央文獻出版社, 1988년, 230, 231쪽.

목에서 이런 방법에 대해 충분히 긍정했다. 이후 기타 전략구역의 부대에서도 잇따라 군 정돈 운동을 펼쳤다.

진차지 전지의 상황을 알아보자.

진차지 지역은 화북과 동북의 중요한 요충 지역에 위치하고 있어 중요한 전략적 작용을 한다. 이때, 화북 지역의 국민당 군대는 이미 화동, 중원, 서북 등 전지와 차단되었으며 육로교통도 중단되어 전투에서 기타 부대와 협동작전을 할 수가 없었다. 진차지 군관구의 부대는 1947년 4월에 반격으로 전환된 후 선후로 정타이, 칭창(靑滄), 바오딩 북부 등 지역에서의 세 차례 전투에서 모두 승리를 거두었다. 이 세 차례의 전투를 거쳐 5만 2천여 명의 국민당 군대를 궤멸시키고 퉁푸, 정타이, 핑한 등 철로를 파괴하여 진차지와 진지루위 두 전략구역을 연결했다. 이렇게 스자좡을 해방구역에서 완전히 고립되게 만들어 다음 작전에 유리한 조건을 마련했다.

이 전투의 성과는 기타 작전 구역과 비교했을 때 여전히 큰 차이가 있다. 부대 편제가 없었고 결정적으로 국민당 군대를 궤멸시키지 못했기 때문이었다. 샤오허 회의에서 저우언라이는 각 작전 구역의 성과를 말하면서 진차지의 성과를 마지막 놓았다. 그 원인에 대해 녜룽전은 진차지 중앙국 확대회의에서 진지하게 분석했다.

객관적인 요소 외에도 "군사 지휘에서 착오를 범했는데 멀리 앞으로 나가고 멀리 뒤로 후퇴하는 운동 작전을 할 때 과감하지 못한 것이다. 당시 '원래 근거지를 잃을 걱정' 때문에 너무 보수적으로 행동한 것이다." "이런 사상의 작용 하에 적극적이지 못했으며 집중된 주력부대를 이용하여 적극적으로 적들을 공격하지 못하였기에 대량의 적들을 궤멸시키지 못한 것이다. 이렇게 지도사상이 명확하지 않았기에 운동전의 사상이 제대로 시행되지 못했다.

때문에 우리가 1년 동안의 방위전쟁에서 얻은 성과는 매우 부족할 수밖에 없었던 것이다."[732]

정타이 전투가 한창 진행되고 있을 때 류사오치, 주더는 산뻬이에서 진차지 지역에 도착하여 중앙 사업위원회를 창립했다. 6월 14일, 마오쩌동은 주더, 류샤오치에게 전보를 보내 "진차지의 군사문제를 잘 해결하라"고 했으며 이를 중앙 사업위원회가 창립된 후 해결해야할 3대 문제 중 제일 첫 번째 문제로 손꼽았다.[733] 중국공산당 중앙에서는 주더, 류샤오치의 건의를 수락하고 진차지 야전군을 재건하기로 결정했으며 양더즈(楊得志)를 사령관으로 뤄뤠이칭을 정치위원, 양청우(楊成武)를 제2정치위원으로 임명했다. 운동전, 섬멸전을 진행해야 한다는 사상을 부대 지휘원들 가운데서 명확히 했다.

9월 2일부터 24일까지 진차지 야전군은 라이쉐이(淶水)를 포위공격하고 다칭허(大淸河) 북쪽지역을 공격하기 시작했다. 하지만 이번 전투는 원래의 목표를 달성하지 못하고 국민당 군대 5278명을 궤멸시킨 반면 해방군 병사6,778명이 희생했다. 녜룽전 등은 9월 15일에 중앙군사위원회에 보고를 했다. 중앙사업위원회에서는 "포위한 적의 병력이 너무 많기에 병력이 분산되어 빠른 시간에 승리를 할 수 없었기에 철수할 수밖에 없었다."라고 했다. 주더, 류사오치는 9월 23일에 중앙군사위원회에 전보를 보냈다. "야전군이 다칭허 전투에서 포위한 적군이 너무 많았기에 최후의 승리를 거둘 수 없었던 것이다." "하지만 병사들의 투지가 높고 간부들도 희생정신이 있기에 예전과는 상황이 다르다"[734]

---

732) 中國人民解放軍軍事學院 편: 『聶榮臻軍事文選』, 北京: 解放軍出版社, 1992년, 259, 260쪽.

733) 中共中央文獻硏究室 편: 『毛澤東文集』, 第4卷, 北京: 人民出版社, 1996년, 255쪽.

734) 中國人民解放軍軍事科學院軍事歷史硏究部 편저: 『中國人民解放軍全國解放戰爭史』 第3卷, 北京: 軍事科學出版社, 1996년, 197, 198쪽에서 재인용.

당시 국민당 군대는 화북지역에 두개 집단이 있었다. 하나는 바오딩(保定) 쒜이징 관공서의 쑨렌중 집단이다. 이 집단에는 4개 군단 11개 사단 및 재편성한 제62사단, 청년군 제208사단 등이 베이핑, 톈진, 바오딩 삼각 지대에 있었으며 제3군단은 스자좡을 수비하고 있었다. 다른 한 집단은 장위안(張垣) 쒜이징 관공서의 푸쭤이 집단이다. 이 집단은 8개 사단은 3개 여단으로 나뉘어 핑쒜이 철도선을 지키고 있었다.

진차지 야전군이 라이쒜이를 공격할 때 다칭허 전투도 시작되었다. 동북민주연군의 추계(秋季) 공세는 점점 맹렬해 졌다. 국민당 총지휘부에서는 화북에서 세 개 재편성한 사단을 파견하여 지원했다. 이로부터 관내의 기동병력이 부족하다는 것을 잘 알 수 있었다. 10월 3일, 장제스는 일기에 이렇게 썼다. "황허 북쪽과 동북은 잠시 수비태세 갖추어야 한다.

이는 금후에 토비무리를 숙청하기 위함이다."[735] 해방군 진차지 야전군은 이 틈에 바오딩 북부를 다시 공격하자고 건의했다. 10월 5일, 주더, 류사오치는 양더즈, 양청우, 겅뱌오(耿飆)에게 답전을 했고 녜룽전, 샤오커(蕭克)에게도 같은 내용의 전보문을 보냈다. "당신들이 바오딩 북부를 출격하려는 의견을 통의한다. 운동전을 위주로 하는 방침으로 전투를 이끌어야 한다."[736] 由于 화북의 형세가 긴장되어가자 장제스는 또 생각을 바꾸었다. 그는 10월 4일에 베이핑으로 날아가 화북 군사회의를 열었다. 회의가 끝난 후 그는 스자좡을 수비하고 있는 제3군단 군단장 뤄리룽(羅歷戎)을 접견한 자리에서 이렇게 말했다. "마땅히 스자좡을 완강하게 지켜야 한다. 제3군단의 한 개 사단을 바오딩으로 보내 기동부대를 병력을 강화해야한다."[737] 10월 12일, 쑨렌중은 정

---

735) 장제스 일기(친필본), 1947년 10월 3일, 미국 스탠퍼드대학교 후버연구소 소장.

736) 劉武生 편: 『從延安到北京』, 北京: 中央文獻出版社, 1993년, 295쪽.

737) 羅歷戎: 『胡宗南部入侵華北和在淸風店被殲經過』, 全國政協文史資料硏究委員會 편: 『文史資料

식으로 4일내에 바오딩에 도착해라는 명령을 하달했다. 뤄리룽은 제32사단을 스자좡에 남겨 스자좡을 지키게 하고 자신은 군단부와 제7사단, 원래 스자좡에 있던 제16군단의 한 개 연대를 거느리고 15일 오후에 북쪽으로 출발했다. 장제스의 생각이 바뀌자 뤄리룽은 자신의 관할 하에 있던 한 개 사단보다 많은 병력을 잃었다.

진차지 야전군은 이런 기회를 놓치지 않았다. 그들은 원래 바오딩 북쪽 지역에서 수쉐이(徐水)를 포위하여 국민당을 유인하려고 주력 부대를 수쉐이 북쪽과 동쪽 지역에 집결시켰다. 한 개 여단의 병력으로 스자좡 방향의 동향을 감시하게 하고 나머지 부대는 운동과정에서 상황에 따라 양측으로 지원하러 오는 부대를 섬멸하려 했다. 제3군단 주력이 북상한다는 정보를 얻은 녜룽전은 10월 17일에 야전군에게 긴급전보 두통을 보낸다. "스먼(石門)의 적 제7사단과 66연대는 뤄리룽의 인솔 하에 어제 저녁 강을 건너 북상하고 있다. 이들은 당일 저녁에 정딩(正定) 동북쪽의 푸청(蒲城) 일대에 도착했으며 오늘 계속 북상하여 오전에 과이자오푸(拐角鋪)에서 휴식했다." "남하해서 적들을 공격하기에 시간이 촉박하다면 먼저 한 개 연대를 파견하여 급행군으로 왕두(望都) 남쪽지역에서 먼저 길을 막은 후 주력 부대도 급히 이 지역에 도착하여 적들을 궤멸시킬 수 있는 기회를 놓치지 말아야한다."[738]

어디서 전투를 해야 하는가? 바오딩 북쪽에서 할 수 없다면 바오딩 남쪽에서 전투를 할 수밖에 없으며 바오딩과 너무 가까운 지역에서 전투하면 안 되는 상황이었다. 바오딩에는 한 개 군단의 국민당 병력이 있었고 바오딩 북쪽에는 국민당 군대가 더 많았다. 적의 제3군단을 궤멸시키면서 적들의 막강한 지원부대를 물리치는 것은 무리한 보험이었다. 때문에 바오딩, 왕두 남쪽 지

選輯』, 第20輯, 北京: 中華書局, 1961년, 156쪽.

738) 中國人民解放軍軍事學院 편: 『聶榮臻軍事文選』, 北京: 解放軍出版社, 1992년, 265, 266쪽.

역의 칭펑뎬에서 전투를 하기로 결정했다. 전투를 진행하게 될 합당한 지점을 찾았는데 다음은 언제 전투를 하는가 하는 것이 문제였다. 진차지 야전군 사령관 양더즈는 당시 긴박했던 상황에 대해 이렇게 말했다.

> 뤄리룽의 3군단은 칭펑뎬 지역과 90여리 떨어진 곳까지 다가왔을 때 우리 군 주력은 칭펑뎬 지역과 가까이는 150여리 떨어져 있고 제일 멀리 있는 부대는 약 250여리 떨어진 곳에 있었다. 또한 부대는 한창 서쪽으로 전진하고 있었다. 만약 전투 지역을 조금이라도 북쪽으로 정하면 우리의 행군거리는 짧아지고 뤄리룽는 더욱 먼 거리를 이동하게 만들 수 있지만 그렇게 되면 바오딩과 너무 가까워지게 된다. 하지만 우리가 남쪽으로 이동하기도 너무 먼 거리였다. 때문에 이번 전투의 승리는 우리가 빠른 시간에 리뤄룽보다 먼저 칭펑뎬에 도착할 수 있는가에 달렸다. "훌륭한 부대 이동 속도!" 시간이 곧 승리다!
>
> 우리의 보통 한 시간에 10리씩 행군했다. 비상시기에는 보통이 아닌 급행군이 필요했다. 급행군 시 한 시간에 14리 씩 이동할 수 있지만 이런 속도로도 제시간에 도착할 수 없었다. 부대가 4시간 정도 행군하면 뭐라도 먹어서 체력을 보충해야 했고 열 시간 넘게 행군하면 조금이라도 휴식해야 했다. 우리 병사들이 먹지 않고 휴식하지 않고 행군한다고 해도 예정된 시간에 지정 지역에 도착하기 어려웠고 도착한다고 해도 이미 상당한 체력을 소모한 상태이기에 전투에서 승리를 가져오기 어렵다.

부대는 종래로 목적이 명확하지 않은 전투를 하지 않았다. 때문에 전사들에게 남하해야 하는 원인을 전달해야 했다. 당시 야전군 3개 종대의 대부분 병사들과 만 명이 넘는 지방부대는 한창 서쪽으로 전투를 하면서 이동하고 있었기에 이들을 남하하게 하려면 먼저 병사들에게 이런 작전 변화의 전반적인 원인을 확실하게 설명해 주려면 일정한 시간이 필요했다.

우리 부대는 지난 3일 동안 수쉐이 지역에서 도시를 공격하고 지원군을 가로 막는 전투에서 이동 작전으로 강도 높은 전투를 겪었기에 체력 소모도 많았으며 적지 않은 수량의 병력도 잃었다. 지금 강행군으로 남하하는 것은 무리하다. 하지만 리뤄룽을 생포하고 이들을 궤멸시키려면 우리 군은 어떻게 해서라도 24시간 내에 200리 정도의 거리를 이동하여 팡순차오(方順橋) 남쪽의 칭펑뎬 지역에 도착해야 했다. 아니면 이 전투를 할 수 있는가 하는 것만 문제가 아니라 전투를 진행하여도 이들을 궤멸시키기가 어렵고 우리 군은 더욱 큰 곤란에 직면하게 된다.

이미 결정을 내렸으면 동요하지 말아야 한다. 겅뱌오 동지는 싸늘한 가을바람이 부는 들판에 앉아 명령 초안을 작성했다. 원래 수쉐이를 공격하려던 제2종대의 지휘를 받는 부대를 제외한 나머지 부대는 모두 방향을 돌려 남하한다. 목적지는 팡순차오 남쪽의 칭펑뎬 지역이다.

날이 밝을 무렵, 우리는 큰길에 들어섰다. 여러 갈래의 대부대는 일제히 남쪽으로 달려가고 있었다. 남쪽으로 남쪽으로! 대오는 거세찬 파도마냥 용감하게 앞으로 달려가고 있었다.[739]

---

739) 楊得志: 『楊得志回憶录』, 北京: 解放軍出版社, 1993년, 396, 397, 398, 402, 403쪽.

진차지 야전군은 쥐도 새도 모르게 바오딩을 에돌아 마침내 뤄리룽보다 먼저 칭펑뎬 지역에 도착했다. 10월 19일 저녁 이 곳에서 아무런 준비도 없던 제3군단을 포위했다. 이튿날 새벽녘에 총공격이 시작되었다. 후쫑난의 직계 부대인 제3군단은 상당한 전투력을 가지고 있었다. 그들은 바오딩 남쪽 지역에 해방군 정규군이 없다고 알고 있었기에 출발한지 3일이 지나도 별다른 상황이 발생하지 않자 이들은 바오딩에 주둔하고 있는 국민당 군과 합류하려고 아무런 걱정 없이 북쪽으로 이동하고 있었다. 해방군 주력이 그들 앞에 갑자기 나타나 공격을 해오자 이들은 급급히 방어를 하는 수밖에 없었다.

이번 전투는 "시작부터 마지막까지 격렬하게 진행되었다. 양측 모두 밀집된 포화로 맞공격을 하니 저녁 하늘은 붉게 물들었다. 밤이 되자 해방군의 공격은 더욱 맹렬해지고 국민당 군은 숨 돌릴 사이도 없었다. 전투가 격렬한 만큼 양측 모두 적지 않은 사상자가 발생했다."[740] 22일 점심, 전투는 끝났다.

칭펑뎬 전역에서 진차지 야전군은 9192명의 사상자를 대가로 국민당 군 17253명을 궤멸시켰고 군단장 뤄리룽을 포함하여 11098명을 생포했고 대량의 화포, 경중기관총, 권총, 소총과 탄약 등 물자를 포획했다.

국민당 통치구역에서 출판되는『관찰』잡지에는 이런 보도가 실렸다. "지난달 공산당은 수차오(徐漕), 스먼을 수비하고 있는 제3군단을 다시 공격했다. 뤄리룽은 제7사단 리융장(李用章)의 부대, 16군단의 한개 연대와 군단 직속 부대를 거느리고 급히 수차오를 지원하러 갔다. 이들은 왕두 남쪽과 서남 지역에서 공산당군에 포위되었고 군대는 전멸되었다. 이는 허베이 국군의 손실이 제일 엄중한 전투였다."[741] 장제스는 일기에 이렇게 썼다. "제3군단의 제7사

---

740) 羅歷戎: 『胡宗南部入侵華北和在清風店被殲經過』, 全國政協文史資料研究委員會 편: 『文史資料選輯』, 第20輯, 北京: 中華書局, 1961년, 156쪽.

741) 觀察記者: 『國軍全盤戰略』, 『觀察』, 第3卷 第13期, 1947년 11월 22일.

단은 왕두 서남쪽에서 전군이 전멸된 비통한 소식을 접했다. 부대가 무기력한 것은 그간 누적된 여러 가지 폐단 때문들이 존재했기 때문이다. 또한 이런 폐단들을 전환하지 못하고 새로운 면모를 찾아주지 못했기에 부대를 잃은 심리적 고통은 배로 되었고 이런 결과에 황송하고 부끄러울 따름이다."[742]
이번 승리는 진차지 야전군이 전략적 공격으로 전환된 후의 첫 승리이다. 이번 전투는 화북전쟁의 국면 전환에 관건적인 작용을 했다. 또한 스자좡을 탈취하는 전투에 매우 중요한 조건을 창조하여 주었다.

다음 목표는 당연히 여세를 몰아 스자좡을 공격하는 것이었다.

당시 스자좡과 슈먼좡(休門庄)을 통합하여 스먼시라고 불렀다. 스자좡은 화북의 주요한 교통 중추였으며 핑한철도와 정타이 철도가 이어지는 곳이었다. 평원과 산지가 잇닿은 지역에 있는 스자좡은 산시로 드나드는 통로에 위치해 있으며 허베이 중부의 경제중심이고 화북의 전략적 요충지였다.

스자좡에는 성벽이 없지만 일본 침략군과 국민당 군대가 장기간 이 도시에 주둔하고 있으면서 견고한 방어공사를 구축했다. 세 겹으로 된 방어선의 첫 방어막은 도시 외곽에 있는 둘레길이가 30여 킬로미터가 되는 2~3미터 깊이, 2미터 너비의 봉쇄 참호였다. 참호 밖에는 지뢰밭이 있고 철조망, 녹채 등이 있었다. 참호 안쪽에는 돌담이 있고 전기 철조망이 있고 수십 미터 간격으로 보루가 구축되어 있었다. 두 번째 방어선은 도시를 에워싼 둘레길이가 18킬로미터가 되는 시내 참호였다. 너비와 깊이가 각각 5미터인 이 참호 안팎으로 토치카와 교통호가 있었고 철갑열차가 순찰할 수 있는 둘레길이가 25킬로미터 되는 순환철도도 있었다. 세 번째 방어선은 시내에 위치한 정타이 판점, 철도공장, 기차역 등으로 이루어진 중심지역 주위에는 보루들이 빼

---

742) 장제스 일기(친필본), 1947년 10월 25일 『上星期反省彔』, 미국 스탠퍼드대학교 후버연구소 소장.

곡했다. 해방군은 종래로 이렇게 견고한 방어시설을 가지고 있는 도시를 함락한 적이 없었다.

하지만 칭펑뎬 전투에서 제3군이 궤멸당한 이후에 제32사단 사단장 류잉(劉英)이 지휘하는 스먼 수비군은 거의 완전히 고립된 상황이었고 병력도 부족했을 뿐만 아니라 군심도 매우 불안정했다. 10월 22일 칭펑뎬 전투가 끝난 당일 녜룽전은 중국공산당 중앙군사위원회, 중앙 사업위원회에 한 보고의 내용은 다음과 같다. "지금 스먼에는 겨우 3개 정규 연대와 비정규군이 있다. 우리는 이참에 스먼을 점령하려 한다. 군사위원회에서 우리의 전략을 검토한 후 실행여부에 대해 회답해주기 바란다."[743]

이튿날, 주더, 류사오치도 중앙군사위원회 스자좡을 공격하는 것을 건의하는 전보를 보냈다. "우리의 의견도 스먼을 공격하는 것이 지금 상황에서 유리하다고 본다. 스먼은 높은 성벽이 없고 겨우 3개 연대의 수비군이 40여리 되는 전선을 지키고 있다. 이 부대를 주관하고 있는 장관들이 모두 생포되었기에 수비군 내부는 동요하고 있을 뿐만 아니라 수비군 상황도 이해하기 쉽다. 먼저 진행된 전투의 승리 여세를 몰아 계속된 공격을 한다면 이 도시를 점령할 가능성이 있다."[744] 중국공산당 중앙군사위원회에서는 당일로 스먼을 공격하는 건의를 비준했다.

10월 25일, 주더는 급히 야전군 사령부에 도착하여 그들과 함께 긴장한 전투전 동원과 완강한 적들과의 전투를 준비했다. 그는 스자좡 방어시설을 요해하고 있기에 이번 전투의 어려움과 곤란에 대해 잘 알고 있었다. 그는 전투전 동원에서 병사들이 만단의 준비를 할 것을 재삼 강조했으며 공격의 전술과 기술을 고도로 중요시했다. 그는 군사적 공격과 정치적 와해를 결합하

743) 中國人民解放軍軍事學院 편: 『聶榮臻軍事文選』, 北京: 解放軍出版社, 1992년, 267쪽.
744) 中共中央文獻編輯委員會 편: 『朱德選集』, 北京: 人民出版社, 1983년, 211쪽.

는 방법으로 자신 병력의 사상자를 최소화하려 했다. "그는 '용감함에 기술을 더하자'는 방안을 제기하여 각 부대가 작전 중에서 당의 영도를 강화하고 정성을 들여 계획하고 군사적 민주를 대대적으로 발휘했으며 전술을 연구하고 도시에서 기율을 엄격하게 준수하고 도시에 진입하기 위한 교육을 강화했다."[745] 그는 공격전에서 포명의 작용을 특히 중시했다. 27일 그는 포병의 주둔지에 내려가 시찰을 하고 강화를 했다.

> 포병은 매우 중요하다. 보병이 나아가야할 길을 만들어 주며 우리의 사상자를 줄여줄 수도 있다. 포병의 공격해야 길이 나아질 수 있다. 돌파구가 만들어 지면 적진 깊이 들어 갈 수 있고 전투의 성과를 크게 할 수 있다.
> 전술에서 주의해야 할 것은 적들을 접근할 때 조용히 비밀리에 접근해야 한다. 공격을 할 때에는 적들이 눈치 채지 못할 때 갑자기 맹렬하게 공격을 시작해야 한다. 절대적으로 집중된 화력으로 공격해야 하며 부동한 지형에 따라 부동한 방식으로 사격해야한다. 이왕 전투를 시작하였으니 맹렬하고 정확하고 호되게 전투를 진행해야 한다. 포병과 보병이 협동하여 더욱 많은 승전을 거두어야 한다.[746]

스자좡전역은 11월 6일 새벽녘에 시작했다. 해방군은 포병의 맹렬한 화력의 엄호 하에 폭파, 돌격과 정치공세를 결합하는 방법으로 신속하게 스자좡 외곽에 있는 거점들을 제거했다. 다음 땅을 파서 병사들이 이동할 수 있는

---

745) 聶榮臻: 『聶榮臻回憶錄』(下), 北京: 解放軍出版社, 1984년, 662쪽.
746) 진차지 군관구 포병여단 연대장이상 간부들에게 한 주더의 강연 기록, 1947년 10월 27일.

구덩이를 국민당 군의 진지 코앞까지 판 후 적들의 참호를 폭파시켜 병사들이 나아갈 수 있는 길을 개척했다. 6일 동안 밤낮으로 진행된 격전을 거쳐 12일 스자좡을 수비하고 있던 2만 4천여 명의 국민당 군은 전부 궤멸되었다. 류잉을 비롯한 2만 1천여 명이 생포되었고 해방군은 대량의 무기와 탄약을 포획했다.

스자좡전역은 해방군이 공격전을 통해 처음으로 대도시를 점령한 전투였다. 주더는 이렇게 총결했다. "이번 전투의 승리에서 우리는 많은 것을 포획했다. 하지만 제일 큰 수확은 이번 전투를 통해 우리의 전술을 제고하고 적의 요새를 함락할 수 있는 방법을 찾은 것이고 대도시를 공격하는 방법을 찾은 것이다."[747]

장제스는 일기에 "스자좡이 잃은 것은 국군이 일본군에게서 인수 받은 지역에서 발생한 제일 중대하고 유일한 손실이다. 아마 병사들의 투지도 크게 떨어질 것이다"[748]고 썼다.

스자좡 전투는 국민당 통치구역도 큰 영향을 가져다주었다. 『스위원』에는 『스자좡 전투가 끝난 후』라는 제목의 기사는 국민당 당국을 신랄하게 비꼬았다.

> 스자좡을 잃은 것에 대해 당국은 비록 아무렇지 않은 듯(당국에서 공개한 소식에 근거하여)하지만 북방의 시민들에게는 큰 충격이었다.
>
> 스자좡이 함락되었다는 소식이 텐진에 전해지자 20일간 연속적으로 상승하던 주식은 20~30% 급락했다. 우리는 전쟁의 상황이

---

747) 中共中央文獻編輯委員會 편: 『朱德選集』, 北京: 人民出版社, 1983년, 220쪽.

748) 장제스 일기(친필본), 1947년 11월 13일, 『上星期反省录』, 미국 스탠퍼드대학교 후버연구소 소장.

> 민심에 주는 영향을 알 수 있다.
>
> 11월 14일, 텐진 이스보(益世報)에 실린 장 주석이 국무회의 보고를 보기로 하자. "스자좡의 함락이 별로 엄중한 일은 아니다. 핑한 철도가 막혀 통하지 않기에 스자좡은 더 이상 예전처럼 주요한 도시가 아니다. 비록 이 도시에 있는 물자들을 잃었지만 국군이 자오동에서 가져온 기자재, 기계, 강판 등 물건으로 잃은 물자들을 보충할 수 있다. 지금 국군의 전략은 화북, 동북에서는 베이닝, 핑쒜이 두 갈래 철도노선을 통제하고 대부분의 병력으로 황허 남쪽의 토비 군을 궤멸시키는 것이다." 진푸, 핑한의 교통을 관통시킨다는 국군의 전략은 베이닝, 핑쒜이을 통제하는 것으로 바뀌었으니 우리는 전쟁의 발전 상황에 대해 자세하게 연구해볼 필요가 있다.[749]

동북 전지를 살펴보자.

3번 송화강을 건너, 네 번 린장을 보위하는 전투가 끝난 후 국민당 군대의 "남쪽에서는 공격을 하고 북쪽에서는 수비를 하여 먼저 남쪽을 점령하구 후에 북쪽지역을 점령하자"는 동북 작전 계획은 완전히 무산되어 공격을 멈출 수밖에 없었다. 이때 국민당 총지휘부에서는 한창 병력을 집중시켜 산동과 산뻬이를 공격하고 있었다. 국민당 당국은 산동과 산뻬이 전지에서 승리를 한 후 다시 병력을 북쪽으로 보내 화북, 동북에서 공격을 진행하여 하나씩 격파하려 했다. 때문에 동북 전지에 있는 병력이 부족하여 새로운 공세를 시작하기 어려워 동북 전선에서 방어태세로 전환했다.

---

749) 凌華: 『石家庄之役結束以后』, 『時与文』, 第2卷 第17期, 1947년 11월 21일.

이와 반대로 동북의 해방구는 번영의 모습이다. 중국공산당 중앙 동북국과 동북 민주연군은 이 기회에 군중운동을 전개하고 토지개혁을 진행했으며 토비를 숙청하고 악당들을 궤멸시키며 동북근거지를 건설했다. 1947년 5월 초, 동북 해방구의 토지개혁은 거의 완성되어 갔으며 농업생산도 큰 발전을 가져왔고 군사공업도 초보적으로 형태를 갖추었다. 토지를 분배받은 농민들은 적극적으로 참군하여 동북민주연군의 총 병력은 이미 46만에 달했다.

그중 25만여 명의 야전군이 있었는데 병사들 대부분은 금방 해방을 받은 농민들이었다. 마오쩌둥은 5월 20일에 린뱌오, 가오강에 전보를 보냈다. "동북은 당신들의 영도 하에 토지개혁을 실행하고 군중운동을 진행했으며 강력한 군대를 만들었다. 당신들의 경제는 전국 해방구에서 제일 앞자리를 차지한다. 군사적으로 당신들은 이미 두 번째로 상승했다.(산동이 첫 번째)"[750]

5월 13일부터 7월 1일까지 동북민주연군은 하계 공세를 진행했다.

하기 공세는 3번 송화강을 건너고 네 번 린장을 보위하던 때와 달랐다. 계절이 다르기에 극복해야할 리스크도 더 컸다. 동북민주연군 제1종대 정치위원 완이는 회고록에 이렇게 썼다.

> 이는 모험이었다. 적들은 여전히 우리보다 우세였고 철로교통도 그들의 통제 하에 있었다. 반대로 우리는 겨울철에 전투를 진행할 때처럼 강이 얼어붙지 않았기에 강을 건너 전투를 하기가 어려웠다. 만약 전투가 예상대로 진행되지 못한다면 북만주에 있는 우리 군은 배수진 결전을 치러야 했다. 하지만 이는 신의 한수가 될 수도 있었다. 우리가 주동적으로 전지를 국민당 점령구역으로 이

750) 中共中央文獻硏究室, 中國人民解放軍軍事科學院 편: 『毛澤東軍事文集』, 第4卷, 北京: 軍事科學出版社, 中央文獻出版社, 1993년, 78쪽.

동시켜 적들의 복구 가능한 자원들을 궤멸시키고 중소 도시들을 점령한다면 남, 북 만주를 이어 놓을 수 있어 동북의 전쟁 국면을 근본적으로 바꾸어 놓을 수 있을 뿐만 아니라 관내 각 전지의 작전에 유리하게 협력할 수 있었다.[751]

하계 공세는 두 개 단계로 나뉜다. 첫 단계는 전면 출격하여 분산하여 수비하는 국민당 군대를 궤멸시키는 것이다. 공세의 발전은 예상보다 더욱 좋은 결과를 가져왔다. 선후로 화이더(怀德), 창투(昌圖), 궁주링(公主岭), 메이허커우(梅河口) 등 지역을 점령했다. 제71군단 88사단과 대부분의 91사단의 병력을 궤멸시키고 신1군단의 한개 연대를 궤멸시켰다. 북만주와 남만주 부대는 쓰핑(四平) 남쪽 지역에서 합류했다. 연속적으로 타격을 받은 국민당 군대는 부득이 하게 전선을 줄이는 방법으로 창춘, 지린, 쓰핑, 선양, 진저우 등 전략적 요충지의 수비에 병력을 투자했다. 제2단계는 동북민주연군에서 병력을 집중시켜 쓰핑 공격전을 개시하는 것이었다.

쓰핑 중창(中長)철로에서 창춘, 지린과 선양을 이어 놓는 교통의 중추이며 국민당 군대가 장기간 방어를 하고 있는 주요 거점이었다. 쓰핑에는 제71군단 군단장 천밍런(陳明仁)이 3만 5천여 명의 병력을 거느리고 수비하고 있었다. 그는 원래 있던 방어 공사를 바탕으로 방어시설들을 추가 구축했다. 이들은 쓰핑 시내를 다섯 개 수비구역으로 나누어 필사적으로 지켜내라고 엄령을 내렸다. 동북민주연군은 7개 사단의 병력으로 쓰핑을 공격하고 17개 사단은 선양으로부터 북상하여 오는 지원군들과 창춘으로부터 남하하여 내려오는 지원병들을 차단하기로 했다. 쓰핑 외곽에 있는 적들을 철저히 제거한

751) 万毅: 『万毅將軍回憶录』, 北京: 中共党史出版社, 1998년, 191쪽.

후 해방군은 6월 14일 저녁에 쓰핑을 향해 총공격을 개시했다. 천밍런이 인솔하는 수비군은 완강하게 저항을 했다. 15일간의 격전을 거쳐 해방군은 쓰핑 시내의 서쪽 구역을 점령하고 적군 1만 7천여 명을 궤멸시켰다. 하지만 선양, 창춘에서 오는 지원군이 쓰핑 가까이 접근하게 되자 6월 30일에 전투를 그만둘 수밖에 없었다.

장제스는 당일의 일기에 이렇게 썼다. "금일 9시, 쓰핑으로 지원하러 간 부대는 쓰핑에서 쓰핑을 수비하고 있는 제71군단과 합류했다. 다행히 하느님의 보호하고 있기에 쓰핑은 위험에서 벗어났다. 선양, 창춘, 지린 철로를 여전히 원활하게 이용할 수 있은 것은 하느님의 보호가 없이는 있을 수 없는 일이다."[752]

동북야전군의 하계 공세는 동북 전쟁의 국면에 큰 변화를 가져다주었다. 비록 쓰핑을 점령하지 못했지만 국민당 군대는 이미 철도선의 좁고 긴 지역으로 철수하여 방어를 하고 있기에 이들은 대규모의 기동작전을 할 능력을 잃었다. 동북해방구의 각근거지는 하나로 이어졌다. 동북민주연군 총지휘부에서는 작전 성명을 발표했다.

> 우리 군은 5월 13일부터 동서 남만주와 러허, 지둥(冀東) 등 각 전지에서 하계 공세를 시작했다. 각 지역에서 동시에 적들을 향해 공격을 시작하여 서로 배합하며 진행하여 7월 1일에 50일간 지속된 하계 공세를 마무리했다. 이번 하계 공세에서 적군 8만 2천여 명을 궤멸시켰다. 42개 현급 도시를 수복하고(그중 6개 도시는 다시 적들에게 빼앗겼다) 적들이 점령하고 있던 약 16만 6천 평방킬

752) 장제스 일기(친필본), 1947년 6월 30일, 미국 스탠퍼드대학교 후버연구소 소장.

> 로미터의 지역을 해방하고 약 천만 명(지둥지역을 제외)의 군중들을 해방시켰다. 또한 약 2천5백여 리의 철로를 통제하여 적들이 우리 동서남북 만주와 지차러랴오(冀察熱遼)[753]의 각 근거지를 분할시키고 "기동적으로 수비"한다는 계획을 파탄시켰다. 또한 그들이 집중적으로 수비하는 쓰핑에 큰 타격을 가했다. 참패한 적들은 부득불 중창철도와 베이닝철도의 좁고 긴 지역으로 철수할 수밖에 없었다. 몇 개 대 도시를 제외한 대부분의 도시는 해방되었다. 이렇게 동북의 전반적인 국면은 전환되었으며 금후 우리 군의 작전에 더욱 유리한 조건을 만들어 주었다.[754]

동북의 위급한 상황을 해결하기 위하여 장제스는 자신에 제일 신임하는 참모총장 친청에게 동북의 지휘권을 맡겼다. 8월 29일에 친청이 동북 군영의 주임을 겸임한다고 발표했다. 이런 결정에 대해 당시 포병 12개 연대와 한개 대대를 거느리고 동북을 지원하고 있던 하오바이춘은 의미심장한 평론을 했다. "일기 내용으로부터 볼 때 장 공(蔣公, 장제스)가 직접 참모본부와 각 지역의 전쟁을 지휘하는 걸과 마찬가지이다. 친 참모총장에게 선양에 상주하게 해도 참모본부에서 전반적으로 작전을 지휘하는데 별 지장이 없다."[755]

친청은 9월 1일에 선양에 도착했다. 그는 기구를 개조하고 부대를 확대 편성했다. 그는 6개월 내에 "동북의 우세를 회복"하고 "일어버린 땅을 수복"할 것이라고 호언장담했다. 또한 그는 "중심 지역을 기반으로 밖으로 확장"하는

---

753) 지차러랴오: 허베이성, 차하얼성(察哈爾省), 러허성(熱河省), 랴오닝성.

754) 신화사 1947년 7월 7일 소식, 王迪康, 朱悅鵬, 劉道新, 張文榮, 邢志遠 편: 『東北解放戰爭紀實』, 北京: 長征出版社, 1988년, 368쪽.

755) 郝柏村: 『郝柏村解讀蔣公日記(1945—1949)』, 台北: 天下遠見出版公司, 2011년 6월, 294쪽.

작전을 시행하기로 했다. 하지만 동북민주연군의 몇 차례의 공격에 국민당군의 통제지역은 그들의 희망과 반대로 도리어 줄어들었다. 그들은 부득불 동북 총 면적의 11.3% 정도를 차지하는 10만 평방킬로미터도 되지 않는 지역으로 퇴각했다.

선양, 쓰핑, 창춘을 이어 놓는 중창철도는 이미 기차 운행이 중단 된 지 오래됐다. 관내로 통하는 베이닝 철도(베이핑부터 선양까지의 철도)의 운행도 불안정했다. 때문에 예전처럼 철도를 이용하여 이동할 수가 없었다. 관내에서 지원을 하기 힘들고 병력이 부족할 뿐만 아니라 적은 병력도 긴 지역에 분산되어 있었다. "자신의 점령지역을 고수하기 위하여 방어를 해야 하는데 손을 봐야할 곳이 너무 많았다. 만약 적들을 공격하려면 병력을 집결시켜야 하는데 병력이 너무 흩어져 집결하기가 어려워 기회를 놓치기 된다."[756]

더욱 엄중한 것은 관병들이 전투를 거부하고 있어 병사들의 투지는 극도로 하락되었다. 주 선양 미국 총영사는 5월 30일에 국무원에 보낸 보고에 이렇게 썼다.

"지난 두 달 동안 정부군의 투지는 급락했다." "국군은 여러 가지로 손실을 입었고 극도로 피곤했다. 국군 군관들의 호화로움과 병사들의 입에 풀칠할 정도의 봉급, 생활대우 등 차이에 대한 불만은 날로 더해졌다. 병사들은 고향멀리 떠나 자신들에게 좋은 얼굴을 보여주지 않는 인민들과 싸움을 하려하지 않았다." "국군의 사기가 이미 바닥에 닿아 공산당군이 만주를 공격하는 날이 만주가 무너지는 날이고 공산당의 손으로 넘어가는 날이다."[757] 이렇게 위태로운 상황은 친청이 와서 전환할 수 있는 것이 아니다.

---

756) "三軍大學"편찬: 『國民革命軍戰役史第五部－「戡亂」』, 第4冊(上), 台北: 『國防部史政編譯局』, 1989년 11월, 22쪽.

757) 『中美關系資料匯編』, 第1輯, 北京: 世界知識出版社, 1957년, 357쪽.

이때, 전국의 군사형세도 큰 변화를 가져왔다. 류·덩 대군, 천·쑤 대군, 천·셰 집단은 남하하기 시작했으며 전략적 공격 단계에 들어섰다. 동북민주연군도 추계 공세를 적극적으로 준비하고 있었다. 7월 하순, 민주연군 총지휘부는 하얼빈에서 사단장 이상 고급간부들이 참석한 회의가 열렸다. "회의에서 린뱌오는 하계 공세작전 특히 쓰핑공격전의 경험을 바탕으로 '네 가지가 빠르고 한 가지를 느리게'하는 전술을 제기했다. 즉 적들을 향해 진군할 때 적들보다 빨리 이동해야 하고, 적들을 따라잡은 후에는 공격 준비를 빨리 해야 하며, 적들의 수비를 뚫은 후에는 전투 결과를 빨리 확대해야 하고, 추격을 할 때에는 빨리 행동해야 한다. 하지만 공격 기회를 기다릴 때에는 꼭 침착해야 하고 섣불리 결정하지 말아야 한다. 동시에 '한 지점 두개 방면'과 '3 3제' 전술에 대해 상세하게 설명했다."[758] 그들은 국민당 군대가 미처 준비를 하지 못한 시각에 강력한 추계 공세를 시작했다.

『대공보』 선양 소식에는 이런 내용이 있었다. "동북의 추계 대전은 정식으로 시작되었다. 이는 공산당군이 옌타이를 포기한 후 동북에서 시작한 제6차 공세였다. 이번 공격이 지난 다섯 차례 공격과 부동한 점은 전략적 지리위치가 크게 부동한 것이다. 지난 몇 차례의 공격에서 공산당군은 송화강을 건너 작전을 했다만 이번에 그들은 송화강 남쪽지역의 중창철도 양측에서 공격을 시작한 것이다. 이들은 먼저 관내외의 연락을 차단한 다음 국군의 해상보급기지인 후루다오(葫芦島), 잉커우(營口)를 점령하려고 한다. 지금 베이닝철도가 이미 차단되어 카이위안(開原), 창투 일대는 상당히 위험하다."[759]

추계 공세는 9월 14일에 시작하여 11월 5일에 끝났다. 50일간 진행된 전투는 3개 단계로 나눌 수 있다. 제1단계 공격은 랴오닝성 서부 지역에서 먼저

---

758) 第四野戰軍戰史編寫組 : 『中國人民解放軍第四野戰軍戰史』, 北京: 解放軍出版社, 1998년, 211쪽.
759) 『大公報』, 1947년 10월 4일.

시작했다. 랴오닝성 서부 구릉지 남쪽에 위치한 좁고 긴 연해 지역인 이 곳은 동북과 화북을 연결하는 요충지였으며 양측 모두 탐내는 지역이다. 세 차례의 격전을 거쳐 국민당 군 제49군단 군단부대와 두개 사단의 사단부대 총 1만 6천여 명을 궤멸시켰다. 친청은 급히 기동부대인 신6군의 두개 사단을 톄링(鐵岭) 서부에서 이동하여 진저우를 지원하게 했다. 제2단계는 동북민주연군이 경장비로 장거리 이동하여 습격하는 전술로 수비역량이 비교적 약한 중창 철도 창춘테링 구간을 공격하는 전면 공격전이다.

이번 전투에서 국민당 군 한 개 사단, 한 개 부안지대와 네 개 연대 총 2만 3천여 명을 궤멸시켰다. 동북민주연군이 중창철도 창춘-테링 구간 200여 킬로미터 내에서 쓰핑, 카이위안 두 역전을 제외한 나머지 지역 모두 통제하게 되었다. 제3단계는 남쪽 전선의 부대가 베이닝 철도선의 신리툰(新立屯), 푸신(阜新), 차오양 등 지역을 점령한 것이다. 이 전투에서 화북으로부터 지원하러 오는 국민당군대를 궤멸시켰고 북쪽의 부대는 지린, 창춘 외곽지역을 습곡하고 지린을 포위했다. 이 단계에서 국민당 군대 3만여 명을 궤멸시켰다. 국민당군은 창춘, 지린, 쓰핑, 선양, 진저우 등 34개 대중소 도시로 퇴각하여 고립무원의 곤경에 빠졌다.

동북민주연군의 이번 추계 공세는 국민당참모총장 친청이 동북에 와 있는 기간에 발생한 것이다. 6개월 내에 "동북에서의 우세를 회복"하겠다고 큰소리치던 친청의 바람과 완전 반대되는 결과였다. 동북의 이런 상황은 당연히 큰 주목을 받게 되었다. 추계 공세가 아직 끝나기도 전에 『관찰』의 통신에는 『동북 공산당군의 여섯 차례 공세』라는 제목의 글이 실렸다. 이 글에서는 동북민주연군의 4번 송화강을 건너면서 한 전투를 4차례의 전투로 하고 하계 공세를 다섯 번째 공세로, 추계 공세를 여섯 번째 공세로 했다. 이 글에서는 친청이 선양에서 진행된 국경일 기념회에서 한 강연을 인용했다. "말하기 부끄러운 일이지만 내가 이 곳에 온지 40여일이 지난 지금에도 토비들은 여전히 공세를 벌리고 있다." 이번 공세는 랴오닝 서부전선으로부터 시작되었다. 『관찰』에서는 이렇게 분석했다.

> 동북에는 안전한 후방이 없었기에 국군의 처지는 매우 위험했다. 공산당 군의 의도는 당연히 장성(長城) 일대를 통제하여 베이닝 철도를 차단하는 것으로 동북의 관문을 닫으려는 것이다. 때문에 그들은 동북 관문을 닫는 전투로 이번 공세를 시작했다.
> 동북 국군은 일본군한테서 이 지역을 넘겨받을 때부터 존재하는 여러 가지 불량한 영향을 제대로 퇴치하지 못하여 동북에 자신의 기반을 제대로 만들지 못했다. 때문에 동북의 국군은 마치 북방의 상공에서 바람에 따라 떠도는 연처럼 이리저리 떠돌고 있다. 이 연의 유일한 끝은 베이닝철도였다. 다섯 차례의 거세찬 비바람을 맞은 연은 그래도 그 끝이 남아 있어 그런대로 바닥에 떨어지지는 않았다. 만약 이 끝이 끊어진다면 이 연은 서북에서 불어오는 시베리아 강풍에 날려 어디로 날아갈 것인지?[760]

11일이 지난 후, 즉 추계 공세가 거의 끝날 무렵 『관찰』 잡지와 마찬가지로 상하이에서 출판되는 『스위원』에는 『동북 전지 상황』이라는 글이 실렸다. 이 글에서는 이번 공세가 초래하는 결과에 대해 이렇게 묘사했다.

> 하계 작전이 끝난 후 동북의 국군은 비록 지난 겨울보다 적은 지

---

760) 觀察記者: 『東北共軍六次攻勢』, 『觀察』, 第3卷 第9期, 1947년 10월 20일.

역을 확보하고 있었지만 그래도 좁고 긴 지역을 점령했고 베이닝 철도와 중창철도의 일부 구간을 통해 관내와 잉커우로 통할 수 있었다.

국군은 이 좁고 긴 구간에서 통제를 유지하려 하지만 공산당군은 이 지역을 여러 토막으로 나누어 놓으려고 기회를 노리고 있다.

이 전투에서 추계 대전 전에 보유하고 있던 국군의 지역은 창춘, 지린, 쓰핑, 안산, 잉커우…… 등 점으로 나뉘어졌다. 이런 하나하나의 도시는 포위되었다. 선양 주변이 그래도 제일 큰 지역이다.

분명한 것은 공산당군은 이런 "도시를 고립시켜 포위"하는 전술과 "상대방의 재생 가능한 자원들을 고갈시키는 운동전"을 혼합하여 진행하고 있다. 전투는 운동전을 통해 예비역량까지 소모하면서 전투가 끝나면 도시를 고립시키는 결과를 만든다. 국군의 책임자가 말한바와 같이 "공산당군은 이런 전투에서 적은 병력으로 작은 거점이라도 얻으려고 하지만 국군은 큰 거점을 지켜 작은 지역이라도 잃지 않으려고 하고 있다"는 것이다.(23일 『선보』)

그렇다면 국군이 목적을 달성할 것인가 아니면 공산당군이 목적을 이룰 것인가? 지금 진행되고 있는 전투가 이 결과에 큰 영향을 미칠 것이다. 장성으로부터 창춘까지 구간에서 양측은 한창 승부를 겨루고 있다. 이즘 중국 내전의 새로운 단계의 시작을 의미하며 양측은 동북에서 "결전의 능력"을 시험하고 있다. 이 "내전 훈련장"의 상황은 내일 전국 전쟁의 변화를 보여주게 된다. "만주 전쟁에서 승리하는 자는 아마도 만주 전쟁 승리 경험으로 전국

전쟁의 작전을 정하게 될 것이다!”[761]

전쟁 시기에 전지의 형세는 당연히 결정적 의미를 가지게 된다. 마오쩌동은 그해 9월 1일에 중국공산당 중앙을 대표하여 『해방전쟁 두 번째 해의 전략방침』이라는 당내 지시초안을 작성하여 해방전쟁 두 번째 해 작전에 대해 한 개 기본 임무와 한 가지 부분적으로 완성해야할 임무를 제기했다. “우리 군 두 번째 해 작전의 기본임무는 전국적인 반격을 진행하는 것이다.

즉 주력은 외곽에서 전투를 진행하여 전쟁을 국민당 통치구역으로 이동시켜 외곽에서 대량의 적들을 궤멸시켜 국민당이 전쟁을 해방구 내에서 진행하여 해방구의 인력, 물력을 파괴하여 우리가 장기간 혁명을 하지 못하게 하려는 전략 방침을 목적을 철저히 파괴하는 것이다. 우리 군의 두 번째 해에 부분적으로 완성해야할 임무는 일부분 주력과 대량의 지방 부대가 내선에서 작전하여 내선의 적들을 궤멸시키고 국민당이 점령한 지역들을 수복하는 것이다.”[762]

4개월이 지나 연말에 이르러 전쟁의 형세는 완전히 이 전략 방침에 따라 진행되고 있었으며 예상보다 더 빨리 진행되고 있었다. 이 해 작전의 “기본임무”를 완성하기 위해 류·덩 대군, 천·쑤 대군, 천·세 집단은 세 갈래로 나뉘어 남하하여 품자형 전투대형을 형성했다. 국민당 군대의 주요 후방인 중원을 인민해방군이 전진하는 근거지로 만들었으며 이 지역에서 자리를 잡았다. 이 해의 부분적으로 완성해야할 임무에 대해 해방군은 산뻬이, 자오동, 진차지, 동북 등 전지의 내선 작전에서 중대한 승리를 거두었다.

당시 국민당군 제3쉐이징구 부사령관인 장커샤는 9월 21일의 일기에 이렇

---

761) 軍事觀察者: 『看東北戰場』, 『時与文』, 第2卷 第8期, 1947년 10월 31일.

762) 中共中央文獻編輯委員會 편: 『毛澤東選集』, 第4卷, 北京: 人民出版社, 1991년, 1230쪽.

게 썼다. "근래 국군의 전투 상황은 좋지 않고 피로하고 전투에 대응하기 힘들어 궁지에 몰렸다. 천천히 변화되던 상황은 급히 돌변하면서 금년이 결과를 결정짓는 해가 될 수도 있겠다."[763]

상하이에서 출판되는 영문 신문인 『Millard's Review』는 10월 25일에 『중국 전지 현재 형세 분석』라는 글이 실렸다. "국군은 16개월 동안 황허 남쪽에 있는 공산당군을 화북으로 몰아내려고 했으며 동시에 화북과 동북의 주요 도시와 교통선 통제를 강화하여 전면 소탕을 준비했다." "내전 중에서 나타난 국군의 최대 약점은 중국과 같은 농업 국가에서 대도시의 역할에 대해 너무 중요하게 생각한 점이다. 결정적인 동북전쟁 이전에 국군은 대체적으로 전투력의 우세를 유지했다.

하지만 그들이 도시를 고수하면서 자신들의 부담을 증가시켰기에 대부분의 군대는 길이 막혀 있는 도시들에 발목이 잡혀 필요한 군대가 주요 전지의 전투에 투입되지 못했던 것이다." 이 글에서는 국민당 군대의 다른 한 큰 착오에 대해 지적했다. "너무 많은 병력을 전쟁의 최전방에 투입하여 후방에 병력의 공백지역을 너무 크게 내주었다." "10월 3일 천주교의 『이스보』에는 '공산당군이 이렇게 쉽게 후방으로 들어 올수 있은 것은 국군이 후방의 모든 지역을 방어할 병력이 부족하여 후방에 병력이 없는 공격지역이 생겼기 때문이다'는 논평이 실렸다."[764]

이해 연말인 12월 30일부터 다음해 1월 1일, 천이는 한 차례의 보고에서 이런 총결적인 회고를 했다.

우리의 전략은 집중되고 절대적 우세의 병력으로 적들을 섬멸하

---

763) 張克俠: 『佩劍將軍張克俠軍中日記』, 北京: 解放軍出版社, 1988년, 333쪽.
764) 『國訊』, 第437期, 1947년 11월 1일.

는 전투를 진행하여 모든 적들을 궤멸시키는 것이다. 즉 과감하게 적들을 깊이 유인한 다음 적을 궤멸시킬 수 있는 기회를 찾은 다음 전지를 선택하고 병력을 집중시켜 사면으로 적들을 포위하여 궤멸시키는 것이다. 또한 전투를 통해 우리의 무기를 개선하고 적들과 우리들의 형세를 전환시켜 적절한 시기에 반격 단계에 들어서는 것이다. 이런 전략 하에 일부 지역을 잃어버릴 각오를 하고 공간을 만들어 충족한 시간을 마련한 후 적들의 재생 가능한 역량들을 궤멸시켜 우리의 대오를 강대하게 만드는 것이다. 이후의 승리를 위해 먼저 후퇴한 후 점차 우리의 형세를 변화해야 했다. 1년 동안 방위전쟁의 기본방침과 전쟁의 모든 과정은 이 원칙에 따라 진행되었다. 예를 들면 화동 전지에서 우리가 적들을 산동으로 유인하여 자오동 옌타이의 막다른 골목에 몰아넣었다. 서북 전지에서 우리는 적들을 쒜이더, 자현, 지루위 전지로 유인 할 때 우리는 세 번이나 출격과 퇴진을 반복했다.

그 과정에 적들은 황허 연안까지 들어왔으며 심지어 황허를 건너 다밍푸(大名府)를 점령하였다. 적들이 우리의 지역을 점령할수록 그들의 병력은 점점 줄어들게 된다. 그들이 우리들의 도시와 농촌을 조금이라도 점령하려면 몇 개 여단의 대가를 치러야 했다. 이렇게 반복되다보면 모순도 생기게 되고 적들의 후방이 비여 적들은 공격을 그만둘 수밖에 없다. 우리가 그들의 후방으로 들어가게 되면 전쟁의 주도권은 우리 손으로 넘어오게 되고 반격을 시작할 수 있게 된다. 이렇게 되면 적들은 피동적인 상황이 되어 우리 공격 대군의 뒤를 따라다니게 된다. 전반적으로 전쟁은 지역을 내어주고 적들을 궤멸시키는 과정이다. 적들과 우리들의 사상투쟁

도 마찬가지인 경우이다. 이처럼 복잡하고 기이한 전쟁은 고금중외에 없었다.[765]

---

765) 中國人民解放軍軍事學院 편: 『陳毅軍事文選』, 北京: 解放軍出版社, 1996년, 412쪽.

제11장
농촌토지제도의
대변동

제11장
농촌토지제도의 대변동

1947년 7월부터 9월까지 중국공산당 중앙 사업위원회는 시바이포(西柏坡)에서 전국 토지회의가 열렸다. 류사오치의 주최 하에 열린 이 회의에서 토지개혁 운동의 경험을 총결하고 『중국토지법요강』을 통과했다. 10월 10일, 중국공산당 중앙에서는 이 요강을 공포하기로 결의했다. 이는 국내 형세 발전 중에 절대적으로 중요한 대사이다.

중국 인구의 80%는 농민이다. 농민들은 봉건제도의 압박 하에 극도로 빈곤한 생활을 하고 있었다. 하지만 이들은 낙후한 소 생산자였다. 이들은 매우 분산되어 있어 대규모적인 통일된 행동을 하기 힘들어 이들을 "침묵하고 있는 다수"라고 한다. 어느 누군가가 나타나 이들의 이익을 대표하여 정확한 의견을 제기하고 이들을 효과적으로 조직한다면 이들은 무궁무진한 잠재력을 발휘할 것이며 이 역량은 누구도 예측할 수 없는 거대한 힘으로 발전하게 된다.

국민당 당국의 행동은 모든 민심을 잃게 만들었다. 반대로 인민해방군이 전쟁에서 승리할 수 있었던 주요 원인의 하나가 바로 해방구 민중들의 전력 지지를 받았기 때문이다. 이렇게 해방군이 민중들의 지지를 받을 수 있었던 관건적인 원인은 농민들을 영도하여 토지개혁을 견지했기 때문이다.

전면 내전이 시작될 때 해방구의 면적은 전국 면적의 4분의 1도 되지 않았고 대부분 지역은 농촌과 중소 도시였다. 이 시기 해방구의 민중들 대다수는 빈곤한 농민이었다. 그들은 대대손손으로 내려오면서 지주계급의 참혹한 소작료 압박을 받았다. 이런 농민들의 가장 큰 희망은 바로 자신의 토지를 가지고 자신이 토지의 주인이 되는 것이었다. 이는 중국 근대사회에 나타난 제일 절박한 수요이며 해결해야할 기본 문제의 하나이며 중국이 현대화를 실현할 수 있는 전제였다.

항일전쟁 시기, 강적과 싸움을 해야 하는 시점에 단결에 유리하도록 중국공산당은 농촌에서 소작료와 이자를 삭감하는 정책을 실시하여 농민들을 부담을 합리하게 줄이고 매국노들의 재산을 몰수하는 정책을 실시했다. 이 정책은 농민들의 부담을 현저히 줄였고 농민들이 토지를 소유할 수 있어 농민들의 적극성을 크게 불러 일으켰다. 하지만 지주의 토지소유제를 완전히 폐지하지는 않았다. 당시의 역사적 상황에서 이런 정책은 필요한 것이며 농민군중들이 이해하고 받아들일 수 있었다.

항일전쟁의 승리는 일본 침략자를 중국에서 쫓아냈고 상황은 변했다. 해방구는 크게 확대되었다. 그중 대부분 지역은 일본 침략자의 손에서 수복한 것이었다. 이런 지역은 비록 일본 괴뢰정권의 파괴를 받았고 일본 괴뢰정권과 결탁하여 현지에서 권세를 부리며 대량의 토지를 차지하고 있는 지주들이 많았고 소작료와 이자를 삭감하는 정책도 이런 지역에서 진행된 적이 없었다. 산시, 허베이, 산동, 화북 각 해방구의 농민들은 너나할 것 없이 일떠나 매국노를 반대하고 잘못을 따지며 소작료를 줄이고 이자를 삭감하는 투쟁에 가담했다. 소작료를 청산하고, 별도의 압박(큰 되로 수고하고 작은 되로 판매하는 등)을 청산하고, 부담을 떠넘기는 것을 청산(예를 들면 지주가 부담해야 할 토지세를 농민이 부담하는 등)하고, 강점과 침점을 청산하고, 미등기 토지와 양도한 토지를 청산하고, 무상 노동력과 기타 착취 방식을 없애는 방식으로 지주들의 손에 있던 토지를 벌금이나 채무 상환, 강점한 토지를 돌려받는 등 합법적인 명의로 농민들에게 넘겨주었다. 진지루위 지역에서는 "1946년 3월에 이르러 전 지역 50%이상 지역의 빈곤한 농민들이 지주들의 토지를 나누어 가졌다. '토지를 되돌려 받고' '농민들이 밭 3무'(대략 매인당 3무의 밭을 가지게 되었다.)를 가지게 되었다. 중농들도 투쟁성과의 일부를 가져갔다."[766]

농민들이 앞다투어 지주들의 손에서 토지를 가져가는 운동이 활발히 진행되고 있는 상황에서 중국공산당은 어떤 태도를 취해야 하는가? 빈곤한 농민들의 손을 들어 농민들이 토지를 가지게 허용해야 하는가 아니만 이와 반대의 선택을 할 것인가? 이는 당장 명확한 선택을 해야 할 문제였다.

1946년 4월, 보이보, 덩쯔훼이, 리워는 진지루위, 화중, 산동 지역에서 옌안에 도착하여 류사오치가 주최하는 회보회에 참석하여 군중 운동을 진행하고 매국노를 잡고 소작료를 줄이고 이자를 삭감하는 사업의 진행상황에 대해 회보했다. 회보를 들은 류사오치는 지금 각 지역마다 자기의 방식으로 진행하고 있어 각 지역에서 따를 수 있는 통일된 정책이 필요하다고 여겼다. 당시는 전면 내전이 폭발하기 직전이었다. 빈고한 농민들이 방위전쟁에 참여할 수 있도록 하기 위해 이 문제를 하루 빨리 해결해야 했다.

이리하여 류사오치의 주최 하에 보이보, 덩쯔훼이, 리워 등이 참가한 회의가 열렸으며 『토지문제에 관한 중국공산당 중앙의 지시』 초안을 작성했다. 5월 4일, 중국공산당 중앙에서는 토지문제에 관한 지시의 내용을 토론했다.

런비스는 각 지역에서 이자를 삭감하는 상황에 대해 회보했다. 류사오치는 "지금 군중들이 토지문제를 해결하고 있다. 중앙의 정책은 1942년에 결정한

---

766) 薄一波: 『七十年奮斗与思考』, 第1卷, 北京: 中共党史出版社, 1996년, 397쪽.

토지정책뿐이다. 상황이 바뀐 지금 이 정책은 군중들과 멀리 떨어졌다."[767] 마오쩌동은 발언에서 토지문제를 해결하는 것을 "모든 사업의 근본"이라고 하면서 이 문제를 해결해야만 이후에 진행될 엄중한 투쟁에서 군중들의 지지를 얻을 수 있다고 했다. 그는 이렇게 말했다.

> 제7차 대표대회에서는 소작료를 줄이고 이자 삭감에 대해서만 규정하고 적당한 방법으로 농사짓는 사람들이 밭을 가질 수 있게 했다. 당시 제7차 대표대회 시기에 주로 옌안의 상황에 따라 결정한 것이다. 그 후 새로운 지역에서의 토지 사업 경험이 반영되지 못했다. 지금 우리는 기타 지역의 경험을 바탕으로 우리의 의식 형태에 반영하여 이 문제를 해결한다면 수많은 사람들에게 이익을 가져다주게 되면 우리는 군중들의 지지를 잃지 않은 상황에서 중대한 투쟁을 진행할 수 있다. 국민당은 여러 가지 방면에서 우리보다 우세적이다. 하지만 큰 약점인 토지 문제를 제대로 해결하지 못한다면 백성들은 도탄에 허덕이게 된다. 이것을 해결하면 우리의 강점이 된다. 기간이 너무 짧아도 너무 길어도 안 된다. 이 문제는 모든 문제의 근본이다. 우리의 모든 동지들이 이 점을 명확히 할 필요가 있다고 본다. 농민의 평균주의는 토지분배가 진행되기 전에는 혁명이기에 이를 반대하지 말아야 한다. 우리가 반대하는 것은 토지 분배이후에 나타난 평균주의이다. 부농일 경구 만약 옛날의 부농이면 이들의 이익이 손해 볼 수가 있다. 하지만 신 부농이면 다른 상황이다. 현 상황에서 우리는 잠시 농사꾼들

767) 류사오치가 중국공산당 중앙회의에서의 한 발언기록, 1946년 5월 4일.

이 모두 밭이 있어야 한다고 선전하지 말아야 한다. 하지만 장래에는 이를 선전해야 한다.[768]

이번 회의에서 『토지문제에 관한 중국공산당 중앙의 지시』를 원칙적으로 통과했다. 이를 통상적으로 "5 4지시"라고 부른다. 이 지시의 기본 원칙은 "우리 당은 광범한 군중들이 매국노를 반대하고, 청산, 이자 삭감, 소작료 반환, 이자 반환 등 투쟁을 통해 지주에게서 토지를 얻어 농사꾼들이 토지를 소유하는 것을 굳건히 지지한다"는 것이다. 이번 투쟁에서 중농, 부농과 지주 정책의 구체 내용을 규정했다.

모든 방법을 동원하여 중농들이 운동에 참여하게 하여야 하며 이 과정에 그들이 이익을 얻을 수 있도록 하여 중농들의 토지를 침범해서는 안 된다. 만약 중농들의 토지를 강점한 것이 있으면 마땅히 되돌려 주거나 이를 배상해야한다. 전반적안 운동에서 반드시 전 중농들의 진심어린 동정과 만족을 얻어야 한다. 물론 부유한 중농을 포함한다.

일반적으로 부농의 토지가 다치지 않아야 한다. 만약 청산, 소작료 반환과 토지개혁 시기에 광범한 군중들의 요구에 따라 부농의 이익을 침범하지 않으면 안 될 경우에 부농들에게 너무 큰 손해를 주어서는 안 된다. 마땅히 부농과 지주를 동등하게 대하지 말아야 한다. 소작료를 줄이되 이들이 농사짓는 부분의 이익은 보장해주어야 한다. 만약 부농들을 심하게 타격한다면 중농들에게

---

768) 마오쩌동가 중국공산당 중앙회의에서의 한 발언기록, 1946년 5월 4일.

영향을 미치게 되고 전체 해방구에 좋지 않은 영향을 미친다.
중소 지주의 생활도 고려해야 한다. 중소지주들과 특대지주, 지방 토호, 악질 토호들을 구별하여 부동하게 대해야 한다. 마땅히 화합하고 중재하는 방법으로 이들과 인민들의 분쟁을 해결해야 한다. 마땅히 매국노, 악질 토호, 지방 토호들과의 투쟁에 중심을 두어야 하며 이들을 완전히 고립시키고 이들이 토지를 얻어야한다. 하지만 그들이 생활에 필요한 토지는 남겨주어야 한다.[769]

이 지시가 발표되자 해방구의 토지 정책은 소작료를 줄이고 이자를 삭감하는 운동으로부터 농사꾼들이 토지를 가지는 운동으로 변했다. 동북해방구에서는 1만 2천 명의 간부들을 동원하여 농촌에 내려가 군중 운동을 진행하게 하여 토지개혁 운동의 열조를 형성했다.

기타 해방구에서는 일반적으로 청산 투쟁을 진행하여 농민들이 지주들과 직접 교섭하게 하는 등 방식으로 지주들에게서 토지를 얻어 가졌다. 신화사 통신과 각 지방 신문에서 찾은 자료에 의하면 진지루위 변구는 10월에 이르러 약 2천만 명의 농민들이 토지를 가지게 되었으며 한 농민이 3~6무의 토지를 가졌다. 쑤완 변구는 12월초에 이르러 약 1천 5백만 명의 농민들이 토지를 매인당 2무 이상의 토지를 가졌다. 동북해방구는 땅이 넓고 인구가 적고 일본정권의 토지를 몰수하고 분배하였기에 10월 말에 이르러 농민들은 총 2천 6백만 무의 토지를 나누어 가졌는데 1인당 약 6~7무의 토지를 가진 셈이었다.[770] 『진차지일보』는 이듬해 3월 21일에 『토지개혁을 계속하여 관

---

769) 中央檔案館 편: 『解放戰爭時期土地改革文件選編』, 北京: 中共中央党校出版社, 1981년, 2, 3쪽.
770) 『中國的土地改革』編輯部, 中國社會科學院經濟研究所現代經濟史組 편: 『中國土地改革史料選編』, 北京: 國防大學出版社, 1988년, 330쪽.

철 실행』이라는 논평을 발표했다. "청산 복수 운동을 뒤이어 작년 전체 변구에서는 대규모의 토지개혁 운동이 활기를 띄게 진행되었다. 초보적인 통계에 따르면 이미 1천만 무의 토지가 노동 농민들의 손에 들어갔다. 진차지 러랴오(熱遼) 수천만 농민들을 무겁게 누르고 있던 봉건제도의 착취에서 벗어났다."[771] 1947년 하반기에 이르러 전체 해방구의 약 3분이 2의 지역에서 토지문제를 기본적으로 해결했다.

토지개혁 운동의 발전 과정에 농민들은 토지를 소유하게 되었다. 이는 그들의 생산발전을 촉진했다. 이 운동을 통해 해방전쟁의 적극성을 촉구했다. 진지루위, 동북 등 해방구에서는 10여 년 동안 없었던 풍년이 들었다. 전면내전이 폭발한 후의 4개월 내에 각 해방구에는 30여만 농민들이 해방을 받았고 토지개혁을 통해 얻은 자신들의 성과를 잃지 않기 위한 고향 보위에 참여하려고 인민해방군에 참군했다. 광범한 민중들과 지방 유격대는 적극적으로 군량 공급을 하고 물자를 운송했으며 부상자들을 보호하고 여러 정보들을 전달하고 적군을 습격 하는 등 각종 활동에 참여했다. 해방군은 여러 방면에서 현지 인민들의 적극적인 지지를 받았다.

전쟁은 군사적 싸움만이 아니었다. 만약 민중들이 열정적인 지지가 없었다면 양측 실력의 차이가 현저한 상황에서 아무리 영활한 기동작전을 한다고 해도 승리는 어디까지나 어려운 것이다. 기세등등하게 해방구를 공격하던 국민당 군대는 자신들이 잘못 들어 왔음을 알게 됐다. 이들은 해방구에서 아무런 소식도 얻을 수 없었고 현시 상황도 이해하기 힘들었고 언제 습격을 받을지도 몰라 공격과 퇴각의 시기를 제대로 결정할 수가 없이 고립되어 있다는 것을 알았다. 이런 상황이 나타나게 된 원인은 현지의 빈곤한 농민들의

---

771) 晋察冀日報史研究會 편: 『晋察冀日報社論選(1937—1948)』, 石家庄: 河北人民出版社, 1997년, 584쪽.

민심과 상반되는 행동을 하고 있는 그들 때문인 것이다.

"5·4지시"에는 봉건토지소유제를 폐지한다는 명확한 단어를 사용하지 않았다. 해방구 내의 토지 상황이 크게 개선되었다고 하지만 완전히 해결된 것은 아니었다. 류사오치는 이를 "5·4지시의 과도성"이라고 했다. 당시 전체 국내의 현세가 과도기에 있기에 토지 정책도 이런 과도성 정책이 필요했다. 류사오치는 전국 토지회의에서 이 문제의 답을 제시했다.

> 현재 상황에서 우리는 지금 중앙에 확답을 요구할 수 없다. 1년 3개월 전에는 정확하게 대답할 수 있었으나 지금은 국내, 국제의 상황이 급변하고 있기에 정확한 정책을 내놓을 수 없다. 당시 우리는 오늘의 상황을 예견했으며 토지를 요구하는 농민들의 의견을 지지하여 해방구에서 토지 문제를 신속하게 해결했다. 물론 오늘 완전히 실현된다고 확신하지 못했다. 당시 국공관계는 완전히 파열된 상황이 아니고 담판도 한창 진행되고 있는 과정이라 국내의 평화적 국면이 절망적이지 않기에 평화를 갈망하는 국내외 광범한 군중들의 요구를 고려하였던 것이다. 때문에 당시에는 토지를 절대적으로 평균 분배해야 된다는 강령을 내놓을 수가 없었다. 또한 당시 우리의 경험도 부족했기에 이런 결정을 할 수가 없었다. 우리의 5·4지시에는 이를 반대한다는 말이 없었고 농민들이 토지의 평균 분배를 비준했다.
>
> 사실상 5·4지시는 과도시기 즉 국공 합작의 항일 민족 전쟁으로부터 국공 분열, 미국이 장제스의 내전을 반대하는 과정에 적용된 지시이기에 이 지시에 관련된 구체적인 정책 역시 과도기의 정책이다. 소작료와 이자를 삭감하는 단계로부터 토지를 평균 분배

하는 단계까지의 철저하지 않은 정책인 것이다.[772]

"5.4지시"를 관철하는 동시에 중국공산당 중앙에서는 사회적 파동을 적게 일으킬 수 있는 무상 몰수가 아닌 방법으로 토지개혁을 완성하려 했다.

국민당 당국이 전면 내전을 일으킨 지 얼마 지나지 않아 중국공산당 중앙에서는 7월 19일에 아직 토지 문제를 해결하지 않은 지역에서 아래와 같은 방법으로 진행할 수 있는지 문의했다. "지주의 토지가 일정 한도를 넘으면 정부에서 법령으로 수매한다." "수매 방법은 정부에서 토지국채를 발행하여 10년에 나누어 지주에게 토지 가격을 지불하는 것이다. 국채기금은 토지를 가진 농민들이 일부 부담하고 농민들이 해마다 정부에 일정 수량의 금액을 10년 혹은 20년에 나누어 지불하는 것이다.

나머지 부분은 정부 수입에서 지출하는 것이다. 국채를 발행하는 것 외에 항일전쟁 시기에 지주들이 농민들에게 지불하지 않은 채무를 토지 가격으로 계산하는 것이다." "토지개혁 후에 지주가 소유하고 있는 재산권, 인권은 모두 정부 법률의 보호를 받으며 불가침한 것이다. 법에 따라 토지개혁에 적극적으로 참여한 지주들은 마땅히 장려를 받아야 한다." "직접 농사일에 종사하는 중농, 부농들의 토지는 그 토지가 얼마든 모두 징수하지 않는다." 같은 날 중국공산당 중앙에서는 총칭에 있는 저우언라이, 동비우에게 전보를 보내 그들에게 중국민주동맹 인사들에게 중국공산당의 토지정책에 대해 해석하라고 했다. "그들에게 우리 당에서 토지 정책을 연구하고 제정하고 있는데 일본정권시기 매국노들이 토지와 강점한 토지 외의 일반적 지주들의 토지는 몰수하지 않고 쑨중산의 가격대로 구매하는 정신에 따라 적당한 방법으로

772) 류사오치가 중국공산당 정국토지회의에서 한 보고와 결론, 친필 원고, 1947년 9월.

해결하며 지주들의 일정 수량의 토지를 가지고 있는 것을 허용한다는 것을 알려주어야 한다. 항일전쟁 운동에 기여를 한 자들은 특별히 일반 지주들보다 더욱 많은 토지를 가질 수 있다"[773]

중국공산당 중앙에서 토지 수매 제의를 발표한 후 일부 지역에서는 군중들의 매국노를 반대하고 청산 운동에 영향이 미칠까 발표를 연기해야 한다고 요구했다. 이렇게 되어 이 제의는 잠시 공개적으로 발표되지 못했다. 하지만 중국공산당 중앙에서는 이 건의를 포기하지 않고 산간닝 변구에서 시험적으로 토지국채를 발행했다. 산간닝 변구도 일부 특수성이 있었다. 즉 후방의 변궤이기에 현지에는 매국노 지주들이 적었고 일부 지주들은 장기간 변구 정부와 합작하여 개명인사였으며 여러 차례 소작료와 이자를 줄여 지주, 부농들의 세력은 많이 줄어들었기에 기타 지역처럼 토지개혁이 어렵지 않았다. 12월 20일, 변구 정부에서는『지주토지 수매에 관한 조례 초안』을 발표했고 사업조를 내려 보내 쒜이더, 칭양(慶陽), 관중(關中) 세 곳에서 시행하게 했다. 시행을 거쳐 일부 조례를 조절했다. 1947년 2월 8일, 중국공산당 중앙에서는『산간닝변구 일부 지방에서 토지국채 시행 경험에 관한 통보』발표하여 토지 국채를 이용하여 토지를 수매하는 것과 농민들이 하소연을 통해 청산을 하는 운동을 결합하는 것은 다른 해방구에서도 실행 가능한 것이라고 여겼으며 이를 "제일 좋은 방법의 하나"라고 했다.『통보』에는 이런 내용이 있다.

최근 산간닝 변구 일부 지방에서 토지공채를 시험적으로 실시했

---

773) 中央檔案館 편: 『解放戰爭時期土地改革文件選編』, 北京: 中共中央党校出版社, 1981년, 15, 16, 17, 19쪽.

다. 결과는 이것은 토지 문제를 철저히 해결하는 방법이라는 것을 증명했다. 이는 봉건토지관계를 취소하고 자신의 토지가 없거나 적은 농민들의 토지 수요를 만족시킬 수 있는 좋은 방법이다.
정부에서 지주들의 토지를 매입하는 법령을 반포하고 군중들의 하소연청산 운동과 함께 진행하면 군중운동이 약화되지 않고 군중운동 강화된다. 군중들의 청산은 더욱 합법적인 운동이 된다. 군중들은 정부 법령의 보호 하에 더욱 과감한 투쟁을 진행하고 지주들이 전부의 토지를 내놓게 한다.
청산, 스스로 토지를 바치는 것 외에 공채로 징수하는 방법으로 토지를 소유하려는 지주들이 잉여 토지를 내놓게 한다. 이런 방법으로 일부 농민들이 청산을 제대로 하지 않는 상황을 피면하고 토지를 분배받은 농민들의 이익을 법으로 보장한다.
해방구에서는 이 상의 여러 방법 중 공채 토지를 징수하여 농민들에게 나누어는 주는 방법을 채용할 수 있다. 하소연과 청산을 배합하여 토지 징수를 상업 거래로 생각하지 않는 것이 유익하다.[774]

하지만 이『통보』가 발표 된지 한 달도 되지 않아 국민당 정부는 옌안을 향해 대거 공격하기 시작했다. 이렇게 되자 산간닝 변구의 토지개혁과 토지국채 발행 사업도 중단되고 말았다. 전쟁은 전국 각지에서 더욱 강력하게 진행되고 있었다. 반드시 짧은 시간에 결단성 있게 토지문제를 해결하여 해방구의 광범한 빈곤농민들을 힘을 신속히 모아야 했다.『통보』에서처럼 비교적 부

774) 『中國的土地改革』編輯部, 中國社會科學院經濟研究所現代經濟史組 편: 『中國土地改革史料選編』, 北京: 國防大學出版社, 1988년, 338쪽.

드러운 방법으로 토지개혁을 한다면 토지개혁을 계속 진행하기 어려웠다.

중국공산당 중앙이 옌안을 떠난 후 류사오치, 주더 등은 진차지 지역의 시바이포에 중앙사업위원회를 건립했다. 중국공산당 중앙에서는 중앙사업위원회에서 반년 내에 3가지 중요한 임무의 하나인 "전국 토지회의를 제대로 진행하라"고 했다.

중국공산당 중앙에서는 전국 토지회의를 오래전부터 계획했다. 원래 1947년 5월 4일(바로 5·4지시 발포 1주년이 되는 시점)에 옌안에서 진행하여 토지개혁에서 나타난 여러 가지 문제점들을 토론하려 했는데 국민당 군대가 옌안을 공격하자 부득불 연기하였던 것이다.

류사오치는 산뻬이에서 화북으로 가던 도중에 산시 서북부를 지나면서 현지 농민들이 생활고 토지문제에 대해 조사를 했다. 그는 조사과정에서 비교적 엄중한 문제들이 존재하고 있는 것을 발견했다. 그는 이런 문제들을 전환하지 않으면 장기간의 전쟁을 하기 힘들다고 판단했다. 류사오치는 허룽, 리징촨(李井泉), 장자푸(張稼夫)에게 편지를 썼다.

> 싱현(興縣), 위안핑(原平)을 지나면서 빈곤하고 파산되어 가는 농민들을 보았다. 그들은 옷을 입을 형편도 못되었다. 궤이저우의 상황은 더욱 심각했다. 남루한 옷차림은 차마 눈을 뜨고 볼 수 없었다. 많은 농민들은 새 옷을 입어 본지가 오래되었다. 8~9명이 되는 한 가족 식구들은 허름한 옷 한 벌로 살아가고 있었다.
> 오는 길에 군중운동 진행상황을 물었다. 비록 일부 지역 농민들이 산지를 분배받았고 일부 지역에서 지주투쟁을 진행했고 군중운동이 한창인 지역도 있었지만 이런 지역의 군중운동은 분산적으로 진행되어 체계적이지 않아 철저하게 진행되지 않았다.

그는 "체계적이고 보편적이며 철저한 군중 운동이 없으면 토지문제를 철저하게 해결할 수 없다. 현재 우리의 임무는 계획적으로 군중운동을 진행하며 이 운동을 정확하게 끝까지 진행해야 한다"고 했다.

편지에서 류사오치는 군중들의 자발적인 운동에 의거해야 한다고 했다. 또한 그는 농촌 간부들에게서 나타난 문제를 매우 엄중하게 여겼다. 그는 이렇게 썼다.

> 토지 문제를 기본적으로 해결하려면 군중들이 자발적으로 진행하는 운동이 되어야 한다. 일부 농촌에서 중점적으로 진행한 후 주위의 농촌마의 군중들이 이를 따라 운동을 시작한다면 군중운동이 유행되고 폭풍우처럼 휘몰아쳐야 문제를 해결할 수 있다. 길에서 본 것은 군중을 믿지 않는 우리 간부들의 모습이었다. 그들은 군중들이 운동에서 주동을 보일까 두려워하고 자발적으로 진행할까 두려워하고 있었다. 일부 지역에서 군중들이 현지의 지주 혹은 악질 토호를 투쟁하려하지만 지방 정부 혹은 간부는 각종 "이유"로 군중투쟁을 허락하지 않았고 군중 행동을 제지했다. 일부 지역 군중들이 주지 투쟁을 하지도 않았는데 현지 간부들이 억지로 군중 운동을 진행하고 있다. 이런 지역에서 회수한 토지를 농민들에게 나누어 주어도 농민들은 가지려 하지 않고 있다. 때문에 아직도 토지를 분배하지 못하고 있다. 우리 간부들이 군중을 믿지 않고 군중노선을 위반하고 군중들의 의견을 존중하지 않고 들으려 하지 않으며 군중들이 자동적으로 군중운동을 지도하지 않는 것이 이런 지역에서 군중운동이 실패하게 된 원인이다. 이 외에도 지주와 타협하는 경향을 보이는 조직이 있다. 암암

리에 혹은 대놓고 군중운동과 토지개혁을 파괴하는 자들이 있다.

이런 현상도 매우 엄중하다.[775]

류사오치가 산시 서북의 고찰 과정에서 보고 들은 상황들은 그가 개최한 전국 토지회의에 큰 영향을 미쳤다.

7월 12일, 진차지 지역에 도착한 류사오치는 시바이포에서 정식으로 중앙 사업위원회를 성립하였다.

7월 17일부터 9월 13일까지, 전국 토지회의가 시바이포에서 열렸다. 회의에는 중앙사업위원회 책임자, 동북, 진차지, 산동, 진지루위, 진쒜이, 산간닝 등 근거지의 책임자, 총107명이 참석했다.

류사오치는 개막식에서 이렇게 말했다.

> 이 회의를 소집한 목적은 경험을 교류하고 총결하여 이후의 군중운동과 토지개혁 운동에 지도 작용을 하기 위해서이다.
>
> 작년 5. 4 지시가 내린지 1년이 지났다.
>
> 1여 년 동안 운동을 진행했기에 군중운동의 실천 경험으로부터 우리 5. 4지시의 정확 여부를 검증할 수 있다. 우리는 이 회의에서 그간 운동을 검토하여 새로운 지시를 제정하여 인민들에게 발표할 수 있다.
>
> 그렇다면 이 회의를 어떻게 진행해야 하는가?
>
> 회의에서 먼저 보고 하지 않고 의견도 제기하지 않으려 한다. 먼저 각지에서 보고를 하게하고 여러분들이 진행 상황을 이야기하

---

775) 류사오치가 허룽, 리칭촨, 장자푸에게 보낸 편지, 1947년 4월 22일.

> 고 현지 정황을 보고하게 하려 한다. 보고는 토지개혁 문제뿐만 아니라 기타 관련 문제들을 제기할 수 있고 개인의 의견을 말할 수도 있다. 모든 보고가 끝난 후 토론을 하려 한다. 토론에서 의견이 통일되면 우리는 결정을 내리고 중앙에서 상황에 따라 이 결정을 비준한다.[776]

각 지역의 보고가 거의 끝날 무렵인 8월 4일, 류사오치는 중국공산당 중앙에 보고했다.

> 토지회의에서 각 지역의 상황 보고는 연 며칠 진행되었다. 회의는 토론 단계에 들어섰다. 전국에서 진지루위와 수뻬이의 토지개혁이 비교적 철저하게 진행되었다. 산동, 진차지, 진쒜이는 철저하게 진행하지 못했다. 마땅히 격렬한 투쟁을 통해 문제를 해결해야 한다. 새 지역인 동북러허 지역의 정황은 그나마 괜찮다. 토지, 생산자본, 농민자유권리 보장, 부담의 평균분배는 각지 농민들의 요구에서 종합한 네 가지 주요 요궤이다. 그중 토지와 민주는 기본 요궤이며 민주는 토지개혁을 철저하게 진행 할 수 있는 기본 조건이며 보장이다. 또한 민주는 우리 정부와 간부들에 대한 전체 농민들의 절박한 요궤이다. 농민들의 이런 민주를 요구한 원인은 우리 간부들이 군중들을 압박하는 경우가 있고 군중을 떠나 사업을 진행하려는 상황이 있기 때문이다. 이런 상황은 놀라운 정도로 많이 발생하고 있으며 탐욕스럽고 자신의 이익만을 생각하는

---

776) 류사오치가 전국 토지회의 개막식에서 한 연설기록, 1947년 7월 17일.

> 간부들도 적지 않다. 군중들은 간부들이 이런 태도를 전환하기 바라며 나쁜 간부들을 처분하기를 갈망하고 있다.
> 두 달 동안 우리는 이 문제를 해결할 방법을 고려했다. 지금 이 문제를 해결할 수 있는 확실한 방법은 하나뿐이다. 상술한 방법처럼 농민단체와 농민협회를 통하여 군중들의 민주를 발휘하여 토지개혁을 철저하게 진행하며 당, 정 민 조직과 간부들을 개조하며 민주 태도를 형성하는 것이다.[777]

이 보고는 중국공산당 중앙의 비준을 받았다. 8월 20일과 21일에 류사오치는 전국 토지회의에서 이틀 동안 장편 연설을 했다. 보고의 중심내용은 토지개혁과 당 조직 정비였다.

> 한 마디로 토지개혁 운동은 토지의 평균분배이다. 토지의 토지와 재산을 분배하고 일부 부농의 부분적 토지 재산을 분배하며 일부 부농, 중농의 토지를 다치지 않고 빈고농들이 토지를 얻어 대체적인 토지 평균 분배를 실현하는 것이다. 이런 토지개혁을 통해 모든 농민들이 토지를 가질 수 있게 된다. 작년의 5 4지시, 오늘의 회의, 내일의 회의와 전체 당원 동원, 여러 분들의 노력, 수천만 농민들의 참여를 통해 토지개혁의 대체적인 평균 분배를 실현하려 한다. 이는 중국 혁명의 역사상 제일 위대한 사건이다. 우리가 토지 소유권의 대체적인 평균을 실현한다면 우리는 한 가지 혁명을 완성한 것이며 현 단계의 신민주주의 혁명을 완성한 것

777) 中央檔案館 편: 『解放戰爭時期土地改革文件選編』, 北京: 中共中央党校出版社, 1981년, 71, 72, 76쪽.

> 이다. 신민주주의의 기본적이고 주요한 문제를 완성했다. 토지혁명의 내용을 아무리 많이 말해 봤자 중국농민들의 토지소유권을 평균화 하는 것 이상은 없었다.
> 이 한마디로 토지혁명을 설명하면 간단하지 않는가? 하지만 이 한마디에는 큰 의미가 담겨져 있었다.[778]

그가 말하는 "토지를 평균분배"한다는 말은 지주와 부농들의 일부 토지를 분배하여 "토지소유권의 대체적인 평균"을 의미하는 것이며 "중농은 다치지 않고"심지어 일부 부농도 포함하지 않는다는 뜻으로 단어 그대로 "평균분배"를 이해하지 말아야 한다. 류사오치는 이번 연설에서 이런 특별히 강조했다.

> 중농, 전체 중농(부유한 부농을 포함)들의 토지, 재산 분배에 신중을 기해야 한다. 정책으로 재산을 다치게 하지 않는다고 규정해야 한다. 중농의 이익을 보장해야 하며 고의적으로나 무의식적으로 침범되지 않도록 해야 한다. 중농의 토지재산이 고의적, 무의식적으로 침범되지 말아야 한다. 만약 이미 침범된 경우 보상해 주어야 한다. 이렇게 해야만 중농의 마음을 안정시키고 전체 중농을 연합시킬 수 있다. 이런 조건이 없이 전체 중농을 연합한다는 것은 어디까지나 거짓이며 불가능하다. 지주의 재산을 분배할 때에도 중농도 일정하게 분배 받아야 한다. 분배 과정에 손실이 너무 많아 생활의 질을 너무 낮게 하지 말아야 한다. 이는 도리를 지켜야하는 규정이다. 멀리 떨어져 있는 토지를 가까운 곳

778) 류사오치가 전국 토지회의에서 한 연설기록, 1947년 8월 20일.

> 에 있는 토지로 바꾸거나 적은 수량을 보상해주는 상황은 개별적인 상황이며 흔한 현상이 아니다. 이렇게 재산을 적게 다치게 하면 모두 반대는 하지 않을 것이다. 그들의 손실이 크지 않으면 이 방법은 가능하다.[779]

당조직 정비는 새로운 문제였다. 앞에서 말한 바와 같이 류사오치는 토지개혁이 철저하게 진행되지 못한 원인은 당 간부 대오가 불순하기 때문이라고 여겼다. 그는 이를 매우 엄중한 문제로 여겼다. 지주부농 출신의 당원들이 일부 영도기구, 특히 현급 이상 영도 기관에서 절대적인 우세를 차지하고 있기에 빈곤한 농민들의 이익과 요구를 대표할 수 없다고 여겼다. 이 문제를 해결하는 방법은 토지개혁과 더불어 위로부터 아래로 당조직 정비를 진행하여 간부대오를 깨끗이 정리하는 것이라고 생각했다. 둘째 날의 연설에서 그는 이렇게 말했다.

> 현재 토지개혁 실행이 어려운 주요원인은 당 외가 아닌 우리 당내에 그 원인이 있다. 우리의 토지개혁을 막을 수 있는 당 외 역량이 어디 있는가? 장제스의 힘으로 이를 막을 수 없다. 미 제국주의가 가능한가? 지주 부농이 막을 수 있는가? 이들 모두가 아니다. 제일 큰 장애와 제일 큰 문제는 우리 당내에 있다. 때문에 당내 정돈이 필요하다. 당이 제대로 건설되어야만 토지개혁이 철저히 실현될 수 있다. 이 문제를 해결하지 못하면 토지개혁은 실현되기 어렵다.

---

779) 류사오치가 전국 토지회의에서 한 연설기록, 1947년 8월 20일.

지금 문제는 당 내부에, 군중 내부에, 간부들 사이에 있다. 여기서 간부들은 농촌 간부들만 아니라 고급간부들도 포함된다. 때문에 문제는 중요하다. 농촌, 구, 현에만 있는 것이 아니라 지구위원회, 구 당위원회에 있다. 정치적으로, 사상적으로 존재하는 문제이며 중앙국에도 관료주의 사상이 존재한다. 이런 중앙국의 고급간부들의 행동이 결정적인 작용을 한다. 때문에 당의 대오를 재정비해야 하며 군중대오를 재정비해야 한다. 고급 영도 기관, 하급 영도 기관, 고급간부, 하급간부들 뿐만 아니라 일반 당원들도 모두 재정비해야 한다. 이런 재정돈은 토지개혁을 완성하기 위해서만이 아니라 더욱 큰 문제를 해결하기 위해서이며 깨끗한 당을 건설하여 모든 사업을 더욱 훌륭하게 완성하기 위해서이며 군중들과 더욱 가까이 하여 일부 지역에서 나타난 우리 당의 군중과 이탈, 탐오, 자유주의 등 관료주의 현상을 없애기 위함이다. 이는 전반적으로 사업에 유리하다. 이런 재정비를 진행하지 않으면 토지개혁을 실현하기 어려울 뿐만 아니라 기타 모든 사업도 진행하기 어렵다.[780]

8월 하순, 전국 토지회의는 한 달 넘게 진행되었다. 각항 토론도 거의 마무리 단계에 들어섰다. 하지만 토지개혁 문제에서 큰 변화가 있었는데 바로 중농 정책이었다.

8월 29일, 신화사에서는 『진쒜이 일보의 자아비판을 학습히자』는 사설을 발표했다. 사설에서는 "우리는 지금 역사적으로 처음 있는 대규모의 내전을

780) 류사오치가 전국 토지회의에서 한 연설기록, 1947년 8월 21일.

하고 있다" "중국인민은 자신들의 힘으로 이 적을 물리쳐야 하는데 제일 중요한 것은 바로 토지문제를 해결하는 것이다. 우선 먼저 해방구의 토지문제를 철저하게 해결해야 한다." "이런 상황에서 우리 당의 토지정책은 토지를 철저하게 평균 분배하는 것으로 땅이 적은 농민들이 토지, 농기구, 가축, 종자, 식량, 의복과 거주할 곳을 가지는 것이다. 동시에 우리는 지주들의 생활도 고려해야 하는데 지주들도 농민들과 같이 토지를 분배받을 수 있게 해야 한다. 이는 절대적으로 필요한 것이다."[781] 류사오치는 이 사설 중의 "토지를 철저하게 평균분배"라는 것을 특별히 주의했다.

그는 "이 사설에서 토지의 철저한 평균 분배라는 말이 여러 차례 나왔는데 이는 보편적인 철저한 평균 분배이다. 하지만 이 사설에서는 중농의 토지에 관해 말하지 않았고 중농들의 이익에 대해 아무런 언급도 없었다. 이 사설은 발표되기 전에 마오 주석이 보았을 것이며 철저한 평균 분배는 아마 마오 주석이 제기했을 것이다"고 했다. 그는 "어제 우리 몇몇 동지들과 이야기를 나누어 보았는데 보편적인 철저한 토지 분배의 정책은 빈농들에게는 이해하기 쉬운 것이고 문제가 비교적 적은 것이며 큰 해방을 의미한다." "회의에서 여러 동지들은 중농의 이익을 다치지 않는다고 했는데 이렇게 되면 이들의 토지도 건드려야 하는 것이다. 다만 부유한 중농들이 토지를 내놓아야할 토지가 많겠지만 기타 중농들이 토지는 많지 않다."고 했다. 대략 3분의 1의 중농들이 내놓아야 했고 3분의 1의 중농들은 조금 더 가질 수 있고 나머지 3분의 1의 중농들은 그대로 다치지 않아도 될 것이다. "토지개혁 중 중농 정책이 문제다."

류사오치는 중농 문제에 대해 갈등하고 있었다. 하지만 그는 "중농의 토지

---

781) 新華通訊社 편: 『新華社社論集(1947—1950)』, 北京: 新華通訊社, 1960년 7월, 54, 55쪽.

를 건드리지 않고 고용농민들의 요구를 만족시킬 수 있는 가능성이 적다."[782]
9월 5일, 중앙사업위원회에서는 중국공산당 중앙에 전국 토지회의의 토론 결과를 보고했다. "대부분 철저한 평균분배를 찬성한다.

모두 이 방법이 간단하고 신속하게 진행될 수 있고 지주들이 당 내외로 저항하는 일이 적게 발생할 수 있으며 나쁜 간부들에게 토지개혁을 빌미로 일을 제대로 처리하지 않고 자신들이 더 많이 얻으려 꼼수를 부릴 수 있는 가능성을 줄일 수 있다." "모두 이 방법이 유익한 점이 많다고 여겨 보편적으로 철저한 평균분배를 실행하기로 결정했다." 이튿날 중국공산당 중앙에서는 동의한다는 답전을 보냈다. 전보에서는 이렇게 썼다.

> 토지를 평균 분배하면 좋은 점이 많으며 방법이 간단하여 군중들이 지지한다. 때문에 외부에서 이런 공정한 방법을 반대할 이유가 없다. 대다수 중농들도 이득을 보게 된다. 일부 중농들이 토지를 내놓게 되지만 그들은 기타 이익으로 보상받는다.(정치 및 일반 경제이익) 때문에 토지회의는 마땅히 토지의 철저한 평균분배 방침을 견지하여 농촌의 모든 토지, 삼림, 수력, 평지는 향을 단위로 하고 산지는 촌을 단위로 평균 분배해야 한다. 얼마 되지 않는 반동자들을 제외한 남녀노소 불문한 모든 사람들이 수량(많은데서 떼내어 적은 것을 보충)의 평균분배, 질량(비옥한 땅을 적게 수확이 적은 땅을 많이)의 평균분배를 실현한다.[783]

왜 이런 변화가 나타나게 되었는가? 중농과 부농들의 토지를 다치지 않기

---

782) 류사오치가 전국 토지회의에서 한 연설기록, 1947년 9월 4일.
783) 中央檔案館 편: 『中共中央文件選集』, 第16冊, 北京: 中共中央党校出版社, 1992년, 528, 529쪽.

로 했던 정책은 이들의 토지까지 평균분배에 들어간다고 했다. 류사오치의 "중농의 토지를 건드리지 않고 고용농민들의 요구를 만족시킬 수 있는 가능성이 적다"는 말을 이렇게 이해하는 것이 바람직하다. 해방구 특히 오래된 해방구에서는 여러 차례의 하소연과 청산을 거쳐 토지개혁을 진행하여 토지관계는 크게 변화했다. 지주와 부농들이 내놓을 토지도 많이 줄어들어 토지를 가지려는 빈곤한 농민들의 요구를 만족시키기 어려웠고 날로 긴장해지는 군사형세는 농촌인구의 대부분을 차지하는 빈농들의 운동이 필요했다.

이들의 요구를 만족시키는 것은 이 문제를 해결하는 관건이다. 다른 방면으로 부유한 중농들에게 보상을 하는 방법으로 부유한 중농들이 토지를 내놓는 방안에 대해 중국공산당에서는 여러 차례 고려했다. 당시의 역사적 조건에서 이런 고려는 이해할 수가 있으나 정확한 선택은 아니었다. 일부 부유한 중농들의 토지를 다른 방법으로 보상하는 것으로 가져온다고 하지만 대부분 중농들은 여전히 무섭고 압박을 느끼고 좌절감을 느껴 그들의 생산 적극성에 영향을 미쳐 중농들의 단결에 불리하고 토지개혁 후 새로운 농촌을 건설하는 사업에 불리했다. 때문에 중국공산당 중앙에서는 이 정책에 대해 새로운 조절을 했다.

9월 13일, 두 달 동안 진행된 전국 토지회의의 마지막 회의가 진행되었고 『중국토지법 요강』을 선포한 뒤 폐막되었다. 이 『요강』은 중국공산당 중앙의 비준을 받고 10월 10일에 반포되었다.

『중국토지법 요강』은 정확하게 규정했다. "봉건, 반봉건적인 압박 착취의 토지제도를 폐지하고 농민들이 자신의 토지를 소유할 수 있는 토지제도를 실행한다." 이는 전체 토지제도 개혁의 총칙이다. 이 기본 요구에 근거하여 『요강』은 구체적으로 규정했다. "지주의 모든 토지 소유권을 폐지한다.", "사당(祠堂), 불당(廟宇), 사찰(寺院), 학교(學校), 기관(机關) 및 단체의 토지소유권을 폐지한다.", "농촌의 토지개혁 이전의 채무를 모두 무효 한다." "농촌 농민협회가 지주한테서 인수한 가축, 농기구, 주택, 식량 및 기타 재산, 부농들에게서 인수한 상술한 재산의 나머지 부분은 마땅히 이런 재산들이 부족한 빈민들에게 나누어 주어야 하며 지주와 부농들에게도 나누어 주어야 한다." "큰 삼림, 대 수리공정, 대 광산, 대 목장, 대 황무지 및 호수와 늪은 정부에서 관리한다."

토지 평균분배의 구체적 방법에 대해 『요강』은 이렇게 규정했다. "농촌 지주의 모든 토지 및 공유지는 농촌 농민협회에서 인수하며 농촌의 모든 기타 토지와 함께 농촌 전체 인구에 따라 남녀노소 불문하고 통일적으로 평균 분배한다. 토지의 수량에 따라 많은 부분은 떼어내고 적은 부분을 보충하고 척박한 땅은 더 많이 주고 비옥한 땅은 적게 주어 전체 농촌의 농민들이 동등한 토지를 소유하고 모든 사람들이 토지를 가질 수 있게 해야 한다."

"토지분배는 향 혹은 향과 동등한 행정촌을 단위로 실행하며 지역 혹은 현 농민협회는 마땅히 각 행정 촌 사이의 문제에 대해 필요한 조절을 해주어야 한다." "지주 및 기타 가정도 농민들과 같은 토지와 재산을 분배받아야 한다." "농촌에 집이 있는 국민당 군대의 관병, 국민당 정부의 관원, 국민당 당원과 적들의 기타 인원들과 기타 가정도 모두 농민들과 같은 토지와 재산을 배당받아야 한다."[784] 『요강』에는 농민들이 예전에는 없었던 민주 권리를 가지고 있다고 규정했다.

『중국토지법 요강』은 전국 범위에서 봉건 착취제도를 궤멸시킨 토지제도의 기본 대강이며 공개적으로 봉건제도를 궤멸시키는 시작이었다. 이 토지법이 발표되자 열렬한 호응을 받았다. 11월, 12월에 들어서서 각 해방구에서는 활

---

784) 中央檔案館 편: 『中共中央文件選集』, 第16冊, 北京: 中共中央党校出版社, 1992년, 547, 548, 549쪽.

기찬 토지개혁 운동이 일어났다.

이는 중국 농촌 사회의 대 변혁이고 진정한 대 혁명이었다. 수천 년래 중국은 농업 국가이기에 대다수 주민들은 농업에 종사하는 농민이다. 중국 토지제도는 극도로 불합리했는데 농촌인구의 소수를 차지하는 지주, 부농들이 대부분의 토지를 점유하고 농민들을 참혹하게 착취하고 있었다. 농촌인구의 절대다수를 차지하는 고농, 빈농, 중농 그리고 기타 인민들은 매우 적은 토지를 가지고 있어 1년 내내 뼈 빠지게 일을 해도 배부르게 먹을 수가 없었다. 이는 중화민족이 침략당하고 압박착취 당하고 빈곤하고 낙후한 근본 원인이었다. 또한 이는 중국이라는 국가의 민주화, 공업화를 방해하며 독립적이고 통일된 부유한 나라로 발전하는 것을 가로 막고 있는 장애물이었다. 토지개혁은 바로 이런 문제를 해결하려고 하는 것이었다.

토지제도의 개혁은 중국 민주혁명의 기본 내용의 하나였다. 지주의 토지소유제를 폐지하지 않으면 봉건제도를 철저하게 반대하는 것이 아니며 중국의 현대화를 운운할 수도 없는 것이었다. 중국에는 여태껏 농민을 대표하는 정당이 없었다. 여러 정당과 그 정당들의 대표 인물들은 농민들의 토지문제에 관심이 전혀 없거나 농촌의 지주, 악당들의 손을 빌어 그들의 통치를 유지하고 있거나 문장이나 입으로 관심하는 척했다. 오직 중국공산당만이 견결하고 착실하게 농촌에 뿌리박고 광범한 빈곤한 농민들을 영도하여 수천 년간 중국 사회를 통치하던 봉건제도를 맹렬히 공격하여 봉건제도의 뿌리를 뽑으려고 하고 있었다. 이것은 어느 시기의 어떠한 정당도 시도한 적이 없는 일이며 중국공산당이 영도하는 혁명이 승리할 수 있는 원인이었다.

농민들은 제일 실질적인 군중들이다. 자신의 토지를 소유하는 것은 빈곤한 농민들이 대대로 내려오면서 소망하던 일이다. 중국공산당은 농민들을 영도하여 토지개혁을 진행한다는 사실에서 그들은 진정으로 그들의 이익을 대표하고 그들의 소망을 실현시켜주는지 알게 되었으며 그들은 이런 공산당을 전폭적으로 지지하기 시작했다. 이들은 산과 바다를 삼킬 기세를 보여주었는데 어떠한 역량도 이와 비교할 수가 없었다. 중국 혁명의 군사 투쟁은 토지개혁 제도와 갈라놓을 수 없다. 군사투쟁의 견지와 발전이 없다면 토지제도 개혁은 효과적으로 진행되기 어렵다. 또한 토지제도의 개혁이 없었다면 광범한 농민들의 전력적인 지지를 얻을 수 없기 때문에 군사투쟁도 역량의 원천을 잃게 되어 승리를 할 수 없다. 만약 이 점을 인식에 대해 충분하게 인식하지 못하면 사실의 중요성을 이해할 수 없다. 이는 중국 근대 중국의 현실을 직시하지 않고 위배하는 것이다.

전국 토지회의의 소집과 『중국토지법 요강』의 실행은 국민당통치구역에 큰 반향을 일으켰다. 이는 전국 대다수 민중들의 지지와 찬성을 보냈다. 민족자산계급과 밀접한 관계를 유지하고 있던 중화직업교육출판사에서 출간하는 『귀순』주간은 나라의 "감란"을 선포한 국민당통치구역에서 공개적으로 『시국의 문제를 해결하는 관건 — 중국의 토지개혁 문제에 관한 연구』라는 제목의 특간을 출판했다. 이 특간은 "참고자료"의 명의로 "중국 토지법 요강"의 원문을 그대로 거재했을 뿐만 아니라 『중국 토지 문제에 대한 각 측의 의견』이라는 글에 저명한 학자 다섯 명의 의견을 실었다. 디차오바이(狄超白)는 이렇게 말했다. "중국의 봉건제도는 3천여 년 동안 이어 내려 왔다.

잔여하고 있는 봉건제도의 뿌리는 바로 전국 봉건적 혹은 반봉건적 착취제도인 토지제도이다. 이는 중국 사회의 가난과 화근의 근원이다." "중국공산당에서 새로 발표한 토지법의 내용은 매우 현실적으로 공산주의도 아니고 비사회주의도 아니다. 소극적으로 말하면 봉건제도의 착취를 폐지하는 것이고 적극적인 면으로 말한다면 중국 사회 고질병의 뿌리를 뽑아 농민들의 생산력을 해방시켜 농민들의 생산물이 확대 재생산에 이용될 수 있도록 하려는 것이다.

농업을 발전시킨 다음에야 공업을 발전시킬 수 있는 것이다." 루이(陸詒)는 이렇게 말했다. "중국의 낡은 토지제도는 봉건통치의 기초이며 제국주의 침략과 착취를 받게 된 원인이다. 오직 불합리한 반동제도의 뿌리를 그대로 뽑아 버려야만 반제반봉건의 민주 혁명의 임무를 완성했다고 할 수 있다. 이밖에 중국이 식민지의 쇠사슬을 벗어버리려면 공업화를 실현해야 하는데 지금 상황에서 공업화를 실행하려면 먼저 토지문제를 해결해야 한다." 황야오멘(黃藥眠)은 이렇게 말했다. "지금 중국의 지주들은 방황하고 고민에 빠져 있는 것처럼 보여 동요하고 불만을 표시하고 있다. 이들은 언젠가는 민주정권의 수립을 반대하고 제국주의의 침략에 타협하고 투항하게 될 뿐만 아니라 민족의 생명력을 부단히 짓밟을 것이다. 때문에 우리는 항일전쟁시기의 방법을 계속 사용할 수 없다. 그렇다고 지금의 상황에서 지주의 이익을 완전히 묵살해서도 안 된다. 이 토지개혁은 방안은 자산계급의 정치 강령이며 공상업을 발전시킬 수 있는 유리한 조건이다."[785]

『중국토지법 요강』이 발표된 후 각 해방구의 당정기관에서는 대량의 사업팀을 농촌으로 보내 더 넓은 범위에서 심도 깊은 사업을 진행하여 토지를 평균 분배하는 군중운동의 열기를 일으켰다. 해방구 농촌의 사회구조와 계급관계는 근본적인 변화를 가져왔고 이런 변화는 진행되고 있는 해방전쟁에 끊임없는 역량을 제공했다. 동북해방구의 후방인 허장성(合江省)의 상황은 대체적으로 이러했다.

토지를 평균 분배하는 운동을 통해 허장 전 성의 매개 농민들은

785) 『各方面對中國土地問題意見』, 『國訊』, 第446期, 1948년 1월 17일.

7무 10무의 토지를 얻었고 40무 70무의 토지에 가축 하나씩 배당되고 주택과 의복 등 일반적인 문제들도 해결했다. 이는 천지개벽의 변화였다. 농민들의 생산 적극성은 특별히 높았다. 1948년 초 공량과 양식으로 소금, 천을 바꾼 후에도 매인당 6되 1석의 여유 식량이 있었다.

1946년 6월부터 1948년 10월까지 6만 2천여 명의 자제병을 주력 병단으로 보냈다. 이는 토지개혁의 중대한 성과이며 이 개혁을 통해 우리 군은 병력을 충분히 보충 받을 수 있었다.[786]

인민해방군은 빠른 속도로 강대해졌다. 처음에는 토지개혁을 통해 해방된 농민들이 적극적으로 참군했으며 해방전쟁이 순리적으로 진행되자 대량의 국민당 포로병들도 해방군에 참가했다. 국민당 포로병들이 해방군에 참가한 병사들을 "해방병사"라고 한다. 이들은 원래 농촌에서 잡혀온 청장년들이었다. 이들은 지주와 토호열신들의 압박을 받아오다가 국민당 군관들의 학대와 압박을 받았었다. 포로 된 후 하소연 운동과 정치교육을 통해 해방군 전사로 된 "해방병사"들이 해방군에서 차지하는 비중은 점차 커졌다. 그들의 출신으로부터 볼 때 이 역시 농민문제였다.

『토지법 요강』의 시행과정에 "좌"경 문제들 나타나기 시작했다. 예를 들면 『요강』에서 각 지역의 상황이 서로 다르기에 계획적으로 순서적으로 진행하라고 규정하지 않았기에 새로운 해방구, 오래된 해방구, 중심구역, 유격지역 등 지역에서는 구체적인 상황을 무시하고 예외 없이 모두 토지의 평균 분배를 강행하는 상황이 나타났다. 또한 『요강』에서는 지주의 모든 토지와 공용

786) 方强 等: 『合江人民的覺醒』, 陳沂 편: 『遼沈決戰』 下冊, 北京: 人民出版社, 1988년, 66, 67쪽.

토지를 "농촌의 기타 토지와 함께" 통일적으로 평균 분배한다고 했다. 이렇게 되자 중농 특히 부유한 중농들의 이익을 침범하게 되었다. 일부 지역에서는 지주, 부농들이 공상업에 이용하는 토지를 몰수하여 지주, 부농들에게 과격한 타격을 주었으며 심지어 마구 투쟁하고 마구 살해하는 현상들이 나타났다. 당조직 정비 과정에서도 일부 간부들은 문제를 너무 엄중하게 예측하여 비평과 투쟁을 진행할 때 난폭하게 진행하기도 했다.

여러가지 현상이 나타나는 것을 알게 된 중국공산당 중앙에서는 진지한 조사와 연구를 거쳐 이런 편차를 시정하는 대량의 지시 정책을 발표했다. 마오쩌동은 1948년 1월 18일에 중국공산당 중앙의 명의로 『목전 당의 정책 중에서 나타난 몇 개의 주요문제』의 당내지시 초안을 작성하여 토지개혁과 군중운동에서 나타난 문제에 대해 12가지 정책을 규정했다. 내용은 대체적으로 아래와 같다. 반드시 빈농, 고농의 이익과 빈농의 솔선수범 작용을 첫 자리에 놓고 중농과 함께 행동하고 중농을 포기하고 빈고농만 생각하지 말아야 한다. 중농, 중소 공상업자들과 모든 지식인들을 상대로 모험적인 정책을 실시하지 말아야 한다. 중국공산당과 고난을 함께하고 나라에 많은 공헌을 한 개명한 인사들을 상대할 때 토지개혁을 방해하지 않는 조건에서 상황에 따라 우대해 주어야 한다. 신부농과 구부농, 부농과 지주를 다르게 대해야 하며 대, 중, 소지주와 지주부농 중의 악질토호들과 비악질 토호들을 차별대우해야 한다. 반드시 적은 희생을 견지해야 하며 마구 살생하는 것을 엄금해야 한다. 중대한 착오를 범한 간부와 당원 그리고 공농 군중들을 비평하고 투쟁할 때 마땅히 군중들이 폭력적인 행동을 피면하도록 설득해야 한다.

마오쩌동은 명언을 인용했다. "정책과 책략은 당의 생명이다. 각급 영도 동지들은 충분한 주의를 해야 하며 절대 소홀히 하면 안 된다."[787]

철저히 토지를 분배하는 문제에 대한 중국공산당 중앙의 태도도 빨리 전환되었다. 마오쩌동은 1947년 12월 25일 양자거우에서 중국공산당 중앙 확대회의에서 "토지분배를 실시할 때 절대적인 평균을 추구해서는 안 된다.

현지 지주, 부농들이 적으면 중농으로 간주해서도 안 된다. 중농에 관련된 일을 처리할 때에는 반드시 중농들의 의견을 듣고 중농의 동의를 얻어야 한다."[788] 『중국토지법 요강』 중에는 "농촌의 모든 기타 토지와 함께" 평균 분배한다는 말이 있다. 얼마 후 중국공산당 중앙의 명의로 "토지를 평균 분배할 때 중농들의 의견에 귀를 기울어야 한다. 만약 중농들이 동의하지 않는다면 양보를 해야 하며 중농들이 일반 빈농들의 평균 보다 많은 토지를 가질 수 있도록 해야 한다"[789]는 주해를 달았다. 사실상 "만약 중농들이 동의하지 않으면 양보해야 한다"는 주해를 달면 중농들은 자신들의 토지를 내놓아 통일적으로 평균 분배하려 하지 않을 것이다. 이렇게 되면 사업 중에서 나타난 불합리한 방법을 시정하여 "중농을 다치지 않는다"는 원칙 기준으로 되돌아오게 되어 중농들에게 큰 손해를 입히지 않았다.

중국공산당 중앙과 마오쩌동은 무엇 때문에 이 시점에서 정책 문제를 해결하는데 심혈을 기울였는가? 이는 객관 형세 발전의 수요에 의한 것이며 전 민족의 절대다수의 인구가 참여하는 민족 통일전선의 형성 여부는 혁명에서 최후의 승리를 거둘 수 있는 관건적 문제였기 때문이다. 마오쩌동은 명확하게 제기했다. "현재 적들은 철저하게 고립되었다. 하지만 적들의 고립은 우리의 승리라고 할 수 없다. 만약 우리가 정책상에서 착오를 범하게 되면 최종

---

787) 中共中央文獻編輯委員會 편: 『毛澤東選集』, 第4卷, 北京: 人民出版社, 1991년, 1298쪽.
788) 中共中央文獻研究室 편: 『毛澤東文集』, 第4卷, 北京: 人民出版社, 1996년, 331, 332쪽.
789) 中央檔案館 편: 『中共中央文件選集』, 第16冊, 北京: 中共中央党校出版社, 1992년, 548쪽.

승리를 이룰 수 없다." 그는 서북야전군 전선위원회 확대회의에서 분명하게 말했다.

> 만약 우리의 정책이 정확하지 못하면 중농, 중등 자산계급, 소자산계급, 민주인사, 개명인사, 지식인 들을 침범하게 되는 것이다. 포로 문제를 제대로 처리하지 못하고, 지주와 부농 문제를 제대로 해결하지 못하면 통일전선 문제에서 착오를 범하게 된다. 이렇게 되면 승리를 할 수 없고 공산당은 점점 줄어들게 되어 장제스 정부만 고립되던 상황에서 국공 양측 모두 고립되는 상황이 나타나게 되고 인민들은 공산당도 장제스도 모두 좋아하지 않게 될 수 있다. 이는 가능한 예측이며 이론상으로 존재하는 것이다.[790]

예전에는 국민당의 부패와 무능이 국민당을 완전히 고립시켰기에 중국공산당이 승리할 수 있었다는 견해가 있었다. 이는 사건의 한개 방면에 대해서만 말한 것이다. 만약 공산당이 광대한 민주의 근본적 이익을 대표하지 않고 공산당의 정책에서 착오를 범했다면 마오쩌동이 말한 것처럼 "제스 정부만 고립되던 상황에서 국공 양측 모두 고립되는 상황이 나타나게 되고 인민들은 공산당도 장제스도 모두 좋아하지 않게 될 수 있다." 승리가 가까워질수록 판단력이 흐려질 수 있는데 이렇게 정확한 판단력과 정곡을 찌르는 경고를 했다는 것은 쉬운 일이 아니다!

---

790) 中共中央文獻硏究室 편: 『毛澤東文集』, 第5卷, 北京: 人民出版社, 1996년, 23쪽.

제12장
중간파 정치역량의
새로운 선택

제12장 중간파 정치역량의 새로운 선택

중국공산당 중앙에서 정식으로 『중국토지법 요강』을 반포한지 반 달이 지난 후인 10월 27일, 국민당 정부 내정부에서는 중국민주동맹을 불법단체라고 공포했다. 뒤이어 각지의 민주동맹 성원들을 박해하기 시작했다. 11월 6일, 민주동맹 본부는 부득불 해선을 선포했다. 이렇게 국민당 정부는 유일하게 걸치고 있던 "민주"라는 겉옷까지 벗어 버려 이들은 더욱 고립된 처지에 처하게 되었다.

중국 민주동맹은 국민당통치구역에서 애국민주 사상을 가지고 있는 중상층 지식인들로 구성된 단체이며 사회에서 영향력을 지니고 있는 교수, 학자, 문화인들이었다. 중국 민주동맹은 1941년 3월 중순에 중국 민주 정단(민주정단)이라는 이름으로 성립되었고 국가 사회당, 청년당, 제3당(즉 지금의 농공민주당(農工民主党), 직업교육파, 농촌건설파 등으로 구성되었고 반달 후에는 구국회도 추가 되어 "3당3파"라고 부르기도 했다.

"민주동맹이 성립되던 시기 중간파의 정치집단이라고 자칭했다." 소위 말하는 "중간파 정치집단"이란 국민당과 공산당외의 중간 지위의 여러 정치집단을 말한다. 민주동맹은 장제스가 완난사변(皖南事變)을 발생한지 얼마 지나지 않아서 성립되었다. "이 사건은 전국 인민들에게 큰 충격을 안겨주었다.

당시 총칭의 민주인사와 야당파 지도자들은 급히 항일전쟁 시기에 두개 큰

당에서 무력 충돌을 하는 것은 국가의 큰 불행이라고 선전했다. 이는 중화민족의 운명에 영향을 미치는 일이었다. 이렇게 되자 총칭의 일부 당파 지도자들과 민주인사들은 연합하여 중간파의 집단을 조직하여 국공 양당의 충돌을 조정하기로 했는데 이 조직이 바로 민주정단동맹이다. 이 집단의 당시 주요 목적은 양당이 단결하여 항일을 하도록 하는 것이었다."[791] 량수밍도 이 조직의 성립을 제안할 때의 생각에 대해 이렇게 말했다.

"아무리 생각해도 민주적 단결을 하지 않으면 전반적인 정세는 앞날이 보이지 않으며 중간파의 조직을 강화하지 않으면 민주단결을 쟁취하기 어려웠다. 때문에 조직을 강화하고 내부적으로 산만한 폐단을 시정하고 외부적으로 횡포한 세력과 앞서서 투쟁하고 민중을 대변하려는 것이지 어느 한 측에 편견이 있어서가 아니었다."[792]

"3당3파" 내부의 정치경향도 상당히 복잡하여 서로 큰 차이를 가지고 있었다. 중국민주정단동맹과 이 당파 간의 관계는 어떠했는가? 당시 민주동맹 중앙 선전부장을 맡은 뤄룽지은 이렇게 말했다. "이런 당파의 지도자들은 개인의 명의로 민주동맹에 참가하였을 뿐 당파 집단의 명의로 참가한 것이 아니다. 당파 지도자들은 동맹에 참가한 개인일 뿐 그 당파의 모든 사람들이 민주정단동맹의 집체 단위가 아니다. 이 당파는 여전히 민주동맹과 다른 독립적인 당파인 것이다. 당파의 구성원들은 개인의 자원에 따라 동맹에 가입하는 수속을 밟은 후에야 민주동맹에 참가할 수 있다. 때문에 민주정단동맹의 결의와 행동은 법률적으로나 실질적으로 각 당파의 독립적인 행동에 아무런 구속력을 가지고 있지 못한다. 반대로 각 당파의 결의와 행동도 민주동맹에

---

791) 羅隆基: 『從參加旧政協到參加南京和談的一些回憶』, 全國政協文史資料研究委員會 편: 『文史資料選輯』, 第20輯, 北京: 中華書局, 1961년, 194, 201쪽.

792) 中國文化書院學術委員會 편: 『梁漱溟全集』, 第6卷, 濟南: 山東人民出版社, 1993년, 598쪽.

영향을 미치지 못한다."[793] 이렇게 어수선한 관계는 중국 청년단과 민주 사회당이 제멋대로 행동하다가 분열해서 나오게 된 주요 원인이다.

주의해야 할 점은 "3당3파"의 회원들 외에도 상당수의 회원들은 어느 당파의 소속도 아니었다. 장란은 바로 기타 소속 당파가 없는 회원이었으며 제일 먼저 민주동맹의 성립을 제안한 17명 중의 한명이었다. 또한 그는 제일 나이 많은 회원이었으며 청나라 말기 쓰촨 보로운동(保路運動)의 주요 영도자였고 민국 초기 쓰촨성 성장을 맡아 대후방의 중심인 쓰촨에서 높은 명망을 가지고 있었다. 바로 그의 경력과 명망 그리고 기타 당파들과 아무런 이해관계가 없었기에 동맹 내무 여러 당파와 무당파 회원들 모두의 존중을 받았다.

그는 1941년 겨울부터 민주동맹 주석으로 천거되었고 그 후 10여 년간 주석을 연임했다. 동맹 내 무당파 인사들이 점차 많아지게 되었고 민주당파의 주체가 되었다. 서남연합대학 등 저명한 고등학부의 소재지인 윈난 쿤밍에 있는 동맹의 기타 당파에 소속되지 않은 회원들과 기타 당파에 소속된 회원들의 비례는 1944년에 이르러 20:1을 넘어 섰다. 쿤밍 지부의 건의 하에 1944년, 민주동맹 중앙에서는 중국민주정단을 중국민주동맹으로 개칭했고 동맹 내 애국민주 경향이 더욱 선명하게 나타났다. 또한 중국공산당과의 관계도 더욱 밀접해 졌다.

항일전쟁이 승리한 후 중국민주동맹은 새로운 국면을 맞이하게 되었는데 처음 성립되던 시기와 마찬가지로 어떠한 중국을 건설하려는 문제에 답해야 했다. 1945년 10월 11일부터 16일, 민주동맹은 임시 전국대표대회(이후 이를 민주동맹 제1차 전국대표대회라고 추인했다.)를 열었는데 대회의 정치보고에는 이런 내용이 있다. "이번 중국민주동맹에서 소집한 임시 대표대회의 목적

793) 羅隆基: 『從参加旧政協到参加南京和談的一些回憶』, 全國政協文史資料研究委員會 편: 『文史資料選輯』, 第20輯, 北京: 中華書局, 1961년, 198쪽.

은 지금의 천재일우의 기회에 중국을 민주를 실현할 방법을 토론하려는 것이다. 중국을 정통의 민주적 국가로 건설하는 것은 중국민주동맹의 책임이다." 당시 중국은 어떤 민주제도가 필요했는가? 보고에서 그들이 바라는 미래 민주적 중국을 그렸다.

> 중국민주동맹이 중국에서 건립하려는 민주제도는 절대적으로 영미 혹은 소련식의 민주를 그대로 옮겨 오는 민주가 아니다. 우리는 영국, 미국, 소련의 경험을 바탕으로 중국의 국정에 적합한 민주제도를 건립하는 것이다. 우리가 건립하려는 민주제도는 어느 쪽에 선입견이 있는 것이 아니고 자본주의나 사회주의에 선입견이 있는 것도 아니다. 우리는 다른 국가에서 이미 실험한 제도에 대해 공정하고 공평하게 장점을 따라 배우고 단점을 버려 중국식 민주를 창조하려는 것이다.
>
> 민주제도의 활용에서 우리는 영, 미의 의회제도는 좋은 성적을 기록하고 있음을 인정한다. 이는 우리가 중국의 민주 제도를 건립하는데 좋은 참고자료를 제공해 주었다. 이런 의회기구를 통해 인민들이 정부의 정책을 결정할 수 있고 정부의 정책을 관리하고 정부의 재정을 관리하고 정부의 행동을 감독할 수 있다. 바꾸어 말하면 이런 기구가 있으면 인민들은 주인의 권리를 시행할 수 있고 국가 정부의 주인이 될 수 있다.
>
> 우리가 홀대할 수도 부인할 수도 없는 것은 영, 미의 의회제도와 정당정치에도 결점이 있다는 것이다. 이런 결점은 제도 자체에 있는 것이 아니라 사회 경제제도 조절이 부족한 것이다. 사회상 빈부계급은 여전히 존재하고 인민들 간의 빈부는 큰 차이가 있다.

> 때문에 인민들의 자유와 평등 권리는 여러 방면에서 허울뿐이고 유명무실한 자유와 평등이 된 것이다. 사회 경제 제도를 조절하는 것은 정치적 자유평등으로부터 경제적 자유평등 경제적인 자유 평등으로 확장되어야 하는데 이는 경제적 민주인 것이다. 소련은 1917년의 혁명과 근 30년간 이 방면에 대해 큰 노력을 해왔으며 적지 않은 성과도 거두었다. 소련 30년간의 시험은 중국이 민주제도를 건립하는데 좋은 참고가 된다. 소련의 경제 민주로 영국, 미국식의 정치 민주를 보충하고 각종 민주 생활 중 제일 우량적인 전통과 기타 가능성의 발전 추세로 중국형의 민주를 창조하는 것은 지금 중국에 필요한 민주제도이다.[794]

뤄룽지의 말에 따르면 이는 “중간파”가 주장하는 “세 번째 노선”인 것이다. 그는 이렇게 말했다.

> 당시 민주동맹의 일부 지도자들과 많은 사람들은 민주동맹은 항일전쟁시기에 만 중간파일 뿐만 아니라 금후의 건국시기에도 여전히 중간파여야 한다고 하면서 민주동맹은 건국 방침에서도 국민당, 공산당 양당 외의 다른 노선인 세 번째 노선을 견지해야 한다고 여겼다.
>
> 건국 방침에서 우리는 좌도 우도 아닌 노선을 주장하고 있기에 세 번째 노선이라고 말한다. 이 노선에 대해 당시 우리는 국민당 노선도 아니고 공산당 노선도 아니며 영국, 미국식도 아니며 소련

794) 中國民主同盟中央文史資料委員會 편: 『中國民主同盟歷史文獻(1941—1949)』, 北京: 文史資料出版社, 1983년, 71, 75, 76, 77쪽.

> 식도 아니다. 당시 우리는 영국, 미국 자본주의와 소련 사회주의 사이의 가운데 길을 찾으려 공상했는데 이것이 바로 세 번째 노선이다.[795]

아무런 실력도 없는 중국민주동맹은 어떻게 "세 번째 노선"을 실현하여 중국을 "제대로 된 민주 국가로 건설"할 수 있을까? 그들은 평화적인 방법으로 "정치회의" "연합정부" "국민대회"를 통해 실현하려고 했다. 1946년 1월 정치협상회의가 진행될 때 그들은 이 회의를 성과를 크게 기대했으며 매우 적극적인 태도로 참여하여 이번 회의가 중국 민주 정치를 추진해주기를 갈망했다.

장제스는 자신의 권력을 꽉 틀어쥐고 있었기에 민주 정치에 대해 전혀 실행하려는 마음이 없었다. 그는 수중의 우세적인 무력으로 모든 반대파를 궤멸시키려고 타산하고 있었다. 정치협상회의는 그들이 내전 준비가 제대로 되지 않았기 때문이다. 정치협상회의는 국내외 요구에 응대하는 척하면서 시간을 끌려는 수단에 불과하다. 그들은 중국공산당을 자신들의 주요 적수로 여겼을 뿐만 아니라 중국민주동맹의 태도도 참기 힘들었다. 때문에 대부분 중국민주동맹 회원들이 공산당과 가까이하게 되었다.

회의가 시작하기 전 국민당 당국은 민주동맹을 분해하고 와해하려고 수단을 가리지 않았다. 원래 국민당, 공산당, 민주동맹, 사회 유명인사 각 9명이 정치협상회의에 참석 예정이고 각 당파에서는 참가인원을 스스로 천거하고 사회 유명인사들은 국공 양당에서 협상하여 정한다고 했다. 국민당 당국은 공산당을 반대하는 청년당을 지시하여 민주동맹 9명 참여인원 중 5명이 청년당이 되도록 부추겼다. 이런 상황은 매우 불합리한 것으로 한때 회의 준비

795) 羅隆基: 『從參加旧政協到參加南京和談的一些回憶』, 全國政協文史資料研究委員會 편: 『文史資料選輯』 第20輯, 北京: 中華書局, 1961년, 204, 205쪽.

가 지체되기도 했다. 그 후 청년당은 독립대표로 정치협상회의에 참가했다.

중국공산당에서는 참가 인원 2석을 양보하기로 하고 국민당이 한 명의 참가 인원을 줄이는 것으로 민주동맹은 여전히 9석을 차지하게 하여 총 참가 인원은 2석이 늘어났다. 이렇게 되어 회의는 겨우 개최될 수 있었다. 이 과정에 청년당은 민주동맹과 실질적으로 각자의 길로 가게 되었다.

정치협상회의는 각 측의 노력 하에 큰 성공을 거두었다. 이 결의는 많은 사람들에게 새로운 희망을 가져다주었고 중국의 미래는 평화 민주적으로 건설될 수 있을 것이라는 신심을 가져다주었다. 하지만 이는 장제스가 바라는 것이 아니다. 바로 정치협상회의가 진행되던 기간 정치협상회가 진행하고 있는 도시인 총칭의 각계 협진회는 창바이당에서 연 며칠 강연회가 진행되었다. 정치협상회 대표들의 강연뿐만 아니라 각계 인민들의 의견도 들었다.

1월 16일 저녁, 정치협상회 민주동맹표인 장둥쑨(张东荪) 등의 강연이 있었다. 특무들이 강단 아래서 소란을 피워 강연은 부득이 하게 중도에 끝났다. 17일, 18일, 19일 연속 3일 밤 특무들은 회의장소에서 큰 소동을 펼쳐 돌을 던지고 욕설을 퍼부으며 폭죽을 터뜨리기도 했다. 국민당 헌병들은 민주동맹 정치협상 대표 황옌페이(黄炎培)의 주택을 수색하기도 했다.

정치협상이 성공적으로 폐막된 후인 2월 10일 오전, 총칭 각 민중 단체는 자오창커우 광장에서 경축대회를 열었다. 현장에는 약 만 명의 군중들이 참가했다. 경축대회 총 지휘는 민주동맹 중앙위원인 리궁푸였다. 돌연, 한 무리의 사람들이 무대 위로 난입하더니 마구 때리기 시작했다. 궈모뤄, 리궁푸, 스푸량, 마인추, 장나이치(章乃器) 등이 구타당했고 리궁푸가 제일 엄중하게 다쳐 경축대회는 계속 진행될 수가 없었다. 탕타오, 커링가 편한 『저우바오』에는 이런 글이 실렸다.

이번에 구타당한 사람들 대부분은 민주동맹의 간부들이었다. 영문 신문인 『다루보(大陸報)』의 소식에 따르면 이번 구타의 주요 상대가 바로 민주동맹 회원들이었다. 우리와 민주동맹은 가까운 사이이다. 우리는 이 조직은 중간 성질을 띤 조직이고 대부분 중간 태도를 가지고 있는 인사들이 많다.
정치를 하는데 필요한 우선 조건은 "적이 적고 친구가 많아야"하는 것인데 오늘 발생한 구타사건은 더 많은 적을 만들려는 노력으로 보인다. 자신의 멸망을 자초하는 방법은 사실 말해서 웬만한 정치가들보다도 못한 행위로 정치가의 품격이라고 말하기도 어렵다.
이처럼 주요한 집회는 비열하고 염치없는 자들에 의해 무산되었다. 이는 각 당파(이번 소란 행동을 주도한 당을 포함)와 등을 돌리는 것이며 전국 민중도 적으로 만들어 버린 것이다. 이런 수단을 이용한 것은 그들의 권위를 스스로 낮추는 것이며 자신의 존엄에 먹칠한 것이며 이는 스스로 무덤을 나는 행동이다.[796]

같은 달 22일, 국민당 특무 폭도들은 『신화일보』 영업부에서 소란을 피웠으며 민주동맹의 기관지인 『민주보(民主報)』 영업부도 부셔놓았다. 민주동맹 주석 장란은 이튿날에 장제스에게 강력한 항의를 표하는 편지를 보냈다. 편지의 내용은 다음과 같다.

정치협상회의의 시작 초기에 정부에서 실시하려는 여러 사항들은

796) 范蕙: 『論陪都暴行』, 『周報』, 第24期, 1946년 2월 16일.

인민들의 자유를 우선적으로 담보하는 것이기에 전국 인민들은 모두 찬사를 보냈다. 하지만 반동분자들의 추동하여 불행한 사건들을 만들었고 이런 사건은 점차 확대되어 난폭한 짓을 거리낌 없이 강도 높게 진행되고 있다. 이는 계획적이고 조직적으로 민주 단결을 파괴하는 행위이며 정치협상의 성공을 반대하는 행동이다. 공(公, 장제스)께서 이런 상황을 알면서도 이를 묵인하고 있다면 공의 성의를 의심하지 않을 수 없고 이를 모르고 있다면 어찌 모를 수 있을지 이해하기 어렵다. 중국민주동맹과 본인은 나라를 사상하고 민주를 촉구하며 우리 공의 명성을 생각해서 이번 자오창커우 유혈 사건을 추궁하여 엄벌하기 바란다. 또한 『민주보』, 『신화일보』를 파괴한 주모자를 엄중히 처벌하기 바라며 특무조직도 해산하고 총칭의 각 치안 기관에서 이후에 이와 같은 사건들이 다시 발생하지 않는다는 담보를 하기 바란다. 인권을 보장하고 정치협상회의에서 통과한 결의들을 확실하게 진행하기 바란다.[797]

이후에도 중국민주동맹은 여전히 적극적으로 국공양당의 담판에 참여하여 국내의 평화와 민주를 위해 노력을 아끼지 않았다. 하지만 장제스는 이미 전면 내전을 일으키려 결심을 내렸다. 민주동맹은 평화와 민주를 위해 노력을 했으나 아무런 효과를 얻지 못했고 반대로 국민당은 이런 민주동맹을 더욱 적대시했다.

이해 6월 말, 전면 내전은 끝내 폭발하고 말았다. 십여 일이 지난 후, 윈난 쿤밍에서 리궁푸, 원이둬가 연이어 암살당하는 참사가 발생했다. 리궁푸는

---

797) 龍顯昭 편: 『張瀾文集』, 成都: 四川教育出版社, 1991년, 248쪽.

민주동맹 중앙집행위원회 위원이며 민주 교육운동위원회 부주석이었고 원이둬는 민주동맹 중앙 집행위원회 위원 겸 윈난성 지부 상임위원회 위원 및 선전부 주임이였다. 두 사람은 모두 저명한 학자이고 사회 활동가였다. 민주동맹 중앙의 두 명의 주요 임원이 연이어 정치적으로 암살당했는데 이 사건은 국내외에 큰 충격을 주었을 뿐만 아니라 민주동맹에게는 큰 타격이었다. 이런 사건에서 국민당 당국은 중국공산당뿐만 아니라 평화와 민주를 요구하는 모든 세력을 궤멸시키려고 한다는 것을 알 수 있다.

리궁푸, 원이둬 참사 사건 후인 7월 18일, 량수밍은 중국민주동맹 비서장의 명의로 서면 대화를 발표했다. "리궁푸, 원이둬 두 선생은 모두 문인이며 학자이다. 이들은 아무런 무기도 소지하지 않고 언론에 호소할 뿐 아무런 행동도 하지 않았다. 만약 이런 사람들을 모두 죽어야 한다면 입헌 정치의 민주라는 말을 일지감치 거두어들이고 다시는 민주라는 단어를 꺼내지 말고 국민들을 우롱하지 말라." 그는 기자회견에서 이 글을 읽으면서 격앙된 어조로 "특무들! 당신들이 다음 포탄을 창작하고 있는가? 내가 여기서 항상 기다리고 있을 것이다!"[798] 같은 날 민주동맹 주석 장란은 청두에서 리궁푸, 원이둬 추도회에 참석했다. 추도회가 끝날 무렵 또 특무들의 습격을 받아 머리에 부상을 입었다. 20일, 정치협상회에 참가한 민주동맹 대표인 량수밍, 장쥔마이, 황옌페이, 선쥔루, 장보쥔(章伯鈞), 뤄룽지, 장선푸(장선푸)는 공동 서명한 리, 원 참사에 강력한 항의를 표하는 편지를 정치협상회에 참가한 국민당 대표 쑨커 등에게 주어 장제스에게 전달하게 했다. 편지 내용은 이러했다.

정부에서는 입헌 정치를 발표하는 것으로 각 당파의 합법적인 지

---

798) 中國文化書院學術委員會 편: 『梁漱溟全集』, 第7卷, 濟南: 山東人民出版社, 1993년, 558, 559쪽.

위를 인정한다고 거듭 표명하였지만 최근 몇 달간에 일어난 『친평보(秦風報)』사건, 시안, 쿤밍 참사와 같은 유혈 사건들로부터 볼 때 우리 동맹을 처참히 짓밟고 압박하는 것으로 보인다. 이런 행동을 여러 정당의 합법 존재를 인정하는 행동으로 이해하라는 말인가? 공개적으로 평화를 바라는 정치 조직을 이렇게 박해하고 있는 정부는 우리가 폭력으로 혁명을 진행하기를 바라는가?[799]

중국민주동맹은 원래 량수밍이 말한 것처럼 "문인, 학자인 아무런 무기도 소지하지 않고 언론에 호소하고 다른 행동을 하지 않는" 사람들이 많았다. 이들은 "평화적, 공개적"인 활동으로 "중국을 진정으로 민주적인 민주국가로 건설"하려 했다. 하지만 당시 중국의 역사 조건 하에 이처럼 온화한 태도를 가진 사람들도 참혹하게 진압당하는 현실이 출현되기에 이 길은 통하지 않는 길이라는 암시하고 있었다. 이렇게 되자 이들은 "우리가 지하 폭력 혁명을 진행해야 만 만족하겠는가?"는 강력한 말을 하게 되었다. 물론 이는 장제스에게 공개적으로 한 말로 그들의 분노를 표하는 것이지 실질적으로 이렇게 하려고 했던 것은 아니다.

하지만 장제스는 이미 모든 준비를 끝냈고 자신의 표면적인 군사적 우세의 상황에 도취되어 국공담판을 완전히 찢으려고 결심했으며 무력으로 공산당을 궤멸시키려고 결정했다. 중국민주동맹과 같이 "아무런 무기도 없는" 사람들의 말에 귀 기울일 그가 아니었다. 10월 11일, 그는 공산당들의 수차례의 경고에도 전국 민중의 강렬한 반대를 뒤로하고 장자커우를 서슴없이 공격하여 점령했다. 그날 오후에 그들은 일방적으로 11월 12일에 국민대회를 소집한

799) 中國民主同盟中央文史資料委員會 편: 『中國民主同盟歷史文獻(1941—1949)』, 北京: 文史資料出版社, 1983년, 207쪽.

다고 선포했다. 겉치레라도 그럴듯하게 하기 위해 중국 청년당 외에 장준마이이 수장을 맡은 민주사회당(국가사회당과 민주입헌정치당이 합병하여 만든 당)을 이 "국민대회"에 끌어들였다. 또한 중국민주동맹에 각종 압력을 가했으며 제한된 기한 내에 "국민대회" 참가 대표 명단을 제출하라고 하면서 중국공산당을 고립시키려 했다. 10월 14일, 민주동맹 주석인 장란은 공개 시국 대화에서 이렇게 표명했다.

> 국민당에서 장자커우를 점령한 후 국민대회를 소집한다고 했는데 내가 보이겐 별 효과가 없을 것 같다.
> 정치협상 결의는 내전을 중단하는 것이다. 정부를 개편하고 헌법 초안을 작성한 후에야 국민대회를 열 수 있다. 국민대회를 개최하는 의미는 헌법 초안을 통과하는 것인데 지금 내전도 중단되지 않은 상황에서 국민당이 정부기초를 확대한다고 떠드는데 이는 그들이 사람들을 불러 한 끼 먹이려 하는 것일 뿐 정부를 연합하려는 의도가 아니다. 정치협상 경의는 헌법, 민주 헌법을 요구하는 것이지 『5.5 헌법초안』이 아니다. 국민당은 "승리자"의 자세로 국민대회를 개최하려고 하는데 이는 위협인가 아니면 미끼를 던져 유혹을 하는 것인가? 우리 민주동맹은 우리의 의견과 입장을 포기하지 않을 것이다. 모든 위협과 유혹을 두려워하지 않는다. 우리는 절대 참가하지 않을 것이다.[800]

민주사회당에서 "국민대회" 참가 명단을 제출한 후의 상황에 대해 스량은

---

800) 龍顯昭 편: 『張瀾文集』, 成都: 四川教育出版社, 1991년, 276쪽.

이렇게 회상했다. "당시 총칭에 체류하고 있던 장란 동지는 총칭의 '특원(特園)'에서 난징민주동맹 본부와 장거리 통화를 했다. 그는 엄숙하게 말했다. '우리 민주동맹은 마땅히 정치협상 결의 절차를 모두 완성한 후에 국민대회에 참가한다. 아니면 민주동맹의 정치입장을 잃게 된다.

여러분들은 꼭 신중하게 결정하여야 하며 한 치의 흔들림도 없어야 한다.' 그날 오후와 저녁 그는 연속 두 번 민주연맹 본부에 전화를 걸어 반복적으로 참가 명단을 제출하면 안 된다고 했다." "그는 신문에서 민주연맹 총부에서 '절대 참가하지 않는다'는 성명 발표를 확인하고서야 웃으면서 '이제야 잠을 잘 수 있겠구나'고 했다."[801] 11월 24일, 민주동맹 중앙 상무회의에서는 정식으로 "민주사회당은 정치협상을 위반하고 '국민대회'에게 참하여 본 연맹의 정치주장과 큰 차이가 있다." "민주사회당 당적을 가진 연맹회원이 '국민대회'에 참가하면 마땅히 연맹에서 탈퇴시킨다."[802]는 결의를 발표했다.

민주사회당 당원을 연맹에서 제명한 이튿날 뤄룽지, 장보준, 장선푸(張申府)는 난징에서 기자회견을 열고 민주동맹의 서면결정을 발표했다. 여기에는 이런 내용이 들어있다. "민주동맹은 11월 15일에 진행하는 국민대회에 참가하는 것을 강력히 거부한다. 이유는 아주 간단한바 이번 국민대회는 정치협상의 결의 정신에 위배되는 것으로 정치협상 결의의 절차를 파괴했으며 이번 국민대회는 전국 단결 통일의 헌법 제정회의가 아니다. 이는 모든 사람들이 인정하는 사실이다. 민주 동맹은 정치협상을 지지하는 선언을 여러 차례 발표했으며 분열의 가능성을 증가시키는 모든 행동에 참여하지 않는다. 민주동

801) 史良: 『与日俱進, 奮斗不息』, 龍顯昭, 郭光杰 편: 『張瀾紀念文集』, 成都: 四川敎育出版社, 1999년, 20쪽.

802) 中國民主同盟中央文史資料委員會 편: 『中國民主同盟歷史文獻(1941—1949)』, 北京: 文史資料出版社, 1983년, 255쪽.

맹은 오늘 국민들이 믿을 수 있도록 우리의 약속을 지킬 것이라는 맹세를 한다."[803]

12월 31일, 민주동맹은 또 한 번 성명을 발표하여 정치협상은 이미 정부에 의해 파괴되었기에 당일 발표된 "헌법"에 대한 태도표시를 보류한다고 했다.

장란과 중국민주동맹이 국민당에서 일방적으로 추진하는 "국민대회" 참가를 거부한 사항에 대해 천이는 높이 평가했다. 그는 장란이 서거한 후 민주동맹 상하이 시위원회에서 진행한 추도대회에서 이렇게 말했다.

> 만약 이때 민주동맹과 지금의 민주당파가 이 "국민대회"에 참가했다면 이들의 정치생명도 끝났고 이후의 "반기아, 반내전"등 정치운동에도 참가하지 않았을 것이다. 이렇게 되면 우리의 통일전선을 파괴하게 된다. 하지만 민주동맹은 장란 주석의 영도 하에 시종 단결을 견지하고 내전을 반대했으며 장제스가 혼자 북 치고 장구 치는 "국민대회"를 인정하지도 않고 참가하지도 않았다. 이런 태도는 민주동맹의 정치적 순수함을 유지시켰고 간접적으로 우리의 해방전쟁을 지지해 주어 장제스를 정치적으로 고립시키고 장제스의 반동 본질을 폭로시켰기에 매우 중요한 의미를 가지고 있다. 이는 당파관계에서 공산당과 긴밀한 단결관계를 유지하게 했고 계급관계에서는 소자산계급, 민족자산계급과 노동자계급과의 관계를 유지하게 했다. 이는 통일전선을 더욱 든든하게 만든 것이다.[804]

---

803) 中國人民大學中共党史教研室 편: 『批判中國資産階級中間路線参考資料』, 第4輯, 北京: 中國人民大學, 1958년, 118쪽.

804) 『陳毅悼念張瀾』, 龍顯昭, 郭光杰 편: 『張瀾紀念文集』, 成都: 四川敎育出版社, 1999년, 4쪽.

뤄룽지의 회상을 적은 글에는 이런 단락이 있다. “당시 민주동맹에서 나를 포함한 일부 지도자들은 ‘중간파’와 ‘세 번째 노선’은 중국의 계급을 분석할 때 너무 독선적으로 해석했다. 우리는 중국의 계급사회는 올리브모양의 사회라고 여겨 양끝이 적고 가운데가 많다고 여겼다. 우리는 중국의 대자본가와 관료자본가들은 소수이고 무산계급도 소수라고 여겼다.

중국 당시의 실제 정황은 자신의 재산을 소유하고 있는 농민과 도시의 소자산계급 지식인들이 대다수였다. 이렇게 절대다수가 중간층인 것이다. 민주동맹의 구성원들은 주로 소자산계급과 지식인이었는데, 이들은 바로 중간계층을 대표하는 정치조직을 형성하여 이를 중간파라고 불렀던 것이다.”[805]

이가 말한 이런 견해는 민주동맹에서 그를 포함한 일부 지도자들을 뿐만 아니라 연구 사업을 하는 사람들도 이렇게 이해하고 있는 경우가 있었다. 이 견해에 따르면 중국은 “양끝이 적고 가운데가 많은” 사회라고 하고 “세 번째 노선”을 주장하는 “중간파”가 “중간계층을 대표하는 정치조직”이라고 할 때 이는 중국의 “절대다수”를 대표하는 정치조직이 되는 것이다.

뤄룽지는 이런 견해는 “독선적”인 것이라고 하였을 뿐 이런 견해의 옳고 그름에 대해 말하지 않았을 뿐만 아니라 어떤 방면에서 과대하게 포장했다는 것을 설명하지 않았다. “중간”이라는 두 글자가 가지고 있는 두 가지 의미를 구별하지 못한다하더라도 두 가지를 주의해야 한다. 첫째, 만약 사회의 구조로 중국을 “양끝이 적고 가운데가 많은”사회라고 할 때 가운데는 마땅히 중국 인구의 80%를 차지하고 있는 농민이어야 하며 특히 당이 없거나 땅이 적은 빈곤한 농민이다. 앞에 장절에서 언급했던 바와 같이 근대 중국은 농민들의 이익을 대표하는 정당이 없었으며 이들의 이익을 관심하고 그들을 위해

805) 羅隆基: 『從參加旧政協到參加南京和談的一些回憶』, 全國政協文史資料研究委員會 편: 『文史資料選輯』, 第20輯, 北京: 中華書局, 1961년, 205쪽.

토지제도를 개혁하려는 정당은 중국공산당뿐이다. 도시에서 생활하면서 빈곤한 농민들과 거리가 먼 이들이 "세 번째 노선"을 주장하는 "중간파"라고 하면서 중국 "절대다수" 사람들의 이익을 대표한다고 주장하고 있다.

둘째, "양끝이 적고 가운데가 많다"는 말을 정치 태도로 해석한다면 중간 상태의 정치 태도를 가지고 있는 사람들은 온정적인 사회 역량이 아니다.

이들은 입장이 확고하지 않아 자꾸 변한다. 일반적으로 정치국면이 비교적 안정적일 때 양측 정치 역량은 비교적 비슷한 시기여서 가운데 상태인 사람들이 비교적 많고 이들은 사태의 추이를 살피거나 일부 사람들은 정치에 관심이 없다. 만약 정치가 격렬히 동요하고 있으며 양측 정치세력은 이상할 만큼 충돌이 잦고 특히 이런 충돌은 국가와 민족의 운명과 연관되어 있다. 이때 정치적으로 중간 상태를 유지하던 사람들은 더욱 격렬히 분화되고 객관적인 환경은 이들이 선택을 하게 만든다. 이들은 자신의 선택을 해야 했고 자신의 태도를 표명할 수밖에 없어 양측 어느 쪽이든 선택하게 되며 장기간 중립을 견지하는 사람들이 적다. 마수룬 노선생은 1946년 연말에 상하이에서 출판한 『군중』주간의 "유성(友聲)" 칼럼에 글을 발표했다.

> 우리가 마땅히 알아야 할 것은 지금 민주와 반민주의 투쟁이 첨예하게 대립하고 있다는 점이다. 때문에 반민주의 정부와 민주의 민중 두 개의 세력이 있을 뿐 세 번째 세력이 있을 수 없다.
> 때문이 우리는 민주 통일 전선을 수립하여 전국의 민주 역량을 단결하여야 하는데 이는 반민주 투쟁에서 필연적으로 필요한 방법이다.[806]

806) 馬叙倫: 『論第三方面与民主陣線』, 『群衆』, 第13卷 第10期, 1946년 12월 22일.

중국민주동맹의 각도에서 보면 1947년에 들어서면서 국내의 양측 군대는 나날이 첨예한 대치 형세를 형성하고 있어 "중간파"의 입지가 점차 줄어들게 된 것이다.

1947년 1월 6일부터 10일까지 중국민주동맹은 장란의 주최 하에 제1기 2차 전체회의를 진행했다. 이 전체회의에서 제일 돌출한 문제는 정치 입장을 명확하게 견지하는 것이었다. 장란은 개막사에서 이렇게 말했다.

> 우리의 태도의 근본은 정치협상을 지지하는 것이다.
>
> 우리는 정치협상을 굳건히 옹호하는 입장을 표명하는 것으로 소위 말하는 "국민대회"에 참가하지 않았다. 우리가 요구하는 민주는 평화적이며 단결된 통일적인 진정한 민주이지 전쟁이 아니며 분열을 초래하는 거짓 민주가 아니기 때문이다. 우리는 진정한 민주를 위하여 계속 노력할 것이다.

그는 특별히 설명을 했다.

> 우리는 반드시 우리의 독립성을 견지해야 하며 주장으로나 조직적으로 우리는 마땅히 자신의 기반을 다져야 한다. 우리가 우리의 기반을 가지고 있어야 다른 세력에 끌려가지 않는다. 하지만 그렇다고 하여 우리가 꼭 다른 사람과 다른 견해를 가져야 한다는 것이 아니라 우리가 우리의 주장을 쉽게 포기하지 말아야 한다는 것이며 다른 주장을 쉽게 따르지 말고 억지로 이런 주장을 따르지 말라는 것이다. 특히 중요한 것은 우리는 절대로 이익이나 위협에 나약해져 자신의 주장을 버리지 말라는 것이다. 눈앞의

구차함에 장원한 계획을 잊지 말라는 것이다.[807]

전체회의의 정치보고에서 1년 동안의 평화담판 역사를 회고했다. "민주동맹은 정치협상회의의 개회 이전이나 개회 중, 폐막 후에도 이 정치협상에 충분한 성의를 보여주었으며 정치협상의 성공을 위해 제일 큰 노력을 기울였다. 지금 돌이켜보면 정치협상회의는 성공적이었으나 협상회의 결의의 집행은 철저하게 실패했다." 왜 실패했는가 보고에서는 이렇게 말했다. 정치협상이 끝난 후 얼마 지나지 않아 발생한 일련의 사건들은 "국민당 측 반동분자들이 정치 협상을 철저하게 뒤엎으려는 음모를 표명하는 것이었고" "작년 3 4월 기간에 국공의 전쟁은 계속 진행되었고 정부에서는 여러 가지 조치를 취했는데 이는 모두 정치 협상을 저버리는 행위이다." "정부는 11월 15일에 독단적으로 국민대회를 소집했는데 정부는 입이 수백 개라고 해도 이런 행위가 정치협상의 결의를 파기하는 행동이 아니라는 것을 증명할 수 없다." 민주동맹은 이 과정에 큰 대가를 치렀다. 보고는 격앙된 정서를 보여주고 있다.

자오창커우 사건이 발생한지 1년이 지난 지금 군중운동은 민주와 반민주 두 개 세력의 투쟁으로 변했다. 민주인사들은 정치협상을 지지하고 평화와 통일을 쟁취하려 했으며 장렬한 희생을 했다. 반동분자들은 그들의 비열하고 염치없이 극악무도한 면모를 보여주었다. 이런 투쟁 중에서 우리 민주동맹은 큰 대가를 지불했다. 우리 시안에서 발행되는 『친펑르바오(秦風日報)』는 파괴되었고 우리의 동지 왕런(王仁)이 억울하게 희생당했다. 우리의 리푸런(李敷

807) 龍顯昭 편: 『張瀾文集』, 成都: 四川教育出版社, 1991년, 294, 295, 296쪽.

仁) 동지는 납치되어 총에 맞고 겨우 죽음에서 탈출하여 옌안으로 건너갔다. 우리는 작년 7월에 쿤밍을 붉게 물들인 사건을 잊을 수가 없다. 우리의 동지 리궁푸 선생은 7월 11일에 반동분자에게 암살당했다! 우리의 동지인 원이둬 선생도 7월 15일 중앙 경비사령부의 군관의 총에 맞아 희생했다! 우리는 리궁푸, 원이둬 두 선열의 유언을 잊을 수가 없다. 그들은 "민주를 위해 숨졌으며" 그들은 "민주의 길에 들어서면서 다시 그 길을 되돌아 설 생각을 하지 않았다." 이는 얼마나 용맹한 행동이며 얼마나 장렬하며 얼마나 위대한 정신인가. 그렇다! 민주의 투사들은 한 사람이 쓰러지면 천만 사람이 일어나고 있다! 쿤밍참사로부터 민주 운동은 전국에서 거세차게 진행되었다![808]

그렇다면 당시의 사국에서 민주동맹의 정책은 무엇인가? 이 보고에는 이렇게 적혀있다. "아무리 뭐라고 해도 민주동맹은 오늘도 우리의 주장은 여전히 내전을 반대하고 평화를 회복하여 나라의 출로를 개척하는 것이다." 구체적으로 그들은 네 가지 건의를 제기했다. 첫째, 평화담판을 촉진. 둘째, 정치협상을 다시 개시. 셋째, 예전의 정치협상 결의를 실행. 넷째, 연합정부 성립. 이들은 특히 "민국 35년 1월에 통과한 정치협상 결의는 중국의 대 헌장이기에 어느 측에서도 일방적으로 파기하지 말아야 한다."

중국민주동맹의 입장에 대해 보고에는 이런 단락이 있다.

하지만 민주동맹은 독립된 조직이며 정책은 자주적인 것이다. 국

---

808) 中國民主同盟中央文史資料委員會 편: 『中國民主同盟歷史文獻(1941—1949)』, 北京: 文史資料出版社, 1983년, 283, 284쪽.

공 양당의 당쟁 과정에서 우리 민주동맹은 정치 단체로 말하면 제3자인 것이다. 우리는 마땅히 공정한 태도를 가지고 있어야 한다. 하지만 독립 자주적인 정치 단체인 민주동맹은 우리의 정치 강령과 정책과 국가와 인민의 복지를 위해 자연적으로 나랏일에 옳고 그름을 가려야 하는데 시비를 가림에 있어서 중립이라는 개념이 없다. 민주동맹의 목적은 중국의 민주이며 진정한 민주가 있는 중국이다. 민주와 반민주간 진정한 민주와 거짓 민주를 대함에 있어서도 중립적인 위치가 있을 수 없다. 이는 우리 중국민주동맹이 확고부동하게 견지하는 방침이다.[809]

하지만 중국민주동맹의 선량한 희망은 하나도 실현되지 못했다. 그들은 평화담판을 촉구하여 정치협상이 재개하기를 바랐고 연합정부를 성립하기를 희망했지만 국민당 정부에서는 평화담판의 문을 굳게 닫아 버렸다.

2월 28일, 난징, 상하이, 총칭 세 도시의 위수(衛戍) 사령부, 경비사령부에서는 각각 중국공산당 연락처와 사무처에 중국공산당 당원들이 3월 5일전에 철수하라고 통지했고 총칭의 『신화일보』는 강제로 발행을 중단하게 되었다.

이튿날 저우언라이는 이 일로 장제스에게 추궁 당했으며 공산당 인원들이 철수하는 시간을 3월 말로 미루어야 한다고 했다.[810] 하지만 겨우 이틀을 연기했다. 중국공산당 대표단 당장인 동비우는 3월 7일 난징을 떠나면서 서면 담화를 발표했다. "10년 동안 중단된 적이 없던 국공의 연락은 오늘 일부 전

---

809) 中國民主同盟中央文史資料委員會 편: 『中國民主同盟歷史文獻(1941—1949)』, 北京: 文史資料出版社, 1983년, 265, 266쪽.

810) 郭廷以: 『中華民國史事日志』, 第4冊, 台北: "中央研究院"近代史研究所, 1985년 5월, 611, 612쪽.

쟁을 바라는 국민당 당원들에 의하여 완전히 차단되었다"[811] 중국공산당 대표단은 난징, 상하이, 총칭, 청두, 쿤밍 등 곳에 남겨진 재산을 "전부 중국민주동맹에게 넘겨 보관하게 했다." 3월 8일, 중국민주동맹은 평화담판이 정식으로 파열되었다는 선을 발표했다.

> 3월 1일 정부에서는 난징, 상하이, 총칭 등지에 있는 중국공산당 사무인원들에게 일률적로 기한 내에 철수하라고 명령했다. 국공의 전투가 발생한 이래 양측은 평화와 아슬아슬한 줄타기를 하고 있었으며 이때부터 정치협상은 파열되었다.
> 민주동맹 동료들은 1년 동안 평화를 위해 숨 가쁘게 달려왔으며 우리의 힘을 아끼지 않았다. 때문에 우리는 비방을 받았고 고강도의 압력을 받았다. 모욕, 참해(慘害) 등 폭력을 받았지만 우리는 두려워하지도 않았고 후회하지도 않았다. 우리는 여전히 평화와 민주, 통일을 실현하려고 노력했고 우리의 나라를 구하고 우리의 민중을 구하려 했다. 불행하게도 우리의 노력과 반대로 오늘의 국공 양당은 정식으로 평화 담판의 파멸을 선포했다. 탐으로 마음이 아프구나!
> 국공 문제를 화합하려는 우리의 사업도 실패하였지만 우리 동료들은 여전히 우리의 천직을 잊지 않고 있다. 짧은 세치의 혀가 썩지 않는 한 우리는 우리의 태도를 설명해야 하며 손에 든 연필이 끊어지지 않는 한 우리는 계속 글을 써야 한다. 우리의 동료들은 "부귀의 유혹과 무력의 위협에도 굴하지 않는 정신"을 가지고 있

811) 潘振球 편: 『中華民國史事紀要』, 1947년 1—3월, 台北: 國史館, 1996년 11월, 797쪽.

> 다. 이른 우리 동료들이 "나라를 위하여 죽을 각오를 하고 있다"는 결심이다. 우리를 아무리 모함하고 박해하고 우리의 목에 칼을 들이 댄다고 해도 우리는 우리의 목숨을 유지하려고 우리의 의지를 굽히지 않을 것이다. 옳고 그름에 대해 세상은 공정한 평가를 할 것이다.[812]

이후로 국민당은 더욱 강력하게 민주동맹을 박해하기 시작했다. 3월과 3월 사이에 민주동맹 중앙 상임위원이며 서북 총지부 주임인 두빈청(杜斌丞), 동북 총지부 집행위원인 뤄빈지(駱賓基) 등이 선후로 체포되었다. 민주동맹 중앙에서는 장보준, 뤄룽지를 난징에 파견하여 두빈청과 뤄빈지의 석방을 위해 교섭하게 했다. 하지만 이들은 누구도 만나지 못했다. 4월 국민당에서는 정부를 개편한다고 선포하고 청년당, 민주사회당이 요직을 맡는다고 했다.

중국민주동맹은 4월 25일에 선언을 발표하여 여전히 참가를 거부한다고 했다. 5월 3일, 국민당의 중앙통신사에서는 『중국공산당 지하투쟁 노선 강령』을 날조하여 발표했으며 중국공산당에서 "자주 대표를 파견하여 민주동맹 간부회의에 참가한다"는 거짓을 유포했다. 같은 날 중앙통신사에서는 "어느 정치가"와의 담화내용을 발표했는데 "민주동맹 조직은 실질적으로 중국공산당이 통제하고 있으며 이들의 행동은 모두 중국공산당 요구에 따라 진행"된 것이며 "민주동맹과 각 민주정단에서 제창하는 민주통일전선 역시 중국공산당의 명령에 따른 것이다. 이들은 중국공산당이 폭동을 조종하는 새로운 도구로 되고 있다." 등등 어처구니없는 말들을 지어냈다. 8일, 장란은 금방 행정원원 원장을 맡은 장춘에게 편지를 써서 항의를 제기하였지만 아무런 효과

---

812) 中國民主同盟中央文史資料委員會 편: 『中國民主同盟歷史文獻(1941—1949)』, 北京: 文史資料出版社, 1983년, 306, 308쪽.

도 없었다.

14일, 국민당 정부 행정원보도국 국장 둥셴광은 기자회견에서 협박의 내용을 발표했다. "민주동맹과 중국공산당은 예전에 공개적으로 헌법과 국민대회의 합법성을 부인했다. 이 동맹과 정부를 배반한 중국공산당은 밀접한 관계를 유지하면서도 자신들은 평화를 위한 정당이라고 하지만 정부는 이 동맹을 대하는 태도는 이들의 정책과 행동에 의해 결정된다."[813] 이 말의 뜻은 해석하지 않아도 알 수 있다.

국민당 정부는 7월에 "총동원령"을 발표했다. 청년당과 중국민주사회당에서는 즉각 이 명령을 지지한다고 표명했으며 천치톈, 장원톈(蔣匀田) 등은 여론에 이 명령의 집행할 것이라고 발표했다. 장란은 서면 대화를 발표하여 민주동맹 동료들은 "다년간 국민의 염원을 따르겠다는 맹세를 잊지 않고 우리의 힘을 다해 노력할 것이다. 이 과정에 우리는 거대한 치욕을 참고 견디었으며 말도 안 되는 말로 우리를 헐뜯고 위협하고 있다. 우리는 국민당 측에서 이런 행동을 중단할 것을 바라지도 않는다. 우리는 민주와 평화적 통일이 하루 빨리 실현되기를 바랄 뿐이다. 정치협상 결의가 발표된 후에 평화담판을 하면서 전쟁을 하고 있었고 평화담판을 무시했으며 일부 지역에서 진행되던 전투는 전면 내전으로 변화되었다. 특히 오늘 정부에서는 총동원령을 발표하기도 했다. 이런 상황에 우리는 마음만 아플 뿐 더 이상 무슨 말이 필요하겠는가?"[814]고 했다. 그는 그래도 비교적 부드러운 말들을 사용하여 그의 침통함을 표명했다. 이 말의 진정한 의미는 누구나 알 수 있는 것이다. 이후 국민당은 민주동맹을 더욱 압박했다. 민주동맹 궤이린 지부의 양룽궈(楊榮國), 장비라이(張畢來) 등은 광시에서 체포되었다. 8월 19일의 보도에 의하면 쓰촨성

---

813) 『大公報』, 1947년 5월 15일.
814) 『大公報』, 1947년 7월 9일.

정부 회의가 진행될 때 국민당 특별위원회 서기인 수중치(徐中齊)는 회의에서 민주동맹은 반동집단의 하나라고 언급했으며 기필코 엄격히 징벌할 것이다. 이는 이제 곧 폭풍우가 닥칠 것이라는 징조였다.

10월에 들어서서 분위기는 점점 더 긴장되었다.

10월 1일, 둥셴광은 기자회견에서 공공연히 민주동맹을 "중국공산당 부속"이라고 했다. 그는 "예전부터 민주동맹과 공산당은 밀접한 관계를 가지고 있었으며 같은 주장을 가지고 있었다. 이는 사회적으로 인정하는 사실이기에 군말을 하지 않겠다. 정부에서 총동원령을 선포한 후 약간의 민주동맹 회원들은 여전히 공산당 점령 지역에서 사업을 하고 반란에 참가하고 있다. 해외 지부에서는 인민들이 정부에 맞서 싸워야 한다고 선전하고 있다. 이런 사실들로 부터 우리는 민주동맹이 독립적인 정당이 아니라 중국공산당 부속이라는 사실을 알 수 있다."[815] 국민당 정부에서 "총동원령"을 선포한 후 "중국공산당 부속"이르는 감투를 씌운 것이 무엇을 의미하는지 너무 잘 알고 있을 것이다. 민주연맹 중앙의 뤄룽지, 황옌페이가 나서서 공개적으로 해명했다.

3일, 둥셴광은 기자들에게 이렇게 말했다. "민주동맹은 정치협상에 참가한 이래 자신의 독립적인 정치주장이 없고 공산당을 따라 행동할 뿐이다. 이는 세상 모든 사람들이 인지하고 있는 것이다." "이 문제는 문자로 변론할 문제가 아니다. 이는 실질적인 큰 문제가 되었다. 나는 뤄씨가 변론을 마친 후 다른 이야기를 하지 않고 필요한 시기에 사실을 밝히는 방식으로 나의 대답을 하려한다."[816] 이 말은 이후에는 "문자 변론"이 아니라 국민당 당국에서 칼을 갈고 언젠가 손을 쓸 준비를 하고 있다는 것을 느낄 수 있었다.

이튿날, 뤄룽지는 민주동맹 대변인의 신분으로 난징 메이위안 신촌에서 기

---

815) 『大公報』, 1947년 10월 2일.
816) 『大公報』, 1947년 10월 4일.

자들을 초대하여 서면 담화를 발표했다. 그는 마지막에 이렇게 말했다.

> 총적으로 민주동맹은 이런 부차적인 문제 때문에 논쟁을 할 생각이 없다. 민주동맹은 여직 독립적인 정치 목적을 가지고 있는데 바로 민주, 평화, 통일, 단결이다. 민주동맹은 독립 자주적인 정책을 가지고 있다. 이는 전쟁을 반대하고 평화를 호소하며 인민들과 함께 생존의 기회를 쟁취하려는 것이다. 비록 이런 정치 목적과 정책 때문에 위협을 받고 압박을 받고 있지만 민주동맹은 절대로 이 취지를 변화시키지 않는다.[817]

자신을 보호할 수 있는 실력을 가지고 있지 못한 민주동맹이 뭐라고 말하든 국민당 당국에서는 거들떠보지도 않았다. 10월 7일 산시성 계엄 총사령부에서는 "공산당군과 결탁하고 폭동을 밀모하고 아편을 판매"한다는 날조된 죄명으로 산시성 성정부 비서장을 맡았고 당시 민주동맹 중앙 상임위원회 위원 겸 서북 총지부 주임위원인 두빈청을 체포하고 총살했다. 이 소식을 듣고 분노한 장란은 당일 성명을 발표했다.

> 지방 군정기관에서 이렇게 마음대로 법을 어기면서 살인을 하고 있으니 어찌 국가에 법치가 존재하고 민주적 앞날을 논할 수 있겠는가?
>
> 정부에서는 시종 민주동맹에서 법에 따라 사건을 처리해달라는 청구를 거절하였을 뿐만 아니라 지방 군사지관에서는 별안간 두

---

817) 『大公報』, 1947년 10월 5일.

> 빈청 선생에게 사형을 시행했다. 이는 정부에서 백성들의 인권을 보장해주겠다는 법령을 위반했는데 이는 국가의 사법 독립을 근본적으로 파괴한 행위이다.
> 우리 민주동맹은 평화를 주장하는 무력이 없는 야당이다. 우리는 무력을 가지고 있지 않기에 무력으로 생존을 보장하지 않는다. 장부에서는 이렇게 평화적인 야당을 무력과 권세를 이용하여 야당을 뿌리까지 모조리 없애려고 하고 있는데 오늘 정부는 소원 성취했다. 야당을 절대 받아들이지 않는 국가에 민주가 존재하겠는가?[818]

한쪽은 "무력을 가지고 있지 않기에 무력으로 생존을 보장하지 않는" 평화적 "야당"이고 한쪽은 "무력과 권세를 이용하여 야당파를 뿌리까지 모조리 없애려고 하고 있는" "정부"였다. 이 싸움의 결과는 뻔 한 것이었다. 사실이 증명하다시피 이렇게 완전무장을 하고 있는 강력한 세력과 싸우고 있는 "무력을 가지고 있지 않기에 무력으로 생존을 보장" 하려는 것은 완전 불가능한 일이었다. 더욱 그들이 제기한 방식으로 "중국을 진정으로 민주적인 나라로 건설"한다는 것도 불가능한 것이었다.

국민당의 통치 국면은 신속하게 악화되었고 그들은 불가마에 오른 개미처럼 안절부절 못하고 있었다. 이들은 절대로 중국 민주동맹과 같은 "독립 자주의 정책"을 주장하는 정치단체가 존재하게 놔두지 않았다. 처음 그들은 미국에서 자신들과 다른 정치적 견해를 가지고 있는 평화적 정치단체(이중에는 적지 않은 영국, 미국에 유학했었던 고급 지식인들이 있었다.)를 모두 제거하는

---

818) 龍顯昭 편: 『張瀾文集』, 成都: 四川敎育出版社, 1991년, 323, 324쪽.

것에 불만을 가질까 걱정했다. 당시 민주동맹의 책임자는 10월 14일에 John Leighton Stuart를 찾아 정부에서 민주동맹을 불법단체라고 선포할 것 같다고 하면서 큰 걱정을 표명했다. 하지만 당시 John Leighton Stuart은 국무장관에게 보낸 보고에서 "민주동맹의 공산 경향을 의심하지 않을 수 없으며 자유운동에서 핵심작용을 하는 것을 별로 희망하지 않는다."[819]고 했다.

미국 정부가 말하는 부동한 정치적 의견을 가진 자들의 합법적인 존재란 "자유 운동에서 핵심작용"을 하는 정치단체이지만 "의심적인" "공산경향"이 있는 정치단체에 대해서는 인색했다. 10월 23일부터, 민주동맹 본부는 20여 명의 특무들에게 포위되었으며 민주동맹 책임자들이 이동을 하면 국방부 비밀국의 지프차가 미행했다. 27일, 국민당 정부 내정부에서는 중국민주동맹을 불법단체라고 선포했다.

> 조사한데 의하면 민주동맹은 공산당 토비들과 결탁하여 반란에 가담했다. 이는 전국에서 다 아는 일이다. 정부에서는 이처럼 국가 헌법을 인정하지 않고 정부를 뒤엎으려는 불법단체의 존재를 보고만 있을 수 없다. 공산당 토비들이 사처에서 활동하는 징후가 나타나고 점점 난폭하게 움직이고 있다. 이 동맹의 회원들도 사처에서 활동하며 서로 성원을 해주고 있다. 이를 즉각 제지하지 않으면 후방의 치안이 어지러워진다. 우리 부문의 직책은 토비들의 반란을 부추기고 후방에서 토비들을 성원하는 불법단체를 처리했다. 우리는 이미 민주동맹을 불법단체라고 선포하고 금후 각지의 치안기관에서 이 동맹과 동맹회원들의 모든 활동에 대해 『국

---

819) 〔美〕 肯尼斯 雷, 約翰 布魯爾 編, 尤存, 牛軍 역: 『被遺忘的大使司徒雷登駐華報告』, 南京: 江蘇人民出版社, 1990년, 134쪽.

> 가 총동원을 방해하는 행위에 대한 임시 징벌 조례』 및 『후방에 있는 공산당 징벌 방법』에 의거하여 견결하게 금지하고 이런 행동들이 다시는 나타나지 않게 엄격히 통제하여 치안을 유지할 것이다.[820]

공고에서는 『조례』와 『방법』에 근거하여 "견결하게 금지"한다고 했다. 이는 대책이 매우 위험하다는 것을 말한다. 이 공고가 발표되기 며칠 전 뤄룽지는 이미 10월 24일에 John Leighton Stuart에게 이렇게 제기했다. "만약 체포사건이 그의 예측에 따라 군사법정에서 비밀리에 처리된다면 예전에 발생했던 유사한 사건에서 체포된 사람들은 영원히 실종되게 된다." 이 공고가 발표된 이튿날 오전 뤄룽지는 미국 대사의 주택으로 찾아가 구조를 요청했다. John Leighton Stuart는 일이 있어 외출해야 한다고 하면서 몇 마디 대화를 나눈 후 한 대사관 관원을 지정해 주면서 찾아 말하라고 했다. 그 관원은 차가운 어조로 뤄룽지에게 "대사관이나 미국 정부가 민주동맹을 위해 적극적으로 간섭해 주기를 바라지 말라"[821]고 했다.

10월 28일, 난징, 총칭의 국민당은 "중국민주동맹 회원들의 자수 방법"을 선포했다. "민주동맹 회원은 후방 공산당을 처리하는 방법을 적용하여 자수를 하는 자들은 마땅히 현지 위수 사령부 혹은 현지 치안기관에 신청하고 등기해야 한다"고 했다. 총칭 사령부 부주임인 샤오이쑤는 "모든 민주동맹 회원들과 민주동맹과 연관 있는 단체에서는 11월 말 전에 민주동맹에서 탈리하는 수속을 밟아야 하며 기한이 지나도 민주동맹에서 나오지 않은 자에 대해

---

820) 秦孝儀 편: 『中華民國重要史料初編一對日抗戰時期』, 第七編(2), 台北: 中國國民党中央委員會党史委員會, 1981년 9월, 927, 928쪽.

821) 『中美關系資料匯編』, 第1輯, 北京: 世界知識出版社, 1957년, 847, 848쪽.

서는 보호를 하지 않을 뿐만 아니라 법에 따라 제재를 할 것이다"고 했다.

난징 헌병과 경찰 기관에서는 중앙통신사를 통해 "민주동맹 폭동의 진실"이라는 장문의 통지를 발표했다. 이 글에서는 중국청년당, 민주사회당이 선후로 민주동맹에서 나온 후 "민주동맹은 점차 공산당 토비들의 폭동 음모의 지류가 되어 언론이나 행동에서 모두 공산당 토비들과 같은 행보를 보이고 있다"고 했다. 또한 "지금 민주동맹은 이미 헌법을 반대하고 정부를 뒤엎으려는 음모를 가지고 있는 폭동 단체이며 각지 총지부의 언론, 행동은 공산당 토비들과 서로 의기투합하여 같은 단체와 다를 바 없다. 이 총지부의 책임자들은 비밀리에 지하공작을 진행하며 애매모호한 행동으로 폭동을 밀모하는 계획을 은폐하고 중외인사들을 속이려한다"고 했다.

민주동맹은 줄곧 "민주동맹은 독립자주적인 정치목적을 가지고 있는데 그 목적은 바로 민주, 평화, 통일과 단결이다. 전쟁을 반대하고 평화를 호소하며 인민들과 함께 생존의 지회를 쟁취하는 것은 민주동맹의 독립자주적인 정책이다."고 했는데 오늘 국민당 헌병과 경찰 기관에서는 이를 "애매모호한 행동으로 폭동을 밀모하는 계획을 은폐하고 중외인사들을 속이려한다"고 해석했다. 이런 국민당의 태도는 그들을 막다른 골목으로 내몰았다. 같은 날, 장란은 핍박에 어쩔 수 없이 민주동맹의 일체 행동을 중단한다고 선포했다.

그는 "본 동맹은 평화와 민주를 쟁취하고 정치협상의 정신을 준수하며 조직에서 진정으로 정부를 연합하게 하려는 일관적인 정책은 여전히 변함이 없다"고 했다. 이어서 그는 "두 달 동안 정부는 부단히 압력을 가하면서 민주동맹을 정부의 '감란'행동에 참여하고 '헌법'을 인정하라고 했다. 내정부에서 민주동맹을 '불법단체'라고 선포하면서 최강의 압력을 가했다"고 하면서도 태연하게 "본 동맹은 중국의 평화와 민주를 요구한다. 정치협상의 결의를 엄격히 준수하지 않고 '국민대회'에서 통과한 '헌법'에 대해 여전히 우리의 의견을 보류하기로 한다'[822]고 했다.

중국민주동맹의 조직과 회원은 공개적인 것이다. 여러 회원들은 대학교에서 교편을 잡고 있거나 사회에서 비교적 높은 지위에 있었다. 이런 그들을 일정 기한 내에 당지 치안기관에 가서 등기하고 자수하지 않으면 "보호를 하지 않고 법에 따라 제재를 한다"했는데 이는 사회 여러 면에 영향을 미치고 있다. 또한 많은 회원들을 매우 곤란한 처지에 빠지게 했다.

민주동맹은 이미 공개적으로 활동하기 어려웠다. 민주동맹 회원들의 인신안전을 위하여 민주동맹 중앙에서는 중앙 상임위원회 위원인 황옌페이를 예두이(叶篤義)함께 상하이에서 난징에 가서 국민당 당국과 협의하게 했는데 이 협의는 "7일 간에 거쳐 일곱 차례 진행되었다."[823] 국민당 당국은 "정부는 이미 민주동맹을 불법조직이라 선포했다. 민주동맹이 스스로 해산 결정을 내리고 책임자를 해임하기 바란다"고 했다. 황옌페이는 이렇게 말했다. "각지 회원 등기를 중단하고 합법적인 자유를 준다." "만약 공산당 당적을 가지고 있는 것이 증명되어도 후방 공산당 처리 방법에 따라 처리 하지 않는다."

"여러 신문과 문서에서는 사건을 과장하여 모두 민주동맹의 책임으로 돌리는데 이는 사실과 다르기에 이에 대해 응대할 가치도 없다." 국민당 당국에서는 "만약 민주동맹에서 정식으로 해산한다는 공고를 발표하고 활동을 중단한다면 각지 민주동맹 회원들에 대한 등록 수속을 하지 않아도 되며 합법적인 자유도 보장 받을 수 있다"고 했다.

11월 5일, 민주동맹 중앙 책임자인 장란, 황옌페이, 뤄룽지, 선준루, 스량, 예두이, 장윈촨(張云川) 등은 회의를 개최하고 토론을 진행했다. 토론을 통해 이튿날 장란이 중국민주동맹 주석의 명의로 아래와 같은 내용의 선언을

822) 潘振球 편: 『中華民國史事紀要』, 1947년 10—12월, 台北: 國史館, 1996년 11월, 312—325쪽.
823) 黃炎培: 『我与民盟』, 『國訊』, 第439期, 1947년 11월 15일.

공포하기로 했다. "최근 정부에서는 민주동맹을 불법단체라고 선포하고 모든 행동을 금지하였기에 우리 동료들은 더 이상 활동하기 어렵게 되었다."

"협상과정을 여러분들에게 알려드리며 우리 동맹 회원들이 오늘 부터 모든 정치 활동을 중단하고 우리 동맹 본부 책임자들은 오늘 부로 총사퇴를 하고 본부도 오늘 부로 해산한다. 여러분들이 지켜보기 바란다."[824][2] 이 공고는 황옌페이가 난징으로 가서 협상을 진행할 때 국민당 측에서 제기한 것이다. 국민당 당국에서는 이 글에서 어느 단어도 변하지 않아야 하며 만약 어느 한 곳이 변동이 있을 경우 모두 폐기한다고 했다.

공고가 발표된 이튿날, 장란은 개인의 명의로 성명을 발표했다. "나는 부득이 하게 11월 6일에 전체 민주 동맹에 통지를 발표하여 모든 정치활동을 중단하고 민주동맹 본부를 해산한다고 했다. 하지만 나는 국가의 평화와 민주, 통일 그리고 단결을 바라는 신념과 이를 위하여 노력할 것이라는 결심은 전혀 변하지 않았다."[825] 이 성명은 상하이의 『스다이일보(時代日報)』(소련 측에서 발행하는 일보), 『정옌보(正言報)』에서만 발표되었다.

국민당 당국은 각지에서 민주동맹 회원들을 학대하기 시작했다. 11월 7일 예성타오는 일기에 이렇게 썼다. "(진보서점)청두 지점에서 전화가 왔다. 부책임자인 후즈강(胡志剛)을 아무런 이유도 없이 잡아 갔다는 것이다. 억울하게 정치적으로 죄명을 만들어 놓았을 것이다. 근래 정부에서는 민주동맹을 불법단체라고 하고 민주동맹 본부는 해산을 선포했으며 각지에서는 공산당 혹은 민주동맹의 혐의가 있다는 것만으로 적지 않은 사람들을 체포하고 있

---

824) 中國民主同盟中央文史資料委員會 편: 『中國民主同盟歷史文獻(1941—1949)』, 北京: 文史資料出版社, 1983년, 355, 356쪽.

825) 龍顯昭 편: 『張瀾文集』, 成都: 四川教育出版社, 1991년, 326쪽.

다고 한다. 후의 사건도 아마 이 때문일 것이다."[826]

민주동맹의 해산을 강행하고 각 지역에서 제멋대로 민주동맹 회원들과 민주동맹 회원이라고 의심되는 사람들을 체포하고 있는데 이 사건은 국내외에 큰 파장을 일으켰다. 민주동맹을 별로 지지하지 않는 John Leighton Stuart도 이렇게 말했다. "지금 내는 정부에서 경솔하게 민주동맹을 압박하고 있어 평판이 나빠질까 걱정하고 있다. 하지만 민주동맹은 진보적인 입헌 정치를 주장하는 인사들의 지지를 얻어 민주동맹의 혁명성을 더해 주면서 이들이 지하 활동을 하게할 수 있다."[827]

황옌페이는 자신이 발행하는 11월 15일의 『귀순』 주간에 『나와 민주동맹』이르는 글을 발표하여 민주동맹이 평화, 통일, 민주, 단결을 위해 숨 가쁘게 달려온 몇 년간의 경과에 대해 이렇게 썼다.

> 형세는 이미 변했고 많은 애국 정서를 지니고 있는 인사들은 여전히 분주히 움직이고 여전히 글을 발표하고 여전히 그들의 목소리를 내고 있다. 당국에서 이를 우습게보고 있을 수도 있지만 이들은 여전히 열정에 넘쳐 있다.
>
> 나는 냉정한 한마디를 하려고 한다. 여러분들이 민주동맹의 시작으로부터 마지막까지의 모든 문서들과 예전에 한 모든 말들에 나라를 위협한 언어라든지 정권을 뒤엎을 만한 죄를 지었는지에 대해 공정하게 생각해 보기 바란다.[828]

---

826) 叶圣陶: 『東歸日記』, 叶圣陶, 叶至善, 叶至美, 叶至誠 편: 『叶圣陶集』, 第21卷, 南京: 江蘇教育出版社, 1994년, 231쪽.

827) 〔美〕 肯尼斯 雷, 約翰 布魯爾 編, 尤存, 牛軍 역: 『被遺忘的大使司徒雷登駐華報告』, 南京: 江蘇人民出版社, 1990년, 134쪽.

828) 黃炎培: 『我与民盟』, 『國訊』, 第439期, 1947년 11월 15일.

베이핑의 칭화대학, 베이징대학, 옌징대학 등 세 개 대학교의 저명한 교수들인 저우빙린(周炳琳), 진웨린, 자오쯔천(趙紫宸), 장이, 주광첸, 주쯔칭, 정톈팅(鄭天挺), 위핑보, 수더항, 양런펜(楊人楩), 위안한칭, 레이제충, 첸웨이창, 위관잉(余冠英), 판훙(樊弘), 룽자오쭈(容肇祖), 옌징야오(嚴景耀), 웡두젠(翁獨健), 펑즈(馮至), 유궈언(游國恩), 런화(任華), 정신(鄭昕), 리광톈(李广田), 장룽샹(張龍翔), 천다(陳達), 천전한(陳振漢), 쑨카이디(孫楷第), 투서우어(屠守鍔), 돤쉐푸(段學复) 등 48 공동으로 『민주동맹을 압박하는 정부에 대한 견해』라는 글을 발표했다.

> 최근 정부에서는 별안간 민주동맹을 불법단체라고 발표하고 당국에서는 "후방 공산당원을 처리하는 임시 방법"에 따라 처벌할 것이라고 했다. 민주적 시대인 지금, 특히 정부에서 적극적으로 헌법을 발표하려는 지금 이런 사건이 일어난 다는 것은 상상할 수 없는 일이다.
>
> 이런 정부의 행동은 민주동맹을 궤멸시키려는 것이다. 이런 행동이 직접적으로 가져온 효과가 민주 입헌 정치의 앞날에 악렬한 영향을 미치고 있다. 반대의 의견을 용납하고 자신들과 다른 정당을 존중하는 것이 바로 민주 정치의 기본 요소이다. 지금 정부는 민주동맹을 압박하고 있는데 이는 "순종하는 자 창성할 것이고 거역하는 자 망할 것이다"는 포악하고 독단적인 전제정치라는 지적을 받게 된다. 이는 정부의 정당의 권세에 빌붙고 정당의 활동에 따라야 하며 당국에 순종하는 자들만이 자유를 얻을 수 있다는 뜻으로 풀이 할 수 있다. 따르지 않는다면 "배반"이라고 하고 조금이라 비평을 하면 "변란"이라고 하고 이를 "감란"한다는 것

> 이다. 인민의 권리, 인민들의 자유는 여전히 존재하기는 하는가? 우리는 민주동맹을 위해 불만을 토로하거나 국가의 미래와 인민의 안전을 위해서 아무것도 할 수 없다는 것에 심심한 우려를 표할 뿐이다. 정부에서 이렇게 간단명료하게 민주 입헌 정치를 실행하지 않을 것이라고 명백하게 표명했는데 우리는 한마디 말도 할 수 없다. 정부에서 여전히 민권을 지키고 자유를 보장한다고 한다면 우리도 정중하게 간언을 하려고 한다. 이렇게 다른 의견을 가지고 있는 야권 정치 단체인 민주동맹 회원들을 처참하게 학대하고 있으니 이는 민주적인 것이 아니고 불합리한 것이며 현명한 행동이 아니다.[829]

이 선언식으로 쓰인 글에서는 "지금 정부는 민주동맹을 압박하고 있는데 이는 "순종하는 자 창성할 것이고 거역하는 자 망할 것이다"는 포악하고 독단적인 전제정치라는 지적을 받게 될 것이다"는 등 당시 상황에서 일반 사람들이 감히 할 수 없던 말들을 썼다. 이 글이 발표된 후 소위 "허베이핑진 인민 자아방위 위원회"라는 조직에서는 "국민정부 및 행정원에 저우빙린 등을 제제 할 것을 건의"[830]하는 청원서를 보냈다고 선언했다. 하지만 48명의 저명한 교수와 학자들이 연명으로 발표한 문장이기에 국민당 정부에서는 감히 경솔하게 조치를 취할 수 없었다.

민주동맹에서 핍박에 의해 해산되자 국내외 인사들은 사태의 발전을 주시했다. 상하이의 영문 신문인 『다메이석간(大美晩報)』은 10월 29일과 11월 1일에서 『불법이라고 인정받은 민주동맹』, 『제3자의 눈에 비춰지는 중국』이라는

829) 周炳琳 等: 『我們對于政府壓迫民盟的看法』, 『觀察』, 第3卷 第11期, 1947년 11월 8일.
830) 文祺: 『北平各方對民盟解散的態度和看法』, 『時与文』, 第2卷 第11期, 1947년 11월 21일.

두 편의 평론을 발표했다.

> 민주동맹은 소수를 대표하는 국민당 군관구에 있는 정당이며 세력도 여간 약하지 않다. 또한 군사력이 없기에 중국공산당처럼 정부와 맞설 수 있는 상황이 아니다.
> 정부에서 이를 불법이라고 선포한 것은 극단적인 조치를 취한 것이다. 하지만 민주동맹에서 중국공산당과 결탁하여 폭동을 일으키려 한다고 한 것은 아무래도 증거가 부족하다.
> 우리가 이 상황에서 알 수 있는 것은 국민당은 절대 자신을 반대하는 당의 존재를 허용하지 않는다는 것이다.[831]

중국공산당의 신화사는『민주동맹을 해산한 장제스』라는 평론을 발표하여 더욱 신랄하게 국민당의 독재를 폭로했다.

> 모두 알다시피 민주동맹 가입은 쉽고 광범한 회원들을 보유하고 있는 연합이다. 이들 중 많은 사람들은 장제스의 독재와 미 제국주의 침략을 굳건히 반대하는 민주 전사들이며 원이둬, 리궁푸, 두빈청 등은 영광스럽게 자신의 생명을 바치기도 했다. 또한 비록 장제스의 독재에 불만을 가지고 있지만 여전히 장제스 특히 미 제국주의에 환상을 가지고 있는 사람들도 있다. 어찌 되었든 민주동맹은 적수공권의 조직이며 그들은 "총 한 자루도 없다." 또한 이들은 무기를 소유하려고 하지 않는다. 이들은 언론과 출판물이라

831) 麥祥: 『外報論民盟事件』, 『國訊』, 第439期, 1947년 11월 15일.

> 는 매체를 통해 자신의 목소리를 내고 있지만 이런 무기도 장제스가 모두 몰수해 버렸다.
>
> 민주동맹은 미국 침략자와 장제스 통치 집단 혹은 일부 파별이 평화를 가져다주리라는 희망을 버려야 한다. 이런 희망은 민주동맹에도 인민들에게도 쓸모가 없다는 점을 알아야 한다. 환상을 버리고 인민 민주혁명의 길을 선택해야한다. 중간 길이 없음을 알아야 한다. 만약 민주동맹이 이 길을 선택한다면 장제스가 민주동맹을 불법적인 조직이라고 선포한다고 해도 민주동맹에 손실을 줄 수 없으며 도리어 민주동맹을 예전보다 더욱 떳떳한 길로 이끌 수 있다.[832]

사실상 민주동맹은 이 길을 선택했다. 민주동맹 중앙에서 민주동맹 본부의 해산 공고에 참가한 예두이는 이렇게 회상했다. "민주동맹 본부가 해산된 후 선준루, 장보준, 저우신민(周新民)과 일부 민주동맹 책임자들은 선후하여 상하이를 거쳐 홍콩으로 갔다. 1948년 1월에 홍콩에서 제1기 3차 전체회의가 열렸다. 회의에서 세 가지 성명을 발표했다. 1, 본부의 해산을 인정하지 않는다. 2, 장제스 정권을 뒤엎기로 한다. 3, 공산당과 적극적으로 협력한다는 것이라고 선포한다. 이렇게 민주동맹은 새로운 단계에 들어섰다.

그 원인은 몇 가지가 있다. 1, 예전의 민주동맹은 자신들은 제3자의 입장이라고 표명했으며 국민당의 합법적인 영도 지위를 인정하면서 법이 수용하는 범위 내에서 투쟁을 진행했다고 한다면 현재의 민주동맹은 공개적으로 이 정권을 뒤엎을 것이라고 하면서 국민당 정부와 위법적인 투쟁을 진행하기

---

832) 新華通訊社 편: 『新華社評論集(1945—1950)』, 北京: 新華通訊社, 1960년 7월, 205, 207쪽.

로 한 것이다. 2, 위에서 말한 것과 같이 민주동맹은 정치의 중대한 관건적인 문제에서 중국공산당과 호응하면서 통일된 행보를 보였지만 정당이라는 공개적인 신분에 따라 민주동맹은 자신은 국민당과 공산당 사이의 제3자의 신분이라는 것을 강조했다면 지금은 중국공산당과 적극적으로 협력할 것이라고 선포하여 완전히 한쪽으로 기울인 태도를 보여주고 있다. 3, 장제스를 지원하는 미국의 입장이 변하기를 바랐던 민주동맹은 이 환상이 깨진 후 3차 전체회의 선언의 마지막에는 표어의 형식으로 '미국 반동파의 중국 침략 정책을 반대한다'고 했다."[833]

민주동맹 제1기 3차 전체회의가 열리기 며칠 전인 1948년 1월 1일, 중국 국민당 혁명위원회는 리지선의 주최 하에 홍콩에서 정식으로 성립되었다. 국민당 혁명위원회의 성립 선언에는 이런 내용이 있다. "지금 우리의 긴박한 혁명 임무는 민주를 뒤엎고 평화를 파괴하며 외세에 빌붙어 나라를 팔아먹는 장제스의 반동 독재 정치를 뒤엎는 것은 우리 당 만의 요구가 아니다." "전국 각 민주당파, 문주인사들과 손을 잡고 혁명의 장애물을 완전히 제거하여 독립적이고 민주적이며 행복한 새 중국을 건설하려 한다."[834]

1월 5일, 민주동맹 제1기 3차 전체회의를 주최한 선준루는 전체회의 개막사에서 긍정적인 발언을 했다. "오늘 국내에서는 민주와 반민주의 대립이 명확하게 형성되었다. 지난날 국민당이 내전을 발동하여 인민들이 고통에 빠지게 했다. 반대로 중국공산당은 해방구에서 토지개혁을 실행하여 인민들의 생활을 개선했다. 이 두 가지 상황은 바로 민주와 반민주의 선명한 대조인

---

833) 叶篤義: 『中國民主同盟的由來和演變』, 全國政協文史資料委員會 편: 『中華文史資料文庫』 第8卷, 北京: 中國文史出版社, 1996년, 159쪽.

834) 中共中央統戰部 편: 『解放戰爭時期第二條戰線 愛國民主統一戰線卷』 上冊, 北京: 中共党史出版社, 1999년, 369, 372, 373쪽.

것이다. 비록 미국과 장제스가 결탁하여 음모를 꾸미고 있지만 인민들을 기만할 수는 없다. 민주동맹은 굳건히 인민의 입장에서 인민의 각도에서 분투를 하려고 한다. 이 신념은 절대 변하지 않을 것이다." 장란, 뤄룽지 등은 여전히 상하이에 남아 있었는데 실제로는 국민당 특무에 연금(軟禁)당한 상태였다. 하지만 상하이와 홍콩은 여전히 연락을 유지하고 있었다. 선준루는 이번 전체회의의 폐막사에서 특별히 이렇게 말했다. "우리는 상하이동지들의 편지를 받았으며 그들과 우리는 일치된 의견을 가지고 있다. 이는 우리가 대회를 열면서 자부심을 가지고 있다는 점이다." "대회가 시작된 첫날 오전, 우리는 '긴급성명'을 통과했다. 비록 짧은 편폭이지만 우리의 새로운 정치 목표와 정치 노선을 정확하게 밝혔다. 상하이 동지들은 모든 단어들을 절대적으로 동의한다고 했다."[835]

중국민주동맹의 정치입장과 태도의 심각한 변화는 전체 국민당 통치 구역 민심 변화의 주요 구성부분이다. 이 변화 과정을 통해 짧은 시간에 민심의 변화가 클 수밖에 없는 원인을 이해할 수 있다.

이 시기 중국 사상계에서는 "중간노선"에 관한 토론이 진행되었다. 이 토론은 중국민주동맹의 운명과 함께 진행되었다.

1945년 10월, 중국민주동맹 임시대회의 정치 보고에서 그들은 "좌, 우 어느 쪽에도 편견이 없다"고 했다. 그들은 "소련의 경제민주로 영국, 미국의 정치 민주를 보충하고" "중국형 민주를 창조"하려 했다. 그들은 "국민당, 공산당 외"의 "중간파"가 되려고 노력했다. 이것이 바로 이후에 나온 "중간노선"이다. 하지만 당시 그들은 이 명칭을 사용하지 않았다.

1946년 6월~7월 사이에 민주동맹의 장둥쑨과 민주건설회의 스푸량의 문

---

835) 周天度 편: 『沈鈞儒文集』, 北京: 人民出版社, 1994년, 557, 559쪽

장에서 제일 먼저 이 문제를 제기했다.

장둥쑨의 『중간 성격을 지닌 정치노선』이라는 글이 6월 22일에 출판된 『짜이성(再生)』 제118기에 실렸다.

> 오늘 나는 중간 성격을 지닌 정치노선에 대해 토론하려고 한다. 중간 성격이란 두 가지 의미를 가지고 있다. …… 먼저 우리는 자본주의와 공산주의 사이에서 절충 방법을 찾고자한다. 지금 국제사회는 미국의 자본주의와 소련의 공산주의 방식으로 나뉜다. 우리는 이 두 가지 사회형태를 사상적으로 조합하려는 것뿐만 아니라 이 두 가지 형태의 외교 방침에서도 우리의 국정에 맞게 조절하려는 것이다. 다음은 중국국민당과 중국공산당 사이의 제3자의 정치세력을 의미하는 것이다. 이 제3자가 주장하는 정치노선은 마침 이 두 정당 사이에 있다.[836]

스푸량의 『중간파란 무엇인가』는 7월 14일에 발행한 상하이 『원훼이보』에 실렸다.

> 국공 문제가 합리적으로 해결되고 중국 정치의 안정, 평화, 민주, 통일이 명실상부하게 실현되고 경제건설이 순조롭게 진행되려면 강력한 힘을 가진 중간파가 정치 적극성을 발휘해야 하며 결정 작용을 해야 한다. 하지만 중간파는 중립파가 아니며 화합파가 아니다. 옳고 그름에서 중립을 지킬 수 없으며 민주와 반민주 사이

836) 张东荪 : 『一个中間性的政治路線』, 『再生』, 第118期, 1946년 6월 22일.

에서 화합을 할 수 없다. 이런 상황에서 중립을 표명하고 화합을 한다는 것은 중간파가 가져야 할 태도가 아니다. 중국의 중간파는 일정한 사회기초를 가지고 있으며 정치노선을 가지고 있다. 대내외로 명확한 정책을 가지고 있을 뿐만 아니라 국공 양당에도 독립적인 태도를 지니고 있다.

중간파의 정치노선은 정치적으로 영국, 미국의 민주정치를 실현하려는 것이다. 하지만 소수의 특권계급(지금의 중국은 관료자본가, 매판자본가와 대지주)이 조종하는 정부를 말하는 것이 아니다. 경제적으로 민족 자본주의를 발전시키고 민생의 필수품을 확대 재생산하는 것을 장려해야 한다. 하지만 관료자본가의 횡포적인 발전을 말하는 것이 아니다. 반드시 공농대중 및 모든 고용자의 이익을 보호해야하며 이들의 구매력과 생활수준을 제고해야 한다. 간단히 말하면 중간파는 모든 일당 독재의 정치 형식을 반대하며 외국에 의존하는 것도 찬성하지 않는다. 경제적으로는 식민지화를 반대할 뿐만 아니라 객관 조건이 구비되지 않는 상황에서 사회주의를 실행하는 것도 찬성하지 않는다. 중간파는 현재와 가까운 미래를 제일 중요하게 생각할 뿐 먼 미래를 고려하지 않는다.

중간파의 대 단결이 없다면 강대한 중간파 정치역량이 형성될 수 없다. 강대한 정치역량이 없으면 목전의 정치문제를 합리하게 해결할 수 없게 된다. 지금의 정치를 관심하는 국공 양당 외의 모든 민주인사들은 이런 중간파의 대단결을 촉진시켜야 한다.[837]

---

837) 施复亮: 『何爲中間派』, 『文匯報』, 1946년 7월 14일.

바로 전면 내전이 일어날 즈음 이 두 편의 글이 발표되었다. 모든 사람들의 주의력은 내전으로 향했다. 이 두 글은 사회에서 별다른 반응을 일으키지 않았으며 큰 영향을 미치지 못했다.

1947년 3월 『스위원』주간이 상해에서 출판되면서 이 문제는 사회적으로 주목 받았다. 때는 국민당 당국에서 중국공산당 대표단 인원을 강제적으로 쫓아내면서 평화담판의 문을 완전히 닫아 놓던 시기였다. 스푸량은 한 달 동안에 이 주간에 연속 『중간파의 정치노선』, 『중간파의 정치적 지위와 작용』, 『중간노선과 시국 구제』 등 세 편의 글을 발표했다. 비슷한 시기에 그는 상하이 『원훼이보』에 『"제3방면"과 민주전선을 논하다』, 『중간파의 정치노선을 재론』 등 글을 발표했다. 간행물에서는 이 문제에 대해 열렬한 토론을 했으며 『스위원』 주간에서는 관련 문장들을 수록한 『중국은 어느 길로 나아가야 하는가』는 제목의 문집을 출판하여 많은 사람들의 중시를 받았다.

『스위원』 창간호에 실린 『중간파의 정치노선』은 스푸량의 글들 중에서 제일 주목을 받았다. 또한 이 글은 그의 주장을 요약적으로 설명한 글이다. 스푸량은 정치협상의 결의를 굳건히 옹호했다. 그는 정치 협상 결의의 방향 본질은 바로 중간파의 정치노선이라고 생각했다. 또한 그는 내전이 중단되지 않고 규모가 더욱 커지는 것은 국공 양당 모두 평화 합작이라는 정치 노선을 버린 것이라고 여겼다. 그는 글의 시작에 이렇게 썼다.

> 정치협상의 노선에 대해 각 당파에서 모두 동의하였었고 전국 절대다수 인민들의 이익과 요구에 부합되었다. 이 노선의 본질은 바로 중간적 혹은 중간파의 정치노선이다. 지금 중국의 객관적 조건 하에 중간파의 정치노선만이 객관적으로 전국인민의 공동의 요구와 전체 국가의 진실된 이익을 대표할 수 있기에 중간파의 정치노

선은 대다수 중국 인민들이 옹호할 수 있는 정치노선인 것이다.

그렇다면 무엇 때문에 정치협상 노선의 본질은 중간파의 정치노선이라고 하는가? 그 원인은 정치협상의 노선은 평화 합작의 방식으로 정치의 민주화를 실현하려는 것이기 때문이며 군대의 국가화와 경제 공업화의 정치노선은 중간파를 대표로 하는 중간계층의 역사 임무와 부합되는 것이다. 또한 중간파의 정치투쟁의 방법과 태도와도 일치하기 때문이다. 중국 중간계층의 역사적 임무는 신자본주의 경제(예전에 나는 이를 민생주의의 제1단계라고 했다)와 신민주주의의 정치를 수립하는 것이다. 이를 위한 투쟁의 방법과 태도는 평화적이고, 점차적으로 진행하는 것으로 그 본질은 나쁜 점을 고쳐 개량하는 것이다. 정치협상에서 통과한 다섯 가지 결의는 중간계층의 역사적 요구와 완전히 부합되는 것이며 정치협상에서 채택한 방식은 중간계층과 중간파가 제일 환영하는 방식이다. 때문에 정치협상노선의 본질은 중간파의 정치노선이라고 할 수 있는 것이다.

이렇기 때문에 관료매판자본가와 대지주의 이익을 대표하는 통치집단은 이 정치협상의 노선을 굳건히 반대하고 이 결의를 파기하여 내전을 계속하면서 무력으로 "반대파"를 정복하여 자신의 기득 이익과 권력을 유지하려 한다.

노동자와 빈농들의 이익을 대표하는 다른 한 혁명 집단도 정치협상의 노선을 마다하고 무력으로 무력을 상대하여 그들을 반대하는 자들을 격파하려하고 있다. 이것이 바로 지금 국공 양당에서 모두 평화합작의 정치협상 노선을 버리고 무력으로 정치투쟁

을 하려고 하는 객관적인 원인이다.[838]

비록 스푸량은 '중간파'의 입장에서 국공 양당을 비평한다고 하였지만 양쪽 모두 지적하는 '공정'이 아니었다. 그는 주로 국민당을 꾸짖었다. 위에서 인용한 글에서 그는 국민당을 "정치협상의 노선을 굳건히 반대하고 이 결의를 파기하여 내전을 계속하면서 무력으로 '반대파'를 정복하여 자신의 기득 이익과 권력을 유지하려 한다"고 했으며 정치협상의 결의를 파괴한 주요 책임은 국민당이라고 했다. 그는 더욱 강력한 단어들로 이렇게 말했다.

> 여러 가지 상황으로 볼 때 목전 국민당 통치 집단은 일당독재의 반정치 협상의 반민주적 정치노선을 견지하고 있다.
> 이런 정치노선은 전체 국가의 이익과 절대다수 인민의 이익을 위배하는 정치노선이며 쑨중산 선생의 3민주의와 혁명전통을 위반하는 반동적 정치노선이기에 절대로 통하지 않는 길이다. 국민당 통치 집단이 이 반동적 정치노선을 견지한다고 하면 공산당 측에서는 기필코 혁명적 정치노선을(**공산당은 지금 중국에서 유일한 유력한 혁명정당이기 때문이다**) 강구하게 될 것이며 중간계층의 군중들도 혁명의 정치노선을 택하게 된다. 역사의 경험으로부터 우리는 어떠한 반동 통치도 오래가지 못한다는 것을 알게 되었다. 만약 스스로 무너지지 않는다면 혁명의 촉매제가 될 것이다. 오늘과 같은 중국의 상황에서 국민당 통치 집단이 백성들의 뜻을 위배하고 반동 정책을 실시하려 한다면 중국공산당의 혁명세력의

---

838) 施复亮: 『中間派的政治路線』, 『時与文』 創刊号, 1947년 3월 14일.

발전과 중국공산당 혁명의 성공을 앞당길 뿐이다.[839]

그렇다면 스푸량은 무엇 때문에 여전히 "중간파의 정치노선"을 제창했는가? 당시 그는 국공 양당 모두 우점과 약점이 있기에 이런 점들이 서로 상쇄되어 대체적인 균형을 이루고 있다고 여겼다. "중국의 내전은 국제, 국내의 복잡한 조건 하에서 진행되고 있다. 만약 단기간 내에 국제 민주의 압력과 국내 인민들의 반항이 줄어들지 않는다면 장기적인 전쟁으로 진화될 수 있으며 짧은 시간에 진정한 승부를 가릴 수 없게 된다."

내전이 장기화 되면 중국에 혹심한 재난을 가져다주게 된다. 때문에 "광대한 인민들의 역량, 특히 중간파의 세력으로 국공 양측을 압박하여 인민들의 요구를 들어 내전을 신속히 중단하고 평화를 회복해야 할뿐만 아니라 양측 모두 동의하는 정치 노선으로 돌아와야 한다." 그의 마지막 결론은 아래와 같았다.

> 이런 정치노선을 실현하려면 전국의 중간계층은 반드시 정치적으로 강대한 중간 정치역량을 형성하여 국민당 통치 집단과 공산당 사이에서 무시할 수 없는 중요한 세력이 되어야 한다. 이런 역량만이 국공 양당을 정치협상의 길로 인도할 수 있으며 정치협상의 결의가 철저히 실행되게 하여 민주정치를 실현할 수 있다.[840]

뒤이어 장둥쑨도 『스위원』에 『어찌 평화는 사라졌는가』는 제목의 글을 발표하여 정치협상의 실패 과정을 되짚어 보면서 중간파가 평화를 촉진하는 사업

---

839) 施复亮: 『中間派的政治路線』, 『時与文』 創刊号, 1947년 3월 14일.
840) 施复亮: 『中間派的政治路線』, 『時与文』 創刊号, 1947년 3월 14일.

에서의 중요성을 강조했다. 그는 이렇게 썼다. "반드시 알아야 할 점은 만약 국공 양당 사이에 강력하고 완전 독립적인 세력이 있다면 이 세력은 평화를 위하여 결정적인 작용을 할 것이라는 것이다."[841]

스푸량은 그의 『중간파의 정치적 지위와 작용』에서 다음과 같이 썼다.

> 국민당 통치 집단과 공산당 이외의 모든 민주당파(국민당 민주파를 포함)와 민주인사들은 지금 현재에 마땅히 단결해야한다. 단결하여 강대하고 독립적인 중간파의 정치세력으로 군림하여 평화를 촉진하고 평화를 실현해야 한다.
>
> 지금의 정치 형세는 국민당이 무력으로 공산당을 궤멸시키지 못할 뿐만 아니라 공산당도 무력으로 국민당을 없앨 수가 없다는 것이다. 또한 국제 형세도 중국에 완전한 보수의 국민당 정권과 절대적인 진보의 공산당 정권을 용납하지 않는다. 이런 객관적인 형세에서 유일하게 정확한 길은 중간 성질의 정치노선을 회복하는 것이다. 국공 양당과 기타 민주당파에서 공동으로 민주적인 연합정부를 조직하여 정치, 경제, 군사, 문화에서 여러 가지 개혁을 진행해야 한다. 국민당 통치 집단과 공산당 사이에서 무시할 수 없는 중요한 세력이 되어야 한다.

주의해야 할 것은 스푸량이 중간파를 단결하여 중간파가 정치적으로 독립적인 지위를 유지하고 결정적인 작용을 하기를 희망하고 중간의 개선 노선을 실현하기를 희망하였지만 그의 글은 국민당과 공산당을 대하는 태도는 국민

---

841) 张东荪: 『和平何以會死了』, 『時与文』, 第3期, 1947년 3월 28일.

당을 질책하고 공산당을 찬성하는 느낌이 다분했다.

> 중간파는 내전을 반대하는 운동에서 맹목적으로 내전에 참여하는 양측을 모두 반대하지 않는다. 마땅히 이 내전을 일으킨 장본인을 특별히 반대해야 한다!
> 공개해야할 몇 가지 선언이 있다. 첫째, 비록 평화민주 운동에서의 중간파의 독립적 지위와 결정 작용에 대하 강조를 하고 있지만 좌파의 혁명 세력이 이 운동에서의 중요 지위와 촉진 작용을 부정하지 않는다. 나는 그들이 20년 동안 어려운 조건에서도 완강하게 투쟁을 견지한 정신에 감탄했다. 둘째, 평화와 민주를 쟁취하는 사업에서 나는 중간파와 좌파 정당에서 협력하여 공고한 민주 전선을 형성하여 우파 정당의 반대 노선을 막으려고 하지만 좌파 정당의 군사 투쟁에 절대 참가하지 않을 것이며 이들이 시대를 초월한 좌의 정책과 행동을 하기를 바라지 않는다. 셋째, 우파 정당의 반동 노선을 굳건히 반대하며 국민당의 일당 독재와 내전을 견지하려는 정책을 굳건히 반대한다. 동시에 나는 국민당 당내의 모든 진보적인 민주인사들이 주동적으로 국민당의 그릇된 노선, 잘못된 정책과 착오적인 행동을 교정하기를 간절히 바라는 바이다. 넷째, 비록 나는 중간적인 개량 노선이 실현되기를 간절히 희망하지만 좌파 정당의 혁명노선을 근본적으로 반대하는 것이 아니다. 나는 우파 정당에서 그의 반동노선을 견지한다면 이를 반대하는 좌파 정당에서 그의 혁명노선을 반대할 이유가

없기 때문이다.[842]

『중간노선과 시국 구제』에서 스푸량은 이렇게 썼다.

> 우리는 국공 양당이 화해하기를 바란다. 국민당이 공산당을 배척하지 말고 공산당도 국민당을 배척하지 말기를 바란다. 우리는 "각 당이 공존하고 모두 발전"하기를 바란다. 이런 상황에서만 지금의 당파 문제를 확실하게 해결할 수 있다. 물론 우리가 국공 화합을 주장하는 것에 아무런 원칙이 없는 것도 아니며 피동적인 것도 아니다. 우리는 지금의 국제 국내의 형세에서 중간노선은 적은 희생으로 실행 가능한 노선이다. 우리는 다수 인민들의 이익과 요구에 따라 "극단적인" 국공 양당을 적절한 중간의 정치 노선으로 이동하게 하여 평화합작의 방식으로 정치 민주화와 군대의 국가화, 경제의 공업화를 실현하려한다. 동시에 우리는 적극적인 자태로 전쟁을 반대하는 우리의 입장과 민주 원칙을 견지하여야 하며 중간노선의 실현을 위해 노력을 아끼지 말아야 한다.[843]

이들이 제기한 "중간노선"이 비교적 중요했고 스푸량, 장둥쑨 등이 애국민주 운동에서 적극적으로 활동하였기에 적지 않은 사회적 여론을 형성했으며 열렬한 토론을 야기했다. 우단거는 이렇게 종합했다. "이 문제는 두 가지 쟁점이 있다. 첫째, 목전의 정치 노선은 반동노선과 혁명노선 외에 개선된 중간노선이 있는가 하는 것이다. 만약 지금 민주노선과 반민주노선만 존재하는

---

842) 施复亮: 『中間派在政治上的地位和作用』, 『時与文』, 第5期, 1947년 4월 11일.
843) 施复亮: 『中間路線与挽救時局』, 『時与文』, 第8期, 1947년 5월 2일.

상황이라면 제3의 정치노선인 중간노선의 존재를 허용하는가 하는 것이다. 다음은 정치협상 노선이 중간파의 노선인가 아니면 민주를 쟁취하려는 각 계급의 공동한 노선이며 전 민주(全民族의 '族'이 全民主의 '主'로 적었을 수도 있다)의 민주 노선인가 하는 문제이다."[844]

스푸량의 의견을 토론한 문장 중에서 『원훼이보』에 실린 핑신(平心)의 『"제3방면"과 민주운동에 관한 논의』가 제일 유명했다. 핑신은 이 글에서 스푸량의 견해를 존중하는 태도를 보였다. 그는 글의 머리글에서 먼저 자신의 입장을 밝혔다. "스 선생은 내가 경모하는 선배의 한 명이다. 그의 문장과 품행은 학술계에서 높은 덕망을 가지고 있다. 나는 그의 저작을 평가할 자격도 없다. 하지만 그의 문장을 읽은 많은 독자들이 오해를 할 수 있고 문장을 그릇되게 해석하고 여론몰이를 하여 스 선생의 높은 명망에 영향을 주지 않도록 하기 위해 민주 진리의 입장으로부터 스 선생과 약간의 견해를 교환하려 한다." 글에서 그는 이렇게 썼다. "스 선생은 세상 사람들이 말하는 보살이다. 그는 정치 국면을 너무 이상적으로 생각하고 있다. 일부 '중산계급'이라는 명의를 도용하여 '중간파'라고 자칭하는 '민주'세력이 나타나게 된다. 스 선생의 정치 주장(주장)들이 그들의 손에서 다른 면모로 나타나 여러 사람들을 속일 수 있다는 것에 경계심을 늦추지 말아야 한다.

우단거가 제기한 두 가지 문제에 대해 핑산은 이렇게 썼다.

> 사회상에는 중간계급이 있고 정치에는 "제3방면"이 있다. 이는 부인할 수 없는 객관적인 사실이다. 하지만 중간계급과 "제3방면"을 좌파, 우파 사이의 중간노선의 지지자와 집행자인 것은 아니다.

844) 伍丹戈: 『民主路線与中間路線』, 『時与文』, 第8期, 1947년 5월 2일.

일정한 역사 단계에서 기본적으로 서로 반대되는 두 개의 정치 방향을 가지고 부동한 두 개 집단의 이익(매 집단이익에는 부동한 이익을 가진 사람들이 있을 수 있다) 대표하는 정치노선이 존재하게 된다. 물론 각 집단은 그가 선택한 노선에서 서로 부동한 행동 방법을 선택하게 된다.

만약 초원과 사막으로 향하고 있는 반대 방향으로 된 길에서 다른 길을 만들려 한다면 어느 쪽도 아닌 이상한 방향으로 흘러가 길을 잃게 된다. 우리는 길 잃은 어린 양이 되지 않으려면 세 번째 길을 택하지 말아야 한다.

민주와 반민주의 역사적 형세는 이미 형성되었다. 이 두 세력 사이에서 정확한 것 같지만 잘못된 길인 중간노선을 선택할 수 있는 조건이 형성되었는지를 떠나 이 노선이 시행될 수 있다고 할 경우 전체 민주전선을 강화하는 것인가 아니면 약화시키는 것인가?

즉 "제3방면"과 중간 사회역량을 놓고 볼 때 반민주세력이 무조건 투항을 하지 않고 양보만 한다면 기극 이익 집단을 용서하지 않을 것이며 그들의 적개심을 줄이기 어렵다. 따라서 중간 여러 계층의 위협도 줄이기 어렵다. 하물며 중간의 정치노선은 이론적으로 군중들의 정치 시선을 흐리게 만들게 하기에 여러 사람들이 더욱 헷갈려 하고 더욱 곤혹스러워 할 수 있기에 중간에서 방황하는 자들의 진보를 억제할 수도 있다. 때문에 워낙 산만한 민주역량은 "제3방면"의 기로에서 더욱 고립되게 된다.

우리 앞에는 오래전부터 두 개의 서로 상반되는 길이 놓여 있었다. 하나는 민주, 독립, 평화, 통일, 진보를 목적으로 하는 길이고 다른 하나는 계속 독재, 내전, 분열을 강행하고 외세에 빌붙고 뒷걸음 치고 있는 길이다. "제3방면"의 민주파는 이 두 가지 길에서 하나를 선택할 수밖에 없다. 그들은 민주운동 중의 특수한 병단일뿐 두 개 전선 가운데서 중간전선을 개척할 수 있는 세력이 아니다.

오늘 인민들은 내전을 요구하는 것이 아니다. 바로 인민들을 반대하는 세력들이 내전을 필요로 하는 것이다.

내전을 멈추고 평화를 가져올 수 있는 결정권은 여전히 인민들의 수중에 있다. 하지만 인민들이 압도적인 우세로 국면을 통제하지 못한다면 "제3방면"은 환상적인 평화로 내전을 끝낼 수 없다.

"제3방면"이 생존하고 발전할 수 있는 방법은 오직 한 가지인데 바로 대다수 인민들의 진보적인 요구에 따라 앞으로 나아가는 것이다. 그렇다면 인민들의 요구는 무엇인가? 독단적인 낡은 중국을 버리고 민주적인 새로운 중국을 희망하는 것이다. 이는 거역할 수 없는 역사의 흐름이며 어떠한 세력도 이를 막을 수 없다는 것이다.

분명한 것은 정치협상의 노선은 중간파의 노선이 아니고 민주, 평화, 독립, 통일, 진보를 희망하는 각종 사회역량이 공동으로 수락하는 노선이다. 이는 진보적 집단과 진보적 개인들이 정치협상 결의 및 부가 협정의 방안에 대해 비판과 수정을 할 수 있는 권리를 행사하는 것을 방해하지 않는다.[845]

845) 平心: 『論"第三方面"与民主運動』, 羅竹風 편: 『平心文集』, 第2卷, 上海: 華東師范大學出版社, 1985년, 563—596쪽.

중간노선에 관한 토론은 이론적인 것만이 아니라 생활에서의 실천 문제이기도 하다. 사실은 언론보다 훌륭한 심판이다. 1947년 하반기에 발생한 두 가지 사실은 더욱더 명백해지고 있다. 하나는 전쟁의 발전과 더불어 인민 해방군은 악전고투를 거쳐 전략적인 방어로부터 전략적인 공격으로 전환되었으며 국민당은 날로 쇠퇴해지고 있다는 것이다.

전쟁은 "장기화" 되지 않을 수도 있다. 그리 긴 시간이 지나지 않으면 "진정한 승부를 가를" 수 있을 것이다. 다른 하나는 더욱 중요한 것인데 완고한 국민당 당국에서 중국공산당에 "감란"의 "총동원령"을 내렸을 뿐만 아니라 "조정"의 여지마저 모두 막아 버린 것이다. 또한 중국민주동맹 등 민주당파와 기타 민주인사들도 진압하기 시작하였기에 국공 양당 사이에 "무시할 수 없는" "중간파"의 지위는 논할 수도 없었다. 때문에 일부 소수의 사람들은 "자유주의자들은 내전을 찬성하지 않고 내전을 중단시키지 못하더라도 내전의 규모를 키우지 말아야 한다"고 주장했다. 원래 "중간노선"을 주장하던 사람들의 태도는 선명하게 변화되었다. 스푸량이 바로 이러했다. 다음해 1월 『관찰』 잡지에 아래 내용의 글을 발표했다.

> 가령 목전 중국의 정치 투쟁의 결과는 두 가지 가능성이 있다. 바로 식민지화의 파시스트거나 사회주의 혁명의 승리가 있는데 자유주의자들은 당연히 후자를 선택할 것이다. 하지만 지금의 국제와 국내 형세로 볼 때 상술한 두 가지 가능성에서 첫 번째 가능성뿐만 아니라 두 번째 가능성도 실현되기 어렵다.
> 가까운 미래에 실현될 수 있는 것은 아마도 신민주주의의 정치와 새로운 자본주의 경제일 것이다. 이는 "현 시대의 자유주의자"들이 선택한 길이다.

자유주의자들은 오직 광범한 인민들의 동의와 지지를 얻어야만 자신들이 희망하는 것을 실현할 수 있다. 때문에 자유주의자들은 반드시 광범한 인민들의 편에 서서 광범한 인민들과 같은 신분이며 광범한 인민들의 이해득실을 자신의 이해득실로 여기고 광범한 인민들의 요구를 자신의 요구로 여겨야 한다. 이렇게 자유주의자들의 안목으로만 대다수의 자유를 알아 볼 수 있으며 소수인들의 자유도 알아보아야 한다.

인민의 정권이 성립되기 전 혹은 인민들의 자유가 확실히 보장받기 전에 자유주의자들은 마땅히 광범한 인민들과 같은 전선에서 통치자들을 반대해야 한다. 자유주의자들 대부분 사람들은 순차적 개량으로 정치, 경제와 사회 여러 방면에서 진보를 가져오는 것을 희망한다. 하지만 통치자들이 완고하게 반동을 견지하고 이를 개선할 희망이 없다고 판단될 경우에는 혁명의 길을 택하게 된다. 프랑스 혁명과 신해혁명(辛亥革命)의 역사가 이를 증명해주고 있다.[846]

중간 상태의 수많은 사람들은 사실의 설득 하에 "결연히 혁명의 길에 들어선" 사람들이 많아졌으며 이는 막을 수 없는 사회 열기로 번졌다. 이는 국내 정치 생활에 나타난 중요한 현상이다. 그들 중 절대다수의 사람들은 점차 중국공산당의 영도를 지지하고 사회주의 제도를 옹호하는 길에 들어섰다. 일부 사람들은 여전히 "영국, 미국식의 의회정치와 정당정치"를 바라고 있었는데 1949년 8월에 마오쩌동이 미국을 비평하는 백서에서 언급된 "자유주의 혹은

---

846) 施复亮: 『論自由主義者的道路』, 『觀察』, 第3卷 第22期, 1948년 1월 24일.

소위 말하는 민주개인주의자'[847]들이며 이들은 여전히 소극적인 작용을 하고 있었다. 물론 이런 사람들은 극소수였다.

---

847) 中共中央文獻編輯委員會 편: 『毛澤東選集』, 第4卷, 北京: 人民出版社, 1991년, 1499쪽.

제13장
점점 고립되어 가는 난징 정부

제13장
점점 고립되어 가는 난징 정부

1947년 제4분기에 들어 국민당의 통치 상황은 날로 쇠퇴해지고 있었다. 군사적으로 패배하고, 물가는 하늘을 치솟고, 백성들의 원한만 쌓이고, 내부 싸움도 끊임없이 일어나고 있었다. 난징정부의 실패는 이미 정해진 것과 다름없었다. 항상 장제스를 지지하던 John Leighton Stuart가 9월 하순에 조지 마셜에게 보낸 내부보고의 한 단락은 이런 상황을 충분히 설명해 주고 있다. 이는 어느 누구의 말보다 설득력이 있다.

> 최근 몇 달 동안 중앙정부의 정치, 군사와 경제 형세는 예전보다 많이 어려워지고 있으며 계속 악화되고 있다. 지금 Albert Coady Wedemeyer사절단이 대량의 정치적, 군사적 지원을 가져다 줄 것이라는 희망이 사라졌다. 이런 상황에서 공산당이 적극적으로 군사행동을 하게 되면서 두 세력의 전쟁으로 인해 중국의 위기는 더욱 커졌다.
>
> 8월 말에 이르러 경제는 5월 보다 64% 팽창했으며 연 초보다 270%올랐다. 1947년의 첫 5개월 동안 계속된 높은 통화 팽창률은 연 초부터 인플레이션과 함께 예산의 적자가 동시에 나타나게 됐다. 하지만 예산 수입은 여전히 부족했다! 수입은 8월까지의

16.5억 달러나 되는 지출의 겨우 40%를 차지했다. 또한 물가상승과 지금의 군사형세로 보면 이런 상황은 더욱 악화될 가능성이 높다.
정부의 처지는 계속 악화되고 행정상의 무능도 여전히 그대로이다. 현지 중앙정부는 이미 되돌릴 수 없는 상황까지 이르러 쇠약하기 그지없다.(1947년 9월 20일)
공산당의 전투력과 병사들의 사기가 하락되었다는 것을 표명할 상황은 하나도 없다. 이와 반대로 그들은 괜찮은 무기를 얻었고 2~3년간 전쟁을 지속할 마음과 능력을 가지고 있어 때가되면 창장 북쪽 지역을 통제하게 된다. 그들은 착실하게 조직을 개선하고 지휘관들과 병사들은 함께 동고동락하면서 그들의 이상을 위해 전투에 몸을 바치고 있다. 이들은 개인의 모든 이익과 야심, 개인 향락을 포기하고 있다. 모스크바에서 이들에게 물질적 지원을 하고 있는 상황을 거의 발견할 수 없다.
국민당 내부의 부패와 반동세력에 대해서 누구나 다 알고 있는 상황이라 더 이상 설명할 필요가 없다. 우리가 잊지 말아야 하는 것은 일당 통치는 필연코 정부의 부패를 초래하게 된다는 점이다. 국민당 정부가 통치하던 모든 시기에 국민당 내부에서의 싸움은 중단된 적이 없었다. 생활비용이 날로 늘어나는 중국의 형세는 날로 악화되어 가고 있다. 앞길에 보이지 않는 상황에서 실패주의 정서는 모든 창조적인 노력을 몰살하고 있다.(10월 29일)
서로 다른 경로를 통해 얻은 정보에 의하면 중국 고급관리들은 암중한 중국의 형세 하에 미국의 지원을 특별히 갈망하고 있다. 나는 먼저 이들이 고의적으로 이런 소식을 내보내 나에게 영향을 미치려 하는 것이 아닐까 하고 생각했다. 또한 이들이 나를 통해 미국 국무원에 영향을 주려 하는 것이 아닌가 생각했다. 하지만 나는 이 생각을 최종적으로 부정했다. 나는 그들이 단순하게 나에게 압력을 가하려고 하는 것이 아니라 그들이 진짜로 놀라고 당황해서 어찌할 바를 몰라서라고 여겼다.(11월 19일)

나는 신중하게 중국 내전에 관한 정신요소와 사람요소에 대해 평론하려 한다. 이런 요소들은 군사와 재정 형세의 급격한 압박으로 인해 점차 확실하게 드러났다. 공산당 조직자들은 그들의 사업을 열광적으로 믿고 있다. 또한 공산당의 사업인원들과 대부분의 부대 및 현지 인민들을 격려하며 공산당 사업은 정의로운 사업이라는 것을 믿게 하고 있으며 이는 실지이익과 부합되는 것이고 최후의 승리를 걷을 수 있다는 것을 믿게 하고 있다. 이와 반대로 정부인원들은 날로 낙심하고 있으며 아무런 투지도 찾아 볼 수가 없다. 마지막에 이들은 다시 분발하기 어렵게 되거나 아무런 거리낌도 없이 자기의 호주머니만 채우려고 할 것이다. 이렇게 정부는 그들과 유일하게 가까이 하고 있는 자유인사들과도 멀어지게 된다. 심지어 일부 고급관리들은 이미 실망했는데 이는 군대의 투지에 큰 영향을 미치고 있다.(11월 29일)

12월 2일 저녁, 나와 장위원장은 회담을 가졌다. 그의 정서는 내가 상상했던 것보다 더욱 다운되어있었다. 그는 총격사건(장제스의 개인비서인 선창환이 John Leighton Stuart에게 11월 29일 장제스가 베이핑에서 공항으로 가던 도중 총격을 당했는데 다행히 총에 맞지 않았다.)에 대해 아무런 언급도 하지 않았다.(12월 4일)

이것은(장쯔종과 John Leighton Stuart의 담화) 정부의 처지가 더욱 악화되었다는 것을 의미한다고 여긴다. 공산당에서는 전면적인 승리를 거두게 된다. 그들이 현 상황에서 평화담판을 받아들일 것이라고 생각하지 않는다.(12월 22일)

정부는 타당하지 못한 행정은 민중의 지지를 잃게 한다. 이런 그릇된 정부의 행정은 정부의 안정을 위협하는 정도로 발전했다. 발생한 모든 백성들의 소란에서 사람들은 정부의 행동이 아무런 도리가 없다고 여기고 있으며 인민의 경제적, 정치적 이익을 여지없이 침해하고 여기고 있다. 정부에서는 적당한 방법을 제시하지 못했다. 질서에 따라 논쟁을 해결하는 과정에서 인민들은 요구를 포기하거나 시위를 통해 이런 요구를 표현 할 수밖에 없었다.

중국의 고급문무관원들은 날로 악화되는 경제, 정치와 군사 형에서 비관적이고 절망적인 정서는 날로 심해졌다. 최근에는 정부가 통치를 유지할 수 있는 최저한도의 민중의 지지마저 잃게 되는 상황이 오게 될 것이라는 더욱 심각한 견해도 나오고 있다. 대다수 사람들은 정부가 외국의 지원을 받지 못하였기에 정부가 이런 상황을 되돌리지 못하는 것이라고 여겼다. 심각한 것은 외국의 지원이 있다고 해도 정부는 여전히 아무런 희망이 없다고 여기는 사람들도 적지 않다는 것이다.(1948년 2월 5일)[848]

"실망하고 아무런 투지도 없다", "정부의 처지는 날로 악화되고 있다", "이미 민중들의 지지를 잃었다", "비관과 절망의 정서는 날로 심해졌다" 이는 John Leighton Stuart의 글에서 표현된 난징정부의 진실한 상황이었다. 후스는 10

848) 〔美〕 肯尼斯 雷, 約翰 布魯爾 編, 尤存, 牛軍 역: 『被遺忘的大使司徒雷登駐華報告』, 南京: 江蘇人民出版社, 1990년, 128, 130, 133, 134, 136, 137, 138, 141, 145, 146, 150쪽.

월 19일의 일기에 "미국 대사의 점심요청이 있었다. John Leighton Stuart 선생은 중국 정부는 한두 달 내에 무너질 것이라고 했다"[849]고 썼다. 1년 전에만 해도 단호하게 평화의 문을 닫아 놓고 반 년 내에 공산당을 궤멸시킨다고 하던 오만하고 안하무인인 국민당의 모습은 전혀 찾아 볼 수가 없었다. 국민당 측은 군사상에서 큰 실패의 타격을 받았다. 앞에서 전투의 실패는 국민당 통치구역내의 경제, 정치 형세를 악화시켰으며 민중들의 항의 운동이 나타나게 했다고 언급했다.

국민당통치구역 내에서는 군비의 폭등으로 인해 되돌릴 수 없는 악성 인플레이션이 나타났고 물가는 급등했다. "당시 '중국의 유일하게 생산력을 가지고 있는 공업은 화폐 인쇄'라는 조롱이 섞인 유머가 있었다."[850] 중앙은행 총재로 부임한지 반년이 지난 후 장궁촨은 당시 상황을 되돌릴 방법이 없다고 여겨 8월 30일에 장제스를 차자가 사직을 고했다. 그 전날에 작성한 사직서에는 이렇게 썼다. "부임한 지 벌써 반 년이 지났다. 나는 근면하고 성실하게 경제를 안정시켜 군사가 호전되게 하려고 노력을 아끼지 않았다.

하지만 국고의 지출이 점점 늘어났다. 이젠 화폐를 인쇄할 때 필요한 원료도 제대로 공급하기 어렵게 되었다. 그간 발행된 화폐는 작년의 4배나 된다.

이는 인플레이션을 막아 보려고 했지만 별다른 방도가 없었다. 더욱 외화의 공급도 한계가 있어 매일 늘어나는 지출을 담당하기 어렵다. 이 상황대로면 오래 버티기 힘들다."[851] 연 초와 다르게 그는 당시의 경제위기는 금방 해결될 곤란이 아니라 판단했으며 아무런 해결방법도 없다고 여겨 "이 상황대로면 오래 버티기 힘들다"고 했다. 하지만 그의 사직은 비준되지 않았다.

---

849) 曹伯言 整理: 『胡适日記全编』(7), 河北: 安徽教育出版社, 2001년, 685쪽.
850) 茅盾: 『我走過的道路』(下), 北京: 人民文學出版社, 1988년, 444쪽.
851) 姚崧齡 편저: 『張公權先生年譜初稿』 下冊, 台北: 傳記文學出版社, 1982년 1월, 890쪽.

인플레이션, 물가의 폭등은 인민들의 기본적인 생활도 유지하기 어려웠다. 도시의 공무원과 교사들의 생활은 극도로 곤란했다. 항일전쟁 이전에 대학교수들의 사회적 지위는 매우 높았고 우월한 대우를 받았기에 생활이 비교적 부유했으며 연구조건도 좋았다. 1947년 상반기에 이르러 교수들의 생활은 이미 매우 궁핍했다. 이들은 부득불 "교육위기를 극복"하자고 강력히 호소했다. 이시기 교수들의 생활은 더욱 악화되어 기본적인 생활도 유지하기 어려웠고 연구비용은 상상할 수도 없었다. 당시 베이징대학 교장이었던 후스는 9월 23일의 일기에 이렇게 썼다. "베이징대학에서 약 100명의 교수가 참가한 회의를 열었다." "모든 사람들이 생각하고 담론한 것은 모두 먹는 문제였다! 샹다(向達) 선생의 말에 나는 크게 화났다. 그는 '지금 우리의 제일 큰 걱정은 내일의 생활이다. 내일 먹을거리도 해결하지 못했는데 10년, 20년 후의 계획을 고려할 여유가 어디 있는가? 10년, 20년 후이면 우리가 살아 있겠는가?'"[852] 칭화대학과 베이징대학의 왕톄야(王鐵崖), 사오순정(邵循正), 위안한칭, 천전한, 양런펜(杨人楩), 러우방옌(樓邦彦) 등 10명의 유명한 교수들은 10월 18일에 『공무원과 교직원의 대우를 개선안에 대한 우리의 의견』을 공개했다. 이 글에는 그들의 분노의 목소리가 담겨 있었다.

> 공무원과 교직원의 대우로는 최저의 기본적 생활을 보장하기 어렵다. 예를 들면 한 교수가 5명의 가족을 거느리고 징후혹은 핑진구에서 살고 최저임금이 400위안일 경우 매달 화폐수입은 116만(최저임금의 1800배, 기본 수당은 44만 위안)이다. 이외에 배정하여 판매한 8말의 입쌀 혹은 2포대의 밀가루와 기타 소량의 물자(핑진

852) 曹伯言整理: 『胡适日記全編』(7), 허페이: 安徽教育出版社, 2001년, 682쪽.

구에서는 9월에 만 2포대의 밀가루를 배정 판매했다)가 전부이다. 매일 매인당 최저로 1근의 곡물을 소비한다고 하면 5명의 가족들은 매달 약 70근이 부족한 상황이다. 쌀 한 근에 평균 6천 위안이라고 할 경우 쌀을 사는데 수입의 10분의 4를 사용해야 한다. 나머지 70만으로 남새와 집세, 전기세와 수도세를 지불해야 하며 땔감, 옷, 자녀교육, 의약품 등 모든 생활의 지출을 감당해야 한다. 지금과 같이 물가가 하늘을 치솟는 상황에서 70위안은 겨우 전쟁 전의 10위안과 맞먹는다. 때문에 나머지 돈으로 생활 지출을 감당한다는 것은 어려운 일이다. 때문에 공무원과 교직원들처럼 공무에 충실하고 법을 잘 지키는 사람들마저 최저 기본 생활을 유지할 수 없으니 이 어찌 합리적인 생활이라 할 수 있는가?

우리는 9월 23일 베이징대학 교수협회에서 제기한 "(1)이후 매달 수입은 그 해의 한 달의 소비보다 높아야 한다. (2) 기본급의 5%에 물가지수를 곱한 금액의 비용을 연구비로 한다."는 두 가지 방법을 찬성한다.

공무원과 교직원들은 생활의 압박과 불평등함에 분노하고 있다. 그러니 어찌 사회의 안정을 요구할 수 있겠는가? 정부는 절약으로 제창하고 있지만 정부는 마땅히 공무원과 교직원들의 생활은 더 이상 절약을 할 방법이 없으며 이미 추위와 굶주림에 시달리고 있다는 것을 명백하게 알아야 한다.

최근 입법원(立法院)에서 통과한 방법대로라면 겨우 추위와 굶주림을 면할 수 있었으나 지금은 이것도 실행되지 않으니 우리는 정부에서 우리 공무원과 교직원의 생사를 뒷전으로 하는 것이 아닌

가라고 의심할 수밖에 없다.[853]

이렇게 항상 청렴하고 고결한 해내외에 유명한 교수들마저 일상생활의 사소한 지출까지 따져 가면서 생활하는 빈곤한 곤경을 감추지 않고 있다. 이는 당시의 현실은 이미 그들을 정신적, 육체적으로 심각하게 괴롭히고 있고 그들의 미래가 아무런 희망도 없음을 말해 준다. 상황이 이러니 원래 빈곤하던 하층 민중들의 생활은 더욱 심각해졌다.

다섯 날이 지난 후인 10월 23일, 베이핑 중소학교 교직원들도 시 교육국에 그들의 대우를 개선해 달라는 청원서를 제기했다. 그들의 요구는 너무나 가련했다. 그들은 8월에 적게 지불한 임금 20만 위안을 지불하고 10월에 제대로 배급하지 못한 두 포대의 밀가루를 제공한 후 겨울철에 쓸 석탄문제를 해결해 달라고 했다. 하지만 이렇게 소박하고 제일 기본적인 생활을 보장해 달라는 요구도 해결 받지 못했다. 시 교육국 국장인 왕지가오(王季高)는 시장한테 가서 "못해 먹겠다!"고 하면서 결근계를 제출했다.[854]

하지만 고난은 여기서 끝이 아니었다. 정부의 재정적자는 날로 늘어나고 인플레이션은 날로 심각해졌고 물가는 하늘을 치솟았다. 인민들의 생활은 제일 낮은 기본 생활에서도 계속 하락하고 있었다. 작년보다 더욱 빠른 속도로 악화되었고 상반기보다 더 심해졌다. 또한 인플레이션의 속도는 재정적자의 증가보다 더 빨랐다. 물가는 인플레이션의 속도보다도 빨리 상승했는데 이는 극히 비정상적인 상황이었으며 사회 상황은 더욱 혼란스러워졌고 민중들은 이미 정상적인 생활을 유지하기 힘들었다. 내부사정을 잘 알고 있는 장궁촨은 이렇게 썼다.

---

853) 王遵明 等: 『我們對于改善公敎人員待遇的意見』, 『觀察』, 第3卷 第8期, 1947년 10월 18일.
854) 潘振球 편: 『中華民國史事紀要』, 1947년 10—12월, 台北: 國史館, 1996년 11월, 242, 243쪽.

재정적자를 줄이기 위해 새로 발행한 화폐는 끊임없이 시장에 흘러들었다. 1947년에 중앙은행에서 정부 대신 선불할 금액은 그 전해보다 3배 가까이 증가했다. 새로 발행한 화폐는 10배 넘었다. 국민당이 내전에서 실패하면서 커진 국제무역 수지의 적자와 대량의 자금이 홍콩으로 새어나가면서 상황은 더욱 악화되었다. 법폐의 시장가격은 점점 떨어졌고 금의 가격은 상승했다. 이런 상황은 국내 물가에 매우 불리했다. 1947년 12월에 이르러 상하이의 도매물가는 그 전해 같은 시기에 비해 거의 15배 올랐다. 하지만 1946년 1년 사이에 상하이 도매물가는 2배만 올랐었다.

물가가 날로 오르게 되자 시장에서 판매되는 상품은 점차 줄어들었고 소비자들은 화폐를 저축하려 하지 않았다. 이런 현상은 화폐 유통의 속도를 빠르게 했다. 상품을 판매하는 자들은 재고품을 판매할 수 있는 좋은 기회였고 물가의 상승에 상인들은 얼마 없는 상품들을 과감하게 판매하는 것도 쉬운 일이 아니었다.

상술한 현상은 일부 주요 도시에서 주로 나타났고 후에는 모든 도시에서 나타났다. 마지막에는 전체 농촌에도 나타났다. 다만 각지의 공급이 서로 다르기 때문에 정도의 차이만 있을 뿐이다. 내지의 농민들도 화폐의 가치가 하락되는 것을 막을 수가 없다는 것을 느꼈으며 그들은 그들의 물건을 비축해 놓거나 기타 물품으로 바꾸는 것이 좋다고 판단했다. 그리하여 소비품에 대한 요구가 늘어나는 상업화의 도시로 들어오는 농촌의 식량들과 농산물들은 눈에 뜨이게 줄어들어 도시는 더욱 큰 압력을 받았다. 식량공급의 부족은 물가와 임금의 상승을 초래했으며 부족한 원료공급

은 경공업상품 가격 상승의 원인이 되었다.[855]

10월 달의 법폐 발행액은 년 초의 5배에 달했고 물가는 이보다 더 많이 상승했다. 『스위원』에 실린 글에서는 목전 물가 상승의 특징에 대해 "유통 화폐는 점점 많아지고 더욱 빨리 유통되고 있다. 생산력을 고갈되고 물자는 부족하고 물가의 오름세는 더욱 강해졌다"고 분석했다. 상하이경제연구소에서 발표한 전해 상하이의 도매물가 총지수는 전쟁 전인 1936년의 7958배였고 이해의 10월 8일에 이르러 88,750배에 달했다고 했다. 이는 10개월도 되지 않는 사이에 10배 넘게 증가한 것이다.[856] 11월의 물가는 10월의 물가보다 16% 상승했고 암시장의 황금, 외화의 상승은 10월보다 한 배 상승했다.[857] 베이핑의 신용 평가소에서 편찬한 보고에 의하면 11월의 베이핑 도매물가지수는 "10월에 비해 30%증가하고 했는데 하순에 물가는 제일 급격하게 상승했는데 이는 보기 드문 일이다."[858]고 했다. 각지의 화폐와 증권의 공급도 부족했다. 국민당 정부의 화폐제조기가 전력을 다해 화폐를 찍어내고 있지만 수요를 만족시키기에는 턱없이 부족했다.

사람들의 인내력은 한도가 있는 법이다. 이런 상황에서 국민당 정부는 고액권을 발행하는 불에 키질하는 방법을 선택했다. 12월 1일, 신문에는 정부에서 액면 가격이 1,000, 2,000, 5,000위안인 고액권을 발행한다고 보도했다. 이 화폐와 법폐의 가격비는 1:20인데 법폐 2만, 4만, 10만에 해당한다.

정부에서는 "인심을 안정시키고 물가에 영향을 미치지 않게"하기 위해서라

---

855) 張公權, 楊志信 역: 『中國通貨膨脹史(1937—1949年)』, 北京: 文史資料出版社, 1986년, 53, 66, 67쪽.
856) 林滄白: 『論当前物价的上漲及其特征』, 『時与文』, 第2卷 第7期, 1947년 10월 24일.
857) 林滄白: 『經濟新形勢』, 『時与文』, 第2卷 第14期, 1947년 12월 12일.
858) 『大公報』, 1947년 12월 8일.

고 하면서 "만약 이 기회에 물가를 높이려 한다면 금융 혼란죄로 엄격히 처벌할 것이며 절대 용서하지 않을 것이다"고 협박했다. 10일, 고액권은 정식으로 발행되었다. 누구라도 추측할 수 있는 결과가 나타났다. 물가는 더욱 치솟았다.

이 어찌 "엄격히 처벌할 것이며 절대 용서하지 않을 것이다"는 말로 이를 멈출 수 있는 상황이란 말인가? 이튿날 『대공보』에는 "고액권 발행, 물가의 파동, 각지 식량 가격의 상승, 금화폐의 상승은 더욱 심했다"[859]는 제목으로 된 메인 기사가 실렸다. 베이핑의 『관찰』 통신에는 이런 내용이 있다.

> 고액권은 이미 만신창이 된 옛 수도를 강타하고 있다. 고액권이 발행된 이후의 베이핑을 보시라!
> 고액권이 발행된다는 소식이 나온 후 물가는 보편적으로 상승했다. 밀가루의 소매가격은 56만, 무명실은 3~5백만 상승하고 천 한 필에 7만 올랐다. 암시장의 금화폐 거래가격은 제일 많이 상승했다. 금화폐는 일종 투기용 물품이여서 더욱 민감했으며 고액권이 발행된 후 여러 가지 물가의 상승에서도 금화폐의 상승이 제일 빨랐다.
> 이런 상황에서 대다수 사람들은 금후의 생활을 걱정했고 막막한 앞날을 탄식했다. 사람들이 골목에서 만나 하는 이야기는 오늘은 무엇이 얼마 올랐다더라하는 말이 전부였다. "무엇이 얼마 올랐더라"하는 대화는 "물가에 영향을 주지 않은" 상황을 의미하는 것인가?

---

859) 『大公報』, 1947년 12월 11일.

집으로 귀가한 공무원들은 극히 예민해져 하찮은 일로 아이들을 때리고 욕하고 했다. 교수들은 집에 들어서면서 가족의 식비와 연료비 걱정을 해야 했다.(북방의 겨울철에 불을 때지 않으면 안 된다!) 노동자들은 연신 고개를 가로 저었고 학생들의 얼굴에는 수심이 가득하다. …… 이것이 바로 고액권이 발행 된 후의 인민들의 생활 사정이다. 이것이 "인심이 안정된" 경우인가?

관련 부처에서는 물가를 온정 시키려고 여러 가지 방법을 강구했지만 별다른 수가 없었다. 사령부 모 책임자와의 대화에서 이런 정황을 알 수 있다. 그는 "고액권의 발행은 물가를 자극했고 물가는 폭등했다. 이는 어느 국부적인 문제가 아니다. 때문에 사령부에서도 해결할 대책이 없다"고 했다.

정확한 소식에 따르면 베이핑의 식량 비축량으로는 겨우 한 달을 버틸 수 있다고 한다.[860]

상하이의 『귀순』에는 『십만 고액권의 발행과 연말 위기』라는 제목의 글이 실렸다. 이 글에는 경제 전문가 황위안빈(黃元彬)이 한 "10간의 통계 상황에 따르면 금년 6월 전에 유통화폐가 두 배 증가 하면 물가는 8~9배 증가하게 된다"는 말을 인용했다. 문장에서는 또 이렇게 예측했다. "또 한 해의 연말이다. 항일전쟁 말기부터 금년 연 초까지의 상황에 따르면 매해 연말에 물가는 두 배 혹은 네 배 올랐다. 이 상승 비례는 해마다 증가하는 추세였다.

금년에 고액권이 발행된 후 얼마 지나지 않으면 연말이다. 명년 음력 정월 보름이 되면 물가는 아마 열 배 넘게 증가하게 된다." "경제 발전은 자신의 규

---

860) 米蘭民: 『大鈔的波浪在北平』, 『觀察』, 第3卷 第18期, 1947년 12월 20일.

칙을 가지고 있다. 이런 규칙에 따른 변화는 경찰이나 장갑차로 막을 수 있는 것이 아니다. 중국 경제는 붕괴라는 최후의 결말을 향해 가속도로 달려가고 있다."[861] 이는 이 글의 마지막에 남긴 말이었다.

기본적인 생활도 유지하기 어려운 상황에서 재부는 부호들에게 더욱 집중되었다. 민중들은 이런 상황에 더욱 분개했다. 베이징대학 경제계 계주임인 자오나이퇀(趙迺摶)은 강연에서 1947년 정부의 경제정책에 관한 "연말 총결"을 했다. "오늘 중국의 재부는 균형적으로 분배된 것이 아니고 소수 사람들의 수중에 집중되어 있다. 전쟁 전에 이런 현상은 이미 매우 명백하게 드러났다. 8년 항일전쟁을 거쳐 부호들과 관료자본은 모든 것을 조종하고 있다."

"재정 예산은 극히 민주적이지 않다. 백성들에게 사용되고 있는 예산이 너무 적다. 정부에서 발표한 예산으로 볼 때 백성들에게 사용되는 지출은 20% 뿐이다. 재정 수입도 비민주적이다. 돈이 있는 자들은 돈을 내지 않고 돈이 없는 자들이 돈을 더 많이 내고 있다." 그는 정부는 마땅히 문무(文武) 두 가지 예산이 있어야 한다고 조롱하는 어조로 말했다. "우리는 두 가지 예산이 있기를 바란다. 전투에 필요한 자금은 호족들한테서 마련하는 것인데 그들이 남미에 저축해 놓은 자본으로 충분히 2년 견지할 수 있다. 문의 예산은 백성들의 복지에 사용되는 것으로 백성들이 이 예산을 마련하는 것이다.

이렇게 전쟁에 사용될 재정 예산과 복지에 사용될 예산을 분리한다면 백성들은 안도의 숨이라도 쉬게 된다."[862] 물론 이는 실행 가능성이 없는 것이다. 베이징대학의 경제계 계주임이 이 도리를 몰라서 이렇게 말했을까? 그가 이렇게 말한 것은 어쩌면 "백성들이 안도의 숨"이라도 쉬라고 한 것일 수도 있다.

---

861) 石仲子: 『十万大鈔出籠与年關危机』, 『國訊』, 第444期, 1947년 12월 20일.
862) 趙迺摶: 『中國經濟問題』, 『觀察』, 第3卷 第21期, 1948년 1월 10일.

이런 상황에서 중국의 민족 자본주의 공상업은 궁지에 몰려 마지막 숨을 모으고 있다. 당시의 재정경제 상황을 잘 알고 있는 수디신, 우청밍이 편한 『중국자본주의 발전사』 제3권에는 이런 묘사가 있다. "국민당 정부는 1947년 7월에 『"감란"동원을 하여 입헌 정치 실시 강령을 완성』을 발표한 후 경제 감사를 강화했는데 협박하여 재물을 갈취하는 현상도 나타났다. 1947년 연말에 이르러 민족 자본주의 공업에서 제일 큰 방직공장인 선신(申新) 방직공장에서 생산하고 있는 방직기는 모두 529,246대였는데 이는 항일전쟁 전 1936년의 57만 대도 안 되는 숫자였다. 직포기는 3,271대로 전쟁 전 5,304대의 61.7%밖에 되지 않았다. 1947년 견사업의 총 생산량은 전쟁 전의 40%에 그쳤다. 기계로 뽑은 생사(生絲)는 전쟁 전의 21% 뿐이었다.

전쟁 전에 기계로 생산되는 생사는 60%였는데 전쟁 후에는 65%의 생사는 농민들이 수공으로 생산했다. 시멘트 공업은 전쟁 전에 발전하기 시작한 민족 자분주의 공업이었다. 헌데 항일전쟁이 끝난 후 시멘트 공업은 쇠퇴해졌다. 그 원인은 미국에서 수입하는 시멘트가 가격도 저렴했고 중국에서 생산한 시멘트는 운송이 어려워 판매가 부진했기 때문이다. 제일 큰 시멘트 공장인 치신(啓新)시멘트공장은 항일전쟁 전에는 연간 생산량이 27만 톤에 달했는데 1947년에 이르러 겨우 16만 톤 정도 생산할 수밖에 없었다. 상하이시멘트공장은 겨우 항일전쟁 전의 3분의 1의 정도의 생산량을 회복했다.

탄광도 전면적으로 쇠퇴해졌다. 1947년의 생산량은 1936년의 절반에 그쳤으며 이는 최고 생산량을 기록한 1942년 생산량의 3분의 1이였다. 때문에 각지의 석탄 부족을 실감할 수 있다.[863] 톈진 『대공보』는 10월 3일에 『북방중소공업 구제』라는 제목의 논평이 실렸다.

---

863) 許滌新, 吳承明 편: 『中國資本主義發展史』, 第3卷, 北京: 人民出版社, 1993년, 653, 654, 660, 665, 666쪽.

북방중소공업의 재난을 설명하기 위하여 텐진의 예를 보기로 하자. 작년 5월 12일에 생산을 중단한 공장은 총 72개였는데 금년 8월에 이르러 생산을 중단한 공장은 132개에 달했다. 이에는 밀가루, 정미소, 방앗간, 날염, 양말제조업, 벽돌공장, 나무공방, 철로공사, 고무공장, 비누공장 등이 포함되는데 거의 모두 생활필수품을 생산하는 중소기업이었다. 아직 생산을 하고 있는 공장들의 상황도 좋지 않았다. 거의 모두 생산량을 줄이면서 간신히 버티고 있다. 불안한 미래와 우려 속에서 풍전등화의 날들을 보내고 있다.

우리가 조사한 소규모 비누공장의 상황은 더욱 열악했다. 공장에서 신고한 자본은 300만 위안이고 유동 자금은 약 2천만 위안이며 매 분기 판매액은 4천만 위안이었다. 반면 이 공장에서 부담해야할 세금은 약 250만 위안이고 영업세는 2백만 위안, 인지세는 50만 위안, 건설 자금으로 매 분기에 18만 위안을 바쳐야 했으며 도시 방위 자금으로 70만 위안을 내야 했을 뿐만 아니라 기타 잡비 100만 위안까지 정부에 바쳐야 했다. 작은 공장에서 매년 순수입이 얼마나 된다고 이렇게 많은 지출을 감당할 수 있겠는가! 이런 중소기업의 자본은 인플레이션 중에서 거의 소실되었거나 얼마 되지 않는 수입도 거의 모두 정부에서 끌어갔다.[864]

"풍전등화"의 민족공업과 함께 투기 활동이 창궐한 거품 경제 현상이 나타났다. 활성화 된 것 같은 번영한 모습은 인플레이션으로 인해 나타난 허위적

---

864) 『大公報』, 1947년 10월 3일.

인 구매력의 표현이며 중복된 거래로 나타난 현상일 뿐 실질적인 거래를 통해 거래된 상품은 도리어 줄었다. 투기매매의 상품은 주로 황금, 외화, 증권, 무명실, 면, 금속, 서약, 식량, 백화 및 부동산 등이었다. 때문에 당시에 "생산보다 판매, 판매보다 투기"라는 말이 있었다. 이런 기형적인 사회현상에서 민족공상업은 생존하기 어려울 뿐만 아니라 발전하기도 어렵다는 것을 말한다.

오히려 중국공산당에서 제기한 "공상업을 보호"하고 "생산을 발전시키고, 경제를 번영시키며, 정부와 민간을 모두 돌보며, 노동자와 자본가의 이익 모두를 생각한다"는 주장이 그들에게는 더욱 큰 유혹으로 다가왔다.

이 모든 것들은 국민당 통치구역의 재정경제 상황이 붕괴와 더욱 가까워지고 있다는 것을 의미한다. 『관찰』 잡지의 기자가 『추운 겨울에 대세를 논하다』는 글에서 인심이 흉흉한 상황을 생동하게 묘사했다. "상황은 여러 가지로 악화되고 있다. 사회 위기는 더욱 심각해졌다.

경제면에서 아무런 해결책도 내놓지 못하고 있다. 물가는 높이뛰기를 하고 있고 인민들은 더 이상 견딜 수가 없다. 인민들이 참고 견디지 못하면 사회질서는 불안정하게 되며 소동이 일어나게 된다. 이렇게 되면 정권 유지에 영향을 미치게 된다. 때문에 정부에서는 이런저런 대안을 내놓았지만 어느 것도 해결하지 못하고 물가는 여전히 상승하고 있다. 지금 모든 중국 사람들의 얼굴에는 수심이 가득 차 있고 불평과 분노만 늘었다." "사람들 가슴 가득한 분노는 누가 살짝 건드리기 만해도 터질 것 같다. 인민들의 분노는 황허의 물살과 같고 정부 군경들은 이 물살을 막고 있는 제방과도 같다. 제방으로 물을 막으려 한다는 것은 언젠가는 터지게 된다는 것을 의미한다."[865]

『대공보』는 1947년의 제일 마지막 날의 신문에 이런 논평을 실었다. "경제

---

865) 觀察記者: 『歲寒談大局』, 『觀察』, 第3卷 第24期, 1948년 2월 7일.

위기는 날로 엄중해지고 거의 모든 공상업은 사라지게 된다. 모두 이마를 찌푸리고 고통을 호소하고 있다. 시장은 불경기고 백성들의 생계는 어렵고 식량시장은 매일 큰 파동을 치고 있다. 총적으로 금년에는 예전에 없었던 여러 가지 위기 상황들이 일어났다."[866]

날로 악화되고 회복될 기미가 전혀 보이지 않은 국민당 정부의 재정경제 위기는 누구나 다 아는 사실이다. 다만 경제위기로 인해 재정경제가 완전히 와해되는 그 날이 언제 오는가하는 것을 모를 뿐이다. 재정경제는 언젠가 무너지게 되고 그 시간도 얼마 걸리지 않을 것이다. 그 결과는『관찰』기자가 말한 것처럼 "정부의 존재에 영향을 준다"는 것도 명확한 사실이라는 것이다.

정치면에서 국민당 정부는 국민대회 대표 선거를 준비하고 있고 청년당과 중국민주사회당 등 몇 개 대표 자리를 주겠다고 했다. 그들은 이렇게 입헌정치를 실현하고 "백성들에게 정권을 준다"는 쇼를 통해 국내외의 민주를 요구하는 열을 가라앉히려 했다. 이는 미국에 보여주는 쇼이며 이런 "민주개혁"의 자태로 미국의 더 많은 지원을 받으려 했다.

국민당은 청년당과 중국민주사회당에 몇 개의 대표 자리를 내어주어 겉치레라도 해놓으면 국민당의 일당 "훈정"이 아니라는 것을 의미한다고 여겨 이 일을 크게 중시했다. 청년당과 중국민주사회당은 더 많은 자리를 요구했고 될수록 많은 당원들이 관직이라도 가지게 하려고 했다. 그들도 이 일에 큰 열정을 보였다. 항일전쟁 초기에 장나이치는 청년당의 "쬒순성 등이 '나에게 관직을 준다'는 말로 '정권을 개방'한다고 떠들었다."[867] 장기간 여당의 신분으로 아무런 관직도 가지지 못했던 정객(政客)들은 앞 다투어 관직을 달라고 손을 내밀었다. 하지만 국민당에서는 많은 자리를 내 놓으려 하지 않았다. 더

866) 『大公報』, 1947년 12월 31일.

867) 章立凡 選編: 『章乃器文集』 下卷, 北京: 華夏出版社, 1997년, 644쪽.

욱 국민대회 대표로 당선될 가능성이 높은 각지의 국민당 당원들은 자신의 자리를 내놓기를 원하지 않았다. 이렇게 되어 논쟁은 더욱 커져만 갔다.

언쟁은 세 당의 당중앙에서부터 시작되었다. 대표 인원 분배부터 난제였다. 당시 국민당 중앙조직부 부장인 천리푸는 회고록에 이렇게 썼다.

> 내가 다시 조직부로 전근한 것은 국민대회의 선거를 위해서였다. 이 선거는 번거로운 것은 우리 당내의 문제가 아니라 선거에 참가하게 될 각 당파간의 문제가 번거로운 것이다. 곤란한 점은 다년간 기타 당파에서 평소에 별 활동이 없다는 점이다. 때문에 기타 당파의 당원들이 국민당 당원들과 함께 하게 되는 선거에서 선거될 확률이 적다.
> 중앙에서는 이 문제를 해결하기 위해 청년당, 중국민주사회당에 약간의 의석을 주기로 했다. 이를 위해서는 각 지역에서 선출된 우리 당원들 중 몇 개의 자리를 이들에게 양보하여야 했는데 이는 쉬운 문제가 아니었다. 만약 우리 당 동지들이 다년간 분투해서 선출되었는데 그 자리를 그 지역에 별 공헌도 없고 그렇다할 성적도 내지 못한 청년당 혹은 중국민주사회당 당원들에게 양보하라고 설득하는 것은 매우 어려운 일이다. 하지만 당에서 이렇게 결정을 하였으니 우리 조직부는 이 임무를 완성해야만 했다.[868]

대표 인원수의 분배는 국민당과 청년당, 중국민주사회당이 상의하여 결정했다. "3당 추천협의에 근거하여 국민당 입후보자는 후보자 총수의 80%를

868) 陳立夫: 『成敗之鑒—陳立夫回憶錄』, 台北: 正中書局, 1994년 6월, 358쪽.

차지하고 청년당과 중국민주사회당은 각각 10%를 차지한다."[869] 선거가 시작되기도 전에 각 당파의 당선 비례를 정하고 만약 이 규정에 정한 비례에 도달하지 못하면 당선된 기타 당파에서 자리를 내주어야 한다고 했으니 이 어찌 "민주"라 할 수 있겠는가? 청년당과 중국민주사회당에서는 자신에게 차례진 비례에 만족하지 않았다. John Leighton Stuart은 마셜에게 보내는 보고에 "정부 기초를 확대하기 위해 정부에서는 두 개의 소수당 인원들을 인입하기로 했는데 권력과 이익을 위한 탐욕은 수많은 국민당 인사들 보다 더했다."[870]

그들은 국민당에서 그들을 이용하여 자신의 체면을 세우려 한다는 것을 잘 알고 있기에 그들은 욕심이 여간 많지 않았으며 조금도 양보하려 하지 않았다. 국민당에서도 양보를 하지 않았다. 장제스는 기념주간에 크게 성을 내면서 당원들을 "직책도 뒤로하고 선거에만 노력하니 정말 몰염치하다!"[871]고 호되게 꾸짖었다.

선거일의 선택에 대해서도 3당은 서로 자기 의견을 고집했고 선거 인원수에 대해서도 결정하지 못했다. 이런 상황에서 방법 없이 11월 21일부터 23일까지 선거를 진행하기로 했다. 하지만 청년당과 중국민주사회당은 여전히 양보하려 하지 않았다. 10월 2일, 민주사회당 주석 장준마이는 장제스에게 편지를 써 이번 선거에서 "인원 분배 때문에 시간을 적지 않게 끌었는데 아직도 해결되지 않고 있어 입후보자를 선정하는데 영향을 주고 있다"고 했다. 그는 중국민주사회당은 4백 명의 국민대회 대표 자리가 필요하며 입법위원회에서는 100개 의석이 필요하다고 했다. "이는 전체 선거 총수에서 낮은 비

869) 陳啓天: 『寄園回憶录』, 台北: 商務印書館, 1972년 10월, 216쪽.

870) 〔美〕 肯尼斯 雷, 約翰 布魯爾 編, 尤存, 牛軍 역: 『被遺忘的大使司徒雷登駐華報告』, 南京: 江蘇人民出版社, 1990년, 132쪽.

871) 徐永昌: 『徐永昌日記』, 第8冊, 台北: "中央研究院"近代史研究所, 1990年6월 영인본, 504쪽.

율을 차지하는 것"이며 "지금 선거기일이 다가오고 있는데 마땅히 신속하게 인원수를 결정해야 한다. 그래야만 우리 당에서 당의 입장을 결정할 수 있다"[872]고 했다. 당의 "입장"이 의석수에 따라 결정된다고 하니 참으로 터무니없는 소리가 아닐 수 없다.

15일, 중국민주사회당 대변인 수푸린(徐傅霖)은 기자들과 "만약 중국민주사회당에서 400개의 국민대회 대표 의석수와 100개의 입법위원회 의석수를 확보하지 못하면 우리 당은 야당 지위를 유지하면서 이번 총선에 참가하지 않겠다"고 표명했다. 또한 이는 당 "요구의 최저선"이라고 했다. 11월 6일, 장쥔마이는 또 국민당중앙 비서장 우톄청과 조직부장 천리푸에게 편지를 써서 "당신들이 우리에게 보낸 명단은 우리가 제기한 명단에서 많이 누락한 명단이다. 우리 당은 만약 당신들이 이대로 명단을 발표한다면 놀라움을 금하지 못할 것이며 지금의 협력에 불리하게 작용하게 된다. 우리 당은 동의하기 어렵다"고 했다. 청년당 책임자인 쭤순성, 위자주(余家菊), 류둥옌(劉東岩)은 천리푸 등에게 이런 내용의 편지를 보냈다. "우리는 우리가 받아들일 수 있는 반드시 바꾸어야 할 명단을 보낸다. 이 변동된 명단에 따라 발표하기 바란다. 만약 귀당에서 이 변경 명단에 대해 동의할 수 없는 부분이 있다면 우리는 우리 당 국민대회 후보 명단은 모두 보류하고 회담을 통해 다시 협상할 것이다. 만약 우리의 변경 명단을 받아들이지 않고 우리의 동의가 없이 누구라도 이를 다시 전환하여 발표한다면 우리는 이를 인정하지 않겠다."[873] 국민당 당국은 늑대를 집안에 들인 격으로 자신들의 계획이 파열되지 않게 하기 위해 참을 수밖에 없었다. 11월 중순에 이르러서야 세 개 당은 연합 후보 명

---

872) 秦孝儀 편: 『中華民國重要史料初編一對日抗戰時期』, 第七編(2), 台北: 中國國民党中央委員會党史委員會, 1981년 9월, 822쪽.

873) 朱宗震, 陶文釗: 『中華民國史』, 第3編 第6卷, 北京: 中華書局, 2000년, 27, 28쪽에서 재인용.

단을 통과했고 발표할 수 있었다.

11월 21일부터 23일까지 선거는 예정대로 진행되었다. "여러 신문에서는 선거 관련 소식을 '민주 입헌 정치, 나라의 기초'라는 커다란 제목으로 보도했다."[874] 선거 부정행위와 위업행위는 각지에서 꼬리에 꼬리를 물고 나타났다. 만민이 주시하고 있는 중국 최대 도시 상하이의 상황에 대해 생동하게 묘사한 글이 『귀순』 잡지에 실렸다.

> 11월 21일. 국민대회 선거 포스터가 상하이의 구석구석에 알록달록 붙여있었다. 행인들은 약력이 적혀있거나 사진이 붙어 있는 홍보물들을 가득 받을 수 있었다. 도로에는 북을 치고 징을 두드리며 홍보차량들이 줄을 지어 다니고 있었다. 팡즈, 판궁잔(潘公展) 혹은 기타 당국의 주요 인사들의 거폭의 화상이 길게 드리워져 있다. 일부 소상인들은 이 기회에 땅콩 장사를 하기도 했다. 선거에 참가한 당사자들은 "역사적인 명절"을 쇠는 듯했으나 절대 다수의 사람들은 여전히 그 전날과 같은 생활을 반복하고 있었다.
> 야얼페이루(亞爾培路) 체육관에는 루자완(盧家湾)구의 투표소가 있었다. 투표소 안은 조용하기만 했다. 불어오는 서북풍은 두툼히 쌓인 투표용지를 불어 넘기고 있다. 서성이는 관리원들의 발걸음 소리는 귀찮게 들려온다. 국민당의 후보는 10여 명이었다. 관리원은 나에게 백성들은 이들이 누군지도 모른다. 지금까지 겨우 200여 장의 투표를 접수하였을 뿐이다. 청년당과 민주사회당의 후보들은 거들떠보는 사람도 없어 찬밥신세였다!

874) 杜漸: 『皖省國代選擧內情』, 『時与文』, 第2卷, 第13期, 1947년 12월 5일.

투표가 시작된 두 번째 날.

츠수(慈淑) 빌딩 아래에 위치한 황푸(黃浦)구 제 투표소가 있다. 기자가 관찰한 바에 의하면 "문전이 쓸쓸한데" 승부욕이 많은 주최자는 뻔뻔스레 이미 수천 명이 투표를 마쳤다고 했다.

한커우로 라오자(老閘)구 제 투표소는 그나마 북적북적했다. 기자는 "아이구!"하는 소리를 내면서 반팔을 입은 중년 남성이 선거용지를 들고 사람들을 비집고 나오는 것을 보았다. 사업일군이 "누구를 선택하려고 합니까?"라고 묻자 그 남성은 "아무나 선택하지요. 어차피 누가 누구인지도 모르는데!"라고 했다.

싼산(三山)회관에는 라오자구 다른 투표소가 마련되어 있다. 투표용지를 받으려는 부녀들이 웅성웅성 떠들고 있다. 그녀들에게 있어서 이런 "공문서"는 제일 어려운 일이다. 그녀들은 장신구 매장에 들어선 듯 무질서하게 움직였다. 조금 후 한 젊은 여성이 한 입후보자의 이름을 부르자 기타 사람들도 "나도", "우리도" 하면서 장내는 순식간에 요란스러워졌다. 그들 중 누군가가 "향비누"라고 외치자 현장 사업일군이 나타나 제지했다. 기타 일행들은 소리친 여성의 실수를 감추려고 허둥지둥 헤맸다.

나이가 지긋하신 할머니 한 분이 투표용지를 내밀자 기록해주는 사람은 "첸다준"이라고 썼다. 이를 본 기자는 경악스러움을 참을 수가 없었다. 어느새 나타난 주임 선생은 나의 잔등을 두드리며 "동생, 투표를 하는 것을 그만 보시게나. 이 모두 위에서 지시한 것이라 우리도 어쩔 수 없다네. 널리 이해해주게나."

필경 중국은 "민주"를 실현했다. 투표에 제일 관심이 있는 사람들은 인력거꾼, 중노동자, 여종, 식모, 아이들 그리고 기생 어미와

> 기생들이었다. 위대한 감독은 또 다른 공연을 준비하고 있다. 이제 재미있는 장면들이 나타나게 될 것이다! 무대 뒷면에는 수많은 "에피소드"들이 일어나고 있다.[875]

광쩌우, 『스위원』에 실린 생동한 보도를 보기로 하자.

> 소위 "민주"의 기초이고 "입헌 정치" 한 단계라고 하는 국민대회 대선이 시작되었다.
>
> 광쩌우 시장 어우양주(歐陽駒)는 더솬(德宣)구 투표소에서 먼저 류지원(劉紀文)에게 투표했다. 이는 당의 결의를 따라 당의 후보자에게 투표했다고 했다.
>
> 그 후 10여 명의 남루한 옷을 입은 중년 남녀가 들어왔다 그중 세 명은 녹색 신분증을 들고 "투표용지"를 가진 후 옆에 있는 책상에 마주 앉았다. "대서소(代書處)" 책임자는 "누구에게 투표하시겠습니까?"라고 물었다. 세 사람은 어찌할 바를 몰라 했다. 그 책임자는 연필을 들고 "류지원에게 투표하시오"라고하면서 "투표용지"의 "피선거인"란에 "류지원"이라고 썼다. 그 후 세 사람은 "투표용지"를 투표함에 넣었다. 그 뒤를 이어 길거리 상인 차림을 한 남성이 들어와 투표용지를 받은 후 대서소 책임자에게 용지를 넘겨주었다. 그 책임자는 아예 물어보지도 않고 "류지원"이라고 썼다. 다음에는 남자 한 명과 여자 두 명이 들어섰다. 책임자는 그들에게 누구에게 투표할 것인가를 물었다. 그 남자가 "류선생"이라고 하자

---

875) 非非: 『國大后台見聞彔』, 『國訊』, 第442期, 1947년 12월 6일.

그는 "성은 류고 이름은 뭐요?"라고 되물었다. "아. 류지위안 선생" 책임자는 그 남자에게 연필을 넘겨주면서 "잘못 들었구먼, 류지원 선생이요. 그렇게 적소."라고 했다.

시교의 서산 투표소에도 비슷한 상황이 일어났다. 한 농민이 조심스레 경찰국 대문에 들어섰다. 문을 지키고 있는 경찰은 그를 들어가게 했다. 그가 투표소에 들어서자 책임자는 투표하러 온 것인가 묻고는 "글을 쓸 줄 아시오?"라고 물었다. 농민이 모른다고 하자 "제일 옆에 있는 사람을 적으시오!"라고 했다. 농민이 우물쭈물하자 옆에 있던 다른 책임자가 "그냥 류지원을 선거하시오!"라고 했다. 그 농민은 아무 말도 없이 "투표용지"를 투표함에 넣었다.

투표가 시작 된지 얼마 지나지 않아 한 할머니가 숨 가쁘게 들어왔다. "하루 일당도 마다하고 달려왔소." 2만 위안의 "일당"은 아마도 사실인가보다.

광쩌우 대선의 첫 날은 이렇게 저물어갔다. 내일 모레면 선거도 끝나간다. 이런저런 예측을 하는 사람들이 있다만 이 또한 부질없는 노릇이다. 누군가는 "누가 될 것이다"라고 하는데 그 결과에 대해 모두 잘 알고 있는 상황이 아닌가?[876]

베이징대학 교수 러우방옌은 한 글에서 이번 대선을 언급하면서 베이핑의 상황에 대해 이렇게 말했다. "한 교외의 투표소에서 일어난 일인데 투표 첫 날 수많은 농민들이 떼를 지어 투표소에 도착했다고 한다. 농민들은 보갑장(保甲長)이 밀가루 받으러 오라고 해서 왔다고 한다. 사회의 진실을 적나라하

876) 于人: 『广州大選趣聞』, 『時与文』, 第2卷 第13期, 1947년 12월 5일.

게 보여주는 장면이 아닌가!"[877]

국민당 정부행정원 보도국의『난징시 본기 대표 총선 투표 상황 보고서』에서도 이렇게 썼다. "이번 선거의 제일 큰 폐단은 적지 않은 불법분자들이 수단과 방법을 가리지 않고 대량의 선거용 투표용지를 거두어들인 것이다.

심지어 일부 지역의 선거단체의 책임자들은 투표용지를 투표소에 내려 보내지도 않고 중소학생들을 불러 투표하게 했다.(이 중소학생들은 아직 선거권이 없는 어린 학생들이다.) 한 사람이 10번 넘게 투표하는 상황도 나타났는데 투표 첫 날 부녀들이 투표를 할 때 제일 많이 나타났다."[878]

내륙의 성시, 특히 각 농촌과 현급 도시에서의 국민당 중앙의 투표 통제력은 상하이, 광쩌우, 베이핑, 난징과 같은 대도시처럼 유력하지 못했기에 적지 않은 웃음거리들이 나타났다. 세력을 가지고 있는 현지 세력과 지방 토호들은(이들 대부분은 국민당 당원이다) 국민당 중앙에서 지정한 명단을 인정하지 않고 자체로 투표를 했으며 선거에서 당선되었다. 때문에 세 개 당에서 제한 청년당과 중국민주사회당의 적지 않은 후보들이 낙선되었다. 쓰촨은 중국 청년당이 세력이 제일 큰 성이지만 청년당 당원들이 당선되기가 쉽지 않았다.

청년당 우두머리인 청치는 쓰촨 룽창(隆昌) 출신이다. 그는 룽창에서 선거에 참가했는데 룽창에는 천넝펀(陳能芬), 황쑤팡(黃肅芳) 등 현지에서 세력이 막한 인물들이 선거에 참가하면 청치는 낙선될 것이 뻔했다. 이렇게 되자 국민당 중앙에서는 뭐라 변명하기 난처했다. 장춘, 천리푸 등이 직접 전화나 전보를 보내 지방 세력에게 선거에 참가하지 말라고 했다고 한다. 황쑤팡은 그래도 불출마를 선언했지만 천넝펀은 여전히 자기주장을 고집했다. 국민당 쓰

877) 樓邦彦: 『論這次的大選』, 『觀察』, 第3卷 第17期, 1947년 12월 20일.

878) 中國第二歷史檔案館 편: 『中華民國史檔案資料匯編』, 第5輯 第3編, 政治(二), 南京: 江蘇古籍出版社, 2000년, 759쪽.

촨성 당지부 주임위원인 황지루(黃季陸)직접 룽창에 내려가 천닝펀을 설득했다. 그렇게 청치는 겨우 당선되었다. 하지만 청년당 쓰촨성 당지부 주임위원인 장윈강(姜蘊剛)은 자신의 본적지인 펑현(彭縣)에서 당선되지 못했다. 쓰촨의 중국민주사회당 후보들은 현지 토호들이 비교적 "깔보는" 인물들이라 이들의 당선은 물 건너갔다. 『스위원』에 발표된 한 통신에는 이런 내용이 있다.

"우리는 이번 국민대표 선거에 유감스러운 점 세 가지를 말하려 한다. 첫째, 인민들은 보편적으로 이번 대회에 관심이 없다. 둘째, 이는 비교적 강력한 민심의 표현이다. 셋째, 국민당은 인민과 자기 당 당원들을 통제할 능력이 약하다."[879]

비록 이번 대선은 황당한 쇼에 불과하지만 장제스는 대선이 끝나는 날인 11월 23일의 일기에 이렇게 썼다. "국민대회 대표 선거에 여러 가지 난제가 있었고 수많은 풍파를 겪었지만 여전히 제시간에 진행했으며 삼민주의 새로운 나라를 건설하기 위한 양호한 기초를 마련했다."[880]

하지만 청년당과 중국민주사회당의 후보들이 이번 대선에서 대량으로 낙선되었다. 청년당의 주요 영도자인 천치톈은 이렇게 회상했다. "이번 국민대회 대표는 총 3,000여 명이고 청년당은 350여 명의 후보가 있었는데 당선된 후보는 겨우 230여 명이었다."[881]

국민당 중앙에서도 크게 놀라지 않을 수 없었다. 일정한 수량의 기타 두 당의 당원들이 "국민대회"에 참가할 수 있게 하려고 11월 28일, 국민정부위원회 제16기 국무회의에서는 당선된 국민당 당원인 일부 대표들을 국민대회 대

879) 何慧英: 『從四川國代選擧中觀察民意及政府的控制力量』, 『時与文』, 第2卷 第14期, 1947년 12월 12일.

880) 秦孝儀 총편찬: 『蔣介石大事長編初稿』 卷六(下冊), 台北: 1978년 10월, 585쪽.

881) 陳啓天: 『寄園回憶彔』, 台北: 商務印書館, 1972년 10월, 216쪽.

표의 자리를 내놓으라는 강령을 내려 청년당, 중국민주사회당 당원들이 국민대표 자리를 내주기로 했다. 12월 29일, 국민당 상임위원회 회의에서는 『국민당 당원과 우호당파 당원들의 의석 양보의 실시 방법』을 통과했다.[882] 이렇게 선거 결과를 당파의 의석의 비례에 맞지 않다고 조정할 수 있으니 이것이 그들이 말하는 "민주"란 말인가? 하지만 국민당은 당시에 이런 저런 문제를 고려할 처지가 아니었다.

원래 12월 25일에 진행되기로 했던 "헌법실행국민대회"는 제시간에 진행되기 어려웠다. 이 회의는 이듬해 3월 29일에 열기로 결정했다. 하지만 이미 당선되었지만 "양보"하라는 명령을 받은 국민당 당원들은 기꺼이 자리를 내놓기 만무했다. 이들은 거듭 항의를 제기했다. 바로 "헌법실행국민대회"가 열리기 전날인 3월 28일 이른 아침에 양차오신(楊翹新) 등 20여 명은 강제로 국민대회당에 입장하려했다. 10명이 들어간 후에야 경비원들은 기타 사람들의 진입을 막았다. 회의장에 들어간 10명의 국민당 당원들은 단식을 했다. 이미 대표로 당선된 자오쒜이추(趙遂初)는 관을 옆에 가져다 놓고 국민대회가 열리면 대회당 앞에서 자살을 할 것이라고 소리쳤다.

해가 저문 뒤 수도 위수 총사령부에서 이들을 강제적으로 끌어가서야 이튿날 "국민대회"가 겨우 제시간에 진행될 수 있었다.

하지만 청년당과 중국민주사회당은 여전히 불만이 가득했다. 청년당의 주요 지도자인 리황은 회고록에 국민당에서 자리를 내놓은 대표 자리는 편벽한 지역의 대표 자리를 내놓았다고 했다. 헌데 국민대표는 자신의 본적에서만 선거에 참가할 수 있다는 규정이 있기에 "청년당과 중국사회민주당에서는 임시 이런 지역에 본적을 둔 대표를 다시 뽑아야 했다. 이렇게 되어 사전에

---

882) 潘振球 편: 『中華民國史事紀要』, 1947년 10—12월, 台北: 國史館, 1996년 11월, 1120쪽.

물질양면으로 각자의 당선을 위해 노력을 많이 한 원래 후보명단에 있던 경력이 풍부한 당원들이 당선되지 못했다. 반대로 별로 생각지도 않은 당원들이 당선되었기에 일부 원래 당선되어야 할 당원들은 우리 당 중앙과 국민당에서 자신들을 기만하고 당중앙 상임위원들은 자기들 관직에만 신경을 써서 영도의 자질이 없다고 여겼다.

이들은 우리 당 중앙의 영도를 믿지 않고 각자의 길을 위한 권력 싸움을 시작했다!" 이렇게 "국민당은 웃음거리만 만들었고(관을 들고 국민대회당을 강점하고 자살을 시도하는 등) 청년당과 중국사회민주당의 위신을 무너뜨렸다." 리황은 "헌법 실행 의원 선거는 국민당, 청년당, 중국사회민주당 세 당을 무너뜨렸다"[883]는 결론을 내렸다.

국민당 당국은 이번 "헌법실행국민대회"를 "인민들을 정치에 참여하게 하고" "민주의 길"의 새로운 시작점이라고 큰소리 쳤었다. 하지만 "국민대회 대표"선거가 민중들 사이에서 별 호응을 받지 못했고 이를 진지하게 생각하는 사람도 없었다. 더욱 그간 일어난 여러 가지 황당한 사건들은 웃음거리로만 남았다. 국민당 당국의 위신은 바닥에 닿았고 정치적으로도 이미 "마지막 숨을 고르고" 있었다.

정치, 경제, 군사적으로 모두 악화되자 국민당 통치구역내 민중들의 불만정서도 날로 커져 반항운동도 끊임없이 일어났다. 이런 운동 중에서 학생운동은 반항운동을 지속적으로 발전할 수 있는 추동작용을 하여 반항운동을 새로운 단계로 끌어 올렸다.

5. 20운동의 열이 고조에 이르자 국민당 정부는 크게 놀라 학생들을 강력

---

883) 李璜: 『學鈍室回憶彔』 下卷 增訂本, 香港: 明報月刊社, 1982년 1월, 642, 645쪽.

하게 압박하기 시작했다. 6월 23일과 9월 2일에 상하이학생연합회의 활동을 금지시키고 전국 학생연합회를 해산시켰다. 여러 학교의 학생 자치회의 책임자들이 체포되었거나 핍박에 의해 학교를 떠나는 바람에 학생 자치회의 활동도 중단되었다. 여름방학기간 약 500여 명의 상하이 대, 중학생들의 학적을 취소했다. 학생운동을 지지하는 수많은 정의로운 대학교수들도 박해를 받았다. 지난 해 대학교수 35명이 해고당했다. 푸단대학 법학원 원장 장즈랑, 역사지리계 주임 저우구청 등은 강제로 사직서를 제기했다. 국민당 정부에서 "'감란'총동원령"을 발표하자 전국의 정치 분위기는 삽시에 긴장해졌다.

장제스는 10월 2일의 일기에 이렇게 썼다. "많은 청년학생들이 중국공산당 토비무리의 선전에 넘어가고 있어 학교의 교풍은 어지럽기 그지없다. 학생들의 언행은 사회와 나라를 위협하는 수준으로 번지고 있다. 이는 내우외환보다 더욱 엄중한 것으로 엄격히 다스리지 않으면 어찌 나라가 부흥할 수 있겠는가?"[884] 그들은 강력히 탄압하기 시작했다. 조금이라도 움직임을 보이면 군대와 경찰 심지어 기마대도 학교부근에서 순찰을 하면서 사태의 발전을 엄밀히 주시했다. 한동안 학생운동은 잠잠해졌다.

하지만 종이로 불을 막을 수 없으니 학생들의 분노는 더욱 쌓여만 갔다. 10월 29일 저장대학 학생자치회 주석 위쯔싼이 항저우 감옥에서 국민당 당국에 의해 비참하게 살해된 사건은 이렇게 쌓여가는 분노를 터드리게 되는 분출구가 되었다.

위쯔싼은 산동 무핑 태생이었다. 그는 항일전쟁시기에 일제시기 일본 점령지구에서 대후방으로 도망쳐 공부를 시작했으며 후에 저장대학 농업계에 입학하게 되었다. "학교가 다시 교학을 회복한 후 열심이 대중의 복지를 위해

---

884) 秦孝儀 총편찬: 『蔣介石大事長編初稿』 卷六(下冊), 台北: 1978년 10월, 564쪽.

일을 했고 이번 봄(1947년 봄)에 학생자치회 대표 주석으로 선거된 후에는 노고를 마다하지 않고 견결하게 사업에 몰두했다." 10월 25일, 그와 그의 학우인 리보진(酈伯瑾) 등과 함께 한 학우의 결혼식에 참가했는데 새벽 2시에 아무런 이유 없이 경찰국 제2분국에 체포되었으며 얼마 후 항저우 보안사령부에서 이송해갔다. 이 소식을 들은 학생들은 즉각 구조위원회를 조직하고 위쯔싼을 구하려고 노력했다. 저장대학교장이며 저명한 기상학가인 주커전(竺可楨) 교수도 법의 절차에 따라 24시간 내에 법원으로 이송하기를 요구했다. 하지만 29일 10시에 위쯔싼이 자살했다는 뜻밖의 소식을 들게 된다.

이와 같이 합리적이지 않은 상황에 대해 당국에서는 아무런 해석도 하지 않았다. "저장성 보안사령부에서는 위쯔싼은 유리조각으로 자살을 했다고 하면서 위쯔싼의 침대 위와 침대 밑에서 찾은 유리 조각이라며 피가 묻은 유리 조각 두개를 보여주었다. 하지만 이 두 조각을 자세히 관찰하면 한 유리가 깨진 것이 아니었다. 주커전 교장은 감옥의 창문에 깨진 유리가 있는 가고 물었지만 그들은 모른다고 대답했다. 그들은 위쯔산이 희생한 감옥과 유해를 확인하게 했다. 혈흔이 가득한 시체를 본 주커전 교장은 어지러움을 호소했다. 다행히 교내 리 의사가 주사약을 투입하자 얼마 지나지 않아 회복되었다.

사령부에서는 그들이 위 군이 유리 조각으로 자살했다는 미리 작성한 증명서를 교장 앞에 내놓으면서 서명을 하라고 했다. 교장은 '나는 그가 죽었다는 것을 증명할 수 있소. 하지만 유리 조각으로 자살했다는 것을 증명할 수가 없소'라고 말했다."[885]

이 참사의 소식에 저장대학은 삽시에 떠들썩해졌다. 적지 않은 학생들은 통곡을 했다. 30일 오전, 저장대학 학생자치회에서는 긴급히 전체대회를 소

885) 王民: 『浙大于子三案紀要』, 『國訊』, 第439期, 1947년 11월 15일.

집하여 진상을 규명하고 보안사령부와 관련 책임자를 고소할 것을 요구했다. 오후 약 1500명의 학생들이 위쯔싼의 사진을 들고, "억울한 누명을 누가 어찌 하리오!"라는 현수막을 들고 거리 시위행진을 진행했다. "구러우(鼓樓) 앞에 도달하니 보안대 병사들이 완전무장을 하고 일렬로 서있었다. 이들은 척탄통을 메고 수류탄는 들고 임시 계엄을 하고 있었는데 행인과 차량들은 지나가게 하면서 저장대학의 대오를 지나지 못하게 막았다.

상황은 급격하게 긴장되었고 학생들은 유혈사건이 일어나지 않게 하기 위해 조를 나누어 통과하기로 했다."[886] 31일, 저장대학 교수회에서는 위쯔싼 안건에 관한 선언을 발표했다. "위쯔싼 학생의 자살에는 두 가지 의문점이 있다. 1, 옥중에서 자살방지가 엄밀하게 지켜져 위 학생이 끼고 있던 안경도 쓰지 못하게 했고 담배도 피지 못하게 했다. 2, 주 교장께서 자살에 사용한 유리 조각의 출처에 대해 물었을 때 당국에서는 모른다고 했다가 창문유리라고 했는데 그들이 보여준 피가 묻은 유리 조각과 일치하지 않았다. 때문에 우리는 정부에서 이 사건을 제대로 조사해서 진실을 해명해주기를 바란다."[887] 교수회에서는 11월 3일에 강의를 하루 중단하기로 했다. 1일 오후 강사조교위원회에서도 긴급회의를 소집하여 항의서를 제출하기로 하고 11월 3일에 강의를 중단하기로 결정했다. 학생자치회에서는 11월 2일에 개선을 완성한 후 3일에 수업을 거부하기로 결정했다.

위쯔싼 참사의 소식은 11월 1일인 토요일에 전해졌다. 먼저 칭화대학에서 움직였다. 3일, 칭화대학 학생자치회 대표대회에서는 4~6일까지 3일간 수업을 거부하기로 결정하고 기타 학교에 가서 선전을 하면서 희생된 학생을 위한 모금을 진행하기로 했다. 3일 베이징대학에도 수업거부를 호소하는 전단

886) 幼翀: 『浙大被捕同學慘死案續志』, 『時与文』, 第2卷 第10期, 1947년 11월 14일.
887) M.H 輯: 『浙大教授怀疑于案』, 『國訊』, 第439期, 1947년 11월 15일.

지가 가득 붙여져 있었다. 4일, 일부 동아리에서는 시위행진을 해야 한다고 주장했다. 어떤 동아리에서는 "무슨 죄를 지었기에 우리와 같은 학생들이 목숨을 잃고 수많은 동포들이 실종되고 수많은 중화의 청년들이 감옥에서 신음해야 하는가? 기개가 있고 정직한 모든 사람들은 모두 공포에 떨고 있고 위험에 노출되어 있다. 우리에게 무슨 죄가 있단 말인가! 중국 청년들이여 일어나 중화민족의 정기를 되찾아야 한다!"[888] 5일, 서명을 시작했다.

사탄구(沙灘區) 1700여 명의 학생들 중 1,200여 명이 수업을 거부 서명을 했다. 그날 저녁, 대표회의에서는 6일과 7일에 수업을 거부하기로 결정했다. 6일 오후, 화북학생연합회는 베이징대학 민주광장에서 위쯔산추모시위대회를 열었는데 청화대학에서 약 600명의 학생이 참가했고 옌징대학에서는 300여 명, 베이징대학에서는 2000여 명의 학생들이 참가했다. 기타 대학교와 중학교의 학생들도 참가했다. 저우빙린, 판훙 등 교수들은 시위대회에서 강연을 했고 질병 때문에 몸이 불편한 수더항 교수는 강연고를 보내왔다.

회의가 끝난 후 수천 명의 대오는『단결은 바로 힘이다』,『의용군행진곡』등 노래를 부르며 베이징대학 민주광장을 에돌며 시위를 했다. 7일, 칭화, 옌징, 베이징 등 대학에서도 소규모의 캠프파이어를 진행했다. 같은 날, 베이징대학, 칭화대학의 160여 명 교수들은 연명으로 사회 여러 인사들에게 보내는 서명을 발표했다. "인민들은 날로 불안해 가는 사회에서 위협에 노출되어 있다. 학생들은 불법적으로 체포된 학생을 구하기 위하여 또한 그들의 안전을 보장하기 위하여 노력하고 있다. 우리는 어찌 이를 보고만 있을 수 있겠는가?" "만약 불안한 사회에서도 아무런 감응이 없이 조용히 있기를 바라는 것은 청년들이 세상 사물에 대해 아무런 감각도 없이 살기를 바라는 것인가?"

888) 凌華:『北平的浪潮』,『時与文』, 第2卷 第10期, 1947년 11월 14일.

"정부에서는 법에 따라 행동하고 사람들의 인권을 보장해주고 이미 체포한 학생들을 법원으로 이송하여 사건의 진상을 규명한 후 법에 따라 처리하기를 바란다. 시간을 지연해서 엄중한 후과가 발생하는 것을 방지해야 한다."[889] 이와 동시에 그들은 학생들이 수업에 참가하도록 권고했다.

6일에는 쿤밍시 30여 개 대학교, 중학교의 2만여 명 학생들이 참여한 총수업 거부가 있었다. 8일, 난징진링대학 학생들이 수업을 거부하고 항의를 했다. 10일, 상하이의 교통대학교와 난징중양대학 학생들이 수업을 거부했고 11일에는 상하이산호세대학, 퉁지대학, 푸단대학, 상하이법학원, 중화공상전과학교(中華工商專科學校), 퉁지고등직업학교(同濟高等職業學校) 등 학생들이 수업을 거부했다. 그 외에도 우한대학, 샤먼(厦門)大學, 진링여자대학(金陵女子大學), 둥우대학(東吳大學), 다샤대학(大夏大學) 등 학교 학생들이 수업을 거부했다. 전국 약 20개 도시의 15만 명의 학생들이 항의활동에 참가했다.

위쯔싼을 추모하고 국민당 정부의 폭행에 항의하는 활동은 반기아, 반내전운동 후에 일어난 또 한 차례의 전국적인 학생운동이었다. 이번 운동에서 아무런 정치적인 표어를 제기하지 않고 비통한 심정으로 추모활동을 진행했다.

하지만 국민당 정부는 "헌법실행"되는 상황에서도 불법적으로 저장대학의 학생자치회 주석을 체포하고 법원의 판결도 거치지 않은 위쯔싼이 감옥에서 참사한 사건에 대해 아무런 해석도 하지 않았다. 이렇게 되자 국민당은 정치적 이치가 없는 것을 설명하고 있기에 원래 정치에 관심이 없던 학생들도 분노했고 행동했다. 학생들의 행동은 사회적으로도 많은 지지를 얻게 되었다. 한참 조용하던 학생운동은 이 사건으로 인해 새로운 국면에 들어섰으며 더욱 발전했다. 학생운동에 참가하는 학생들은 더욱 많았고 학생운동도 여러

---

889) 『大公報』, 1947년 11월 8일.

가지 형식으로 다양하게 진행되었다. 학생운동은 국민당 정부에서 막을 수 없는 운동으로 발전했다.

12월 사이에 상하이 학생들은 대규모의 기아와 추위를 위한 무연운동을 진행했다. 그해의 상하이의 겨울은 엄청 추웠다. "12월에 들어서서 기온은 급격히 떨어졌고 매일 10여 명이 길가에서 얼어 죽었다. 정부 측의 통계에 따르면 상순에 약 400명이 죽었고 중순에는 500명이 죽었다고 한다. 언론에 보도된 소식에는 약 189명이 거리에서 얼어 죽은 날도 있었다고 한다."[890] 거리로 나간 사람이라면 누구나 얼어 죽은 시체 몇 구는 볼 수 있었다. 소수의 자선단체(푸산산장, 普善山庄 등)에서 일부 구제활동을 했지만 아무런 소용도 없었다. 빈곤한 곤경에 처한 학생들도 처참한 광경을 보고 동정을 느꼈다.

12월 18일, 퉁지대학 기독교회의 8명의 학생들은 자발적으로 의복기부 활동을 위한 게시문을 발표했다. "어제 우리 시에서 100여 구의 동사한 시체를 발견했다. 오늘 날씨는 더욱 추워져 또 얼어 죽은 시체가 얼마나 나타날지 모를 일이다. 학생들이 양심적으로 지원에 적극 참여하기 바란다."[891] 중국공산당 지하조직에서는 연구토론을 거쳐 이번 정의적인 행동을 지지하기로 결정하고 "기아와 추위를 구제하자"는 구호를 제기했다. 19일부터, 퉁지대학, 교통대학, 산호세대학 등 학교에서도 의복 모금 위원회를 성립하고 거리에 나가 의복기부를 선전했다. 그들은 "겨울옷을 기부하기 바랍니다. 기부 받은 의복은 난민들에게 전달될 것입니다. 난민들은 이 추운 겨울에 입을 옷이 없답니다."고 소리높이 외쳤다. 푸단, 지난, 상하이의학원, 후장, 전단(震旦), 광화

890) 中共上海市委党史征集委員會 편: 『解放戰爭時期上海學生運動史』, 上海: 上海翻譯出版公司, 1991년, 134쪽.

891) 上海市靑運史研究會, 共靑團上海市委靑運史研究室 편: 『上海學生運動史』, 上海: 學林出版社, 1995년, 208쪽에서 재인용.

(光華), 상하이법학원, 중화공상 등 전문학교와 수많은 중학교에서 이 모금운동에 참여했으며 여러 가지 형식으로 기부활동에 참가했다.

28일 바로 마지막 일요일에 교통대학, 통지(同濟)대학 산호세대학, 동우(東吳)대학, 즈장(浙江)대학 등 다섯 개 학교의 제의에 의하여 전 시의 80여 개의 대학교, 중학교의 2만 여 명 학생들은 일제히 거리에 나서 겨울의 차가운 바람을 무릅쓰고 삼각 깃발을 들고 선전 및 모금활동을 전개하였다. 12월 중순부터 시작된 모금운동을 통해 15만 개의 겨울옷과 10억 위안을 모금하여 약 30여 만 명을 구제했다.

이번 운동의 주요한 특점은 모금과 발급을 통해 학생들을 사회의 최하층으로 이끈 것이고 학생들에게 있는 생사의 갈림길에서 허덕이는 도시의 빈곤한 대중과 접촉할 수 있는 기회를 마련해 준 것이다.

이번 활동은 비교적 부유한 환경과 중산계급 가정에서 자란 학생들에게 의미 있는 교육을 진행했다. 이 활동을 통해 그들은 기아와 추위에 허덕이는 수많은 대중이 있는 사회를 경험했으며 이런 사회가 나타날 수밖에 없는 원인에 대해 생각하게 했다. 네온등 불빛이 환한 거리에서 모금활동을 할 때 상대방의 냉대를 받으면서 그들은 더욱 큰 분노와 불평등을 느꼈다.

국민당 당국은 이번 운동을 제지하고 진압하려 했지만 공개적으로 할 수도 없었다. 어느 하루는 퉁지대학의 모금팀이 메이치(美琪)상점에 들어갔는데 가게의 주인은 성탄절 선물이라면서 큰 케이크를 학생들에게 주었다. 학생들은 이 케이크를 상하이시장 우궈전에게 자선 판매하기로 했다. 우궈전은 이 케이크를 살 수밖에 없었다. 이튿날 상하이의 여러 신문에서 선명한 제목으로 이 사실을 보도하게 되면서 이 운동의 합법화를 추진하게 되었다.

기아와 추위를 구제하기 위한 운동은 사회 각계의 지지를 얻었다. 황옌페이가 발행하는 『궈쉰(國迅)』은 '본사'의 명의로 '량화(亮話)'난에 이런 글을 실었다. "이번 운동을 통해 고난에 허덕이는 수많은 동포들이 기아와 추위에서 벗어나 상하이의 겨울에 얼어 죽지 않게 하고 굶어 죽지 않게 했다. 우리 잡지는 국가와 민족의 입장에서 이번 운동에 참가한 학생들에게 경의를 표한다!"[892]

그 후로 국민당 통치구역의 학생운동은 더욱 거세차게 진행되었다.

학생들은 대부분 사회의 중상층의 자녀들이였기에 비교적 광범한 사회역량을 동원했다. 때문에 국민당 당국은 학생운동 진압에 대해 고려를 하지 않을 수 없었고 하층 노동자들과 농민들을 더욱 참혹하게 대했다. 하지만 이 시기 국민당 통치구역의 노동자들과 농민들의 반항 투쟁은 여전히 기세 드높이 진행되었다.

텐진에서 사회에 큰 영향을 준 발생한 '6호문사건'이 발생했다. 당시 텐진 동역의 화물 하치장 6호문의 운반노동자들은 우두머리 마원위안(馬文元)의 밑에서 일하고 있었으며 수입의 80%를 마원위안에게 바쳐야 했다. 때문에 노동자들의 생활고는 이루 말로 표현할 수 없었다. 그해 11월, 6호문의 운반노동자들은 조직을 성립하여 대표를 선발하여 마원위안과 교섭하게 했다. 그들은 수입을 5:5로 나누고 작은 짐을 운반한 수입은 노동자들의 소유로 하자는 요구를 제기했으나 거절당했다. 이튿날 1천여 명의 노동자들은 파업을 진행했다. 화물을 운송하지 못하게 되자 경비사령부에서는 대량의 군인들과 경찰들을 불러 탄압했지만 노동자들은 여전히 다시 일을 시작하지 않았다. 기타 부두의 운반노동자들도 이들을 지지하는 파업을 진행했다. 투쟁은 3일간 진행되었다. 마원위안은 부득불 노동자들이 제기한 요구를 받아들였다. 새 중국이 성립된 후 얼마 지나지 않아 이 투쟁은 영화로 제작되어 전국에서

---

892) 本社: 『學生的偉大同情』, 『國訊』, 第446期, 1948년 1월 17일.

상영되었다.

상하이는 중국 산업노동자들이 집중된 도시이다. 또한 노동자운동이 활발하게 진행된 지역이다. 항일전쟁이 승리한 후 여러 업종 공장과 기업에는 공회가 성립되었다. 그중 중국공산당의 세력이 비교적 강한 공회는 프랑스전차전등수도회사(약칭은 프랑스 전기)와 미국의 상하이전력회사(상하이전력)의 공회였다. 이해의 9월 19일 국민당 중앙집행위원회조사통계국 특무들은 예고 없이 푸퉁(富通)인쇄회사를 수사했다. 이번 수사에서 특무들은 사무를 보러 이 회사에 간 상하이전력 공회 이사인 우커원(吳可文) 등을 체포했다.

23일, 상하이전력 2,000여 명 노동자들은 상하이시 사회국 문 앞에서 연좌시위를 진행했다. 그들은 체포된 공회 간부를 석방할 것을 요구했으며 『전 시 인민들에게 보내는 편지』를 배포했다. 당일 심야, 특무들은 공회 간부와 진보인사 7명을 추가 체포했다. 이튿날 이른 아침, 상하이시정부와 송후경비사령부에서는 '불법청원 선동'했다는 명의로 상하이전기 공회간부 14명을 지명 수배했다. 이들은 프랑스 전기 공회에서 상하이 전기를 지원하지 말라고 위협하면서 이 탄압계획은 장제스가 비준한 것이라고 했다.

"만약 상하이에서 이런 운동을 진압하지 못하면 내전도 할 필요 없다." 이런 위협은 노동자들을 더욱 분노케 했다. 27일 오후, 프랑스전기 공회에서는 노동자들이 임금을 타러 오는 기회에 전체 회원대회를 열었다. 이 대회에서 파업 결의는 만장일치로 통과했다. 그날 밤 국민당정부는 경비차량과 장갑차를 공회 대문 앞에 세워 놓고 기관총까지 준비했다. 10월 3일 1,200여 명의 노동자들이 시휘행진을 진행했다 국민당 당국에서는 대량의 경비차량과 기마 순라대와 보안대를 보내 진압하게 했는데 현장에서 96명의 노동자들을 체포했다. 프랑스전력 노동자들이 투쟁을 시작 여덟 번째 날인 10월 5일에 상하이 사회국에서 체포된 노동자를 석방하고 파업기간의 임금을 그대로 지불하기로 하는 조건으로 노동자들은 다시 출근하기로 했다. “12월, 쌀값은 한 석에 100만 위안으로 올랐고 1월에 이르러 158만 위안으로 올랐다.

1947년 12월의 실제 물가지수는 10만 배였는데 이는 국민당 정부가 발표한 6.8만 배의 12월 생활지수보다도 30%많은 수치였다.”[893] 12월 28일, 상하이방직업계의 동업공회에서는 “이번 해 노동자들의 연말 상금을 그전해의 규정에 따라 발급하는데 80%만 발급”하고 “상금은 두 번에 나누어 지불한다”는 통지를 발표했다. 1948년 1월 30일, 선신 제9공장의 7천여 명의 노동자들은 동시에 기계를 멈추었고 각 작업장에서는 대표를 파견하여 예정된 시간에 물자를 발급하고 연말 상금은 생활지수에 따라 지불할 것을 요구했다. 2월 2일, 송후(淞滬) 경비사령관인 솬톄우(宣鐵吾)의 지휘 하에 수많은 군대와 경찰들이 선신 제9공장을 포위하고 총격을 했다. 이번 총격에서 3명의 노동자가 사망했고 100여명이 부상당했으며 200여 명이 체포되었다.

기타 지역의 노동자들도 기아를 반대하는 노동자운동에 적극적으로 참가했다. 신화사 1947년 11월 28일의 전보에는 이런 내용이 있다.

> 베이핑 시내버스회사 직원들의 대우가 변변치 않아 태업하는 현상이 자주 발생했다. 이번 달 13일에는 고조에 이르렀는데 전시 5갈래 노선을 운행하는 60여 대의 차량 중 운행 중인 차량은 한 대 뿐이었다. 탕산(唐山)화신방직공장(華新紡織厂) 노동자들은 월급을 밀가루로 받겠다고 요구했으나 공장 측에서는 거절했다. 그러자 노동자들은 지난 달 24일부터 태업하기 시작했는데 25일에 거의 승리를 거두었다. 지난 달 중순부터 카이롼(开滦)광업국 소

893) 上海市總工會 편: 『解放戰爭時期上海工人運動史』, 上海: 上海遠東出版社, 1992년, 188쪽.

> 속인 탕산, 린시(林西), 자오거좡(趙各庄), 마자거우(馬家溝), 탕자좡(唐家庄), 친황다오 등 여섯 개 탄광의 중하급 직원들은 장제스 토비들의 탄광에서 월 채굴량을 높여 수입을 증가하려는 요구를 거절하자 대표를 탕산에 보내 회의를 했다. 탕산탄광은 지난 달 25일에 서명운동을 시작했는데 "목적을 달성할 때까지 투쟁을 그만두지 않겠다"는 것은 그들의 태도였다.[894]

농민들의 저항활동도 전국적으로 진행되었다. 국민당 광시성 정부주석인 황수추(黃旭初)는 11월 17일 광쩌우에서 이렇게 말했다. "광시의 치안은 예전과 달리 좋지 않다. 금년에만 해도 16개 현에서 폭동이 일어났고 헝현(橫縣), 우솬(武宣)에서 일어난 폭동을 아직 진압하지 못했다. 정부의 비용과 식량 징수도 예전보다 어렵다." "인민들의 생활도 예전보다 더욱 곤란해졌다."[895]

이해 연말, 성격이 온화하고 정의감이 있는 칭화대학 교수이며 저명한 문학가인 주쯔칭은 『관찰』에 「불만스러운 현재상황을 논함」이라는 글을 발표했다.

> 강인함과 타성을 포함한 백성들의 인내심은 강하다고 하지만 이런 인내도 한도가 있는 법이다. "쥐도 궁지에 몰리면 고양이를 문다"고 하물며 사람이 어찌 참을 수 있겠는가? 지금 백성들은 계속 고생을 참고 살 수 없는 지경에 이르렀다. 민심은 요동치고 백성들의 정서는 고조에 달했다. 백성들은 본능적으로 들고 일어났

---

894) 中共上海市委党史研究室 편: 『解放戰爭時期第二條戰線 工人運動和市民斗爭卷』 下冊, 北京: 中央党史出版社, 1999년, 449쪽.

895) 潘振球 편: 『中華民國史事紀要』, 1947년 10—12월, 台北: 國史館, 1996년 11월, 545쪽.

다. 그들은 생사의 갈림길에서 다른 것을 고려할 겨를이 없이 현 상황을 전환해야 했다. 그들은 어떤 내일이 더욱 나은 생활인지 알 수가 없다. 하지만 지금은 아니라는 것은 너무 잘 알고 있었기에 지금 상황에서 벗어나면 희망이 보일 것이라 생각했다. 이런 움직임의 규모가 작을 경우에는 '민란'이라 하지만 규모가 크면 '반란'인 것이다. 농민들은 이 운동의 주력이었고 이들은 그들 자신의 영도자가 있었다.[896]

1948년이 다가올 때 『귀순』 잡지는 특간을 발행했다. 국민당 정부에서 "'감란'총동원령"을 선포한 후에 국민당 통치구역 내에서 출판 발행했다. 때문에 이들은 비교적 은휘적인 언어를 사용했다. 하지만 조금만 열심히 읽어 본다면 우리는 여러 가지 메시지를 읽을 수 있다.

황옌페이는 특간에 머리에 「1948년을 맞이하며」라는 시를 썼다. "스스로 훼멸되고 있다. 무너지고 있다. 하지만 자신은 모른다. 이는 얇은 나의 뇌막에서 보내는 신호이며 내가 기록한 최신 소식이다."[897] 이 『귀순』 특간의 "1949년의 희망" 코너에 31명의 저명한 학자들이 서면으로 보낸 의견이 수록되었다. 이는 국민당 통치구역에 있는 수많은 고급지식인들의 당시 심정이다. 비록 은휘적인 언어를 사용하고 있는 몇 개 단락을 보기로 하자.

바오다싼(包達三): 새해의 시작은 항상 희망으로 시작되었으나 연말이 되면 여전히 실망으로 돌아왔다. 평화를 갈망하면 전투로 실망했고 거리에는 피난민들뿐이다. 민주를 논하면 공포를 주었

---

896) 朱自清: 「論不滿現狀」, 『觀察』, 第3卷 第18期, 1947년 12월 27일.
897) 黃炎培: 「迎一九四八年」, 『國訊』, 第445期, 1948년 1월 10일.

고 인권은 보장받을 수가 없었다. 경제는 감란으로 인민들의 마지막 피땀까지 앗아가고 있다. 하지만 희망은 여전히 있다. 허리띠를 졸라매고 용기를 내고 노력과 분투를 견지한다면 곤란하고 악렬한 상황도 변하게 될 것이고 변화가 있게 되면 길이 나질 것이다.[898]

우쩌(吳澤): 만약 1947년을 자유와 민주의 시작을 알리는 한 해였다고 하면 1948년은 자유와 민주의 승리의 한 해가 될 것이다. 나는 희망한다. 그리고 예언한다. 나는 새로운 종이와 붓으로 중국의 새로운 역사를 기록할 준비를 마쳤다.[899]

수주청(徐鑄成): 1948년이면 중국의 상황도 명백해 지겠지. 민주와 지속적인 평화를 위해 아낌없는 대가를 치러야 한다. 또한 이를 완성하기 위해 원칙적으로 행동해야 하며 결단성 있게 처리해야 한다. 하지만 우리는 항상 가능하면 불필요한 희생을 줄이려고 했다. 어떠한 희생도 이 나라의 원기를 손상시키는 것으로 우리가 나라의 세력을 조금이라도 더 많이 보존할 수 있다면 나라를 건설할 때 조금이라도 쉬울 수 있기 때문이다. 아니면 인민들도 힘들게 된다![900]

장나이치: 나는 1948년에 전 세계에 잔존하는 파쇼세력이 모두 히틀러와 함께 무덤에 들어가기를 바란다. 또한 중국에 잔존하고 있는 폭력적이고, 흉악하고, 음험하고, 비인간적인, 추악하고, 비열하고 부패한 모든 것들이 백성들에 의해 땅속에 묻히기를 바란

898) 包達三: 「窮則變, 變則通」, 『國訊』, 第445期, 1948년 1월 10일.

899) 吳澤: 「我准備爲中國歷史寫新頁」, 『國訊』, 第445期, 1948년 1월 10일.

900) 徐鑄成: 「兩点希望」, 『國訊』, 第445期, 1948년 1월 10일.

다. 남아 있는 악의 세력도 사라지고 다시는 나타나지 말기를 바란다. 이렇게 민주적 정치는 앞으로 발전하고 다시는 뒷걸음치지 말기를 바란다. 나는 이런 희망이 환상으로 사라지지 말기를 바란다. 나는 내가 너무 민감하지 않았으면 한다. 아니면 내가 히스테리에 걸릴 것 같다.[901]

이렇게 주쯔칭과 같이 저명한 교수들도 "백성들은 계속 고생을 참고 살 수 없는 지경에 이르렀다"고 하며 "'쥐도 궁지에 몰리면 고양이를 문다'고 하물며 사람이 어찌 참을 수 있겠는가?"는 모진 말을 했다. 장나이치와 같은 저명한 은행가도 "잔존하고 있는 폭력적이고, 흉악하고, 음험하고, 비인간적인, 추악하고, 비열하고 부패한 모든 것들이 백성들에 의해 땅속에 묻히기를 바란다. 남아 있는 악의 세력도 사라지고 다시는 나타나지 말기를 바란다"고 했다.

저명한 언론인인 수주청 "1948년이면 중국의 상황도 명백해 지겠지"라고 했다. 이런 그들도 언론에 공개되고 있으니 국민당 통치구역의 민심을 가히 짐작할 수 있다. 중국에서의 장제스의 통치도 기울어져가고 있고 가까이 있는 모든 사람들은 멀리 떠나가고 있다. 이런 날들이 얼마나 오래 지속될 수 있을까?

---

901) 章乃器: 「一九四八年的希望」, 『國訊』, 第445期, 1948년 1월 10일.

제14장
역사의 전환점

제14장
역사의 전환점

1947년 말에 이르러 국공 양측의 승부는 점점 명백해졌다. 마오쩌둥은 12월 25일부터 28일까지 12월 회의라고 불리는 산뻬이 미즈현의 양자거우에서 중국공산당 중앙확대회의 열었다.

옌안에서 철수한 후 마오쩌둥, 저우언라이, 런비스는 중국공산당 중앙 기관을 이끌고 선후로 산뻬이 지역의 짜오린거우, 칭양차(靑陽岔), 왕자완, 샤오허촌, 톈즈만, 량자차, 주관자이(朱官寨) 등 지역에 거주하였었다. 이런 지역은 약 20여 호 농가가 살고 있는 작은 농촌마을이다. 그들은 4개 중대 약 300명의 경위부대를 거느리고 있었다. 국민당의 추격부대는 그들과 한개 산을 사이 두고 있었으나 그들의 종적을 알 수가 없었다.

그들은 힘들었던 동란시절에도 침착하게 전국의 해방전쟁을 지휘했으며 공산당 부대를 전략적 방어로부터 전략적 공격 상태로 전환시켰다. 중화인민공화국이 성립된 얼마 후 마오쩌둥은 외빈들에게 "후쫑난이 옌안을 공격한 후 나와 저우언라이, 런비스 동지는 두 개의 토굴집에서 전국의 전쟁을 지휘했다"고 하자 저우언라이는 "마오 주석은 세계에서 제일 작은 사령부에서 제일 큰 인민해방전쟁을 지휘한 것이다"고 했다. 비록 저우언라이는 자신의 이름을 거론하지 않았지만 당시 옌안에서 중국공산당 중앙군사위원회부주석 겸 대리 총참모장을 맡고 있던 저우언라이의 작용에 대해 말하지 않아도 알 수 있다.

사자덴 전역이 끝난 후, 해방군은 산뻬이에서 내선반격을 시작했다. 후쫑난의 부대는 공격할 상황이 아니었기에 산뻬이의 형세는 비교적 안정되었다. 11월 22일, 중국공산당 중앙은 미즈의 양자거우로 이전했다. 이 마을은 270여 호가 살고 있는 비교적 큰 마을이었는데 큰길도 없어 편벽하고 조용하며 토굴집도 많아 은폐하기 쉬웠다. 이런 지역에서 오랫동안 주둔할 수 있고 비교적 큰 회의도 진행할 수 있었다. 중국공산당 중앙은 산뻬이에서 8개월 동안 이동하며 지냈다. 양자거우에 도착해서야 비교적 안정된 환경에서 주둔할 수 있었다.

12월 회의는 비교적 큰 규모는 회의였다. 중앙위원, 중앙후보위원 외에도 중앙 후방사업위원회, 산간닝변구와 진쒜이변구의 책임자들이 회의에 참석했다. 12월 7일부터 24일까지 사전회의가 진행되었다. 회의에 참가한 사람들은 정치, 군사, 토지개혁 등 세 가지 팀으로 나뉘어 관련문제에 대해 의견을 교환했다. 제일 먼저 마오쩌동은 「목전의 형세와 우리의 임」무라는 제목의 서면 보고를 회의 참가자들에게 나누어 주었다. 이 보고의 서두는 이러했다.

> 중국인민의 혁명전쟁은 이미 전환점에 이르렀다. 이는 역사적인 전환점이다. 이는 20연간 계속된 장제스의 반혁명 통치가 궤멸당하게 되는 전환점이다. 이는 백여 연간 중국을 통치하고 있던 제국주의가 궤멸되는 방향으로 발전하게 되는 전환점이다. 이는 위대한 사변이다. 이 사변이 위대할 수밖에 없는 원인은 이 사변이 4억 7천 5백만 인구를 가지는 나라에서 발생하게 될 사건이며 이 사건은 필연적으로 전국적 승리를 가져오게 된다.

마오쩌동의 이 판단은 거시적인 판단이며 중국영사 발전과정에서의 위대한 판단이다. 당시 국내형세는 여전히 분명하지 않은 불확실한 요소들이 있었기에 누구나 이런 역사적 전환점이 다가오고 있다는 것을 정확하게 알 수 있는 일이 아니었다. 이를 예측하고 있다고 해도 정확하게 결론을 내릴 수 있는 것이 아니다. 마오쩌동은 예리한 관찰력과 사고를 통해 정확한 시기에 명확한 언어로 판단을 내렸고 이를 전 당에 통고했다. 실정에 기초하여 노선을 정하고 강령을 채택하여 정책을 발표했다. 이런 거시적인 판단을 근거로 장제스를 타도할 수 있는 방법과 새로운 중국을 건설할 문제를 행동 일정으로 정하게 된다.

어떻게 장제스를 타도해야 하는가? 전지에서 전쟁의 승부를 가려야 한다. 그가 말하는 '전환점'은 전체 전쟁의 상황이 방어에서 공격으로 전환된 것에서 표현된다. 이런 상황에서 상대방이 숨 돌릴 기회도 주지 않고 끝까지 따라 붙어야 한다. 마오쩌동은 항상 경험의 총화를 중시했다. 그는 17개월 진행된 각 전지의 작전 경험을 기초로 제정한 군사원칙으로 작전을 지휘했다. 그는 군사적으로 승리할 수 있었던 것은 정확한 전투에서 적당한 전략을 집행했기 때문이라고 했다.

> 우리의 군사원칙: (1) 먼저 분산되어 있고 고립되어 있는 적들을 공격한 후 병력을 집중시켜 강대한 적을 공격. (2) 먼저 작은 소도시, 중등도시와 광대한 농촌을 점령한 후 대도시를 점령. (3) 지역을 지키려고 방어적인 전투나 도시와 지방을 점령하기 위한 전투를 진행한 것이 아니라 적들의 재생 가능한 세력을 궤멸시키는 것을 주요 목표로 했다. 재생 가능한 세력을 궤멸시킨 결과 우리의 지반을 지킬 수 있었고 도시와 지방을 점령한 결과를 가져왔

다. 이런 결과를 위해서는 반복적인 전투를 거쳐 한 지역을 지켜낼 수 있었고 새로운 지역을 점령할 수 있었다. (4) 전투에서 우리는 절대적으로 우세적인 병력(적 병력의 2배, 3배, 4배인 병력 때로는 5배, 6배의 병력)으로 적들을 사면으로 포위하여 하나도 빠짐없이 모두 궤멸시키기 위해 노력했다. 특수 정황에서 정면으로 다가오는 적들의 양쪽 혹은 한쪽 날개 측의 적들을 궤멸시키는 방법으로 일부 적들을 궤멸시킨 후로 적들을 유인하여 하나씩 궤멸시키는 방법을 이용했다. 득실이 비슷하거나 승리해도 큰 의미가 없는 전투를 하지 않으려고 노력했다. 전체적으로 우리는 열세(총수량에서)에 있지만 국부지역의 각 구체적인 전역에서 우리는 절대적으로 우세였다. 이는 우리가 전투에서 승리할 수 있었던 원인이다. 시간이 흐름에 따라 이런 우세는 전반적인 우세로 변화되었으며 모든 적을 궤멸시킬 수 있었다. (5) 준비가 부족한 전투는 피하고 승산이 없는 전투를 하지 않고 전투를 위해 만단의 준비를 함으로써 유리한 조건을 가질 수 있도록 했다. (6) 전투에서 용감하고 희생을 두려워하지 않으며 피로를 무릅쓰고 전투를 연속(즉 단기간에 휴식하지 않고 연속 전투를 진행하는 것을 의미)진행할 수 있는 태도를 격려했다. (7) 운동 중에서 적들을 궤멸시키려고 노력했다. 동시에 진지공격전술에 중심을 두었으며 적들의 거점과 도시를 점령했다. (8) 도시를 공격하는 문제에 있어서 적들의 수비가 약한 거점과 도시를 점령했다. 중간 정도의 수비역량을 가지고 있는 도시와 거점에 대해 상황에 근거하여 적당한 기회에 공격을 하여 점령했다. 수비역량이 강하고 공격하기 어려운 거점과 도시를 점령할 때 모든 조건이 구비되면 전투를 진행했다. (9) 대부분의 체포한 포로들과 포획한 모든 무기로 우리의 대오를 무장했다. 우리 군의 대부분 물자는 전선에서 얻었다. (10) 전투가 없는 막간을 이용하여 휴식을 하고 강화 훈련을 진행했다. 이런 휴식과 훈련의 시간이 짧아야 하는 원인은 적들에게 휴식할 수 있는 기회를 주지 않기 위해서이다. 이상 몇 가지는 인민해방군이 장제스 이길 수 있었던 원인이다. 이런 방법은 인민해방군이 장기간 국내외 적들과 전투를 하는 과정에서 터득한 방법이며 지금 상황에 적합한 방법이며 우리에게 알맞은 방법이다.

마오쩌둥이 해방군의 10대 군사원칙을 정확하게 나열한 것은 국민당 당국에서 해방군이 이런 군사원칙으로 전투에 임한다는 것을 알고 있어도 그들이 대처할 방법이 없다는 것을 알았기 때문이다.

군사적인 승리로만으로 장제스를 타도하기 어렵다. 마오쩌둥은 보고에서 몇 가지 주의할 점에 대해 말했다. 첫째, 굳건히 농민의 입장에서 토지개혁을 견지해야 한다. 그는 "전체 당원들은 토지제도의 철저한 개혁은 중국혁명의 현 단계에서 완성해야 할 기본 임무라는 것을 명심해야 한다.

만약 우리가 대부분의 토지 문제를 철저하게 해결한다면 우리는 적들을 전승할 수 있는 기본적인 조건을 가지게 된다"고 했다. 둘째, "중국 신민주주의 혁명이 승리하려면 전체 민족 절대다수 인구가 참여한 통일전선이 있어야 한다." 때문에 정확한 정책으로 "좌"의 착오를 바로잡아야 한다. 이렇게 더욱 많은 사람들을 단결하여 장제스를 고립시켜야 한다. 승리의 상황에서 이 문제에 특히 주의를 해야 하며 절대 소홀이 하지 말아야 한다. 셋째, 당의 대오를 정리 개편하여 광대한 노동인민들과 같은 편에서 그들을 영도해야 한다.

어떻게 새 중국을 건립해야 하는가? 마오쩌동은 보고에서 기본적인 윤곽을 제시했다.

> 봉건계급의 토지를 몰수하여 농민들에게 돌리고 장제스, 송쯔원, 쿵샹시, 천리푸 등 무리들이 독점하고 있던 자본은 신민주주의 국가의 소유로 하여 민족공상업을 보호해야 한다. 이는 신민주주의 혁명의 3대 경제 강령이다.
>
> "노동자, 농민, 병사, 학생, 상인 등 압박을 받고 있는 모든 계급을 연합하고 각 인민단체, 각 민주당파, 각 소수민족, 각 지역의 화교와 기타 애국자들을 연합하여 민족통일전선을 형성함으로써 장제스의 독재정부를 무너뜨리고 민주연합정부를 성립한다."
>
> 이는 1947년 10월, 인민해방군에서 발표한 선언이다. 이는 인민해방군의 선언일 뿐만 아니라 중국공산당의 제일 기본적인 정치 강령이다.
>
> 새 중국의 경제구성은 다음과 같다. (1) 국영경제, 이는 영도적 지위의 경제이다. (2) 개체 노동을 하던 농업을 집체 농업경제로 발전시킨다. (3) 독립적인 소공상업자의 경제와 작은 규모거나 중등 규모의 개인 자본경제. 이는 신민주주의의 모든 국민경제이다. 신민주주의 국민경제의 지도 방침은 생산을 발전시키고 경제를 번영시키며 나라와 개인의 이익을 모두 고려하고 노사 양측의 이익을 모두 고려하는 총 목표에 부합되어야 한다. 이 총 목표의 방침을 이탈한 방침, 정책, 방법은 모두 착오적인 것이다.

이중에서 관료자본을 몰수하고 민주연합정부를 성립하며 새 중국 경제를 구상하고 생산을 발전시키고 경제를 번영시키며 나라와 개인의 이익, 노사 양측의 이익을 모두 고려한다는 총 목표는 전반적인 형세에 관련된 문제이며 영향이 심원한 중대한 결책이다.

"바야흐로 서광이 비쳐오고 있다. 우리는 마땅히 노력을 다해야 한다." 마오쩌둥은 힘찬 목소리로 그의 보고를 마쳤다.[902]

"이 보고는 장제스 반동통치를 타도하고 신민주주의를 성립하는 시기의 정치, 군사, 경제에 관한 강령적 문서이다."[903] 이는 중국공산당 중앙에서 중앙 사업위원회, 각 국, 각 분국, 각 병단지휘관, 중앙후방위원회에 보내는 전보의 내용이다.

「목전의 형세와 우리의 임무」는 확실하게 강령적 문서이다. 이 문서는 중국 인민의 혁명전쟁이 새로운 역사적 전환점에 이르렀을 때 제기한 문서며 장제스를 타도하고 새 중국 건립 방법을 제시한 문서이다. 이는「신민주주의를 논함」과 「연합정부를 논함」 보다 진보했다. 중화인민공화국이 성립한 후의 실천 과정에서도 중국공산당 중앙은 여전히 신 중국의 건립방법을 탐색하고 새 중국의 건립에 대한 인식을 부단히 심화했다. 정권 문제에 관해 마오쩌둥은 1948년 9월에 열린 중국공산당 중앙 정치국 회의에서 이렇게 말했다.

"우리 정권의 계급성은 무산계급이 영도하는, 노동자농민연맹을 기초로 하는, 노동자, 농민과 자산계급 민주인사들이 참여하는 인민민주독재정치이다." "인민민주독재정치의 국가는 인민대표대회에서 산생한 정부를 대표한다. 나는 12월 회의에서 중앙정부 문제를 고려했는데 이번 회의에서 이 문제를 의사일정에 놓고 토론해야 한다." "우리는 자본계급의 의회제도가 아닌 민주집중제도를 채택한다." 1949년에는 「중국공산당 제7기 중앙위원회 제2차 전체

---

902) 中共中央文獻編輯委員會 편: 『毛澤東選集』, 第4卷, 北京: 人民出版社, 1991년, 1243—1260쪽.
903) 1947년 12월 중앙 확대회의 브리핑, 1947년 12월 29일.

회의 보고」, 「인민민주독재정치를 논함」과 「중국인민정치협상회의 공동강령」 등이 발표되었다. 이런 문서 내용 서로 연결되어 새 중국의 건립에 관한 주요한 결책이 되었다. 이런 문서는 」「목전의 형세와 우리의 임무」에 적힌 기본인식을 계승하고 발전시켰다.

「목전의 형세와 우리의 임무」 이 보고의 내용은 사전회의에서 반달 남짓한 토론을 거쳤고 12월 25일에 열린 12월회의 개막 당일 오전에 마오쩌동이 발표했다. 그는 이렇게 서두를 뗐다. "국내형세는 지금 근본적으로 변하고 있다." 이는 서면보고에서 말한 "중국인민의 혁명전쟁은 이미 전환점에 이르렀다"는 말과 같은 의미이다. 회의에 참가한 사람들은 이 "근본적인 변화" 혹은 "전환점"은 나타나게 된 원인에 대해 이해하고 싶어 했다. 마오쩌동은 정치, 군사, 경제 세 가지 방면으로 구체적인 분석을 했다.

그는 우선 먼저 '정치방면'의 변화에 대해 말했다. "정치방면에서 국민당 통치구역의 민심은 크게 변하고 있으며 장제스는 고립되었고 광대한 인민군중들은 우리 편이 되었다. 장제스를 고립하는 문제는 지난 오랜 시간 해결하지 못했던 일이다. 토지혁명전쟁시기에 우리는 비교적 고립되었었다.

항일전쟁시기에 들어서면서 장제스는 점차 민심을 잃어갔고 그 민심은 우리한테로 넘어오고 있었다. 하지만 이때에도 철저히 해결되지 않았었다. 항일전쟁이 승리한 후 최근 1~2년래에 이 문제가 해결되었다." 떠나가는 민심은 모든 것을 결정한다. 이런 변화는 점차적으로 나타난 것이며 일정한 한도를 넘게 되면 막을 수 없는 역량으로 되어 형세에 막대한 영향을 준다. 마오쩌동은 "장제스를 고립하는 문제는 지난 오랜 시간 해결하지 못했던 일이다"라고 솔직하게 말했으며 심지어 항일전쟁 말기에도 "여전히 근본적으로 해결하지 못했다"고 했다. 이 말의 뜻은 당시도 비교적 많은 사람들이 국민당 통치를 인정하거나 지지하고 있다는 것을 의미한다. "항일전쟁 승리 한 1~2년 뒤에야 장제스가 고립되기 시작했고 민심들의 공산당 쪽으로 기울기 시작했다. 이는 조금씩 변화되어 온 것이다. 그 과정은 본 책에서 비교적 구체적으로 서술했다.

그다음 그는 '군사방면'에 대해 이야기 했다. "군사방면에서 장제스는 이미 방어로 넘어갔고 우리는 공격으로 전환되었다. 예전에 우리는 포위권의 외선에서의 작전을 반공이라고 했는데 알맞은 말이 아니다. 이후에 이를 공격이라고 한다." 이것 또한 역사적인 변화였다. 지난 10년 혹은 20년 동안 공산당은 장기적으로 방어를 하고 있었거나 "포위되어 궤멸" 당해야 하는 처지였다. 해방전쟁 초기도 여전히 방어의 성질을 띠고 있었다. 1947년 여름 역사적으로 처음 방어에서 공격으로 바뀌었다. 이 또한 조금씩 변화되어 온 것이며 민심의 변화와 연결된 것이다. 이는 절대적으로 되돌릴 수 없는 현실이었다.

마오쩌둥은 '경제방면'의 변화를 세 번째로 언급했으며 그 원인에 대해 설명했다. "금년에 이르러 장제스는 경제적으로 어려웠다. 우리도 형편이 어렵다.

산둥, 산뻬이 두 지역이 특히 어렵다. 하지만 우리는 우리의 곤란을 해결할 수 있다. 우리는 토지개혁을 잘 하면 해결된다. 하지만 장제스는 아무런 방법도 없었다. 또한 우리의 주력 부대가 전투를 하러 나가면 해방구의 부담을 줄일 수 있게 된다." 동북전쟁의 상황이 크게 변할 수 있었던 주요한 원인은 대규모의 토지개혁을 진행하였기 때문이다. 토지개혁을 통해 백만 명 규모의 부대를 건립할 수 있었으며 이 지역에서 세력의 변화가 일어날 수 있었다.

마오쩌둥은 "지금부터 명년까지 1년 동안 국내 형세는 더 큰 변화를 가져오게 될 것이며 이런 변화는 우리에게 유리할 것이다"고 단언했다. 그 뒤의 1년 국내 상황은 앞에서 말한 세 가지 방면에서 큰 발전을 가져왔다. 다른 점이라면 그 속도가 예상보다 더 빠르다는 것이다.

12월 28일, 그는 회의에서 총결 발언을 하면서 다시 한 번 강조했다. "우리와 장제스의 세력은 금년 중앙에서 '21지시'를 내릴 때까지도 큰 차이가 났으며 우리는 옌안에서 철수할 준비를 했고 우리는 옌안을 떠났다. 지금 이 문제는 해결되었다. 20년 동안 해결하지 못했던 세력 차이는 오늘 끝내 줄어들었다." "혁명을 조직하는 중앙 정부에 대해서 아직 고려하지 않기로 한다.

장제스가 더욱 어려워지고 우리가 더욱 큰 승리를 거두었을 때, 적어도 우리가 핑쉐이철로를 연결한 다음 이 문제를 고려하기로 한다."[904] 회의에서 사회주의를 전망한다는 것을 보고에 추가해야 한다고 주장하는 사람들도 있었다. 마오쩌둥은 이는 너무 성급한 일이라고 했다. "오늘날 봉건사회도 제대로 궤멸시키지 못했기에 사회주의는 먼 훗날의 이야기다! 아직 사회주의를 논하기는 너무 이르다!"

"20년 동안 아무런 진척도 없었던 양측 세력 차이에서 오늘 우리는 우세에 처하게 되었다." 이는 지극히 중요한 정치 담판이다. 바로 1947년 말에 이르러 20년 동안 우세인 국민당의 세력은 열세로 바뀌었으며 공산당이 영도하는 역량은 20년 동안의 열세에서 우세로 전환되었다. 이런 상황은 더는 예측이 아닌 현실이었다. 물론 이런 변화가 1947년 한 해에 이루어진 것이 아니라 20년의 역사 발전을 통해 변화된 것이었다. 하지만 이런 변화는 1947년에 일어났다. 이 해에 여러 가지 조건이 마련될 수 있었던 것은 그간의 준비의 누적 때문이었다. 하지만 가능성이 현실로 실현되는 것도 쉬운 일이 아니었다. 이는 정치, 군사, 경제 세 가지 변화의 종합적인 영향 하에 나타난 변화이며 차츰차츰 힘들게 변화 발전한 결과였다. 이 책에서 이런 전환이 실현되기까지의 매 단계의 변화과정을 묘사하기에 노력했다.

---

904) 中共中央文獻研究室 편: 『毛澤東文集』, 第4卷, 北京: 人民出版社, 1996년, 328—336쪽.

국공 양당의 세력 차이에서 약세가 강세로, 강세가 약세로 변화된 후 모든 것은 물 흐르듯이 쉽게 진행되었다. 거대한 돌을 힘들게 산 정상으로 끌어 올린 후 다시 아래로 밀어 굴러가게 한다면 이 커다란 돌이 가지게 되는 힘과 기세는 예전에 알던 그 돌의 무게보다 엄청 크다.

1948년 3월, 마오쩌동은 산뻬이에서 화북의 시바이포로 이동하던 도중에 중앙후방사업위원회가 있는 산시 베이솽타(北双塔)에 들렀다. 그는 당시 베이솽타에 있던 양상쿤과 함께 시국 분석을 했다. 양상쿤은 이렇게 회상했다.

> 마오 주석은 직접 그의 견해를 나에게 말했다. 그는 장제스와의 전쟁은 약 60개월 동안 진행될 것이라 했다. 60개월은 5년이다. 이 60개월을 한 산봉우리로 비교한다면 첫 30개월은 '산봉우리' 오르는 '오르막'인데 바로 우리가 우세를 차지할 수 있을 때까지의 과정이다. 마지막 30개월은 우리가 통제할 수 있는 '내리막'이다. 그 때가 되면 전투를 할 필요도 없다. 우리가 큰 소리만 쳐도 적들은 투항하게 된다. 마오 주석께서 생각하고 있던 이 일정은 나에게 큰 여운을 남겼다. 그 후의 전쟁은 거의 모두 그의 예측대로 진행되었다.[905]

마오쩌동은 첫 30개월을 아주 중요시하여 이를 '오르막'이라고 하면서 '산봉우리'에 오르면 "우리는 우세를 점하게 된다"고 했다. 모두 알다시피 언덕이나 산은 오를 때 제일 힘든 구간이다. 산에 오르면 더 힘든 구간은 없다.

그는 1947년 12월 회의에서 "지금 중국인민의 혁명전쟁은 전환점에 이르렀

---

905) 楊尙昆: 『追憶領導戰友同志』, 北京: 中央文獻出版社, 2001년, 12쪽.

다"고 했는데 이는 사람들을 고무하고 격려하기 위해서 한 호언장담이 아니라 냉정한 관찰과 심사숙고를 거쳐 신중하게 판단한 것이다. 그가 말한바와 같이 이해 2월에도 이런 말을 할 수 없었지만 12월회의 이후에는 이 판단에 따라 모든 사업의 '일정표'를 정할 수 있었다.

다음 1948년은 생동감 넘치는 위풍당당한 연극이었다. 확실한 것은 1948년에 일어난 정치, 군사, 경제의 거대한 변화는 모두 1947년에 발생한 변화에서 합리적으로 지속적으로 발전한 것이다. 이렇게 물 흐르듯 순조롭게 진행될 수 있었던 것은 모든 조건이 갖추어 졌기 때문이다. "큰 소리만 쳐도 적들은 투항하게 될 것이다"는 것은 과정적인 것이긴 하지만 1948년의 변화도 여전히 중요한 역사적 의미를 가지고 있다. 승리가 눈앞에 보이고 모든 상황도 예전보다 더욱 급속하게 변화하고 있다. 하지만 여전히 복잡한 문제들이 새로 나타나고 이런 문제들을 해결해야 했다. 어느 하나라도 합당하게 처리하지 못하면 "공든 탑이 무너지는 격"이 된다. 1948년에 들어서 중국공산당 중앙은 정치상에서 5 1구호를 제기했으며 반동자들이 참가하지 않는 새로운 정치협상회의를 개최할 것을 호소했으며 민주연합정부건립을 준비했다.

이 호소에 중국국민당 혁명위원회, 중국민주동맹, 중국민주촉진회, 중국치공당, 중국농공민주당, 9 3학사, 중국민주건국회, 타이완민주자치동맹 등 민주당파와 무당파인사들은 열렬히 호응했다. 민주당파 책임자들과 민주인사들은 분분히 해방구로 발길을 돌렸다. 중국공산당을 지지하는 국민당 통치구역의의 민중들이 끊임없이 나타났고 군중들의 반항투쟁은 막강하게 진행되었다. 군사 분야에서는 위둥(豫東)전역, 지난전역 등이 끝난 후인 그해 9월부터 랴오선(遼沈), 핑진, 화이하이 등 중국전쟁사의 전례 없던 규모의 전략적 결전이 시작되었다. 이 3대 전역을 통해 국민당 믿고 의지하던 통치의 주요 역량인 군사세력을 기본적으로 궤멸시켰다. 경제 방면에서는 국민당 정부가 금원권(金圓券)[906]을 발행하고 『재정경제 긴급처분령』과 『경제통제를 개선에 관한 보충방법』의 시행이 실패하자 물가는 끝없이 치솟았다. 국민당 통치구역의 재정경제는 마지막 붕괴와 더욱 가까워졌고 민족공상업은 절망에 이르렀고 백성들의 생활은 더욱 힘들어졌다. 이런 국민당 정부의 기울어진 상황을 누구나 다 아는 상황이었다. 국민당 정부의 통치도 유지하기 어려운 상황이었다.

1949년 4월 국민당 정부가 『국내평화협정』 체결을 거부한 후 중국인민해방군 백만 대군은 신속하게 창장을 건너 국민당 정부의 통치중심인 난징을 점령하여 22년간 지속된 중국 내륙에서의 국민당 통치를 결속 지었다. 9월, 중국인민정치협상회의가 베이핑에서 성황리에 개막되었다. 마오쩌둥은 개막사에서 이렇게 말했다. "여러 대표님들, 우리는 우리의 사업이 인류 역사에 기록될 것이라고 믿고 있다. 이는 전 세계 총인구의 4분의 1을 차지하는 중국인들이 우뚝 일어섰다는 것을 의미한다."[907] 회의에서는 『중국인민정치협상회의 공동강령』과 『중화인민정부조직법』을 통과했으며 중앙인민정부 영도자들을 선거했다.

1949년 10월 1일, 중화인민공화국이 성립되었다. 중국의 역사는 새로운 시작을 기록하기 시작했다.

"배속에서 10개월 고이 길러 새 생명을 탄생시킨다"고 "배속에서의 10개월"이 없다면 어지 "새 생명 탄생의 날"이 있겠는가. 새로운 생명의 탄생은 중요하고 특별한 일이다.

906) 금원권: 1948년에 국민당 정부가 발행한 지폐의 일종.

907) 中共中央文獻研究室 편: 『毛澤東文集』, 第5卷, 北京: 人民出版社, 1996년, 343쪽.

부록

항일전쟁 후기 중국 정치국면의 중요 동향

– 1944년에 급변한 대 후방 민심과 '연합정부' 주장의 제기를 논함

부록
항일전쟁 후기 중국 정치국면의 중요 동향[908]
– 1944년에 급변한 대 후방 민심과 '연합정부' 주장의 제기를 논함 –

길고긴 역사의 발전 중에는 사람들의 주목을 끄는 중대한 전환점들이 적지 않다. 우선 이런 변화는 누구도 느낄 수 없을 정도로 조용히 진행되기도 했다. 이런 변화가 상당한 정도로 축적되면 특정 상황에서 사람들의 습관이 된 생활패턴은 파괴되고 새로운 국면이 나타나게 된다.

역사를 연구할 때 번잡한 현상들 중에서 전환의 시각을 중심으로 상세하게 분석해야 한다. 이런 분석을 하면 역사 전환의 전후에 나타난 역사적 변화를 새로운 각도로 이해할 수 있다.

항일전쟁시기 대후방 민심 변동의 중대한 전환은 1944년 위샹궤이(豫湘桂) 전역[909]에서 실패한 후에 나타났다. 이 전역의 실패는 전 중국에 큰 충격을 주었다. 이 실패는 항일전쟁 후기 국내 정치 형세에 큰 영향을 미쳤을 뿐만 아니라 항일전쟁이 끝나서도 그 영향력은 여전했는데 이런 영향은 이후 국민당 정부 실패의 주요한 원인이 된다.

908) 이 문장은『抗日戰爭研究』 增刊 『1945—1995 抗日戰爭胜利五十周年紀念集』에 수록되었다.

909) 위샹궤이전역: 일본 육군이 1944년 4월부터 12월 사이에 허난, 후난과 광시 세 지역에 진행한 대규모의 공격전투를 말한다.

1. 긴박했던 위샹궤이 대패전

1944년 일본 침략자들이 '1호작전'을 기획한 후 위샹궤이 대패이전에 일어났다. 일본군은 태평양 전쟁에서 점차 패배하기 시작했고 본토에서도 대규모의 폭격을 맞았다. 이런 상황에서 일본군은 위상궤이 전투를 시작했다. 일본군은 이번 전투를 통해 핑한철도를 점령하고 웨한(粵漢)철도[910], 샹궤이(湘桂)철도[911]를 통제하여 중국 동북으로부터 베트남까지의 철로운수 노선을 완성하려 했으며 광시와 후난에 있는 동맹군의 공군기지를 파괴하려 했다.

이해 4월과 5월 사이에 일본의 화북방면군 15만 명은 황허를 건터 허난을 공격했으며 정저우, 뤄양, 수창 등 주요 도시를 신속하게 점령하여 평한철도를 통제했다. 이어서 그들은 병력을 집중시켜 후베이로부터 웨한선을 따라 대거 남하했다. 이들은 창사, 헝양(衡陽)을 점령했고 샹궤이선을 따라 서남쪽으로 공격하여 궤이린, 류저우(柳州), 난닝(南宁)을 점령했다. 선발부대인 13사단은 12월 초에 궤이저우 두산(獨山)을 점령함으로써 첸궤이(黔桂)철도[912]의 마지막 역까지 점령했다.

짧은 8개월 동안 일본군은 55만 병력으로 중국 20만 평방킬로미터의 토지를 점령했다. 이들은 식량을 얻을 수 있는 풍요로운 지역을 점령했고 대후방의 3분의 1에 달하는 광업을 점령했다. 이는 전체 대후방의 경제에 큰 타격을 주었다. "넓은 중원 지역과 풍요로운 어미지향(魚米之鄉)은 우리의 주요한 식량 생산 지역이었다. 지금 이 지역에서 생산되는 양곡과 잡곡은 예전처럼 빌리거나 징수 받는 방법으로 나라의 창고에 들어 올 수가 없다." "식량뿐만

---

910) 웨한철도: 광둥 광쩌우부터 후베이 우창까지의 철도.

911) 샹궤이철도: 후난 창사로부터 궤이저우 난닝까지의 철도.

912) 첸궤이철도: 쓰촨 룽리(龍里)로 부터 광시 류저우까지의 철도.

아니라 후난과 광둥 북부지역에는 약간의 탄광 자원이 있다. 특히 후난은 석탄과 철광석, 안티몬, 아연 등 여러 가지 진귀한 자원이 있는 지역이다. 일본군이 이 지역을 잠깐 동안 점령하게 되면서 이런 지하자원들을 마구 절취하면 우리의 국방에 사용할 수 없다."[913] 이 지역에는 6천만의 중국인민들이 생활하고 있다. 전쟁이 일어난 지역은 불길이 치솟았고 약탈이 일어났으며 유혈과 죽음이 잇달았다. 그들이 점령한 지역은 인간지옥과 다름없었다. 궤이린, 류저우 등 7개 지역에는 일본 본토를 폭격하는 동맹군의 공군기지의 36개 비행장이 있었는데 모두 일본군에 의해 파괴되었다.

1938년에 일본이 우한과 광쩌우를 점령한 후 대치 상황이 형성되었다. 정면 교전에서 양측 모두 승전과 패전을 반복했다. 이런 상황은 5년 동안 지속되자 사람들은 이런 일들이 예사로운 일로 개의치 않았다. 위샹궤이 대 패전은 청천벽력과 같이 원래의 국면을 파괴했다. 일본의 공격에 중국군은 무너지고 극심한 손실을 입었다. 항일전쟁 상황은 급격한 변화를 가져왔다. 일반 사람들의 예상과 달리 국민당의 저항력은 형편없었다. 전투에서 패전한 소식은 대후방에 큰 충격을 주었다.

위샹궤이 대패전은 허난 전역의 참패로부터 시작되었다. 장제스는 친청을 파견하여 패전원인을 알아보게 했다. 5월 21일, 친청은 일기에 이렇게 썼다. "허난 전역의 실패 원인을 검토해보면 몇 가지가 있다. 1, 군인들이 돈을 벌려고 모두 장사를 하기 시작했고 밀수에 손을 댔다. 군인들은 무역군이라고 할 수 있었다. 2. 각자 독단적으로 일을 하고 서로 어울리지 않고 협조를 하려 하지 않았다. 고급장교끼리 어울리지 않았고, 장교와 사병들이 사이가 좋지 않았으며 군대와 정부의 사이도 좋지 않았고 군사들과 민중들이 사이가 좋

---

913) 『從戰局談論經濟』, 『新華日報』, 1944년 7월 10일 사론.

지 않았다. 군민, 관병들이 사이가 좋지 않았다.(원문에는 이렇게 기록했다.) 3. 서로 자기들의 특정 영역이 있어 서로 침범하지 않았다. 적들이 침범하지 않고, 우리가 적들을 침범하지 않고, 군민이 침범하지 않는다는 세 가지 불침범이 있었다. 다년간 어수선하고 질서가 없어 거의 붕괴되기 직전이었다.

이런 상황에서 적들이 공격을 하면 무너질 수밖에 없었다." 23일 그는 총칭으로 돌아가서 장제스에게 이렇게 보고했다. "지금 우리 국군의 부대는 작전을 할 형편도 아니다. 제1작전구역에서 먼저 이런 약점들이 나타나기 시작했으며 다른 작전구도 마찬가지다. 정치도 마찬가지이다.

중앙에서 별다른 방법이 없으면 기타 작전구역이나 지방 역시 별다른 방도가 없다는 것을 의미한다."[914]

많은 민중들도 제1작전구 부사령관 탕언보의 부대의 극단적인 부패가 민심에 큰 영향을 미치고 있다는 것을 알고 있었다. "탕언보는 30만 명 병력의 4개 집단군을 거느리고 있다. 집단군 소속의 60만 유격대까지 포함하면 적지 않은 병력이다. 하지만 적들이 공격해 오자 그는 적들의 공격에 맞서 싸운 것이 아니라 후퇴하기만 했다. 한 달도 지나지 않아 30여 개 현을 잃었고 백성들은 도탄에 허덕이게 되었다." "허난에서는 탕언보를 '수한황탕(水旱蝗湯, 수재·한재·황충재해·탕언보)'의 하나라고 3대 자연재해인 수재, 한재, 황충 재해에 탕언보를 추가하여 4대 자연재해라고 불렀다.

허난에서는 연속 2년 흉년이 들었다. 하지만 탕언보 군대는 정부에서 군량을 징수하라는 명령을 빌미로 터무니없이 많은 세금을 징수했다. 탕언보 부대의 하급군관들과 간상배들은 서로 결탁하여 수만 달러에 달하는 장사를 했으며 더욱 많은 돈을 모으기 위해 밀수를 도와주고 현지 인민들의 공장과

---

914) 陳誠, 『陳誠先生日記』(一), 台北, 國史館, 2015년 7월, 552, 555, 556쪽.

탄광을 약탈하여 강점했다. 정부의 공산당 체포 명령에 따라 무고한 청년들을 체포한 후 아무런 심문도 거치지 않고 마구 총살했다. 허난에서 전투가 일어나자 탕언보는 저항도 하지 않고 급히 군용 차량을 이용하여 자기의 가족과 재산을 운송하느라 여념이 없었다. 이런 상황을 보고 있는 병사들은 분개했고 전투에 참가하려 하지 않았다."[915]

하지만 많은 사람들은 허난 전역의 참패가 시작에 불과할 것이라고 생각지 못했다. 심지어 일부 언론에서는 이를 부분적인 문제이며 일시적으로 나타난 현상이라고 여겼기에 전반적인 전쟁국면이 신각하게 악화되리라고 생각하지 않았다. 창사가 함락될 때 정부를 편에서 말을 하는『대공보』는 사설에서 이런 말들로 사람들을 위로했다. "목전의 전쟁 국면은 여전히 변함이 없다.

전 부대에 고하는 글에서 장 주석이 언급한바와 같이 적들은 실패의 운명에서 벗어날 수 없다. 전반적으로 볼 때 적들은 사면으로 포위되어 있어 우리는 우리의 노력으로 적들을 물리칠 능력이 있으며 승리 못할 이유가 없다!"[916] 이틀 후 푸쓰녠은 더욱 확실한 내용의 글을 발표했다. "왜놈들은 대륙에서 더 이상 발전할 수 없다. 지금 상황에서 서쪽으로 더 들어가거나 쓰촨, 윈난, 궤이저우를 위협할 수 있는 상황은 절대 발생하지 않을 것이다." "자고로 이런 지역들이 함락된 원인은 수비하는 군대가 없었기 때문이다. 이 지역들은 지세가 험준하기에 수비하는 병력이 있으면 적들이 절대 발을 들여 놓을 수 없다."[917] 하지만 '절대' 나타나지 않는다고 한 말은 현실로 되었다. 분명히 '수비하는 병력'이 있는 지역이지만 적들에게 넘겨주었다. 8월 8일 47일간

---

915) 董必武, 『關于参政會的報告』(1944년 9월 24일), 『中共中央抗日民族統一戰線文件選編』下, 北京, 檔案出版社, 1986년, 755, 756쪽.

916) 『抗戰七周年獻辭』, 『大公報』, 1944년 7월 7일 사평.

917) 傅孟眞, 『我替倭奴占了一卦』, 『大公報』, 1944년 7월 9일.

방어를 하던 헝양도 함락되었다. 이어서 적들의 공격을 막을 수 있다고 여겼던 궤이린도 함락되었다. 이렇게 되자 『대공보』의 논평은 말을 바꾸었다. "유서 깊은 도시인 궤이린은 천연 요새이며 막강한 군대가 지키고 있다. 또한 식량과 무기가 많아 이를 지키고 있던 책임자는 '궤이린는 3개월도 버틸 수 있다'고 했다.

하지만 36시간 만에 무너졌다. 류저우도 같은 날에 적들이 손에 넘어갔다! 수비군들은 참 엉망진창이다!"[918] "전쟁은 후난과 궤이저우로부터 누구도 예상하지 못한 빠른 속도로 궤이저우까지 넘어갔다."[919] 심지어 국민당 군부의 『소탕보(掃蕩報)』에는 이런 내용의 난궁보(南宮博) 기자의 보도가 실렸다. "두산에서의 실패는 군부의 무능함을 보여준다. 수비를 맡고 있는 군사들이 전투를 포기하고 철수를 했고 중형 무기들도 버리고 달아났다. 적군이 10여리 정도로 가까이 다가오면 우리 군은 황급히 도망칠 치느라 남겨질 백성들의 생각은 꼬물만치도 하지 않았다."[920]

당시 부대를 거느리고 궤이저우에 들어선 제29로군(第二十九路軍) 군단장 쑨위안량은 그가 본 "제일 비참한 '난민군'의 실제 정경"을 이렇게 묘사했다.

"남녀노소는 거대한 인파를 형성했다. 함락한 지역이 확대될수록, 적군이 점점 다가올수록 인파는 규모가 점점 커져 총 50만 명이 넘는 사람들이 홍수처럼 쓸어왔다. 후방으로 도망친 난민들은 별로 없었다.

일부는 중도에서 목숨을 잃었다. 궤이저우에 도착한 난민들은 적어도 30만 명이 된다." "도로에는 각양각색의 차량(손수레로 부터 각종 자동차까지 별의

918) 『向方先覺軍長歡呼』, 『大公報』, 1944년 12월 13일 사평.
919) 『轉折戰局的兩件工作』, 『大公報』, 1944년 12월 6일.
920) 日本防衛廳防衛研究所戰史室, 『一号作戰之三 广西會戰 下』 中譯文, 北京, 中華書局, 1985년, 199쪽.

별 운수도구들이 있다.)도 보였고 두 발로 걸어오는 사람들도 가득했다.

도로는 난민 인파로 넘쳐 물 샐 틈도 없다! 도로 양측 논밭에도 사람들로 가득했으니 벼를 심어 놓은 논밭은 난민들에게 짓밟혀 진흙탕이 되었다. 난민들은 한지에 심어 놓은 채소 뿌리까지 다 뽑아 먹었다. 반쯤 여물어가는 밀은 그대로 구워먹었다. 맨 앞에서 걸어가는 자들은 그래도 먹을 것이라도 찾아 허기를 달랠 수 있었으나 뒤에 따른 사람들은 먹을 수 있는 것을 찾기도 어려웠다!" "낯선 환경이라 현지인들에게 능욕을 당할까, 나쁜 놈들이 와서 약탈을 할까 사람들은 산간 지역임에도 불구하고 작은 길로 산을 넘고 언덕을 건넜다. 만약 대오에서 떨어지면 그 결과를 상상하기 어려웠다." "이 상황에서 원래 있던 여러 가지 조직들은 모두 해체되어 앞장서서 사람들을 이끌고 영도하는 사람들이 없어 모두 자기 가족만 챙기느라 여념이 없었다."

"길가에는 물에 잠겨 퍼진 시체들이 가득했고 아이를 잃어버린 부모들의 통곡소리와 엄마, 아빠를 찾는 어린아이들의 울음소리로 가득했다. 길 양쪽에는 낡아 빠진 차량들로 빼곡했고 양쪽의 질퍽한 밭에는 발자국이 어수선했다. 고개를 들어 내다보아도 온전한 집 한 채도 보이지 않고 밥 짓는 연기도 보이지 않았다. 닭의 울음소리도, 집지키는 강아지의 그림자도 보이지 않으니 어찌 이를 인간세상이라 하겠는가?"[921]

두산이 함락된 후, 대후방의 정치중심인 총칭은 공포에 빠졌다. 왕스제는 11월 30일의 일기에 이렇게 썼다. "며칠 전 허부장(허잉친)에게 궤이저우성이 위험한지 물어봤다. 그는 적들이 서쪽으로 이동하지는 않을 것이라고 했다. 장원바이(張文白, 장쯔종의 자)에게 묻자 그는 '적들이 오지 않으면 수비할 수 있는데 적들이 오면 수비하기 어려울 것이다'고 했다."[922] 국민당의 일부 당정

---

921) 孫元良, 『亿万光年中的一瞬—孫元良回憶彔』, 台北, 時英出版社, 2008년 7월, 282, 283, 284쪽.
922) 王世杰, 『王世杰日記』, 第4冊, 台北, "中央研究院"近代史研究所, 1990년 3월 영인본, 458쪽.

기관은 이미 란저우로 옮겼고 야안(雅安) 등 지역에 선발인원을 보내 이전할 준비를 하고 있었다. 전방의 난민들은 대량으로 총칭에 모여들어 거리는 난민들로 가득했다. 『신화일보』는 이렇게 보도했다. "그들은 추운 바람 속에 바닥에 그대로 누워있었다. 그들은 무정한 바람 속에서 추위에 떨고 있었다. 난민들은 모두 추위를 해결해 줄 옷 한 벌이라도 더 나타나기를 기대했다." 사실 생활 조건이 좋은 사람들이 총칭까지 도망 갈 수가 있었다. 이런 "난민들은 도망오기 전에는 거의 모두 자기의 직업을 가지고 있었다.

길을 떠나기 전에 이들은 적어도 이삼만위안 정도 가지고 떠났는데 지금 그들에게는 몸에 걸친 것이 전부였다." "난민들은 수많은 고통을 겪고 있었지만 이들은 아픔과 눈물을 가슴에 묻을 수밖에 없었다!"[923] 차마 눈을 뜨고 볼 수 없는 광경은 대후방에 있던 인민들에게 적지 않은 충격을 안겨주었다. 이것이 자신들의 미래라는 생각에 그들은 불안과 두려움에 떨고 있었다.

더욱 놀랍고 난처한 것은 이 대퇴각이 전반적인 반파시스트 전쟁이 승리를 거두던 시각에 일어났다는 점이다. 이 해에 세계 반파시즘전쟁의 형세는 근본적인 변화가 일어났다. 유럽 전지에서 소련홍군은 전면적인 반격을 시작하여 국토 전체를 수복했으며 전쟁을 독일 본토와 기타 동맹국의 경내로 이동시켰다. 영국, 미국, 프랑스 등 국가의 군대는 프랑스의 노르망디 반도에 상륙했으며 얼마 지나지 않아 프랑스의 수도 파리를 해방시켰다.

이탈리아에서 동맹군은 로마를 점령했다. 태평양전지에서 동맹군은 사이판 전역에서 전면적인 승리를 거두었고 필리핀에 상륙했다. 또한 일본 본토는 동맹국 공군의 대규모의 폭격을 받아 태평양 전쟁을 일으킨 도조내각은 핍박에 의해 와해되었다. Joseph Stilwell 장군의 지휘 하에 중미군대는 미얀마

---

923) 『新華日報』, 1944년 12월 10일, 본지 특별취재.

북부의 중요한 도시인 미치나를 해방하여 인도에서 미얀마를 경유하여 중국 대륙까지 통하는 교통노선을 통제했다. 이 모든 상황은 중국 전지에서 나타난 대규모의 퇴각과 선명한 대조를 이루었다. 『대공보』는 1945년 신정에 발표한 사설에서 아픈 마음을 이렇게 썼다. "전체적인 전쟁 국면을 보면 승리의 소식이 많이 전해 오고 있다. 하지만 이런 승리는 우리의 이 땅에서 일어난 것이 아니었다. 지난 1년간 세계 각지에서는 반격을 시작했다.

하지만 미얀마 북부와 윈난성 서부 지역을 제외한 기타 중국 지역에서는 일어나지 않고 있다. 작년 새해가 다가올 무렵 모두 반격을 시작하여 승리를 가져올 것이라고 여겼다. 하지만 오늘 지난 1년을 돌아보면 두렵고 무안하고 기가 막히다." "승리의 소식이 도처에서 전해오고 있지만 유독 우리만 패하고 있다. 침략에 반대하는 세계적인 전쟁은 모두 호전되고 있지만 유독 우리만 더욱 위험한 상황에 빠졌다. 이는 반박할 여지없는 진실이다. 이런 경험은 참으로 귀한 것이다."[924]

중국에서 사람들은 완전히 다른 두 가지 모습을 볼 수 있었다. 전지에서는 힘없이 마구 후퇴하는 비극적인 장면들이 나타나고 있지만 중국공산당이 영도하는 적진의 후방 전지에서는 2년 동안의 극단적인 곤란을 이겨내고 새로운 발전을 하고 있었다. 옌안의 『해방일보』는 이 해 연말에 이런 총결 보도를 발표했다. "1년간의 불완전한 통계에 의하면 우리 군은 1년 동안 적들과 크고 작은 전투를 2만여 차례 진행하여 적 괴뢰군 22만 여 명을 궤멸시키고 3만 여 명을 생포했다." "현급 도시 16개를 수복하고 47개 현급 도시를 공격했고 적의 보루 5천여 곳을 파괴했고 8만여 평방킬로미터의 국토를 되찾았고 2백만 동포들을 해방시켰다." "1년 동안의 승리적인 전투를 거쳐 47만이던 우

---

924) 『今年應爲新生之年』, 『大公報』, 1945년 1월 1일 사론.

리의 정규군은 65만 명으로 늘어났고 민병은 200만으로부터 220만으로 늘어났다. 해방구의 인구는 8천만으로부터 9천 2백만으로 늘어났다. 이는 우리의 반격에 큰 힘이 되고 있다."[925]

사회 각 분야의 압력 하에 국민당 당국은 처음으로 국내외 기자들이 서북에 가서 참관을 하게 했다. 미국의 AP통신, UPI통신, 미국『타임』잡지 등 6명의 외국 기자가 포함된 21명의 참관단은 중국공산당이 영도하는 항일근거지에 가서 취재를 할 수 있었다. 1944년 6월 9일 그들은 옌안에 도착했다.

일부 사람들은 산시성 서북근거지까지 가서 고찰했다. 기자들이 쓴 보도와 논평은 대후방과 국회의 간행물에 대량으로 발표되었다.『신민보』기자 자오차오거우(趙超构)의『옌안에서의 한 달』이라는 책은 대후방에서 큰 반향을 일으켰다. 이런 보도와 평론은 원래 공산당의 소식을 엄밀히 통제하던 국민당 당국의 봉쇄를 뚫었다. 많은 사람들은 예전에 알지 못했던 새로운 모습들을 느낄 수 있었다.

7월 22일, 미군은 중국-미얀마-인도 작전 구역 주(駐) 옌안 관찰단은 옌안에 도착했고 그 후 정부에 적지 않은 보고를 했다. 옌안의『해방일보』는 이 사건에 관한 사설을 발표했다. "국내외 여론에서는 국민당의 무능한 항일 효력과 부패를 대거 보도했다. 국민당은 오랫동안 봉쇄정책과 반동선전을 했기에 대다수의 외국인들과 대 후방에 있는 중국인들은 진실 된 공산당을 알 수 없었다. 하지만 지금 상황은 많이 변했다. 반 년 동안 외국 여론은 공산당을 보는 눈길이 달라지기 시작했다. 이번에 기자단과 관찰단이 옌안에 오면서 이런 변화는 새로운 단계에 들어섰다."[926] 한 미국인의 말에서 그들이 본 사실을 알 수 있다. "공산당은 유력한 정치와 군사 조직으로 상술한 지역

925) 『敵后戰場偉大胜利的第一年』, 『解放日報』, 1944년 12월 31일.
926) 『歡迎美軍觀察組的戰友們』, 『解放日報』, 1944년 8월 15일 사론.

에 들어갔으며 소작료와 이자 삭감을 제기했으며 정권과 지주들을 타도하여 민중들의 지지를 얻었다. 공산당은 농민들의 재산을 협박 착취하지 않았으며 젊은이들을 잡아 군역을 시키지 않았다. 농민들은 태어나서 처음으로 세금을 줄이는 정책에서 확실한 혜택을 받았다. 공산당 근거지가 부단히 확대되면서 그들과 중앙정부는 더욱 대립적인 위치에 있게 되었다. 그들의 신심도 더욱 커지고 있다. 반대로 허난에서 큰 패배를 하게 된 국민당은 연약하고 무능함을 그대로 보여주었고 이렇게 연약한 상태는 신속하게 악화되어갔다."[927] 샹궤이에서 퇴각한 후 연말에 이르러 국민당의 상대적인 지위는 자연적으로 더욱 약해졌다.

언제나 그렇듯이 사실은 제일 좋은 선생님이다. 많은 사람들에게 쇼크를 안겨준 사실들은 더욱 좋은 교훈인 것이다. 큰 고생을 한 다음 사람들은 빨리 깨닫게 된다. 거대한 고통을 겪은 후, 사람들은 그 과정에 대해 심사숙고하고 고통의 원인을 생각하게 되며 미래의 중국이 나아가야할 길을 찾게 되고 그간 마음에 있던 여러 문제들의 답안을 찾으려고 한다. 이는 당시 사람들의 보편적인 생각이다.

2. 고통 반성과정에서 나타난 민심의 변화

사람들을 공포에 떨게 한 대퇴각은 민심의 변화로 이어졌다. 국민당을 대하는 대후방 민중들의 견해는 크게 변했다.

강대한 적을 마주했을 때에 전쟁을 맞이하는 정부는 국민들의 이해와 지지를 더욱 쉽게 받기 마련이다. 항일전쟁 초기, 국민당 당국은 당시 대부분

---

927) 〔美〕 巴巴拉 塔奇曼, 『史迪威与美國在華經驗』 下冊, 北京, 商務印書館, 1984년, 666쪽.

의 국민들이 바라던 항일전쟁을 진행하였고 송후, 쉬저우, 우한 등 전역에서 큰 적극성을 보여주었기에 국내의 민주 상황은 크게 개선되었고 국내외 대다수 사람들의 찬사를 받았다. 또한 국민당 정부에 존재하는 여러 가지 문제도 쉽게 용서가 되었다.

항일전쟁이 대치 상태에 들어 선 후 국민당 당국의 독단적이고 부패한 면은 점점 백일하에 들어났고 인민들은 이런 당국에 점점 실망했다. 1940년 이후, 인플레이션이 악화되고 물가는 하늘을 치솟았다. 왕스제는 1943년 6월, 7월 사이의 일기에 이렇게 썼다. "물가는 전쟁 전의 백배로 올랐다.

최근 정부에서는 가격 제한을 하던 물품들의 물가 상승에 대해서 사실적으로 방임하는 상태이다. 특히 일용품의 가격은 제일 많이 올랐다. 정부에서는 공무원의 월급을 한 배 늘인다고 했지만 물 한 잔으로 큰 산불을 끄려는 격이다." "물가는 여전히 고공행진을 하고 있다. 쿤밍, 시안은 총칭보다 더 심했다. 서남연합대학 교수들은 한 달 월급 3~4천인데 그 돈으로 고기와 쌀을 사는 것은 상상할 수도 없었다. 그들은 야채와 잡곡으로 겨우 배를 채울 수 있었다고 한다. 이는 친구 옌자오팅(燕召亭) 군의 최근 상황이다!"[928] 이런 상황과 선명한 대조를 이루는 것은 호족들은 그들 손에 있는 자본을 이용하여 "국난재(國難財, 나라 정치가 어수선한 틈에 떼돈을 버는 것을 이르는 말)" 있었다. 사람들은 이런 상황에 대해 강렬한 불만을 표시했다.

국민당 당국은 정치적으로 그들의 독재통치를 부단히 강화했고 군통과 중통 등 특무조직들이 법과 도리를 모두 무시하고 제멋대로 애국민주인사들을 체포하고 살해하는 사건들이 끊임없이 일어났다. 저명한 경제학가 마인추 교수는 1940년에 한 동안 큰 파문을 일으켰던 논문인 『국난재를 벌고 있는 자

---

928) 王世杰, 『王世杰日記』 第 4冊, 台北, "中央研究院"近代史研究所, 1990년 3월 영인본, 94, 103쪽.

에 대해 임시적으로 재산세를 징수하는 것이 중국 재정과 금융의 유일한 출로』를 발표한 후 국민당 당국에 의해 연금되었다. 왕스제는 1944년 6월 8일 일기에 이렇게 썼다. "총칭에만 인민들을 체포할 수 있는 기관은 18개나 되었는데 대부분은 법이 허용한 기관이 아니며 일반 인민들이 들어 보지도 못했던 기관들이었다."[929]

친청은 1944년의 일기에 여러 번 이렇게 썼다. "현재 우리 상황은 '관료자본'이라는 네 글자로 요약할 수 있다. 나도 이번 전쟁이 짧은 시간 내에 끝나지 않을 것이라고 여기고 있다. 또한 이렇게 되면 사회는 붕괴될 가능성이 많다." (1월 7일) "요즘 특무기관이 즐비하게 늘어있다. 총칭에만 해도 15개가 되는데 이런 기관에서는 그들 마음대로 사람을 잡아들일 수 있었다."(2월 17일) "밀수군, 특무들이 첫 째이고 고급 장관들이 두 번째 정부인원들이 세 번째, 상인들이 네 번째였다."(8월 4일)[930]

민중들의 불만과 분노는 무겁게 쌓여 갔다. 투쟁은 하루도 멈춘 적이 없었다. 하지만 오랜 기간 동안 대후방의 공기는 여전히 무겁기만 하고 큰 규모의 정치 폭풍은 일어나지 않았다. 물론 이에는 여러 가지 원인이 있다. 첫째, 국민당 당국의 독재와 부패가 날로 심해지고 인민들의 불만이 늘어나고 있었지만 대다수의 사람들은 그들의 항의를 제기할 강력한 결심이 없었다. 둘째, 항일전쟁이 여전히 진행 중이었기에 정부 내부에 대한 불만은 어느 정도 억제 되었다. 1943년, 중국의 국제적 지위가 크게 높아 졌다. "1월, 중국은 미국, 영국은 한 세기 동안 끌어 오던 치외법권 조약을 체결했으며 10월의 모스크바선언에서는 중국을 세계 4대 강국의 하나로 인정했다. 11월 장제스와 그의 군사고문은 카이로회의에 참가했다. 이 회의는 그들이 처음으로 동맹

929) 위의 책, 328쪽.

930) 陳誠, 『陳誠先生日記』(一), 台北, 國史館, 2015년 7월, 485, 501, 605쪽.

국회의에 참가한 회의였다. 회의에서는 카이로선언을 발표하여 일본은 마땅히 1985년 이후 강점한 (타이완을 포함한)중국의 영토를 중국에 돌려주어야 한다고 장엄하게 선포했다."[931] 전반적인 반파시스트 전쟁이 승리로 끝날 무렵 많은 사람들은 새로운 내일을 기대했다. 그들은 지금 눈앞의 여러 가지 불합리한 현상들이 잠시적인 것으로 참으면 지나갈 것이라 여겼다. 『대공보』의 사설에서 이렇게 해석했다. "물론 우리의 생활이 어렵다. 하지만 동란의 시대에 우리는 고생을 견뎌내야 한다. 모두 고단한 생활을 하고 있는데 누구한테 보복하고 보복하겠는가? 지금까지 견지해온 일들이 마지막에 무너지게 할 수는 없다. 우리는 반드시 이를 악물고 분투해야 하며 최후의 승리를 위해 노력해야 한다."[932] 이는 많은 사람들이 받아들일 수 있는 말들이었다.

셋째, 완난사변 후, 국민당 정부는 대후방에서 더욱 엄격하고 강력한 고압정책을 실시했다. 특무기구들은 아무렇지 않게 마음대로 사람들을 체포하고 살인을 저질렀다. 정치적 분위기는 여간 칙칙하지 않았다. 중국공산당은 조직 방식과 투쟁 방식을 조절하여 은폐하며 일을 하고 장기간 매복하여 있으면서 세력을 키워가기로 했다. 사회 각 계층, 민주당파와 지방 실력파들 사이에서 깊이 있는 사업을 진행하여 적당한 시기가 오면 대규모의 군중투쟁을 진행하기로 했는데 당시는 군중투쟁을 동원할 시기가 아니었다.

전쟁 시기 사람들이 제일 관심하는 것은 군사였다. "눈앞의 상황에서 뭐니뭐니 해도 군사가 제일이다. 적들이 여러 갈래로 광시에 진입하여 군사는 매우 긴박한 상황이지만 군사를 관심하는 국민은 별로 없었다."[933] 만약 다른 상황을 억지로 참을 수 있다고 하지만 이런 군사 방면에서 나타나지 말아야

---

931) 〔美〕 約 斯 謝偉思, 『美國對華政策(1944—1945)』, 北京, 中國社會科學出版社, 1989년, 66쪽.
932) 『抗戰七周年獻辭』, 『大公報』, 1944년 7월 7일 사평.
933) 『一个對照, 一种說明』, 『大公報』, 1944년 9월 22일 사평.

할 상황들이 나타나자 사람들은 더 이상 참을 수 없다고 여겼다. 위샹궤이 대퇴각은 사람들에게 큰 충격을 주었으며 사람들의 정서를 격앙시켰다. 처참한 대 퇴각이 나타날 것이라고 누구도 생각 못했기에 그 충격은 더욱 컸다.

일본은 이미 쇠약해지고 일본군도 전투력이 별로 없는 상황에서도 대부분의 중국을 점령했다. 이런 실패는 항일전쟁 초기의 일본군과의 세력 대비 등 원인으로 해석할 수 있는 것이 아니었다. 이번 대 퇴각은 국민당 당국의 정치, 경제, 군사 등 각 방면의 엄중한 결함을 집중적으로 보여주고 있다.

저명한 작가 예성타오는 9월 17일의 일기에 이렇게 썼다. "이번에 적군은 후난으로부터 광시에 막힘없이 진입했는데 그 속도는 허난 함락 때와 비슷하다. 이로부터 우리 병사들이 별 쓸모없다는 것을 알 수 있다. 소위 말하는 정예병들도 거의 모두 종이호랑이와 같았다. 이후 적들의 공격이 어디로 향하고 어디에서 끝날지 누구도 예측하기 어렵다." "우리의 부진은 나라가 쇠약하고 정치적으로 제대로 되어 있지 않기 때문이라는 것을 부정하기 어렵다.

오늘 사건이 이를 증명해주는 것이다." 12월 4일에는 이렇게 썼다. "지금 첸궤이도로의 난민 대오는 수십 리 달한다. 이드의 처지는 전쟁초기 징한(京漢) 도로의 모습보다도 더욱 처참했다. 동포들은 무슨 이유로 이런 고통을 받아야 하는가? 생각만 해도 가슴 아픈 일이다. 멀지 않은 미래에 우리들도 이런 고통을 겪어야 한다는 생각이 들었다. 나라를 위해 일한다는 사람들이 항일전쟁에서 승리할 수 있는 좋은 기회마저 모두 놓쳐 민중들이 고난에서 허덕이게 했다. 요즘에는 실용적이지 않은 대책 외에 아무런 계획도 들을 수 없으니 밥이 넘어 가지 않는구나!"[934]

『대공보』는 이듬해 초의 한 사설에는 이런 내용이 있었다. "불건전한 중국

---

934) 叶圣陶, 『西行日記』(下), 叶圣陶, 叶至善, 叶至美, 叶至誠 편, 『叶圣陶集』, 第20卷, 南京, 江蘇教育出版社, 1994년, 295, 338쪽.

의 정치는 오늘에 시작된 것이 아니다. 하지만 왜 하필 오늘에 여러 가지 비정상적인 상황이 나타나고 있는가? 한마디로 말한다면 이는 오늘 날의 전쟁 때문인 것이다." "작년부터 전쟁은 중요한 단계에 접어들었고 정치의 약점은 선명하게 나타나기 시작했다. 탐오하고 중간에서 착취하고 산만하고 되는대로 일을 하려는 단점들이 표면에 들어나고 엄중해지고 있다. 이런 현상들은 군대의 전투력을 갉아 먹고 있다."[935]

『신화일보』의 "유성"칼럼에는 바이웨이(白薇)가 쓴 글이 실렸다. 『서둘러 웨한철도(粵漢鐵路)를 구하자』는 제목으로 된 그에서는 극도로 조급한 사람들의 마음을 남김없이 표현했다. "동맹군이 유럽에서 히틀러를 잡고, 미국 해군이 태평양에서 왜구를 공격하는 등 수많은 승리의 소식들이 눈꽃처럼 날아들어 모두 전쟁에 낙관적인 태도를 보이고 있다. 하지만 우리는 너무 쉽게 땅을 내어주고 있다. 국가의 명맥인 주요 철도선을 잃어버렸다.

불사르고 약탈하고 겁탈 당하는 모습들만 보이는 지금 어찌 치욕스럽지 않고 마음이 아프지 않겠는가?" "지금의 허난, 후난, 핑한과 웨한철도 연선 수천 리의 광활한 대지는 적들에 의해 약탈당했고 자욱한 포화의 연기 속에 기러기의 슬픈 울음소리만 가득하다. 두 손, 두 발이 멀쩡하고 아직 몸을 움직일 힘도 남아 있는데 이렇게 처참한 광경을 보고도 어찌 무념무상으로 염불이나 외우고 내일은 좋은 상황이 나타나리라 허황한 꿈만 꾸며 조용할 수 있는가?" "나는 초조하기만 하다. 초조하고 불안하여 가만히 있을 수가 없다. 나는 내 손의 펜이라도 들어 뭐라도 적어야만 했다."[936]

백성들의 원망은 하늘에 닿았고 여론은 어느 때보다도 격앙되었다. 이런 처참한 사실들보다 억만의 중국인들을 갑자기 깨닫게 할 수 있는 사건은 없

935) 『倡導新吏風』, 『大公報』, 1945년 1월 10일 사평.
936) 白薇, 『搶救粵漢鐵路』, 『新華日報』, 1944년 7월 8일.

었다. "이리하여 위기를 극복하기 위한 대책을 마련하여 국민당 통치구역의 민주운동이 활발하게 일어났다." "당시 전국의 여론은 하나같이 민주와 단결을 요구했으며 항일전쟁의 승리를 위하여 하나로 단결하기를 요구했다."[937]

강렬한 목소리는 국민당 정부를 더 이상 믿을 수 없다는 대중들의 마음이었다. 민중들은 근본적인 변화를 요구했다. 6월 허난에서의 대패배가 있은 후 궤이린, 쿤밍, 청두 등 지역의 민주인사들은 집회를 열고 선언을 발표하여 정권을 개방하고 입헌 정치를 실행하며 제도를 개혁하여 위기의 나라를 구할 것을 호소했다. 6월 20일, 중국민주정단동맹 주석인 장란 등은 청두에서 민주입헌정치촉진회를 성립하여 『국사에 관한 10가지 주장』을 발표했다. "지금 국내외 형세는 엄중한 상황에 이르렀다." "본회는 즉각 민주를 실현하지 않으면 각 계층을 단결할 수 없으며 승리를 가져오기 어렵다고 본다."[938]

청두 『화시일보(華西日報)』에서도 사설을 발표했다. "지금의 형세는 중국이 민주를 실행하지 않으면 나라의 모든 역량을 동원하기 어렵다고 여러 가지 곤란과 위기를 극복할 수 없다는 것을 증명하는 것이다." "지금과 같은 중요한 시기에 앉은 자리에서 말만 할 수는 없다. 마땅히 일어나서 행동해야 한다." 8월 18일 서남연합대학 교수인 우한은 쿤밍에서 열린 시사좌담회에서 "지금 모든 사건의 중심은 정치에 있지 군사에 있는 것이 아니다"고 했다.[939]

9월 초, 장란은 이런 말을 했다. "정치문제는 전체적인 것이다. 중요하지 않은 것들만 말하고 그런 말을 따르는 것은 문제를 해결하려는 태도가 아닌 얼버무려 넘기려는 태도이다. 이런 태도는 정력을 낭비하는 것이기에 우리는 이런 태도를 취하지 말아야 한다." "결국 모든 관건은 민주이다. 민주만이 중국

---

937) 侯外廬, 『韌的追求』, 北京, 生活 讀書 新知三聯書店, 1985년, 159쪽.

938) 『新華日報』, 1944년 7월 3일, 本報訊.

939) 본보특집, 『從各个角度發出的爭言論自由的浪潮』, 『新華日報』, 1944년 9월 1일.

의 유일한 출로이다."[940]

국민당 군대의 대 퇴각에 국제여론도 들썩였다. 미국의『뉴욕 타임스』기자 Justin Brooks Atkinson은 당시에 이렇게 분석했다. "외국사람들은 중국 정부가 이후의 정권 싸움을 위하여 정부군의 세력을 보존하려 한다고 생각할 수밖에 없다."[941] 외국정부와 외교관들 대부분은 국민당 당국에 불만을 표시했다. 미국 외교관 John S. Service는 6월 20일에 총칭에서 방문을 하고 있는 미국 부대통령 Henry Agard Wallace의 비망록에 이렇게 썼다.

"국민당과 위원장의 지위는 십 년 전보다 더욱 하락되었다." "병사들의 사기와 민심은 바닥에 닿았다. 실망스런 분위기는 전국으로 퍼져 사람들은 거의 모두 절망에 빠져있었다." "국민당은 자신들의 실패를 만회할 수 있는 능력이 없다는 것을 증명하였을 뿐만 아니라 반대로 국민당 당국의 정책은 위기를 가속화한다는 것을 알려주고 있다." "한 국민당 당원은 최근 민중들이 국민당 현 정부에 불만이 많기에 만약 총선을 진행한다면 80%는 국민당에 반대표를 줄 것이라고 했다." 10월 10일 그는 Joseph Stilwell의 비망록에 "국민당의 실패가 점차 백일하에 드러나게 되면서 중국 국내의 불만정서는 빠른 속도로 발전하고 있다. 당의 위신도 바닥에 닿았고 존경을 받고 있었던 장제스의 지위도 점점 잃어가고 있다."[942]

국민당의 통치는 위험한 상황에 이르렀다. 민주를 바라는 목소리는 점점 커져만 갔고 각계의 인사들은 국민당 일당독재를 폐지할 것을 강력하게 요구하고 있었다. 국제여론도 국민당 당국의 부패와 무능, 군사적 실패를 대대적으로 보도하기 시작했으며 정부개편을 요구하는 보도도 나타나기 시작했다.

---

940) 張瀾, 『關于▩前政治問題的談話』, 龍顯昭 편,『張瀾文集』, 成都, 四川教育出版社, 1991년, 202쪽.
941) 茅盾, 『我走過的道路』(下), 北京, 人民文學出版社, 1988년, 355쪽.
942) 〔美〕 埃謝里克 편저, 『在中國失掉的机會』, 北京, 國際文化出版公司, 1989년, 139, 141, 147, 164쪽.

국내외의 여론은 거스를 수 없는 거대한 홍수가 되어 '연합정부' 성립을 제기할 시기가 되었다는 것을 의미했다.

3. 연합정부 주장의 제기

대중의 불만은 보편적이고도 강렬했다. 이렇게 불만이 가득한 대중을 연합시키려면 간단명료하고 많은 사람들의 공동의 요구를 대변할 수 있는 주장이 필요했다. 그 주장이 바로 연합정부성립이었다. 1944년 하반기가 된 후에야 이런 주장을 제기할 수 있었다. 1944년 상반기에 이런 주장을 제기 했다면 대중이 이를 받아들이기 쉽지 않았을 것이다.

그렇다면 왜 하반기여야만 했는가? 바로 그 시기에 국내 역량 차이와 민심이 크게 변화하였기 때문이다. 항일전쟁이 시작하던 시기 중국공산당 당원들과 그들이 영도하는 군대는 겨우 몇 만 명에 불과했다. 제2차 국공합작이 형성되었다고 하지만 국민당 당국에서는 중국공산당의 합법적인 지위를 인정하기 싫었다. 1938년 국민참정회가 성립되었고 7명의 공산당 당원이 참정회에 참가하였으나 그들은 "문화단체" 대표의 신분으로 참가시켰다. 참으로 허무 황당한 상황이었으나 이것이 바로 당시의 냉혹한 진실이었다.

국가의 정권은 완전히 국민당이 독점하고 있었으며 다른 세력의 개입을 용납하지 않았다. 때문에 국공양당이 평등한 위치에 있다고 말할 수가 없었다. 1944년 6월 4일에 중국공산당 대표 린보추는 국민당에 『중국국민당 중앙 집행 위원회에 제기하는 급한 문제에 관한 중국공산당 중앙위원회의 의견』에서 전국 정치에 관한 세 가지 조건을 제기했다. "1, 정부에서 민주정치를 실행하고 언론자유를 보장하고 출판, 집회, 조직단체 결성의 자유 및 인신 자유를 보장해주기를 바란다. 2. 정부에서 다른 당의 정치활동을 금지한 것을 풀고 중국공산당 및 기타 항일 당파들의 합법적인 지위를 인정하며 체포된 애국 정치범들을 석방하기 바란다. 3. 정부에서 명실상부한 인민지방자치를 허락하기 바란다."[943] 여기서 제일 주요한 요구는 자신의 합법적인 지위를 얻으려는 것이다.

샹궤이 전지에서 패전을 반복하면서 더욱 많은 사람들(중립을 견지하던 사람을 포함)은 국민당 당국의 통치능력에 대해 신심을 잃었다. 일당독재를 폐지하고 정부개편을 요구하는 목소리도 높아지고 있었다. 중국공산당은 시국의 발전과 민심의 변화를 관찰하고 관찰 결과에 따라 그들의 정책과 구호를 조절했다. 반면 국민당 당국의 담판대표인 왕제스, 장쯔종은 8월 10일에 중국공산당 담판 대표 린보추에게 보낸 편지에서 '정부의 취지'는 "항일전쟁이 끝난 후 1년 내"에 "입헌정치를 실행하고 각 당파에 동등한 지위를 줄 수 있다"고 했으며 중국공산당에서 제기한 '민주정책의 실행' 등 요구는 "밑도 끝도 없는 추상적인 문구"이며 "사실에 어떤 도움이 있는지 알 수 없다"고 했다.[944]

아무런 도리도 없는 비평은 중국공산당이 더욱 구체적이고 더욱 쉽게 민중들을 동원 할 수 있는 정치주장을 고려하게 했다.

8월 하반월 마오쩌동은 17일에 동비우가 저우언라이에게 보낸 보고에 "장란, 쬒순성(左舜生) 등과 각 당파 연합정부 관련 토론을 해야 한다"[945]고 썼다. 연합정부를 성립하여야 한다는 주장은 사전 준비를 거쳐 끝내 공식 일정으로 제정되었다. 9월 1일 중국공산당 중앙에서는 제6기 7차 전체회의 주석단 회의를 진행했다. 마오쩌동은 회의에서 미군 관찰단의 신분으로 옌안에 온

---

943) 「三十三年六月四日中共所提十二條」, 秦孝儀 편,『中華民國重要史料初編ㅡ對日抗戰時期』 第五編(4), 台北, 中國國民党中央委員會党史委員會, 1985년 11월, 271, 272쪽.

944) 『三十三年八月十日王世杰, 张治中对中共十二条之复函』, 秦孝仪 편,『中华民国重要史 料初编ㅡ对日抗战时期』 第五编(4), 台北, 中国国民党中央委员会党史委员会, 1985年11월, 273, 274쪽.

945) 동비우가 저우언라이에게 보낸 보고에 적은 마오쩌동의 서면지시, 1944년 8월.

John S. Service에게 "각 당파 대표대회를 소집하고 연합정부를 성립하여 공동으로 항일을 하고 나라를 건설해야 한다"는 중국공산당의 주장을 설명했다고 했다. 그는 "장, 왕에게 회답을 할 때 연합정부와 세 가지 정치 강령을 제기해도 된다"[946]고 했다. 9월 4일 중국공산당 중앙에서 린보추, 동비우, 왕뤄페이에게 보낸 전보에는 이런 내용이 있었다. "지금 우리 당은 국민당과 국내외에 정부개편을 요구할 시기가 되었다고 제기했다. 정부개편에는 국민정부에서 즉각 각 당파, 각 군, 각 지방 정부, 각계 민중단체가 참가하는 국사회의를 소집하고 중앙 정부를 개편하며 일당독재를 폐지하고 새로운 정부가 국민대회를 소집하고 입헌정치를 실행하며 항일전쟁의 기본정책을 집행하고 반격을 시작하는 등의 내용이 포함된다. 하지만 국민당은 이런 주장들을 받아들이기 어렵다. 하지만 작은 당파들과 지방의 실력파, 국내외 진보인사, 동맹국 정부의 진보적 인사들은 이를 찬성할 것이다.

이 주장은 금후 중국 인민들의 정치투쟁 목표이다. 이 주장은 국민당 일당통치와 단독적으로 국민대회를 개최하고 거짓 입헌을 반대해야 하는 것이다." 구체적인 방법에 대하여 전보에는 이렇게 썼다. "당신들이 장, 왕에게 편지를 보낼 때 민주정치의 구체적 절차와 주장을 설명하라." "이번 참정회에서 작은 당파와 진보인사들의 동의를 받는다면 우리의 주장을 제안할 수 있다. 제안이 통과하지 않거나 다른 성질로 통과한다고 해도 우리는 여전히 국내외에 우리의 노력을 피력할 수 있다."[947] 때는 국민참정회 개막 전날이었다.

9월 5일 오전 국민참정회 제3기 제3차 회의가 총칭에서 열렸다. 전쟁이 악화되고 군중들의 감정이 격앙된 시기에 개최된 이번 회의에서 참가자들은 열

---

946) 중국공산당 제6기 7차 전체회의 주석단 회의에서 한 마오쩌동의 발언 기록, 1944년 9월 1일.

947) 『中央關于提出改組國民政府的主張及其實施方案給林伯渠, 董必武, 王若飛的指示』, 中央檔案館 편, 『中共中央文件選集』, 第14冊, 北京, 中共中央党校出版社, 1992년, 323, 324쪽.

렬한 발언을 했으며 직설적인 비평을 했다. 이는 예전 어떤 시기에도 찾아 볼 수가 없던 일이었다. 장제스가 개막식에서 발언을 마치자 참정원 린후(林虎)는 답사에서 근년 유럽과 태평양 전지에서 승리의 소식이 전해오고 있지만 "우리 국내의 상황은 전혀 낙관적이지 않으며 걱정만 늘어나고 있다"고 했다.

"일부러 사태를 엄중하게 말하는 것이 아니라 여러 가지 사실이 이를 말해 주기 때문이다. 이런 사실들은 모두 잘 알고 있기에 따로 하나씩 실례할 필요가 없다." "만약 지금 상황이 오래 가게 된다면 나라의 앞날은 상상조차 할 수 없다."[948] 군정부 부장 허잉친, 재정부 차장 위홍준(兪鴻鈞) 등이 보고를 마치자 참정원들은 정곡을 찌르는 질의를 제기했고 직설적인 비평을 했다.

발언을 하는 사람들이 적지 않았을 뿐만 아니라 모두 예리한 질문들을 했다. 『대공보』에는 이런 보도가 실렸다. "허 부장의 보고가 끝나자 여러 참정원들은 적극적으로 발언했다. 그는 비록 정부에서 병사들의 대우를 많이 높여주었지만 여전히 부족하다. 아마 군 장관들은 이후에도 병사 수량을 부풀려 월급을 가로채려할 것이다. 부대에 지급되는 자금은 수요의 반도 되지 않으니 병사들이 전투를 하려 하겠는가?" "마(이)씨는 중국 탐관오리들은 남아메리카와 스위스에 적지 않은 자금을 저축해 놓았다고 말했다. (박수) 외국에 있는 탐관오리들의 자금은 전부 몰수해야 한다.(박수)" "푸(傅) 참정원은 몇 년 전부터 병사들의 대우 문제를 해결했어야 했는데 이제야 문제를 제기하니 참으로 송구스럽다고 했다." "그렇다면 왜 문제를 질질 끌었는가? 우리는 병사들 수량을 조작하여 월급을 가로채는 군관들의 행위를 방치할 수 있는가? 이렇게 월급을 가로채는 군관들은 마땅히 총살해야 한다!(큰 박수)" 링위(冷遹)는 군부대의 문제의 원인은 부대 자체에만 있는 것이 아니라고 했

---

948) 『參政員林虎致詞』, 『國民參政會紀實』 下卷, 重慶, 重慶出版社, 1985년, 1308쪽.

다. "'군부대가 변질하게 된 것은' '정치가 어지럽기 때문이다'고 했으며 '만약 정치가 깨끗하다면 군부대도 변질하기 어렵다'고 했다." 황위런(黃宇人)은 "지금 이런 문제들을 해결하지 않으면 더 이상 기회는 없을 것이다.(박수)"[949]고 했다. 회의에서는 정부의 탐오와 부패 현상, 무능함 등 여러 가지 부패에 대해 일치의 거리낌도 없이 폭로했다. 이번 참정회의에는 국공의 관계를 의논하는 주요한 일정이 있었다. 국민당 당국은 내부적으로 국공담판을 진행하려 했으며 이를 공개하기 꺼려했었다. 그렇다면 이 시기 국민당은 왜 이 문제를 참정회에서 의논하려 했는가? 이는 국공담판의 진실을 알려고 하는 국내외의 보편적인 여론 때문이었다. 9월 15일 린보추, 장쯔종은 대회에서 국공담판의 과정에 대해 보고를 했다. 예성타오는 일기에 "아침에 신문에서 적군이 이미 촨저우(全州)에 이르러 우리 군과 격전을 하고 있다는 소식을 들었다.

궤이린은 위험한 상황에 처해있다"[950]고 썼다. 민심은 어느 때보다 초조했다. 이번 보고는 큰 파문을 일으켰다. 『대공보』에는 이런 내용이 실렸다. "어제 오전, 오후 국민 참정회에서는 두 차례의 공개적 대회를 열었다.

이는 참정회가 성립되어서 처음으로 나타난 성황이다. 모든 참정원들이 회의에 참가했으며 방청석도 빈자리 하나 없었다. 사이사이 쪽걸상에 앉아 방청하는 사람들도 있었고 서서 회의를 듣는 사람들도 있었다. 비 온 뒤의 9월의 날씨는 싸늘했다. 열정적인 분위기 탓인지 선풍기가 돌고 있는 회의장은 여전히 더웠다. 대표들의 발언은 회의에 참가한 모든 사람들의 몸과 마음을 따뜻하게 해주었다."[951]

---

949) 啓平, 『軍政与財政, 参政會昨熱烈討論』, 『大公報』, 1944년 9월 18일.

950) 叶圣陶, 『西行日記』(下), 叶圣陶, 叶至善, 叶至美, 叶至誠 편, 『叶圣陶集』, 第20卷, 南京, 江蘇人民出版社, 1994년, 292쪽.

951) 『中共問題之公開, 民主統一的進步』, 『大公報』, 1944년 9월 16일 사평.

린보추는 '연합정부' 성립을 공개적으로 제기했다. 그는 보고의 마지막에 이런 말을 했다. "항일전쟁의 위기를 해결하고 반격을 하려면 반드시 빠른 시일에 정부의 기구인사정책을 개혁해야 된다고 본다. 요즘 며칠 동안 참정회에 참가한 여러 사람들이 제기한 여러 가지 문제는 바로 우리의 기구인사와 정책의 문제를 의미하는 것이며 기존의 정책은 지금의 항일전쟁에 부적합하다는 것을 말해준다. 때문에 나는 국민당에서 일당통치를 끝내고 국민정부에서 각 당, 각 파, 각 항일부대, 각 지방정부, 각 인민단체의 대표들이 참가하는 국사회의를 개최해야 한다고 여긴다. 각 항일당파가 참여하는 연합정부를 조직하여 새로운 정부를 출범하여 전국 인민들을 격려하고 전선에서 전투를 하고 있는 병사들의 사기를 북돋아주고 전국 인민들을 단결하며 전국의 인재와 역량을 집결함으로써 동맹군과 함께 반격을 진행하여 왜구들을 물리칠 수 있다."[952]

중국공산당 중앙에서는 연합정부 출범에 대해 "소 당파와 진보인사들의 동의"를 얻은 후 '제안을 작성'하려 했다. 하지만 왜 린보추가 보고에서 공개적으로 제기하게 되었는가? 9월 24일, 중국공산당 중앙에 보낸 보고에서 동비우는 이렇게 말했다. "우리가 만약 국사회의를 열어 정부개편을 요구하는 제안을 제기한다고 해도 이 제안에 서명을 하지 않을 것이다. 만약 우리가 회의 밖에서 이 제안을 제기한다면 국민당에서는 우리가 그들의 정권을 빼앗으려 한다고 비방할 것이다. 때문에 지금 상황에서 우리는 회의에서 직접 제안하는 것이 제일 합당하다고 본다."[953] 이번 회의는 많은 사람들의 주목을 받

952) 林伯渠, 『在國民參政會上關于國共談判的報告』, 中央檔案館 편, 『中共中央文件選集』 第14冊, 北京, 中共中央党校出版社, 1991년, 334쪽.

953) 董必武, 『關于參政會的報告』, 『中共中央抗日民族統一戰線文件選編』 下, 北京, 檔案出版社, 1986년, 761쪽.

았으며 회의도 공개적으로 진행되었다. 린보취의 보고에서 제기한 이 건의는 특히 많은 사람들의 주목을 받았다. 국민당과 친근한 참정원 왕원우는 당일의 대회에서 이런 발언을 했다. "나는 연합정권은 중국공산당이 제기했지만 중국공산당만의 주장이 아니라 전국인민들의 염원이라고 본다."[954] 회의가 끝난 후 국민당 중앙 선전부의 수샤오옌(許孝炎)은 각 언론사에 "연합정부에 관한 내용이 언론에 노출되어서는 안 된다"고 특별히 분부했다. 중앙통신사에서는 린보추의 보고 중 연합정부관련 내용을 삭제하고 보도했다.

하지만 9월 17일의 『신화일보』에서 린보추의 보고 내용 전체를 발표했다. "신문이 붙여 있는 거리에는 적지 않은 사람들이 모여져 있었고 수천 부의 신문이 팔렸다."[955] 외국기자들도 해외에서 적지 않은 소식을 보도했으며 큰 반향을 일으켰다.

이 주장은 거대한 파문을 일으켰다. 대중은 국민당의 일당독재를 폐지하고 연합정부를 건립하려는 명확한 공동의 목표가 생겼다. 이렇게 대후방의 민주운동은 새로운 단계에 들어섰다.

국민참정회는 9월 18일에 폐막되었다. 24일, 충칭의 각 당파, 각계 대표 500여 명은 집회를 열었다. 여러 계층의 사람들이 참가하고 개방적으로 의사를 소통하며 열렬하게 의논한 이번 집회는 많은 사람들의 주목을 끌었다. 장란의 주최 하에 진행된 이 회의는 6시간 넘게 진행되었다. 풍옥상은 "오늘에 이르러도 새로운 개혁을 이끌어 내지 못한다면 내일은 나라를 잃은 슬픔 속에 빠지게 될 것이다"고 했다. 장보준은 "마땅히 나라를 잃기 전에 각 당파 회의를 개최하여야 한다! 지금의 중국에는 강력한 공산당이 있고 힘 있는 민주동맹이 있다. 국민회의를 소집하여 연합정부를 실행하여야만 이 위기를 이

---

954) 王云五, 『對國共談判的意見』, 『國民参政會紀實』 下卷, 重慶, 重慶出版社, 1985년, 1366쪽.
955) 중앙당교에서 최전방 간부들에게 한 보고 중 마오쩌동의 보고 기록, 1944년 10월 25일.

겨낼 수 있다"고 했다. 동비우는 "문제를 해결하려면 반드시 철저하게 진행해야 한다. 우리는 참정회에서 국사회의를 개최하고 연합정권을 수립할 것을 제의했다. 이렇게 해야만 전국 인민들을 동원할 수 있으며 전국 인민들을 단결하여 일본군을 궤멸시킬 수 있다!"고 했으며 황옌페이는 "오늘에야 진실 된 민심을 듣게 되었다"고 했다. 선준루는 이렇게 말했다. "국외에서 동맹군은 승전을 거듭하고 우리는 국내에서 패전을 하고 있다. 이런 국내외의 형세는 우리를 불안하게 만든다. 여러분들이 들은 연합정권, 국민회의는 매우 보편적인 일이며 실현하기 쉽다. 문제는 정부에서 이를 어떻게 받아들이고 어떻게 실행하는 가에 달렸다."[956] 이번 성회는 대후방 민심의 표현이었다.

쿤밍, 청두, 시안 등지의 신문에서도 대량의 사설과 보도를 발표했고 많은 군중단체에서는 집회를 열어 진정한 민주정치를 요구하고 정부에서 제도를 개혁하기를 요구했다. 장란은 청두에서 『새중국 일보』 기자들에게 이렇게 말했다. "참정회에서 여러 사람들이 제기한 문제를 해결하려면 과감하게 진행해야 하며 진정한 민주를 실행하여 인재를 모아 민심을 따라야 한다.

중요하지 않은 부차적인 눈에 보이는 것만 해결하려 한다면 새로운 모습을 기대하기 어렵다."[957] 참정원 저우빙린은 쿤밍서남연합대학에서 한 국민참정회 참가 소감에 대해 이렇게 말했다. "민주적인 정치만이 항일전쟁을 견지할 수 있고 민주정치만이 나라를 건립할 수 있다. 민주정치는 전반적이며, 철저한 것이어야 하기에 자그마한 권한을 나누어 준다고 만족할 것이 아니다."[958]

10월 10일 중국민주동맹은 『항일전쟁 마지막 단계의 정치 주장』에서 네 가지 견해를 제기했다. 그 두 번째 견해가 바로 "즉각 일당독재를 끝내고 각 당

---

956) 『新華日報』, 1944년 9월 25일.
957) 『新華日報』, 1944년 10월 4일.
958) 『新華日報』, 1944년 10월 14일.

파가 참여한 연합정권을 건립하고 민주정치를 실행"하며 "각 당파가 참여한 회의를 개최하여 거국일치의 정부를 만들 것"[959]을 요구하는 것이었다. 중국민주동맹은 이번 국민참정회가 끝난 이튿날에 전국대표대회를 열었다. 원 중국민주정단동맹을 개편하여 중국민주동맹을 결성했으며 중국민주동맹은 대후방의 부동한 정치성향을 대표하는 중간 세력이 되었다. 그들이 이런 주장을 제기하게 되면서 '연합정부' 건립을 요구하는 것은 중국공산당만의 의견이 아니라 대후방 중간세력을 포함한 많은 사람들의 뜻이라는 것을 증명해 주었다.

연합정부 건립의 주장에 대해 마오쩌동은 1945년 3월 31일에 진행된 제6기 7차 전체회의에서 이렇게 말했다. "연합정부는 구체적인 강령이며 통일전선정권의 구체적인 형식이다. 오랫동안 적당한 슬로건을 생각하려 했지만 생각해내지 못했다. 적당한 슬로건, 적당한 형식을 찾는 것이 쉬운 일은 아니다. 이 슬로건은 국민당이 군사면에서 패전을 하고, 유럽의 일부 국가들에서 연합정부를 건립하고, 국민당은 여전히 우리가 말하는 민주가 터무니없는 것이라고 하는 상황에서 제기한 것이다. 이 슬로건이 제기되자 총칭의 동지들은 보물을 얻은 듯 기뻐하고 인민들은 이 슬로건에 큰 지지를 보내리라고는 생각하지 못했다."[960] 이로부터 연합정부 성립에 관한 주장의 제기와 과정을 이해할 수 있다.

---

959) 『中國民主同盟對抗戰最后階段的政治主張』, 中國民主同盟中央文史資料委員會 편, 『中國民主同盟歷史文獻(1941—1949)』, 北京, 文史資料出版社, 1983년, 32쪽.

960) 『毛澤東在七大的報告和講話集』, 北京, 中央文獻出版社, 1995년, 101쪽.

4. 미국의 조정 활동

미국은 국공 양당 관계에 미묘하고 복잡한 태도를 보였다. 반파시스트 전쟁에서 동맹국인 미국은 일본과의 전쟁을 빨리 끝내려고 했다. 그들은 중국대륙에서 진행될 일본과의 전쟁에서 손실을 줄이려고 했다. 하지만 미국은 국민당 당국의 독재와 부패로 인해 일본과의 전쟁에서 그들의 작용을 걱정했다. 그들은 당시 일본의 공격에 계속 후퇴만 하고 있는 국민당 군의 상황이 하루 빨리 개선되기를 희망하고 있었다. 그들은 국공 양당이 협상을 통해 중국의 군사역량이 일본군과 대적할 수 있는 상황으로 개선하여 자신들의 중국 대륙에서의 손실을 줄이려고 했다. 하지만 이들은 명확하고 구체적이고 긍정적인 주장을 내세우지 않았고 앞뒤가 맞지 않은 말들을 했다.

미국 대통령 루스벨트는 1943년 11월 카이로회의에 참가 했을 때 장제스에게 공동의 작전을 위해서 중국에서 국민당이 주도하는 연합정부를 건립할 필요가 있다고 했으며 서유럽에는 이런 선례가 있었다고 했다. 하지만 장제스는 이런 제의를 받아들이기 만무했다. 때문에 이 일은 흐지부지하게 끝났다.

1944년 6월 미국 부대통령 Henry Agard Wallace가 중국을 방문 한 후인 7월 6일 루스벨트 대통령은 장제스에게 전보를 보냈다. "일본은 화중에서 공격을 시작했다. 국면은 매우 엄중한 상황에 이르렀으며 이런 형세는 당신의 정부를 위협하고 있을 뿐만 아니라 미군대가 중국에서의 행동을 위협하고 있다."

"중국의 형세는 매우 위급하다고 본다. 만약 적당한 보완조치를 취하지 않는다면 우리의 공동 사업에 재난이 닥칠 것이다."[961] 7월 14일 그는 다시 한 번

---

961) 〔美〕 約 斯 謝偉思, 『美國對華政策(1944—1945)』, 北京, 中國社會科學出版社, 1989년, 70, 71쪽.

장제스에게 편지를 보내 중국에 대한 자신의 주장을 명백하게 말했다. "지금 진행되고 있는 중국공산당과의 담판에서 정치적 방식으로 해결하려는 노력에 기쁘고 안심이 된다." 그는 "중국 정부와 중국공산당은 우선 화북에서 일본군과 전투를 진행할 구체적인 방안을 협상해야 한다."[962]

이달 말 미군 관찰팀은 옌안에 도착했다. 옌안에 동행한 John S. Service 미국 외교관은 8월 23일에 마오쩌동과 6시간이나 대화를 했다. 27일 그는 미국 정부에 이런 내용의 보고를 올렸다. "마오 주석은 미국이 새로운 전국적인 정부를 건립하도록 중국 주요정치 집단이 참가하는 회의를 진행할 수 있도록 지지해 줄 것을 요구하고 있다." 아마 이것이 바로 9월 1일에 진행된 제6기 7차 전체회의에서 마오쩌동이 말한 John S. Service와의 대화 내용일 것이다. John S. Service는 계속해서 이렇게 썼다. "이는 우리가 정리한 전 중국 사무에서 수행하려는 공산당의 작용과 계획이다." "대다수 자유주의 미국인들과 나의 의견은 일치하다. 중국공산당의 강령인 그들의 통일전선정책과 연합정부는 나를 포함한 많은 미국인들이 생각하는 제일 좋은 정책이다."[963] 이 미국 외교관은 연합정부성립이 중국공산당의 견해이며 건의라고 여겼다.

당시 주중 미국 대사 Clarence Edward Gaus의 활동을 주의해볼 필요가 있다. 미국정부가 중국 전지의 형세에 실망하고 있을 즈음 군부에서는 국공 양측의 무장세력을 Joseph Stilwell의 통일적인 지휘를 받게 하도록 루스벨트에게 건의했다. Clarence Edward Gaus은 대사관 참사관인 딘 애치슨에게 국민정부 입법원 원잔 쑨커를 찾아 쑨커의 생각을 알아보게 했다. 그는 "위원장(공산당을 포함)과 모든 파벌들이 참여한 군사 위원회 혹은 최고 총지휘부를 성립"할 것을 건의 했다.

---

962) 『中美關系資料匯編』, 第1輯, 北京, 世界知識出版社, 1957년, 583쪽.
963) 〔美〕 埃謝里克 편저, 『在中國失掉的机會』, 北京, 國際文化出版社公司, 1989년, 242, 246쪽.

John S. Service는 이 일에 대해 이렇게 평론했다. "모호하고 명확하지 않은 단어들을 사용했다는 말을 들었지만 바로 이런 모호함을 이용하려는 것이다." "물론 이 계획은 공산당뿐만 아니라 중국 정부에 불만을 가지고 있던 각 성 군사 영도자들과 지식인, 위원장의 배척을 받고 사람들을 정부에 참여할 수 있게 한다. 하지만 이는 정식적인 '연합정부'가 아니다."[964] John S. Service는 "모호하고 명확하지 않은 단어"라는 말을 음미해볼 필요가 있다. 학자들은 일부 회고록과 회의 자료에서 미국 정부가 중국에서 연합정부를 건립할 것을 주장했다는 자료를 찾을 수 있었다. 하지만 미국의 외교문서와 내부의 비밀문서에서도 이런 주장을 찾지 못했다. 이는 어찌된 일인가? 유일하게 합리적인 해석은 미국 정부가 종래로 이런 중대한 정책 과 주장을 명확하게 제기한 적이 없으며 "모호한 명확하지 않은 단어"들로 제기한 주장은 그다지 정확하지 않은 역으로 인한 오해일 수 있다는 것이다. 미국 정부는 국민당과 공산당 사이의 일정한 연합 행동을 성사시켜 그들의 지배 하에 중국의 군사세력으로 일본군과 맞서려고 했다. 특히 군사 형세가 엄중하게 기울어진 상황에서 국민당의 일당독재의 문제를 고려하지 않았다.

Clarence Edward Gaus의 건의는 미국 국무원의 지지를 얻었다. 하지만 그도 8월 30일에야 장제스를 만나 대화를 할 수 있었다. 하지만 결과는 실망스러웠다. 이튿날 Clarence Edward Gaus은 미국 정부의 태도에 대해 장제스에게 이렇게 말했다고 국무장관 Cordell Hull에게 보고했다. "미국 정부는 중국 공산당의 사업에 아무런 관심도 없으나 중국의 내무 문제가 신속히 해결하기를 바란다. 중국의 무장부대는 마땅히 일본을 향해야 하는데 서로 총을 겨누고 있다. 지금 위험한 전쟁 상황에서 이런 행동은 특히 중요하다." "우리

964) 〔美〕 約 斯 謝偉思, 『美國對華政策(1944—1945)』, 北京, 中國社會科學出版社, 1989년, 80, 81쪽.

는 중국이 공산당의 요구를 받아들이라고 하는 것이 아니다.

미국 정부가 고려하는 것은 중국에서 지금 직면한 위기 상황을 제대로 해결하는 것이며 중국의 통일을 바란다. 우리는 중국이 지금 현황에서 평화적인 해결방법을 찾기를 바란다." Clarence Edward Gaus는 편지에 이렇게 썼다. "물론 나는 국민당의 의견을 잘 알고 있다. 국민당은 지금 일당통치의 정부를 고집하고 있다. 나는 여러 곤란들이 해결되기를 바란다. 전면적으로 문제를 해결하지 못하더라도 작은 당파가 정부에 참여하지 말아야 한다. 그렇다면 일정한 범위에서 일부 특수집단 혹은 정당 대표들이 정부에 참가하는 것을 고려할 수 있다. 이런 사람들을 일정한 형식으로 군사 위원회에서 직무를 맡고 계획을 제정하고 집행하여 중국이 지금의 위험한 전쟁위기를 넘기게 해야 한다."[965] 이는 Clarence Edward Gaus이 직접 설명한 것이다. 그는 "이런 사람들을 일정한 형식으로 군사 위원회에서 직무를 맡게" 하는 것은 중국에서 연합정부를 성립하는 것과 거리가 멀다.

며칠 후, 국민참정회가 개최되자 Cordell Hull는 9월 9일에 Clarence Edward Gaus에게 전보를 보내 장제스를 찾아 다시 한 번 담화를 하라고 했다. "당신은 공산당 대표에게 중국은 모든 세력을 단결하여 항일전쟁을 계속해야 하며 평화를 위하여 준비를 해야 한다는 것을 설명해야 하며 이를 위해서는 서로 양보하는 정신이 중요하다는 것을 알려주어야 한다. 지금의 여러 가지 정치사상이 공존하고 있는 중국에서 마땅히 일본을 물리치기 위해 합작을 해야 하며 지금 상황에서는 승리가 주요 목표인데 이를 위해서 서로 다른 의견도 해결할 수 있다는 것을 설명해주어야 한다. 또한 장제스에게 상술한 의견은 대통령과 나의 의견이라고 전달하기 바란다." "우리는 당신이 장제

965) 『中美關系資料匯編』, 第1輯, 北京, 世界知識出版社, 1957년, 584, 585쪽.

스와 담화과정에서 제기한 연합위원회에 대한 생각(보내온 편지에서 언급한 내용)을 언급하기 바란다. 대통령과 나는 당신의 건의가 적합하며 실질적이라 여기고 있다는 것도 전해주기 바란다. 또한 그들이 이 건의를 고려해볼만한 것이라는 것도 설명해주기 바란다." 이런 조직에 대해 그는 구체적인 해석을 했다. "우리의 신념에 따르면 이 목표를 완성 할 수 있는 가장 유효적인 조직기구는 장제스가 영도 하는 권력을 완전하게 가진 모든 유력인사들을 대표할 수 위원회 혹은 기타 조직이다."[966]

린보추가 국민참정회에서 연합정부 설립을 주장한 이튿날인 9월 16일, Clarence Edward Gaus은 Cordell Hull와 루스벨트에게 전보를 보내 그가 9일에 받은 Cordell Hull의 전보에 따라 장제스와 대화를 한 상황을 보고했다.

이 보고에서 그는 '연합위원회'라고 했던 그 전의 명칭을 "연합군사위원회 혹은 비슷한 조직"이라고 명확한 명칭을 상용했다. 보고에서 그는 이렇게 말했다. "내가 제기한 국민 참정회는 자문 기구에 불과하다. 그는 그의 생각을 말했다. 나의 건의는 정부기구를 전환하려는 것이 아니기에 지금 상황에서 어떠한 특정적인 일을 하지 말아야 한다. 나는 작은 당파의 사람들이 정부에 참여하는 방법을 찾으려는 것이며 위기의 시기에 정부를 순조롭게 회복하려는 것이라고 대답했다. 하지만 나의 건의는 즉각 정부를 개편하는 것이 아니며 전쟁시기의 내각을 성립하여 기타 당파 혹은 조직의 행정, 군사 지도자들을 정부에 참여하게 하여 지금 나라의 어려운 문제를 함께 해결하고 책임을 지게 하려는 것이라고 했다."[967]

자주 인용되는 전보문의 내용에서 우리는 중국 문제를 대하는 미국 정부

---

966) 『中美關系資料匯編』, 第1輯, 北京, 世界知識出版社, 1957년, 586쪽.

967) 『美國駐華大使高斯致赫爾國務卿和羅斯福總統』, 重慶市政協文史資料研究委員會 等 편, 『抗戰時期國共合作紀實』 下卷, 重慶, 重慶出版社, 1992년, 348, 349쪽.

의 태도를 알 수 있다. 그는 주로 군사적인 면부터 고려했으며 전쟁시기의 국공관계는 정치적으로 해결하고 공산당은 마땅히 군대를 장제스에게 맡겨 일본군과 전투를 진행해야 한다고 했다. 다음 전쟁 시기 엄중한 나라 형세에서 중국공산당은 마땅히 내각의 자리 몇 개를 내어주어 중국공산당도 함께 책임을 져야 한다고 하면서 즉각 정부를 개편해야 하는 것은 아니라고 했다.

이는 중국공산당이 제기한 "연합정부"와는 다른 의미이다. 린보추는 9월에 왕스제, 장쯔종에게 이런 내용의 편지를 보냈다. "모여 앉아 밥한 끼 먹는 것이 아니며 일당독재의 실질이 변화하는 것이며 정책을 전환하지 않는 새로운 정부를 말하는 것이 아니다." 이는 바로 당시의 상황에서 나온 말이다. 물론 미국 정부의 이런 요구는 당시의 국민당 당국에 적지 않은 압력을 주었다.

연합정부의 성립을 요구하는 운동은 대후방에서 활발히 진행되고 있었다. 11월 7일 미국 대통령의 개인 대표인 Cordell Hull이 옌안에 도착하여 중국공산당 중앙 지도자인 마오쩌동, 주더, 저우언라이 등과 회담을 가졌다. Cordell Hull는 '협의 기초'라는 문서를 가져왔다. "이는 그가 초안을 작성하고 국민당 담판 대표의 동의를 얻은 문서였다."[968]

이 문서에서는 연합정부 성립에 관한 어떠한 내용도 언급하지 않았다. 문서에는 이런 내용이 들어 있었다. "중국공산당군대는 중앙정부 및 군사위원회의 명령을 따르고 집행한다."

"중국에는 한 개의 국민정부와 한 개의 군대가 있을 것이다. 공산당군대의 모든 군관과 전체 병사들은 중앙정부 개편 시에 각자의 지위에 따라 국민당군과 동등한 월급과 수당을 받는다." 이런 내용의 실질은 국민당의 일당독재를 유지하면서 공산당이 영도하는 부대 통제권을 얻으려 하는 것이다. 중국

---

968) 〔美〕 約 斯 謝偉思, 『美國對華政策(1944—1945)』, 重慶, 重慶出版社, 1985년, 98쪽.

공산당은 당연히 이런 제의를 받아들이지 않았다. 3일간의 담판을 거쳐 중국공산당 중앙의 제의에 따라 양측은 다섯 가지 협정을 체결했다.

그중 두 번째 사항은 "지금의 국민정부는 마땅히 즉각 개편을 하고 모든 항일당파와 무당파 대표들이 참여하는 연합정부를 성립하고 군사, 정치, 경제, 문화에서 개혁을 한 새로운 민주정책을 반포하고 실해야 한다. 동시에 군사위원회은 모든 항일 부대 대표가 참가한 연합군사위원회로 개편해야 한다" 였다. 네 번째 사항은 "모든 항일 부대는 마땅히 연합 국민정부 및 연합군사위원회의 명령을 지켜야 하며 이를 집행해야 하며 항일 부내는 정부와 군사위원회의 인정을 받아야 한다. 유엔에서 보내온 물자는 마땅히 공평하게 나누어야 한다."[969] 11월 10일에 마오쩌동은 중국공산당 중앙위원회 주석의 신분으로, Cordell Hull은 미국 대통령의 개인 대표와 증인의 신분으로 이 협정 초안에 사인을 했다. 하지만 Cordell Hull가 총칭으로 돌아간 후 장제스는 이 다섯 가지 협정을 완전히 뒤집어버렸다.

이 시기 전쟁은 계속 악화되었고 각지에서는 민주운동이 활발히 진행되었다. 민중들의 분노를 가라앉히기 위해 국민당 당국에서는 두 가지 대책을 내놓았다. 첫째, 부분적인 정부 개편. 11월 20일 위홍준은 쿵샹시를 대신하여 재정부장을 맡았고 친청은 허잉친을 대신하여 군정부장을 맡았다.

12월 4일에는 송쯔원이 쿵샹시를 대신해 행정원 사업을 총괄했다. 하지만 이런 전환은 국민당 일당독재의 실질을 전환한 것이 아니었다. 둘째, 1945년 설에 장제스는 라디오 연설을 발표했다. "우리의 군사가 조금 안정적이고 공격을 할 수 있는 조건이 되고 최후의 승리에 확신이 있게 되면 나는 국민대회를 개최하여 헌법을 반포할 것을 중앙에 건의하려 한다. 우리는 중국국민

969) 『延安協定草案』及附彔, 中央檔案館 편, 『中共中央文件選集』, 第14冊, 北京, 中共中央党校出版社, 1992년, 393, 394, 395쪽.

당이 민국 20년부터 국민회의의 위탁을 받았던 정권을 전체 국민들에게 돌려주려 한다."[970] 이 모든 것은 공수표에 불과하며 국민대회를 "개최"하려 한다는 것은 항일전쟁 초기 국민당의 통제 하에 진행된 것으로 "정권을 전체 국민들에게 돌려" 준 것이 아니다. 대후방의 대다수 사람들은 허울만 바뀌고 실질은 그대로인 두 가지 대책의 본질을 알고 있었고 이 대책에 아무런 관심도 없었다. 대후방에서의 국민당의 신용은 되돌릴 수 없는 처지에 이르렀다.

5. 민족자본가의 정치태도 변화

연합정부 성립을 요구하는 목소리가 높아짐에 따라 민족자본가의 정치태도도 1944년 말에 이르러 전환의 의미가 있는 중대한 변화가 일어났다.

항일전쟁 이전 중국 공업은 반수이상이 연해 각 성에 집중되어 있고 서남, 서북 지역의 민족공업은 거의 없었다. 국민정부 경제부 통계처의 1943년 5월의 통계에 의하면 항일전쟁 전 비교적 큰 규모를 가지고 있는 민영공장은 쓰촨에 기계공장 2개, 전력공장 1개, 밀가루 공장 1개, 시멘트 공장 1개 종이공장 1개 있었고 궤이저우에는 종이공장 1개가 있었으며 산시에는 방직공장 1개, 밀가루 공장 2개가 있었다. 시캉(西康), 칭하이(靑海), 닝샤 세 개 성에는 근대공업공장이 없었다. 항일전쟁 시기에 이르러 정치군사형세의 변화와 더불어 내륙의 공업도 빠른 발전을 가져왔다. 상하이 등 지역의 민족공업의 내륙으로의 이전은 결정적인 역할을 했다.

내륙으로 이전한 공장은 중국의 항일 대업의 기둥이었다. 연해지역의 공장 등은 천신만고를 겪으며 천릿길 마다하고 끊임없이 내륙으로 이전했다. 그

970) 『中央日報』, 1945년 1월 1일.

중 반수 이상이 총칭과 쓰촨으로 이전했다. 공업의 기초가 거의 없는 대 후방에 수십만 톤의 기계와 1만여 명의 숙련된 노동자들은 자연스레 공업발전의 핵심역량이 되었다. 전쟁의 수요에 따라 항일전쟁이 시작해서부터 1941년까지 대후방의 민족공업은 지속적인 발전을 가져왔다.

하지만 1943년부터 그들의 처지도 점점 어려워졌다. 민족공업이 쇠퇴하게 된 원인은 주로 세 가지가 있다. 첫째, 악성적인 인플레이션. 인플레이션으로 인해 상품의 판매가격으로 상품 생산에 필요한 원자재를 구입하기 어려워 유동자금이 부족했다. 기업은 일정한 감가상각비용이 필요했지만 설비를 갱신할 자금이 턱없이 부족했다. 둘째, 물자를 독점하고 있는 국민당 정부의 통제정책. 1942년부터 소금, 사탕, 성냥 등을 독점판매하기 시작했다. 하반기에 들어서서는 면방직품 등 상품에 대해 가격을 제한하고 가격을 협정했다.

정부에서 규정한 구매가격은 물가지수나 암시장에서의 가격보다 현저히 낮은 가격이었다. 때문에 기업은 더욱 어려운 상황에 처하게 되었다. 셋째, 1940년 이후 호족자본이 통제하의 국가 기업은 민족자본을 더욱 심각하게 배척했다.[971]

1943년, 민간 공업의 생산 총 지수는 항일전쟁 시기에 처음으로 마이너스 성장을 기록했다. 이해 6월 첸촨공장 연합회와 중국전국공업협회에서는 불공평에 대한 분노를 표하는 글을 발표했다. "냉정하게 말해보자. 항일전쟁에서 제일 손해를 본 사람들은 몇 푼 안 되는 저축과 국채로 생활을 유지하는 사람들이다. 제일 큰 편의를 본 사람들은 특수한 세력에 의거하여 투기를 하고 밀수와 탈세를 하지만 이를 문책하는 사람조차 없는 사람들이며 매일 가치가 하락되는 자금을 이용하여 시시각각 오르는 상품을 판매하는 금융업이

971) 許滌新, 吳承明 편, 『中國資本主義發展史』, 第3卷, 北京, 人民出版社, 1993년, 548—552쪽.

며 가격이 영원히 하락되지 않는 토지를 가지고 수입을 확대하는 지주들이다. 대다수의 공상업 종사자들은 고난에 허덕이며 숨쉬기조차 힘들다."[972]

위샹궤이 대퇴각은 대후방 민족공상업에 큰 타격을 주었다. 내륙으로 이전한 공장은 총칭과 쓰촨 외에 후난과 광시에 제일 많았다. 항일전쟁 후기 첸촨공장연합회 이사장인 후줴원은 그의 신민기계공장(新民机器厂)을 총칭으로 옮긴 후 후난의 치양(祁陽)에 분공장을 세웠으며 광시궤이린에 큰 규모의 다중기계공장(大中机器厂)을 세웠다. 샹궤이 대퇴각 시기 권세가 있고 돈이 있다는 자들은 물자를 옮길 수 있었으나 간신히 먼 거리를 이동하여 가져온 설비들은 거의 모두 버릴 수밖에 없었다. 후줴원은 당시 후난에 있었는데 일본 전투기의 폭탄을 무릅쓰고 피난하는 인파 속에 끼어 광시, 궤이저우를 거쳐 겨우 총칭에 돌아왔다. 그는 당시 상황에 대해 이렇게 말했다. "이번에 나는 일생에서 에일 처참하게 물건을 잃었다." "서남공업 중 형양에서 2분의 1, 치양에서 10분의 6, 궤이린, 류저우에서 약 10분의 8의 설비를 이전했는데 기타 지역과 합산하면 이전한 수량은 반도 되지 않는다.

궤이양, 두산 등 안전한 지역으로 안전하게 이전한 설비는 1%도 되지 않는다." 고난을 겪은 그는 큰 타격을 받았다. "샹궤이에서 철수하면서 국민당 정부의 부패와 국민당 군대의 무능함 그리고 민영공장의 비참한 처지를 온몸으로 겪었다. 11월 18일 나는 총칭 첸촨공장연합회 회원 회식에서 침통한 마음으로 민영공장의 퇴각 정황을 이야기했다." 후줴원의 이야기를 현장에서 들은 공상업 관계자들 모두 얼굴색이 변했다. "현실에서 일어난 사실은 우리 공업계 인사들이 경제만 관심하고 시국을 관심해야 한다는 도리를 깨우쳐 주고 있다. 의논을 통해 마땅히 나랏일에 우리들의 주장을 공개해야 한다

---

972) 遷川工厂聯合會, 中國全國工業協會, 『敬質伍啓元先生』, 『新華日報』, 1944년 6월 14일.

고 입을 모았다. 연말에 이르러 중화전국공업협회, 첸촨공장연합회, 중국국산품공장연합회, 중국서남실업협회, 중국전쟁시기생산촉진회 등 다섯 개 공업단체의 명의로 시국 성명을 발표하여 10가지 정치 주장을 제기했다." 이는 일반적인 성명이 아니다. 후줴원은 이렇게 지적했다. "이는 우리 민족자본계급이 처음으로 시국에 대해 정치주장을 발표한 것이며 산간도시를 뒤흔들었다."[973]

이번 성명은 시작에서부터 전쟁의 위급함을 명확하게 지적했다. 일본군이 서쪽으로 이동하면서 "두산을 점령했고 20날도 되지 않은 사이에 천여 리 점령하여 궤이양(貴陽)을 엿보고 촨뎬(川滇)을 위협하고 있다. 당시 상황의 위험한 정도는 모두 알 수 있는 사실이다." 지금 두산은 광복되었고 "승리가 가능해졌지만 적의 세력은 여전하다." "동쪽으로 서쪽으로 이동하기 쉬운 위치에 있는 일본군은 여전히 전투의 주도권을 차지하고 있어 여전히 큰 우환거리이다. 소 잃고 외양간 고친다고 실패를 교훈으로 삼아야 한다."

성명에는 정부를 향한 희망도 포함되었다. "속히 입헌정치를 실행하고 모든 백성들이 주인이 되는 백성들이 나라를 통치하는 나라가 되어야 한다." "감찰제도를 실행하고 법치 정신을 강화하며 정치적 탐오와 부패를 없애 인민들이 믿음을 받을 수 있는 정부가 되기를 바란다." "모든 불필요한 의심과 경계를 버리고 관민 합작을 이끌어내어 군민 합작 정신을 선양하여 하나로 단결하여 최후의 승리를 이끌어야 한다." 성명의 마지막은 침통하고 완곡하게 마무리 했다.

"우리와 같이 상업에 종사하거나 공장을 운영하고 광산 사업을 하는 사람들은 아마 정치에 별로 관심이 없었을 것이다. 하지만 책을 좀 읽고 대의를

---

973) 胡世華, 呂慧敏, 宗朋 整理, 『胡厥文回憶彔』, 北京, 中國文史出版社, 1994년, 69, 70, 71쪽.

좀 알고 있다. 항일전쟁이 제일 어려운 시기에 자그마한 힘이라도 보태려고 조잡한 우리의 의견을 조심스레 제기해 본다. 위에 말한 의견은 별로 대단한 의견은 아니지만 우리의 진심이다. 적국에 있는 우리의 동포들과 정부에서 우리의 의견을 참고한다면 우리에게는 큰 행운이다."[974]

12월 26일 『신화일보』에서는 즉각 『경제계는 민주가 필요하다』는 제목의 사설을 발표하여 민족공상업자들의 이 성명을 지지했다. 사론에서는 샹궤이 대퇴각시 민족 공업의 비참한 조우를 묘사한 후 이렇게 썼다. "쓰라린 고통은 항일전쟁의 국면이 호전되지 않으면 공장들이 살길이 막혔다는 것을 말해주는 것이 아닌가? 정치가 민주적이지 않으면 전쟁의 국면은 호전되기 어렵고 경제가 발전할 수 없다. 전쟁시기의 경제를 억압하는 문제들이 참으로 많다.

통제는 경제의 발전을 막고 있으며 반관반상(半官半商)의 특정적인 양서류 자본에 적지 않은 편의를 제공하여 주고 있다. 이런 편의는 특정 자본이 쉽게 독점을 할 수 있고 그들이 사회적 물의를 쉽게 일으킬 수 있게 한다. 이는 국민에게 해롭고 나라를 망치는 행위이다. 이를 궤멸시키지 않으면 상업과 경제는 발전할 수가 없다." 사설의 마지막에는 이렇게 썼다. "우리는 총칭시 상공계에서 보낸 진심어린 의견의 기본정신을 환영한다. 우리는 정부에서 상공계의 간절한 목소리에 귀 기울이고 최조한도의 요구를 만족시켜야 한다."[975]

한 달 후 저우언라이는 옌안에서 총칭에 돌아온 후 터위안(特園)에서 상공계 인사들을 요청하여 좌담회를 가졌다. 대후방 민족자본가의 주요 대표 인물인 류훙성(劉鴻生), 우윈추(吳蘊初), 후쯔앙(胡子昂), 후줴원, 리주천, 장나이치, 위밍위(余名鈺), 우겅메이(吳羹梅), 후시위안(胡西園) 등 30여 명이 참가했다. 저우언라이는 항일전쟁을 끝까지 견지해야 하며 민족의 독립과 국가의

---

974) 『新華日報』, 1944년 12월 26일.

975) 『經濟界需要民主』, 『新華日報』, 1944년 12월 26일 사론.

부강을 위해 공업가들은 나라를 위해 공헌을 해야 한다. 류훙성, 리주천, 장나이치 등은 회의에서 의견을 진실하게 말했다.

그 후, 중국공산당 중앙 남방국은 민족 자본가들과 더욱 밀접하게 연락했다. 이해 연말, 민족 자본가들이 주체를 이룬 민주건국회가 성립되었다. 후줘원는 이렇게 회상했다. "젊은 시절에 나는 정치를 정말 혐오했으며 벼슬길이 아닌 경제로 나라를 구하려고 했다." "한마음으로 실업을 하다가 정치에 발을 들여 놓기 시작하게 된 것은 민주건국회를 창건을 준비하면서부터였다."[976]

저우언라이는 당시 상황에 대해 이렇게 말했다. "1944년에 이르러 소자산계급 뿐 아니라 민족자산계급까지 우리와 가까이 하자 일부 해외인사들과 국민당 내부의 사람들도 이를 이해할 수가 없었다.

사실 당시 중국 사회의 현실이었다. 역사적으로 보면 자산계급 정치태도는 여러 가지 원인과 오랜 시간을 거쳐 변화된 것이다. 1944년이 바로 변화의 전환점이다. 이는 위샹궤이 대 퇴각의 엄중한 후과와 직접적인 관련이 있다.

6. 맺음말

민심의 흐름은 정치 구조의 변화에 결정적 작용을 한다.

1944년에 나타난 대 후방 민심 변화의 강력한 영향력은 피부로 느낄 수가 있었다. 국민당 정부는 이미 모든 민심을 잃었다. 많은 사람들은 전쟁 후 중국의 앞날을 걱정하기 시작했다. 예성타오는 1944년 12월 7일의 일기에 이렇게 썼다. "부패요인을 모두 제거할 수 있다면 앞날에 유리할 것이다. 만약 전쟁에서 승리한 후 철저한 개혁을 하지 못하면 간신히 고통을 이겨낸 사람들

976) 胡世華, 呂慧敏, 宗朋 整理, 『胡厥文回憶錄』, 北京, 中國文史出版社, 1994년, 77쪽.

의 마음은 위로받지 못할 것이다."[977]

국민당 정부는 장기간 일당독재를 해왔기에 공산당과 기타 민주당파의 합법적인 지위는 정식으로 인정 받지 못했다. 지금 정부 개편을 공개적으로 제기하고 각 당파가 참여한 연합정부를 성립하라는 요구는 지지를 얻을 수 있었다. 예전의 국공 양당의 담판은 내부적으로 진행되었으며 국공 양당은 서로 불평등한 지위에 있을 뿐만 아니라 백성들은 담판의 내용을 알 수 없었다. 지금 내용을 공개하여 국공 양측은 서로 평등한 지위에서 담판을 할 수 있게 되어 사회 각 계층의 관심을 받게 되었으며 국제적으로도 이 담판을 중시하게 되었다. 이는 거대한 변화가 아닐 수가 없다! 물론 이는 국민당 당국이 바라는 상황이 아니었다. 이런 변화는 장기간 조금씩 변화되어 나타난 결과이며 객관적 형세 발전의 산물이다.

1945년 4월 24일 마오쩌둥은 중국공산당 제7차 전국대표대회에서 「연합정부를 논함」이라는 제목의 정치보고를 했다. 그는 서두에 "중국인민과 동맹국 민주 언론은 중국에서 민주적인 연합정부를 성립 여부를 관심 갖고 있다. 때문에 나는 보고에서 이 문제를 중점적으로 설명하려 한다"고 했다. 이 보고 내용은 전국에 널리 퍼졌고 연합정부 성립은 더욱 우렁차게 전국에서 울려 퍼졌고 만민이 주시하는 문제였다.

이 영향력은 전쟁 후에도 계속 되었다. 항일전쟁이 승리한 후 얼마 지나지 않아 총칭담판이 시작되었고 『쌍십협정』이 체결되었다. 이는 국공 양당이 공개적으로 평등한 지위에서 담판을 진행한 중요한 협정이며 예전에는 상상도 할 수 없었던 일이다. 이어 국민당, 공산당, 민주동맹, 청년당과 무당파인사 대표 38명이 참가한 정치협상회의가 열렸다.

---

977) 叶圣陶, 『西行日記』(下), 叶圣陶, 叶至善, 叶至美, 叶至誠 편, 『叶圣陶集』, 第20卷, 南京, 江蘇人民出版社, 1994년, 340쪽.

이 회의는 1944년 중국 공산당이 진행하려던 각 당파와 각 계 대표가 참가하는 국사회의가 다른 형식으로 진행된 것이다. 이번 정치협상회의는 22일간 열렸다. 회의에서 정부조직 안, 국민대회 안, 평화건국강령, 군사문제 안, 헌법초안 안 등 다섯 가지 협의가 체결되었으며 사회 각계 인사들과 민중들의 열렬한 환영을 받았다.

이 협의들은 이후 옳고 그름을 가르는 주요한 표준이 되었다. 이 정치협상의 노선을 견지하면 민심을 얻었고 이 정치협상의 노선을 파괴하면 민심을 잃고 광대한 민중들에게서 등을 돌리는 것으로 인정했다. 이미 민심을 잃을 대로 잃은 국민당 당국은 종래로 이 정치협상을 이행하려 하지 않았으며 얼마 지나지 않아 이 협상을 일방적으로 파기했다. 이렇게 국민당은 전 중국 인민들 앞에서 도리에 어긋난 행동을 하여 자신을 더욱 고립시켰고 공산당은 더욱 많은 지지를 얻게 되었다.

1944년 대 후방 민심의 큰 변화는 중국 근대 역사의 중요한 발전과정이다. 민심의 변화를 떠나 당시 시국의 급격한 변화 발전 과정을 깊이 있고 전면적으로 이해하기 어렵다.

후기

70년이 지난 오늘 내가 여가시간을 이용하여 『전환의 연대 – 중국 1947』을 쓴 주요 원인은 앞에서 이미 설명했다. 후기에는 개인적 원인을 적으려 한다.

어쩌면 나는 1947년에 특별한 감정이 있었는지도 모른다. 나에게 있어 1947년은 잊을 수 없는 한 해였다. 이 해에 고중학생이었던 나는 대학교에서 역사를 공부하는 대학생이 되었다. 바로 이 해에 나랏일에서 중간 상태였던 청년 학생은 몸과 마음을 애국민주운동에 바친 학생으로 변했다. 연 초에 나에게서 이런 변화가 일어나리라고 상상도 못했다. 오래전부터 나를 잘 알고 있던 사람들도 나의 변화에 여간 놀라지 않았다. 사실 이런 변화는 생활의 객관적인 환경에서 나타난 거대한 변화였다. 그렇다면 생활의 객관적인 환경은 어떤 변화가 일어났는가? 누군가는 젊었을 때의 기억은 지금보다 더욱 뚜렷하다고 했다. 비록 반백년이 지난 지금에도 당시의 모든 것은 눈에 선하다.

프랑스의 철학가 앙리 베르그송(Henri Bergson)은 이런 말을 한 적이 있다. "만약 당신에게 멀리서 찍은, 가까이서 찍은, 전체적인 혹은 부분적인 서로 다른 각도에서 찍은 100장의 파리 개선문의 사진을 보여준다면, 당신은 여전히 개선문을 제대로 알지 못할 것이다. 하지만 당신이 개선문 앞에 5분만 서있어도 개선문을 이해하게 된다."

이 말에서의 '개선문'을 내가 겪은 중국의 1947년으로 비한다면 이 연대를 5분이라도 겪은 것이 아니라 거의 1년간의 전 시기를 겪어 당시의 분위기와 대중의 심리변화를 몸과 마음으로 느꼈다. 어떠한 역사자료도 이런 느낌을 그대로 기록해 둘 수는 없다. 그렇기 때문에 훗날 사람들은 그들의 상상과 추측으로 느낌을 살리게 되는데 이런 추측과 상상은 어쩔 수 없이 주관성과 임의성을 가지게 된다. 나는 이 역사의 증인이다. '중국의 1947년'은 역사학 연구에 종사하는 일원인 나의 연구 범위에 있었다. 매번 이 시기에 관련된 글을 읽을 때마다 나는 내가 겪고 보았던 일들과 비교하게 된다. 비록 지금 그 해에 관련된 자료들이 예전보다 많고 더 깊이, 더 상세히 알고 있지만 당시의 나의 느낌과 대체적으로 일치한다. 또한 나는 내가 겪은 평범하지 않은 역사의 전환연대를 연구주제로 한 글을 쓰고 싶은 충동을 느낀다.

물론 나는 중국의 1947년을 완전히 이해한다고 말할 수 없다. 앙리 베르그손은 비이성주의자이다. 그는 인지과정에서의 직감의 작용을 과대 포장했다. 개선문에 5분간 서 있는다고 개선문을 완전히 이해하기란 어렵다. 더욱이 사람들은 각자의 시야에 따라 국한성의 제한을 받는다. 중국의 1947년은 개선문보다 어려운 연구대상이다.

1947년 전체를 중국에서 몸으로 겪었다고 해도 이를 잘 알고 있다고 말하기 어려울 뿐만 아니라 개인 시야의 국한성도 있어 완전히 이해한다고는 말하기 어렵다. 비유는 어디까지나 비유에 불과하며 완전히 정확한 것은 아니다. 비유는 비슷한 어느 한 면을 이야기 한 것뿐이다.

개인 시야의 국한성이 있기에 이 책에서는 국민당 통치구역과 양측 전쟁의 발전에 대한 서술이 해방구 상황에 대한 서술보다 훨씬 많다. 인용된 자료도 대부분 상하이에서 출판된 『저우바오』, 『민주』, 『관찰』, 『스위원』, 『궈순』 등이 대부분이다. 이런 간행물들은 당시 내가 자주 보던 잡지였다.

내 판단의 정확성 여부는 모두 독자들에게 달렸다. 같은 시대의 중국에서 생활했던 사람이라고 해도 그 시기에 대한 견해는 모두 다르다. 적어도 이 책에서는 당시 국민당 통치구역에서 생활했던 청년학생들의 눈에 비친 세상을 보여준다. 격동의 시대는 정치에 별 관심이 없던 청년학생들을 조금씩 정치에 개입하게 만들었다. 나의 이런 변화는 바로 역사의 객관적인 진실을 말해주고 있다. 더욱이 나는 당시에 나와 같은 변화를 가져온 사람들이 적지 않다는 것을 명확히 알고 있다.

원래 나는 종합적인 분석으로 책을 마무리 하려 했다. 하지만 역사 저서의 특점인 증명된 사실을 기록하는 것이다. 때문에 마땅히 사실을 정확하게 전달하고 그 시기의 역사(적어도 일부분)를 재현하기에 노력하여야만 역사를 정확하게 이해하여 역사로부터 교훈을 얻을 수가 있다. 내가 전달하려는 의사는 장, 절을 통해 이미 표명했다. 다시 새로운 장에 나의 생각을 전달한다는 것은 불필요하다고 생각된다. 참을성 있는 독자들은 책을 읽은 후 자신의 결론을 내릴 수 있을 것이다. 이는 작자가 어떠한 결론을 내리는 것보다 나은 것이다. 책에서 나는 문헌을 인용할 때 비교적 길게 인용했는데 이는 독자들이 사실을 입체적으로 이해하게 하기 위해서이며 독자들의 사고와 판단에 유리하게 하기 위해서이다.

이 책은 1947년 중국의 사건들을 서술했다. 중국이 어떤 상황에서 1947년을 맞이했는가를 설명하기 위해 제1장에서 간략하게 항일전쟁 승리로부터 1946까지의 상황을 서술했다. 사건의 전말을 이해하는 것은 매우 필요한 것이다. 1947년 가을 푸단대학에서 공부를 할 때 총칭에서 제대하여 상하이로 돌아와 공부를 하는 선배가 있었는데, 그는 "너희들과 같이 일제시기 이전의 피점령지역에서 생활한 사람들은 항일전쟁시기에 국민당 정부에 얼마나 큰 희망을 걸었는지 모르지만 대 후방에서 생활한 우리는 항일전쟁 후기에 이르러 이 정부에 별로 큰 기대를 하지 않았다"고 했다. 진심어린 이 말은 나에게 깊은 인상을 남겼다. 하지만 이 책에서 서술하려는 것은 1947년의 일들이기에 너무 오래전까지 거슬러 설명을 할 수는 없었다. 때문에 예전에 썼던 「항일전쟁 후기 중국 정치국면의 중요 동향 — 1944년에 급변한 대 후방의 민심과 '연합정부' 주장의 제기를 논함」이라는 논문을 부록으로 추가했다. 관심 있는 독자들이 부록을 읽는다면 더욱 입체적으로 이 시기 역사를 이해하게 될 것이다.

여기서 설명해야 할 것은 비록 『전환의 연대 — 중국 1947』이라는 서명을 달았지만 국민당 정부가 짧은 1년 동안에 강세에서 약세로 급격하게 전환한 원인을 고찰하려는 것이었으며, 중국공산당이 약세에서 강세로 전환하게 된 원인을 알아보려는 것이다. 이런 강세와 약세의 전환이 나타난 원인을 이해하려는 것이지, 1947년 중국 통사를 쓰려는 것이 아니다. 때문에 이 책에서는 1947년에 일어난 일부 중요한 사건들을 언급하지 않았거나 간략하게 썼다. 이 점에 대해 독자들의 양해를 바란다.

2001년 12월 23일

수정판 후기

이 책은 2002년 10월에 생활 독서 새 지식 싼롄서점에 출판했다. 14년이 지난 오늘까지 이미 3번 재발행하여 총 13,000권을 전부 판매했다. 호의적인 싼롄서점의 요청에 의해 재판하고자 한다. 지난 14년 사이에 새로운 자료들이 적지 않게 나타났다.

미국 스탠퍼드대학교(Stanford University)에 소장된 장제스 일기의 친필 원고를 역사학자들이 이용할 수 있게 되었고 나도 이를 열람했다. 작년 항일전쟁 승리 70주년을 맞이하면서 타이베이에서 친청, 후쭝난, 첸다준 등의 일기를 출판했다. 14년 후 이 책에 대해 더욱 많은 수정과 보충을 할 수 있으나 이미 86세의 몸은 내 마음처럼 움직이기가 어렵다. 때문에 장제스, 친청 등의 일기와 기타 자료에서 예전에 발표되지 않았던 주요한 내용에 대해서만 보충했다.

이를 특별히 설명하는 바이다.

2016년 2월 19일